CLARE POOLEY

Montags bei Monica

GOLDMANN

Buch

Julian Jessop, ein exzentrischer, einsamer Künstler Ende siebzig, glaubt, dass die meisten Menschen nicht ehrlich zueinander sind. Aber was würde geschehen, wenn sie es wären? Um das herauszufinden, gibt er in einem schlichten grünen Notizheft seine Nöte und Sorgen preis und lässt das Heft einem Café zurück. Dort findet es dessen Eigentümerin, die patente, aber ebenfalls einsame Monica. Sie fügt ihren eigenen Eintrag hinzu und legt das Heft in der Bar gegenüber ab. Nach und nach vertrauen weitere Menschen dem grünen Heft auf seiner Reise geheime Wahrheiten über sich an. Berührt von den Sorgen der anderen, beginnen sie, einander zu helfen. So wird aus sechs Fremden langsam eine liebevolle Gemeinschaft, die das kleine grüne Notizbuch in Monicas Café zusammenführt – mit überraschenden Konsequenzen für alle.

Autorin

Clare Pooley hat zwanzig Jahre lang in der Werbebranche gearbeitet, bevor sie sich ganz ihrer Familie und ihren Kindern widmete. Sie lebt mit ihrem Mann, ihren drei Kindern, einem Hund und einem Afrikanischen Zwergigel in London.

Weitere Informationen zur Autorin unter clarepooley.com, @cpooleywriter und @clare_pooley

Von Clare Pooley lieferbar:
Montags bei Monica. Roman
8.05 Uhr ab Hampton Court. Roman

Clare Pooley

Montags bei Monica

Roman

Aus dem Englischen
von Stefanie Retterbush

GOLDMANN

Die Originalausgabe erschien 2020 unter dem Titel
»The Authenticity Project«
by Bantam Press, an imprint of Transworld Publishers, London.
Transworld is part of the Penguin Random House group of companies.

MIX
Papier aus verantwortungsvollen Quellen
FSC® C014496
www.fsc.org

Penguin Random House Verlagsgruppe FSC® N001967

1. Auflage
Taschenbuchausgabe August 2022

Umschlaggestaltung: UNO Werbeagentur GmbH, München
Umschlagillustration: FinePic®, München
Redaktion: Regina Carstensen
AB · Herstellung: ik
Satz: KCFG-Medienagentur, Neuss
Druck und Einband: GGP Media GmbH, Pößneck
Printed in Germany
ISBN 978-3-442-49359-3

www.goldmann-verlag.de

Meinem Vater Peter Pooley,
der mich die Liebe zu Worten gelehrt hat

Monica

Sie hatte das kleine Notizbüchlein zurückgeben wollen. Kaum hatte sie es ganz allein auf dem Tisch liegen sehen, hatte sie es sich geschnappt und war seinem flamboyanten Besitzer nachgelaufen. Doch der war wie vom Erdboden verschluckt. Recht flink für sein Alter. Vielleicht wollte er aber auch nicht gefunden werden.

Es war ein schlichtes blassgrünes Schreibheft, wie Monica es früher in der Schule gehabt hatte. Darin hatte sie immer akribisch notiert, was sie als Hausaufgabe aufbekommen hatten. Ihre Freundinnen verzierten ihre Heftchen mit Graffiti oder Herzchen und Blümchen und kritzelten den Namen ihres jeweiligen Schwarms darauf, aber Monica war derartiges Gekrakel ein Graus. Gute Schreibwaren waren ihr heilig.

Vorne auf dem Heft standen zwei Worte, fast wie gemalt, in kalligrafisch verschnörkelter Schönschrift:

Projekt Aufrichtigkeit

Unten in der Ecke das Datum: Oktober 2018. Vielleicht fand sich drinnen eine Adresse oder wenigstens ein Name, damit sie es seinem Besitzer zurückgeben konnte. Es wirkte zwar unscheinbar, strahlte aber trotzdem Bedeutsamkeit aus.

Sie schlug die schmale Kladde auf. Auf der ersten Seite standen nur einige wenige Absätze.

Wie gut kennen Sie die Menschen um sich herum? Wie gut kennen die Sie? Wissen Sie überhaupt, wie Ihre Nachbarn heißen? Würden Sie es merken, wenn etwas mit ihnen nicht stimmte, wenn sie tagelang nicht aus dem Haus gegangen wären?

Ein jeder von uns erzählt Lügen über sein Leben. Was würde passieren, wenn man stattdessen die Wahrheit sagte? Die eine große Wahrheit, die Sie ausmacht, durch die sich alles andere zusammenfügt wie die Teile eines Puzzles? Nicht im Internet, sondern vor den Menschen aus Fleisch und Blut, denen wir täglich begegnen?

Womöglich würde gar nichts passieren. Oder aber die Geschichte könnte Ihr ganzes Leben verändern oder das eines anderen Menschen, den Sie noch gar nicht kennen.

Ich möchte es herausfinden.

Auf der nächsten Seite stand noch etwas, und Monica konnte es kaum erwarten weiterzulesen, aber es war gerade Hochbetrieb im Café, und sie durfte die Zügel jetzt nicht schleifen lassen. Zum Wahnsinn führt der Weg. Entschlossen stopfte sie das Büchlein zu den Speisekarten und den Flyern diverser Zulieferer gleich neben der Theke. Nachher, wenn sie hier fertig war, würde sie es in Ruhe lesen.

In ihrer Wohnung über dem Café kuschelte Monica sich gemütlich aufs Sofa, ein großes Glas Sauvignon Blanc in der einen Hand und das vergessene Schreibheft in der anderen. Die Fragen, die sie heute Morgen gelesen hatte, waren ihr seither nicht mehr aus dem Kopf gegangen und hatten nachdrücklich nach Antworten verlangt. Den ganzen Tag hatte sie mit Leuten geredet, ihnen Kaffee und Kuchen serviert, mit ihnen über das Wetter geplaudert und über den neuesten Promi-Klatsch, aber wann hatte sie das letzte Mal irgendwem etwas erzählt, das wirklich *wichtig* war? Und was wusste sie eigentlich über diese Menschen, außer ob sie ihren Kaffee mit Milch oder ihren Tee mit Zucker tranken? Sie schlug das Heft auf der zweiten Seite auf.

Ich heiße Julian Jessop. Ich bin neunundsiebzig Jahre alt, und ich bin Künstler. Seit siebenundfünfzig Jahren wohne ich in den Chelsea Studios in der Fulham Road.

Das sind die nackten Tatsachen, aber nun zur Wahrheit: ICH BIN EINSAM.

Oft spreche ich tagelang mit keiner Menschenseele. Manchmal, wenn ich dann doch etwas sagen muss (beispielsweise, weil mich jemand anruft, um mit mir über Restschuldversicherungen zu reden), krächze ich wie ein Rabe, weil meine arme vernachlässigte Stimme sich in meiner Kehle zum Sterben zusammengeringelt hat wie ein Tausendfüßler.

Mit dem Alter bin ich unsichtbar geworden. Was mich besonders trifft, weil ich früher immer im Mittelpunkt stand. Jeder kannte mich. Wenn ich einen Raum betrat, brauchte ich mich nicht vorzustellen. Ich stand einfach nur in der Tür, während ein Raunen und ein Wispern durch den Raum ging, dem dann verstohlene Blicke folgten.

Früher konnte ich stundenlang vor dem Spiegel stehen und bin stets langsam an Schaufenstern vorbeiflaniert, um ganz beiläufig den modischen Schnitt meiner Jacke oder die flotte Haartolle zu bewundern. Wenn mein Spiegelbild mir heute irgendwo unerwartet auflauert, erkenne ich mich darin kaum wieder. Ironie des Schicksals, dass Mary, die das unausweichliche Altern mit so viel mehr Würde und Gelassenheit ertragen hat, gerade einmal sechzig Jahre alt geworden ist, während ich immer noch da bin und meinen allmählichen und doch unaufhaltsamen Verfall tatenlos mit ansehen muss.

Als Künstler beobachte ich die Menschen. Ich studiere Details, analysiere ihre Beziehungen, und ich habe festgestellt, es gibt ein Gleichgewicht der Kräfte. Meist wird ein Partner mehr geliebt, während der andere mehr Liebe gibt. Ich war wohl derjenige, der mehr geliebt wurde. Längst habe ich einsehen müssen, dass ich Mary damals nicht zu schätzen wusste. Mary mit ihrer gewöhnlichen, braven, rotbackigen Hübschheit und der verlässlichen Liebenswürdigkeit. Zu schätzen gelernt habe ich sie erst, als sie nicht mehr da war.

Monica blätterte um und trank einen Schluck Wein. Julian war ihr nicht unbedingt auf Anhieb sympathisch, aber irgendwie tat er ihr leid. Wobei ihm Abneigung vermutlich lieber wäre als Mitleid. Sie las weiter.

Als Mary noch hier wohnte, brummte unser Häuschen nur so vor Leben. Es ging zu wie in einem Bienenstock. Die Nachbarskinder gingen bei uns ein und aus, von Mary großzügig mit Geschichten, guten Ratschlägen, Limonade und Monster-Munch-Chips versorgt. Immer saß mindestens einer meiner weniger erfolgreichen Künstlerfreunde unangekündigt mit am Esstisch, genauso wie mein jeweils neuestes Modell. Mary gab sich stets allergrößte Mühe, den anderen Frauen in meinem Leben mit ausgesuchter Höflichkeit zu begegnen, weshalb ich wohl der Einzige war, dem auffiel, dass sie nie ein Schokolädchen zum Kaffee angeboten bekamen.

Bei uns war unentwegt etwas los. Ein großer Teil unseres trubeligen Lebens spielte sich im Chelsea Arts Club und in den Bistros und Boutiquen in der King's Road und auf dem Sloane Square ab. Als Hebamme musste Mary ständig Überstunden machen, während ich kreuz und quer durchs ganze Land tingelte, um Menschen zu porträtieren, die sich für wichtig genug hielten, um sich für die Nachwelt verewigen zu lassen.

Seit den späten Sechzigern trafen wir uns jeden Freitagnachmittag um Punkt 17 Uhr auf dem Brompton Cemetery, dem Friedhof gleich bei uns um die Ecke. Mitten zwischen Fulham, Chelsea, South Kensington und Earl's Court gelegen, war das der ideale Treffpunkt für all unsere Freunde. Um das Grab von Admiral Angus Whitewater versammelt planten wir dann gemeinsam das bevorstehende Wochenende. Den Admiral kannten wir zwar nicht, aber die imposante, auf Hochglanz polierte schwarze Marmorplatte, die seine letzte Ruhestätte zierte, kam uns als Tisch für unsere Drinks gerade recht.

Man könnte fast sagen, ich bin mit Mary gestorben. Telegramme und Briefe mit Beileidsbekundungen habe ich allesamt ignoriert. Ich habe die Farbe auf der Palette eintrocknen lassen, und in einer nicht enden wollenden, unerträglich langen Nacht habe ich alle unvollendeten Leinwände zerstört. Ich habe sie zu kunterbunten Luftschlangen zerrissen und dann mit Marys Schneiderschere zu Konfetti zerschnipselt. Als ich irgendwann doch wieder aus meinem Kokon gekrochen kam, waren fünf Jahre vergangen. Die Nachbarn waren umgezogen, unsere Freunde hatten mich aufgegeben, und mein Agent hatte mich abgeschrieben. Und ich musste einsehen, dass ich unsichtbar geworden war. Ich hatte mich zurückverwandelt. Aus dem schillernden Schmetterling war eine unansehnliche Raupe geworden.

Noch immer trinke ich jeden Freitag am Grab des Admirals Marys Lieblingsdrink, ein Glas Baileys Irish Cream, aber heute prosten mir nur noch die Geister der Vergangenheit zu.

Das ist meine Geschichte. Bitte tun Sie sich keinen Zwang an und werfen Sie sie in den Müll, wenn Sie wollen. Oder geben Sie sich einen Ruck und schreiben Sie Ihre Wahrheit auf diesen Seiten nieder und reichen Sie das kleine Büchlein weiter. Vielleicht erleichtert es Sie ebenso wie mich.

Was weiter wird, liegt ganz bei Ihnen, werter Leser.

Monica

Natürlich hatte sie ihn gleich googeln müssen. Laut Wikipedia war Julian Jessop Porträtmaler und in den Sechzigern und Siebzigern berühmt und sogar ein kleines bisschen berüchtigt gewesen. Er war ein Schüler von Lucian Freud am Slade gewesen. Wenn man den Gerüchten Glauben schenken wollte, hatten die beiden sich nicht nur wechselseitig Beleidigungen an den Kopf geworfen, sondern auch wechselseitig die Frauen zugespielt. Lucian hatte den Vorteil der wesentlich größeren Bekanntheit, wohingegen Julian siebzehn Jahre jünger war. Monica musste an Mary denken, wie sie nach einem anstrengenden Arbeitstag, bei dem sie anderen Frauen geholfen hatte, ihre Kinder auf die Welt zu bringen, müde und erschöpft nach Hause gekommen war und sich wieder einmal hatte fragen müssen, wo ihr Mann wohl abgeblieben war. Ehrlich gesagt klang sie ein bisschen wie ein williger Fußabtreter. Warum hatte sie ihn nicht einfach verlassen? Es gab schließlich, sagte Monica sich wie so oft, für eine Frau Schlimmeres, als Single zu sein.

Eins von Julians Selbstporträts hatte sogar kurz in der National Portrait Gallery gehangen, in einer Ausstellung mit dem Titel *Die Londoner Schule Lucian Freuds*. Monica klickte auf das Bild, um es sich in der Vergrößerung anzusehen, und da war er, der Mann, den sie gestern Morgen im Café gesehen hatte, nur ganz glatt und faltenlos wie eine Rosine, die sich wie von Zauberhand in eine Traube zurückverwandelt hatte. Julian Jessop im Alter von ungefähr dreißig Jahren, mit nach hinten gekämmten blonden Haaren, markanten Wangenknochen, selbstgefälligem Grinsen und durchdringendem Blick aus blauen Augen. Als er sie gestern angeschaut hatte, war es ihr vorgekommen, als blickte er in die Untiefen ihrer Seele. Ein bisschen verstörend, wenn man gerade dabei war, mit dem Gast die diversen Vorzüge von Blaubeermuffins und Millionaire's Shortbread gegeneinander zu verhandeln.

Monica schaute auf die Uhr. Zehn vor sechs.

»Benji, könntest du hier für eine halbe Stunde die Stellung halten?«, fragte sie ihren Barista. Ohne sein zustimmendes Nicken abzuwarten, schlüpfte sie in ihren Mantel. Im Vorbeigehen ließ Monica den Blick über die Tische schweifen und pickte einen großen Krümel von einem Red Velvet Cupcake von Tisch zwölf. Wie konnte man so was bloß übersehen? Sie trat nach draußen auf die Fulham Road und schnippte einer Taube den Krümel zu.

Sonst setzte sich Monica in den Doppeldeckerbussen eigentlich nie nach oben. Sie brüstete sich immer gerne mit der strikten Einhaltung sämtlicher relevanter Gesundheits- und Sicherheitsbestimmungen, und in einem sich bewegenden Fahrzeug Treppen zu steigen, hielt sie für ein unnötiges Risiko. Aber diesmal brauchte sie einen erhöhten Aussichtspunkt.

Monica beobachtete, wie der blaue Punkt auf Google Maps ganz allmählich die Fulham Road hinunterkroch und auf Chelsea Studios zuhielt. Der Bus machte am Fulham Broadway halt und fuhr dann weiter zur Stamford Bridge. Vor ihr ragte das gigantische, hochmoderne Mekka der Chelsea-London-Fans imposant in den Himmel, und dort, in seinem Schatten, unglaublich eingezwängt zwischen den separaten Eingängen für die Fans des Heim- und des Gastvereins, lag eine entzückende kleine Ansammlung von Atelierwohnungen und winzigen Cottages, verborgen hinter einer unauffälligen Mauer, an der Monica sicher schon hundertmal vorbeigegangen sein musste.

Froh über den zäh fließenden Verkehr versuchte Monica im Vorbeifahren auszukundschaften, welches der Häuschen wohl Julians sein mochte. Eins stand ein wenig abseits und sah etwas verwahrlost aus, fast wie Julian selbst. Sie hätte ihre gesamten Tageseinnahmen darauf verwettet, dass es das sein musste. Etwas, was man in ihrer gegenwärtigen finanziellen Lage nicht leichtfertig machte.

An der nächsten Haltestelle hopste Monica aus dem Bus und schwenkte gleich nach links zum Brompton Cemetery. Es dämmerte bereits, und das letzte Abendlicht warf lange Schatten. Eine herbstliche Kühle lag in der Luft. Der Friedhof war einer von Monicas Lieblingsorten – eine Oase der Ruhe inmitten der hektischen Großstadt. Sie mochte die verschnörkelten, protzigen Grabsteine – die letzte Möglichkeit, es allen noch mal so richtig zu zeigen. *Ich nehme deine Marmorgrababdeckung mit dem ungewöhnlichen Bibelzitat und lege einen lebensgroßen Jesus am Kreuz obendrauf.* Sie mochte die steinernen Engel, denen nicht selten lebenswichtige Körperteile fehlten, und die altmodischen Namen auf den viktorianischen Grabmälern – Ethel, Mildred, Alan. Wann war es eigentlich aus der Mode gekommen, kleine Jungs Alan zu nennen? Und wo sie gerade dabei war, nannte heutzutage überhaupt noch jemand seine Tochter Monica? Schon 1981 waren ihre Eltern Sonderlinge gewesen, weil sie angesagte Mädchennamen wie Emily, Sophie und Olivia verschmähten und ihre Tochter stattdessen Monica tauften. Monica: ein aussterbender Name. Sie hatte sofort den Filmabspann auf der Kinoleinwand vor Augen: *Die letzte Monicanerin.*

Schnellen Schrittes lief sie vorbei an den Gräbern gefallener Soldaten und weißrussischer Immigranten und spürte förmlich die im Unterholz versteckten Wildtiere – die grauen Eichhörnchen, die Stadtfüchse und die nachtschwarzen Raben –, die die Gräber bewachten wie die Seelen Verstorbener.

Wo lag der Admiral? Monica ging nach links, immer auf der Suche nach einem alten Mann mit einer Flasche Baileys Irish Cream in der Hand. Warum, wusste sie selbst nicht so genau. Ansprechen wollte sie ihn nicht, zumindest noch nicht. Sie vermutete, es wäre ihm peinlich und unangenehm, so unvermittelt überfallen zu werden. Und sie wollte es sich nicht gleich mit ihm verderben.

Monica steuerte auf den Nordeingang des Friedhofs zu und blieb, wie jedes Mal, kurz am Grab von Emmeline Pankhurst stehen, um ihr in stummer Dankbarkeit zuzunicken. Dann schlug sie einen Bogen und war, einem kaum genutzten Pfad folgend, bereits auf halbem Weg zurück, als sie aus den Augenwinkeln eine Bewegung rechts von sich erhaschte. Dort saß (fast schon frevlerisch anmutend) mitten auf einem gravierten Grabstein Julian höchstselbst mit einem kleinen Glas in der Hand.

Mit gesenktem Kopf huschte Monica vorbei, um nur keine ungewollte Aufmerksamkeit zu erregen. Als er dann, keine zehn Minuten später, verschwunden war, marschierte sie schnurstracks zurück, um die Inschrift auf dem Grabstein zu lesen.

ADMIRAL ANGUS WHITEWATER
AUS DER PONT STREET
GESTORBEN AM 5. JUNI 1963 IM ALTER VON 74 JAHREN
GEACHTETER ANFÜHRER, GELIEBTER EHEMANN
UND VATER UND LOYALER FREUND.
UND AUCH BEATRICE WHITEWATER
GESTORBEN AM 7. AUGUST 1964 IM ALTER VON 69 JAHREN

Monica sträubten sich vor Ärger die Nackenhaare. Dem Admiral waren mehrere glühende Adjektive an den Namen gehängt worden, während seine Frau sich mit ihrem Sterbedatum und einem bescheidenen Plätzchen für die Ewigkeit unter dem protzigen Grabstein ihres Gatten begnügen musste.

Monica blieb eine ganze Weile vor dem Grabmal stehen und versuchte, sich die kunterbunte Truppe vorzustellen, die hier früher jede Woche zusammengekommen war, mit Beatles-Frisuren, Miniröcken und Schlaghosen, wie sie miteinander gelacht und diskutiert hatten, und kam sich plötzlich sehr einsam vor.

Julian

Julian schlurfte in Einsamkeit und Alleinsein herum wie in einem Paar alter, schlecht sitzender Schuhe. Aus reiner Gewohnheit eigentlich – in gewisser Hinsicht waren sie sogar ganz bequem. Aber im Laufe der Zeit hatten sie unmerklich begonnen, ihn zu verbiegen, hatten ihm Schwielen und Hühneraugen beschert, die er nun nicht wieder loswurde.

Es war zehn Uhr morgens, also spazierte Julian gerade die Fulham Street entlang. Die ersten fünf Jahre nach Mary war er oft nicht einmal aufgestanden, bis Tage und Nächte zur Unkenntlichkeit miteinander verschmolzen und die Wochen alle Konturen verloren hatten. Irgendwann war er dahintergekommen, von welch immenser Wichtigkeit ein geregelter Tagesablauf war. Wiederkehrende Verrichtungen waren wie Bojen, an die man sich klammern konnte, um nicht unterzugehen.

Jeden Morgen verließ er zur selben Zeit das Haus und spazierte eine Stunde lang durch die Straßen der Nachbarschaft und erledigte seine Besorgungen. Heute stand auf seiner Liste:

Eier
Milch (1 Karton)
Angel Delight, Butterkaramell, wenn mögl. (Angel Delight, ein Dessertcreme-Pulver zum Anrühren, ist immer schwerer zu finden)

Und da heute Samstag war, würde er sich eine Modezeitschrift gönnen. Diese Woche war die *Vogue* dran. Die war ihm die liebste.

Manchmal, wenn kaum Kundschaft im Laden war, unterhielt er sich mit dem Zeitschriftenverkäufer über die neuesten Schlagzeilen oder das Wetter. An solchen Tagen kam Julian sich beinahe wie ein vollwertiges Mitglied der Gesellschaft vor, jemand mit Freunden und Bekannten, die ihn und seine Meinung schätzten. Einmal hatte er sogar einen Zahnarzttermin ausgemacht, nur so zum Zeitvertreib, weil er nichts Besseres zu tun hatte. Nachdem er die ganze Zeit mit offenem Mund dagesessen hatte und nicht in der Lage gewesen war, auch nur ein einziges Wort mit Mr Patel zu wechseln, der mit diversen Metallinstrumenten und einem Schlauch, der schmatzende Sauggeräusche von sich gab, stundenlang in seinem Mund herumhantiert hatte, war ihm aufgegangen, dass das keine besonders gute Idee gewesen war. Mit klingelnden Ohren von der geharnischten Standpauke über Zahnfleischpflege und dem festen Entschluss, so schnell nicht wiederzukommen, hatte er die Praxis verlassen. Wenn ihm die Zähne ausfielen, dann sollte es eben so sein. Alles andere hatte er ja auch verloren.

Julian blieb kurz stehen, um durch das Schaufenster in Monica's Café zu spähen, in dem sich bereits die Gäste drängten. Er lief diesen Weg schon so lange Jahre, dass er die vielen verschiedenen Inkarnationen, die der Laden im Laufe der Zeit durchgemacht hatte, lebhaft vor Augen hatte. Es war, als schälte man beim Renovieren übereinandergeklebte Tapetenschichten von den Wänden. Damals, in den Sechzigern, war es der Eel and Pie Shop gewesen, bis Aal aus der Mode gekommen und stattdessen ein Plattenladen eingezogen war. In den Achtzigern hatte an seiner Stelle eine Videothek eröffnet, und danach, bis vor ein paar Jahren, war es ein Süßigkeitenladen gewesen. Aale, Vinyl und VHS-Kassetten – allesamt auf dem Schutthaufen der Geschichte gelandet. Selbst Süßigkeiten galten heutzutage als Teufelszeug, weil die Kinder ihretwegen angeblich immer dicker und dicker wurden. Aber lag das wirklich an den Süßigkeiten? Oder waren nicht eigentlich die Kinder selbst schuld oder vielmehr ihre Erziehungsberechtigten?

Jedenfalls hatte er sich den richtigen Platz ausgesucht, um *Projekt Aufrichtigkeit* in die weite Welt zu entlassen. Es hatte ihm gefallen, dass er einfach einen Tee mit Milch bestellen konnte, ohne alle möglichen hoch komplizierten Fragen beantworten zu müssen, wie, welche Teeblätter er bevorzugte und was für eine Milch er gerne hätte. Der Tee war ihm in einer Porzellantasse serviert worden, und niemand hatte ihn nach seinem Namen gefragt. Julians Name war es gewohnt, schwungvoll unten auf eine Leinwand gemalt zu werden. Er fühlte sich nicht wohl, so lieblos auf einen To-go-Becher gekritzelt, wie sie es bei Starbucks gemacht hatten. Es schüttelte ihn bei der Erinnerung daran.

Er hatte in einem weichen, abgewetzten Ledersessel gesessen, ganz hinten in einer besonders gemütlichen Ecke von Monica's Café, umgeben von raumhohen Bücherregalen. Er hatte gehört, wie sie das Eckchen »ihre Bibliothek« nannte. In einer Welt, in der alles elektronisch und Papier ein immer rascher schwindendes Medium war, erschien Julian die Bibliothek, wo sich der Duft alter Bücher mit dem Aroma von frisch gemahlenem Kaffee vermischte, herrlich nostalgisch.

Julian fragte sich, was wohl mit der kleinen Kladde geschehen war, die er hier liegen gelassen hatte. Oft kam es ihm vor, als sei er dabei, spurlos zu verschwinden. Eines Tages in nicht allzu ferner Zukunft würde sein Kopf schließlich untergehen, versinken und dabei kaum das Wasser kräuseln. Durch dieses Büchlein würde wenigstens ein Mensch ihn sehen – so, wie er wirklich war. Und alles niederzuschreiben war eine Wohltat gewesen, fast wie die Schnürsenkel unbequemer, zu enger Schuhe zu lockern und befreit mit den Zehen zu wackeln.

Er ging weiter.

Hazard

Es war Montagabend, und es wurde langsam spät, aber Timothy Hazard Ford, von allen nur Hazard genannt (wie sollte man auch anders heißen, wenn der zweite Vorname schon »Gefahr« lautete), drückte sich vor dem Nachhausegehen. Aus eigener leidvoller Erfahrung wusste er, dem nach einem ausschweifenden Wochenende unvermeidlich folgenden Tief konnte der nur entgehen, der einfach unbeirrt weitermachte. Langsam, aber beständig hatte er begonnen, den Wochenbeginn immer weiter nach hinten zu verschieben, bis die Wochenenden sich beinahe in der Mitte trafen. Mittwochs gab es nun ein kurzes Intermezzo des Grauens, bevor dann am Donnerstag alles wieder von vorne losging.

An diesem Abend hatte Hazard seine Arbeitskollegen nicht überreden können, mit ihm zusammen die Bars in der City unsicher zu machen, also war er notgedrungen nach Fulham zurückgefahren und hatte einen kleinen Abstecher zu seinem Stammlokal gemacht. Rasch schaute er sich in der spärlich besuchten Weinbar nach einem bekannten Gesicht um. Sein Blick blieb an einer gertenschlanken Rotblonden hängen, die die Beine um den Barhocker geschlungen hatte und sich gerade über den Tresen beugte und dabei wie ein mondäner Knickstrohhalm aussah. Er war sich ziemlich sicher, dass sie die Trainingspartnerin eines der Mädels war, mit dem sein Kumpel Jack mal was hatte. Er hatte keinen Schimmer, wie sie hieß, aber sie war die Einzige hier, die er anquatschen konnte, um sich mit ihr zu betrinken, und das machte sie unversehens zu seiner allerbesten Freundin.

Hazard ging hin und setzte ein Lächeln auf, das speziell für diese Gelegenheiten reserviert war. So etwas wie ein siebter Sinn ließ sie aufschauen, und als sie ihn sah, grinste sie und winkte. Bingo. Funktionierte jedes Mal.

Sie hieß Blanche, wie er dann erfuhr. Blöder Name, dachte Hazard. Und er musste es schließlich wissen. Träge ließ er sich auf den Barhocker neben ihr sinken und griente und nickte, als sie ihn ihren Freunden vorstellte, deren Namen in der Luft um seinen Kopf schwebten wie Seifenblasen, um gleich wieder zu zerplatzen, ohne den geringsten Eindruck zu hinterlassen. Hazard scherte sich einen Teufel darum, wie die hießen, ihn interessierte nur ihre Trinkfestigkeit und vielleicht noch ihre Prinzipien. Je weniger, desto besser.

Sofort verfiel Hazard auf seine übliche Vorgehensweise. Er zog ein dickes Bündel Geldscheine aus der Hosentasche und spendierte mit großer Geste für alle eine Runde, wobei er aus einem Glas gern gleich eine ganze Flasche machte und statt Wein Champagner bestellte. Dann zauberte er einige seiner beliebtesten Anekdoten aus dem Hut. Er ging die lange Liste seiner Bekanntschaften durch, um schließlich über jeden, den ein anderer aus der Runde kannte, einen bunten Kübel Klatsch und Tratsch auszugießen oder gar irgendwelche haarsträubenden Geschichten frei zu erfinden.

Rasch hatte das Grüppchen sich um Hazard geschart, so wie immer eigentlich. Aber als die große Bahnhofsuhr hinter der Theke lauter und lauter tickte, begann die Menge ganz allmählich, sich merklich auszudünnen. *Muss los, ist ja erst Montag*, hieß es. Oder *Hab morgen einen wichtigen Termin*. Oder *Bin noch was angeschlagen vom Wochenende, ihr kennt das ja*. Irgendwann waren nur noch Hazard und Blanche übrig, dabei hatte der

Abend gerade erst angefangen. Als Hazard merkte, dass Blanche sich auch auf den Heimweg machen wollte, packte ihn die nackte Panik.

»Hey, Blanche, es ist noch so früh. Hast du nicht Lust, mit zu mir zu kommen?«, schlug er vor und legte ihr vertraulich die Hand auf den Arm. Eine kleine Geste, die alles verhieß und doch nichts versprach.

»Klar, warum nicht?«, antwortete sie, genau wie erwartet.

Die Drehtür der Bar spuckte sie hinaus auf die Straße. Hazard legte einen Arm um Blanche, und gemeinsam gingen sie über die Straße und schlingerten den Bürgersteig entlang, ohne sich darum zu scheren, dass niemand mehr an ihnen vorbeikam.

Die kleine Brünette, die dastand wie ein Verkehrshindernis, übersah er glatt. Bis es zu spät war. Unsanft rasselten sie zusammen, und erst dann merkte er, dass sie ein Glas Rotwein in der Hand gehabt hatte, der ihr nun recht komisch über das Gesicht lief und auf den Boden tropfte, aber, viel ärgerlicher, auch sein teures Savile-Row-Hemd tränkte wie Blut aus einer klaffenden Schnittwunde.

»Ach, verdammte Scheiße«, schimpfte er erbost und stierte die Übeltäterin böse an.

»Hey, Sie haben mich angerempelt!«, protestierte diese indigniert. Ein Tropfen Wein hing zitternd an ihrer Nasenspitze wie ein unwilliger Fallschirmspringer, um dann schließlich doch herunterzufallen.

»Ja, was zum Teufel haben Sie sich auch dabei gedacht, mit einem Glas Wein so dämlich mitten auf dem Gehweg herumzustehen?«, brüllte er sie an. »Können Sie nicht drinnen trinken wie jeder andere normale Mensch auch?«

»Komm, lass es, gehen wir«, säuselte Blanche und kicherte so dümmlich, dass ihm ganz anders wurde.

»Blöde Schlampe«, knurrte Hazard Blanche zu, so leise, dass

die so bezeichnete blöde Schlampe ihn nicht hören konnte. Blanche kicherte wieder dämlich.

Mehrere Gedanken kollidierten klirrend in seinem Hirn, als Hazard vom schrillen Klingeln seines Weckers unsanft aus dem Schlummer gerissen wurde. Erstens: *Du kannst unmöglich mehr als drei Stunden geschlafen haben.* Zweitens: *Dir geht's heute noch beschissener als gestern, was in drei Teufels Namen hast du dir dabei bloß gedacht?* Und drittens: *Da liegt eine Blondine in deinem Bett. Keine Lust, mich mit der rumzuschlagen, und ihren Namen habe ich auch schon wieder vergessen.*

Zum Glück fand Hazard sich nicht zum ersten Mal in dieser unangenehmen Lage wieder. Er haute auf den Wecker. Die Blondine schlief tief und fest weiter, den Mund geöffnet wie eine japanische Sexpuppe. Vorsichtig hob er ihren Arm am Handgelenk hoch und nahm ihn von seiner Brust. Die Hand hing schlaff herunter wie ein toter Fisch. Behutsam drapierte er sie auf den zerwühlten, verschwitzten Laken. So viel von ihrem Gesicht klebte am Kissen – das Lippenrot, das Schwarz um die Augen und das Elfenbein ihrer Haut –, er wunderte sich fast, dass überhaupt noch etwas davon übrig war. Lautlos schlüpfte er aus dem Bett und zuckte schmerzlich zusammen, als sein Hirn von innen gegen den Schädel klackerte wie eine Kugel im Flipperautomaten. Er ging zur Kommode in der Zimmerecke, und tatsächlich, wie erhofft lag da ein kleines Fitzelchen Papier, und darauf gekritzelt stand: SIE HEISST BLANCHE. Teufel auch, er war wirklich gut.

So schnell und leise wie nur irgend möglich sprang Hazard unter die Dusche und zog sich an, suchte einen neuen Zettel und schrieb eine kleine Nachricht:

Liebste Blanche, du hast so friedlich geschlafen und so wunder-

schön dabei ausgesehen, dass ich dich nicht wecken konnte. Danke für letzte Nacht. Du warst umwerfend. Bitte zieh die Wohnungstür hinter dir ins Schloss, wenn du gehst. Ruf mich an.

War sie umwerfend gewesen? Ab ungefähr zehn Uhr war seine Erinnerung ein wenig verschwommen. Das war, nachdem er seinen Dealer angerufen hatte (der noch schneller geliefert hatte als sonst, wohl weil Montag war). Aber es war ihm eigentlich auch schnurzegal. Er schrieb seine Mobilnummer unten auf den Zettel und vertauschte dabei mit Bedacht zwei Ziffern, damit Blanche ihn unter keinen Umständen erreichen konnte, dann legte er ihn auf das Kissen gleich neben seinen unwillkommenen Gast in der Hoffnung, wenn er wieder nach Hause kam, wären beide spurlos verschwunden.

Noch leicht benebelt trottete er zur U-Bahn. Obwohl schon Oktober war, trug er eine Sonnenbrille, um seine Augen vor dem bleichen Licht des anbrechenden Tages zu schützen. Am Unfallort des Vorabends angekommen blieb er kurz stehen. Er war sich ziemlich sicher, noch ein paar Spritzer blutroten Weins auf dem Bürgersteig ausmachen zu können wie Spuren am Tatort eines Raubüberfalls. Ein ungebetenes Bild drängte sich auf: eine hübsche, kesse Brünette, die ihn so finster anfunkelte, als verabscheute sie ihn aus allertiefstem Herzen. So sahen Frauen ihn sonst nie an. Hazard mochte es nicht, verabscheut zu werden.

Und dann kam ihm unvermittelt ein Gedanke, der ihn wie ein Blitz aus heiterem Himmel traf: *Er verabscheute sich selbst. Abgrundtief. Bis zum allerletzten Molekül, dem winzigsten Atom, dem mikroskopisch kleinsten subatomaren Partikel.*

Es musste sich etwas ändern. Nein, *alles* musste sich ändern.

Monica

Monica hatte immer schon eine Schwäche für Zahlen gehabt. Sie liebte ihre schlichte Logik, die verlässliche Vorhersehbarkeit. Für sie gab es kaum etwas Befriedigenderes, als zwei Seiten einer Gleichung auszugleichen, x aufzulösen und y zu überprüfen. Aber die Zahlen auf dem Papier, die sie jetzt vor sich hatte, wollten partout nicht tun, was sie sollten. Ganz gleich, wie oft sie die Zahlen in der linken Spalte (Einnahmen) auch aufaddierte, sie wollten einfach nicht ausreichen, um die rechte Spalte (Ausgaben) abzudecken.

Monica musste an ihre Zeit als Unternehmensanwältin denken, als Zahlenaddieren zwar eine lästige Pflicht war, aber nichts, das ihr nachts den Schlaf raubte. Jede Stunde, die sie über dem Kleingedruckten eines Vertrags brütete oder endlose Statuten studierte, hatte sie ihren Klienten mit zweihundertfünfzig Pfund in Rechnung gestellt. Heute müsste sie *einhundert* mittelgroße Cappuccinos verkaufen, um auf dieselbe Summe zu kommen.

Wie hatte sie sich nur so leichtfertig dazu hinreißen lassen können, ihr Leben derart auf den Kopf zu stellen, und das auch noch aus einer Gefühlsduselei heraus? Sie, der es schon schwerfiel, sich mittags für ein Sandwich zu entscheiden, ohne im Kopf die jeweiligen Vor- und Nachteile gegeneinander abzuwägen und Preise, Nährwerte und Kalorienzahlen zu vergleichen.

Monica hatte jedes einzelne Café auf dem Weg zwischen ihrer Wohnung und der Kanzlei ausprobiert. Da gab es die seelenlosen

Hipster-Tempel, die abgewirtschafteten, heruntergekommenen Läden-von-gestern und die austauschbaren, massenproduzierten Ketten. Und jedes Mal, wenn sie wieder viel zu viel Geld für einen überteuerten, bestenfalls mittelmäßigen Coffee to go hingeblättert hatte, sah sie ihr perfektes kleines Café vor Augen. Ohne polierten Beton, Spritzgusskunststoff, Aufputz-Rohrleitungen oder Lampen und Tischen im Industrial Style. Nein, man sollte das Gefühl haben, nach Hause zu kommen. Gemütlich sollte es sein, mit kunterbunt zusammengewürfelten Sesseln, ausgesuchten Kunstwerken an den Wänden, Zeitungen und Büchern. Büchern überall, nicht bloß als Requisiten, sondern zum Schmökern und Mit-nach-Hause-Nehmen, wenn man denn dafür ein anderes daließ. Der Barista würde einen nicht nach dem Namen fragen, um ihn falsch auf einen Becher zu krakeln, er (oder sie, dachte Monica rasch bei sich) wüsste längst, wie der Kunde hieß. Er oder sie würde sich freundlich nach den Kindern erkundigen und nach der ebenfalls namentlich bekannten Katze.

Und dann war sie eines Tages die Fulham Street entlanggelaufen und hatte gesehen, dass der verstaubte alte Süßigkeitenladen, der dort schon seit Ewigkeiten war, endgültig eingepackt hatte. Ein großes Schild im Schaufenster verkündete, der Laden sei ZU VERMIETEN. Irgendein Scherzkeks hatte ein S über das T gepinselt.

Immer wenn Monica fortan an dem leeren Ladenlokal vorbeikam, hörte sie die Stimme ihrer Mutter. In ihren letzten Lebenswochen, die nach Verfall und Krankheit gestunken hatten und begleitet waren vom ständigen Piepsen medizinischer Apparate, hatte sie mit zunehmender Dringlichkeit versucht, ihrer Tochter ihre Lebenserfahrung und ihre gesammelten Weisheiten weiterzugeben, bevor es zu spät war. *Hör gut zu, Monica. Schreib dir das auf, Monica. Merk dir das, Monica. Emmeline Pankhurst hat sich nicht an dieses Geländer gekettet, damit wir ein Leben lang ein winziges Rädchen in jemand anderes Getriebe bleiben. Stell selbst was auf die Beine. Schaff etwas Neues. Stell Menschen ein. Sei furchtlos. Tu etwas, das du aus ganzem Herzen liebst. Damit es die Mühe wert ist.* Und das hatte sie dann getan.

Monica wünschte, sie hätte das Café nach ihrer Mutter benennen können, aber die hatte Charity geheißen, was so viel wie Nächstenliebe hieß, und ihrem Café einen Namen zu geben, der klang, als bräuchte man dort nichts zu bezahlen, schien ihr keine geniale Geschäftsidee. Es war, wie sich bald herausstellen sollte, auch so schon schwer genug.

Nur weil mit diesem Café für sie ein Traum in Erfüllung gegangen war, hieß das nicht, dass alle anderen es genauso grandios fanden. Oder zumindest genügend Gäste, um die laufenden Kosten zu decken. Ewig konnte sie das fehlende Geld nicht zuschießen. Das würde die Bank nicht zulassen. Ihr pochte der Schädel. Sie ging zur Theke und goss sich den letzten Schluck Rotwein in ein großes Glas.

Sein eigener Herr zu sein war schön und gut, sagte sie ihrer Mutter in Gedanken, und sie liebte dieses Café, in das sie ihr ganzes Herzblut gesteckt hatte, sehr. Aber man war auch sehr einsam. Ihr fehlte der Büroklatsch draußen auf dem Gang oder sich spätabends beim Überstundenmachen mit den Kollegen eine Pizza zu teilen, und sie ertappte sich sogar dabei, wie sie sehnsuchtsvoll an die Team-Building-Maßnahmen, den für Außenstehende unverständlichen Büro-Slang und die unentzifferbaren Drei-Buchstaben-Akronyme dachte. Sie mochte ihre Mitarbeiter im Café, aber die blieben immer ein wenig auf Distanz, weil Monica ihre Chefin und damit für ihren Lebensunterhalt verantwortlich war. Dabei konnte sie sich selbst gerade so über Wasser halten.

Sie musste an die Fragen denken, die der Schreiber – Julian – in dem Büchlein gestellt hatte, das er just auf diesem Tisch liegen gelassen hatte. Eine gute Wahl, wenn man sie fragte. Monica konnte nicht anders, als die Gäste in ihrem Café nach den Sitzplätzen zu beurteilen, die sie sich aussuchten. *Wie gut kennen Sie die Menschen um sich herum? Wie gut kennen die Sie?*

Sie musste an all die Menschen denken, die heute hier ein und aus gegangen waren, angekündigt vom fröhlichen Schrillen der Türglocke, das jede Ankunft und jeden Abschied begleitete. Sie alle waren mehr denn je mit Tausenden anderer Menschen verbunden, mit Freunden und Freunden von Freunden in den sozialen Netzwerken. Aber fühlten sie sich, genau wie sie, manchmal einsam? Als hätten sie niemanden zum Reden? Nicht über den neuesten Tratsch, welcher Promi aus welchem Haus, von welcher Insel oder aus welchem Dschungel gewählt worden war, sondern über die wirklich wichtigen Dinge im Leben – die Dinge, die einen nachts nicht schlafen ließen. Wie Zahlen, die einfach machten, was sie wollten.

Monica schob die Unterlagen wieder in den Ordner und zog ihr Handy heraus, ging auf Facebook und scrollte ein bisschen durch ihre Timeline. Noch immer keine Spur von Duncan, mit dem sie bis vor ein paar Wochen ein kleines Techtelmechtel gehabt hatte, auf keinem ihrer Social-Media-Accounts. Er hatte sich einfach klammheimlich aus dem Staub gemacht. Duncan, der Veganer, der sich sogar geweigert hatte, *Avocados* zu essen, weil die Bauern angeblich Bienen zur Bestäubung ausbeuteten, der aber anscheinend überhaupt nichts dabei gefunden hatte, mit ihr ins Bett zu gehen und dann einfach spurlos zu *verschwinden*. Das Seelenheil einer *Biene* war ihm wichtiger als ihres.

Sie scrollte weiter, wohl wissend, dass das kein Trost war, sondern eher eine leichte Form von Selbstverletzung. Hayley hatte ihren Beziehungsstatus zu »verlobt« geändert. Wow. Pam hatte ein Status-Update über ihr Leben als Dreifachmutter gepostet, Selbstbeweihräucherung, nur notdürftig als Selbstironie bemäntelt. Und Sally hatte ein Ultraschallbild gepostet – zwölfte Woche.

Ultraschallbilder. Warum postete man so was? Erstens sahen sie alle gleich aus, und zweitens war auf keinem davon auch nur ansatzweise ein Kind zu erkennen. Sie erinnerten eher an eine Wetterkarte, die ein Hochdruckgebiet über der Biskaya ankündigte. Und doch stockte Monica jedes Mal aufs Neue der Atem, wenn sie eins sah, und die Sehnsucht überkam sie wie eine alles verschlingende Woge, dicht gefolgt von nagendem Neid. Manchmal kam sie sich vor wie ein uralter Ford Fiesta, der am Straßenrand schlappgemacht hatte, während alle anderen auf der Überholspur an ihr vorbeibrausten.

Eine *HELLO!* war auf einem der Tische liegen geblieben, darauf eine reißerische Schlagzeile über die »Babyfreuden« einer Schauspielerin, die noch mit dreiundvierzig Mutter geworden war. Monica hatte in ihrer Kaffeepause kurz in der Zeitschrift geblättert, immer auf der Suche nach Hinweisen, wie die Frau das hinbekommen hatte. Künstliche Befruchtung? Eizellspende? Hatte sie ihre Eier vor Jahren einfrieren lassen? Oder hatte es einfach so geklappt? Wie viel Zeit ihren eigenen Eierstöcken wohl noch blieb? Oder hatten die womöglich schon klammheimlich die Koffer gepackt, um sich demnächst als lustige Rentnerinnen an der Costa Brava zur Ruhe zu setzen?

Monica nahm ihr Weinglas und ging durch das Café, schaltete die Lampen aus und rückte die Stühle zurecht. Dann trat sie hinaus auf die Straße – mit dem Schlüssel in der einen Hand und dem Glas in der anderen –, schloss die Tür zum Café ab und drehte sich dann um, um die Tür zu ihrer Wohnung über dem Café aufzuschließen.

Da, plötzlich, aus heiterem Himmel, rempelte ein Schrank von einem Kerl, eine Blondine wie einen Seitenwagen im Schlepptau, sie so heftig und unvermittelt an, dass ihr die Luft wegblieb und das Glas Wein, das sie in der Hand hielt, ihr mitten ins Gesicht und ihm über das Hemd schwappte. Der Rioja rann ihr in Strömen über die Nase und tropfte ihr vom Kinn. Prustend erwartete sie eine Entschuldigung.

»Ach, verdammte Scheiße«, schimpfte er. Monica verspürte unvermittelt ein heißes Brennen in der Brust. Sie wurde knallrot und biss die Zähne zusammen.

»Hey, Sie haben mich angerempelt!«, protestierte sie indigniert.

»Ja, was zum Teufel haben Sie sich auch dabei gedacht, mit einem Glas Wein so dämlich mitten auf dem Gehweg herumzustehen?«, brüllte er sie an. »Können Sie nicht drinnen trinken wie jeder andere normale Mensch auch?« Sein symmetrisches Gesicht hätte man fast als klassisch schön bezeichnen können, wäre es nicht von diesem hässlichen hämischen Grinsen verzerrt gewesen, das es regelrecht entstellte. Die Blondine zog ihn weg und kicherte dümmlich.

»Blöde Schlampe«, hörte sie ihn zischen, gerade laut genug, dass sie es verstand.

Monica schloss die Tür zu ihrer Wohnung auf. *Schatz, ich bin da*, rief sie wie immer beim Hereinkommen lautlos in die leere Wohnung und dachte fast, sie müsse weinen. Sie stellte das leere Weinglas auf das Abtropfbrett in ihrer kleinen Küche und wischte sich mit einem Geschirrtuch den Wein aus dem Gesicht. Wie gerne würde sie mit jemandem reden, aber sie wusste beim besten Willen nicht, wen sie anrufen sollte. Ihre Freunde hatten alle genug um die Ohren, die lebten ihr eigenes Leben und konnten sich sicher Schöneres vorstellen, als sich abends ihr wehleidiges Gejammer anzuhören. Ihren Dad anzurufen ging auch nicht, weil Bernadette, ihre Stiefmutter, sie als lästiges Anhängsel aus längst vergangenen Zeiten betrachtete und alles daransetzte, sie von ihrem Dad fernzuhalten. Bestimmt würde sie behaupten, ihr Dad sei beschäftigt, er schreibe und dürfe nicht gestört werden.

Ihr Blick blieb am Couchtisch hängen, wo sie es vor ein paar Tagen hingelegt hatte: das blassgrüne Büchlein mit der Aufschrift *Projekt Aufrichtigkeit.* Sie nahm es und schlug die erste Seite auf. *Ein jeder von uns erzählt Lügen über sein Leben. Was würde passieren, wenn man stattdessen die Wahrheit sagte? Die eine große Wahrheit, die* Sie *ausmacht, durch die sich alles andere zusammenfügt wie die Teile eines Puzzles?*

Ja, warum eigentlich nicht?, dachte sie und wurde ganz kribbelig beim Gedanken daran, einmal etwas völlig Unbesonnenes zu tun. Es dauerte eine Weile, bis sie einen ordentlichen Stift gefunden hatte. Es schien ihr irgendwie respektlos, Julians penible Schönschrift mit dem Gekritzel eines billigen Kulis zu entstellen. Sie blätterte um auf die nächste leere Seite und fing an zu schreiben.

Hazard

Hazard fragte sich, wie viel Lebenszeit er wohl schon über Toilettenkästen kauernd verplempert hatte. Alles zusammen bestimmt ganze Tage. Wie viele potenziell tödliche Bakterien er wohl zusammen mit einer grob gehackten Line feinsten kolumbianischen Schnees geschnupft hatte? Und wie viel davon war tatsächlich Koks gewesen und kein Babypuder, Rattengift oder Abführmittel? Alles Fragen, die ihn nicht mehr lange beschäftigen mussten, denn das hier war das letzte Gramm Koks, das er je kaufen würde.

Hazard kramte in den Hosentaschen nach einem Geldschein, bis ihm wieder einfiel, dass er seinen letzten Zwanziger für die Flasche Wein hingeblättert hatte, die er gerade zur Hälfte ausgetrunken hatte. In diesem schicken, überteuerten Schuppen bekam man für zwanzig Pfund bloß eine fiese Plörre, mehr Spiritus als edles Tröpfchen. Aber das Zeug tat seine Wirkung. Hazard krempelte sämtliche Taschen auf links und fand schließlich einen zusammengefalteten Zettel in der Jacke. Eine Kopie seines Kündigungsschreibens. Tja, wenn das mal nicht Ironie des Schicksals ist, dachte er, riss eine Ecke heraus und drehte daraus ein kleines Röhrchen.

Ein beherztes Schniefen, und Hazard schmeckte das vertraute chemische Brennen im Hals. Ein paar Minuten später wich die nervöse Gereiztheit zwar keiner euphorischen Hochstimmung (die Zeiten waren längst vorbei), aber zumindest einem gelösten

Wohlbefinden. Er zerknüllte das Papierröhrchen und warf es zusammen mit dem kleinen Plastiktütchen, in dem das Pulver gewesen war, in die Toilettenschüssel – und sah zu, wie beides von den Untiefen der Londoner Kanalisation verschluckt wurde.

Behutsam nahm Hazard den schweren Porzellandeckel vom Toilettenkasten und lehnte ihn gegen die Wand. Dann zog er sein iPhone – natürlich das allerneueste Modell – aus der Hosentasche und ließ es in das nachlaufende Wasser im Kasten plumpsen. Mit einem satten Klatschen sank es bis auf den Grund. Hazard legte den Deckel wieder auf, das Telefon blieb allein im Dunkeln. So, jetzt konnte er seinen Dealer nicht mehr anrufen. Oder irgendwen, der seinen Dealer kannte. Die einzige Nummer in diesem Handy, die er auswendig konnte, war die seiner Eltern, und das war die einzige Nummer, die er brauchen würde. Obwohl er bei seinem nächsten Anruf bei ihnen einiges gutzumachen hatte.

Rasch warf Hazard einen Blick in den Spiegel und wischte die verräterischen weißen Puderreste aus den entzündeten Nasenlöchern, dann marschierte er zu seinem Tisch zurück, mit etwas schwungvollerem Schritt als vorhin auf dem Weg zur Toilette. Sein Optimismus war teils körperfremden Substanzen zuzuschreiben, aber darunter mischte sich ein Gefühl, das er lange nicht mehr gehabt hatte – ein Anflug von Stolz.

Verdattert guckte er auf den Tisch. Irgendwas war anders. Die Flasche Wein stand noch da, genau wie die beiden Gläser (damit es aussah, als erwartete er noch jemanden, statt sich alleine zu betrinken) und der eselsohrige *Evening Standard*, den zu lesen er vorgegeben hatte. Aber da war noch etwas. Ein Notizbüchlein. So eins hatte er damals als Frischling auf dem Parkett auch gehabt, vollgekritzelt mit wertvollen Infos, die er in der *Financial Times* aufgeschnappt hatte, und heißen Tipps, die ihm die Veteranen zugeworfen hatten wie einem etwas überdrehten Hündchen die Leckerlis. Aber auf diesem stand groß *Projekt Aufrichtigkeit.* Klang nach einem Haufen New-Age-Quark. Er schaute sich um, ob irgendwer, der esoterisch genug aussah, das Heft vielleicht versehentlich liegen gelassen hatte, sah aber nur die üblichen Unter-der-Woche-Trinker, die versuchten, hier den Stress eines langen Arbeitstages hinter sich zu lassen.

Hazard schob das Büchlein bis zur Tischkante, damit sein rechtmäßiger Besitzer es sofort sah, wenn er es suchte, dann widmete er sich wieder der ernst zu nehmenden Aufgabe, die Weinflasche zu leeren. Seine letzte Weinflasche. Denn Koks und Wein gehörten zusammen wie Fish and Chips, wie Spiegeleier und Speck, wie Ecstasy und Sex. Wollte er mit dem einen aufhören, musste er auch das andere drangeben. Gleiches galt für seinen Job. Denn nachdem er jahrelang völlig high die Aktienmärkte gesurft hatte, wusste er nicht, ob er das nüchtern überhaupt noch ertragen konnte. Oder wollte.

Nüchtern. Ein grässliches Wort. Ernst, ehrlich, gemessen, getragen, besonnen, bedeutsam – und so ganz anders als Hazard selbst, der eher ein Fall von »wie der Name schon sagt« war. Hazard legte eine Hand fest auf das rechte Bein, das unter dem Tisch hibbelig auf und ab wippte. Erst da merkte er, dass er mit den Zähnen knirschte. Er hatte seit sechsunddreißig Stunden nicht mehr richtig geschlafen, seit der Nacht mit Blanche. Sein Kopf stand unter Strom und gierte ständig nach neuer Stimulation und kämpfte gegen seinen Körper, der müde war bis auf die Knochen und nach seligem Vergessen lechzte. Hazard war, wie ihm da aufging, das alles müde. Sein Leben und die ständige Achterbahnfahrt aus Aufputsch- und Beruhigungsmitteln, die schmierigen Anrufe bei seinem Dealer, das andauernde Schniefen und das immer heftigere Nasenbluten. Wie hatte es nur so weit kommen können, dass aus einer Line, die er gelegentlich bei Partys gezogen und die ihm das Gefühl gegeben hatte, unbesiegbar zu sein und fliegen zu können, eine Unverzichtbarkeit geworden war, ohne die er es morgens nicht mehr aus dem Bett schaffte?

Da niemand das herrenlose Heft zu vermissen schien, schlug Hazard es auf. Dicht gedrängte Zeilen füllten die erste Seite. Er versuchte, das Geschriebene zu entziffern, doch die Buchstaben tanzten wild durcheinander. Hazard kniff ein Auge zu und probierte es noch einmal. Die Worte setzten sich wieder etwas geordneter zusammen. Er blätterte weiter und sah, dass es zwei verschiedene Handschriften waren – zuerst eine feine verschnörkelte Schönschrift, dann eine bodenständigere, rundere, ordentlichere Alltagsschrift. Hazards Neugier war geweckt. Aber einäugig zu lesen war anstrengend, und man sah dabei aus wie ein Depp, also klappte er das Heft zu und steckte es in die Jackentasche.

Vierundzwanzig Stunden später kramte Hazard in seiner Jacke nach einem Kugelschreiber und stieß dabei unversehens auf die Kladde. Es dauerte eine Weile, bis ihm wieder einfiel, wie sie dorthin gekommen war. Sein Hirn war Matsch. Er hatte hämmernde Kopfschmerzen, und obwohl er müder war denn je in seinem Leben, fand er einfach keinen Schlaf. Er lag im Bett inmitten der verschwitzten, zerknüllten Laken und der Bettdecke, umklammerte das Büchlein und fing an zu lesen.

Wie gut kennen Sie die Menschen um sich herum? Wie gut kennen die Sie? Wissen Sie überhaupt, wie Ihre Nachbarn heißen? Würden Sie es merken, wenn etwas mit ihnen nicht stimmte, wenn sie tagelang nicht aus dem Haus gegangen wären?

Hazard grinste in sich hinein. Er war ein Kokser. Der einzige Mensch, für den er sich interessierte, war er selbst.

Was würde passieren, wenn man stattdessen die Wahrheit sagte?

Ha! Vermutlich würde er verhaftet. Zumindest gefeuert. Wobei, dafür war es jetzt ein bisschen zu spät.

Hazard las weiter. Er mochte Julian irgendwie. Wäre er vierzig Jahre älter oder Julian vierzig Jahre jünger, hätte er sich gut vorstellen können, dass sie Freunde geworden wären, dass sie gemeinsam um die Häuser gezogen, Frauen abgeschleppt und richtig auf die Pauke gehauen hätten. Aber er konnte sich nicht vorstellen, seine eigene Geschichte zu erzählen (die Wahrheit wollte er sich ja nicht einmal selbst eingestehen, geschweige denn sie jemand anderem auf die Nase binden). Aufrichtigkeit war etwas, auf das er verzichten konnte. Seit Jahren schon versteckte er sich davor. Er blätterte um. Wer, fragte er sich, hatte das Büchlein wohl vor ihm gefunden?

Ich heiße Monica, und ich habe dieses Heft in meinem Café gefunden.

Nachdem Sie Julians Geschichte übers Unsichtbarsein gelesen haben, stellen Sie sich ihn bestimmt als typischen Rentner vor, ganz in Beige, mit Strickweste und orthopädischen Schuhen. Nun, lassen Sie sich das gesagt sein, Julian ist alles andere als eine graue Maus. Ich habe gesehen, wie er in das Heft geschrieben hat, das er bei mir liegen gelassen hat, und er ist der am wenigsten unsichtbare Endsiebziger, den man sich nur vorstellen kann. Er sieht aus wie eine Mischung aus Gandalf (nur ohne Bart) und Rupert Bär, mit senfgelbem Hausrock aus Samt und karierter Hose. Es stimmt allerdings, dass er mal ein echt flotter Feger war. Wenn Sie mir nicht glauben, sehen Sie sich sein Selbstporträt an. Es hing eine Weile in der National Portrait Gallery.

Hazard tastete nach seinem Mobiltelefon, um Julians Porträt zu googeln, bis ihm einfiel, dass er es im Wasserkasten des Klosetts in der Weinbar um die Ecke versenkt hatte. Warum bloß hatte er das gestern für einen genialen Geistesblitz gehalten?

Ich bin leider nicht annähernd so interessant wie Julian.

Daran hatte Hazard überhaupt keinen Zweifel. Man merkte es gleich an ihrer peniblen, pedantischen Schrift, dass sie ein verklemmter Albtraum sein musste. Immerhin war sie keine dieser Tussis, die Smileys in die Os malten.

Dies ist meine Wahrheit, öde, vorhersehbar und biologisch vorherbestimmt: Ich möchte ein Kind. Und einen Mann. Vielleicht auch einen Hund und einen Volvo. Die ganze Klischee-Kleinfamilien-Kiste, wenn ich ehrlich bin.

Hazard war nicht entgangen, dass Monica einen Doppelpunkt verwendet hatte. Er wirkte ein wenig deplatziert. Hazard hätte nicht gedacht, dass sich heutzutage irgendwer noch um korrekte Grammatik scherte. Wer schrieb denn überhaupt noch? Von Kurznachrichten und Emojis mal abgesehen.

Herrje, das klingt ja gruselig, wenn es erst mal dasteht. Dabei bin ich Feministin. Ich verwahre mich gegen die Vorstellung, als Frau einen Mann zu brauchen, als bessere Hälfte, als Ernährer und Beschützer oder auch nur als Handwerker im Haus. Ich bin Geschäftsfrau, und ganz unter uns, ich habe einen leichten Kontrollzwang. Bestimmt gäbe ich eine völlig miserable Mutter ab. Aber wie sehr ich mich auch bemühe, die Sache rational zu betrachten, habe ich trotzdem das Gefühl, als hätte sich in meinem Leben ein Loch aufgetan, das täglich größer wird und droht, mich irgendwann mit Haut und Haaren zu verschlingen.

Hazard unterbrach sich kurz und warf zwei weitere Paracetamol ein. Er wusste nicht so recht, ob er gerade den Nerv dazu hatte, sich mit tickenden biologischen Uhren herumzuschlagen. Eine der Tabletten blieb ihm im Hals stecken, und er musste würgen. Auf dem Kissen neben ihm sah er ein einzelnes langes blondes Haar liegen wie ein Souvenir aus einem anderen Leben. Er warf es auf den Fußboden.

Früher war ich Anwältin in einer großen, angesehenen Kanzlei in der City. Ich habe mich dumm und dämlich verdient und brauchte dafür nichts weiter zu tun, als die Frauenquote in den Unternehmen unserer Klienten kosmetisch zu verschönern und mein Leben gegen verrechnungsfähige Stunden einzutauschen. Ich habe mehr oder weniger jeden wachen Augenblick gearbeitet, oft auch abends und an den Wochenenden. Hatte ich ausnahmsweise mal frei, bin ich ins Fitnessstudio gegangen, um mir den Stress von der Seele zu strampeln. Mein Sozialleben bestand ausschließlich aus Firmenfeiern und Klientenbespaßung. Ich habe mir einzureden versucht, noch mit meinen alten Schulkameraden und Kommilitonen befreundet zu sein, weil ich ja auf Facebook regelmäßig ihre Status-Updates gelesen habe, dabei hatte ich die meisten von ihnen seit Jahren nicht mehr gesehen.

So hätte es ewig weitergehen können, ein Hamster im Laufrad, ein Rädchen im Getriebe, immer brav auf Beförderungen und leere Lobhudeleien aus, wäre da nicht etwas gewesen, was meine Mum zu mir gesagt hat, und eine Frau namens Tanya.

Ich habe Tanya nie persönlich kennengelernt, zumindest nicht dass ich wüsste, aber ihr Leben war nicht so viel anders als meins – eine aufstrebende junge Anwältin in der City, gerade einmal zehn Jahre älter als ich. Eines Sonntags ging sie wie gewöhnlich in die Kanzlei. Ihr Chef war da. Er sagte ihr, sie solle nicht jedes Wochenende im Büro verbringen, sie bräuchte doch auch ein Leben außerhalb der Kanzlei. Das war nur gut gemeint, aber das Gespräch muss Tanya zutiefst erschüttert haben. Ihr muss aufgegangen sein, wie leer und sinnlos das alles war, denn am nächsten Sonntag ist Tanya wieder in die Kanzlei gegangen. Sie fuhr mit dem Aufzug bis ganz nach oben und sprang vom Dach. Die Zeitungen brachten ein Foto von ihr bei ihrer Abschlussfeier, wie sie zwischen ihren stolzen Eltern stand, mit hoffnungsvollem Blick und erwartungsvoll glänzenden Augen.

Ich wollte nicht wie Tanya enden, aber ich musste mir eingestehen, dass ich auf dem besten Weg dazu war. Ich war fünfunddreißig Jahre alt, Single und hatte außer meiner Arbeit nichts vorzuweisen im Leben. Als meine Großtante Lettice dann starb und mir unverhofft ein kleines Erbe hinterließ, legte ich meine nicht unerheblichen Ersparnisse obendrauf und tat zum ersten und bisher einzigen Mal in meinem Leben etwas völlig Unerwartetes: Ich habe gekündigt. Und dann habe ich den Mietvertrag für ein altes, heruntergekommenes Ladenlokal in der Fulham Street unterzeichnet, in dem früher ein Süßigkeitenladen war, und habe dort ein Café eröffnet und es Monica's genannt.

Monica's Café. Das kannte Hazard. Das war genau gegenüber von jener Bar, in der er das Büchlein gefunden hatte. Drin gewesen war er noch nie. Ihm waren anonyme Kaffeeketten lieber, wo die ständig wechselnden Baristas sich garantiert nicht merkten, wie oft er morgens verkatert hereingestolpert kam oder wie oft er den Geldschein erst ausrollen musste, eher er ihn über den Tresen reichte. Monica's wirkte schon von außen so furchtbar *gemütlich. So vollwertig.* Alles bio und nach Omas Rezepten. In solchen Läden kam Hazard sich vor wie ein verlotterter Liederling. Allein dieser Name. *Monica's.* Was für ein Abtörner. So hießen Lehrerinnen. Oder Wahrsagerinnen. Vielleicht auch Puffmütter. *Madame Monica,* Massagen mit Happy End. Kein guter Name für ein Café. Er las weiter.

Mein eigener Chef zu sein, statt nur ein Name an einer Bürotür, gefangen in einer starren Unternehmenshierarchie, hat durchaus seinen Reiz (und ist eine unglaubliche Lebenserfahrung; sagen wir einfach so, Benji ist nicht mein erster Barista). Aber noch immer ist da dieses klaffende Loch in meinem Leben. Ich weiß selbst, wie altmodisch das klingt, aber insgeheim wünsche ich mir doch, das Märchen würde wahr. Ich will den Prinzen auf dem weißen Ross und ein Happy End mit »Und wenn sie nicht gestorben sind …«.

Tinder habe ich schon ausprobiert. Ich hatte unzählige Dates. Ich gebe mir allergrößte Mühe, nicht zu wählerisch zu sein und darüber hinwegzusehen, wenn er keinen Dickens gelesen oder schmutzige Fingernägel hat oder mit vollem Mund redet. Ich hatte schon etliche Beziehungen, und bei dem einen oder anderen habe ich wirklich gedacht, es könnte etwas Ernstes sein. Aber am Ende habe ich bloß wieder die gleiche lahme Ausrede gehört, das altbekannte: »Es liegt nicht an dir, es liegt an mir. Ich bin einfach noch nicht reif für eine feste Beziehung …« Bla, bla, bla. Und kein halbes Jahr später bekomme ich auf Facebook die Mitteilung, dass derselbe Kerl seinen Beziehungsstatus zu »verlobt« geändert hat, und ich weiß, es lag DOCH an mir. Aber ich weiß nicht, warum.

Hazard hatte da so eine vage Vermutung.

Mein ganzes Leben lang habe ich Pläne gemacht. Immer hatte ich alles unter Kontrolle. Ich schreibe Listen, ich setze mir

Zwischenziele und Termine, ich setze meine Ideen in die Tat um. Aber inzwischen bin ich siebenunddreißig, und die Zeit läuft mir unaufhaltsam davon.

Siebenunddreißig. Hazard ließ sich die Zahl durch das vernebelte Hirn gehen. Da würde er definitiv nach links wischen, obwohl er selbst schon achtunddreißig war. Er musste daran denken, wie er einem seiner Kumpels bei der Bank erklärt hatte, dass sei wie in der Obstabteilung im Supermarkt (auch wenn er nie Obst kaufte oder überhaupt in den Supermarkt ging), man kaufe ja auch nicht die überreifen Pfirsiche, die kurz vorm Verschimmeln sind. Seiner Erfahrung nach machten ältere Frauen bloß Scherereien. Sie hatten Erwartungen. Fixe Vorstellungen. Und meistens dauerte es nicht lange, bis sie mit einem »reden« wollten. Dann wurde man genötigt, sich zu erklären, zu sagen, wo die Beziehung hinführen sollte. Als sitze man in einem 22er Bus in Richtung Piccadilly. Es schüttelte ihn.

Jedes Mal, wenn Freunde auf Facebook ein Ultraschallbild posten, klicke ich auf »Like« und rufe sie an und schwärme überschwänglich, wie sehr ich mich mit ihnen freue, aber eigentlich will ich mich am liebsten heulend in einer Ecke verkriechen und schreien: Warum die und nicht ich? Und dann muss ich ganz dringend in die Kurzwarenabteilung von Peter Jones gehen. Das ist das Einzige, was hilft. Denn wo könnte man besser entspannen als in einer Kurzwarenabteilung, umgeben von Sticktwistdocken, Häkelnadeln und bunten Knöpfen?

Sticktwistdocken? Was sollte das für ein Wort sein? Und überhaupt, eine Kurzwarenabteilung? Gab es die heutzutage noch? Kauften nicht alle lieber die Klamotten von der Stange bei Primark? Was für eine eigenartige Entspannungstechnik. Viel ineffektiver, als einfach einen doppelten Wodka zu exen. Ach, verflixt und zugenäht, warum musste er ausgerechnet jetzt an Wodka denken?

Meine biologische Uhr tickt so laut, dass ich nachts nicht schlafen kann. Dann liege ich da und verfluche meine Hormone, die ein wandelndes Klischee aus mir machen.

So, jetzt ist es raus. Julian hat gefragt. Ich hoffe, ich werde das nicht irgendwann noch bereuen.

Und was Julian angeht, habe ich da so eine Idee.

Natürlich, dachte Hazard. Eine Idee und einen Plan. Er kannte diesen Typ Frau. Bestimmt war der Plan in mehrere Punkte und Unterpunkte gegliedert, nummeriert und mit Pfeilen versehen. Das erinnerte ihn an eine seiner Exfreundinnen, die ihn eines unvergesslichen Abends mit einer PowerPoint-Präsentation zum Stand ihrer Beziehung überrascht hatte – Stärken, Schwächen, Chancen und Gefahren. Danach hatte die Sache recht schnell ein jähes Ende gefunden.

Ich weiß schon, wie ich ihn aus seinem Schneckenhaus locken kann. Ich habe eine Suchanzeige aufgesetzt: Ich suche einen örtlichen Künstler zur Leitung eines wöchentlichen Abendkunstkurses im Café. Die Anzeige habe ich ins Schaufenster gehängt. Nun brauche ich nur noch abzuwarten, bis er hereinspaziert kommt und sich bei mir bewirbt. Das Heft werde ich in der Weinbar gegenüber liegen lassen. Da Sie es mitgenommen haben, liegt es nun ganz in Ihren Händen, wie es weitergeht.

Hazard guckte auf seine Hände. Nicht unbedingt das, was man sich unter »zu treuen Händen« vorstellte. Seit den Exzessen vor vierundzwanzig Stunden, als er auch das Heft gefunden hatte, zitterten sie unaufhörlich. Mist, verdammter. Warum ausgerechnet er? Von allem anderen einmal abgesehen, würde er übermorgen das Land verlassen. Auf dem Weg zur U-Bahn würde er an Monica's Café vorbeikommen. Er könnte rasch auf einen Kaffee hineingehen, sie sich ein bisschen genauer anschauen und ihr das Büchlein in die Hand drücken, damit sie es an einen geeigneteren Kandidaten weiterreichen konnte.

Gerade als Hazard das Heft zuklappen wollte, sah er, dass Monica noch etwas auf die nächste Seite geschrieben hatte.

PS: Ich habe das Heft in Schutzfolie eingeschlagen, damit nichts drankommt, aber bitte lassen Sie es trotzdem nicht im Regen liegen.

Zu seinem eigenen Erstaunen musste Hazard grinsen.

Julian

Im Hineingehen riss Julian den handgeschriebenen Zettel ab, der an seiner Haustür klebte. Er machte sich nicht die Mühe, ihn zu lesen, er konnte sich schon denken, was draufstand. Und außerdem war alles in Großbuchstaben geschrieben. Fast kam es ihm vor, als schreie der Zettel ihn rüde an. Mit so etwas Niveaulosem gab er sich gar nicht erst ab.

Julian machte sich eine Tasse Tee, setzte sich in einen Sessel, löste die Schnürsenkel, streifte die Schuhe ab und legte die Füße in die ausgebeulte Delle des abgewetzten, brokatbezogenen Fußschemels vor ihm. Dann griff er zu seiner neuesten Hochglanzzeitschrift – *Harper's Bazaar*. Die musste er sich sorgfältig einteilen, damit er bis zum Ende der Woche etwas davon hatte. Er vertiefte sich gerade in die Seiten, als er von einem Klopfen am Fenster aus seiner Lektüre gerissen wurde. Er versank noch tiefer im Sessel, damit man seinen Kopf nicht sah. Findig, wie er war, hatte er in den vergangenen fünfzehn Jahren ständig neue Methoden ersonnen, ungewollte Besucher abzuwimmeln. Dass die Fenster im Laufe dieser Zeit kaum geputzt worden waren und nun so trüb waren wie Milchglas, kam ihm dabei zugute. Eine sehr willkommene Folge seiner Faulheit.

Julians Nachbarn wurden indes immer zudringlicher bei ihren lästigen Versuchen, seiner irgendwie habhaft zu werden. Seufzend legte er die Zeitschrift beiseite und griff nach dem Zettel, den man ihm hinterlassen hatte. Er überflog ihn und zog angewidert den Kopf ein, als er das Ausrufezeichen hinter seinem Namen sah.

MR JESSOP!
WIR MÜSSEN REDEN!
WIR (IHRE NACHBARN) MÖCHTEN DAS ANGEBOT
DES GRUNDSTÜCKSEIGENTÜMERS ANNEHMEN.
DAZU BRAUCHEN WIR IHRE ZUSTIMMUNG,
OHNE GEHT ES NICHT.
BITTE SETZEN SIE SICH DRINGENDST MIT
PATRICIA ARBUCKLE IN HAUSNUMMER 4
IN VERBINDUNG!

Als Julian das Häuschen damals, 1961, gekauft hatte, belief sich die Restlaufzeit für die Erbbaupacht des Grundstücks, auf dem es stand, auf siebenundsechzig Jahre. Eine gefühlte Ewigkeit. Nichts, worüber man sich Sorgen machen musste. Nun blieben ihnen nur noch weitere zehn Jahre, und der Grundbesitzer war nicht willens, den Pachtvertrag zu verlängern. Er wollte auf dem Grundstück, auf dem die Häuser standen, einen »Entertainment-Komplex« für das Stamford-Bridge-Stadion hochziehen, was auch immer das sein sollte. Das Stadion war im Laufe der Jahre, die Julian nun schon in seinem Schatten lebte, wieder und wieder erweitert und modernisiert worden, während Julian selbst immer kleiner und unmoderner geworden war. Nun drohte ihm alles um die Ohren zu fliegen, zu zerplatzen wie ein gigantisch schwärender Karbunkel, der sie alle in einem stinkenden Eiterstrom fortspülen würde.

Julian wusste, dem Verkauf zuzustimmen war das einzig Vernünftige. Ließen sie den Pachtvertrag einfach tatenlos auslaufen, wären ihre Häuser keinen Penny mehr wert. Der Grundbesitzer hatte ihnen ein Angebot gemacht, das annähernd dem derzeitigen

Marktwert entsprach. Doch solange Julian sich weigerte, würden seine Nachbarn keinen Penny sehen. Denn was nützte es dem Eigentümer, sämtliche anderen Häuser aufzukaufen, solange Julians Cottage noch stur mitten auf dem Grundstück stand und er sich querstellte?

Julian wusste, dass seine Nachbarn angesichts der verheerenden Vorstellung, auf einen Schlag ihre gesamten Ersparnisse – wie bei den meisten Londonern in Backsteine und Mörtel investiert – zu verlieren, zunehmend verzweifelten. Aber sosehr er sich auch bemühte, er konnte sich beim besten Willen nicht vorstellen, irgendwo anders hinzuziehen. War es denn wirklich zu viel verlangt, seine letzten Lebensjahre in Ruhe und Frieden dort zubringen zu wollen, wo man fast sein ganzes Leben lang gelebt hatte? Zehn Jahre waren mehr als genug. Und was sollte er mit dem Geld, das der Grundstückseigentümer ihm angeboten hatte? Er hatte sein Geld klug angelegt und ein erkleckliches Auskommen, er pflegte einen alles andere als extravaganten Lebensstil, und das bisschen Familie, das ihm geblieben war, hatte er schon seit Jahren nicht mehr gesehen. Es würde sein Gewissen nicht im Geringsten belasten, würde ihr Erbe in einer gigantischen Staubwolke aus unnötigem Papierkram und verstrichenen Fristen verpuffen.

Aber er wusste nur zu gut, wie egoistisch es wäre, das Angebot abzulehnen. Julian war die meiste Zeit seines Lebens ein rücksichtsloser Egoist gewesen, und seit einigen Jahren bekam er die Quittung dafür. Er wollte so gerne glauben, er sei ein geläuterter Mann – reumütig, bescheiden sogar. Also hatte er nicht Nein gesagt. Er konnte aber auch nicht Ja sagen. Stattdessen steckte er gewissermaßen den Kopf in den Sand wie ein greiser Vogel Strauß und ignorierte das immer drängendere Problem, wohl wissend, dass es sich nicht einfach in Wohlgefallen auflösen würde.

Nach fünf Minuten zunehmend verzweifelten Klopfens, das schließlich in den verärgerten Ausruf: »Ich weiß, dass Sie da drin sind, alter Mann!«, gipfelte, gab Julians Nachbarin entnervt auf. Alter Mann? Also bitte.

Julians Cottage war mehr als ein Zuhause und viel mehr als bloß eine Geldanlage. Es war sein Ein und Alles. Es war das Einzige, was ihm noch geblieben war. Es beherbergte all seine Erinnerungen, es war seine Vergangenheit, und es war die einzige Zukunft, die er sich noch vorzustellen vermochte. Wenn Julians Blick zur Haustür ging, sah er sich, wie er seine ihm frisch angetraute Braut über die Schwelle trug, mit vor Glück übergehendem Herzen und der felsenfesten Überzeugung, die Frau in seinen Armen sei alles, was er zum Glücklichsein brauche. Wenn er am Herd stand, sah er Mary mit ihrer Trägerschürze, die Haare hochgebunden, wie sie mit dem Kochlöffel in einem riesigen Topf ihres berühmten Bœuf bourguignon rührte. Wenn er am Kamin saß, sah er Mary auf dem Teppich zu seinen Füßen sitzen, die Knie bis zur Brust hochgezogen, die Haare ihres akkuraten Bobs im Gesicht, wie sie in einem ihrer schnulzigen Liebesromane schmökerte, die sie immer aus der Bücherei mitbrachte.

Es gab auch weniger schöne Erinnerungen. Mary, wie sie stille Tränen weinte, in der Hand den Liebesbrief, den eines seiner Modelle an die Staffelei geheftet hatte. Mary, wie sie oben an der Wendeltreppe zu ihrem gemeinsamen Schlafzimmer stand und ihm die Stöckelschuhe einer anderen Frau an den Kopf schleuderte. Wenn er in den Spiegel schaute, sah ihm daraus allzu oft Mary entgegen, mit großen traurigen Augen und enttäuschtem Blick.

Julian mied die unangenehmen Erinnerungen nicht. Nein, im Gegenteil, er forderte sie geradezu heraus. Es war seine Art, Buße zu tun, Abbitte zu leisten. Ein schwacher Trost. Aber zumindest der Beweis, dass er überhaupt noch zu Gefühlen fähig war. Der

Schmerz, den sie ihm bereiteten, war ihm eine eigenartige Erleichterung. Fast wie zum Skalpell zu greifen und sich damit die Haut zu ritzen und zuzusehen, wie es blutete. Das machte er nur an ganz besonders schlimmen Tagen. Auch weil seine Haut in seinem Alter eine halbe Ewigkeit brauchte, um wieder zu heilen.

Julian sah sich in seinen vier Wänden um, die beinahe vollständig hinter einem kunterbunten Puzzle aus Gemälden und Skizzen verschwanden. Jedes davon erzählte eine eigene Geschichte. Stundenlang konnte er sich in ihnen verlieren und sie einfach nur anschauen. Sie erinnerten ihn an seine Gespräche mit dem jeweiligen Künstler, an die Tipps und Ideen und Anregungen, die sie bei ein paar Karaffen Wein ausgetauscht hatten. Er wusste noch genau, wie jedes einzelne Werk seinen Weg an die Wand gefunden hatte – ein Geburtstagsgeschenk, eine kleine Aufmerksamkeit als Dankeschön für Marys grenzenlose Gastfreundschaft oder ein Spontankauf bei einer Vernissage, weil ihm eine Arbeit besonders gut gefallen hatte. Und selbst *wo* die Bilder an der Wand hingen, hatte eine besondere Bedeutung. Manchmal waren sie chronologisch gehängt, manchmal thematisch – schöne Frauen, Londoner Wahrzeichen, eigenartige Perspektiven oder die besonders eigenwillige Gestaltung von Licht und Schatten. Wie sollte er die alle mitnehmen? Wo sollte er denn damit hin?

Es war beinahe fünf Uhr nachmittags. Julian nahm eine Flasche Baileys aus dem Barfach und goss etwas davon in einen silbernen Flachmann. Er warf sich den Mantel über, und nachdem er sich vergewissert hatte, dass die Luft rein war und keine nervigen Nachbarn in Sicht waren, machte er sich auf den Weg zum Friedhof.

Schon von Weitem sah er, dass irgendwas am Grab des Admirals anders war als sonst, aber es dauerte eine Weile, bis er Genaueres erkennen konnte. Es war wieder ein Brief – schwarze

Schrift auf weißem Papier. Hinterließen seine Nachbarn ihm jetzt *überall* Nachrichten? Waren sie ihm etwa gefolgt? Spionierten sie ihm heimlich nach? Langsam reichte es ihm. Das war ja die reinste Hexenjagd.

Im Näherkommen sah er dann, dass das keine Nachricht seiner Nachbarn war. Nein, es war eine Anzeige, und er hatte sie schon einmal gesehen, heute Morgen erst. Da hatte er sich nichts dabei gedacht, aber jetzt ging ihm allmählich auf, dass sie allem Anschein nach allein für ihn bestimmt war.

Monica

Es war Samstag, und langsam schwand Monicas Hoffnung, ihr genialer Plan könne doch noch aufgehen. Es war Tage her, seit sie die Anzeige ins Schaufenster des Cafés geklebt hatte, aber von Julian keine Spur. Dafür ein ganzer Rattenschwanz hoffnungsvoller Bewerber um die Stelle als Kunstlehrer, die sie allesamt hatte abweisen müssen, und das mit zunehmend abstrusen Ausflüchten. Wer hätte gedacht, dass es hier in der Nachbarschaft so viele brotlose Künstler gab? Als ehemaliger Anwältin war es ihr zutiefst zuwider, alle nur erdenklichen Einstellungsregeln mit Füßen zu treten, aber insgeheim freute sie sich auch diebisch, sich ausnahmsweise mal nicht sklavisch an die Regeln und Vorschriften zu halten.

Und als sei das noch nicht genug, musste Monica sich nun bei jedem Gast, der ins Café kam, fragen, ob der- oder diejenige womöglich das kleine Büchlein mitgenommen hatte, das sie neulich Abend an einem unbesetzten Tisch in der Weinbar gegenüber liegen gelassen hatte, und ihre entsetzlich peinlichen Bekenntnisse einer verzweifelten alten Jungfer gelesen hatte. Arrrgh. Was hatte sie sich bloß dabei gedacht? Könnte sie das alles doch bloß löschen wie einen unbedachten Facebook-Post. Aufrichtigkeit, dachte sie bei sich, wird maßlos überbewertet.

Eine Frau trat an den Tresen, ein Baby in den Armen. Das kleine Mädchen konnte nicht älter als drei Monate sein, entzückend herausgeputzt mit einem altmodischen gesmokten

Kleidchen und Strickjäckchen. Aus großen blauen Kulleraugen, die aussahen, als könnten sie erst seit Kurzem scharf sehen, starrte das Baby Monica durchdringend an. Monica wurde flau im Magen. Stumm sagte sie sich ihr Mantra auf: *Ich bin eine starke, unabhängige Frau. Ich brauche dich nicht…* Als könne das Baby Gedanken lesen, stieß es unvermittelt einen markerschütternden Schrei aus und verzog das kleine Gesichtchen, das hochrot wurde wie die leibhaftige Inkarnation eines wütenden Emojis. Monica formte ein stummes *Dankeschön* mit den Lippen und drehte sich dann um, um den gewünschten Pfefferminztee aufzugießen. Gerade als sie der Frau die Tasse reichte, ging die Tür auf, und herein spazierte Julian.

Beim letzten Mal war er wie ein exzentrischer Gentleman aus der Edwardischen Epoche dahergekommen, was Monica zu der Vermutung veranlasst hatte, seine gesamte Garderobe sei von dieser Epoche inspiriert. Ein Irrtum, wie sich nun herausstellte, denn sein heutiges Outfit erinnerte frappierend an den Mittachtzigerjahre-New-Romantic-Style. Zu einer knallengen schwarzen Röhrenhose hatte er Wildlederstiefeletten und ein weißes Hemd kombiniert. Mit *Rüschen. Einer Unmenge* an Rüschen. Fehlte eigentlich nur noch dicker rabenschwarzer Eyeliner. Zu Monicas Erleichterung schien er darauf verzichtet zu haben.

Julian setzte sich an denselben Tisch in der Bibliothek, an dem er schon bei seinem letzten Besuch gesessen hatte. Ein bisschen nervös ging Monica hin, um seine Bestellung aufzunehmen. Ob er ihre Anzeige gelesen hatte? Ob er deswegen hier war? Ihr Blick ging zum Schaufenster, wo sie die Anzeige ausgehängt hatte. Der Zettel war verschwunden. Verdattert rieb sie sich die Augen, fast als erwartete sie, er könne sich wie von Zauberhand wieder materialisieren, aber nein. Nur ein paar Klebestreifenreste pappten noch an der Scheibe, dort, wo vorher der Zettel gehangen hatte. Die musste sie nachher unbedingt mit Essig entfernen.

Tja, so viel zu ihrem genialen Plan. Ihre Verwunderung wich rasch der Erleichterung. War ja eigentlich auch eine ziemlich blöde Idee gewesen. Und da Julian offensichtlich nur auf einen Kaffee hereingeschaut hatte, konnte sie aufatmen und ihn behandeln wie jeden anderen Gast auch.

»Was darf's denn sein?«, fragte sie fröhlich.

»Ich hätte gerne einen starken schwarzen Kaffee«, entgegnete er (offenkundig kein Freund von neumodischem Firlefanz, stellte sie zufrieden fest), während er den Zettel, den er in den Händen hielt, auseinanderfaltete, die Knicke glatt strich und ihn dann vor sich auf den Tisch legte. Es war ihre Anzeige. Aber nicht das Original, sondern eine Fotokopie. Monica wurde hochrot.

»Gehe ich recht in der Annahme, dass diese Anzeige für mich bestimmt war?«, fragte Julian.

»Wieso, sind Sie Künstler?«, stammelte Monica, als säße sie bei *Was bin ich?* und suchte verzweifelt nach der richtigen Antwort auf diese Frage, unschlüssig, ob sie die Wahrheit sagen oder lieber zur Ablenkung ein paar Nebelkerzen werfen sollte.

Eine ganze Weile sah er ihr wortlos in die Augen wie eine Schlange, die ein kleines Nagetier hypnotisiert. »Das bin ich«, erwiderte er schließlich, »und ich nehme an, deswegen klebte Ihre Anzeige auch in Chelsea Studios, wo ich wohne, an einer Mauer. Und das nicht nur einmal, sondern gleich dreimal.« Mit dem Finger klopfte er dreimal auf den Zettel, wie um dem Gesagten Nachdruck zu verleihen. »Nun, das könnte natürlich auch reiner Zufall sein, aber gestern, als ich zu meiner gewohnten Zeit das Grab des Admirals auf dem Brompton Cemetery besuchte, klebte doch tatsächlich einer dieser Zettel *mitten auf dem Grabstein*. Also habe ich mir gedacht, Sie müssen wohl mein kleines Notizbüchlein gefunden haben und versuchen nun, auf diese Art und Weise mit mir in Kontakt zu treten. Übrigens, ich weiß nicht so recht, die Schrift, die Sie verwendet haben … Wenn ich Sie wäre, ich würde bei Times New Roman bleiben. Mit Times New Roman kann man nichts verkehrt machen, finde ich.«

Monica, die immer noch an Julians Tisch stand, kam sich inzwischen vor wie ein ungezogenes Schulmädchen, das zum Direktor zitiert worden war. Zumindest stellte sie sich das so vor. Selbstredend war sie nie in diese unangenehme Lage geraten.

»Darf ich?«, fragte sie und wies auf den Stuhl Julian gegenüber am Tisch. Er neigte den Kopf ganz leicht zur Seite wie als Ansatz eines Nickens. Monica setzte sich und musste sich erst einmal sammeln. Sie durfte sich jetzt nicht einschüchtern lassen. Sie musste an ihre Mutter denken und an den guten Rat, den sie ihr einmal gegeben hatte.

Wenn du mal Angst hast, Monica, stell dir vor, du wärst Boudicca, die Königin der Kelten! Oder Elizabeth I. oder Madonna!

Die Muttergottes?, hatte sie erstaunt gefragt.

Nein, du Dummchen! Die war viel zu sanftmütig und bescheiden! Der Popstar natürlich. Und dann hatte sie so laut gelacht, dass die Nachbarn empört gegen die Wände klopften.

Weshalb Monica nun versuchte, Madonna zu channeln, und den einschüchternden, leicht angesäuerten Mann ihr gegenüber, ohne zu blinzeln, durchdringend ansah.

»Stimmt. Ich habe Ihr Büchlein mitgenommen, und die Anzeige war tatsächlich für Sie bestimmt, aber ich habe sie weder an die Mauer geklebt noch damit den Grabstein des Admirals tapeziert.« Julian zog eine Augenbraue hoch und schaute sie mit unverhohlener Skepsis an. »Ich habe nur einen einzigen Zettel geschrieben und ihn dort ins Schaufenster geklebt.« Mit einem Nicken wies sie auf die leere Stelle, wo der Zettel einst geklebt hatte. »Das hier ist eindeutig eine Kopie. Ich habe aber gar keine Kopien angefertigt. Weshalb ich mich frage, wer das gewesen sein könnte.« Es wollte ihr schier nicht in den Kopf. Warum um alles in der Welt sollte irgendwer ihren Aushang mopsen und ungefragt vervielfältigen?

»Tja, wenn Sie es nicht waren, dann muss noch jemand anderer meine Geschichte gelesen haben«, schlussfolgerte Julian. »Woher wüsste er oder sie sonst, wo ich wohne? Oder dass ich dem Admiral wöchentlich die Ehre erweise? Das kann doch kein Zufall sein, dass der einzige Grabstein, an dem einer Ihrer Zettel klebt, just der ist, den ich seit vierzig Jahren regelmäßig aufsuche?«

Monica wurde mit einem Mal noch unbehaglicher zumute, weil ihr aufging, dass jeder, der Julians Geschichte gelesen hatte, auch ihre gelesen haben musste. Rasch stopfte sie diesen Gedanken in die »Zu unangenehm, um jetzt darüber nachzudenken«-Schublade. Die würde sie ganz zweifellos nachher noch mal aufmachen.

»Also, hätten Sie Interesse?«, fragte sie Julian. »Würden Sie einen Abendkurs für mich leiten? Hier im Café?«

Ihre Frage hing so lange unbeantwortet in der Luft, dass Monica sich schon fragte, ob sie sie womöglich wiederholen sollte. Doch dann knautschte sich Julians faltiges Gesicht zusammen wie eine Ziehharmonika, und er lächelte.

»Nun ja, da Sie und, wie es scheint, noch irgendwer sich solche Mühe gemacht haben, wäre es doch ungemein unhöflich, wenn ich es nicht täte, oder? Ich bin übrigens Julian«, sagte er und reichte ihr die Hand.

»Ich weiß«, entgegnete Monica und nahm die dargebotene Rechte. »Und ich bin Monica.«

»Ich freue mich sehr auf unsere Zusammenarbeit, Monica. Ich habe so das Gefühl, wir beide könnten Freunde werden.« Und dann ging Monica, um ihm seinen Kaffee zu machen, und fühlte sich dabei, als hätte sie gerade zehn Punkte für Gryffindor errungen.

Hazard

Hazard schaute hinaus auf die mit Palmen gesäumte, halbmondförmige Bucht. Das Südchinesische Meer war von einem perfekten, strahlenden Tiffany-Blau, und der Himmel war wolkenlos. Hätte er dieses Postkartenbild bei Instagram gesehen, er hätte geschworen, es müsse gephotoshoppt und mit einem Filter nachbearbeitet worden sein. Aber nach drei Wochen fing diese ganze Perfektion langsam an, ihm auf die Nerven zu gehen. Bei seinen morgendlichen Spaziergängen am Strand (ehe der Sand zu heiß wurde, um barfuß darüberzulaufen) ertappte er sich dabei, wie er sich insgeheim wünschte, einen dicken Hundehaufen auf dem schneeweißen puderfeinen Sand zu finden. Irgendwas, um diese monotone Schönheit zu zerstören und damit ein wenig erträglicher zu machen. Oft war Hazard versucht, laut um Hilfe zu schreien, aber er wusste nur zu gut, dieser Strand war wie die Weiten des Weltalls. Niemand würde seine Schreie hören.

Hazard war schon einmal auf dieser Insel gewesen. Fünf Jahre war das her. Damals war er mit Freunden auf Koh Samui gewesen, und von dort waren sie für ein paar Tage mit dem Boot hierhergekommen. Ihm war das alles viel zu abgelegen gewesen, und er hatte gar nicht schnell genug wieder zurückkehren können zu den Bars, Clubs und Vollmondpartys auf Samui, von Strom, fließend Warmwasser und WLAN mal ganz abgesehen. Aber irgendwo tief drinnen, fast verschüttet unter endlosen schmierigen und ziemlich widerwärtigen Flashbacks an Gelegenheitssex, besoffen getippten anzüglichen Textnachrichten und zwielichtigen Dealern in dunklen Gassen, die ungebeten immer wieder auftraten, schimmerte die Erinnerung an diesen besonderen Ort wie eine kostbare Perle. Er erschien ihm wie eine Oase der Ruhe in der unwirtlichen Wüste seiner jüngeren Vergangenheit. Weshalb er auch, kaum dass er sich vorgenommen hatte, endlich sein Leben auf die Reihe zu kriegen und noch mal ganz von vorne anzufangen, einen One-Way-Flug hierher gebucht hatte. Die Insel war so abgelegen, dass er unmöglich auf dumme Gedanken kommen konnte, und das Leben dort so billig, dass er notfalls ein paar Monate von seinem letzten Bonus-Scheck leben konnte.

An einem Ende des kleinen Strands gab es ein Café – Lucky Mother – und am anderen eine Bar namens Monkey Nuts (benannt nach dem einzigen Snack, den es dort gab, Erdnüssen). Dazwischen, aufgereiht wie Perlen auf einer Kette (wenn auch mit etwas mehr Patina), standen unter Palmen fünfundzwanzig einfache Hütten mit Blick aufs Meer. Die Nummer 8 war Hazards Hütte. Eine einfache Holzkonstruktion, nicht viel größer als der Gartenschuppen seines Vaters.

Darin gab es ein Schlafzimmer, in dem gerade ein Doppelbett Platz fand, mit einem derart löchrigen Moskitonetz verhängt, dass ganze Busladungen blutdurstiger Insekten problemlos Einlass fanden. Dazu ein kleines Badezimmer mit einem Klo und einer Kaltwasserdusche, das an der Seite der Hütte klebte wie eine Rettungskapsel am Mutterschiff. Die einzigen Möbelstücke waren eine zu einem Nachttischchen umfunktionierte Tiger-Beer-Kiste, ein kleines Bücherregal mit einer eher eklektischen Lektüreauswahl, zurückgelassen von anderen Reisenden vor ihm, und ein paar Wandhaken, an denen Hazards Sarongs hingen, die er in der Stadt erstanden hatte. Er fragte sich, was seine alten Kumpels wohl dazu sagen würden, wenn sie wüssten, dass er den ganzen Tag nur mit einem *Rock* bekleidet herumlief.

Hazard schaukelte gemütlich in seiner Hängematte, die zwischen zwei Pfosten gespannt auf der Terrasse seiner Hütte hing. Die Terrasse war genauso lang wie das Häuschen selbst. Er sah zu, wie ein kleines Motorboot am Strand anlandete und die etwa fünfzehn Tagesausflügler aus Samui wieder einsammelte. Zurück blieben nur die Inselbewohner und die Gäste, die länger blieben. Der Himmel färbte sich rotorange, während die Sonne auf den Horizont zuglitt. Hazard wusste aus Erfahrung, wie schnell es jetzt dunkel werden würde. Hier unten, so nahe am Äquator, fackelte die Sonne nicht lange. Nichts da mit langen, melancholischen Abschiedsszenen, wie er sie von zu Hause kannte – nein, hier hatte der Sonnenuntergang eher etwas vom abendlichen Zapfenstreich im Internatsschlafsaal, wenn unvermittelt das Licht ausgeknipst wurde.

Der Generator hinter dem Monkey Nuts sprang an, und ein leichter Hauch von Benzin wehte herüber, während Hazard im Hintergrund hörte, wie Andy und Barbara (vermutlich die verwestlichte Version ihrer thailändischen Namen, die auch die dümmsten Touristen aussprechen konnten) anfingen, das heutige Abendessen vorzubereiten.

Dreiundzwanzig Tage, exakt so lange war es her, seit Hazard das letzte Mal Alkohol getrunken und Drogen genommen hatte. Das wusste er so genau, weil er jeden Tag eine Kerbe in den Holzrahmen seines Bettes geschnitzt hatte. Wie ein Gefangener auf Alcatraz und nicht wie ein Tourist an einem der malerischsten Fleckchen dieser Erde. Heute Morgen hatte er vier kleine Fünferpäckchen gezählt und drei weitere Kerben dazu. Quälend lange Tage waren das gewesen, mit Kopfschmerzen, Schweißausbrüchen und Schüttelfrost, und unruhige Nächte mit Albträumen, in denen er seine schlimmsten Exzesse noch einmal durchlebte. Letzte Nacht hatte er doch tatsächlich geträumt, er schnupfe eine Line Koks von Barbaras flachem gebräuntem

Bauch. Beim Frühstück hatte er ihr kaum in die Augen schauen können.

Aber allmählich ging es Hazard besser, zumindest körperlich. Nebel und bleierne Müdigkeit wichen ganz langsam, und stattdessen flutete ihn ein wahrer Tsunami an *Gefühlen*. Unangenehme Gefühle wie Schuld, Reue, Angst, Langeweile und Grauen, die er sonst mit einem Wodka Shot oder eine Line Koks ausgelöscht hatte. Erinnerungen an leichtfertig ausgeplauderte Geheimnisse, nur um einer guten Anekdote willen, suchten ihn heim, oder an Freundinnen, die er für einen Quickie in der Klokabine eines Nachtclubs betrogen hatte. Oder desaströse Deals, die er, auf einer Welle chemischer Unverwundbarkeit surfend, eingefädelt hatte. Und eigenartigerweise musste er mitten in dieser grässlichen Selbstbetrachtung immer wieder an die Geschichten aus dem grünen Notizheft denken. Er stellte sich vor, wie Mary versuchte, über Julians Affären mit seinen Modellen hinwegzusehen, Julian, wie er mitten in der Nacht seine Leinwände zerfetzte, Tanya, wie sie zerschmettert auf dem Gehweg lag, und Monica, wie sie Muffins verkaufte und von der Liebe träumte.

Als Hazard in Monica's Café gegangen war, um das Büchlein zurückzubringen, hatte er mit Schrecken festgestellt, dass Monica ausgerechnet die Frau war, mit der er an dem verhängnisvollen Abend, nach dem er beschlossen hatte, seinen Job hinzuschmeißen und ein neues Leben zu beginnen, auf dem Bürgersteig zusammengerasselt war. Entsetzt hatte er sich auf dem Absatz umgedreht, ehe sie ihn bemerkte. Weshalb er das Notizheft nun immer noch bei sich trug. Und je mehr Zeit verging, desto mehr gruben sich die darin niedergeschriebenen Geheimnisse in sein Hirn und wollten ihm partout nicht mehr aus dem Kopf. Er fragte sich, ob Monica Julian wohl hatte überzeugen können, einen Kunstkurs in ihrem Café zu geben, und was für ein Kerl zu ihr passen könnte.

Glockenläuten hallte über den Strand. Sieben Uhr. Zeit zum Abendessen. Im Lucky Mother gab es nur ein einziges, täglich wechselndes Gericht. Es war weit und breit das einzige Lokal in Laufweite, und man aß, was auf den Tisch kam. Nach Jahrzehnten schier endloser Auswahlmöglichkeiten, bei der jede Entscheidung einen Rattenschwanz weiterer Entscheidungen nach sich zog – Tee oder Kaffee? Cappuccino, Milchkaffee, Latte macchiato? Vollmilch, halbfett oder Soja? –, fand Hazard den hier herrschenden Mangel an Alternativen herrlich erfrischend.

Das offene Restaurant hatte einen Holzboden und ein Strohdach und einen großen Tisch, fast so lang wie der Raum selbst. Drum herum standen noch einige kleinere Tische, doch Neuankömmlinge lernten schnell, sich besser an den Gemeinschaftstisch zu setzen, um sich nicht den misstrauischen Blicken der anderen auszusetzen, die sich sonst argwöhnisch fragten, was man wohl zu verbergen hatte.

Hazard sah die Inselbewohner über den Strand zum Lucky Mother schlendern, und plötzlich kam ihm eine Idee. Viele der Reisenden, die er bisher hier kennengelernt hatten, lebten entweder in London, oder die Stadt lag auf ihrer weiteren Reiseroute. Wie wäre es, wenn er sich die Männer ein bisschen genauer anschaute und einen neuen Freund für Monica ausguckte? Schließlich wusste er eine ganze Menge über sie. Mehr, als er sich die Mühe gemacht hatte, über die meisten seiner Freundinnen in Erfahrung zu bringen. Er könnte die gute Fee für sie spielen, ihren geheimen Amor. Das wäre ein Spaß. Oder wenigstens eine Beschäftigung.

Hazard suchte sich einen Platz am Restauranttisch und schaute sich, beseelt von seiner neuen Mission, unauffällig unter den anderen Gästen um. Soweit er wusste, war er inzwischen der viertlängste Gast auf der Insel. Die meisten Reisenden blieben nicht länger als vier, fünf Tage.

Neil, Hazards Nachbar in der Nummer 9, war am längsten da. Beinahe ein Jahr schon. Er hatte irgendeine App entwickelt und sie dann an ein großes Tech-Unternehmen verkauft, und seitdem ließ er dem Hippie in sich freien Lauf. Er hatte versucht, Hazard zum Meditieren zu bringen, vielleicht, weil er seinen inneren Aufruhr gespürt hatte, aber Hazard hatte die Gedanken an Neils Füße nicht aus dem Kopf bekommen, die mit dicker gelber Hornhaut überzogen und mit krustigen Nägeln garniert waren, fast wie Hufe. Womit Neil auch gleich aus dem Rennen war für Hazards neues Spiel. Ganz gleich, wie verzweifelt Monica sein mochte, diese Füße gingen gar nicht. Oder vielmehr gingen sie vielleicht etwas zu viel und sollten zwischendurch öfter mal gewaschen werden. Monica, so konnte er sich vorstellen, legte sicher großen Wert auf ein gepflegtes Äußeres.

Rita und Daphne waren ebenfalls Langzeitbewohnerinnen; die eine verwitwet, die andere unverheiratet und beide pedantische Verfechterinnen von Anstand, Manieren und gutem Benehmen. Hazard sah, wie Rita einen der Gäste finster anfunkelte, weil er sich einfach vor ihr über den Tisch beugte, um an den Wasserkrug zu gelangen. Beide hatten ihre eigene Hütte. Daphne wohnte, zumindest offiziell, in der 7, aber Hazard, der sich inzwischen zum Frühaufsteher gemausert hatte, sah sie morgens immer nur in ihre Hütte hineingehen statt herauskommen. Was die Vermutung nahelegte, dass die beiden im Herbst ihres Lebens eine kleine sapphische Liebelei miteinander angefangen hatten. Aber warum auch nicht?

Mit großer Geste stellte Andy eine Platte mit einem gigantischen gegrillten Fisch vor Hazard auf den Tisch. Der reichte für mindestens drei.

Hazards Blick ging über die Menge der am Tisch versammelten Gäste, sortierte die Paare aus, die allesamt miteinander turtelten, was das Zeug hielt, sowie sämtliche Männer unter dreißig. Selbst wenn einer von ihnen offen für eine Beziehung zu einer älteren Frau wäre, hätte er es sicher nicht eilig, sich zu *vermehren*, und das war für Monica nun mal eins der allerwichtigsten Kriterien.

Kurz blieb Hazards Blick an zwei jungen Kalifornierinnen hängen. Die beiden konnten, so schätzte er, unmöglich älter sein als fünfundzwanzig und hatten diese pfirsichzarte, wäscheweiche Frische an sich, dieses unverwechselbar jugendliche Strahlen. Hazard fragte sich ganz beiläufig, ob er sein Glück bei einer von ihnen versuchen sollte. Oder bei beiden. Aber er fürchtete, er war noch nicht so weit, sich ohne das geliehene Selbstbewusstsein von ein paar Drinks oder einer Line Koks an Sex zu versuchen.

Jetzt, wo er so darüber nachdachte, ging Hazard auf, dass er seit Blanche mit keiner Frau mehr geschlafen hatte. Und nüchtern mit einer Frau geschlafen hatte er nicht mehr seit … Er überlegte, spulte in seiner Erinnerung zurück, weiter und immer weiter, bis er sich schließlich für *ewig* entschied. Die Vorstellung war erschreckend. Wie konnte man nur bei etwas so Intimem, so Entblößendem ganz und gar *da* sein? Dieses Schmatzen und Stoßen und Stöhnen und manchmal sogar Furzen musste doch ohne die betäubende Wirkung von Rauschmitteln todpeinlich und kaum auszuhalten sein, oder? Vielleicht würde er nie wieder mit einer Frau schlafen können. Der Gedanke machte ihm seltsamerweise wesentlich weniger zu schaffen als die Vorstellung, nie wieder Alkohol zu trinken oder Drogen zu nehmen, und mit diesem Schreckgespenst schlug er sich nun schon seit Wochen herum.

Hazard drehte sich zu dem Schweden um, der links von ihm saß, und reichte ihm die Hand. Kein schlechter Start, also warum nicht gleich mit ihm anfangen?

»Hallo, du bist wohl neu hier. Ich bin Hazard.«

»Gunther«, entgegnete der Angesprochene und entblößte beim Lächeln das beeindruckende Ergebnis skandinavischer Zahnarztkunst.

»Woher kommst du, wohin gehst du?«, stellte Hazard die Standardfragen, mit denen man auf der Insel jedes Gespräch begann, fast so wie zu Hause die Plauderei über das Wetter. Hier war das Wetter nicht der Rede wert. Es war immer gleich schön.

»Ich komme aus Stockholm und bin auf dem Weg nach Bangkok und Hongkong und dann anschließend weiter nach London. Und du?«

Hazard beglückwünschte sich stumm, als er das Wort »London« hörte. Könnte klappen.

»Ich bin aus London und gönne mir ein paar Wochen Urlaub, bis ich was Neues anfange«, entgegnete er.

Wie ferngesteuert unterhielt Hazard sich mit Gunther, während sie gemeinsam den Fisch verspeisten. Es fiel ihm schwer, sich auf das Gespräch zu konzentrieren. Er war wie hypnotisiert von Gunthers eiskaltem Bier. Hazard fürchtete fast, wenn er es nicht schaffte, sich irgendwie abzulenken, würde er dem Schweden das Bier aus der Hand reißen und das ganze Glas in einem Zug austrinken.

»Spielst du Backgammon?«, fragte er, kaum dass sie aufgegessen hatten.

»Klar«, antwortete Gunther.

Zielstrebig marschierte Hazard zu einem der Tische in der Ecke, der auf der einen Seite ein eingearbeitetes Schachbrett und auf der anderen ein Backgammon-Board hatte.

»Und? Was machst du so beruflich, Gunther?«, erkundigte sich Hazard, während sie die Spielsteine aufstellten.

»Ich bin Lehrer«, antwortete er. »Und du?«

Das, dachte Hazard, waren ausnehmend gute Nachrichten. Lehrer wurden ja immer gebraucht, er mochte Kinder und war, wie er mit Blick auf Gunthers große Hände mit den sauberen, ordentlich geschnittenen Fingernägeln feststellte, reinlich und gepflegt.

»Ich war Banker«, entgegnete Hazard. »Aktienhändler, genauer gesagt. Aber wenn ich nach Hause zurückgehe, werde ich mich nach was anderem umschauen.«

Gunther warf eine Sechs und eine Eins. Hazard erwartete, er würde einen geradezu klassischen Zug machen, um ihn zu blockieren. Aber den übersah er. Was für ein Amateur. So etwas wäre für Hazard ein absolutes No-Go. Aber, ermahnte er sich, Gunther hatte er ja nicht für sich selbst ausgesucht, sondern als neuen Freund für Monica, und die war vermutlich weniger pingelig, was die Backgammon-Skills ihres Zukünftigen anging.

»Und wartet zu Hause sehnsüchtig deine Frau auf dich, Gunther?«, fragte Hazard, der nicht lange um den heißen Brei herumreden wollte. Einen Ehering hatte er zwar nicht an ihm gesehen, aber fragen kostete ja nichts.

»Nicht meine Frau, meine Freundin. Aber wie heißt es so schön? Was sie nicht weiß, macht sie nicht heiß, stimmt's?« Und dabei nickte er verschwörerisch in Richtung der beiden Kalifornierinnen.

Hazards gute Laune schnurrte zusammen wie ein angepikter Luftballon. Mit fremdsprachigen Sprichwörtern kannte der Schwede sich aus, aber seine Moralvorstellungen waren mehr als fragwürdig. Gunther, so musste Hazard mit einem Anflug väterlichen Schutzbedürfnisses, das ihn selbst überraschte, bedauernd feststellen, war einfach nicht gut genug für Monica. Sie hatte etwas Besseres verdient. So, mal schauen, wie schnell er Gunthers Spielsteine vom Brett fegen konnte, damit er früh ins Bett kam.

Erst als Hazard zurückkehrte in die Nummer 8, eine ölbefeuerte Sturmlampe in der Hand, weil der Generator längst abgeschaltet worden war, merkte er, dass er gar nicht müde war.

Aber er wollte auch nicht zurück zu Jubel, Trubel, Heiterkeit im Monkey Nuts. Anderen Leuten beim Trinken zuzusehen, während er selbst an einer Cola light nippte, war viel zu anstrengend. Sein Blick ging zu den Büchern im Regal. Er hatte sie alle schon mindestens einmal gelesen, bis auf das von Barbara Cartland, das Daphne ihm gegeben hatte. Aus schierer Verzweiflung hatte er gestern mit dem ersten Kapitel angefangen. Aber von dem Schund bluteten ihm die Augäpfel. Dann sah er plötzlich Julians kleines Notizbuch herauslugen, als bettele es darum, in die Hand genommen zu werden. Hazard zog es aus dem Regal, nahm einen Kuli, blätterte bis zur ersten leeren Seite und fing an zu schreiben.

Julian

Julian erwachte mit dem Gefühl, dass irgendetwas anders war als sonst. Es dauerte eine Weile, bis er darauf kam, was es war. Altersbedingt liefen bei ihm Körper und Geist nicht mehr ganz im Gleichschritt. Wenn sein Körper morgens aufwachte, brauchte sein Geist eine Weile, bis er wieder klar denken konnte und wusste, wo und was er eigentlich war. Dann gab es einen kurzen Moment der zeitlichen Übereinstimmung, und danach hinkte sein Körper für den Rest des Tages mehrere Schritte hinter seinem Geist her, krampfhaft bemüht, Schritt zu halten und nicht allzu sehr zurückzufallen.

Wie er so dalag und nachdachte, starrte Julian auf die grünen Striche an der Wand gleich neben dem Bett. Verschiedene Grüntöne wie Grashalme in Sonnenlichtflecken. Mary hatte sie an die Wand gemalt, als sie das Schlafzimmer renovieren wollte. Doch am Ende hatte sie sich für keine der Farben entscheiden können, und das Zimmer hatte sein altes vergilbtes Elfenbeinweiß behalten. Womöglich hatte Mary da schon geahnt, dass es sich nicht mehr lohnte.

Irgendwann ging Julian schließlich ein Licht auf, und ihm fiel wieder ein, was an diesem Morgen anders war. Es war ein eigenartiges Gefühl von *Sinnhaftigkeit*. Heute hatte er etwas zu tun. Er hatte einen Termin. Man erwartete ihn. Zählte auf ihn. Er schlug das Laken schwungvoller als sonst zurück, schwang die Beine aus dem Bett und stieg dann langsam und bedächtig die Wendeltreppe vom Zwischengeschoss, in dem Schlafzimmer und Bad lagen, hinunter in den offenen Wohnraum mit der angeschlossenen Küche. Dort, an die Kühlschranktür gepinnt, hing seine Liste.

Garderobe auswählen
Material besorgen
Künstlerbedarf
Requisiten
Um Punkt sieben bei Monica's sein

Punkt hatte er gleich doppelt unterstrichen. Nicht weil er es sonst womöglich vergessen könnte, sondern weil es so lange her war, dass er zu einer bestimmten Uhrzeit irgendwo hatte sein müssen, von diesem Zahnarzttermin mal abgesehen. Der Gedanke war eigenartig prickelnd.

Nach dem ersten starken Kaffee des Tages spazierte Julian in sein Ankleidezimmer. Früher, als Mary und er noch oft Übernachtungsgäste gehabt hatten, war es einmal das Gästezimmer gewesen, aber jetzt reihte sich hier Kleiderstange an Kleiderstange voller Anziehsachen, und unter den Metallgestellen standen Stiefel und Schuhe. Julian liebte seine Sachen. An jedem einzelnen Stück hingen Erinnerungen – an eine bestimmte Zeit, ein Ereignis, eine Liebelei. Wenn man die Augen zumachte und tief einatmete, konnte man noch den Hauch einer längst vergangenen Ära erhaschen – Marys selbst gekochte Marmelade, Kordit vom Feuerwerk auf einem Maskenball in Venedig, Rosenblütenkonfetti von einer Hochzeit im Claridge's.

Auf der Chaiselongue in der Ecke hatte er eine kleine Auswahl mehrerer möglicher Kombinationen für den heutigen Tag drapiert. Julian hatte eine Nacht darüber schlafen wollen, bis er sich endgültig entschied. (Darüber, nicht darauf, sonst hätte er alles ja noch mal bügeln müssen.) Das Anziehen dauerte mittlerweile eine halbe Ewigkeit, darum war es von immenser Wichtigkeit, sich seiner Entscheidung ganz sicher zu sein, ehe er anfing, sonst wäre er mit seinen arthritischen, zunehmend unkooperativen Fingern den lieben langen Tag mit Auf- und Zuknöpfen beschäftigt. Sein Blick wanderte über die verschiedenen Zusammenstellungen, bis er sich schließlich für schlichtes Understatement entschied. Professionell. Nüchtern. Er wollte nicht, dass seine Garderobe vom Eigentlichen ablenkte – dem Kunstunterricht.

Als Nächstes ging Julian in sein Atelier. Es hatte doppelte Raumhöhe, ein Glasdach und bodentiefe Fenster und war lichtdurchflutet. Er ging zu seiner Schublade mit der Aufschrift STIFTE. Julian war kein ordentlicher Mensch. Im Gegenteil, für jeden Außenstehenden war sein kleines Cottage die reinste Messi-Höhle. Und doch gab es zwei Bereiche, in denen er strikte Ordnung hielt, und das waren seine Garderobe und seine Malutensilien. Bedächtig suchte er eine kleine Auswahl an Bleistiften, Grafitstiften und Radiergummis zusammen, manches davon fast neu, anderes noch aus der Zeit der Beatles und so ziemlich alles dazwischen. Julians Lieblingsstifte waren so oft angespitzt worden, dass sie kaum noch lang genug waren, um sie richtig zu halten, aber sie wegzuwerfen brachte er nicht übers Herz. Sie waren wie liebe alte Freunde.

Insgeheim war er recht angetan, dass er offensichtlich noch immer die Massen anzog. Das nette junge Fräulein, Monica, hatte ihm gesagt, es kämen zehn Teilnehmer zum Kurs. Sie habe sogar Interessenten abweisen müssen! Wie es schien, steckte doch noch eine ganze Menge Leben in diesem alten Gaul.

Julian ging durch das Atelier und suchte Sachen zusammen, die seine neuen Schüler womöglich brauchen könnten. Darunter etliche Kartons, an die sie ihre Skizzen heften konnten. Dann zog er drapierte Stoffbahnen von den Schneiderpuppen; die konnte er als Hintergrund benutzen. Er sah seine liebevoll ausgewählten Nachschlagewerke durch auf der Suche nach denen, die dem *Ingénue* am ehesten von Nutzen sein könnten. Er gab sich Mühe, sich nicht von der chronologisch sortierten Sammlung von Ausstellungskatalogen ablenken zu lassen, die ihn im Handumdrehen wieder in die Londoner Kunstwelt der Sechziger, Siebziger und Achtziger zurückversetzen konnten.

Monica verlangte fünfzehn Pfund als Kursgebühr für eine Doppelstunde. Er fand das recht teuer, aber sie hatte nur den Kopf geschüttelt und gesagt: *Wir sind in Fulham. Hier verdient sogar ein Gassigänger mehr als das.* Er bekam fünfundsiebzig Pfund pro Sitzung (ein kleines Vermögen!), und Monica hatte ihm, wie sie es nannte, ein bisschen Geld »aus der Portokasse« gegeben, um alle benötigten Materialien im Künstlerbedarf zu besorgen.

Julian warf einen Blick auf die Taschenuhr. Es war zehn Uhr. Der Laden für Künstlerbedarf machte gerade auf.

Als Julian am Café vorbeikam, sah er Monica, die sich gerade mit einem Tablett voller Getränke an der Warteschlange vor dem Tresen vorbeischlängelte. Monica war, wie ihm auffiel, ständig in Bewegung. Selbst wenn sie saß, sprühte sie nur so vor Leben, und der kecke dunkle Pferdeschwanz wippte lustig hin und her. Wenn sie sich auf etwas konzentrierte, drehte sie eine Haarsträhne um den Zeigefinger, wieder und wieder, und wenn sie jemandem aufmerksam zuhörte, legte sie den Kopf schief, genau wie sein alter Jack Russell Terrier es stets gemacht hatte.

Julian fehlte sein Hund immer noch. Der gute alte Keith. Nur ein paar Monate nach Mary war auch er von ihm gegangen. Julian gab sich die Schuld dafür, weil er so in die Trauer um Mary versunken war, dass er sich nicht richtig um sein geliebtes Haustier kümmern konnte. Keith war einfach von Tag zu Tag weniger geworden. Weniger lebhaft, weniger verspielt. Bis er sich eines Tages gar nicht mehr gerührt hatte. Julian hatte versucht, seinem Hund diesen stillen, unspektakulären Abgang von der Bühne des Lebens nachzumachen, war aber, wie in so vielem anderen auch, kläglich daran gescheitert. Keiths leblosen kleinen Körper hatte er in einer Waitrose-Tüte zum Friedhof getragen, und als gerade keiner hinschaute, hatte er ihn neben dem Admiral begraben.

Monica schien immer ganz genau zu wissen, was sie tat und wo es langging. Während die meisten Menschen sich willenlos im Strom des Lebens treiben ließen, schien Monica ihn nach ihren Wünschen umzuleiten oder gar gegen ihn anzuschwimmen. Er kannte sie zwar erst seit einer Woche, aber schon jetzt hatte sie ihn einfach im Schlepptau, hatte sein Leben umgekrempelt und ihn in eine fremde, schöne, neue Welt versetzt.

Doch obgleich Monica sein Leben ordentlich durcheinandergewirbelt hatte, machte Julian sich nichts vor: Er kannte sie kaum. Doch gerne würde er sie malen, als könnten seine Pinsel womöglich eine Wahrheit hinter dem Schutzwall entdecken, den sie um sich errichtet hatte. Julian hatte seit fünfzehn Jahren niemanden mehr malen wollen.

Wie oft war er in den vergangenen Jahren diese Straße entlanggegangen und hatte über die Menschen gestaunt, die an ihm vorbeieilten – wohin sie wohl wollten, und was sie wohl machten? –, während er nur einen Fuß vor den anderen setzte, vollkommen grundlos, nur von der Angst getrieben, gänzlich zu erstarren, täte er es nicht. Aber heute war er einer von ihnen. Heute gehörte er dazu. Er war jemand. Er hatte etwas vor.

Leise vor sich hin summend spazierte Julian weiter, und die Leute schauten auf und lächelten ihm im Vorbeigehen zu. Was er überhaupt nicht gewohnt war, weshalb er sie allesamt misstrauisch anfunkelte, worauf sie erschrocken zusahen, dass sie weiterkamen. Als er den Laden für Künstlerbedarf betreten hatte, nahm er zwanzig hochwertige Bögen Zeichenpapier und ging damit zur Kasse. Es gibt doch, so dachte er bei sich, nichts Anregenderes und nichts Furchteinflößenderes als ein leeres Blatt Papier.

»Für meinen Kunstkurs«, erklärte er dem Kassierer mit wichtiger Miene.

»Mhm«, brummte der. Er war offensichtlich nicht von der redseligen Sorte.

»Ob ich heute Abend wohl einen neuen Picasso im Kurs entdecke?«, überlegte Julian laut.

»Bar oder mit Karte?«, fragte der Kassierer. Die fünf Sterne an seinem Namensschild standen für ausgezeichnete Kundenfreundlichkeit. Julian fragte sich, wie Einsternmitarbeiter wohl sein mussten.

Nächster Halt: Requisiten.

Nachdenklich blieb Julian vor einem kleinen Eckladen stehen, wo große, mit Obst und Gemüse überquellende Körbe bis auf den Bürgersteig standen. Eine Obstschale vielleicht? Nein. Langweilig und abgeschmackt. Selbst für einen Anfängerkurs durfte es doch ein wenig gewagter sein, oder nicht? Dann, fast als haute man ihm einen nassen Hering um die Ohren, traf ihn ein durchdringender Fischgeruch. Er schaute ins Schaufenster des Fischverkäufers, und da lag er: genau das, was er gesucht hatte.

Monica

Monica schaute auf die große Bahnhofsuhr an der Wand des Cafés. Zwei Minuten vor sieben. Die meisten Kursteilnehmer waren schon da und tranken zur Einstimmung und Kreativitätssteigerung ein Gläschen Rotwein. Das erste Glas ging aufs Haus; ein kleines Lockangebot, um mehr Menschen zum Mitmachen zu bewegen. Genügend Teilnehmer zu finden, hatte sich als deutlich schwieriger erwiesen als gedacht, und Monica war es nur mit List und Tücke gelungen, genügend Interessenten zusammenzutrommeln. Sie hatte ein paar ihrer Lieferanten zum Mitmachen bequatscht und Benjis Freund Baz. Sie hatte sich sogar zu einem Flirt mit ihrem Fensterputzer hinreißen lassen, um den letzten freien Platz zu besetzen, und dabei stumm den Geist von Emmeline Pankhurst um Vergebung angefleht. Aber der Zweck heiligte ja bekanntlich die Mittel. Nun waren es, sie eingeschlossen, zehn Teilnehmer. Nicht schlecht für den Anfang. Wenn Benji es nun auch noch schaffte, genügend Wein und andere Getränke an den Mann und die Frau zu bringen, könnte sie (nach Abzug von Julians Honorar und Benjis Lohn und den Materialkosten) gerade so null auf null herauskommen, obwohl sie die Teilnahmegebühr für die erste Kursstunde auf zehn Pfund gesenkt hatte. Wieder ging ihr Blick zur Uhr. Sie hoffte bloß, dass Julian nicht in allerletzter Sekunde einen Rückzieher machte.

Es summte wie im Bienenstock, während die Kursteilnehmer

einander aufgeregt und recht glaubhaft versicherten, wie gänzlich untalentiert sie seien. Dann ging mit einem Mal die Tür auf, und schlagartig verstummte das Geplapper. Monica hatte sie bereits vorgewarnt, Julian sei ein bisschen *exzentrisch*. Und sie hatte seinen Lebenslauf ein bisschen aufgehübscht. Tatsächlich war sie sich relativ sicher, dass er nie die Queen porträtiert hatte. Aber nichts und niemand hätte den Kurs auf Julians Auftritt vorbereiten können. Er stand in der Tür wie eine Erscheinung, angetan mit einem wallenden Malerkittel, einem weinroten Fedora, einer wild gemusterten Krawatte und Clogs.

Julian hielt kurz inne, damit seine Schüler ihn gebührend bewundern konnten. Dann griff er unter seinen Kittel und zog mit großer Geste einen gewaltigen Hummer hervor. Baz verschluckte sich vor Schreck und spuckte Rotweingischt über den ganzen Tisch und Benjis brandneues Superdry-T-Shirt.

»Verehrte Klasse!«, rief Julian mit einer kleinen, pointierten Verbeugung. »Ich darf euch unser heutiges Modell vorstellen.«

»Himmel!«, prustete Baz atemlos. »*Lebt* der etwa noch?«

»Er ist alt, aber tot ist er noch nicht«, gab Benji zurück.

»Ich meinte den Hummer, Dummchen«, brummte Baz und verdrehte die Augen.

»Ist das dein Ernst? Er ist rot, also ist er gekocht.«

»Ernst?«, fragte Baz. »War der nicht auch Maler?«

»Mein lieber Mann«, stöhnte Benji entnervt.

»Liebermann?«, fragte Baz etwas verwirrt.

Benji und Baz hatten sich gemeinsam in einen Sessel gequetscht, als gäbe es nicht genügend Sitzgelegenheiten. Baz saß auf dem Polster, und Benji hockte auf der Lehne. Beide waren Mitte zwanzig und hatten Namen, die zusammen beinahe poetisch alliterierend klangen, sie selbst hätten aber unterschiedlicher gar nicht sein können. Benji war Schotte, ein Hüne mit feuerroten Haaren. Wenn ihm die Haare, vom Winde verweht, zu Berge standen, erinnerte er ein bisschen an Tim von *Tim und Struppi*, wenn der erwachsen und gut ein Meter fünfundneunzig groß gewesen wäre. Baz' Familie stammte ursprünglich aus China. Er war klein, dunkelhaarig und drahtig. Seine Eltern führten ein chinesisches Restaurant gegenüber dem Broadway, und alle drei Generationen der Familie lebten gemeinsam in der darüberliegenden Wohnung. Baz' Großmutter war ständig auf der Suche nach einem netten Mädchen für ihren Enkel, der irgendwann in nicht allzu ferner Zukunft das gut gehende Restaurant übernehmen sollte.

Monica hatte die kleineren Cafétische im Kreis aufgestellt, mit einem der größeren Tische in der Mitte. Auf dem platzierte Julian den Hummer, liebevoll auf eine eilig herangeschaffte Platte drapiert, dann teilte er Skizzenpapier, Kartons sowie Stifte und Radierer aus.

»Mein Name«, verkündete Julian, »ist Julian Jessop. Und dieses stattliche Schalentier heißt Harry. Er hat sein Leben gegeben, um Sie zu inspirieren. Bitte, lassen Sie seinen Tod nicht vergebens gewesen sein.« Durchdringend musterte er die Kursteilnehmer, die ihn mit offenem Mund anstarrten. »Wir wollen ihn skizzieren. Dabei spielt es keine Rolle, ob Sie bereits Erfahrung haben oder nicht. Versuchen Sie es einfach. Ich werde herumgehen und Ihnen, wenn nötig und gewünscht, helfen. In dieser Woche begnügen wir uns zunächst mit Bleistiften. Zeichnen, müssen Sie wissen, ist für die Kunst, was Grammatik für die Literatur ist.«

Monica war gleich ein bisschen wohler zumute. Grammatik hatte sie immer schon gemocht. »Nächste Woche versuchen wir uns an Kohle oder Pastellkreide und arbeiten uns dann allmählich zu Aquarellfarben vor.« Julian wedelte schwungvoll mit dem Arm, und der Ärmel seines Kittels bauschte sich theatralisch wie ein gigantischer Albatrosflügel. Der Windstoß wehte Monicas

Zeichenblatt vom Tisch. »Los, los! Nur zu! Nur Mut! Keine Angst, seien Sie einfach Sie selbst!«

Monica konnte sich nicht daran erinnern, wann zwei Stunden das letzte Mal so rasend schnell verflogen waren. Lautlos war Julian im Kreis von einem zum anderen gehuscht, um gelegentlich zu loben, zu ermuntern oder die Tiefe eines Schattens zu korrigieren, während seine Schüler sich heldenhaft bemühten, das knallrote Urtier auf Papier zu bannen. Monica war recht zufrieden mit den Proportionen ihres Harry; sie hatte ihn mittels der Technik, die Julian ihnen beigebracht hatte, so genau wie möglich vermessen, indem sie den Bleistift in der ausgestreckten Hand hielt und ein Auge zukniff. Wobei sie den Gedanken nicht loswurde, dass ein Lineal wesentlich praktischer und genauer gewesen wäre. Aber sie sah auch, wie grässlich platt und zweidimensional ihr Hummer wirkte, als sei er von einem aus großer Höhe auf ihn gefallenen, tonnenschweren Gegenstand zerquetscht worden. Plötzlich spürte sie, dass Julian hinter ihr stand. Mit dem Bleistift in der Hand trat er näher und skizzierte mit wenigen gekonnten Strichen eine Hummerschere auf eine Ecke ihres Blattes. Nur ein paar einfache Striche, und doch schien das Ergebnis so lebensecht, dass es einem aus dem Papier entgegenzuspringen schien.

»Da, siehst du?«, fragte er. Ja, sie sah den Unterschied nur allzu deutlich. Aber konnte sie das auch nachahmen? Nie im Leben.

Ein paarmal war die tiefe Stille von klingelnden Handys und dem durchdringenden Ping von Textnachrichten, Twitter- oder Snapchat-Benachrichtigungen gestört worden. Julian war daraufhin von einem zum anderen gerauscht und hatte, ungeachtet aller lautstarken Proteste und des entnervten Stöhnens, sämtliche Telefone in seinem Fedora eingesammelt und hinter die

Theke verbannt. Monica musste sich eingestehen, dass es das erste Mal seit Jahren war, dass sie zwei Stunden lang nicht auf ihr Handy geschaut hatte. Abgesehen von der Zeit, in der sie geschlafen oder keinen Empfang gehabt hatte. Ein eigenartig befreiendes Gefühl.

Um Punkt neun klatschte Julian in die Hände, woraufhin die Hälfte seiner Schüler – jäh aus ihrer Konzentration gerissen – erschrocken auffuhr. »Das war's für diese Woche, Ladies and Gentlemen! Was für ein gelungener Start. Gut gemacht! Vergessen Sie nicht, Ihre Arbeiten zu datieren und zu signieren, dann bringen Sie sie bitte nach vorne, damit wir sie uns alle anschauen können.«

Nacheinander schlurften die Kursteilnehmer ein wenig widerstrebend nach vorne, in der Hand ihre Zeichnungen, die – obwohl sie alle denselben Hummer skizziert hatten – unterschiedlicher kaum sein konnten. Julian schaffte es, zu jedem etwas Nettes zu sagen, verwies hier auf eine ungewöhnliche Komposition, dort auf das besonders gut eingefangene Licht oder die gefällige Formgebung. Monica staunte nicht schlecht über diese unerwartete Einfühlsamkeit, dabei interessierte sie doch eigentlich nur eins: *Hatte sie gewonnen?*

»So«, sagte Julian schließlich an Monica gewandt, »was machen wir denn jetzt mit unserem guten alten Harry?«

»Ähm, ihn essen?«, entgegnete Monica etwas unsicher.

»Genau mein Gedanke! Also gut, dann brauchen wir Teller und Servietten. Ist noch ein bisschen Brot da? Käse auch? Ein Schüsselchen Salat vielleicht?«

Monica wagte nicht, ihn darauf hinzuweisen, dass sie nicht *jetzt gleich* gemeint hatte. Himmel, das artete ja unversehens in eine Dinnerparty aus. Und das ohne die geringste Planung oder Vorbereitung. Das konnte kein gutes Ende nehmen!

Benji und Baz flitzten nach hinten in die Küche und kamen

mit Tellern, ein paar von mittags übrig gebliebenen Baguettes, einem etwas überreifen Brie und ein paar wahllos zusammengewürfelten Salatzutaten sowie einem riesigen Glas Mayonnaise zurück. Julian schien eine Champagnerflasche aus der leeren Luft herbeigezaubert zu haben. Hatte er die etwa genau wie Harry unter seinem Kittel versteckt? Was sich in dessen Untiefen wohl sonst noch verbergen mochte? Monica schauderte es bei dem Gedanken.

Allen Vorbehalten zum Trotz dauerte es nicht lange, bis Monica sich von der guten Laune ringsum anstecken ließ. Bemüht, nicht an ihre rasch verpuffende Gewinnmarge zu denken, holte sie noch ein paar Kerzen aus ihrer Wohnung über dem Café. Und dann ging die Party erst richtig los.

Monica schaute hinüber zu Julian, der sich auf seinem Stuhl zurückgelehnt hatte und Anekdoten aus den Swinging Sixties zum Besten gab.

»Marianne Faithfull? Eine Wucht! Ein Gesicht wie ein Engel – aber hatte die Frau einen derben Humor! Die erzählte Witze, dreckiger als ein notgeiler Schuljunge«, hörte sie ihn lachend sagen. Im sanften Kerzenlicht und so lebhaft und wach glich er für einen kurzen Moment seinem Porträt in der National Gallery fast aufs Haar.

»Wie war es damals in Fulham, Julian?«, fragte sie ihn.

»Mein liebes Kind, es war wie im Wilden Westen! Ich wohnte genau auf der Grenze, und viele meiner Freunde weigerten sich strikt, auch nur einen Fuß nach Fulham zu setzen. Es war ein Arbeiterviertel, schmuddelig und arm. Meine Eltern waren entsetzt und haben mich kein einziges Mal besucht. Die fühlten sich nur in Mayfair, Kensington und den umliegenden Grafschaften zu Hause. Aber uns hat es gefallen. Man kannte sich, man half sich. Auf Harry!«, posaunte er und hob sein Champagnerglas. »Und natürlich auf Monica!«, fügte er mit einem Blick auf sie hinzu und lächelte. »Und wo wir gerade dabei sind, steckt doch bitte jeder einen Zehner in den Hut für das wunderbare Abendessen. Wir wollen doch nicht, dass sie das aus eigener Tasche zahlen muss!«

Und da musste auch Monica lächeln.

Hazard

Andy stellte eine große Fischplatte auf den Tisch.

»O Gott, köstlich!«, stöhnte der Neuankömmling verzückt. Sein Akzent klang wie von einer klassischen englischen Oberschicht-Nanny eingepflanzt, in einem privaten Eliteinternat auf dem Land gehegt und gepflegt und schließlich in einer Offiziersmesse ordentlich zurechtgestutzt. Er sah ein bisschen deplatziert und missbehaglich aus in seiner Bundfaltenhose und dem maßgeschneiderten, bis oben hin zugeknöpften Hemd. Wenigstens hatte es kurze Ärmel. Hazard wettete im Stillen mit sich, ob er es wohl schaffen würde, ihn binnen einer Woche in einen Sarong zu bekommen.

Hazard hatte seine Hausaufgaben gemacht. Und darum wusste er auch, dass der Neuankömmling mit der verstrubbelten Hugh-Grant-Frisur zwar ein bisschen zu laut herumtrompetete (und dabei entfernt an einen schreienden Esel erinnerte), aber leutselig und gutmütig und noch dazu der Sohn von Daphne war. Soweit Hazard das beurteilen konnte, hatte der Junge keinen Schimmer von der Liebesaffäre zwischen seiner Mutter und Rita. Er erzählte Hazard, er habe es schließlich aufgegeben, zu Hause auf seine Mutter zu warten, und sich stattdessen entschlossen, sie für ein paar Wochen zu besuchen. Er verstand zwar nicht so recht, was sie so lange hier hielt, aber wenn es sie ein wenig über den Verlust seines geliebten verstorbenen Vaters hinwegtröstete, sollte es ihm nur recht sein. Hazard hatte ernst genickt und sich die Bemerkung verkniffen, dass der lustigen Witwe die tiefe Trauer um den Ehemann bisher nicht anzumerken war.

»Wo wohnen Sie, Roderick?«, begann Hazard sein Verhör, während er sich Reis und Fisch auf den Teller häufte.

»Battersea«, antwortete der. »Ich bin Immobilienmakler!« Roderick bellte die Worte mit so viel Nachdruck und Begeisterung heraus, dass Hazard ihn sich beim besten Willen nicht schlecht gelaunt oder niedergeschlagen vorstellen konnte. So jemand wäre doch sicher Gold wert, um Monica ein bisschen aufzuheitern, oder nicht? Hazard hatte insgeheim eine kleine Schwäche für Immobilienmakler, die neben Aktienhändlern die meistgehasste Berufsgruppe in Großbritannien waren. Monica schien ihm nicht so engstirnig, dass sie einen ganzen Berufszweig von vorneherein ausschließen würde, und außerdem hieß das, dass Roderick über ein ordentliches Einkommen verfügte und sich einen angenehmen Lebensstil und ein schickes Eigenheim leisten konnte. Battersea war ein weiterer Pluspunkt. Gleich gegenüber von Fulham am anderen Ufer der Themse.

»Und deine Frau ist nicht mitgekommen?«, hakte Hazard betont beiläufig nach.

»Ich bin geschieden«, erklärte Roderick, während er ein paar Fischgräten aus dem Mundwinkel pulte und dabei strahlend weiße Zähne entblößte. Ordentlich aufgereiht legte er die Gräten auf seinen Teller. »Aber alles ganz freundschaftlich. Nettes Mädel. Sandkastenliebe. Haben uns einfach auseinandergelebt. Man kennt das ja.« Hazard nickte mitfühlend, auch wenn er das mitnichten kannte. Keine seiner Beziehungen hatte länger als ein paar Monate gehalten.

»Und, hat dir das die Ehe jetzt für alle Zeiten vermiest? Oder würdest du es noch mal machen?«

»Herrje, und wie, jederzeit. Die Ehe ist das Beste überhaupt.« Sein Gesicht wurde weich, als sein Blick zu Daphne ging, wobei er zu übersehen schien, dass ihre Hand auf Ritas Knie lag, während sie ihr vertraulich ins Ohr flüsterte: »Meine Eltern waren schrecklich glücklich miteinander. Über vierzig Jahre verheiratet. Ich hoffe nur, Mummy ist nicht zu einsam.« Er schien einen Moment in Gedanken, dann riss er sich zusammen. »Ich bin nicht gern allein, um ehrlich zu sein. Ich brauche jemanden, der mich auf Trab hält, vom Kochen ganz zu schweigen. Haha! Ich muss bloß eine finden, die dumm genug ist, mich zu nehmen!«

Hazard musste an Monicas Geschichte in dem Notizheft denken: *Ich gebe mir allergrößte Mühe, nicht zu wählerisch zu sein und darüber hinwegzusehen, wenn er keinen Dickens gelesen oder schmutzige Fingernägel hat oder mit vollem Mund redet.*

»Du hast nicht zufällig ein paar Bücher im Gepäck? So langsam geht mir der Lesestoff aus, und ich würde gerne mal wieder einen Dickens lesen«, sagte Hazard und drückte unter dem Tisch verstohlen die Daumen.

»Leider nur einen Kindle, und Dickens habe ich seit der Schule nicht mehr gelesen.«

Das musste reichen. Hazard grinste stillvergnügt in sich hinein. Nach mehreren Wochen, in denen er sämtliche verfügbaren Männer im halbwegs richtigen Alter gnadenlos ins Kreuzverhör genommen hatte, schien er jetzt endlich ins Schwarze getroffen zu haben.

Während Hazard so mit seinem frisch ernannten Romeo plauderte, musste er sich eingestehen, dass er fast ein bisschen wehmütig war. Er hatte seine Mission erfüllt. Die Suche nach dem richtigen Mann für eine Frau, die er kaum kannte, mochte ein wenig seltsam anmuten, aber zumindest hatte sie ihn eine Zeit lang von seinen eigenen Problemen abgelenkt. Was sollte er denn jetzt machen?

Monica und Roderick. Roderick und Monica. Hazard stellte sich vor, wie Monica ihn ansah, doch diesmal mit einem Blick innigster Dankbarkeit, wo vorher nur Abscheu und Widerwillen gewesen waren. Aber wie sollte er es jetzt anstellen, vom anderen Ende der Welt aus ein Tête-à-Tête der verhinderten Liebenden zu arrangieren? Da fiel ihm unvermittelt das Büchlein wieder ein. Irgendwie musste er es in Rodericks Gepäck schmuggeln. Das Büchlein würde ihn zu seiner Liebsten führen.

Hazard wollte gerade schon in seine Hütte gehen, um das Notizheft zu holen, als ihm plötzlich siedend heiß einfiel, dass er das Wichtigste vergessen hatte.

»Und habt ihr Kinder, deine Ex und du?«, erkundigte er sich bei Roderick.

»Eins. Eine Tochter. Cecily«, entgegnete er mit einem dümmlichen, väterlich-verliebten Grinsen im Gesicht und kramte in seinem Portemonnaie nach einem Foto. Als würde es Hazard interessieren, wie sie aussah. Für ihn zählte nur die Antwort auf die nächste Frage.

»Und hättest du gerne noch welche, irgendwann? Mit der richtigen Frau?«

»Unmöglich, mein Lieber. Schnipp, schnapp. Meine Frau hat darauf bestanden, weil sie meinte, so was will sie nie wieder durchmachen. Du weißt schon – Schwangerschaft, volle Windeln, schlaflose Nächte.« Hazard wusste es nicht. Und er wollte es auch gar nicht wissen. Zumindest nicht jetzt. »Darüber haben wir immer gestritten. Ständig lag sie mir damit in den Ohren. Ich wollte nur, dass sie glücklich ist. Und außerdem lief im Schlafzimmer schon lange nichts mehr. Haha!«

»Haha«, wiederholte Hazard tonlos und stöhnte innerlich, denn all seine schönen Pläne waren, genau wie Rodericks Reproduktionsfähigkeit, mit einem messerscharfen Schnitt chirurgisch zerschnippelt worden. Die Frage des Kinderkriegens war für Monica nicht verhandelbar. Er musste Roderick von der Liste streichen und noch mal ganz von vorne anfangen.

Im Laufe der kommenden Wochen war Hazard mehrmals drauf und dran, seine Verkuppelungspläne aufzugeben. Es schien so aberwitzig unwahrscheinlich, dass der richtige Mann an diesem winzig kleinen Strand auf dieser winzig kleinen Insel angespült würde. Aber wie so oft im Leben, kaum hatte er sich entschlossen, seine Bemühungen einzustellen, da war es, als flirtete das Universum mit der Vorsehung, und der perfekte Kandidat fiel ihm unversehens in den Schoß.

Julian

Julian konnte kaum fassen, wie sehr sein Leben sich in den vergangenen fünf Wochen verändert hatte, seit er das Notizheft in Monica's Café liegen gelassen hatte. Er wusste gar nicht so recht, was er von seinem *Projekt Aufrichtigkeit* eigentlich erwartet hatte, aber ganz bestimmt hatte er nicht damit gerechnet, am Ende mit einem neuen Job dazustehen und einem Haufen Fremder, die auf dem besten Weg waren, Freunde zu werden.

Letzten Freitag war er wie gewöhnlich zum Grab des Admirals spaziert, eine Flasche Baileys unter dem Arm, und im Näherkommen war es ihm gewesen, als spielte sein Verstand ihm einen Streich. Es war nicht ungewöhnlich, dass in seinem Kopf Vergangenheit und Gegenwart kollidierten, weshalb es ihn nicht allzu sehr verwundert hätte, wenn zwei alte Freunde ihn mit Gläsern und einer Flasche Wein in der Hand erwarteten. Doch diesmal war es keine Erinnerung an längst vergangene Zeiten, es waren Benji und Baz (wirklich nette Jungs). Monica musste ihnen erzählt haben, wo er sich herumtrieb.

Ihm war aufgefallen, dass er plötzlich einen federleicht beschwingten Gang hatte, wo er bis vor Kurzem noch niedergedrückt herumgeschlurft war. Wo es wohl gerade sein mochte, fragte er sich, das kleine Büchlein, das so wundersame Veränderungen bewirkt hatte? War sein Projekt so schnell wieder zum Erliegen gekommen, oder war es irgendwo da draußen in der weiten Welt und wirkte weiter seinen Zauber?

Heute Abend war schon die dritte Stunde seines Kunstkurses. Inzwischen war die Teilnehmerzahl auf fünfzehn gestiegen, was wohl unter anderem der Tatsache zu verdanken war, dass Monica einige der besten Skizzen von Harry, dem Hummer, an die Pinnwand des Cafés geheftet hatte. Heute Abend hatte er ein paar Samthausschuhe, ein ledergebundenes Buch und eine alte Pfeife mitgebracht, die er mit einem gemusterten Stück Stoff auf dem großen Tisch zu einem Tableau arrangiert hatte. Nachdem sie mit Bleistift und Grafit an der richtigen Schattierung gearbeitet hatten, hatte er nun Pastellkreiden dabei, um seine Schüler auf ihrem ersten Ausflug in die Welt der Farbe anzuleiten und ihnen einige einfache Techniken beizubringen.

Gerade reichte Julian zur Inspiration Pastelle von Degas herum, als es hinter ihm an der Tür rappelte. Er drehte sich um und sah, wie jemand versuchte, die Klinke herunterzudrücken. Monica sprang von ihrem Stuhl auf und ging zur Tür.

»Wir haben leider geschlossen«, hörte er sie sagen. »Heute Abend findet hier ein Kunstkurs statt. Aber Sie können gerne dazukommen, wenn Sie Lust haben und der Spaß Ihnen fünfzehn Pfund wert ist.«

Mit einem jungen Mann im Schlepptau kehrte Monica kurz darauf zu den anderen zurück, und Julian konnte sich auf den ersten Blick denken, warum sie ihn nicht einfach an der Tür abgewiesen hatte. So ein Kerl bekam selten einen Korb, wie er sich lebhaft vorstellen konnte. Selbst mit seinem kritischen Künstlerauge, das die Symmetrie eines Gesichts und die Knochenstruktur auf Anhieb erfasste, musste er zugeben, dass der Neuzugang eine Augenweide war. Dunkler Teint und noch dunklere braune Augen, darüber zerzauste, wilde, unfassbar blonde Locken. Und als sei das alles nicht hinreißend genug, drehte er sich dann auch noch zu den anderen um und begrüßte die Gruppe mit einem breiten Lächeln und einem noch breiteren:

»Alles klar, Leute? Ich bin Riley.« Sein australischer Akzent war unüberhörbar. Er brachte Sonne und Meer in den Raum.

Monica zog einen Bogen Papier heraus und legte ihn zu den Gegenständen auf ihrem Tisch, dann zog sie einen Stuhl heran und schob ihre Sachen beiseite, um Platz für den Neuankömmling zu machen.

»Leg einfach los, Riley«, hörte er sie sagen. »Von Julian mal abgesehen, sind wir alle hier blutige Amateure, also nur keine Angst. Ich bin übrigens Monica.« Danach stellten sich alle nacheinander vor. Ganz zum Schluss war Julian an der Reihe. Er nannte seinen Namen mit theatralischer Verbeugung und zog dazu mit ausholender Geste den Panamahut, für den er sich, passend zu seinem cremeweißen Leinenanzug, heute Morgen entschieden hatte, wobei drei Handys herausfielen. Mit einer einzigen unbedachten Handbewegung hatte er den ganzen Effekt zunichtegemacht, denn plötzlich wirkte er nicht mehr wie ein herrschaftlicher Plantagenbesitzer, sondern wie ein gemeiner Taschendieb. Julian war aufgefallen, wie sich durch jeden neuen Teilnehmer die Dynamik der Gruppe veränderte, fast als gebe man beim Mischen auf der Palette eine neue Farbe dazu. Riley brachte Gelb mit. Kein blasses Schlüsselblumengelb, nein, und auch kein sattes Postgelb oder dunkles Ocker, sondern ein strahlendes, heißes Sonnenscheingelb. Alles schien plötzlich heller, wärmer, lebendiger. Sophie und Caroline, die beiden Mütter im mittleren Alter, die immer zusammengluckten und beim Arbeiten den neuesten Schulhofklatsch betratschten, wendeten sich ihm zu wie Narzissen der Sonne. Baz schien völlig hin und weg und Benji glatt ein bisschen eifersüchtig. Riley selbst bekam davon anscheinend überhaupt nichts mit. Fast wie der Stein, der ins Wasser fällt, nichts von den Wellen weiß, die er im Teich schlägt. Mit gerunzelter Stirn starrte er hoch konzentriert auf das Blatt vor ihm auf dem Tisch.

Sophie flüsterte Caroline etwas zu und wies dabei nickend auf Riley. Caroline prustete vor Lachen.

»Hör auf!«, quiekte sie. »Bitte, bring mich nicht zum Lachen. Nach drei Kindern ist mein Beckenboden nicht mehr, was er mal war.«

»Ich habe nicht die geringste Ahnung, was ein *Beckenboden* ist«, bemerkte Julian angesäuert. »Aber das nächste Mal lässt du ihn bitte zu Hause, damit er meinen Kunstunterricht nicht stört.« Denen habe ich es gezeigt, dachte er zufrieden und war etwas pikiert, als Sophie und Caroline daraufhin umso lauter lachen mussten.

Julian machte sich daran, wie gewöhnlich von einem zum anderen zu gehen, hier ein bisschen aufzumuntern, dort ein wenig die Farbe zu verwischen, hier die Perspektive etwas zu korrigieren. Bei Monica angekommen musste er lächeln. Monica war eine seiner eifrigsten Schülerinnen. Sie hörte immer aufmerksam zu und war eifrig darauf bedacht, alles richtig zu machen. Heute aber malte sie das erste Mal mit dem Herzen, nicht wie sonst nur mit dem Kopf. Ihre Striche waren leichter geworden, intuitiver. Er sah zu, wie sie mit Riley lachte und scherzte, und mit einem Mal wusste er, was diesmal anders war: Sie versuchte es nicht mehr so verbissen.

Kurz fragte Julian sich, ob er da womöglich den Beginn einer Liebesgeschichte miterlebte. Eine ganz große Romanze womöglich oder auch nur eine kleine belanglose Liebelei. Aber nein. Einer der Vorteile am *Künstlersein* war es, dass man so viel Zeit damit zubrachte, die Menschen um einen herum zu beobachten und dabei nicht bloß die Schattierungen und Konturen der Gesichter studierte, sondern bis auf den Grund ihrer Seele blickte. Man entwickelte einen fast schon unheimlichen siebten Sinn. Man lernte im Laufe der Jahre, die Menschen zu lesen, und wusste genau, wie sie wann reagierten. Monica, das hatte Julian sofort gewusst, war viel zu freiheitsliebend, viel zu ehrgeizig und zielstrebig, um sich von einem hübschen Gesicht beirren zu lassen. Sie hatte hehrere Ziele als Heiraten und Kinderkriegen. Einer der Gründe, warum er sie so bewunderte. Selbst damals, in seinen besten Zeiten, hätte er sich nie an eine Frau wie Monica herangewagt. Sie hätte ihm eine Heidenangst eingejagt. Riley, so dachte er sich, verplempert bloß seine Zeit.

Monica

Monica war vom Rütteln an der Tür aufgeschreckt. Sie war in Gedanken gewesen, in ihre Arbeit versunken, und hatte äußerst konzentriert versucht, den Farbton der Hausschuhe genau zu treffen. Etwas entnervt war sie aufgestanden, um den ungebetenen Gast abzuwimmeln. Doch als sie die Tür aufgemacht hatte, stand da dieser Mann mit dem entzückenden Lächeln, und sie hatte nicht anders gekonnt, als ihn hereinzubitten und ihm einen Platz in ihrem erlauchten Kreis anzubieten. Gleich neben ihr.

Monica konnte nicht allzu gut mit fremden Menschen. Meistens zerbrach sie sich vollkommen unnötig den Kopf, um bloß einen guten ersten Eindruck zu hinterlassen, und war dabei fürchterlich unentspannt und überhaupt nicht sie selbst. Nie hatte sie vergessen, wie jemand ihr vor ihrem ersten Bewerbungsgespräch gesagt hatte, neunzig Prozent der Meinung, die wir von anderen Menschen haben, bildeten wir uns innerhalb der ersten zwei Minuten des Kennenlernens. Aber Riley kam einem überhaupt nicht wie ein Fremder vor. Nahtlos fügte er sich in die Gruppe ein, als sei er immer schon da gewesen. Wie die fehlende Zutat, die einem Rezept erst die richtige Würze verlieh. Ob er überall, wo er auftauchte, so problemlos hineinpasste? Was für eine beneidenswerte Gabe. Wenn sie irgendwo neu war, musste sie sich regelrecht hineindrängen, sich mit den Ellbogen einen Platz freiboxen oder aber abseits stehen bleiben und dem Treiben mit gerecktem Hals zuschauen.

»Wie lange bist du schon in London, Riley?«, erkundigte sie sich.

»Gestern aus dem Flieger gestiegen. Vor zehn Tagen bin ich in Perth gestartet, mit ein paar kleinen Zwischenstopps. Ich wohne bei Freunden von Freunden in Earl's Court.«

Riley wirkte so zugänglich und locker, ganz anders als die verklemmten, stocksteifen Londoner. Er hatte die Schuhe von den Füßen gestreift und wippte mit einem nackten, gebräunten Fuß vor und zurück. Monica fragte sich, ob er wohl noch Sand zwischen den Zehen hatte. Fast war sie versucht, den Bleistift fallen zu lassen, um unauffällig unter den Tisch zu kriechen und nachzuschauen. *Schluss damit, Monica*, schalt sie sich streng und musste daran denken, was ihre Mutter immer gesagt hatte: *Eine Frau ohne Mann ist wie ein Fisch ohne Fahrrad.* Aber manchmal erschien ihr das alles wie ein einziger Widerspruch in sich. Denn wie zum Teufel passte dazu, dass sie auch gesagt hatte: *Lass dir nicht zu viel Zeit mit dem Kinderkriegen, Monica. Nichts macht eine Frau glücklicher als eine Familie?* Selbst Emmeline Pankhurst hatte Mann und Kinder gehabt – fünf an der Zahl. Alles im Leben richtig zu machen war irgendwie ganz schön verzwickt.

»Warst du schon mal in London?«, fragte sie Riley.

»Nein. Ich bin das erste Mal in Europa«, entgegnete er.

»Ich muss morgen zum Einkaufen auf den Borough Market. Magst du mitkommen? Das ist einer meiner Lieblingsorte in London«, sprudelte es aus ihr heraus, noch ehe sie sich bremsen konnte. Wo war das denn auf einmal hergekommen?

»Prima, gerne«, antwortete er freudestrahlend. »Wann geht's denn los? Noch habe ich nichts vor.« Wie konnte man denn nichts vorhaben? Und er hatte nicht mal nachgefragt, was oder wo dieser Borough Market überhaupt war. Nie im Leben hätte Monica sich auf eine derart windige Einladung eingelassen, ohne sich vorher umfassend zu informieren. Aber sie war heilfroh, dass er da allem Anschein nach ganz anders war.

»Wie wäre es, wenn wir uns bei mir treffen? Gegen zehn? Dann ist der schlimmste Andrang vorbei.«

Monica hatte ihre schlichte Arbeitsgarderobe, bestehend aus frisch gebügelter weißer Bluse und schwarzer Hose, mit einem knallroten Pulli, flachen Stiefeln, großen Creolen und ein bisschen kirschrotem Lippenstift aufgepeppt. Immer wieder musste sie sich sagen, dass das ein *Arbeitstermin* war und keine Verabredung. Riley wollte London sehen, und sie brauchte jemanden, der ihr half, die schweren Tüten nach Hause zu schleppen. Wäre es eine Verabredung, hätte sie sich stundenlang den Kopf zermartert, was sie anziehen sollte, ein paar launige Anekdoten einstudiert, die sie beiläufig ins Gespräch einstreuen konnte, sollte es ins Stocken geraten, und sich nach Ausweichlokalitäten für spontane Planänderungen umgesehen. Gründliche Planung war das A und O aller Spontaneität. Wobei ihr das bisher auch nichts gebracht hatte, stellte Monica fest, siehe Duncan, der bienenfreundliche Veganer. Sie drehte und wendete den Gedanken, als untersuche sie einen schmerzenden Zahn, um zu überprüfen, ob es noch wehtat. Nein, nur ein dumpfes Ziehen. Gut so, Monica.

Riley war zu spät gekommen. Sie hatte zwar (ganz lässig und beiläufig) *gegen zehn* gesagt, aber natürlich *um zehn* gemeint. Nicht zehn Uhr zweiunddreißig. Aber auf Riley sauer zu sein war, wie einen süßen kleinen Hundewelpen zu treten. Er war so fröhlich und von allem begeistert und so komplett anders als sie. Monica fand das faszinierend, wenn auch ein bisschen anstrengend. Außerdem war er zum Sterben schön. Sogleich schimpfte sie sich selbst als oberflächlich. Menschen zu Sexobjekten zu degradieren, war nie okay, unter gar keinen Umständen.

»Ich wünschte, meine Geschwister könnten das alles sehen«, schwärmte Riley, als sie sich durch die Marktstände schlängelten. Die unterschiedlichsten Kulturen und Einflüsse, die London ausmachten, waren hier dicht an dicht gedrängt; ein Ansturm auf die Sinne und ein unerbittlicher Kampf um die Kundschaft.

»Ich wünschte, ich *hätte* Geschwister«, seufzte Monica. »Ich war ein Wunschkind, aber leider Einzelkind.«

»Hattest du als Kind einen imaginären Freund?«, fragte Riley.

»Nein, ehrlich gesagt nicht. Heißt das, ich bin fantasielos? Aber ich habe all meinen Teddybären Namen gegeben und habe sie jeden Abend auf meiner Anwesenheitsliste abgehakt.« Himmel, redete sie sich gerade um Kopf und Kragen? Sie plapperte ja wie ein Wasserfall.

»Ich war immer mit meinen älteren Brüdern am Trigg Beach surfen. Die haben mich schon mitgenommen, als ich noch zu klein war, um mein eigenes Board zu tragen«, erzählte Riley. Sie stellten sich in die Schlange vor dem Stand mit Pulled-Pork-Sandwiches. »Ich stehe total auf Streetfood und Mit-den-Fingern-Essen, du auch?«, schwärmte Riley. »Ich meine, wer bitte hat Messer und Gabel erfunden? Muss eine echte Spaßbremse gewesen sein!«

»Streetfood macht mich ein bisschen nervös«, gestand Monica. »Die werden bestimmt nicht regelmäßig vom Gesundheitsamt überprüft, und an *keinem* der Stände hängt ein Hygienezertifikat.«

»Ach was, das passt schon«, meinte Riley gut gelaunt. Monica bewunderte seinen Optimismus, selbst wenn sie ihn für brandgefährlich hielt. Aber irgendwie auch entzückend naiv.

»Meinst du? Guck dir nur mal die Frau an, die die Sandwiches macht. Sie trägt keine Handschuhe, obwohl sie mit Essen *und* Geld hantiert, und das wimmelt ja bekanntlich nur so vor Bakterien. Die vermehren sich wie wild auf den Scheinen.« Monica überlegte, dass sie bestimmt ein bisschen zwanghaft wirkte. Vermutlich, nein, höchstwahrscheinlich lag Riley nicht annähernd so viel an Lebensmittelhygiene wie ihr. Und dann wurde sie plötzlich knallrot, weil ihr aufging, dass sie in einem Atemzug *wie wild* und *vermehren* gesagt hatte. Reiß dich zusammen, Monica.

Irgendwann musste sie einsehen, dass sie es trotz allem genoss, eine Frau zu sein, die auf der Straße mit den Fingern aß, an ihrer Seite einen umwerfenden Mann, den sie kaum kannte. Sie war wild und frei und tollkühn. Die Welt erschien ihr riesengroß und voller unendlicher Möglichkeiten, ganz anders als noch vorhin. Sie gingen weiter zu einem Stand, der mexikanische Churros verkaufte, die man, noch warm und in Zucker gewälzt, in heiße Schokolade tauchte.

Mit dem Daumen wischte Riley ihr sanft über den Mundwinkel. »Du hast da Schokolade«, murmelte er. Monica überfiel ein eigenartiges Verlangen, viel heftiger als die Lust auf Zucker. Rasch ging sie all die Gründe durch, warum diese Gedanken, die sich heimlich in ihr Hirn geschlichen hatten, niemals Wirklichkeit werden würden:

Riley war nur auf der Durchreise. Sich auf ihn einzulassen wäre unsinnig.

Riley war gerade mal dreißig, ganze sieben Jahre jünger als sie. Und er wirkte noch jünger. Wie einer der verlorenen Jungs aus Nimmerland.

Außerdem interessierte er sich ohnehin nicht für sie. Sie wusste grob, wo sie auf einer Attraktivitätsskala zwischen eins und zehn anzusiedeln war. Riley, der exotische Adonis (Vater Australier, Mutter Balinesin, wie sie inzwischen erfahren hatte) war für sie unerreichbar.

»Wir sollten uns langsam auf den Heimweg machen«, sagte sie, wohl wissend, dass sie, wenn gerade ein Zauber gewoben wurde, ihn damit zunichtemachte.

»Sind deine Eltern eigentlich auch so verrückt nach gutem Essen wie du, Monica? Womöglich hast du das von ihnen geerbt?«, fragte Riley, während sie sich an Marktständen vorbeischoben, die sich unter der Last überquellender Körbe voller Oliven in jeder nur erdenklichen Schattierung zwischen Grün und Schwarz bogen.

»Meine Mutter ist tot«, antwortete Monica. Warum hatte sie das bloß gesagt? Inzwischen hätte sie doch wissen müssen, dass das ein todsicherer Gesprächskiller war. Schnell plapperte sie weiter, um das unvermeidlich folgende unangenehme Schweigen zu überbrücken, das Riley glauben würde füllen zu müssen. »Bei uns zu Hause gab es meistens Fertiggerichte – Kartoffelpüree aus der Tüte, Pfannkuchen-Fertigmischungen und zu besonderen Gelegenheiten Kiewer Hähnchenkotelett von Marks & Spencers. Mum war eine glühende Feministin, musst du wissen. Sie war der Meinung, sich als Frau in die Küche zu stellen, würde bedeuten, sich dem Patriarchat zu beugen. Als es in der Schule hieß, die Mädchen sollten Hauswirtschaftsunterricht bekommen, während die Jungen zum Werken gingen, hat sie gedroht, sich mit Handschellen ans Schultor zu ketten, wenn man mir nicht die freie Wahl zwischen beiden Fächern ließe. Ich war schrecklich neidisch auf meine Freundinnen, die nachmittags mit hübsch verzierten Küchlein nach Hause gingen, während ich mich abrackern musste, um ein Vogelhäuschen krumm und schief zusammenzuzimmern.«

Monica erinnerte sich noch genau, wie sie ihre Mutter angeschrien hatte: *Du bist nicht Emmeline Pankhurst! Du bist bloß meine Mutter!*

Woraufhin ihre Mutter mit einer Stimme wie Stahl erwidert

hatte: *Wir alle sind Emmeline Pankhurst, Monica. Was hätte es denn sonst gebracht?*

»Ich wette, deine Mum wäre furchtbar stolz, wenn sie dich jetzt sehen könnte, Monica. Mit deinem eigenen Laden«, meinte Riley.

Etwas Besseres hätte er in diesem Augenblick nicht sagen können. Monica hatte plötzlich einen Kloß im Hals. O Gott, jetzt bloß nicht weinen. Wieder versuchte sie, Madonna zu channeln. Madge würde sich nie, nie im Leben die Blöße geben, vor anderen Leuten herumzuheulen.

»Ja, ich glaube, das wäre sie. Das hat mir überhaupt erst den Anstoß gegeben, mein eigenes Café zu eröffnen«, sagte sie und schaffte es irgendwie, dass man ihr nichts anmerkte. »Weil ich weiß, wie begeistert sie von der Idee gewesen wäre.«

»Tut mir leid, das mit deiner Mum«, sagte Riley leise und legte ihr den Arm um die Schultern, ein bisschen ungelenk, weil er so viele Tüten schleppte.

»Danke«, entgegnete sie. »Das ist lange her. Ich habe nie verstanden, *warum gerade sie*. Sie war so ein Heißsporn, sie sprühte nur so vor Leben. Man sollte doch annehmen, der Krebs würde sich ein leichteres Opfer suchen. Sie hat es gehasst, wie die Leute darüber redeten: Sie müsse gegen die Krankheit ›ankämpfen‹, sie ›besiegen‹. Sie hat immer gesagt: *Wie soll ich gegen etwas kämpfen, das ich nicht mal sehen kann? Das ist kein fairer Kampf, Monica.*«

Stumm gingen sie weiter, und Monica war froh, dass Riley das Schweigen nicht zu brechen versuchte. Schließlich brachte sie das Gespräch wieder auf Preisstrukturen und Gewinnmargen, ein Thema, bei dem sie sich wesentlich wohler fühlte.

»Ich weiß nicht, ob ich auf Dauer in diesem Klima leben könnte. Was habe ich mir bloß dabei gedacht, ausgerechnet im *November* nach London zu kommen? Ich habe noch nie so eine Kälte erlebt«, meinte Riley bibbernd, als sie über die London

Bridge gingen, um am nördlichen Ufer der Themse ihren Weg fortzusetzen. »Im Rucksack war nur Platz für leichtes Gepäck, ich musste mir einen Mantel kaufen, sonst wäre ich längst erfroren.« Sein australischer Akzent machte aus jedem Satz eine Frage. Der Wind frischte auf und fegte Monica die langen dunklen Haare ins Gesicht.

Mitten auf der Brücke blieben sie kurz stehen, und Monica zeigte ihm die Sehenswürdigkeiten entlang der Themse – St Paul's Cathedral, die HMS *Belfast* und den Tower of London. Und noch während sie redete, geschah etwas Unglaubliches. Riley, beide Hände voller Schachteln und Tüten, beugte sich vor und *küsste sie.* Einfach so. Mitten im Satz. Mitten auf den Mund.

Das konnte man doch nicht machen! Heutzutage war so was vollkommen unmöglich. Man musste vorher *um Erlaubnis fragen*. Oder zumindest auf ein eindeutiges Signal warten. Gerade hatte sie noch erklärt … *wenn die Raben den Tower verlassen, so heißt es im Volksglauben, dann werden Krone und Land fallen.* Und sie war sich verdammt sicher, dass man diesen Satz nicht als Aufforderung missverstehen konnte. Eigentlich erwartete sie, rechtschaffen empört zu sein. Stattdessen ertappte sie sich dabei, wie sie seinen Kuss doch tatsächlich erwiderte.

Schwachheit, dein Name ist Weib!, dachte sie, rasch gefolgt von: Ach, was soll's. Verzweifelt kramte sie im Geiste nach ihrer Liste mit all den gewichtigen Gründen, warum das *überhaupt keine gute Idee war*. Und dann, als er sie wieder küsste, riss sie sie mitten entzwei, zerfledderte sie zu Konfetti, warf die Schnipsel über das Brückengeländer und sah ihnen nach, als sie wie Schneeflocken aufs Wasser trudelten.

Riley war nichts Ernstes, nichts fürs Leben. Natürlich nicht, dazu waren sie viel zu unterschiedlich. Er war zu jung, zu unstet, und sie würde wetten, dass er bestimmt noch nie Dickens gelesen hatte. Aber was sprach gegen einen netten kleinen Flirt?

Ein bisschen in den Tag hineinleben? Spontan sein? Vielleicht könnte sie in eine neue Persönlichkeit schlüpfen wie in ein Karnevalskostüm, nur für ein kleines Weilchen.

Riley

Riley saß seit Stunden im Flieger auf dem Weg nach Heathrow, vollkommen fasziniert vom Flight Tracker auf dem Bildschirm vor ihm, auf dem ein kleines Flugzeug zielstrebig seine Bahn über die Nordhalbkugel zog. Letzte Woche hatte er zum ersten Mal den Äquator überquert. Ob es wirklich stimmte, dass das Wasser in England andersherum den Abfluss hinunterfloss? Er würde es wohl nie erfahren, denn zu Hause hatte er nie darauf geachtet, wie herum der Wasserwirbel sich drehte. Wer achtete denn bitte auf so was?

Er griff in den Rucksack zu seinen Füßen und kramte nach dem Thriller, den er gerade las. Aber statt seines Buchs zog er ein blassgrünes Notizheft heraus. Das war nicht seins. Aber es erinnerte ihn an das Büchlein, in dem er daheim die Kundenwünsche für seinen Gärtnerservice notiert hatte. Kurz befürchtete er, versehentlich einen fremden Rucksack mitgenommen zu haben, aber der sonstige Inhalt war eindeutig seiner: Pass, Portemonnaie und Hühnchen-Sandwich, von Barbara liebevoll zubereitet und eingepackt. Er wandte sich an die nett wirkende Dame mittleren Alters im Sitz neben ihm.

»Entschuldigung, ist das vielleicht Ihres?«, fragte er, weil er dachte, sie hätte womöglich seinen Rucksack mit ihrer Tasche verwechselt. Sie schüttelte nur stumm den Kopf.

Riley drehte das Büchlein um. Vorne drauf standen zwei Worte. *Projekt Aufrichtigkeit. Aufrichtigkeit.* Tolles Wort. Irgendwie *britisch*. Er drehte und wendete es in Gedanken, schmeckte den Klang auf der Zunge, versuchte, es laut aufzusagen. Fast hätte er sich einen Knoten in die Zunge geschlungen. Wenn man es ganz oft hintereinander sagte, hörte es sich an, als hätte man einen schweren Sprachfehler. Riley schlug das Heft auf. Acht Stunden würde er noch in diesem Flieger sitzen. Mehr als genug Zeit, sich das Heft ein bisschen genauer anzusehen, wo es sich schon als blinder Passagier in sein Gepäck geschmuggelt hatte.

Riley las Julians Geschichte und dann Monicas. Dieser Julian schien ja eine echte Marke zu sein. Genauso hatte er sich die Engländer immer vorgestellt. Aber Monica kam ihm ein bisschen verklemmt vor. Sie sollte mal nach Australien fliegen! Da würde es nicht lange dauern, bis sie sich entspannte und eine Horde halb australischer Kinder hätte, die ihr um die Füße liefen und sie in den Wahnsinn trieben. Er schlug Fulham im *London A-Z*-Reiseführer nach, den er als Abschiedsgeschenk von einem seiner Kunden erhalten hatte. Es lag gleich um die Ecke vom Earl's Court, wo er hinwollte. So ein Zufall. Ein eigenartiger Gedanke, dass er diesen Menschen noch nie begegnet war, aber ihre intimsten Gedanken kannte.

Er schlug die nächste Seite auf, und die Handschrift wechselte von Monicas ordentlicher, rundlicher Schrift zu einem eher erratischen Gekrakel. Als wäre ein Insekt durch ein Tintenfass gelaufen und anschließend auf dem Blatt verendet.

Ich heiße Timothy Hazard Ford, aber wenn man mit zweitem Namen Hazard heißt, nennt einen niemand Timothy. Ich war immer Hazard Ford. Und ja, ich habe schon sämtliche blöden Witze gehört, die man sich dazu ausdenken kann. Ja, ich weiß, dass mein Name wie ein Automodell klingt. Mein Großvater mütterlicherseits hieß Hazard, und mir diesen Namen mitzugeben war vermutlich das mit Abstand Verrückteste, was meine

Eltern je gemacht haben. Denn eigentlich wurde ihr ganzes Leben von einer einzigen Frage beherrscht: »Was sollen denn die Nachbarn denken?«

Hazard. Den kannte Riley. Das war dieser Exbanker, den er bei seinem letzten Zwischenstopp in Thailand kennengelernt hatte. Der sich so für Riley und seine Reisepläne interessiert hatte. Aber wie war Hazards Heft in seinem Rucksack gelandet? Und wie um Himmels willen sollte er es ihm wieder zurückgeben?

Sicher hast du Julians und Monicas Geschichte schon gelesen. Julian bin ich bisher nicht begegnet, daher kann ich über ihn nicht viel sagen, aber Monica … Über die kann ich ein bisschen mehr verraten. Ich wohne um die Ecke von ihrem Café (in der Fulham Road, Hausnummer 783, gleich neben dem Nomad-Buchladen. Diese Info ist wichtig!), und natürlich musste ich sie mir ansehen, nachdem ich ihre Geschichte gelesen hatte.

Diese Info ist wichtig? Mit wem, bitte schön, redete der?, fragte sich Riley. Hoffentlich würde er das noch erfahren.

Eigentlich bin ich nur hingegangen, weil ich ihr das Heft zurückgeben wollte, aber dann habe ich es mir anders überlegt. Ich habe es mit nach Thailand genommen, auf eine winzige Insel namens Koh Panam.

Als Kind war ich auf einem reinen Jungeninternat. Ich war im sechsten Schuljahr, als dann auch Mädchen zugelassen wurden. Am ersten Schultag kamen die Mädchen in die Mensa, und wir standen mit Pappschildern in der Hand da und verteilten Noten. Kein Witz. Wenn ich heute daran denke, wird mir schlecht. Aber anderes Thema. Wäre Monica damals in die Mensa gekommen, ich hätte ihr eine Acht gegeben. Wobei, bei dem brodelnden Chaos aus Hormonen und unterdrückten Trieben, das ich damals war, hätte es vermutlich sogar zu einer Neun gereicht.

Sie ist ganz ansehnlich, die Monica. Schlank, hübsches Gesicht mit Stupsnase und Haaren wie ein Paradepony. Aber sie hat so was an sich, so was Stocksteifes, Humorloses, das einen total abtörnt, ja, einem fast schon Angst macht. Sie gibt mir ständig das Gefühl, irgendwas falsch zu machen (tue ich vermutlich auch, aber was soll's). Sie ist so eine, die die Konservendosen mit der Aufschrift nach vorne in den Küchenschrank räumt und die Bücher im Regal alphabetisch sortiert. Sie hat so was Verzweifeltes an sich. Kann sein, dass ich es in meiner Fantasie übertreibe, aber da will man nur noch die Beine in die Hand nehmen und zusehen, dass man Land gewinnt. Außerdem hat sie die ärgerliche Angewohnheit, Bürgersteige zu verstellen, aber das ist eine andere Geschichte.

Kurz und gut, Monica ist nicht mein Typ. Aber ich hege die heimliche Hoffnung, dass sie dein Typ sein könnte, denn, wie du dir sicher schon gedacht hast, braucht die Gute dringend einen anständigen Kerl. Und ich gehe davon aus, dass du wesentlich anständiger bist als ich.

Keine Ahnung, ob Monicas Plan aufgegangen ist, Julian mit ihrer Kunstlehrerannonce aus seinem Schneckenhaus zu locken. Aber hätte ich mich nicht eingemischt, wäre sie ganz sicher krachend gescheitert. Einen einzigen mickrigen kleinen Zettel hat sie ins Schaufenster ihres Cafés geklebt. Wie sollte er das denn bitte mitbekommen? Also habe ich ihr ein bisschen unter die Arme gegriffen. Ich habe den Zettel mitgehen lassen und im nächsten Copyshop zehn Kopien machen lassen, mit denen ich dann Chelsea Studios tapeziert habe. Einen habe ich sogar an den Grabstein des Admirals gepappt, den Julian in seiner Geschichte erwähnt. Fast hätte ich deswegen meinen Flieger verpasst, so lange bin ich auf diesem depperten Friedhof herumgelaufen. Wenn ich heute daran denke, muss ich gestehen, so ganz selbstlos war das nicht. Das war reine Ablenkung. Der Rummel um Monicas Anzeigenkampagne hat mich davon abgehalten, schnurstracks in den nächsten Supermarkt zu marschieren und mir eine Flasche Wodka für die Reise zu besorgen. Ich hoffe sehr, die Mühe hat sich wenigstens gelohnt.

Und um Julians Frage zu beantworten: die eine große Wahrheit, die mich ausmacht, durch die sich alles andere zusammenfügt wie die Teile eines Puzzles? Tja, da brauche ich nicht lange nachzudenken: ICH BIN EIN JUNKIE.

In den letzten zehn Jahren war jede einzelne meiner Entscheidungen – ob groß oder klein – allein von meiner Sucht bestimmt. Sie war die Triebfeder hinter allem, was ich getan habe: bei der Wahl meiner Freunde, meiner Freizeitbeschäftigungen, sogar meines Berufs. Wenn man ehrlich ist, ist Aktienhandel nichts anderes als legalisiertes Glücksspiel. Hättest du mich zu Hause in England kennengelernt, du hättest geglaubt, ich lebe einen Traum – unverschämt gut bezahlter Job, Hammerwohnung und an jedem Finger eine Wahnsinnsfrau. Tatsächlich habe ich den größten Teil meiner Zeit damit verplempert, von meinem nächsten High zu fantasieren. Nur der leiseste Hauch, der kleinste Anflug von Angst, Nervosität, Stress oder Langeweile, und ich bin ausgeflippt und mit einem Wodka-Flachmann oder einem Tütchen Koks aufs Klo geflüchtet.

Riley stutzte und fragte sich, ob diese Geschichte womöglich von einem anderen Hazard handelte. Der Typ, den er in Thailand kennengelernt hatte, war ein fanatischer Gesundheitsapostel. Er trank nicht, er feierte nicht – meistens ging er abends um neun Uhr ins Bett und stand mit den Hühnern wieder auf, um bei Sonnenaufgang zu *meditieren*. Riley war eigentlich davon ausgegangen, er sei Veganer (womöglich wegen seines Hipster-Barts und der Tatsache, dass er ständig in Sarongs herumlief), bis er eines Tages mitbekommen hatte, dass er Fisch aß. Aber dann überlegte er, wie hoch wohl die Wahrscheinlichkeit war, dass das Buch eines *anderen* Hazard in seinem Gepäck gelandet war. Richtig, gleich null.

Riley runzelte die Stirn. Wie konnte er sich bloß so in Hazard getäuscht haben? Waren alle Menschen insgeheim so undurchschaubar und verkorkst? Er jedenfalls nicht. Kannte er überhaupt irgendwen wirklich? Leicht beunruhigt las er weiter.

Spaß hat mir das schon lange nicht mehr gemacht. Die Highs waren keine Highs mehr. Ich brauchte das Zeug, nur um irgendwie den Tag zu überstehen. Mein Leben schnurrte zusammen, wurde kleiner und enger, und ich steckte fest in einem Hamsterrad, das sich schneller und immer schneller drehte.

Neulich habe ich ein Foto von mir gefunden, da muss ich ungefähr zwanzig gewesen sein, und plötzlich ging mir auf, dass ich mich verloren hatte. Früher bin ich gerne gereist, ich bin auf Abenteuersuche gegangen. Ich habe Saxofon spielen gelernt und Spanisch und Salsa tanzen und Paragliden. Ich weiß nicht, ob ich wieder der werden kann, der ich einmal war, oder ob es dafür längst zu spät ist.

Gestern Abend gab es einen Moment, da stand ich draußen und habe mit offenem Mund staunend auf das nächtliche Südchinesische Meer geschaut, das schimmernd vor mir lag wie eine Perle. Und kurz habe ich daran geglaubt, ich könnte vielleicht doch wieder anfangen, mich zu freuen und zu wundern. Ich hoffe es sehr. Ich glaube, ich könnte den Gedanken nicht ertragen, mein ganzes restliches Leben ohne nennenswerte Highs verbringen zu müssen.

Und jetzt? In meinen alten Job kann ich unmöglich zurück.

Selbst wenn ich es irgendwie schaffen würde, stocknüchtern und clean mit meinen alten Freunden abzuhängen und auf dem Parkett zu arbeiten, ich fürchte, dazu habe ich zu viel verbrannte Erde hinterlassen. Als ich meinem alten Chef gekündigt habe (selbstredend war ich high – ein spektakulärer Abgang mit Pauken und Trompeten), habe ich angedeutet, mir bei der letzten Bürofeier ein Gramm Koks mit seiner Gattin geteilt und sie dann auf just jenem Schreibtisch gevögelt zu haben, an dem er gerade saß. Und dann habe ich noch einen dämlichen Witz hinterhergeschoben, von wegen, ich würde »mit einem großen Bumms« abtreten. Eher unwahrscheinlich, dass ich von dem ein überschwängliches Empfehlungsschreiben bekomme.

Riley machte inzwischen Stielaugen. Er konnte sich beim besten Willen nicht vorstellen, dass es in Perth Menschen wie Hazard gab.

In der City zu arbeiten frisst unerbittlich die Seele auf. Man macht *ja nichts, jedenfalls nichts Handfestes. Man schiebt und schachert und scheffelt Geld. Man hinterlässt kein Vermächtnis. Man verändert die Welt nicht zum Guten. Selbst wenn ich wieder dorthin zurückkönnte, ich wollte es nicht.*

Also, Riley. Was jetzt?

Riley schnappte erschrocken nach Luft, als er in dem Büchlein seinen Namen las. Die Dame neben ihm schaute auf und musterte ihn neugierig. Entschuldigend lächelte er sie an und las dann weiter.

Projekt Aufrichtigkeit *ist nicht zufällig in deinem Gepäck gelandet. Ganze vier Wochen habe ich auf den Richtigen gewartet. Mit deiner Hilfe kehrt Julians Buch nun wieder dorthin zurück, wo es hergekommen ist. Ich frage mich, ob du der Richtige bist, um mit Julian Freundschaft zu schließen oder mit Monica anzubandeln. Oder sogar beides. Tust du mir den Gefallen und gehst zu ihrem Café? Veränderst du ein Leben? Schreibst du deine Geschichte auf?*

Ich hoffe, eines Tages werde ich erfahren, wie es weitergegangen ist, denn mir wird dieses kleine Heftchen fehlen. In einer Zeit, in der ich haltlos im All trieb, war es meine Verbindung zur Raumstation.

Gute Reise, Riley, und viel Glück.

Hazard

Riley war inzwischen seit zwei Tagen in London, und irgendwie kam es ihm noch immer surreal vor. Als lebte er in einer Reisedoku. Seine Wohnung in Earl's Court lag allem Anschein nach mitten in einer gigantischen Großbaustelle. Alles um ihn herum wurde gerade abgerissen oder neu hochgezogen. Irgendwie beunruhigend. Fast als riskierte er, gleichfalls zerlegt und wiedererrichtet zu werden, sobald er auch nur einen Moment stillstand.

Manchmal wünschte Riley sich, er hätte *Projekt Aufrichtigkeit* nie gefunden. Er fühlte sich unwohl damit, die Geheimnisse anderer Leute zu kennen – es war, wie seine Nase ungefragt in fremde Angelegenheiten zu stecken. Aber nachdem er ihre Geschichten erst einmal gelesen hatte, wollten ihm Julian, Monica und Hazard einfach nicht mehr aus dem Kopf. Es war ein wenig, als hätte man einen Roman zur Hälfte gelesen und sich gerade mit den Figuren angefreundet und dann das Buch versehentlich im Zug liegen gelassen.

Er hatte der Versuchung nicht widerstehen können, sich das Café mit eigenen Augen anzuschauen. Eigentlich hatte er bloß einen Blick auf Monica werfen wollen und auf Julian vielleicht auch, nur so aus Neugier, ob sie wirklich so waren, wie er sie sich vorgestellt hatte. Das konnte doch nicht schaden, oder? Aber ganz bestimmt, so schwor er sich, würde er sich auf gar keinen Fall da *hineinziehen* lassen. Doch schon auf dem Weg zu Monica's Café wurde er immer kribbeliger vor Aufregung, und als er dann schließlich vor der Tür stand, waren alle guten Vorsätze, ein distanzierter Beobachter zu bleiben, mit einem Mal vergessen. Er sah die vielen Leute drinnen und drückte die Türklinke herunter.

Und dann hatte er, ehe er sichs versah, plötzlich mitten in einem Kunstkurs gesessen, mit *Julian* als seinem Lehrer. Und jetzt schlenderte er über diesen Wahnsinnsmarkt, mit *Monica* an seiner Seite.

Monica war so ganz anders als die albernen, fröhlichen, unkomplizierten Mädels, die Riley von zu Hause kannte. Gerade erzählte sie ihm noch vom Tod ihrer Mutter, und im nächsten Moment war sie verschlossen wie eine Auster und quasselte über Gewinnmargen. Für ihn ein echtes Aha-Erlebnis. Die Preise für seinen Gärtnerservice kalkulierte er, indem er grob die Kosten überschlug und dann draufschlug, was der jeweilige Kunde sich seiner Meinung nach leisten konnte. Wenn er für Mrs Firth (frisch verwitwet) arbeitete, machte er immer Verlust. Dafür berechnete er dem Hedgefonds-Typen am Ende der Straße das Doppelte. Ihm erschien das so am gerechtesten.

Davon verriet er Monica allerdings vorerst lieber nichts. Für sie schien Preisfindung eine echte *Wissenschaft* zu sein. Sie plapperte irgendwas über Prozente, Fixkosten und Mengenrabatt und rechnete dann alles mit dem Taschenrechner aus, wobei sie sich in ein winziges Büchlein, das sie aus der Hosentasche zog, Notizen machte.

Der Versuch, irgendwie an Monica heranzukommen, erwies sich als schwieriger denn eine Partie »Ochs am Berg«: Jedes Mal, wenn sie gerade nicht hinschaute, schlich er sich heimlich von hinten heran, nur um dann prompt wieder zurück zur Startlinie geschickt zu werden, weil sie sich umgedreht und ihn dabei erwischt hatte, wie er sich bewegte. Doch statt ihm die Lust am Spiel zu verderben, weckte das nur seinen Ehrgeiz.

Es gab nur eins, was Riley, von Monicas befremdlicher Besessenheit von Bakterien mal abgesehen, ein bisschen den Spaß verdarb: Früher oder später musste er ihr vom *Projekt Aufrichtigkeit* erzählen. Es kam ihm arglistig und falsch vor, mehr über sie zu wissen als sie über ihn, denn er war von Natur aus ein grundehrlicher Mensch. Er war, wer er war. Kein Blender, keine Mogelpackung.

Beim ersten Kennenlernen hatte er Monica nichts von dem Büchlein sagen können, weil er mitten in den Kunstkurs geplatzt war. Irgendwie hatte er es nicht über sich gebracht, vor einem Raum voller Menschen herauszuplatzen: »Übrigens, ich weiß alles. Dass du dir unbedingt einen Mann und ein Baby wünschst, zum Beispiel.« Aber je länger er es vor sich herschob, desto schwieriger wurde es. Und jetzt wollte er aus purem Egoismus die gute Stimmung nicht verderben, indem er sie derart bloßstellte und blamierte. Denn das würde unweigerlich passieren, sobald er ihr gestand, ihre geheimsten Gedanken zu kennen. Es kam ihm vor, als liefe er mit einer scharfen Bombe in der Tasche voll handgemachtem Käse, Schinken und Chorizo herum. Am Ende beschloss er, einfach gar nichts zu sagen. Womöglich würde er Monica nie wiedersehen, und dann brauchte er ihr auch nicht ungefragt zu nahe zu treten.

Und dann hatte er sie geküsst.

Sie hatte gerade irgendwas von Londoner Sehenswürdigkeiten erzählt. Er hatte den Faden verloren und gar nicht mehr richtig hingehört, sondern einfach nur fasziniert an ihren Lippen gehangen, nachdem ihm aufgegangen war, dass sie mit den dunklen Haaren, der hellen Haut und den vom beißenden Wind geröteten Wangen aussah wie Disneys Schneewittchen. Wie eine

Märchenheldin, furchtlos und stark. Sonst hatte er eigentlich einen Heidenrespekt vor Frauen wie ihr. Aber er hatte ihre Geschichte gelesen. Er wusste, dass sich hinter der rauen Schale ein weicher Kern verbarg. Sie wollte gerettet werden. Für einen flüchtigen Augenblick hatte er sich gefühlt wie der Prinz aus dem Märchen, und er hatte sie geküsst, und sie hatte seinen Kuss erwidert. Ziemlich heftig sogar.

Gerne wäre er für immer und ewig dort geblieben, Nase an Nase, auf einer Brücke über der Themse, wäre da nicht das Geheimnis, das zwischen ihnen stand wie eine unüberwindbare Mauer. Wie um alles in der Welt sollte er es ihr jetzt noch sagen?

Er wusste nicht so recht, ob er Hazard verfluchen oder ihm heimlich danken sollte.

Julian

Julian erwartete Gäste zum Tee.

Er konnte sich nicht daran erinnern, wann er das letzte Mal Gäste gehabt hatte, also richtig echte, eingeladene Gäste, keine Meinungsforscher oder Zeugen Jehovas. Er versuchte sich gerade an etwas, das man seiner Ansicht nach wohl als *Entrümpeln* bezeichnen würde. Aber in zwei, drei Stunden Arbeit hatte er kaum etwas ausrichten können gegen all die Habseligkeiten, die sich im Laufe der Jahrzehnte im Wohnzimmer angesammelt hatten.

Aber immerhin hatte er ein bisschen Platz schaffen können, damit alle einen Platz zum Sitzen hatten. Wie hatte er es nur so weit kommen lassen können? Was hätte Mary, bei der das Haus stets blitzblank geputzt gewesen war, wohl dazu gesagt? Vielleicht hatte er alles so vollgestellt, weil er sich dann nicht ganz so einsam fühlte, oder weil jedes einzelne Stück eine Erinnerung war an glücklichere Tage. Und weil Dinge sich als zuverlässiger erwiesen hatten als Menschen.

Beide Mülltonnen vor dem Haus quollen fast über, und irgendwann hatte er einfach angefangen, so viele Sachen in die Abstellkammer unter der Treppe zu stopfen wie möglich: Bücher, Zeitschriften, einen Stapel Vinylplatten, drei Paar Gummistiefel, einen Tennisschläger, zwei Lampen, die längst nicht mehr funktionierten, und einen Imkeranzug – Überbleibsel eines kurzlebigen Hobbys, mit dem er vor über zwanzig Jahren einmal angefangen hatte. Am Ende musste er sich gegen die Tür stemmen, damit sie zuging. Um all den Kram würde er sich später kümmern. Wenigstens hatte er das Sofa und zwei Stühle freigeräumt.

Die Türklingel summte. Auf die Minute pünktlich! Damit hatte Julian nicht gerechnet. Er kam immer mindestens eine halbe Stunde zu spät, ganz gleich zu welchem Anlass. Er liebte den großen Auftritt. Womöglich war Pünktlichkeit gerade wieder en vogue. Anscheinend hatte er noch viel zu lernen.

Julian ging aus der Haustür und rüber zu dem schwarzen Tor, das auf die Fulham Road führte. Mit gewohnt großer Geste öffnete er das Tor und winkte seinen drei Gästen einzutreten: Monica, der hübsche junge Australier Riley und Baz. Benji, so sagten sie, müsse den Laden hüten.

»Herein, herein!«, rief er, als die drei stehen blieben und mit offenem Mund den gepflasterten Innenhof bestaunten, mit dem sprudelndem Springbrunnen in der Mitte, dem ordentlich gestutzten Rasen, den uralten Obstbäumen und dem kleinen Ensemble malerischer Cottages und putziger Atelierhäuschen.

»Wow«, murmelte Riley beeindruckt. »Ist ja Wahnsinn.«

Julian zog es in den Zähnen bei diesem Slangausdruck, verstärkt noch durch Rileys australischen Akzent. Aber er ließ es ihm ausnahmsweise durchgehen. Jetzt war nicht der richtige Augenblick für einen Vortrag über die Schönheit und Vielseitigkeit der englischen Sprache.

»Ich komme mir vor wie das Mädchen aus *Der geheime Garten*, das dem Rotkehlchen folgt und hinter der Mauer versteckt einen magischen Ort entdeckt«, raunte Monica. Sie war viel belesener als Riley, stellte Julian wohlwollend fest. »Es ist, als trete man in eine andere Zeit, in ein anderes Land.«

»Die Anlage wurde 1925 erbaut«, erklärte Julian, angespornt von ihrem offenkundigen Interesse. »Und zwar von einem Bildhauer namens Mario Manenti. Italiener, wie man sich denken kann. Als Vorlage diente ihm sein Anwesen in der Nähe von

Florenz. Er wollte sich auch in London wie zu Hause fühlen und hat die Ateliers nur an andere Künstler und Bildhauer vermietet. Inzwischen sind sie alle in Wohnraum umgewandelt worden. Ich bin der einzige noch verbliebene Künstler, und selbst ich habe nichts mehr zustande gebracht, seit Mary …« Er brach ab. Warum hatte er erst, als sie nicht mehr da war, erkannt, dass Mary seine Muse war? Er hatte stets gedacht, eine Muse müsse ätherisch sein, unnahbar und unergründlich, nicht der Mensch, der immer da war und den man jeden Morgen beim Aufwachen sah. Hätte er das schon früher begriffen, es hätte alles ganz anders sein können. Aber das war jetzt nicht der Moment für wehleidige Selbstbespiegelung und weinerliche Reue. Er hatte Gäste.

Julian führte sie durch die himmelblau gestrichene Tür in sein Cottage.

»Sieh dir nur den Boden an!«, sagte Monica zu Riley und wies hingerissen auf die Holzdielen, mit denen das gesamte Erdgeschoss ausgelegt war. Sie waren über und über mit Farbspritzern bekleckst, als wäre an der Decke ein Regenbogen explodiert, nur gelegentlich unterbrochen von bunten, marokkanisch anmutenden Kelims. »Der ist ja fast selbst ein Kunstwerk.«

»Steht nicht nur herum und haltet Maulaffen feil. Nehmt Platz, nehmt Platz!«, rief Julian und führte sie zu den gerade erst freigeräumten Stühlen und dem Sofa. Sie alle standen um einen Couchtisch herum, der aus einer geschliffenen Glasplatte bestand und statt auf Beinen auf vier dicken Stapeln antiquarischer Bücher ruhte. Im Kamin dahinter brannte ein loderndes Feuer und lachte den städtischen Vorschriften zur Luftreinhaltung lauthals ins Gesicht.

»Tee! English Breakfast, Earl Grey oder Darjeeling? Vielleicht habe ich auch noch Pfefferminz. Mary mochte den immer am liebsten«, sagte Julian.

Während Julian in der kleinen offenen Küche herumhantierte

und Teebeutel in die Kanne gab, suchte Monica in dem Regal, in dem er angeblich stehen sollte, den Pfefferminztee. Nach langem Kramen stieß sie schließlich auf eine Metalldose mit einem alten vergilbten Schildchen. Darauf die Beschriftung: PFEFFERMINZ. Sie nahm den Deckel ab. Darin ein gefalteter Zettel. Monica faltete ihn vorsichtig auf und las ihn laut vor: »Denk daran, deinen Gästen Kekse anzubieten.«

Julian stellte den Wasserkessel ab und schlug die Hände vors Gesicht. »Ach du liebe Güte! Das ist einer von Marys Zetteln. Die habe ich damals überall gefunden, aber das ist der erste seit sehr, sehr langer Zeit. Sie hatte wohl Sorge, ob ich mich allein zurechtfinden würde. Als sie dann wusste, dass ihre Zeit gekommen war, muss sie im ganzen Haus kleine Zettelchen mit hilfreichen Tipps versteckt haben. Verdammt, die Kekse habe ich komplett vergessen. Aber keine Panik, es gibt Hefegebäck. Crumpets für alle!«

»Wann genau ist sie eigentlich gestorben, Julian?«, fragte Monica.

»Im März werden es fünfzehn Jahre«, entgegnete er.

»Und seitdem hast du diese Dose nicht mehr geöffnet? Ich glaube, ich nehme lieber einen English Breakfast.«

Monica blieb vor einer Bleistiftzeichnung stehen, die über dem Herd an einem Küchenschrank klebte: eine Frau, die lächelnd über die Schulter nach hinten schaute und in einer großen Kasserolle rührte.

»Ist das Mary, Julian?«, fragte sie.

»Ach ja. Das ist eine meiner liebsten Erinnerungen an sie. Ich habe sie überall im Haus verteilt. Im Badezimmer hängt eins von ihr, wie sie sich gerade die Zähne putzt, und dort« – er wies rückwärts ins Wohnzimmer –, »wie sie eingekuschelt mit einem Buch im Sessel sitzt. Fotos sind nicht so meins. Die sind so seelenlos.«

Sie setzten sich vor den offenen Kamin, die einen recht bequem, die anderen weniger, je nachdem, welches von Julians zahlreichen, mehr oder minder klapprigen Möbelstücken sie erwischt hatten, und rösteten Crumpets über dem Feuer.

»Ich komme mir vor wie in einem Enid-Blyton-Roman«, schwärmte Baz. »Julian ist unser Onkel Quentin. Monica, bestimmt schlägst du gleich vor, einen Ausflug nach Kirrin Island zu unternehmen mit einer Dose Sardinen und Ingwerlimo als Proviant, oder?«

Julian wusste nicht so recht, ob ihm die Vorstellung behagte, den Onkel Quentin zu geben. War der nicht pädophil gewesen?

»Ich habe mich gefragt, ob ihr mir vielleicht bei einer Sache behilflich sein könntet«, setzte er an.

»Immer«, entgegnete Baz prompt, ohne sich überhaupt anzuhören, was Julian auf dem Herzen hatte.

»Ich dachte mir, es wird langsam Zeit, dass ich mir ein Mobiltelefon anschaffe. Damit ihr mich erreichen könnt, sollten sich irgendwelche Fragen ergeben wegen des Kurses oder so was.« Nachdem er damit so unvermittelt herausgeplatzt war, wünschte er sich fast, er könnte seine Worte wieder zurücknehmen. Er wollte nicht aufdringlich wirken, oder dass sie sich verpflichtet fühlten, ihn anzurufen.

»Wie, du hast noch kein Handy?«, fragte Baz ungläubig mit dem Unverständnis eines Nachgeborenen, der die Erfindung des Internets nicht miterlebt hatte.

»Na ja, ich bin eine ganze Weile nicht viel rausgegangen, und außerdem ruft mich ohnehin kaum jemand an, was soll ich also damit? Mir reicht das da«, sagte er und wies in eine Ecke, wo ein dunkelgrünes Bakelit-Telefon mit einer *Wählscheibe* und einem schweren Hörer an einem Spiralkabel stand. Monica ging hin und sah es sich etwas genauer an. Auf der Wählscheibe prangte die Aufschrift *Fulham 3276.* »Außerdem«, meinte Julian, »bei einem solchen Telefon kann man so wunderbar den Hörer aufknallen. Versuch das mal mit einem Handy. Man stelle sich vor, eine verlorene Generation, die nie die Freuden des Höreraufknallens erleben wird.«

»Meine Eltern hatten auch so ein Telefon an der Wand, als ich noch klein war«, meinte Monica versonnen.

»Ich hatte schon mal ein Handy. Tatsächlich war ich sogar einer der allerersten Nutzer, ein sogenannter *Early Adopter*«, erklärte Julian. »Ich habe eins der ersten Modelle zum Ausprobieren bekommen, damals war ich nämlich noch angesagt, und eine Zeitschrift wollte mich dazu interviewen, ob ich der Meinung sei, die Dinger würden sich durchsetzen. Das muss bestimmt auch noch irgendwo hier herumliegen.«

Er versuchte, sich aus dem Sessel zu stemmen, doch der war viel tiefer als der, in dem er sonst immer saß. Er kam nicht hoch. Baz reichte ihm die Hand und half ihm auf die Beine. »Danke, Baz«, brummte er. »Wenn ich zu lange herumsitze, werde ich steif wie ein Brett.«

»Du solltest Tai-Chi machen wie meine Oma«, meinte Baz. »Sie schwört darauf. Der beste Start in den Tag. Hält die alten Knochen in Schwung und den Kopf wach, sagt sie.«

»Und, hast du damals geglaubt, dass sie sich durchsetzen würden? Die Handys?«, fragte Monica.

»Nein!«, rief Julian lachend. »Ich habe gesagt, dass kein Mensch, der bei Verstand ist, immer und überall erreichbar sein will, ich jedenfalls ganz bestimmt nicht, und dass sie eine grobe Verletzung der Privatsphäre darstellen!«

Julian angelte in einem hohen Regal in einer Zimmerecke und zog einen großen verstaubten Pappkarton heraus. Darin lag ein Telefon, das man kaum als mobil bezeichnen konnte. Es sah aus wie ein Backstein mit einer langen Antenne, die oben herausschaute, und war größer als Monicas Handtasche. Man brauchte einen kleinen Koffer, um es zu transportieren.

»Julian, das ist genau das gleiche Modell, das Gordon Gekko in *Wall Street* hatte!«, rief Riley aufgeregt. »Das könntest du auf eBay für ein kleines Vermögen verscherbeln. Das ist ein echtes Sammlerstück.«

»Und ich hatte auch ein wesentlich moderneres Nokia«, sagte Julian, »damals, in den Neunzigern, aber das hat irgendwann den Geist aufgegeben, als Mary schon nicht mehr da war, und ich habe mir kein neues mehr angeschafft. Aber von diesen neuen Cleverphones hatte ich noch keins.«

»Smartphones«, korrigierte Riley.

»Aber du hast doch Internetzugang, oder?«, fragte Baz schockiert. »Du musst doch einen Laptop haben oder so was?«

»Ich lebe nicht in einer Höhle, junger Mann. Ich besitze sehr wohl einen Computer. Ich bin auf dem Laufenden. Ich lese die Zeitung und sämtliche Modezeitschriften, und ich schaue fern. Vermutlich weiß ich mehr über die aktuellen Trends der Frühjahr-Sommer-Kollektionen 2019 als du! Wenn ich eins mehr als genug habe, dann Zeit.«

Baz nahm eine Geige, die gegen ein Bücherregal gelehnt dastand und von einem feinen Staubfilm überzogen war. »Spielst du, Julian?«, fragte er.

»Die gehört nicht mir, die gehört Mary. Leg sie bitte wieder hin. Mary kann es nicht ausstehen, wenn jemand ihre Geige anfasst.« Noch während er das sagte, musste Julian sich eingestehen, dass er sich ein wenig im Ton vergriffen hatte und ihn alle nun womöglich für überempfindlich halten mussten. Der arme Baz guckte wie vom Donner gerührt.

»Ich müsste mal für kleine Kängurus?«, fragte Riley und sorgte damit für eine willkommene Ablenkung. *Für kleine Kängurus?* Also bitte, sie waren doch nicht im australischen Busch. Aber Julian beschloss, es ihm – mal wieder – ausnahmsweise durchgehen zu lassen, und wies Riley den Weg.

Ein markerschütterndes Poltern, so laut, dass Monica den Tee, an dem sie gerade nippte, vor Schreck auf ihrem Schoß verschüttete, ließ sie hochschrecken. Alle drehten sich nach Riley um, der, starr vor Schreck, bewegungslos inmitten einer Gerümpellawine stand, die sich aus einem Wandschrank gelöst zu haben schien und niedergefahren war wie ein unaufhaltsamer Erdrutsch. Ein Berg Schallplatten, die aus ihren Hüllen gerutscht waren, Gummistiefel und Zeitschriften, und ganz obenauf balancierte schwankend eine Imkerhaube.

»Ich glaube, ich habe mich in der Tür geirrt«, rief er und versuchte, alles hastig zurück in den Wandschrank zu stopfen. Was, wie sich rasch herausstellte, ein Ding der Unmöglichkeit war, denn der Berg mit den Sachen schien ungefähr doppelt so groß zu sein wie der Wandschrank, aus dem er entkommen war.

»Lass es einfach liegen, mein Lieber«, sagte Julian. »Ich kümmere mich später darum. Ich muss wohl mal einen kleinen Abstecher zur Müllkippe machen.«

»Wage das ja nicht, Julian!«, rief Riley entgeistert und guckte ihn fassungslos an. »Hier drin verstecken sich ein paar echte Schätze. Ich kann dir gerne helfen, das alles online zu verkaufen.«

»Das könnte ich unmöglich annehmen«, protestierte Julian. »Du hast bestimmt weiß Gott Besseres zu tun, als deine Zeit mit so etwas zu verplempern. Ich müsste dir wenigstens einen angemessenen Lohn zahlen.«

»Vorschlag: Ich bekomme zehn Prozent von unserem Gewinn, und alle sind glücklich. Du bist den Plunder los, und ich verdiene mir ein bisschen Schotter für die Weiterreise. Ich will unbedingt noch nach Paris.«

»Und was das Handy angeht, kann ich dir helfen«, warf Monica ein. »Ich habe mir erst neulich ein neues iPhone angeschafft. Du kannst gerne mein altes haben. Wir besorgen dir eine Prepaidkarte.«

Julian sah von Riley zu Monica, wie sie da nun nebeneinander auf seinem Sofa saßen. Wenn er sich nicht irrte, war Riley ein wenig verknallt. Julians wachem Künstlerauge war nicht entgangen, wie er sie anschaute, ihre Gesten nachmachte und ein klitzekleines bisschen näher an sie herangerückt war, als man erwarten würde (wobei das auch an den nackten Federn und den geplatzten Polstern liegen konnte, die links aus dem Sofa quollen).

Ach, der Optimismus der Jugend.

Monica

Monica wischte noch rasch die Theke ab, ehe sie aufschloss. Ein kräftiger Stoß aus der Sprühflasche mit dem Reiniger, und zufrieden atmete sie den frischen Bergkieferndutt ein. Erst da ging ihr auf, dass sie schon eine Weile leise vor sich hin summte. Monica war kein Mensch, der einfach so grundlos vor sich hin summte. Aber in letzter Zeit ertappte sie sich immer öfter dabei.

Seit der Kunstkurs im Café stattfand, war sie von einem Strickkränzchen und einer Schwangeren-Yoga-Gruppe angesprochen worden, die geeignete Räumlichkeiten für ihre Treffen suchten. Monica's Café schien sich mir nichts, dir nichts zu einem beliebten Treffpunkt für die ganze Nachbarschaft zu mausern, genau wie sie es sich erträumt hatte, als sie damals den zugenagelten Süßigkeitenladen gesehen hatte. Und noch viel besser: Gestern Abend hatte sie sich mit den Büchern hingesetzt, um die Zahlen durchzugehen, und siehe da, sie hatten sich alle brav aufaddieren lassen und getan, was sie von ihnen verlangte. Zum ersten Mal sah sie einen liquiden Silberstreif am Horizont ihres hoffnungslos überzogenen Kontos.

Und dann Julian. Sie genoss seine Gesellschaft und den Kunstunterricht, und gleichzeitig hatte sie das warme, zufriedene Gefühl im Bauch, etwas *Gutes* getan zu haben, das Leben eines anderen Menschen zum Besseren verändert zu haben. Ein Gefühl, wie man es nicht allzu oft hatte, wenn man für eine große Unternehmenskanzlei arbeitete.

Monica kam unvermittelt der Gedanke, dass sie den Kunstkurs ins Leben gerufen hatte, um jemand anderem zu helfen, aber schlussendlich sich selbst am meisten geholfen hatte. Langsam fing sie an, an Karma zu glauben.

Und die krönende Kirsche auf dem Sahnehäubchen war Riley. Natürlich wusste sie, dass er nicht der ganze Kuchen war. Wenn sie ihre Beziehung zu genau unter die Lupe nahm oder versuchte, zu weit in die Zukunft zu schauen, musste sie sich eingestehen, dass nicht allzu viel dran war. Weshalb sie lieber nicht so genau hinguckte. Monica lebte im Moment. Sie nahm jeden Tag, wie er kam, und genoss das Leben. Wer wusste schon, was einen um die nächste Ecke erwartete oder wie lange Riley in London bleiben würde?

Das fiel ihr naturgemäß nicht gerade leicht. Um entspannt im Hier und Jetzt zu leben, musste Monica immer alles ganz genau planen und sich die allergrößte Mühe geben. Sie hatte sich angewöhnt, eine halbe Stunde früher aufzustehen, um Zeit für den morgendlichen Sonnengruß zu haben und um ihre Mantras aufzusagen.

»Das Gestern ist Geschichte, das Morgen ein Geheimnis, das Heute ein Geschenk«, wiederholte sie brav beim Zähneputzen. »Nicht die Glücklichen sind dankbar, die Dankbaren sind glücklich«, sagte sie sich beim Haarekämmen.

Monica war mächtig stolz auf ihre neue Beinahe-am-Rande-des-Gechilltseins-Einstellung. Früher hätte sie sich an diesem Punkt einer Beziehung längst tausend Gedanken gemacht, sich nächtelang den Kopf zerbrochen und den Film ihres Lebens so weit vorgespult, dass sie sich en détail ausgemalt hätte, wann und wo sie und Riley einmal heiraten, wie ihre Kinder heißen und welche Farbe die Handtücher im Gästebad haben würden. (Weiß natürlich.)

Monica musste an die vielen Selbsthilferatgeber denken, die

sie gekauft, die Achtsamkeitsseminare, an denen sie teilgenommen, und die Meditations-Apps, die sie sich aufs Handy geladen hatte. So viel Zeit und Mühe, um sich keine Zukunftssorgen mehr zu machen, dabei brauchte es nur einen Mann wie Riley. Sie war sich ziemlich sicher, dass ihre entspanntere Einstellung eindeutig mit ihm zu tun haben musste.

Die meisten Männer, die Monica kannte, hatten *Komplexe*. Minderwertigkeitsgefühle wegen der Schule, auf der sie einst waren, wegen des Hauses, in dem sie aufgewachsen waren, wegen des fehlenden Sixpacks oder der mangelnden Erfahrung mit Frauen. Riley hingegen schien sich in seiner eigenen Haut rundum wohlzufühlen. Er war so geradeheraus, so offen und unkompliziert. Er war weder geheimnisvoll noch unergründlich, aber dafür grundehrlich und aufrichtig. Riley machte sich nie damit verrückt, zu weit in die Zukunft zu denken. Nein, er schien überhaupt nicht viel zu denken. Aber hey, wer war schon perfekt? Und seine offene Art war geradezu ansteckend. Denn zum ersten Mal hatte Monica das Gefühl, keine Spielchen spielen oder sich schützen zu müssen.

Gestern waren sie zum Tee bei Julian gewesen. Es hatte sich angefühlt wie eine Zeitreise in die Vergangenheit. Monica war ganz verliebt in das kleine Häuschen, obwohl es eindeutig ein Gesundheitsrisiko war, sich länger darin aufzuhalten. Sie hatte laut schreien müssen, als sie in die Küche gegangen war und mit den Haaren an einem widerlichen gelben Klebestreifen hängen geblieben war, der von der Decke baumelte und an dem Hunderte winziger mumifizierter Insektenleichen pappten. Julian hatte ihr Entsetzen nicht im Geringsten nachvollziehen können und nur trocken bemerkt, es sei doch bloß »ein Fliegenfänger«. Ein *Fliegenfänger*? Es gab wirklich Menschen, die sich so was ins Haus hängten? Selbst Julian musste doch wohl einsehen, dass man dort, wo man sein Essen zubereitete, keine Kadaver lagern sollte?

Danach hatten sie am offenen Kamin Crumpets geröstet (sie versuchte, nicht allzu lange über die negativen Auswirkungen auf den Klimawandel und die armen Baby-Eisbären zu denken, die mutterseelenallein auf schmelzenden Eisschollen über das Meer trieben), und das mit richtigen Grillgabeln. Sie hatte neben Riley auf dem Sofa gesessen, und wenn gerade keiner guckte, hatte er ihre Hand gedrückt.

Nach dem Tee bei Julian war Riley mit ihr nach Hause gegangen. Sie hatten kein Wort darüber verloren, sie hatte ihn nicht eingeladen, und er hatte nicht gefragt. Es war einfach passiert. Ganz spontan. Sie hatte aus dem, was Kühlschrank und Vorratsschrank hergaben, etwas zu essen gekocht – Pasta mit Pesto und einen Tomaten-Mozzarella-Basilikum-Salat. Laut Riley das Beste, was er seit Langem gegessen hatte. Sie hatte an all die akribisch geplanten und penibel zubereiteten Gerichte denken müssen, mit denen sie in der Vergangenheit Männer bekocht hatte – all die Soufflés, die Flambees, die Reduktionen –, von denen die meisten nicht halb so begeistert aufgenommen worden waren wie dieses rasch zusammengeworfene Essen.

Es hatte nur einen einzigen kritischen Moment gegeben: als sie sah, wie Riley ihr Bücherregal studierte. Hätte sie im Vorhinein von diesem romantischen Dinner zu zweit gewusst, hätte sie ein paar Bücher verschwinden lassen. Besonders peinlich war ihr der Gedanke, er könne Titel wie *Er steht einfach nicht auf dich*, *Warum Männer Zicken heiraten*, *Die Kunst, den Mann fürs Leben zu finden* oder *Männer sind vom Mars, Frauen von der Venus* sehen. Monica betrachtete diese Lektüre als Grundlagenforschung. Dates ging sie an wie jedes andere Projekt: Man stellte ein paar Nachforschungen an, fertigte einen Plan an und definierte die Ziele. Riley fände das bestimmt irrsinnig verkopft. Keiner von beiden verlor ein Wort über die Ratgeber, und der peinliche Moment war schnell wieder vergessen.

Über Nacht war er nicht geblieben. Sie hatten sich einen Film auf Netflix angeschaut, sich zusammen aufs Sofa gekuschelt und eine Schüssel Tortilla-Chips geteilt. Und hatten dabei so viel geknutscht und gekichert, dass sie der reichlich komplizierten Handlung bald nicht mehr folgen konnten. Monica hatte sich schon den Kopf zerbrochen, wie sie ihn freundlich, aber bestimmt abwimmeln könnte, sollte er zu aufdringlich werden, und war dann glatt ein bisschen enttäuscht gewesen, als er es nicht war.

Julian

Julian war es ganz und gar nicht gewohnt, dass seine Gegensprechanlage um halb acht Uhr morgens summte. Aber es waren eine Menge wunderlicher Dinge geschehen, seit er *Projekt Aufrichtigkeit* ins Leben gerufen hatte. Er war noch im Pyjama, also warf er sich rasch die nächstbeste Jacke über, die er finden konnte (Alexander McQueen, circa 1995, mit wunderbaren Epauletten und goldenen Brustschnüren), und schlüpfte in ein Paar Gummistiefel, das er aus der Rumpelkammer unter der Treppe fischte. So angetan machte er sich auf zum Tor.

Julian musste von seinem luftigen Ausguck in gut einem Meter achtzig Höhe weit nach unten schauen, bis er seinen Besucher sah. Vor dem Tor stand eine winzig kleine chinesische Dame, zart wie ein Vögelchen, mit einem Gesicht wie eine Walnuss, Augen wie Rosinen und einem wilden Schopf kurzer grauer Haare. Gut möglich, dass sie noch älter war als er selbst. Er war so damit beschäftigt, sie mit offenem Mund anzustarren, dass er ganz vergaß, etwas zu sagen.

»Ich bin Betty Wu«, erklärte sie mit einer Stimme viel größer als sie selbst und allem Anschein nach gänzlich unbeeindruckt von dieser Erscheinung vor ihr, diesem alten Mann in einer eklektischen Mischung aus Haute Couture, fadenscheiniger Nachtwäsche und Regenzeug. »Ich komme für Tai-Chi.«

»Tai-Chi?«, wiederholte Julian wie ein Papagei und merkte sehr wohl, wie dümmlich das klang.

»Mein Enkel Biming sagt, Sie wollen lernen Tai-Chi«, entgegnete sie betont langsam, als redete sie mit einem geistig Minderbemittelten oder einem sehr kleinen Kind.

»Biming?«, wiederholte Julian und klang dabei ganz wie ein geistig Minderbemittelter oder ein sehr kleines Kind. »Ach, Sie meinen Baz?«

»Verstehe nicht, warum er mag seinen chinesischen Namen nicht. Er schämt sich dafür?«, schnaubte die Dame namens Betty indigniert. »Er sagt, Sie wollen lernen Tai-Chi.«

Julian hatte nichts dergleichen gesagt, sah aber rasch ein, dass es sinnlos wäre, sich dieser Naturgewalt in Form einer alten chinesischen Dame in den Weg zu stellen.

»Ähm, ich hatte gar nicht mit Ihnen gerechnet, darum bin ich auch gar nicht passend angezogen«, wendete Julian ein, der nur zu gut wusste, wie wichtig es war, der jeweiligen Gelegenheit entsprechend gekleidet zu sein. »Vielleicht fangen wir lieber ein andermal damit an?«

»Was du heute kannst besorgen, das verschiebe nicht auf morgen«, sagte Mrs Wu und sah ihn mit zusammengekniffenen Augen durchdringend an. »Ziehen Sie Jacke und große Stiefel aus.« Sie funkelte die Gummistiefel so finster an, als seien sie eine persönliche Beleidigung. »Sie haben dicke Socken?« Julian, der seine wärmsten Wollbettsocken trug, nickte stumm.

Entschieden marschierte Mrs Wu in die Mitte des gepflasterten Innenhofs, streifte ihren schwarzen Wollmantel ab und legte ihn auf die schmiedeeiserne Bank. Darunter kamen eine weite schwarze Hose mit Tunnelzugtaille und ein hellgraues Kitteloberteil zum Vorschein. Es war zwar kalt, aber die blasse Wintersonne schien hell in den geschützten Innenhof. Raureif glitzerte zart wie Feenstaub.

»Ich erkläre, Sie machen«, wies Mrs Wu ihn an und stellte ihre Füße gut schulterbreit auseinander, ging dann ganz leicht in die Knie und hob die Arme in einer elegant ausholenden Geste über den Kopf wie ein übergroßer Reiher, wobei sie betont tief durch die Nase einatmete.

»Tai-Chi ist gut für Haltung, Kreislauf, Durchblutung und Beweglichkeit. Verlängert das Leben. Ich habe einhundertundfünf Jahre.« Julian starrte sie sprachlos an und wusste nicht so recht, wie er darauf höflich antworten sollte. Da grinste sie ihn plötzlich von einem Ohr zum anderen an, ein breites Lächeln, das kleine, weit auseinanderstehende Zähne entblößte, die zu winzig für ihren Mund schienen, und rief: »Nur ein Witz! Tai-Chi ist gut, aber nicht so gut.«

Mrs Wu beugte wieder die Knie, drehte sich dann zur Seite, führte einen Arm gebogen nach hinten und streckte den anderen mit offener Handfläche nach vorne aus, wie um einen Angreifer aufzuhalten. »Im Tai-Chi es geht um Balance zwischen Yin und Yang. Begegnet man Gewalt mit Härte, zerbrechen beide. Tai-Chi begegnet Gewalt mit Weichheit, Nachgiebigkeit, damit einwirkende Kraft sich selbst erschöpft. Das auch Lebensphilosophie. Sie verstehen?«

Julian nickte, aber er hatte Mühe, alles zu verstehen, was Mrs Wu ihm erzählte, und gleichzeitig ihre Bewegungen nachzuahmen. Multitasking war noch nie seine Stärke gewesen. Darum hatte er auch nie Klavierspielen gelernt. Er bekam es einfach nicht hin, mit beiden Händen gleichzeitig verschiedene Dinge zu tun. Gerade versuchte er, auf einem Bein zu stehen und mit dem rechten Ellbogen das rechte Knie zu berühren.

»Als wir sind hierhergekommen 1973, zwei Männer kamen in Restaurant und sagten: ›Geht wieder zurück nach China und nehmt euer stinkendes ausländisches Essen mit.‹ Ich habe gesagt: ›Sie sind wütend. Wut kommt aus Bauch. Setzen Sie sich. Ich bringe Suppe. Umsonst. Dann Sie fühlen sich besser.‹ Sie haben meine Wan-Tan-Suppe gegessen. Rezept von meiner Großmutter. Sie sind Gäste im Restaurant seit vierzig Jahren. Begegne Gewalt mit Weichheit. Lebensrezept. Jetzt Sie verstehen?« Und eigenartigerweise verstand er wirklich.

Während Julian sich weiter abmühte, Mrs Wus anmutige, ausholende Bewegungen nachzuahmen, flog ein Rotkehlchen vorbei und erinnerte ihn an Monicas Beschreibung seines geheimen Gartens. Das Vögelchen hockte sich auf eine Ecke des steinernen Springbrunnens, legte den Kopf schief und schaute Julian an, als fragte es sich, was er da tat. Da fragst du was, dachte Julian, krampfhaft bemüht, auf einem Bein stehend nicht das Gleichgewicht zu verlieren.

Ungefähr eine halbe Stunde später faltete Mrs Wu die Hände und verbeugte sich vor Julian, der brav alles nachahmte und sich ebenfalls vor ihr verbeugte.

»Gute erste Stunde«, sagte sie. »In China man sagt, eine Mahlzeit macht einen Mann nicht fett. Sie müssen machen wenig, aber oft. Wir sehen uns morgen. Zur selben Zeit.« Und damit nahm sie ihren Mantel und zog ihn in einer fließenden Bewegung über.

»Was bekommen Sie für die Stunde?«, fragte Julian.

Betty atmete so scharf durch die Nase ein, dass ihre Nasenflügel weiß wurden. »Keine Bezahlung! Sie sind Freund von Biming. Sie sind Künstler, ja? Sie lehren mich malen.«

»Okay!«, rief Julian ihr nach, während sie schon zum Tor hinauswuselte. »Dann sehen wir uns am Montag in meinem Kunstkurs. Kommen Sie mit Baz. Ich meine, Biming.« Ohne sich noch einmal umzudrehen, hob Mrs Wu zustimmend die Hand, dann war sie verschwunden, und der Innenhof wirkte leerer als vorher, fast als hätte sie etwas von seiner Energie aufgesaugt und mitgenommen.

Julian nahm seine Jacke und die Gummistiefel und ging zurück ins Haus, beschwingter als seit Langem.

Irgendwie wurde es immer schneller Freitag, überlegte Julian auf dem Weg zum Admiral. Die letzte Woche war wieder wie im Flug vergangen. Diesmal wunderte er sich kaum noch, dass bei seiner Ankunft auf dem Friedhof bereits ein paar warm vermummte Gestalten in Mänteln und Schals um das Grab des Admirals herumstanden. Im Näherkommen erkannte er Riley, Baz und Mrs Wu.

»Ich habe meiner Oma gesagt, dass ich herkomme«, erklärte Baz, »und sie hat darauf bestanden, etwas von ihrer Wan-Tan-Suppe mitzubringen.«

»Es ist kalt heute. Meine Suppe wärmt Körper und Seele«, sagte Mrs Wu und goss Suppe aus einer großen Thermoskanne in vier Becher, die Baz aus einem kleinen Weidenkörbchen holte.

»Setzen Sie sich doch, Mrs Wu!«, rief Julian und wies auf das Marmorgrabmal des Admirals. Er sagte das weniger aus Sorge um ihr Wohlbefinden. Aber sie stand gerade auf Keith.

»Auf Mary!«, rief Riley und hob seinen Becher. Mrs Wu zog die Augenbrauen hoch, die wie zwei neugierige Raupen über ihre Stirn krochen.

Seine Frau. Tot, formte Baz stumm mit den Lippen.

»Auf Mary!«, riefen alle im Chor.

Riley

Riley wühlte sich gerade durch Julians Rumpelkammer unter der Treppe. Es war wie die TARDIS aus *Dr. Who* – innen ungleich größer, als man es sich von außen in seinen kühnsten Träumen vorstellen konnte. Er fragte sich, ob er sich, sollte er es je bis ganz nach hinten schaffen, unversehens in einem anderen Universum wiederfinden würde. Oder in Narnia. Es würde ihn jedenfalls nicht wundern, wenn es da drinnen schneite. Ohne Feuer im Kamin war es nämlich wirklich bitterkalt hier im Haus.

In der vergangenen Woche hatte er einige seiner Fundstücke fotografiert und auf eBay hochgeladen, und schon jetzt hatte er fünfundsiebzig Pfund an Kommission verdient. Wenn Julian ihn doch bloß mal in sein Ankleidezimmer ließe. Sie könnten ein Vermögen verdienen. Behutsam hatte er Julian darauf angesprochen. »Keine einzige Socke wird verkauft«, hatte Julian empört geknurrt. Und um dem noch mehr Nachdruck zu verleihen, hatte er sich in den Durchgang gestellt, die dürren Arme ausgestreckt, um ihm den Zugang zu versperren, und dabei ausgesehen wie eine riesengroße mutierte Stabheuschrecke.

Riley stand inmitten von drei großen Gerümpelbergen. Auf dem einen lagen die Dinge, die sich gut verkaufen ließen, auf dem anderen die Sachen zum Wegwerfen und auf dem dritten die zum Behalten.

Heute war er kurz vor zehn Uhr morgens hergekommen, wohl wissend, dass Julian dann gerade seinen Spaziergang machte.

Julian behinderte die Ausmistaktion ganz erheblich. Mit Argusaugen stand er hinter Riley und fischte eine kaputte Vase aus dem »Müll«-Berg, um theatralisch zu deklamieren: »Die hat Charlie mir nach meiner Ausstellung in der New Bond Street 1975 geschenkt. In zwei Tagen restlos ausverkauft! Prinzessin Margaret war auch da, weißt du. Ich glaube, sie stand auf mich.« Dramatischer Blick in die Ferne. »Mary mochte sie nicht. Ganz und gar nicht. Mit rosa Pfingstrosen darin, wenn ich mich recht entsinne! Die kann ich unmöglich wegwerfen, mein lieber Riley. Nein, nein, nein. Das geht nicht.«

Heute Morgen, allein und ungestört, kam Riley gut voran. Wenn Julian gleich nach Hause zurückkam, ging es wieder los mit den endlosen quälenden Verhandlungen, nur erträglich gemacht durch die herrlich kuriosen, schlüpfrigen Anekdoten aus Julians bewegtem Leben in den Sechzigern, Siebzigern und Achtzigern.

Dann nahm er beispielsweise eine Schallplatte vom Stapel, staubte sie ab und legte sie auf den alten Plattenspieler, wobei er Riley die Geschichte erzählte, wie er mit Sid Vicious und Nancy wilde Partys gefeiert oder wen er zum Soundtrack von Blondies »Heart Of Gold« verführt hatte. Riley wusste nicht so recht, wie viel davon er glauben sollte. Julian schien bei jedem bedeutenden Ereignis der Zeitgeschichte dabei gewesen zu sein, seien es Dinner mit Christine Keeler und Mandy Rice-Davis oder die Party, auf der Mick Jagger und Marianne Faithfull wegen Marihuanabesitzes verhaftet wurden.

Gestern erst hatte Julian Riley mit den Sex Pistols bekannt gemacht, den Talking Heads und Frankie Goes to Hollywood. Als er in Perth am Strand gesessen und sich seine Reise nach London vorgestellt hatte, hätte er sich nicht im Traum ausgemalt, er würde dastehen und Luftgitarre spielen, während ein Pensionär den Text von »Anarchy In The U.K.« in eine leere

Bierflasche grölte, die als Mikrofon herhalten musste. Etwas beunruhigt hatte er, als der Song (wenn man es denn so nennen wollte) zu Ende war, gesehen, dass Julian Tränen in den Augen hatte.

»Alles okay, Julian?«, hatte er ihn gefragt.

»Alles bestens«, hatte der erwidert und mit der Hand vor dem Gesicht herumgewedelt wie eine sterbende Motte. »Es ist nur, wenn ich die alten Songs höre, dann stürzt alles wieder auf mich ein. Ich bin wieder mitten unter diesen bemerkenswerten Menschen, meinen Freunden, in dieser unglaublichen Zeit. Und dann ist das Lied zu Ende, und ich bin bloß ein alter Mann mit einer verstaubten Nadel, die über das Vinyl springt, und zu vielen Dingen, die ich bereue.« Riley hatte nicht gewusst, was er darauf sagen sollte. Und von welcher Nadel redete er?

Rileys London-Reise entpuppte sich immer mehr als schlechteste und beste, die man sich vorstellen konnte. Die Stadt hatte es ihm angetan, der eisigen Kälte zum Trotz, die ihm in die Knochen kroch. Er hatte einige wunderbare Menschen kennengelernt. Das einzige Problem bei der ganzen Sache war Monica. Je mehr Zeit Riley mit ihr verbrachte, desto mehr bewunderte er sie. Er mochte ihre Entschlossenheit, ihre resolute Art und ihren messerscharfen Verstand. Er bewunderte, wie sie Julian unter ihre Fittiche genommen und so anmutig in ihre Kreise eingeführt hatte, sodass er sich willkommen und gebraucht fühlte, nicht bemitleidet. Er mochte es, mit welcher Leidenschaft sie ihr Café führte und sich um ihre Gäste kümmerte. Allein in Monicas Nähe zu sein gab ihm das Gefühl, mutiger, tatkräftiger und abenteuerlustiger zu sein.

Aber eins verabscheute Riley zutiefst, und das war die nicht von der Hand zu weisende Tatsache, dass ihre Beziehung mit einer Lüge begonnen hatte. Oder zumindest mit dem Verschweigen der Wahrheit. Und je länger er es hinauszögerte, die Karten auf den Tisch zu legen, desto schwieriger wurde es. Wie würde sie reagieren, wenn sie erfuhr, dass sie das Mitleidsprojekt eines Exkoksers war? Sie wäre sicher außer sich vor Wut. Oder am Boden zerstört. Oder zu Tode beschämt. Oder alles zusammen.

Riley versuchte, nicht mehr an *Projekt Aufrichtigkeit* zu denken, aber was er gelesen hatte, konnte er nicht ungelesen machen. Unter anderen Umständen würde er einfach den Kopf ausschalten und die Zeit mit ihr genießen, den Dingen ihren Lauf lassen und abwarten, was daraus wurde. Aber bei Monica musste er immer daran denken, was sie in das Buch geschrieben hatte. Er wusste, dass sie sich eine dauerhafte Beziehung wünschte, Mann, Kinder, Haus und Hund, und er wollte bloß ein bisschen Spaß auf seiner Reise durch Europa. Oder nicht?

Hazards Geist schwebte sogar über dem romantischen Abend, den sie gemeinsam in ihrer Wohnung verbracht hatten. Er hatte an Hazards Hypothese denken müssen, Monicas Bücher stünden alphabetisch geordnet im Regal, und hatte das unbedingt überprüfen wollen. Wie sich herausstellte, hatte sie ihre Bücher nicht alphabetisch sortiert, sondern farblich. Das sei optisch ansprechender, hatte sie erklärt.

Wenn er ehrlich war, wusste er einfach zu viel, und Monica wusste nicht genug, und das machte die ganze Sache ungeheuer kompliziert. Er wusste nicht einmal genau, wie sehr er Monica wirklich mochte und wie viel von seinen Gefühlen allein auf Hazards Kuppelei zurückging. Hätte er sie einfach so kennengelernt, unbefangen und spontan, würde er sie dann weniger mögen? Oder womöglich noch mehr? Vermutlich wären sie einander ohne Hazard nie über den Weg gelaufen.

Bis Riley *Projekt Aufrichtigkeit* in die Hände gefallen war, war er immer durch und durch echt und er selbst gewesen. Jetzt kam er sich vor wie ein Hochstapler.

Die einzige Lösung, soweit er das sah, war, sich nicht weiter in die Sache hineinziehen zu lassen. Wenn er in ein, zwei Monaten weiterreiste, würde es Monica nicht zu sehr verletzen, und – viel entscheidender – sie würde nie erfahren, wie alles in Gang gekommen war. Das bedeutete, kein Geknutsche mehr. Wobei, vergiss es, der (ganz und gar nicht unangenehme) Zug war längst abgefahren – aber bestimmt und unter gar keinen Umständen *Sex*. Riley hatte kein Problem mit Gelegenheitssex, aber er vermutete, Monica würde das womöglich anders sehen.

Hazard

Hazard kam sich vor wie im Murmeltiertag gefangen. Jeden Tag schien die Sonne. Jeden Tag dasselbe Prozedere: Meditieren mit Neil, Strandspaziergang, Schwimmen, Lesen in der Hängematte, Mittagessen, Siesta, Schwimmen, Abendessen, Schlafen. Er musste einsehen, dass er einen »Traum lebte«. Er war mitten im Bildschirmschoner, der Hunderttausende Büros beleuchtete. Eigentlich hätte er zutiefst dankbar sein müssen. War er aber nicht. Ihm war öde. Fad. Todsterbenslangweilig.

Hazard hatte nicht den blassesten Schimmer, welcher Wochentag gerade war. Sein ganzes Leben hatte sich immer nur um die ewige Tyrannei des Kalenders gedreht – das flaue Gefühl im Magen am Sonntagabend, das unsanfte Erwachen am Montagmorgen, das Nicht-Fisch-nicht-Fleisch-Gefühl am Mittwoch und die Euphorie am Freitagabend. Und jetzt auf einmal nur noch Leere. Als schwebte er völlig losgelöst im Nichts.

Jeden Tag reiste mindestens ein Besucher von der Insel ab, und ein neuer kam an, meistens sogar mehrere. Man lernte also ständig neue Menschen kennen. Aber nach einer Weile verschwammen sämtliche Gespräche zu einem einzigen. *Wo kommst du her? Wo willst du hin? Was machst du zu Hause?* Man kratzte nur ein wenig an der Oberfläche, und schon waren sie wieder weg. Diese ständigen Neuanfänge ohne Mittelteil oder Ende waren auf Dauer sehr ermüdend.

Noch ein paar Wochen, redete Hazard sich ein, dann bist du

stark genug, der Versuchung zu widerstehen und wieder nach Hause zu gehen.

Hazard musste immer öfter an zu Hause denken. Aber nicht an Freunde und Familie – wenn er an die dachte, hätte er vor Scham im Boden versinken können. Über »Wiedergutmachung« hatte er schon einiges gehört. Vor ungefähr einem Jahr hatte eines Abends das Telefon geklingelt. Es war Wendy. Sie erklärte ihm, sie mache gerade das Zwölf-Schritte-Programm. Das Gespräch hatte eine Weile zu entgleisen gedroht, weil Hazard die Sache fälschlicherweise für ein Fitnessprogramm gehalten hatte, bis Wendy ihm erklärte, Schritt Nummer neun im Zwölf-Schritte-Programm der Anonymen Alkoholiker sei die »Wiedergutmachung«, und sie habe ihn angerufen, um sich bei ihm zu entschuldigen, weil sie ihn vor ein paar Jahren betrogen hatte. Sie hatte ihm verschwiegen, verheiratet zu sein. Hazard war ein bisschen baff, weil er ziemlich weit in seinen iPhone-Fotos zurückscrollen musste, um sich überhaupt an sie erinnern zu können. Und nun musste er plötzlich wieder an Wendy denken und wie beharrlich sie erklärt hatte, die »Aussöhnung« mit den Menschen, denen sie »Unrecht« getan hatte, sei ein entscheidender Schritt auf dem Weg der Besserung. Alle Brücken, die er verbrannt hatte, würde er neu aufbauen müssen. Aber noch nicht. Dazu war er zu weit weg, und es war zu vertrackt. Also stopfte er das in die »Später zu erledigen«-Schublade.

Und weil das viel einfacher und mit viel weniger Selbsthass verbunden war, dachte er bis dahin lieber an Julian, Monica und Riley.

Ob Monica Julian hatte überreden können, den Kunstkurs zu leiten? Ob Julian jetzt nicht mehr so einsam war? Und, die Frage aller Fragen: Ob Riley Monica ausfindig gemacht hatte und tatsächlich der Mann ihrer Träume war? Hazard kam sich vor wie ein Autor, der dabei gewesen war, eine Geschichte zu schreiben, und dann hatte mit ansehen müssen, wie seine Figuren einfach mittendrin vom Blatt spazierten und ihr eigenes Ding machten. Wie konnten sie es wagen! Wussten die denn nicht, dass sie das alles nur ihm zu verdanken hatten? Ihm war klar, wie unwahrscheinlich es war, dass die Geschichte ein Märchenende hatte, aber wie er so in seiner Hängematte saß, vor diesem Postkartenpanorama, entrückt von Raum und Zeit und Wirklichkeit, schien nichts unmöglich.

Hazard sonnte sich in dem bisher ungekannten wohligen Gefühl, etwas *Gutes* getan zu haben. Etwas Selbstloses. Nettes. Er hatte, solange Riley nur mitspielte, ein Leben verändert. Monica müsste ihm unendlich dankbar sein! Wobei er natürlich keine Dankbarkeit erwartete.

Er streckte ein Bein aus der Hängematte, drückte sich mit den Zehen von den Holzdielen seiner Terrasse ab und ließ sich sanft hin- und herschaukeln. Er verfluchte sich dafür, dass er sich nicht Rileys Mobilnummer hatte geben lassen oder die Adresse seiner Freunde in London, bei denen er wohnte. Er wusste nicht einmal, wie er mit Nachnamen hieß. Er wünschte, er könnte ihm einfach eine Nachricht schreiben. »Hi, ich bin's, Hazard. Wie läuft's denn so in London?« Wobei er ja überhaupt kein Handy mehr hatte, um irgendwelche Nachrichten zu verschicken. Er wusste, wo Julian zu finden war, und Monica auch, aber die hatten seine Geschichte nicht gelesen, und Riley hatte ihnen womöglich noch nichts von ihm erzählt. Er konnte es nicht ertragen, dieses nagende Gefühl des *Ausgeschlossenseins*. Hazard stand gerne im Mittelpunkt – vermutlich einer der Gründe, warum er überhaupt in dieses Schlamassel geraten war.

Und dann kam ihm plötzlich eine Idee. Sie war zwar nicht perfekt, aber immerhin eine Möglichkeit, sich unauffällig zurück ins Spiel zu bringen. Ins Geschehen einzugreifen. Er wollte wieder Teil von *Projekt Aufrichtigkeit* sein.

Auf der Insel gab es zwei Minibusse. Die machten Rundfahrten zu den Stränden und holten die Touristen ab und brachten sie in den einzigen kleinen Ort weit und breit, wo es eine Post, eine Bank und ein paar Geschäfte gab. Als der Minibus das nächste Mal am Lucky Mother hielt, rief Barbara einmal quer über den Strand, um ihm Bescheid zu sagen, und Hazard sprintete an Bord.

Der Bus holperte über die staubige, mit Schlaglöchern übersäte Straße. Es gab keine Türen, nur eine Plane zum Schutz gegen die Sonne. Ansonsten war er offen. Die Luft war klebrig und roch nach Schweiß und Sonnencreme. Hinten waren einander gegenüber zwei Sitzbänke eingebaut, auf denen jeweils fünf bis sechs Touristen saßen, manche mit Rucksack auf dem Schoß, andere nur mit Strandtaschen. Hazard betrachtete die Beinreihe neben seinen Knien – sämtliche Schattierungen von Weiß über Rot zu Braun, die man sich vorstellen konnte, oft übersät mit kleinen Pusteln von Mückenstichen oder Korallenkratzern. Man tauschte die üblichen Floskeln aus: *Wo übernachtest du? Wo warst du schon überall? Was sollte man unbedingt gesehen haben?* Hazard hatte so viele dieser Gespräche geführt, dass er sämtliche Touristen-Hotspots, Restaurants und Bars in- und auswendig kannte, sowohl auf der Insel als auch in der weiteren Umgebung. Er verschwieg, dass er noch nichts davon selbst gesehen hatte, sondern nur seinen kleinen Strand und hin und wieder den nächsten Ort. Er wollte sich nicht erklären müssen. *Ich traue mir selbst nicht über den Weg.*

Der Bus hielt an einem winzigen Fähranleger, wo das Boot schon darauf wartete, die Passagiere nach Koh Samui zu bringen. Von dort konnten sie mit einem größeren Schiff nach Surat Thani aufs Festland fahren. Hazard überlegte kurz, ob er einfach an Bord gehen sollte. Sein Pass und Bargeld waren im Geheimfach seines Gürtels, den er unter dem T-Shirt trug. Und vielleicht hätte er es wirklich gemacht – seine Sachen hätte er, ohne mit der Wimper zu zucken, in der Hütte zurückgelassen –, aber er schuldete Andy und Barbara noch eine Wochenmiete. Und so nett, wie die beiden immer zu ihm waren, wollte er nicht, dass sie ihn für einen Zechpreller halten mussten, der sich einfach aus dem Staub gemacht hatte.

Hazard ging in den Gemischtwarenladen. Hier kaufte er alles für den täglichen Bedarf: Sarongs, Sonnencreme, Shampoo und Zahnpasta. Gleich hinter der Tür stand ein Drehgestell mit Postkarten. Hazard stupste es an, bis er eine mit seinem Strand fand. Eine Luftaufnahme. Wenn man ganz genau hinschaute, konnte man sogar seine Hütte erkennen.

Anschließend setzte er sich draußen an einen der Cafétische des Ladens und trank mit einem Strohhalm Kokosnusswasser aus einer frischen, dicken Kokosnuss und sah zu, wie die Fähre aus Koh Samui neue Touristen auf den Anleger spie. Sie schnatterten aufgeregt durcheinander, schwärmten von der Schönheit ihres Reiseziels und übersahen dabei vollkommen den armen Fährmann, der sich mit ihren Rucksäcken abmühte. Mit einem Kuli, den er sich beim Kellner geborgt hatte, fing er an zu schreiben.

Monica's Café, 783 Fulham Road, Fulham, London, UK.
An die Dame, die den besten Kaffee der Stadt verkauft.
Bis bald, Hazard

Und dann, ehe er es sich noch einmal anders überlegen konnte, marschierte er zur Post, kaufte eine Briefmarke und schickte die Karte ab.

Monica

Monica bereitete im Café alles für den abendlichen Kunstkurs vor. Ihr Handy klingelte nun schon zum fünften Mal. Sie brauchte gar nicht hinzuschauen. Sie wusste auch so, wer es war. Es war Julian, und er rief sie versehentlich an, mit dem Handy in der Hosentasche. Das mit der Bedienung seines neuen Mobiltelefons hatte er noch nicht so richtig raus. Aber immerhin hatte er es vormittags geschafft, sie anzurufen und zu verkünden, seiner Ansicht nach sei der Kurs nun bereit für »die menschliche Gestalt«, und sie möge sich bitte darum kümmern, ein Modell für den heutigen Abend aufzutreiben.

Doch das erwies sich als leichter gesagt als getan. Ihr blieb keine Zeit, eine Annonce zu schalten, also sprach sie in ihrer Verzweiflung Benji an. Und erklärte ihm, er solle es nicht als Nacktsein um des Nacktseins willen sehen, sondern als Kunst. Niemand würde ihn anschauen und den nackten Benji betrachten, sondern vielmehr einen *Akt*, genau wie Harry, den Hummer, nur dass man ihn anschließend nicht aufessen werde. Sie sei sich ganz sicher, Julian würde eine geschmackvolle, diskrete Pose für ihn auswählen. Niemand würde seinen … (an dieser Stelle brach sie schließlich ab und verstummte verschämt). Letztendlich wusste sie sich nicht mehr anders zu helfen und bot ihm doppelte Überstunden und einen Urlaubstag an. So kamen sie schließlich ins Geschäft.

Julian erschien von Kopf bis Fuß in Leder, wie eine Altherrenversion von Danny in *Grease*, und langsam trudelten auch die anderen Kursteilnehmer ein. »I got chills, they're multiplying«, summte Baz Benji leise ins Ohr. Benji verzog keine Miene, er stand einfach nur stumm und verstockt hinter dem Tresen und schaffte es, nervös und aufsässig zugleich aus der Wäsche zu gucken. Als alle sich an ihre Plätze gesetzt hatten, verteilte Julian Papier und Bleistifte.

»Heute kehren wir zurück zum Bleistift, Ladies and Gentlemen, weil wir vom Stillleben zum Figurenzeichnen fortschreiten. Doch bevor wir damit beginnen, möchte ich euch allen Mrs Wu vorstellen.«

Lautstark begrüßten alle die zierliche chinesische Dame, die aufstand und sich verbeugte. Im Stehen war sie nicht viel größer als im Sitzen.

»Nennt mich Betty!«, verlangte sie mit grimmiger Miene.

»Der liebe Benji hat sich bereit erklärt, heute für uns Modell zu sitzen«, sagte Julian, als die Vorstellungsrunde zu Ende war. »Kommst du bitte zu mir, Benji?«

Mit eingezogenem Kopf schlich Benji an Julians Tisch. »Ähm, wo soll ich mich denn ausziehen?«, fragte er.

»Ausziehen? Was für ein Unsinn, mein Lieber. Wir wollen nur deine Hände sehen! Wenn man laufen will, muss man zuerst gehen lernen. Hier, setz dich auf den Stuhl und nimm die Tasse mit verschränkten Fingern in die Hände. Genau so. Die Hände sind mit die schwierigsten Körperteile in der Malerei, also wollen wir uns heute ausschließlich damit beschäftigen.«

Benji guckte Monica böse an und fragte sich wohl, ob sie ihn auf den Arm genommen hatte. Monica guckte genauso böse zurück und fragte sich, wie er es geschafft hatte, so unverschämt viel Geld dafür herauszuschlagen, dass er zwei Stunden lang vollständig bekleidet mit einer Kaffeetasse in der Hand auf einem Stuhl saß. Sophie und Caroline wirkten maßlos enttäuscht. Sophie wisperte Caroline etwas zu, und die prustete vor Lachen.

Julian schien von alledem nichts mitzubekommen und fuhr unbeeindruckt fort: »Selbst für die erfahrensten Künstler sind Hände eine Herausforderung.« Er zog allerdings eine Augenbraue hoch, wie um damit anzudeuten, dass das selbstverständlich nicht auf ihn zutraf. »Versucht nicht daran zu denken, was ihr *glaubt*, wie Hände und Finger aussehen. Betrachtet sie stattdessen lieber als eine Kombination verschiedener Formen, Linien und Konturen. Überlegt euch, wie ihr mit Bleistiftstrichen den Unterschied zwischen Haut und Knochen der Hand und dem harten Gegenstand, den sie hält, beschreiben könnt. Und versucht bitte, Benjis elegante schlanke Finger nicht wie Bananenbüschel aussehen zu lassen.«

Allmählich kehrte Ruhe ein in den Kurs, nur unterbrochen von Bleistiftkratzen, gelegentlichem Gemurmel und Julians leisen Anweisungen.

Als die Stunde schon fast zu Ende war, hob Riley die Hand.

»Ja, bitte, junger Mann? Wir sind hier nicht in der *Schule*, weißt du! Du brauchst nicht aufzuzeigen!«, sagte Julian mit Oberlehrermiene.

»Ähm, ich will unbedingt demnächst nach Paris und wollte wissen, ob du mir ein paar gute Kunstgalerien oder Museen empfehlen kannst«, sagte Riley, während er verlegen die Hand herunternahm und sich linkisch durch die strubbeligen blonden Haare fuhr.

Da war er wieder, dieser fiese Knoten im Magen, der sich immer dann um Monicas Eingeweide schlang, wenn Riley erwähnte, aus London wegzugehen. Sie wischte das fiese Gefühl weg wie einen Schmierfleck auf einem ihrer Schaufenster. Sie lebte im Moment, ermahnte sie sich streng.

»Ach, Paris. Da war ich seit zwanzig Jahren nicht mehr«,

seufzte Julian. »Wo soll man da anfangen – der Louvre ist natürlich ein Muss. Genau wie das Musée d'Orsay und das Centre Pompidou. Das wäre jedenfalls ein guter Anfang.« Er unterbrach sich und legte die Stirn in nachdenkliche Dackelfalten. »Wisst ihr was? Wir sollten alle zusammen hinfahren! Eine Klassenfahrt! Was meint ihr?«

Monica, die nichts mehr liebte als ein neues *Projekt*, war sofort Feuer und Flamme. »Superidee! Ich könnte uns ein Gruppenticket für den Eurostar buchen. Wenn wir jetzt für Januar buchen, bekommen wir bestimmt Frühbucherrabatt. Ich recherchiere mal die Preise und sage euch nächste Woche Bescheid, was ich herausgefunden habe. Bis dahin, falls jemand bleiben möchte, das heutige Zehn-Pfund-Abendessen hat die bezaubernde Betty Wu für uns zubereitet.«

»Suppe mit Krebs und süßem Mais, Teigtaschen mit Krabben und Schnittlauch und Frühlingsrollen mit Gemüse«, verkündete Betty. »Biming! Reich die Essstäbchen, Schüssel und Suppenlöffel, bitte.«

»Biming?«, flüsterte Monica Benji zu.

»Ich weiß. Sag lieber nichts«, entgegnete Benji. »Er versucht, es zu verdrängen.«

Während einer nach dem anderen das Café, teils stolz, teils etwas verlegen, mit der Zeichnung von Benjis Fingern in der Hand und Bettys wohlig wärmender Suppe zum Schutz gegen die eisige Abendluft im Bauch verließ, blieb Riley unauffällig zurück.

»Soll ich dir helfen zuzuschließen?«, fragte er Monica und strich ihr sanft über den Rücken. Dann fasste er den Gürtel ihrer Jeans und zog sie an sich. Seine strammen Surferschenkel an ihren verschlugen ihr fast den Atem.

»Danke«, erwiderte sie und fragte sich, ob sie ihn heute bei sich übernachten lassen sollte. Wenn er denn wollte. Sie stellte sich sein schlafendes Gesicht vor, die langen dunklen Wimpern, die sanft auf den Wangen ruhten. Sie stellte sich die braunen Glieder vor, in ihre frischen weißen Laken verschlungen. Ihr Gesicht glühte bei dem Gedanken. Sie musste hochrot geworden sein. Sie wusste nicht, ob sie es schaffen würde, ihn abzuweisen und nach Hause zu schicken. Sie ging zur Kasse, um sie abzuschließen. Riley folgte ihr und trug ein paar verirrte Gläser zurück zum Tresen.

»Was ist das denn?«, fragte Riley und wies auf die unzähligen farbkodierten Post-it-Zettel hinter dem Tresen.

»Das sind meine Gästenotizen«, antwortete Monica. Riley nahm einen der Zettel und erkannte darauf gleich die ordentliche Handschrift aus dem Notizheft.

»*Mrs Skinner. Milcheiweißallergie. Baby namens Olly. Nach dem neuen Welpen erkundigen*«, las er laut vor. »Und da dachte ich, du hättest ein unverschämt akkurates Gedächtnis.«

»Ich *habe* ein unverschämt akkurates Gedächtnis«, entgegnete Monica. »Die Notizen sind für Benji. Hey, ich freue mich schon so auf unseren Ausflug nach Paris!«, rief sie, um Riley von den Zetteln abzulenken, ehe er die weniger netten fand, wie *Vorsicht vor Bert, dem fanatischen Fulham-Football-Fan. Wischt sich immer mit der Hand die Nase ab. Hände desinfizieren nicht vergessen.*

»Meinst du, es kommen alle mit? Ich suche uns ein paar coole Restaurants raus. Du wirst hin und weg sein, Riley. Paris ist eine der unglaublichsten Städte der Welt«, schwärmte sie und hatte gerade noch im letzten Augenblick »romantisch« gegen »unglaublich« austauschen können. Das war eine Bildungsreise, kein Liebesurlaub. Wobei sie ja trotzdem ein charmantes kleines Boutique-Hotel buchen könnte, dann könnten sie und Riley eine Nacht länger bleiben. Sie könnten bei Sonnenuntergang an der Seine entlangbummeln und morgens im Bett frühstücken, mit warmen Pains au chocolat, starkem Kaffee und frisch gepresstem Orangensaft.

Sie riss sich aus ihren Träumereien und merkte, dass irgendetwas Riley ablenkte. Er schaute über ihre Schulter an ihr vorbei. Sie drehte sich um, weil sie wissen wollte, was da seine Neugier geweckt hatte. Es war eine Postkarte, die sie an die Pinnwand geheftet hatte.

»Traumhafter Strand, was? Irgendwo in Thailand.« Mit zusammengekniffenen Augen versuchte sie, die Beschriftung in der rechten unteren Ecke zu entziffern. »Koh Panam, so heißt es wohl. Aber wirklich eigenartig: Ich habe keine Ahnung, wer mir die geschickt haben könnte, obwohl derjenige mich anscheinend kennt. Hier.« Sie nahm die Postkarte von der Wand, drehte sie um und gab sie Riley. »Adressiert ist sie an Monica. *Bis bald.* Glaubst du, die könnte von einem Stalker sein? Und unterschrieben ist sie mit *Hazard*. Ich meine, was ist das denn für ein Name? Klingt wie ein Energydrink!«

Unvermittelt, fast ohne Abschiedsgruß, murmelte Riley, er müsse dringend gehen, und verschwand. Und Monica stand da mit dieser eigenartigen Postkarte in der Hand und fragte sich, was um alles in der Welt sie bloß falsch gemacht hatte.

Julian

Monica hatte Julian nicht gesagt, dass sie vorbeikommen wollte. Julian vermutete, dass das Absicht war. Sie hatte ihn überrumpeln wollen, damit er sich nicht wehren konnte. Und nun stand sie da, vor seiner Tür, einen Putzeimer voller grellbunter Reinigungsmittel unter dem Arm und an den Händen knallgelbe Gummihandschuhe. Damit war sie doch nicht etwa am helllichten Tag durch die Stadt gelaufen? Nein, unmöglich.

»Heute war nicht viel los im Café«, erklärte sie, »also habe ich mir gedacht, ich komme für einen kleinen Frühjahrsputz vorbei.« Man musste ihm das blanke Entsetzen angesehen haben, denn sie fügte rasch hinzu: »Nicht du. Dein Häuschen. Keine Sorge – mir macht das nichts aus. Putzen ist eine meiner allerliebsten Beschäftigungen, ehrlich. Und dieses Cottage ist einfach eine unglaubliche …« Sie unterbrach sich kurz, um dann das Wort »Herausforderung« aus dem Hut zu zaubern. »Das, mein Freund, ist der Rolls-Royce unter den Putzprojekten.«

»Tja, das ist ungemein lieb von dir«, sagte er, während sie an ihm vorbei in den Flur wuselte, »aber das ist wirklich nicht nötig. Ich mag es, wie es ist. Ehrlich. Vor allem riecht es noch nach Mary. Wenn du erst einmal dieses … *Zeug* auspackst, hast du sie im Handumdrehen weggewischt.« Dagegen konnte sie doch wohl nichts mehr einwenden?

Monica blieb wie angewurzelt stehen, drehte sich um und starrte ihn an.

»Julian, ich möchte ja nicht unhöflich sein, aber« – Julian musste der Versuchung widerstehen, sich die Finger in die Ohren zu stecken. Wenn Leute sagten, sie wollten nicht unhöflich sein, folgte meist eine unsägliche Unhöflichkeit auf dem Fuße – »willst du mir allen Ernstes erzählen, Mary hätte nach Schimmel, Staub und irgendwas Undefinierbarem, das unter einem deiner Küchenschränke gestorben sein muss, gerochen?«

»Also, nein, natürlich nicht!«, empörte er sich, angewidert und ein wenig echauffiert. Monica schien es zu merken, denn sie nahm seine Hand in ihre. Zum Glück streifte sie vorher die lächerlichen, garstigen Handschuhe ab.

»Beschreib mir, wonach das Cottage gerochen hat, als Mary noch da war, Julian«, sagte sie.

Julian schloss die Augen und dachte eine Weile angestrengt nach, während er in Gedanken einen Duft zum anderen fügte.

»Ich erinnere mich an Rosenblüten, selbst gemachte Erdbeermarmelade und frische Zitronen. Und dieses Haarspray aus der großen goldenen Dose. Ach ja, und Farbe natürlich«, sagte er.

»Okay. Ich brauche eine halbe Stunde. Bin gleich wieder da«, flötete Monica und war so schnell wieder verschwunden, wie sie gekommen war.

Als sie exakt neunundzwanzig Minuten später wieder vor der Tür stand, hatte sie noch mehr Krimskrams dabei. Sie stapelte ihre Tüten in einer Ecke und stellte sich dann davor, damit er nicht sehen konnte, was drin war.

»Julian, ich glaube, es wäre für alle Beteiligten das Beste, wenn du ein bisschen rausgehst und mich hier in Ruhe machen lässt«, sagte sie freundlich, aber bestimmt. »Geh, setz dich ins Café. Ich habe Benji gesagt, er soll alles, was immer du essen oder trinken willst, auf den Angestelltendeckel schreiben. Bleib, so lange du es aushältst. Ich werde eine ganze Weile brauchen.«

Julian, der allmählich einsehen musste, dass es reine Zeit- und Energieverschwendung wäre, weiter mit seiner neuen Freundin zu streiten, strich die Segel, ging aus dem Haus und verbrachte einen sehr angenehmen Nachmittag in Monicas Café, wo er angeregt mit den Gästen plauderte.

Benji zeigte ihm, wie man einen richtigen Cappuccino machte, und zwar mit einer Kaffeemaschine, die ungefähr so groß war wie ein Kleinwagen und mindestens genauso kompliziert zu bedienen. Dann amüsierten er und Benji sich endlos über Monicas »Gästenotizen« und kicherten wie zwei Schuljungen, während sie ein paar neue, selbst ausgedachte Notizen unter die bereits vorhandenen schmuggelten.

Er gab sich redlich Mühe, nicht daran zu denken, welche Verheerungen Monica gerade bei ihm zu Hause anrichtete.

Zum ersten Mal, solange er zurückdenken konnte, womöglich zum allerersten Mal überhaupt, klopfte Julian an seine eigene Haustür. Ihm graute ein wenig davor hineinzugehen, und er kam sich mehr wie ein Besucher denn wie der Besitzer vor. Es dauerte ein, zwei Minuten, dann tauchte Monica an der Tür auf, ein Tuch in den Haaren, aus dem sich etliche feuchte Strähnen um ihr Gesicht ringelten. Ihre Wangen waren von der Anstrengung gerötet, und ihre Augen funkelten, als seien auch die blank geputzt worden. Sie trug eine von Marys Kittelschürzen. Wo um alles in der Welt hatte sie die bloß aufgestöbert?

»Ich habe leider nur Wohnzimmer und Küche geschafft«, gestand sie. »Ich muss ein andermal wiederkommen und den Rest machen. Hereinspaziert!«

»Monica!«, rief er. »Das Haus ist ja nicht mehr wiederzuerkennen!« Und tatsächlich: Helles Tageslicht fiel durch die frisch geputzten Fenster, flutete die Räume und spiegelte sich in auf Hochglanz polierten Oberflächen. Die Teppiche waren nicht mehr schlammfarben, sondern leuchteten in strahlendsten Farben um die Wette, und nirgendwo war auch nur eine einzige Spinnwebe auszumachen. Es sah wieder aus wie ein *Zuhause*. Fast als hätte Monica zusammen mit all dem Schmutz und Staub fünfzehn Jahre einfach weggewischt.

»Was riechst du?«, fragte sie.

Er schloss die Augen und atmete tief ein.

»Auf jeden Fall Zitronen«, sagte er.

»Stimmt. Ich habe Zitronenreiniger benutzt. Was noch?«

»Erdbeermarmelade!«

»Stimmt auch. Blubbert gerade auf dem gewienerten, glänzenden Herd in der Küche. Wir müssen noch ein paar Marmeladengläser auftreiben. Setz dich doch, ich mache das hier eben noch fertig.«

Und damit verschwand Monica nach draußen, und als sie wieder zurückkam, hatte sie drei große Rosensträuße unter dem Arm, die sie wohl irgendwo draußen im Hof versteckt gehabt hatte. Geschäftig machte sie sich auf die Suche nach Vasen, arrangierte die Blumen und verteilte sie im ganzen Haus.

»Und nun«, verkündete sie mit dramatischer Stimme, »zur Kirsche auf dem Sahnehäubchen!«, und dann zog sie eine Dose Elnett-Haarspray heraus – genau die Marke, die Mary immer benutzt hatte – und versprühte es wie einen feinen Nebel im Wohnzimmer. »Augen zu, Julian. Riecht es jetzt wieder wie damals, als Mary noch da war?«

Er lehnte sich in seinem Lieblingssessel zurück (der nun nicht mehr so speckig-schmuddelig war) und atmete genüsslich ein. Tatsächlich. Am liebsten hätte er die Augen einfach zugelassen und wäre im Jahr 2003 geblieben. Aber eins fehlte noch.

»Monica«, sagte er. »Wir müssen etwas malen. Du bekommst eine Privatstunde von mir. Das ist das Mindeste, was ich tun kann.«

Und damit riss Julian die Flügeltüren vom Wohnzimmer zu seinem Atelier weit auf. Er zog eine Leinwandrolle heraus, breitete sie auf dem Boden aus und machte sich daran, Farben mit Öl anzumischen.

»Heute Abend, Monica, sind wir Pollock. Ich habe gesehen, wie du zeichnest. Alles sehr ordentlich und akkurat. Du versuchst, ganz genau zu Papier zu bringen, was du siehst. Aber Pollock hat gesagt, Malen ist Selbsterfahrung. Jeder gute Maler malt, was er ist. Er sagt, es geht darum, Gefühle auszudrücken, nicht bloß die Wirklichkeit abzubilden. Hier hast du einen Pinsel.« Er reichte Monica einen Pinsel, beinahe so groß wie ihre Hand. »Pollock hat gewöhnliche Malerfarbe verwendet, aber die gibt es hier nicht, also benutzen wir Ölfarbe mit Leinöl und Terpentin angemischt. Er hat seine Leinwand auf den Boden gelegt und in der Luft darüber gemalt, mit dem ganzen Körper, wie eine Ballerina. Bist du bereit?«

Er konnte ihr ansehen, dass sie das mitnichten war und sich darum sorgte, sein frisch geputztes Häuschen vollzuklecksen, aber sie nickte tapfer. Er ging hinüber ins Wohnzimmer, suchte eine Vinylplatte heraus und legte sie auf den Plattenspieler. Es gab nur einen Mann fürs ganz große Theater: Freddie Mercury.

Julian zog die Schuhe aus und schlitterte über den frisch gebohnerten, glänzenden Dielenboden, bis hinüber ins Atelier und sang dabei aus voller Kehle »Bohemian Rhapsody«, genauso leidenschaftlich wie Freddie, wenn auch stimmlich nicht so begnadet. Er nahm einen Pinsel, tauchte ihn in einen Topf mit gebrannter Siena und schnippte ihn im hohen Bogen über die Leinwand, dass die Farbe nur so spritzte.

»Los, Monica, los!«, brüllte er. »Mit dem ganzen Arm. Aus dem Bauch heraus. Lass alles raus!«

Zuerst zögerlich und dann lachend und zusehends gelöster, immer schwungvoller, schleuderte sie die Farbe über ihren Kopf wie eine Tennisspielerin, die von der Grundlinie aufschlägt, und verteilte kadmiumrote Sprenkel in ihren Haaren.

In einem breitbeinigen Plié rutschte Julian über die ganze Länge der Leinwand und ließ es dabei aus abrupten kleinen Drehungen des Handgelenks Farbe regnen. »Und, Monica? Würdest du den Fandango machen? Was ist überhaupt ein Fandango? Und wer zum Kuckuck ist Scaramouche?« Und dann fielen beide, erschöpft und glucksend, gleich neben ihrem herrlichen Farbfeuerwerk auf den Boden. Der Geruch frischer Farbe hing schwer in der Luft und mischte sich mit dem Duft von Rosen, Zitronen, Marmelade und Elnett.

»Ist Mary eigentlich zu Hause gestorben, Julian?«, fragte Monica, als sie sich ein wenig beruhigt hatten und wieder zu Atem gekommen waren. »Ich weiß, wie das ist, ich …«

»Ich möchte nicht darüber sprechen«, fiel Julian ihr abrupt ins Wort und bereute seinen harschen Tonfall gleich wieder. Fast hatte es sich angehört, als hätte sie *ihm* etwas erzählen wollen. Zum Glück wechselte sie rasch das Thema.

»Hattet ihr Kinder, du und Mary?«, fragte Monica. Herrje, das Thema war ja mindestens genauso schlimm.

»Wir wollten«, antwortete Julian. »Aber nach einigen schlimmen Fehlgeburten mussten wir einsehen, dass es einfach nicht hatte sein sollen. Keine leichte Zeit.« Das war eine schamlose Untertreibung.

»Und adoptieren wolltet ihr nicht?«, fragte Monica. Wenn sie sich erst einmal an etwas festgebissen hatte, ließ sie nicht mehr locker. Genau wie sein Hund Keith.

»Nein«, sagte er, auch wenn das nicht ganz der Wahrheit entsprach. Mary hatte sich in ihrer Verzweiflung nichts sehnlicher gewünscht, als ein Kind zu adoptieren, aber er hatte nichts davon wissen wollen. Wozu Kinder, wenn man nicht die eigenen Gene weitergeben konnte? Man stelle sich nur vor, wie man dem eigenen Kind Tag um Tag ins Gesicht sieht und sich fragt, wo es wohl hergekommen ist. Aber er vermutete, diese Erklärung würde ihn nicht allzu gut dastehen lassen.

»Hast du sonst noch Familie? Geschwister? Neffen und Nichten?«, wollte Monica wissen.

»Mein Bruder ist mit Mitte vierzig gestorben – Multiple Sklerose, schreckliche Geschichte«, entgegnete Julian. »Ich war ihm wohl keine besonders große Hilfe. Mit körperlichen Gebrechen kann ich nur schlecht umgehen. Eine meiner zahlreichen Schwächen. Er hatte keine Kinder. Meine Schwester Grace ist in den Siebzigern nach Kanada ausgewandert. Sie ist seit über zehn Jahren nicht mehr in England gewesen. Zu alt für die weite Reise, sagt sie immer. Sie hat zwei Kinder, aber die habe ich zuletzt gesehen, als sie noch Babys waren, von Facebook mal abgesehen. Eine fabelhafte Erfindung. Wobei ich froh bin, dass es das damals noch nicht gegeben hat, als ich noch jung und schön war. Ich wäre gar nicht mehr davon losgekommen.« Erst jetzt merkte er, dass er ohne Punkt und Komma redete.

»Mit wem wolltest du denn dieses Jahr Weihnachten feiern?«, fragte Monica. Julian tat, als müsse er angestrengt nachdenken. »Herrje, bei den vielen Möglichkeiten weiß ich noch gar nicht, wofür ich mich entscheiden soll«, brummte er. Wollte sie ihn etwa einladen? Er versuchte, sich nicht zu früh zu freuen, vielleicht war sie ja auch einfach bloß neugierig.

»Nun«, pflügte Monica durch das betretene Schweigen wie eine Planierraupe, »mein Dad und Bernadette machen eine Kreuzfahrt. In die Karibik. Es ist ihr fünfter Hochzeitstag. Das heißt, ich bin dieses Jahr ganz allein. Genau wie Riley, dessen Familie auf der anderen Erdhalbkugel ist. Also dachten wir uns, wir könnten Weihnachten doch gemeinsam im Café feiern. Möchtest du vielleicht dazukommen?«

»Ich wüsste nicht, was ich lieber täte«, entgegnete Julian, kribbelig vor Aufregung. »Ich glaube, ich habe dir nie gesagt, wie sehr es mich freut, dass ausgerechnet du mein kleines Büchlein gefunden hast, Monica.«

»Ich bin auch froh, dass ich es gefunden habe«, sagte sie und legte ihre Hand auf seine. Ihm fiel auf, wie ungewohnt Berührungen für ihn geworden waren. Der einzige Mensch, der ihn regelmäßig anfasste, war sein Friseur.

»Julian, du solltest Riley malen!«, sagte Monica. »Er wäre ein großartiges Modell.«

»Mmm«, brummte Julian und überlegte, dass er dafür nicht allzu viele Farbschichten brauchen würde. Dann schalt er sich für diesen Gedanken. Das war wirklich nicht nett, und er wollte kein verbitterter alter Miesepeter mehr sein.

»Wo wir gerade bei Riley sind«, murmelte Julian, bemüht, ganz beiläufig zu klingen, »ich habe den Verdacht, er könnte ein klitzekleines bisschen in dich verschossen sein.«

»Meinst du?«, fragte Monica und guckte dabei irgendwie ein wenig traurig. »Ich bin mir da nicht so sicher.«

»Hast du auch ins Buch geschrieben?«, fragte er, um das Gespräch in eine andere Richtung zu lenken, falls Monica das Thema unangenehm sein sollte. Er stellte sich vor, dass man sich als Vater so fühlen musste – man wollte Interesse zeigen, hatte aber gleichzeitig Angst, eine unsichtbare Grenze zu überschreiten. Wenn dieser Riley ihr wehgetan hatte, dann würde er es mit Julian zu tun bekommen.

»Ja, aber inzwischen ist es mir peinlich, worüber ich geschrieben habe. Wobei, weißt du noch, was du geschrieben hast? *Die Geschichte könnte Ihr Leben verändern*? Tja, ich glaube, indem ich alles aufgeschrieben habe, habe ich einen Zauber gewirkt, denn seitdem hat mein Leben sich grundlegend geändert. Alles scheint sich plötzlich zu fügen. Zumindest dachte ich das. Ich habe das Büchlein schon vor Wochen in einer Weinbar liegen gelassen.«

»Wer es wohl gefunden hat? Weißt du noch, was ich danach geschrieben habe? *Oder das eines anderen Menschen, den Sie noch gar nicht kennen.*«

»Na ja«, meinte Monica, »es hat sich seitdem eine Menge getan, findest du nicht?« Und dann lächelte sie ihn an, die Freundin, die er gerade erst kennengelernt hatte und doch irgendwie schon immer zu kennen glaubte.

Riley

Mit einem Laptop auf den Knien – den er sich von Brett, einem seiner Mitbewohner, ausgeliehen hatte – hockte Riley auf seinem schmalen Einzelbett. Er spürte die Federn der Matratze hart und knubbelig unter dem rechten Oberschenkel, also rutschte er ein bisschen nach links und rückte sich das Notebook auf dem Schoß zurecht. Er trank Tee ohne Milch, weil irgendwer die Packung, die er gestern erst gekauft hatte, schon wieder geleert hatte. Sein Sixpack-Lager war nur noch ein Viererpack. Und seinem Cheddar fehlte eine beachtliche Ecke. Dafür hatte der Käse frische Bissspuren. In seiner Not hatte er sogar angefangen, Etiketten auf seine verbliebenen Sachen im Kühlschrank zu kleben, aber er hasste seine Mitbewohner dafür, dass sie ihn zu derart drastischen Maßnahmen zwangen. Er war doch kein Lebensmitteletikettierer.

Der Raum war nur von der fahlen Dezembersonne erleuchtet, die heldenhaft versuchte, durch den Schmutzfilm auf Rileys Fensterscheiben zu dringen; eine Schicht niedergeschlagener Abgase jener Abertausende von Fahrzeugen, die vierundzwanzig Stunden am Tag die Warwick Road hinunterdonnerten. Riley kam sich vor wie eine welke Pflanze – schwach, gelb und spindelig vor Sonnenlicht- und Frischluftmangel. Seine sonst so braune Haut hatte eine kränkliche Blässe angenommen, und die weißblonden Haare wurden zusehends dunkler. Bald, so fürchtete er, würden Haut und Haare dieselbe Farbe haben.

Zum ersten Mal seit seiner Ankunft in London überkam Riley eine fast unerträgliche Sehnsucht nach Perth, nach den langen Sonnentagen draußen an der frischen Luft, nach Düngen und Wässern und Unkrautrupfen und Gehölzschneiden. Sein Blick ging zu der Pinnwand neben seinem Bett, den vielen Fotos von zu Hause. Er als Teenager mit seinem Dad und zwei Brüdern, wie sie alle dieselbe Welle surften. Breit grinsten sie seiner Mum entgegen, die das Foto geschossen hatte. Seine Mum mit ihm als Baby auf dem Arm beim Familienbesuch auf Bali. Ein paar seiner Freunde, die bei seinem Abschieds-Barbecue mit Bierflaschen in der Hand fröhlich der Kamera zuprosteten. Warum nur hatte er ein Leben in dieser atemberaubend sattgrünen Natur eingetauscht gegen das Dahinvegetieren in einer verseuchten Betonwüste, die ihn mit jedem Atemzug vergiftete?

Riley schaute gerade auf eBay nach, wie die Auktionen liefen. Julians (kaum getragener) Imkeranzug hatte für ein kleines Vermögen den Besitzer gewechselt. Wer hätte gedacht, dass es so viele Hobbyimker gab? Und auf die Tiffany-Lampe, die er grundehrlich als »nicht funktionstüchtig« und »braucht einiges an Reparatur« beschrieben hatte, wurden minütlich neue Gebote abgegeben. Aber das Allerbeste war, dass Julians altertümliches Mobiltelefon sich anschickte, sich für mehr als den Preis eines neuen iPhones zu verkaufen. Riley pustete eine Korkenzieherlocke aus den Augen und scrollte nach unten.

Die einzigen Möbelstücke in Rileys Zimmer waren eine Kommode, eine Kleiderstange mit ein paar Kleiderbügeln und ein Bücherregal mit Schlagseite, das aussah, als hätte derjenige, der versucht hatte, es nach der IKEA-Anleitung zusammenzubauen, dabei ein bisschen zu viel getrunken. Aus den Augenwinkeln sah Riley Julians Notizbüchlein zwischen den eselsohrigen Romanen und den Reiseführern herauslugen, fast als wollte es ihn necken.

Es kam Riley fast vor, als versinke er immer tiefer im Treibsand. Er musste daran denken, wie flau ihm geworden war, als er die Postkarte von diesem thailändischen Strand an Monicas Pinnwand gesehen hatte, und wie inständig er gehofft hatte, es sei bloß ein dummer Zufall. Spätestens als Monica den Namen *Hazard* erwähnt hatte, hätte er die Karten auf den Tisch legen müssen. Er hätte sagen können: *Ach ja, das muss der Kerl sein, den ich in Thailand kennengelernt habe, kurz bevor ich nach London gekommen bin. Er hat mir ein kleines Notizheft mitgegeben, und das hat mich zu dir geführt.* Wäre das denn so schwer gewesen? Aber er hatte es vermasselt. Schlimmer noch, er war abgehauen und hatte Monica einfach stehen lassen mit der Postkarte in der Hand und verdattertem Gesicht. Er hatte sich ein noch tieferes Loch gegraben. Jetzt konnte er nicht mehr behaupten, er habe nur auf den richtigen Augenblick gewartet, er habe bisher einfach noch keine Gelegenheit gehabt, ihr alles zu erklären. Und er konnte auch schlecht vorgeben, gedacht zu haben, die Karte müsse von einem anderen Hazard sein. Hätte er doch bloß einen ganz stinknormalen Namen wie James oder Sam oder Riley. Mit einem Namen wie Riley konnte man nichts verkehrt machen.

Riley machte einen Deal mit sich. Er würde Monica die komplette Geschichte erzählen und sich den Konsequenzen stellen. Wenn sie ihn nie wiedersehen wollte, dann sollte es so sein. Womöglich war es ohnehin an der Zeit, dass er weiterzog. Aber vielleicht trug sie es ja auch mit Fassung – eine amüsante Anekdote, die man Freunden erzählen konnte, eine witzige Wie-wir-uns-kennengelernt-haben-Geschichte. Bestimmt würde sie einsehen, dass Hazard sie zwar zusammengebracht hatte, aber alles danach nur passiert war, weil er sie wirklich mochte. Mehr noch als bloß mochte, musste er sich zu seinem eigenen Erstaunen eingestehen.

Nur noch eine Woche bis Weihnachten, und Riley wollte nicht riskieren, Monicas sorgfältige Planung über den Haufen zu werfen. Er wusste, wie sehr sie sich auf das Weihnachtsessen im Café freute. Er hatte die Listen auf dem Couchtisch oben in ihrer Wohnung gesehen: die Einkaufsliste, den Schritt-für-Schritt-Plan fürs Kochen, die Geschenkeliste (die hatte sie rasch versteckt, ehe er sehen konnte, was hinter seinem Namen stand). Um ihn abzulenken, hatte sie versucht, ihn in ein Gespräch über Jamie Oliver versus Nigella Lawson zu verwickeln, hatte aber rasch aufgeben müssen, als sie sein verständnisloses Gesicht sah.

Monica hatte den gesamten Kunstkurs zu ein paar Drinks vor dem Mittagessen eingeladen, ehe dann alle nach Hause wollten, um mit ihrer Familie Weihnachten zu feiern. Die meisten fuhren schon früher los und verließen die Stadt über die Feiertage, aber Betty und Baz hatten sich angekündigt. Und Benji wollte zum Essen kommen, weil er seine Familie in Schottland erst zum Jahreswechsel, zu Hogmanay, statt an Weihnachten besuchen wollte.

Er würde es ihr, beschloss Riley, nach Weihnachten sagen, aber auf jeden Fall noch vor dem neuen Jahr.

Mit diesem festen Vorsatz drückte die Last seiner Heimlichtuerei nicht mehr ganz so schwer auf seinem Gewissen. Sein Blick ging zu dem Notizbüchlein. Er wollte das Ding loswerden. Jetzt, wo er einen Entschluss gefasst hatte, wollte er *Projekt Aufrichtigkeit* für eine Weile vergessen – aber das ging nicht, solange das Heft noch im Bücherregal stand.

Kurz überlegte er, es wegzuwerfen, aber das brachte er nicht übers Herz. Die Kette zu unterbrechen, die tiefgründigen, intimen Geschichten anderer Menschen einfach in den Müll zu schmeißen, wäre sicher ganz mies fürs Karma. Vielleicht sollte er es weitergeben, genau wie Monica und Hazard es gemacht hatten. Vielleicht würde es jemand anderem Glück bringen – schließlich hatte er nur durch das Heftchen Monica und seine neuen Freunde kennengelernt. Sogar einen Job hatte es ihm verschafft, wenn man Julians eBay-Verkäufe denn als solchen bezeichnen wollte. Der nächste Leser wäre sicher nicht so blöd wie er und würde nicht vergessen, dass es bei der ganzen Sache um *Aufrichtigkeit* ging, nicht um Lügerei.

Aus dem Nebenzimmer war ein rhythmisches Rumsen zu hören, unterbrochen von gelegentlichem übertrieben lautem Stöhnen. Die Wände dieser billig umgebauten Wohnung waren so papierdünn, dass Riley einen unterdrückten Furz zwei Zimmer weiter hören konnte. Inzwischen hatte er sich längst daran gewöhnt, dass sein Zimmernachbar Brett ein reges Liebesleben führte. Bretts derzeitige Freundin musste ihm was vorspielen, mutmaßte Riley. Kein Mensch konnte mit diesem Neandertaler von Mitbewohner so viel Spaß haben.

Riley nahm die Kladde aus dem Regal, kramte in der Seitentasche seines Rucksacks nach einem Kuli und fing an zu schreiben.

Als er schließlich fertig war, war es längst dunkel geworden. Es war, als sei ihm eine erdrückende Last von der Seele genommen und zwischen die Seiten des Büchleins gelegt worden. Nun würde alles gut. Er ging zum Fenster, und als er hinter die ziemlich fadenscheinigen Gardinen trat, sah er etwas Unglaubliches. Das musste er unbedingt Monica erzählen.

Monica

Monica wollte gerade das Offen/Geschlossen-Schild an der Tür ihres Cafés umdrehen, als Riley unvermittelt davorstand. Er sah aus, als sei er den ganzen Weg vom Earl's Court bis zu ihr gelaufen. Hätte sie ihm die Tür nicht aufgemacht, er wäre einfach mit ihr ins Haus gefallen.

»Monica, guck mal!«, quiekte er, außer sich vor Begeisterung. »Es SCHNEIT!« Und dann schüttelte er den Kopf wie ein aufgeregter Retriever nach dem Schwimmen, dass ihm die Wassertropfen nur so aus den Haaren stoben.

»Ich weiß«, erwiderte sie trocken. »Aber ich glaube nicht, dass er liegen bleibt. Hier bleibt er fast nie liegen.« Sofort sah sie, dass das nicht die Antwort war, die er sich erhofft hatte. »Riley, hast du etwa noch nie Schnee gesehen?«

»Doch, natürlich, in Filmen und auf YouTube und so, aber noch nie in echt, wie er vom Himmel fällt, einfach so«, entgegnete er und wies auf ein paar eher traurige nasse Flocken. Staunend, fast beunruhigt schaute Monica ihn an. »Na ja«, brummte er ein wenig gekränkt. »Hast du schon mal einen Sandsturm oder einen Buschbrand erlebt?« Sie schüttelte stumm den Kopf. »Dachte ich mir. Aber egal, wir müssen raus! Unten am National History Museum gibt es eine Schlittschuhbahn. Worauf warten wir noch?«

»*Natural* History Museum«, korrigierte Monica. »Und ich kann hier nicht alles liegen lassen. Ich muss aufräumen, Kasse machen, alles für morgen vorbereiten. Tut mir leid.« Hatte er vergessen, dass er sie letztes Mal einfach mitten im Satz stehen gelassen hatte?

»Monica«, sagte Riley, »du musst auch mal ein bisschen leben. Das kann doch alles warten. Nutze den Tag. Hör auf, dir dauernd Sorgen zu machen, und gönn dir ein bisschen Spaß. Man ist nur einmal jung.« Monica zog es in den Zähnen bei dieser Akkumulation abgeschmackter Hollywood-Klischees.

»Und als Nächstes sagst du mir, dass niemand sich auf seinem Sterbebett wünscht, mehr gearbeitet zu haben?«, bemerkte sie trocken. Aber dann sah sie in sein Gesicht, sah, wie er sie anschaute, strahlend und erwartungsvoll wie ein Welpe, und dachte bei sich: *Ja, warum zum Teufel nicht?*

Monica hatte als Kind Eislaufunterricht gehabt, neben Ballett-, Klavier- und Flötenstunden, Turn- und Theaterunterricht. Bis mit sechzehn mit einem Schlag alles vorbei gewesen war. Doch nach wenigen Minuten schienen ihre Muskeln die lang verstaubten Erinnerungen hervorgekramt zu haben, und sie glitt selbstsicher, ja, schwungvoll sogar, wild wirbelnd über das Eis. Warum nur, fragte sie sich, hatte sie eigentlich nicht wieder mit dem Schlittschuhlaufen angefangen? Als junges Mädchen hatte sie so viele Interessen gehabt, so vieles, was ihr Herz hatte schneller schlagen und sie träumen lassen. Und sie hatte das alles eingetauscht gegen harte Arbeit, Vernünftigsein, Zukunftsvorsorge.

Und wo sie schon mal beim Träumen war: Nicht mal in ihren kühnsten Träumen hätte sie sich ausgemalt, je mit einem so umwerfenden Mann wie Riley zusammen zu sein. Sie musste sich immer wieder heimlich zwicken. Wo sie auch hingingen, starrten die Leute sie an. Riley wurde sicher sein ganzes Leben lang angestarrt, denn er schien überhaupt nichts davon mitzubekommen. Ob die sich alle fragten: *Was will der bloß mit DER?*

Riley schien überhaupt nicht zu merken, wie er auf andere wirkte. Augenblicklich sah er aus wie Bambi bei seinem ersten Ausflug auf den zugefrorenen See – die langen Beine schlitterten unkontrolliert in alle Richtungen, und er lag mehr auf dem Boden, als aufrecht auf seinen Schlittschuhen zu stehen. Auch jetzt lag er wieder lang auf dem Rücken, die blonden Locken wie einen Heiligenschein um den Kopf ausgebreitet – ein gefallener Engel, vom Himmel auf die Erde gestürzt. Sie reichte ihm die Hand, um ihm hochzuhelfen. Er packte sie und sprang auf die Füße, die unter ihm wegglitten, und fiel prompt erneut auf den Allerwertesten. Und Monica riss er gleich mit.

In einem Durcheinander aus Armen und Beinen landete sie auf Riley. Sie spürte ein tiefes Lachen in seinem Bauch grummeln, das hinauf in seine Brust sprudelte und schließlich gleich neben ihrem Ohr explodierte. Mit einem Kuss fing sie es auf. Und bei dem Klang dieses Lachens und dem Gefühl dieses Kusses, so einfach und unkompliziert, musste sie einsehen, dass die Klischees alle wahr waren. Zugegeben, Riley entsprach nicht in allen Punkten ihrer Wunschvorstellung, aber vielleicht sollte sie ihre Wunschvorstellung überdenken, nicht ihn.

Grinsend sah Riley sie an. »Wie machst du das bloß, Monica? Du tanzt so anmutig und mühelos über das Eis wie eine Schneeflockenfee. Ich bin sprachlos.« Monica dachte fast, sie müsste platzen vor Glück. Sie war eine Frau, die Männer *sprachlos* machte.

Riley stand auf und half einem kleinen Kind, das ebenfalls hingefallen war, auf die Füße. Das kleine Mädchen starrte ihn mit offenem Mund an, als wäre er der Weihnachtsmann höchstpersönlich. Selbst kleine Kinder schienen seinem Charme nicht widerstehen zu können.

Es war schon fast zehn Uhr abends, als Monica und Riley wieder vor dem Café standen. Monica wusste, dass sie erledigen sollte, was sie vorhin liegen gelassen hatte. Aber sie schwamm noch immer in einer mitreißenden Welle aus Spontaneität, was sich beinahe wie ein zeitweiliger Ausflug in den Wahnsinn anfühlte.

Sie knipste das Licht im Café an und sah wieder diese Postkarte hinter dem Tresen. Entschlossen drehte sie sich um, um Riley zur Rede zu stellen.

»Riley, warum bist du neulich Abend so plötzlich verschwunden?«, fragte sie, bemüht, nicht allzu vorwurfsvoll zu klingen. »Habe ich irgendwas Falsches gesagt oder getan?«

»Himmel, nein. Bitte, denk doch so was nicht«, widersprach Riley. Und sie glaubte ihm. Riley war viel zu aufrichtig, um ein überzeugender Lügner zu sein. »Das war bloß alles, ich weiß nicht, ein bisschen viel. Ich habe *Muffensausen gekriegt.*« Betreten guckte er zu Boden und scharrte linkisch mit den Füßen.

Monica konnte das nur zu gut verstehen. Schließlich kriegte sie beim Gedanken an ihre Beziehung – an jede ihrer Beziehungen – auch gleich Muffensausen. Wie sollte sie ihm das verübeln? Im Gegenteil, irgendwie war sie fast erleichtert, dass auch Riley mit seinen Gefühlen zu kämpfen hatte und nicht alles immer Friede, Freude, Eierkuchen war. Vielleicht waren sie sich doch ähnlicher, als sie dachte.

»Wie wäre es mit einem Glühwein?«, fragte sie. Vielleicht würde der Alkohol helfen, die entspannte Atmosphäre von vorhin erneut heraufzubeschwören. Sie ging in die kleine Küche hinter dem Café, schaltete die Gasplatte an und goss eine Flasche Wein in einen großen Topf, dann gab sie Gewürze, Orangen und Nelken dazu. Im Hintergrund hörte sie Riley Musik auflegen. Ella Fitzgerald. Gute Wahl. Sie rührte den Wein gut zehn Minuten, was natürlich nicht annähernd lang genug war, aber heute ließ sie einfach mal fünfe gerade sein und improvisierte.

Mit zwei Gläsern Fast-so-was-wie-Glühwein in der Hand ging

sie nach vorne. Riley nahm ihr beide ab, stellte sie vorsichtig auf einen Tisch, nahm Monica an die Hand und fing an, mit ihr zu tanzen. Gekonnt wich er Tischen und Stühlen aus und wirbelte sie herum, bis er sie nur noch mit den Fingerspitzen festhielt, um sie dann ganz eng an sich heranzuziehen. Arme und Beine, die eben noch getan hatten, was sie wollten, gehorchten ihm nun so gut, dass man fast nicht glauben mochte, dass es derselbe Mann war.

Und wie Monica so durch das Café tanzte, ging ihr plötzlich auf, dass der Angstknoten im Magen, der sonst allgegenwärtig war, plötzlich verschwunden war. Zum ersten Mal, seit sie zurückdenken konnte, fragte sie sich nicht besorgt: *Was nun? Was, wenn? Wo führt das hin? Wo soll das enden?* Oder, ihre allerneueste Sorge: *Wer zum Teufel liest wohl gerade das verflixte Buch, in das ich meine Geschichte geschrieben habe?* Es gab nur eins, was noch zählte, und das waren der Takt der Musik und das Gefühl, in Rileys Armen zu liegen.

Ein Bus fuhr vorbei und beleuchtete kurz den Bürgersteig, und dort, direkt vor dem Schaufenster, stand eine junge Frau mit dem entzückendsten, pummeligsten Baby im Arm, das man sich nur vorstellen konnte. Sie sah fast aus wie eine moderne *Madonna mit Kind.* Das Baby hielt eine Haarsträhne seiner Mutter fest in der kleinen Faust, fast als wolle es, dass sie es niemals wieder losließ.

Für den Bruchteil einer Sekunde trafen sich ihre Blicke, und Monica sah in die Augen der jungen Mutter, in denen eine stumme Anklage zu stehen schien. *Sieh dir nur dein Leben an, so leer und oberflächlich. Das hier, das ist das Einzige, was zählt. Das hier in meinen Armen.*

Und während der Bus weiter in Richtung Putney brummte, wurde der Bürgersteig draußen wieder von der Dunkelheit verschluckt, und die Erscheinung war verschwunden. Womöglich war sie gar nicht da gewesen. Womöglich hatte sie sich das alles nur eingebildet. Womöglich war es ihr Unterbewusstsein, das ihr einflüstern wollte, sie dürfte ihre unerfüllten Träume und Wünsche nicht vergessen. Aber ob die Erscheinung nun echt war oder nicht, der Moment unbeschwerter Fröhlichkeit war unwiederbringlich verloren.

Alice

Es war beinahe elf Uhr abends, und Alice trottete mit Bunty im Buggy die Straßen entlang in der verzweifelten Hoffnung, sie möge doch bitte, bitte endlich einschlafen. Es schien zu funktionieren, denn das gellende Geschrei war langsam zu einem leisen Schniefen verebbt, und in der letzten Viertelstunde war herrliche, friedvolle Stille eingekehrt. Alice drehte um und wollte sich auf den Heimweg machen. Sie brauchte unbedingt ein bisschen Schlaf. Wer hätte gedacht, dass einmal der Tag kommen würde, an dem sie sich mehr als alles andere auf der Welt – mehr als Geld, Sex, Ruhm oder wenigstens die neuesten Manolo Blahniks – wünschte, ausnahmsweise acht Stunden am Stück durchzuschlafen.

Alice kam gerade an einem ihrer Lieblingscafés vorbei – wie hieß es noch gleich? Daphne's? Belinda's? Irgendwas Altmodisches – als sie abrupt stehen blieb. Drinnen brannte Licht, und sie sah zwei Menschen, die um die Tische tanzten wie eine unmöglich perfekte Szene aus einer schnulzigen Hollywood-Schmonzette.

Alice wusste, dass sie lieber weitergehen sollte, aber ihre Füße waren wie festgewachsen. Wie gebannt starrte sie aus der schützenden Anonymität des dunklen Bürgersteigs nach drinnen ins Café, wo der Mann die Frau in seinen Armen mit einem derart liebevollen, zärtlichen Blick anschmachtete, dass sie fast in Tränen ausgebrochen wäre.

Ganz am Anfang hatte Max sie angeschaut, als sei sie eine Märchenprinzessin und er könne sein unverschämtes Glück kaum fassen. Aber so hatte er sie schon lange nicht mehr angeguckt. Sie vermutete, wenn man die Liebe seines Lebens erst mal in den Wehen gesehen hatte, mit dem ganzen Gebrüll, dem Schweiß, dem Reißen und den vielen Körperflüssigkeiten, betrachtete man sie nachher mit anderen Augen. Sie hatte zu ihm gesagt, er solle lieber »am Kopfende« bleiben, aber er hatte darauf bestanden, verfolgen zu wollen, wie sein Erstgeborenes das Licht der Welt erblickte, was im Nachhinein betrachtet fraglos ein unverzeihlicher Fehler gewesen war. Und als sei das noch nicht schlimm genug gewesen, hatten sie auch noch eine zweite Hebamme dazurufen müssen, die sich um Max kümmerte, nachdem er umgekippt war und sich den Kopf am Laborwagen aufgeschlagen hatte. Erst gestern hatte er ihre Hämorrhoidencreme mit der Zahnpasta verwechselt. Kein Wunder, dass ihrer Beziehung die Romantik abhandengekommen war.

Alice war sich sicher, die junge Frau in dem Film, der da hinter der Scheibe lief, hatte kein kleines Baby, keine Dehnungsstreifen, keine Hämorrhoiden. Sie war frei, ungebunden, unabhängig. Die Welt lag ihr zu Füßen. Und dann, fast wie eine Mahnung, dass Alice all das nicht mehr war, begann Bunty, jäh vom plötzlichen Stillstand des Buggys aus dem Schlaf gerissen, in den höchsten Tönen zu kreischen.

Alice nahm Bunty, wickelte sie in ihre Brora-Kaschmirdecke und wünschte sich ausnahmsweise ein anderes Gefühl als Entnervtsein herbei. Und als reichte das alles noch nicht, krallte Bunty sich zu allem Überfluss auch noch mit den kleinen Fäusten in Alice' Haare und zog die Strähnen so fest zu ihrem Mund, dass sie ihrer Mutter die Haare fast mit der Wurzel ausriss. Dann fuhr ein Bus vorbei und beleuchtete die ganze Szenerie, und just in diesem Augenblick schaute die Frau im Café auf und sah Alice mitleidig an. *Armes Ding*, schien sie zu sagen, *wünschtest du nicht, du könntest mit mir tauschen?*

Und wie sie sich das wünschte!

Alice' unruhige Nacht war von Träumen durchzogen, durch die das Paar aus dem Café tanzte. Aber in ihren Träumen war sie die tanzende Frau, und jemand anders – wer, wusste sie nicht – sah ihr dabei zu. Alice schüttelte den Kopf und versuchte, das Bild aus ihrem Kopf zu vertreiben, damit sie sich konzentrieren konnte. Schließlich hatte sie zu tun. Das Einzige, was sie damit erreichte, war allerdings, dass ihr der weihnachtliche Kopfschmuck verrutschte.

Alice und Bunty trugen je ein Rentiergeweih auf dem Kopf. Alice drehte Bunty so, dass sie sich Nase an Nase anschauten. Buntys rundliches Gesicht mit dem strahlenden, zahnlosen Lächeln war mitten im Bild, aber von Alice sah man nur die goldenen honigblonden Highlights (von @danieldoeshair) und einen kleinen Ausschnitt ihres Profils. Alice drückte ein paarmal auf den Auslöser, damit bestimmt ein brauchbares Bild dabei war.

Bunty hieß eigentlich Amelie, aber in den Tagen nach ihrer Geburt, als sie sich einfach nicht auf einen Namen hatten einigen können (als sie sich ehrlich gesagt auf überhaupt nichts hatten einigen können), hatte sie diesen Spitznamen bekommen, und irgendwie war er hängen geblieben. @babybunty hatte inzwischen beinahe genauso viele Follower wie @aliceinwonderland.

Alice lud die besten Fotos auf Facetune hoch, um sie zu bearbeiten. Sie weißte das bisschen, was von ihrem Auge zu sehen war, retuschierte die dunklen Ringe darunter und radierte sämtliche kleinen Fältchen aus ihrem Gesicht. Bunty, aus deren Instagram-Feed sich nicht im Leisesten erahnen ließ, dass sie unter Babyakne und Milchschorf litt, wurde derselben Beauty-Behandlung unterzogen. Dann legte Alice noch einen Filter darüber, tippte »Bald ist Weihnachten!« und fügte ein paar weihnachtliche Emojis und die üblichen Mami- und Fashion-Blogger-Hashtags hinzu, markierte @babydressesup, die ihr die Rentiergeweihe zur Verfügung gestellt hatten, und drückte auf »Teilen«. Dann legte sie das Handy mit dem Display nach unten auf den Tisch und wartete fünf Minuten. Danach drehte sie es um und schaute nach, wie viele Likes ihr Post bekommen hatte. 547 in der kurzen Zeit. Der würde gut laufen. Mami-Baby-Bilder gingen eigentlich immer.

Bunty fing an zu kreischen, woraufhin Alice prompt die Milch in die linke Brust einschoss und über ihr T-Shirt troff. Sie hatte sich gerade erst angezogen, und das war ihr letztes sauberes Oberteil. Durch den Schlafmangel fing sie an zu dissoziieren, als sei ihr Leben nur ein Film und sie eine unbeteiligte Zuschauerin. Ihr war zum Heulen. Ihr war oft zum Heulen.

Alice zuckte zusammen, als Bunty mit den harten kleinen Kiefern wie eine Schraubzwinge an ihre wunde, rissige Brustwarze andockte. Sie musste an das idyllische, fast schon künstlerische Stillfoto denken, das sie gestern auf @babybunty gepostet hatte. Mittels Licht, Kamerawinkel und Filter waren Blasen, Schmerz und Tränen wie weggeblasen. Wie konnte ein so natürlicher Vorgang, wie das eigene Kind zu stillen, nur so *schauderhaft* sein? Wieso hatte sie vorher niemand gewarnt?

Manchmal war sie kurz davor, der Gemeindehebamme an die Gurgel zu gehen, mit ihrem blöden Bändchen um den Hals, an dem ihr Fotoausweis baumelte und auf dem rundum in einer Endlosschleife BRUST STATT FLASCHE BRUST STATT FLASCHE stand, ein stumm erhobener Zeigefinger gegen jede Mutter, die auch nur im Traum daran zu denken wagte, womöglich ein Fläschchen anzurühren. Als junge Mutter ausgerechnet die *Hebamme* abmurksen zu wollen, war doch sicher kein gutes Zeichen, oder?

Sie schob den Toast mit pürierter Avocado beiseite, den sie zum Frühstück fotografiert hatte, und griff in den Küchenschrank – Bunty noch an der linken Brust festgesaugt –, um die Notfallpackung Jaffa Cakes herauszuangeln. Gierig riss sie die Packung auf und futterte alle auf einmal. Dann wartete sie darauf, dass der altbekannte Selbsthass sich einstellte. Sieh an, da war er ja, pünktlich wie immer.

Als Bunty schließlich fertig getrunken und einen Mund voll halb verdauter Milch auf die andere Seite von Alice' T-Shirt gespuckt hatte, kramte Alice in dem Berg Babysachen von ihrem Sponsor @babyandme nach einem neuen Outfit. Sie musste noch einen Baby-Weihnachtspost teilen, ehe es zu spät für Weihnachtsbestellungen war. Rasch fischte sie einen zuckersüßen zweireihigen Tweedmantel mit passendem Hut und Stiefelchen heraus. Das würde gehen.

Jetzt musste Alice mit Bunty nach draußen. Draußen würde der Mantel besser zur Geltung kommen, und Alice' kleines Reihenhäuschen war so vollgestopft mit Kartons, Spielsachen, Wäschebergen und schmutzigem Geschirr, das sich in der Spüle stapelte, dass es als Bildhintergrund nicht taugte. @aliceinwonderland lebte in einem makellos aufgeräumten, geschmackvoll eingerichteten Zuhause, um das sie alle beneideten. Und außerdem war Spazierengehen an der frischen Luft doch das, was junge Mütter mit ihren Babys machten, oder nicht? Es war *markengerecht*.

Sie konnte sich einfach nicht aufraffen, schon wieder ein sauberes Oberteil herauszusuchen, also zog sie einen Mantel über die Babykotze und die Milchflecken. Hoffentlich kam ihr niemand so nahe, dass er es riechen konnte. Sie setzte das Geweih ab und zog sich stattdessen eine Wollmütze mit lustigem Pompon (von @ilovepompoms) über die fettigen Haare. Dann musterte sie sich im Flurspiegel. Wenigstens würde sie in diesem

Aufzug niemand erkennen. Sie nahm sich vor, sich ein bisschen zurechtzumachen, ehe Max nach Hause kam. Ein Mann wie Max legte Wert auf ein gepflegtes Äußeres. Bevor sie Eltern geworden waren, hatte er sie nie anders als perfekt geschminkt, frisch frisiert und glatt gewachst erlebt. Das war in letzter Zeit alles ein bisschen zu kurz gekommen.

Danach brauchte Alice gefühlt mehrere Stunden, um eine übergroße Wickeltasche nur mit dem Nötigsten zu packen – Spucktuch, Feuchttücher, Schutzcreme, Stilleinlagen, Windeln, Zahnungsgel, Rassel und Dudu (ihr Lieblingsplüschhase). Seit Buntys Geburt vor vier Monaten kam ihr jeder Schritt vor die Tür wie eine Everest-Expedition vor. Sehnsüchtig dachte sie an die noch nicht allzu ferne Vergangenheit, als sie im Rausgehen nur rasch Schlüssel, Geld und Handy in die Jeanstasche gesteckt hatte.

Als Bunty schließlich fertig angezogen und in ihren Bugaboo gegurtet war, bugsierte Alice den Kinderwagen rückwärts die Treppe hinunter zur Straße. Bunty fing an zu weinen. Sie konnte doch unmöglich schon wieder hungrig sein?

Früher war Alice der felsenfesten Überzeugung gewesen, als Mutter würde sie das Geschrei ihres Kindes sofort richtig deuten können. Sie hatte keine Sekunde daran gezweifelt, Hunger und Müdigkeit, Unbehagen und Langeweile voneinander unterscheiden zu können. Aber schnell hatte sie einsehen müssen, dass Buntys Geschrei immer nur einen Grund zu haben schien: maßlose Enttäuschung. *So hatte ich mir das nicht vorgestellt*, schien sie in die Welt hinauszubrüllen. Alice konnte das nur zu gut verstehen. Ihr ging es nicht anders. Sie marschierte ein bisschen schneller, in der Hoffnung, das sanfte Schaukeln des Kinderwagens würde Bunty besänftigen, ohne dass sie gleich einschlief. Schließlich mussten sie zuerst noch ein Foto machen.

Alice steuerte den kleinen Spielplatz im Park um die Ecke an.

Dort konnte sie Bunty auf eine Schaukel setzen, damit der Mantel gut zur Geltung kam. Und Bunty liebte das Geschaukel, also würde sie hoffentlich ausnahmsweise mal lächeln. Wenn sie wie sonst meistens finster die Stirn runzelte, erinnerte sie frappierend an Winston Churchill. Mit so einem verkniffenen Gesicht würde sie Heerscharen von Followern verlieren.

Wie Alice sich wünschte, ihre alten Schulfreundinnen und Kommilitoninnen hätten auch schon Kinder. Dann hätte sie wenigstens jemanden zum Reden, dem sie erzählen konnte, wie ihr wirklich zumute war. Dann wüsste sie endlich, ob sie die Einzige war, die Mutter zu sein so schwer, so kräftezehrend, so anstrengend fand. Aber ihre Freundinnen hielten sich mit sechsundzwanzig allesamt noch für viel zu jung für ein Kind. Warum um alles in der Welt hatte Alice nicht auch noch ein Weilchen gewartet? Sie hatte es so eilig gehabt, ihren großen Lebenstraum zu verwirklichen: gut aussehender, vermögender Mann, viktorianisches Reihenhäuschen im schicken Teil von Fulham, entzückendes, putzmunteres Baby. Sie lebte den Traum vieler Frauen, oder etwa nicht? Ihre Follower schienen das jedenfalls genauso zu sehen. Alice kam sich unbeschreiblich undankbar vor.

Der Spielplatz war leer, aber die Schaukel nicht. Darauf lag ein Notizbüchlein. Alice schaute sich nach jemandem um, der es dort vergessen haben könnte. Sie nahm das schmale Büchlein – es sah fast aus wie das Heft, in das sie Buntys Stillzeiten notiert hatte: *5:40 Uhr, zehn Minuten linke Brust, drei Minuten rechte Brust.* Sie hatte versucht, feste Zeiten zum Stillen einzuführen, wie von vielen Experten empfohlen. Lange war das nicht gut gegangen. Letztendlich hatte sie das Heftchen in einem Wutanfall in die Windeltonne gepfeffert, war es doch bloß stummes Zeugnis ihres vollständigen Versagens.

Vorne auf ihr Heft hatte sie *Buntys Stilltagebuch* geschrieben und ein Herzchen um *Bunty* gemalt. Auf diesem hier stand, allerdings in sehr viel schönerer Handschrift als ihrer: *Projekt Aufrichtigkeit*. Alice fand, dass sich das irgendwie nicht schlecht anhörte. Aufrichtigkeit klang sehr nach Authentizität. Bei ihrer Marke (ihren *Marken*, korrigierte sie sich, Bunty gehörte ja nun auch dazu) drehte sich alles um Authentizität. *Authentische Mode für authentische Mütter und ihre Kinder. (Smiley)*

Alice schlug das Heft auf und wollte gerade die ersten Zeilen lesen, da fing es unvermittelt an zu regnen. Mist. Jetzt weinte sogar schon der *Himmel*, verdammt. Dicke fette Tropfen ließen die Tinte verlaufen. Rasch tupfte sie das Blatt mit dem Ärmel trocken und verstaute das Büchlein zwischen Windeln und Feuchttüchern in ihrer Tasche, damit es nicht nass wurde. Sie konnte sich später noch in Ruhe überlegen, was damit zu tun war. Zuerst musste sie schleunigst nach Hause, ehe sie beide pudelnass wurden.

Julian

Julian war recht angetan von seinem neuen Tai-Chi-Anzug. Den hatte er online bestellt. Die ersten neuen Anziehsachen seit Mary. Jetzt, wo er wusste, wie einfach und bequem Onlineshopping ging, hatte er sich auch gleich neue Unterhosen und Socken en gros bestellt. Es war dringend an der Zeit. Vielleicht sollte er Riley bitten, seine abgetragene Unterwäsche auf eBay zu verkaufen. Das dumme Gesicht würde er gerne sehen. Geschähe ihm nur recht, schließlich hatte er sein Ankleidezimmer plündern wollen.

Julian hatte sich für den Rentner-Ninja-Look entschieden, von Kopf bis Fuß in Schwarz. Weite Hose und lockeres Hemd mit weiten Ärmeln, vorne mit Tressen. Mrs Wu (es fiel ihm selbst in Gedanken schwer, sie Betty zu nennen) hatte sich tief beeindruckt gezeigt. Man hatte es ihr angesehen. Sie hatte die Augenbrauen so weit nach oben gezogen, dass sie sich ganz kurz nicht mehr in der Mitte trafen.

Julian und Mrs Wu machten gerade ihre üblichen Aufwärmübungen. Er war, so fand er, längst nicht mehr so steif und wacklig auf den Beinen und viel beweglicher als noch vor zwei Wochen, als Mrs Wu das erste Mal vor dem Tor gestanden hatte. Immer hatte sie eine Tüte mit Sämereien dabei, die sie vor Übungsbeginn verstreute, sodass sie stets von emsig pickenden, leise zwitschernden Vögeln umgeben waren.

»Es ist gut, nahe zu sein an der Natur«, hatte sie erklärt. »Und ist gutes Karma. Die Vögel frieren, haben Hunger. Wir füttern sie, sie sind froh, wir sind froh.« Manchmal, wenn er sich nach vorne beugte, die Arme hinter sich, genau wie Mrs Wu es vormachte, sah er die Vögel auf die Samen herniederstoßen, und es war ihm fast, als ahmten auch sie die Übungen nach. »Spüren Sie Ihre Ahnen, Julian?«

»Nein, wieso? Sollte ich?«, fragte er verdattert. Wo sollten sie denn sein, und wie genau sollte er sie spüren? Ein unangenehmer Gedanke. Er schaute sich um, fast als erwartete er, Papa auf der Bank sitzen zu sehen, wie er ihn durch die Lesebrille missbilligend musterte. »Sie spüren hier«, sagte sie und schlug sich mit der Faust fest auf die Brust. »In Ihrer Seele.«

»Wie sind wir nur so alt geworden?«, fragte Julian, um das Gespräch auf ein weniger verfängliches Thema zu lenken. Er hörte seine Knie aus Protest laut knacken. »Innerlich bin ich immer noch einundzwanzig, aber dann sehe ich meine Hände, faltig und altersfleckig, und es kommt mir vor, als wären es gar nicht meine. Gestern habe ich in Monica's Café den Handtrockner benutzt, und meine Haut hat *sich gewellt.*«

»In diesem Land alt werden ist nicht gut«, stellte Mrs Wu fest. Julian hatte längst herausgefunden, dass das ihr liebstes Gesprächsthema war. »In China man begegnet Alten mit Respekt für ihre Weisheit. Sie haben lange gelebt, viel gelernt. In England Alte sind nur Last. Sie werden verstoßen von ihrer Familie, in Heime gesteckt. Wie im Gefängnis. Meine Familie würde mir niemals antun. Würden sie nicht wagen.«

Das glaubte Julian ihr nur zu gerne. Wobei er nicht wusste, ob er tatsächlich weise war oder im Leben so viel gelernt hatte. Er fühlte sich nicht viel anders als damals mit Mitte zwanzig, weshalb er sich jedes Mal fast zu Tode erschreckte, wenn er in den Spiegel schaute.

»Sie haben eine wunderbare Familie, Mrs Wu«, sagte er, hob das rechte Bein nach vorne und streckte die Arme seitlich aus.

»Betty!«, entgegnete sie finster.

»Baz, ich meine Biming, ist wirklich ein netter Junge. Und sein Freund Benji ist auch ganz entzückend.«

Mrs Wu hielt mitten in der Übung inne. »Freund?«, fragte sie verdattert.

Julian ging siedend heiß auf, dass er blind in ein gigantisches Fettnäpfchen gestolpert war. Er war immer davon ausgegangen, Mrs Wu wüsste, dass ihr offenherziger Enkelsohn anders veranlagt war. »Ja, Sie wissen schon, sein Freund. Kumpel. Die zwei verstehen sich prima. Ein Herz und eine Seele. Rein platonisch natürlich. Sie wissen schon.«

Mrs Wu starrte Julian durchdringend an und sagte kein Wort mehr, während sie anmutig in die nächste Position wechselte.

Julian atmete erleichtert auf. Ein Glück, dass er so auf Zack war. Er war viel schneller im Kopf als die meisten anderen Menschen. Nur so hatte er diese brenzlige Situation gerade noch retten können.

Monica

Monica hatte das Café in ein weihnachtliches Winterwunderland verwandelt. Julians Kunstkurs schien eine lange verschüttete kreative Kraft freigesetzt zu haben. Sie hatte einen Weihnachtsbaum in die Bibliothek gestellt und mit traditionellen Glaskugeln und einer schlichten weißen Lichterkette dekoriert. Auf jedem Tisch stand ein Gesteck aus Stechpalmenzweigen und Efeu, und über dem Tresen hing ein dickes Büschel Mistelzweige. Benji verteilte großzügig Küsschen an Männer und Frauen gleichermaßen.

»Flittchen!«, brüllte Baz von Tisch sechs.

»Du willst Schnittchen? Gerne. Schinken oder Käse?«, gab Benji grinsend zurück.

Im Hintergrund dudelte schon den ganzen Tag Weihnachtsmusik. Wenn Monica noch einmal hören musste, wie Bono fragte, ob sie wüssten, dass Weihnachten ist, würde sie Benjis iPad umstandslos ins Spülbecken schmeißen.

Ein schwerer, würziger Glühweinduft zog durch das Café. Es war Heiligabend, und Monica hatte Benji angewiesen, sämtlichen Stammgästen ein Glas zu spendieren. Was Benji zum Anlass genommen hatte, nicht nur Glühwein, sondern auch gleich noch ein bisschen Nettigkeit unter den Gästen zu verteilen: *Sie sehen heute Abend zum ANBEISSEN aus, Mrs Corsellis!* Für die Kinder gab es Schokomünzen, was überall für strahlende Gesichter und schmierige Fingerabdrücke sorgte. Monica musste sich zusammenreißen, um nicht dem überwältigenden Drang nachzugeben, ihnen nachzulaufen und sämtliche klebrigen Fingertatscher mit einem feuchten Tuch wegzuwischen. Eine gute Vorbereitung aufs Kinderkriegen, sagte sie sich. Sie schaute auf die Uhr. Beinahe fünf.

»Benji, ich bringe nur schnell eine Thermosflasche Glühwein auf den Friedhof, wenn das okay ist?«, sagte sie.

»Ich weiß nicht, ob die Leute hier eher Glühwein brauchen«, bemerkte eine Dame in der Warteschlange spitz.

Monica stieg in den Bus und musste grinsen, als sie den Fahrer sah. Er trug eine plüschige Weihnachtsmannmütze. Sie konnte sich nicht daran erinnern, wann sie sich das letzte Mal so auf Weihnachten gefreut hatte. Es war wie Weihnachten früher, vor *diesem einen Weihnachten*, als sie noch zu dritt und eine glückliche kleine Familie gewesen waren.

Auf dem Friedhof angekommen steuerte sie von der Fulham Road aus auf das Grab des Admirals zu und sah, wie Riley ihr vom Earl's Court entgegenging. Er winkte.

»God rest ye merry, gentlemen«, sang er vergnügt, als sie sich fast gleichzeitig auf den Marmorgrabstein setzten. Dann küsste er sie. Ihr wurde ein bisschen schwindlig von diesem hitzigen Kuss, von der Leidenschaft und wohl auch vom Glühwein, den sie getrunken hatte. Sie wusste nicht, wie lange sie so eng umschlungen dagesessen hatten wie der Efeu, der mit rauen Fingern die Grabsteine ringsum umarmte, als sie plötzlich Julians Stimme hörte.

»Ähm, soll ich vielleicht woanders hingehen?« Erschrocken fuhren sie auseinander, und Monica kam sich vor, als hätte ihr Dad sie vor der Schuldisco beim Knutschen erwischt.

»Nein, nein, nein«, versicherte Riley. »Du warst schließlich zuerst hier. Mindestens vierzig Jahre vor uns.«

»Wir haben Glühwein mitgebracht«, rief Monica und schüttelte die Thermosflasche.

»Tja, ich kann nicht behaupten, dass es mich wundert zu

sehen, *wie gut ihr beiden euch versteht.* Ich hatte gleich so ein Gefühl, schon vom ersten Augenblick an, als Riley so unverhofft in meinen Kunstkurs geschneit ist. Wir Künstler sehen Dinge, die andere Menschen nicht sehen. Fluch und Segen zugleich«, seufzte er mit theatralischem Timbre in der Stimme wie ein Shakespeare-Schauspieler in einem großen Drama. »Also, wenn sich da nicht ganz trefflich eins zum anderen fügt! Und das gerade, als ich dachte, Weihnachten könne gar nicht mehr besser werden.«

Monica schenkte jedem einen Becher Glühwein ein und war heilfroh, heute keinen Baileys trinken zu müssen. Der mochte zwar Marys Lieblingsgetränk gewesen sein, aber er war so klebrig-süß, dass sie fast zu spüren glaubte, wie ihre Zähne sich schon beim Trinken auflösten. »Frohe Weihnachten, Mary«, sagte sie und schämte sich ein wenig ihrer nicht so netten Gedanken.

»Frohe Weihnachten, Mary!«, riefen die anderen im Chor.

»Gute Nachrichten von der eBay-Front, Julian«, verkündete Riley. »Wir haben insgesamt beinahe tausend Pfund eingenommen. Deine Rumpelkammer ist eine Goldmine.«

»Gute Arbeit, junger Mann«, entgegnete Julian erfreut. »Dann kann ich ja jetzt online shoppen. Ich habe eine grandiose Website entdeckt – sie nennt sich Mr Porter. Da findet man alles für den modebewussten Gentleman. Solltest du dir auch mal ansehen.«

»Ich bleibe lieber bei Primark, danke, Julian. Ist mehr meine Preisklasse.«

»Julian, ich muss wieder zurück ins Café und Benji helfen, für heute zuzumachen«, sagte Monica. »Aber wir sehen uns dann morgen Vormittag um elf.«

»Ich bringe dich hin, Monica«, erbot sich Riley, was ihm ein vielsagendes Augenzwinkern von Julian einbrachte, das bei jedem anderen alten Herrn lächerlich deplatziert gewirkt hätte.

Gemeinsam gingen sie die Fulham Road hinunter. Riley hatte

Monica den Arm um die Schultern gelegt. London war bereits feiertäglich verlassen und die Straßen gespenstisch still. Jeder Passant, der jetzt noch unterwegs war, erzählte eine eigene Geschichte – der Mann, der in allerletzter Minute noch ein paar Geschenke besorgte, die Mutter, die ihre Kinder nach Hause scheuchte, um noch schnell ein paar Kleinigkeiten für die Weihnachtsstrümpfe am Kamin einzupacken, die Horde junger Männer, die nach einem ausgedehnten Vorweihnachtslunch ins Büro zurückstolperte.

Monica wusste nicht, wann sie das letzte Mal so entspannt gewesen war. Sehr zu ihrem eigenen Erstaunen machte ihr der Gedanke gar nichts mehr aus, dass Riley bald aus London weggehen würde. Es machte ihr nichts aus, nicht zu wissen, woran sie bei ihm eigentlich war. Irgendwie gelang es ihr, sämtliche Sorgen und Ängste, als vertrocknete alte Jungfer zu enden und als Ladenhüter im Regal zu verstauben, im Ordner »Unerledigt« abzulegen. Es zählte nur dieser perfekte Moment: ihr Kopf an seiner Schulter, ihre federnden Schritte auf dem Bürgersteig im Takt zu den Weihnachtsliedern, die aus einem Pub schallten. Sie beglückwünschte sich insgeheim dazu, ein wahrer Achtsamkeitsguru geworden zu sein.

»Monica«, murmelte Riley ungewohnt unsicher, »ich hoffe, du weißt, wie sehr ich dich mag.« Monicas Magen schlug einen Purzelbaum, als säße sie in einer Achterbahn – Glück und Angst so untrennbar miteinander verwoben, dass sie nicht wusste, wo das eine endete und das andere begann.

»Riley, das klingt nach der Stelle im Roman, an der der Held der Heldin gesteht, dass zu Hause Frau und Kinder auf ihn warten«, sagte sie leichthin, damit es wie ein Witz klang. Das konnte doch nicht sein, oder?

»Haha! Nein, natürlich nicht. Ich wollte bloß, dass du es weißt, weiter nichts.«

»Also, ich mag dich jedenfalls auch sehr.« Es schien ihr ein guter Augenblick für die Worte, die ihr schon eine Weile auf der Zunge brannten. Stundenlang hatte sie geübt, damit es ganz lässig und beiläufig klang. Sie hatte sich dabei sogar mit dem iPhone aufgenommen und anschließend abgehört. Himmel, hatte sie daran gedacht, die Sprachnotiz wieder zu löschen? »Möchtest du heute Abend bei mir übernachten, wo du ja morgen sowieso wieder herkommst? Falls es dir nichts ausmacht, dass ich dauernd herumlaufe und den Truthahn stopfe und Kartoffeln schäle.«

Riley zögerte nur einen Wimpernschlag zu lange. Lange genug, dass sie sich denken konnte, was jetzt kam. »Liebend gerne, aber ich habe meinen Mitbewohnern versprochen, heute Abend mit ihnen zu feiern, weil ich ja morgen nicht da bin. Tut mir echt leid.«

Im Hinterkopf hörte Monica eine altbekannte Stimme höhnisch nölen: *Er steht einfach nicht auf dich.* Sie zerquetschte sie wie eine lästige Schmeißfliege. Sie würde sich die gute Laune unter gar keinen Umständen verhageln lassen. Morgen würde der perfekte Weihnachtstag werden.

Alice

Was Alice sich am sehnlichsten zu Weihnachten wünschte, war auszuschlafen. Ausnahmsweise. Nur bis sieben. Aber da spielte Bunty nicht mit. Um fünf war sie aufgewacht und hatte lautstark Essen und Aufmerksamkeit verlangt. Weil sie fürchtete, ihre Milch könne vom Vorabend noch zu alkoholisch sein, musste Alice ein Fläschchen anrühren, was Bunty zutiefst verabscheute. Und dann würde sie abpumpen und die Milch wegkippen müssen. Was war sie nur für eine Mutter? So verantwortungslos, dass sie nicht mal ihr eigenes Kind anständig versorgen konnte. In der Küche sah es aus wie nach mehrtägigen Krawallen in einem Spielzeugladen. Eigentlich hatte Alice vorm Zubettgehen alles aufräumen und schon mal das Gemüse fürs Weihnachtsessen vorbereiten wollen, aber nach dem schlimmen Streit mit Max hatte sie dafür keine Nerven mehr gehabt. Sie kramte im Schrank nach den Kopfschmerztabletten, als könne sie damit nicht nur den Kater, sondern auch die Erinnerung an den Streit betäuben.

Max war spät nach Hause gekommen und augenscheinlich nicht mehr ganz nüchtern. Er hatte sein Team zu einem opulenten Mittagessen eingeladen, das nahtlos in einen feuchtfröhlichen Nachmittag übergegangen war. Als er schließlich aufkreuzte, war sie hundemüde und sich zudem ziemlich sicher, alle Anzeichen einer beginnenden Mastitis zu haben: entsetzlich schmerzempfindliche, steinharte Brüste und leichtes Fieber. Sie googelte die Symptome und las, gekühlte Kohlblätter im Still-BH hätten eine entzündungshemmende, schmerzlindernde Wirkung. Aber sie konnte nicht selbst einkaufen gehen und Kohlblätter besorgen, ohne Bunty, die nach einer gefühlten Ewigkeit, dem Himmel sei Dank, tief und fest eingeschlafen war, aus ihrem friedlichen Schlummer zu reißen. Also hatte sie, als er dann da war, Max gebeten, für sie in den Supermarkt zu gehen und Kohl zu besorgen.

In den Stunden, die, wie es ihr schien, vergingen, bis er endlich zurückkam, köchelte Alice vor Wut leise vor sich hin, weil er sich einen schönen Tag gemacht hatte, während sie bis unters Kinn in Windeln und Feuchttüchern gestanden hatte. Und dann schleppte er doch allen Ernstes eine Tüte *Rosenkohl* an! Und erklärte, weil Heiligabend war, hätten die meisten Läden schon geschlossen oder seien völlig leer gekauft.

»Was soll ich denn verdammt noch mal mit *Rosenkohl*, kannst du mir das mal verraten? Mit diesen kleinen, nutzlosen Blättchen?«, hatte sie ihn außer sich angeschrien.

»Ich dachte, du willst das Zeug *essen*. Essen Weihnachten nicht alle immer Rosenkohl? Ist doch schon fast verpflichtend«, hatte er, wie sie zugeben musste, nicht ganz zu Unrecht entgegnet, während er sich unter der Tüte mit dem Gemüse des Anstoßes duckte, die sie ihm aufgebracht an den Kopf zu schleudern versuchte. Die Tüte verfehlte ihr Ziel nur um Haaresbreite, um dann wie Schrapnell an der Wand zu zerschellen und dabei eine gerahmte Collage mit Buntys besten Babyfotos von ihrer Instagram-Seite mit in den Abgrund zu reißen.

Alice hatte daraufhin eine Flasche Wein und eine Schachtel After Eight aus dem Kühlschrank geholt (eigentlich für den Weihnachtstag gedacht) und hatte beides in Rekordgeschwindigkeit vernichtet. Dabei hatte sie durch ihre Social-Media-Accounts gescrollt und düster gedacht: *Dem habe ich es aber gezeigt.*

Erst jetzt ging ihr auf, dass sie es ihm überhaupt nicht gezeigt hatte. Zumindest nicht das, was sie ihm hatte zeigen wollen. Das

Einzige, was sie davon gehabt hatte, war, nachts um drei ausgedörrt und in Sauvignon-Schweiß gebadet aus dem Schlaf zu schrecken. Danach hatte sie sich zwei Stunden lang rast- und ruhelos hin- und hergewälzt und sich im Stillen selbst angeschrien. Und dann hatte Bunty in ihr Geschrei eingestimmt und sie ebenfalls angeschrien, allerdings sehr laut.

Max kam in die Küche, drückte ihr einen Kuss auf den Kopf (den sie immer noch in den Händen vergraben hatte) und sagte: »Frohe Weihnachten, mein Schatz.«

»Frohe Weihnachten, Max«, erwiderte sie, so fröhlich sie nur konnte.

»Du, könntest du dich nicht vielleicht eine Weile um Bunty kümmern, und ich lege mich noch ein Stündchen hin?«

Max guckte sie mit einem derart namenlosen Entsetzen in den Augen an, als hätte sie gerade vorgeschlagen, die ältlichen Nachbarn von nebenan zu einer Swinger-Session einzuladen. »Du weißt, unter anderen Umständen würde ich das natürlich gerne machen, Schatz.« Nein, wusste sie nicht. »Aber meine Eltern kommen bald, und wir haben noch *viel zu tun.*« Eine vorwurfsvolle Feststellung, die vor Schuldzuweisungen nur so triefte und begleitet wurde von vielsagenden Blicken in Richtung Spielzeugberge, überquellende Spüle, Mülleimer und ungeschälte Kartoffeln.

»Wenn du *wir* sagst, Max, heißt das dann, dass du mir hilfst?«, fragte Alice, um einen neutralen Ton bemüht. Sie wollte am Weihnachtsmorgen nicht gleich wieder einen Streit vom Zaun brechen.

»Aber natürlich, meine Süße! Ich muss nur eben noch ein paar blöde Kleinigkeiten für die Arbeit erledigen, dann stehe ich ganz zu deiner Verfügung. Ach, übrigens, du ziehst dir doch sicher noch was Hübscheres an, ehe meine Eltern kommen, oder?«, fragte er.

»Selbstverständlich«, entgegnete Alice, die nichts dergleichen vorgehabt hatte. Während Max im Arbeitszimmer verschwand, wünschte sie sich, sie könne genauso einfach in ein neues Leben schlüpfen wie in ein neues Kleid.

Alice band sich Bunty in einem Babytragetuch um, damit die Kleine zufrieden und glücklich war, während ihre Mutter herumwuselte und aufräumte und putzte und das Essen für die Schwiegereltern vorbereitete. Alice hatte nichts gegen Max' Mutter (zumindest nichts Wirkungsvolles), aber Valerie hatte gewisse *Standards*. Sie übte selten offen Kritik, aber innerlich, das wusste Alice, brodelte sie vor unausgesprochenen Vorhaltungen. Umso heftiger, weil sie unter Verschluss blieben. Ihre Schwiegermutter hatte es nie verwinden können, dass Alice in einer Sozialwohnung am Stadtrand von Birmingham aufgewachsen war, mit einer alleinerziehenden Mutter, die in der Schulmensa arbeitete.

Alice' Vater hatte die Familie verlassen, als ihr jüngster Bruder noch ein kleines Baby war. Bei ihrer Hochzeit hatte Valerie im lavendellila Hosenanzug kerzengerade und stocksteif in der Bank gesessen und mit einem Gesicht wie eine Dörrpflaume immer wieder verstohlene Seitenblicke auf die andere Seite des Ganges zu Alice' Familie geworfen. Sie hatte sich für ihren Sohn etwas Besseres gewünscht. Sie hatte die Latte so hoch gehängt, dass Alice, ihrer makellos gepflegten Erscheinung, den tadellosen Manieren und der glockenklaren Aussprache zum Trotz, nie ihren Ansprüchen genügen würde, weshalb Alice meist nichts anderes übrig blieb, als dagegen anzutrinken.

Doch dafür war Max blind. In seinen Augen war seine Mutter eine Heilige, über jede Kritik erhaben.

Nach zwei Stunden hektischer Betriebsamkeit war die Küche vorzeigbar und das Mittagessen in Arbeit. Vermutlich würde es nicht ganz pünktlich fertig werden, aber gegen drei sollten sie essen können. Alice hingegen war alles andere als vorzeigbar. Die Haare hatte sie ungewaschen oben auf dem Kopf zu einem unordentlichen Dutt zusammengebunden, ihrem Gesicht sah man die Ausschweifungen des Vorabends mit Wein und Schokolade und den Schlafmangel überdeutlich an, und ihr Post-Babybauch quoll, mit freundlicher Unterstützung mehrerer Packungen Jaffa Cakes, über den Bund ihrer Yogahose.

Ohne anzuklopfen, marschierte sie in Max' Arbeitszimmer, wobei ihr nicht entging, wie er hastig den Laptop zuklappte. Hatte er etwas vor ihr zu verbergen? Umstandslos setzte sie ihm Bunty auf den Schoß und ging dann aus dem Zimmer, um zu duschen.

Alice hatte angenommen, ein gemeinsames Kind würde Max und sie einander näherbringen. Würde ihrem Leben neuen Sinn geben. Wie ein großes gemeinsames Abenteuer. Tatsächlich schien Bunty seit ihrer Geburt einen Keil zwischen sie zu treiben.

Alice musste an den eilig geschlossenen Laptop denken, die vielen spätabendlichen Meetings und das immer tiefere Schweigen zwischen ihnen. Hatte er womöglich eine andere? Und wenn es so wäre, wäre das *wirklich* so schlimm? Zumindest bräuchte sie dann kein schlechtes Gewissen mehr zu haben, wenn sie wieder mal so tat, als sei sie nicht mehr wach oder habe Migräne, nur um nicht mit ihm schlafen zu müssen. Aber allein beim Gedanken daran kriegte sie vor Panik keine Luft mehr. Sie kam sich ohnehin schon vor wie ein Mängelexemplar, unsexy und überhaupt nicht liebenswert. Sollte Max diesen schrecklichen Verdacht bestätigen, das wäre zu viel für sie. Und was, wenn er die Scheidung wollte? Sie könnte es nicht ertragen, ihr perfektes Leben aufgeben zu müssen, für das sie so hart gearbeitet hatte und das Tausende vom Glück weniger verwöhnte Frauen dazu trieb, ihre Instagram-Fotos zu liken.

Schluss jetzt, Alice. Das sind bloß die Hormone. Alles wird gut, sagte sie sich streng, während das Wasser aus der Powerdusche auf ihre müde Haut prasselte.

Erst viel später ging Alice auf, dass ihr bei aller Sorge, Max könne sie verlassen, kein einziges Mal der Gedanke gekommen war, er würde ihr fehlen. Denn das würde er natürlich.

Julian

Julian ließ sich heute ganz besonders viel Zeit bei der Auswahl seiner Garderobe, schließlich war es ein *ganz besonderer* Tag. Er hatte sich für ein Outfit seiner alten Freundin Vivienne Westwood entschieden (vielleicht sollte er sich mal wieder bei ihr melden; sie dachte sicher, er sei längst tot) – ein eleganter Kilt mit passendem Jackett in kontrastierenden Schottenmustern mit asymmetrischen Säumen. Wenn man an Weihnachten nicht Vivienne Westwood trug, wann dann? Im Radio lief gerade »Fairytale Of New York« von den Pogues, und Julian sang mit, über verflossene Liebe und den Traum, jemand zu sein.

Julian *war* ein Jemand gewesen und dann ein Niemand geworden. Heute fühlte er sich endlich wieder wie jemand. Jemand, der an Weihnachten zum Essen eingeladen wurde, immerhin. Einem Essen mit *Freunden*. Sie waren doch Freunde, oder nicht, richtig echte? Monica hatte ihn nicht bloß aus Mitleid eingeladen oder aus Pflichtgefühl, da war er sich ganz sicher.

Er musste an das erste Weihnachten nach Mary denken, als er gar nicht gemerkt hatte, dass Weihnachten war, bis er irgendwann nachmittags den Fernseher eingeschaltet hatte. All die festliche Fröhlichkeit hatte ihn wieder ins Bett getrieben, mit einer nicht aufgewärmten Dose Baked Beans, einer Gabel und schuldbewusstem Bauchgrimmen.

Vor dem großen Spiegel im Ankleidezimmer probierte er eine seiner Tai-Chi-Posen. Er sah aus wie ein durchgeknallter Highlander. Julian ging ins Wohnzimmer, wo seine Geschenke für Monica, Riley, Benji, Baz und Mrs Wu auf dem Couchtisch bereitlagen und nur darauf warteten, endlich eingepackt zu werden. Es dauerte ein bisschen länger als gedacht, weil seine ungeschickten Finger ein heilloses Schlamassel mit dem Klebeband anrichteten. Er versuchte, es zu entwirren, indem er es mit den Zähnen packte, aber damit klebte er sich bloß die Lippen an die Hände.

Gerade als Julian auf die Fulham Road hinaustrat, sah er Riley auf sich zukommen. Er musste die Abkürzung über den Friedhof genommen haben. Dann hatte er also nicht bei Monica übernachtet. Wie altmodisch. Julian war nie so altmodisch gewesen, selbst damals nicht, als alle noch so altmodisch waren. Riley wirkte ein wenig sprachlos angesichts seiner Aufmachung. Er war augenscheinlich tief beeindruckt.

Monica öffnete ihnen die Tür zum Café. Sie sah einfach hinreißend aus in ihrem roten Kleid, über dem sie eine schlichte weiße Kochschürze trug. Es schien, als hätte sie gerade am heißen Herd gestanden, denn ihre Wangen glühten, und die kleinen Locken, die sich aus dem Pferdeschwanz gelöst hatten, wirkten feucht. Außerdem hielt sie einen großen Kochlöffel in der Hand, mit dem sie ihre Gäste schwungvoll ins Café winkte: »Immer herein mit euch!«

Ein Tisch, groß genug für acht Personen, stand für vier gedeckt mitten im Café. Auf der weißen Tischdecke waren mit Goldglitzer angesprühte Rosenblüten verstreut. An jedem Platz wartete ein kleiner Tannenzapfen, in dem ein Namenskärtchen steckte. Daneben lagen Knallbonbons, und in der Mitte standen rote und goldene Kerzen und ein Gesteck aus Stechpalmen und Efeu. Selbst für Julians kritisches Auge ein Bild wie gemalt.

»Warst du die ganze Nacht auf?«, fragte er. »Das sieht bezaubernd aus. Genau wie du. Und das ist meine professionelle Meinung.«

Monicas Wangen färbten sich noch etwas rosiger. »Ich bin tatsächlich recht früh aufgestanden. Geht doch schon mal rüber zu Benji in die Bibliothek und legt die Geschenke unter den Baum.«

Auf einem der kleineren Tische stand ein Eiskübel, in dem träge eine Champagnerflasche dümpelte, und daneben eine große Platte, beladen mit Räucherlachs-Blini. Der ganze Raum duftete nach Truthahn, und im Hintergrund hörte man den Chor des King's College Weihnachtslieder singen. Es war einer dieser Tage, an denen einfach alles stimmte.

Monica kam zu ihnen und zog sich im Hinsetzen die Schürze aus. »Also gut, wir haben noch eine Stunde Zeit, bis ich das letzte Gemüse aufsetzen muss. Wollen wir schon mal Geschenke aufmachen? Wir könnten jetzt ein paar öffnen und ein paar nach dem Essen.«

Julian, der im Gegensatz zu Monica wenig Geduld besaß, rief begeistert: »Darf ich zuerst?« Ohne eine Antwort abzuwarten, zog er seinen Stapel Geschenke, alle in farblich abgestimmtes Papier gewickelt, unter dem Baum hervor und fing an, sie zu verteilen.

»Ich muss gestehen, ich habe nichts *gekauft*«, erklärte er. »Ich habe nur ein paar Sachen ausgekramt.«

Benji, der als Erstes das Papier von seinem Päckchen gerissen hatte, starrte mit offenem Mund auf das Geschenk in seinen Händen. »Ein *Sgt.-Pepper*-Album. In Vinyl. Das kannst du unmöglich verschenken, Julian. Das muss ein Vermögen wert sein«, protestierte Benji und hielt die Platte dabei so fest, als wolle er sie nie wieder loslassen.

»Ich schenke sie lieber jemandem, der sie zu schätzen weiß, mein Lieber, und ich weiß, wie sehr du die Beatles liebst. Die waren nie wirklich meins. Viel zu brav. Die Sex Pistols, die waren mehr nach meinem Geschmack.«

Dann wendete er sich an Riley, der ehrfürchtig ein original Rolling-Stones-T-Shirt hochhielt. »Tja, du willst mir doch dauernd an die Wäsche, junger Mann. Du kannst es gerne verkaufen, wenn du willst, aber ich glaube, es würde dir gut stehen.«

Aber das eine Geschenk, bei dem Julian gar nicht abwarten konnte zu sehen, wie es ankam, war Monicas. Gespannt beobachtete er, wie sie vorsichtig das Klebeband abzulösen versuchte und dafür eine halbe Ewigkeit daran herumknibbelte.

»Jetzt reiß es schon auf!«, rief er ungeduldig. Erschrocken schaute sie auf.

»Wenn man es kaputt reißt, kann man es nicht wiederverwenden«, erklärte sie streng, als tadele sie ein überdrehtes Kleinkind.

Endlich hatte sie es geschafft. Sie schlug das Geschenkpapier zurück und schnappte nach Luft. Genau diese Reaktion hatte er sich erhofft. Die anderen scharten sich um sie, um einen Blick auf das Geschenk in ihrem Schoß zu werfen.

»Julian, das ist ja traumhaft schön. Viel schöner als ich«, flüsterte sie hingerissen. Er hatte sie in Öl gemalt, zum Teil aus dem Gedächtnis und zum Teil nach Skizzen, die er während des Kurses heimlich von ihr gemacht hatte. Es war nur eine kleine Leinwand. Darauf Monika, das Kinn in die Hand gestützt, eine Haarsträhne um den Zeigefinger gewickelt. Wie alle Porträts von Julian war auch dieses mit kühnen, expressiven Pinselstrichen gemalt, fast schon abstrakt, und das Weggelassene verriet ebenso viel wie das Gezeigte. Er schaute die echte Monica an. Sie sah aus, als müsse sie gleich weinen. Vor Freude, hoffte er.

»Das ist, abgesehen von unserer Pollock-Kooperation, das Erste, was ich seit fünfzehn Jahren gemalt habe«, erklärte er. »Ich bin wohl leider etwas eingerostet.«

Ein energisches Hämmern an der Tür unterbrach ihn. Benji sprang auf. Das mussten Baz und seine Großmutter sein. Julian legte die Geschenke für Baz und Mrs Wu schon mal auf dem Tisch bereit. Er saß mit dem Rücken zur Tür, darum sah er Baz' Gesicht erst, als er direkt vor ihm stand. Um ihn herum war es totenstill geworden.

»Stimmt was nicht, Baz?«, fragte Monica. »Wo ist Betty?«

Julian hatte das grässliche Gefühl zu wissen, was jetzt kommen würde. Er spürte, wie Baz ihn beim Reden mit Blicken durchbohrte, wagte aber nicht, ihn anzusehen. Stattdessen starrte er angestrengt auf seine Schuhspitzen. Klassische schwarze Schnürschuhe, auf Hochglanz poliert. Die wenigsten Leute wienerten heutzutage noch ihre Schuhe.

»Meine Großmutter weigert sich seit gestern Abend, ihr Zimmer zu verlassen«, sagte er mit gepresster Stimme, der die kaum verhohlene Wut anzuhören war.

»Warum das denn?«, fragte Benji. »Geht es ihr nicht gut?«

»Vielleicht solltest du Julian fragen«, entgegnete Baz spitz.

Julian hatte den Mund voll Blini, konnte aber nicht schlucken, weil seine Kehle plötzlich staubtrocken war. Er griff nach seinem Champagnerglas und trank einen großen Schluck.

»Es tut mir wirklich, wirklich aufrichtig leid, Baz. Ich dachte, sie wüsste es längst. Ich meine, wir leben schließlich nicht mehr in den Sechzigerjahren, als mein Freund Andy Warhol der einzige bekennende Schwule weit und breit war. Alle haben es, so gut es ging, vertuscht und verheimlicht. Heutzutage ist doch gar nichts mehr dabei, sich zu outen.«

Alle schwiegen betreten, weil sie zwei und zwei zusammenzählen und sich denken konnten, was vorgefallen sein musste.

»Meine Großmutter ist da nicht ganz auf der Höhe der Zeit. Ich würde sie nicht unbedingt als weltoffen und liberal bezeichnen. Seit Stunden jammert sie, ihr komplettes Leben sei verpfuscht, all die Mühe, all die Arbeit vergebens. Warum sich die Finger bis auf die Knochen wund schuften für einen Laden,

den ihre Kinder und Kindeskinder und Kindeskindeskinder einmal erben sollten, wenn es keine Kindeskindeskinder geben wird? Sie ist völlig außer sich.« Baz setzte sich und vergrub das Gesicht in den Händen. Julian überlegte, dass er ihn lieber wütend sah als so am Boden zerstört.

»Und deine Eltern, Baz? Was ist mit denen? Alles okay?«, fragte Benji und griff nach seiner Hand. Baz zog sie so ruckartig weg, als fürchtete er, seine Großmutter könne ihn sehen.

»Sie wirken erstaunlich gelassen. Ich glaube fast, sie haben es immer schon geahnt.«

»Ich will es gar nicht entschuldigen, dass ich die sprichwörtliche Katze aus dem Sack gelassen habe, aber ist es nicht besser, mit solchen Dingen offen umzugehen? Ist es nicht eine große Erleichterung, dass endlich alles raus ist? Geheimnisse können krank machen. Ich kann wahrlich ein Lied davon singen«, sagte Julian.

»*Du hattest kein Recht, mein Geheimnis einfach so hinauszuposaunen, Julian!* Ich hätte es ihr noch gesagt, zur rechten Zeit, am rechten Ort. Oder vielleicht auch nicht. Ehrlichkeit ist vollkommen überbewertet. Manchmal behält man ein Geheimnis aus gutem Grund für sich – um die Menschen, die man liebt, zu schützen. Was wäre so furchtbar daran gewesen, wenn meine Großmutter ihren Traum mit ins Grab genommen hätte, eines Tages würde ich mit meiner chinesischen Ehefrau das Restaurant übernehmen und es mit lauter kleinen Wus bevölkern?«

»Aber ich …«, stammelte Julian. Baz fiel ihm rüde ins Wort.

»Ich will es gar nicht hören, Julian. Und nur so nebenbei, ich glaube dir kein Wort, dass Andy Warhol ein Freund von dir war. Oder Marianne Faithfull. Oder Prinzessin Margaret. Du bist ein Hochstapler, ein Blender, wie du da sitzt in deinem lächerlichen Karohemd. Warum verschwindest du nicht wieder auf deine heimische Müllkippe und hörst auf, deine Nase in meine Angelegenheiten zu stecken?« Und damit sprang er auf und stürmte hinaus.

Im verstörten Schweigen, das er hinterließ, hätte man eine Tannennadel auf die polierten Eichendielen fallen hören können.

Riley

Nicht einmal in seinen kühnsten Träumen hätte Riley sich vorzustellen vermocht, der kleine, warmherzige, gutmütige Baz könne so aus der Haut fahren. Vollkommen außer sich hatte er seine geballte Wut gegen den armen Julian gerichtet, der im Sessel versunken war, fast als wolle er sich darin verkriechen. Seit Riley ihn kannte, war Julian fast über sich hinausgewachsen, war immer großspuriger und überschwänglicher geworden. Das alles war nun binnen Minuten in sich zusammengestürzt.

Riley sah Benji an; ein eindeutiger Fall von Kollateralschaden. Er wirkte gleichermaßen entsetzt und erschrocken. Das Knallen der Tür, die hinter Baz zuschlug, hallte noch einige Sekunden durch das gesamte Café. Dann meinte Benji mit ungewohnt leisem Stimmchen:

»Meint ihr, ich soll ihm nachgehen? Was mache ich denn jetzt?«

»Ich glaube, du solltest ihm ein bisschen Zeit lassen, damit er sich erst mal beruhigen und mit seiner Familie reden kann«, meinte Monica.

»Aber was, wenn seine Familie mich hasst? Was, wenn sie ihm verbieten, mit mir zusammen zu sein?«

»Für mich hört sich das nicht an, als wärst *du* das Problem bei der Sache. Es klingt nicht einmal, als hätten Baz' Eltern ein Problem damit, dass ihr Sohn schwul ist. Wir leben im Jahr 2018, verdammt noch mal. Seine Großmutter muss sich an den Gedanken gewöhnen, dass das mit den Kindeskindern womöglich ein bisschen anders wird als gedacht«, meinte Riley. »Auf jeden Fall können sie ihm nicht verbieten, mit dir zusammen zu sein. Ihr seid erwachsene Menschen. Und das hier ist nicht *Romeo und Julia*.«

»Ich gehe dann wohl besser«, murmelte Julian leise, und man konnte ihm dabei sein ganzes Alter anhören. »Bevor ich noch mehr Unheil anrichte.«

»Julian«, rief Monica und drehte sich mit entschlossenem Gesicht und erhobener Hand zu ihm um wie ein Verkehrspolizist zu einem herannahenden Fahrzeug, »du bleibst, wo du bist! Baz hat das alles nicht so gemeint. Er hat einfach nur blind um sich geschlagen. Du kannst nichts dafür. Du hast es nicht gewusst. Ich weiß, dass du das nicht gewollt hast.«

»Das habe ich wirklich nicht«, entgegnete Julian kleinlaut. »Sobald ich gemerkt habe, dass ich was Falsches gesagt habe, habe ich blitzschnell zurückgerudert. Ich dachte eigentlich, ich hätte die brenzlige Lage geschickt entschärft.«

»Vielleicht ist es so zum Besten für alle Beteiligten. Benji, wäre es nicht toll, wenn ihr euch nicht mehr ständig Sorgen machen müsstet, dass Baz' Familie irgendwann davon erfährt? Wenn ihr Hand in Hand am Restaurant vorbeigehen könntet? Vielleicht sogar zusammenziehen? Womöglich kommt eines schönen Tages sogar der Moment, an dem ihr Julian dafür dankbar sein werdet. Ach herrje, meine Röstkartoffeln!«

Monica flitzte in die Küche, und Julian griff in seine Tasche und zog eine verstaubte Flasche Port heraus.

»Den hatte ich eigentlich für nach dem Essen mitgebracht, aber vielleicht wäre ein ordentlicher Schluck jetzt genau das Richtige auf den Schreck«, meinte er und goss erst Benji und Riley und dann sich selbst großzügig ein.

Riley hasste Streit. Den war er nicht gewohnt. Wieso musste

hier in England immer alles so kompliziert sein? Oder lag das nur an den Menschen, die er hier kennengelernt hatte?

Schweigend saßen die drei zusammen und tranken den schweren blutroten Port, zu schockiert von den jüngsten Ereignissen, um miteinander zu reden. Eine Viertelstunde später, die sich wie eine Ewigkeit anfühlte, rief Monica, das Essen sei fertig.

Zum Glück ließ der Umzug von der Bibliothek an den Esstisch auch wieder bessere Stimmung aufkommen. Sie rissen ihre Knallbonbons auf, und jeder setzte sich einen albernen Papierhut auf, und ganz allmählich kehrte die festlich-entspannte gute Laune von vorhin zurück. Alle vier schienen fest entschlossen, *den Zwischenfall* zumindest für den Augenblick zu vergessen.

»Monica, das Essen ist unglaublich. Du bist unglaublich!«, rief Riley überschwänglich und drückte ihr unter dem Tisch das Knie. Monica wurde rot und verschluckte sich an einem Kohlröschen. Riley wusste nicht, ob das an seinem Kompliment lag oder an der unerwarteten Berührung. Er schob die Hand ein wenig höher.

»Arrgghh!«, kreischte er, als Monica ihn mit der Gabel in die Hand stach.

»Was ist los, Riley?«, fragte Benji.

»Krampf«, keuchte er.

Riley sah seinen Freunden beim Essen zu. Monica zerteilte alles Essen auf ihrem Teller bedächtig in mundgerechte Häppchen und kaute jeden Bissen gründlich vor dem Schlucken. Julians Teller sah aus wie ein abstraktes Kunstwerk. Hin und wieder schloss er mitten im Kauen mit vollem Mund genüsslich die Augen und lächelte, als wolle er jede Aromanuance einzeln genießen. Benji hingegen schob sein Essen etwas melancholisch auf dem Teller hin und her und pickte lustlos darin herum wie ein Spätzchen.

Reihum lasen sie einander die schlechten Witze aus den Knallbonbons vor, tranken Wein, mehr und schneller, als ratsam war, und allmählich wurde alles so, wie es vorher gewesen war. Um die Baz-Geschichte konnten sie sich später noch kümmern.

Riley half Monica, das Geschirr in die Küche zu tragen und in die Spülmaschine zu räumen. Oder vielmehr, Riley stapelte das Geschirr wahllos in der Spülmaschine, und Monica nahm alles wieder heraus und sortierte es neu ein. Sie habe, sagte sie, ein System. Schließlich hob Riley Monica hoch, setzte sie auf die Arbeitsplatte und küsste sie, legte die Arme um sie und umarmte sie ganz fest. Sie roch nach Schwarzen Johannisbeeren und Nelken. Der Kuss, der Wein und die hochkochenden Emotionen dieses Weihnachtstages machten ihn schwindlig.

Er zog den Haargummi aus Monicas Pferdeschwanz und fuhr ihr mit den Fingern durch die Haare. Dann fasste er mit der Faust hinein und zog ihren Kopf sachte nach hinten, um die feuchte, salzige Kuhle unten am Hals zu küssen. Monica schlang die Beine um ihn und zog ihn näher heran. Er liebte das Reisen. Er liebte London. Er liebte Weihnachten. Und allmählich fing er fast an zu glauben, er liebte Monica.

»Besorgt euch gefälligst ein Zimmer!«, rief Benji von hinten, und Riley, der sich abrupt umdrehte, sah ihn und Julian in der Küchentür stehen. Julian hatte die Sauciere in der Hand und Benji die Schüssel mit dem Rest Rosenkohl.

»Aber erst nach dem Pudding!«, widersprach Julian.

Monica stellte den Weihnachtspudding mitten auf den Tisch, und alle versammelten sich ehrfürchtig drum herum. Ein englischer Weihnachtspudding ist ein dunkler, schwerer Kuchen mit Trockenobst und Nüssen. Julian goss Brandy darüber, und Riley zündete ein Streichholz an, um den Pudding zu flambieren, allerdings nicht, ohne sich vorher die Finger zu verbrennen.

»Das passiert, wenn man mit dem Feuer spielt, Riley«, sagte

Monica und sah ihn mit hochgezogenen Augenbrauen vielsagend an. Er fragte sich, wie lange Julian und Benji wohl noch bleiben würden.

»Oh, bring uns den Weihnachtspudding!«, sang Benji. Riley legte Monica den Arm um die Taille, und sie lehnte den Kopf an seine Schulter.

Dann ging die Tür auf. Riley fiel ein, dass niemand daran gedacht hatte abzuschließen, nachdem Baz aus dem Laden gestürmt war. Er drehte sich um in der Erwartung, Baz oder Mrs Wu zu sehen. Aber es war keiner von beiden.

»Fröhliche Weihnachten allerseits!«, rief ein großer Mann mit dunklen Haaren und einer Stimme, die den gesamten Raum auszufüllen und von den Wänden widerzuhallen schien. »Ist es nicht schön, wenn alles ganz genau nach Plan läuft!«

Es war Hazard.

Hazard

Es war drei Tage vor Weihnachten. Am Strand wimmelte es vor Neuankömmlingen, darunter mindestens drei frisch vermählte Ehepaare in den Flitterwochen, die in jedem Satz mindestens einmal *mein Mann* oder *meine Frau* sagen mussten und versuchten, sich gegenseitig mit öffentlichen Liebesbekundungen zu übertrumpfen. Hazard saß gerade mit Daphne, Rita und Neil beim Tee im Lucky Mother. Dieses etwas eigenwillige Ritual hatten sie vor ein paar Wochen eingeführt – eine seltsam tröstliche Erinnerung an zu Hause. Wobei Hazard sich ehrlich gesagt nicht daran erinnern konnte, wann er in London das letzte Mal einen Nachmittagstee zelebriert hatte. Viel eher hätte er sich nachmittags einen Energydrink und Ketamin reingepfiffen als Tee und Gebäck. Rita hatte Barbara sogar beigebracht, wie man Scones machte, die sie noch warm mit Kokosmus aßen. Hätten sie jetzt noch eingedickten Rahm gehabt, es wäre perfekt gewesen.

Neil zeigte ihnen gerade das Tattoo, das er sich bei seinem letzten Ausflug nach Koh Samui hatte stechen lassen: einen thailändischen Schriftzug, der sich um seinen linken Knöchel wand.

»Und was steht da?«, wollte Hazard wissen.

»Da steht *Ruhe und Stille*«, entgegnete Neil. Barbaras schockiertes Gesicht, nachdem sie einen Blick darauf geworfen hatte, ließ Hazard vermuten, dass das nicht ganz stimmte. Er zwinkerte Barbara verschwörerisch zu und legte einen Finger auf die Lippen. Neil musste nie erfahren, was da wirklich tätowiert war.

»Was gibt es denn als Weihnachtsessen, Barbara?«, fragte Daphne. »Machst du Truthahn?«

»Hühnchen«, entgegnete Barbara. »Aber nicht magere Hühner von hier. Ich habe bestellt große fette Hennen aus Samui. Alles auf Samui ist fetter. Auch Touristen.« Sie blies die Backen auf und spreizte die Arme seitlich ab, und ihre Gäste aalten sich lachend in dem unbeabsichtigten Kompliment.

Hazard überkam unvermittelt eine schreckliche Sehnsucht nach London. Nach Truthahn mit Maronenfüllung, nach Röstkartoffeln und Rosenkohl. Nach kaltem Wetter und Weihnachtsliedern. Nach Doppeldeckerbussen, Staus und überfüllten U-Bahnen. Nach der BBC, der sprechenden Uhr und Kebab Kid auf der New King's Road. Und da wusste er es.

Es war Zeit, nach Hause zu gehen.

Hazard hatte bloß noch ein Ticket für einen einzigen Flug ergattern können, und das auch nur, weil niemand sonst um diese Zeit im Flieger sitzen wollte: ein Nachtflug an Heiligabend, der am Weihnachtsmorgen in Heathrow landete. Die Stimmung an Bord war festlich gelöst, die gut gelaunte Kabinencrew verteilte großzügig Gratis-Champagner und schenkte doppelt so viele Drinks aus wie sonst. Sämtliche Passagiere waren heiter, beschwingt und leicht angeschickert. Alle bis auf Hazard, der angestrengt geradeaus guckte, den Blick stur auf den Film geheftet, und versuchte, das Ploppen der Champagnerkorken und das Zischen der Flaschen geflissentlich zu überhören. Würde er je ein Korkenknallen hören können, ohne dieses brennende Verlangen im Bauch?, fragte er sich.

Flughafen und Straßen waren gespenstisch leer und verlassen. Er kam sich vor wie in einem Zombie-Apokalypse-Film, nur viel stimmungsvoller und ohne die Scharen zerlumpter Untoter. Die Menschen, die noch unterwegs waren, schienen erfüllt von

Weihnachtsfreude und Nächstenliebe und trugen fast ausnahmslos alberne Hüte und lustige Pullover.

Hazard hatte sich eins der raren, heiß begehrten Taxen bis zum Fulham Broadway mit einem anderen Fahrgast teilen können. Dort sprang er schwungvoll aus dem Wagen, begrüßte die eisige Luft wie einen alten Freund und wuchtete sich den Rucksack auf die Schultern. Es schien ihm, als sei er in einem anderen Leben das letzte Mal hier gewesen. Als völlig anderer Mensch. Er hatte seinen Eltern noch nicht gesagt, dass er wieder da war. Er wollte ihnen nicht in den Weihnachtsbaum fallen, und außerdem wollte er erst einmal in Ruhe ankommen, ehe er sich an die mühevolle Arbeit machte, abgebrochene Brücken wiederaufzubauen.

Zügig ging er die Fulham Road entlang nach Hause. Monica's Café tauchte vor ihm auf. Er konnte es gar nicht erwarten, endlich zu erfahren, wie es weitergegangen war, nachdem er Riley mit *Projekt Aufrichtigkeit* in die weite Welt hinausgeschickt hatte. Zu seiner Schande musste er gestehen, dass es ihm fast zur Besessenheit geworden war – eine willkommene Ablenkung von den verzweifelten Versuchen, aus der eigenen Haut zu fahren. Er wusste, wie unwahrscheinlich es war, dass Monica und Julian zusammengefunden hatten, von Riley ganz zu schweigen. Es war bloß eine erfundene Geschichte, die ihm seine fiebrige Fantasie erzählte.

Vor dem Café konnte er einfach nicht anders: Er musste einen Blick hineinwerfen. Es war eine Szenerie wie aus einem weihnachtlichen Bilderbuch – überall Kerzen, Stechpalmen und Efeu und ein Tisch, der sich ächzend unter den Überresten eines Festessens bog. Kurz dachte er, sein Verstand spiele ihm Streiche, denn dort drinnen, genau wie er es sich immer ausgemalt hatte, standen Monica und Riley, nein, sie *lagen sich in den Armen*. Und der alte Mann im extravaganten zweifarbigen Tartan-

Ensemble konnte niemand anders sein als Julian Jessop höchstpersönlich.

Er war ein Genie! Was für ein Meisterstück der Inszenierung, ein fabulöser Akt selbstloser Güte, ein genialer Plan, der voll aufgegangen war. Hazard konnte es nicht erwarten, Monica und Julian endlich zu begegnen, sich als Strippenzieher in diesem Drama zu erkennen zu geben und seinem dankbaren Publikum zu enthüllen, wie das alles so passiert war. Er drückte die Tür auf und spazierte hinein und kam sich dabei vor wie der siegreich aus der Schlacht heimgekehrte Held.

Die Reaktion der Anwesenden fiel nicht ganz so aus wie erwartet. Monica, Julian und der vierte Typ, ein hünenhafter Rothaariger, guckten ihn bloß verständnislos an, während Riley ihn anglotzte wie ein Kaninchen, das ins Scheinwerferlicht eines Autos starrt. Zu Tode verängstigt.

»Ich bin Hazard«, erklärte er, nur damit keine Zweifel aufkamen. »Du hast das Heft also gefunden, Riley!«

»*Sie* haben diese Postkarte geschrieben!«, rief Monica und musterte ihn durchdringend. Dankbar, wie eigentlich erwartet, wirkte sie allerdings überhaupt nicht, sondern eher misstrauisch und angewidert. »Sie erklären uns wohl lieber mal, was hier vor sich geht.«

Ein leises Stimmchen in seinem Kopf sagte Hazard, ein bisschen zu spät, dass das doch keine so gute Idee gewesen war.

Monica

Monica war hundemüde vom vielen Herumgerenne, der Gefühlsachterbahn und dem etwas Zuviel an Alkohol, aber sie konnte sich nicht daran erinnern, jemals glücklicher gewesen zu sein. Sie war berauscht von weihnachtlicher Nächstenliebe, einem innigen Gefühl von Freundschaft und – dank der heißen Knutscheinlage mit Riley in der Küche – Pheromonen. Sie hatte es sogar geschafft, alle Gedanken an Gesundheits- und Sicherheitsbedenken beiseitezuschieben, während sie auf der Arbeitsplatte saß. Der Tag war perfekt.

Dann war auf einmal ein Mann ins Café spaziert. Er hatte dunkle lockige Haare, die aussahen, als hätten sie schon länger keine Schere mehr gesehen, ein markantes Kinn wie ein Comicbuchheld, einen leichten Bartansatz und braun gebrannte Haut. Auf dem Rücken trug er einen großen Rucksack. Er sah aus, als sei er gerade erst aus einem exotischen Land zurückgekehrt. Irgendwie kam er ihr vertraut vor, und er schien fast zu erwarten, freundlich begrüßt zu werden. Vielleicht irgendein B-Promi? Und wenn ja, was zum Teufel hatte der am Weihnachtstag in ihrem Café zu suchen? Er hieß, so erklärte er, Hazard.

Es dauerte einen Moment, bis Monica aufging, woher sie diesen Namen kannte. Die Postkarte! Und jetzt fiel ihr auch wieder ein, wo sie dieses Gesicht schon mal gesehen hatte. Das war dieses arrogante Arschloch, das sie vor ein paar Monaten auf dem Bürgersteig angerempelt hatte. Nur etwas dünner, brauner und haariger. Wie hatte er sie noch gleich genannt? Blöde Kuh? Dumme Schlampe? Etwas in der Art.

Monica war so in Gedanken, dass sie gar nicht mitbekam, was dieser Hazard sagte, aber er schien Riley zu kennen. Irgendwas stimmte doch da nicht. Sie hatte Riley die Postkarte gezeigt, und er hatte mit keinem Wort erwähnt, Hazard zu kennen. Wie eine eiskalte Schlange wand und ringelte sich die Angst in ihrem Magen, während ihr Verstand verzweifelt versuchte, die einzelnen Puzzleteile zusammenzusetzen.

Monica wollte ihm partout keinen Platz anbieten. Einen Teufel würde sie tun und ihn gastfreundlich empfangen. Was er zu sagen hatte, konnte er auch im Stehen sagen. *Blöde Schlampe*, das war's.

»Ähm«, stammelte Hazard mit einem nervösen Blick zu Riley. »Ich habe das Notizbuch gefunden, *Projekt Aufrichtigkeit*, auf einem Tisch in der Bar gleich gegenüber.« Er wies auf die Weinbar auf der anderen Straßenseite. »Ich habe Julians Geschichte gelesen« – nickend sah er Julian an – »und dachte mir, du könntest ein wenig Hilfe brauchen mit deiner doch ziemlich dilettantischen Werbekampagne.« Monica fixierte ihn mit eiskaltem Blick. Er räusperte sich und redete weiter.

»Also habe ich deinen Aushang kopiert und alles plakatiert. Und ich habe das Heft mitgenommen, auf eine thailändische Insel. Ich dachte, ich greife dir ein bisschen unter die Arme, Monica.« Es behagte ihr ganz und gar nicht, dass er ihren Namen so vertraulich benutzte, als wären sie alte Freunde. »Also habe ich, während ich dort war, sämtliche allein reisenden Männer unter die Lupe genommen auf der Suche nach einem anständigen Kerl. Für dich …«

Er brach ab. Er musste gemerkt haben, dass sie vor Scham weiß wie die Wand geworden war. Langsam dämmerte es ihr.

»Und dann bist du auf diese Insel gekommen, stimmt's,

Riley?«, flüsterte sie und konnte ihn dabei kaum anschauen. Er sagte kein Wort, nickte nur geknickt. *Feigling. Verräter.*

Monica versuchte, diese neue Wirklichkeit zu begreifen. Riley war nicht zufällig in ihren Kunstkurs gestolpert. Hazard hatte ihn hergeschickt, damit er die arme alte Jungfer vögelte. Riley hatte sie nicht geküsst, weil er sie unwiderstehlich fand und sich in ihrer Nähe nicht beherrschen konnte. Natürlich nicht. Dummes, eingebildetes Ding. Er hatte ihre Geschichte gelesen, und sie hatte ihm leidgetan. Oder er hatte sie für vollkommen verzweifelt gehalten. Oder beides. Hatten die zwei sich hinter ihrem Rücken über sie kaputtgelacht? War das alles nur eine Wette? *Ich gebe dir fünfzig Pfund, wenn du die verstockte Kaffeetante ins Bett bekommst.* Hatte Hazard sie gezielt ausgesucht, nachdem er an diesem einen Abend mit ihr zusammengerasselt war, und wenn ja, warum? Was hatte sie ihm denn getan? Steckte Julian mit ihnen unter einer Decke?

Unvermittelt war sie todmüde. Erschöpft. Der Wein und das Essen, das sie eben noch mit so viel Appetit verspeist hatte, brodelten unversöhnlich in ihrem Magen. Sie glaubte, sich quer über den festlich gedeckten Tisch erbrechen zu müssen. Goldglitzernde Rosenblüten mit kleinen hochgewürgten Karottenstückchen. All die neuen Träume, all die Märchen-Happy-Ends, die sich klammheimlich in ihren Kopf geschlichen hatten, mussten zurückgespult, gelöscht und mit dem öden, farblosen Film von vorher überspielt werden.

»Ich glaube, ihr geht jetzt besser«, murmelte sie tonlos. »Ihr habt mein Essen gegessen. Ihr habt meinen Wein getrunken. Und jetzt VERPISST EUCH aus meinem Café.«

Monica fluchte sonst nie.

Riley

Wie hatte das alles nur so schrecklich schiefgehen können? Gerade hatte er noch in seliger Vorfreude auf Weihnachtspudding und Sex geschwelgt, und seine einzige Sorge war gewesen, wie viel er wohl von Ersterem essen konnte, ohne sich den Appetit auf Letzteres zu verderben. Und dann, ehe er sichs versah, hatte Monica ihn vor die Tür gesetzt. Und das war alles nur Hazards Schuld.

»Es tut mir wirklich leid, Monica«, stammelte Hazard. »Ich wollte doch bloß helfen.«

»Du hast Spielchen gespielt, Hazard. Mit meinem *Leben*, als wäre es eine Realityshow. Ich bin nicht deine gute Tat und auch nicht dein Hilfsprojekt«, spie Monica ihn an.

Was um alles in der Welt sollte er zu ihr sagen, damit sie es verstand?

»Monica, wir haben uns vielleicht wegen Hazard *kennengelernt*, aber darum bin ich nicht geblieben. Ich mag dich wirklich sehr. Das musst du mir glauben«, stammelte er und befürchtete doch, dass seine Worte auf taube Ohren stießen. Monica drehte sich auf dem Absatz zu ihm um. Hätte er doch bloß den Mund gehalten.

»Ich *muss* gar nichts, Riley, und dir glauben schon gar nicht. Du hast mich die ganze Zeit angelogen. Ich habe dir vertraut. Ich dachte, das mit uns ist *echt*.«

»Ich habe dich nie angelogen. Ich habe dir nicht die komplette Wahrheit gesagt, das stimmt, aber angelogen habe ich dich nie.«

»Wortklauberei, und das weißt du selbst!« Wortklauberei? Was sollte das denn heißen? »Du warst nur wegen dieses Notizbuchs mit mir zusammen. Und ich dachte, es ist Schicksal. Vorsehung. Wie konnte ich nur so dumm sein?« Sie sah aus, als würde sie gleich in Tränen ausbrechen, was Riley wesentlich beunruhigender fand als ihren gerechten Zorn.

»Tja, das stimmt ja auch irgendwie«, meinte er, um einen aufrichtigen Tonfall bemüht, »weil du nach außen so unglaublich stark wirkst. Aber aus dem Heft wusste ich, dass du eigentlich« – er geriet ins Stocken, suchte nach dem richtigen Wort und fand es gerade noch rechtzeitig – »sehr verletzlich bist. Ich glaube, darum habe ich mich auch in dich verliebt.« Erst da ging ihm auf, dass er Monica gegenüber nie von Liebe gesprochen hatte. Und nun war es zu spät.

Einen Augenblick glaubte Riley fast, seine Worte hätten Monicas Herz erweicht. Doch dann nahm sie den Weihnachtspudding, der zum Glück längst nicht mehr brannte, und schleuderte ihn mit ausgestrecktem Arm wie eine Kugelstoßerin quer durch den Raum. Riley wusste nicht, ob sie ihn oder Hazard treffen wollte oder beide. Er machte einen Schritt zur Seite, und der Pudding landete mit einem klebrigen Klatschen auf dem Boden.

»Raus!«, brüllte sie.

»Riley«, sagte Hazard leise. »Ich glaube, es ist das Beste, wenn wir tun, was die Dame sagt. Wir sollten abwarten, bis sie sich ein bisschen beruhigt hat, meinst du nicht?«

»Ach, jetzt bin ich also plötzlich eine *Dame,* keine *blöde Schlampe*? Überhebliches *Arschloch*!«, zischte Monica entrüstet. Riley fragte sich, was um alles in der Welt in sie gefahren war. Hatte sie vollkommen den Verstand verloren?

Langsam schoben sie sich rückwärts Richtung Tür, nur für den Fall, dass Monica noch etwas nach ihnen warf. Riley sah Julian ein paar Straßen weiter um eine Ecke verschwinden. Er rief ihm nach, aber Julian hörte ihn nicht. Von hinten sah er viel älter aus als der Mann, den Riley kannte. Er ging vornübergebeugt und schlurfte beim Gehen, als wolle er so wenig wie möglich auffallen. Ein Taxi fuhr durch eine Pfütze, und das Wasser spritzte Julian auf die Beine. Er schien es nicht zu merken.

»Das ist alles deine Schuld, Hazard«, schimpfte Riley. Dass er dabei wie ein trotziges kleines Kind klang, war ihm egal.

»Hey! Das ist nicht fair. Woher sollte ich denn wissen, dass du *Projekt Aufrichtigkeit* mit keinem Wort erwähnt hast? Das war allein deine Entscheidung und eine ziemlich dumme noch dazu, wenn ich das so sagen darf. Du müsstest doch wissen, dass man keine wichtigen Informationen zurückhalten sollte«, protestierte Hazard. Riley fand, er dürfe das nicht so sagen, aber nun gut. Monica hatte recht, Hazard war ein überhebliches Arschloch.

»Guck mal, die Bar ist offen. Komm, trinken wir doch was«, schlug Hazard vor und zog Riley am Ärmel über die Straße.

Riley war hin- und hergerissen. Eigentlich hatte er überhaupt keine Lust auf Hazards Gesellschaft, weder jetzt noch überhaupt, aber er brauchte jemanden zum Reden, über sich und Monica, und er war nicht in der Stimmung für die alkoholselige Weihnachtsfeier seiner Mitbewohner. Am Ende siegte der Wunsch zu reden, und er folgte Hazard in die Bar.

»Hier habe ich Julians Kladde gefunden«, erzählte Hazard ihm, »auf dem Tisch da drüben. Kommt mir vor, als sei das eine Ewigkeit her. Was willst du trinken?«

»Für mich bitte eine Cola«, sagte Riley, der für heute mehr als genug Alkohol getrunken hatte.

»Eine Cola und einen doppelten Whiskey«, bestellte Hazard

beim Barkeeper, der mit unübersehbarem Widerwillen ein blinkendes Rentiergeweih auf dem Kopf trug. Riley warf sich förmlich dazwischen.

»Machen Sie uns lieber zwei Cola, bitte, ja?« Er sah Hazard an. »Schon vergessen, ich habe deine Geschichte gelesen. Das kannst du nicht wollen.«

»Kann ich wohl. Und außerdem, was kümmert es dich, wenn ich den Selbstzerstörungsknopf drücke? Ich bin doch momentan nicht unbedingt dein Lieblingsmensch, oder?«

»Das stimmt. Aber trotzdem, ich lasse bestimmt nicht zu, dass du dein Leben verpfuschst, während ich daneben sitze und tatenlos zusehe. Du hast dich so tapfer geschlagen. Als ich dich auf Koh Panam kennengelernt habe, habe ich dich für einen totalen Gesundheitsfreak gehalten.«

»Wie wäre es mit einem? Einem ganz kleinen? Einer ist keiner, hm? Und immerhin ist Weihnachten.« Hazard guckte Riley so flehentlich an wie ein kleiner Junge, der weiß, dass er sein Glück herausfordert, es aber dennoch versucht.

»Ja, genau. Und in zehn Minuten sagst du mir dann, auf einem Bein kann man nicht stehen, und um Mitternacht frage ich mich, wie um alles in der Welt ich dich nach Hause bringen soll. Du hast mir heute schon mehr als genug Scherereien gemacht, um ganz ehrlich zu sein.« Hazard sackte in sich zusammen wie ein Ballon, dem die Luft ausgeht.

»Ach, Dreck. Du hast ja recht. Und morgen früh hätte ich mich abgrundtief gehasst. Seit vierundachtzig Tagen bin ich clean und habe weder Alkohol noch Drogen angerührt. Nicht dass ich die Tage zähle«, witzelte Hazard und ließ sich sichtlich wenig begeistert seine Cola vom Barkeeper geben. Dann ging er zu dem Tisch, auf den er eben gewiesen hatte, und setzte sich auf die Sitzbank.

»Komisch, oder? Das letzte Mal haben wir auf der anderen

Seite der Welt an einem der schönsten Strände der Erde zusammengesessen«, meinte er versonnen zu Riley.

»Ja. Und da war alles so viel einfacher«, entgegnete Riley seufzend.

»Ich weiß, aber glaub mir, nach spätestens zwei Monaten geht einem das auf den Geist, weil alles so verdammt seicht ist. Die ganzen flüchtigen Bekanntschaften langweilen einen irgendwann zu Tode. Ich musste da dringend weg und wieder unter richtige Menschen. Freunde. Das Problem ist bloß, ich glaube, ich habe keine mehr. Die habe ich schon vor Jahren durch Hohlköpfe ersetzt, die genauso gerne Party machten wie ich. Und selbst wenn ich von diesen Partyfreunden jemanden wiedersehen wollte, die hätten mir Drogen und Alkohol aufgenötigt, ehe ich auch nur den Mantel ausgezogen hätte. Es gibt nichts, was Süchtige mehr verabscheuen als nüchterne Menschen. Glaub mir, ich spreche aus Erfahrung.« Hazard guckte so betrübt in seine Cola, dass es Riley schwerfiel, weiter sauer auf ihn zu sein.

»Was hast du gegen Seichtigkeit, Mann?«, fragte Riley. »Tiefgang, der macht alles überhaupt erst kompliziert. Was um Himmels willen soll ich Monica denn jetzt sagen? Sie glaubt, wir beide hätten Spielchen mit ihr gespielt. Ich weiß, das hat eben überhaupt nicht danach ausgesehen, aber tief drinnen ist sie zutiefst verunsichert. Sie ist bestimmt am Boden zerstört.«

»Hör zu, ich bin wahrlich nicht der weltbeste Experte auf dem Gebiet dessen, was in Frauenköpfen so vor sich geht. Aber ich bin mir ziemlich sicher, wenn Monica sich erst mal beruhigt hat, wird sie einsehen, dass sie überreagiert hat. Übrigens beeindruckend kurze Reaktionszeit deinerseits. Ich dachte, sie klatscht dir den Weihnachtspudding mitten ins Gesicht«, meinte Hazard grinsend.

»Sie hat auf dich gezielt, nicht auf mich! Sie muss stinksauer gewesen sein. Wenn Monica eins hasst, dann ist das Essen auf dem Boden, sogar winzig kleine Krümelchen, die mit dem bloßen Auge gar nicht zu erkennen sind«, meinte Riley wehmütig.

»Mal ehrlich, wie sehr magst du sie?«, fragte Hazard. »Hatte ich recht, oder hatte ich recht?«

»Das ist doch gerade ziemlich nebensächlich, oder?«, sagte Riley. Um dann aus Sorge, etwas zu schroff geklungen zu haben, rasch hinterherzuschicken: »Das war alles ziemlich verwirrend, wenn ich ehrlich bin, und das nur wegen dieses bescheuerten Heftchens. Ich hatte das Gefühl, sie wirklich zu verstehen. Aber es hat mir auch ganz schön Angst gemacht. Ich meine, ich bin nur vorübergehend hier, und sie sucht was Festes. Vielleicht ist es so am besten.« Noch während er das sagte, musste Riley sich eingestehen, wie wenig überzeugend das klang.

»Hör zu, lass sie ein, zwei Tage in Ruhe, und dann rede mit ihr. Ich gebe dir einen guten Tipp, versuche, möglichst *aufrichtig* zu sein, haha«, sagte Hazard. »Bestimmt verzeiht sie dir.«

Aber was wusste Hazard schon? Er und Monica waren sich überhaupt nicht grün. Der einzige Trost für Riley bei dieser unschönen, vertrackten Geschichte war, dass Monica ihn zwar gerade nicht mehr mochte, aber dass sie Hazard *aus tiefster Seele hasste.*

Alice

Das Weihnachtsessen war eine einzige Katastrophe. Gegen elf waren Max' Eltern gekommen, und er hatte den Champagner aufgemacht. Alice hatte auf leeren Magen gleich zwei Gläser getrunken. Beim Kochen hatte sie dann ein Glas Rotwein, das für die Soße bestimmt gewesen war, in einem Zug geleert. Die Kombination aus Schlafmangel, Aufregung und Alkohol erwies sich indes als fatal und brachte sie völlig aus dem Konzept. Der Truthahn war trocken, der Rosenkohl matschig und die Röstkartoffeln hart wie Kieselsteine. Die Soße hatte sie vollkommen vergessen.

Max' Mutter machte beim Essen die gewohnten anerkennenden Geräusche und verkleidete ihre Kritik – wie üblich – in falsche Komplimente. »Wirklich sehr *gewitzt* von dir, einfach eine gekaufte Fertigfüllung zu nehmen. Ich mache die immer selbst. Eigentlich dumm, das dauert nämlich eine Ewigkeit, bis sie *so ist, wie sie sein soll.*« Alice wusste genau, was sie da machte, aber Max bekam von alledem nichts mit.

Alice wünschte, sie wäre bei ihrer Mutter, mit all ihren Geschwistern und deren Familien, gemütlich in das viel zu kleine Wohnzimmer gequetscht. Die Einrichtung ihrer Mutter, Teppiche, Gardinen und Möbel, war eher nach ihrer Erschwinglichkeit ausgesucht worden als nach ihrer Ansehnlichkeit und hatte sich im Laufe der Zeit zu einer sich beißenden, lauten, schrägen Mischung aus Mustern und Farben entwickelt. Alle trugen alberne Weihnachtspullover, Papierhütchen auf dem Kopf, zankten und zogen sich gegenseitig auf.

Ihr Haus in Fulham dagegen war in genau dem richtigen Farbton von Farrow & Ball gestrichen, die Einrichtung dezent und unaufdringlich, aufgepeppt mit Akzenten in den jeweils gerade angesagten Farben. Alles war offen gestaltet, und die für jede Gelegenheit passende Lichtstimmung von einer Lichtgestalterin zaubern zu lassen hatte unzählige Arbeitsstunden und einen nicht unerheblichen Teil von Max' Bonuszahlung verschlungen. Durch und durch geschmackvoll. Vollkommen seelenlos. Nichts zu meckern, aber auch nichts zu mögen.

Nach dem Essen half sie Bunty, noch ein paar Geschenke auszupacken. Sie musste einsehen, dass sie es maßlos übertrieben hatte, und war sich sicher, ihre Therapeutin würde behaupten, dass sei eine Überkompensation für ihre eigene Kindheit, als die meisten Weihnachtsgeschenke entweder selbst gemacht oder secondhand waren. Nur zu gut erinnerte sie sich an die kalte Verachtung, mit der sie das so liebevoll eigenhändig hergestellte Nähkästchen mit Nadeln und Zwirn in allen Farben des Regenbogens, mit Knöpfen und Stoffen gestraft hatte, das sie mit zehn von ihrer Mutter geschenkt bekommen hatte. Alice hatte sich einen CD-Spieler gewünscht. Wie hatte sie nur so schrecklich undankbar sein können?

Mühsam riss sie sich aus ihren Gedanken und lud ein entzückendes Foto von Bunty auf Instagram hoch, auf dem sie auf der Verpackung eines ihrer zahlreichen Geschenke herumkaute, versehen mit all den üblichen Hashtags. Da riss ihr Max aus heiterem Himmel das Handy grob aus der Hand.

»Warum kannst du nicht dein gottverdammtes Leben einfach leben, statt es ständig zu fotografieren?«, zischte er sie an und feuerte das Handy in die Zimmerecke, wo es in einer Kiste Bauklötze landete, die in alle Richtungen davonsprangen.

Erschrockenes Schweigen.

Alice erwartete eigentlich, irgendwer würde ihr beispringen und Max sagen, dass das vollkommen unmöglich war und er nicht so mit seiner Frau reden durfte.

»Alice, Schätzchen, ist es nicht bald Zeit für Buntys Mittagsschlaf?«, fragte Max' Mutter stattdessen nur, als hätte die Szene gerade eben gar nicht stattgefunden.

»Sie hat keine festen Zeiten«, entgegnete Alice und musste sich zusammenreißen, um nicht zu weinen. Ihre Schwiegermutter schürzte missbilligend die Lippen. Alice machte sich auf die übliche Leier gefasst, wie *wichtig ein geregelter Tagesablauf* sei und was für ein liebes Kind Max doch gewesen sei, der gleich von Anfang an durchgeschlafen hatte.

»Tja, wieso geht ihr beiden nicht mit dem süßen kleinen Ding ein bisschen nach draußen, und ich räume derweil alles auf? Tut euch sicher gut, ein Weilchen an die frische Luft zu kommen.«

Alice durchschaute sie sofort: Das war nichts weiter als eine als Nettigkeit getarnte, versteckte Kritik an ihrer Haushaltsführung, aber sie wollte sich nicht streiten. Sie konnte gar nicht schnell genug aus dem Haus kommen, auch wenn sie wusste, dass ihre Schwiegereltern sich, sobald sie zur Tür hinaus war, das Maul über ihre vielen Unzulänglichkeiten zerreißen würden. Um sich nicht noch lächerlicher zu machen, unterließ sie es, in der Spielzeugkiste nach ihrem Handy zu kramen, sondern nahm nur Bunty und ihre Tasche und ging schnurstracks nach draußen. Max, der aussah, als wolle er genauso ungern Zeit mit ihr verbringen wie sie mit ihm, folgte ihr auf dem Fuße.

Kaum hatten sie die Haustür hinter sich zugemacht, drehte Alice sich zu ihm um.

»Wie kannst du es wagen, mich vor deinen Eltern derart bloßzustellen, Max? Wir beide sollten ein *Team* sein«, sagte sie, eigentlich in Erwartung einer Entschuldigung.

»Stimmt, Alice, nur fühlt es sich für mich nicht mehr danach an. Jede Sekunde, die du nicht mit Bunty beschäftigt bist, verbringst du im Netz. Ich habe auch meine Bedürfnisse, weißt du!«

»Herrgott noch mal, Max! Bist du etwa eifersüchtig auf ein *Baby*? *Unser* Baby? Tut mir leid, wenn ich nicht mehr so viel Zeit habe, dich zu verhätscheln.« Tat es nicht. »Aber Bunty braucht mich mehr als du. Vielleicht könntest du mir gelegentlich ein bisschen mehr unter die Arme greifen.«

»Es ist nicht nur das, Alice«, sagte Max und wirkte plötzlich eher traurig als wütend. »Du hast dich verändert. *Wir* haben uns verändert. Ich versuche bloß, das alles irgendwie auf die Reihe zu kriegen.«

»Natürlich haben wir uns verändert! Wir sind Eltern geworden! Ich habe eine Melone durch ein Schlüsselloch gepresst, ich habe mich über Nacht in eine mobile Milchbar verwandelt, und ich habe seit Wochen nicht mehr als drei Stunden am Stück geschlafen. Natürlich bin ich nicht mehr das unbeschwerte kleine PR-Mädel, das du geheiratet hast. Was hast du denn erwartet?«

»Ich weiß es nicht«, murmelte er leise. »Ich weiß noch, wie ich an unserem Hochzeitstag dagestanden und dich angesehen habe, als du auf mich zukamst, und mir dachte, ich muss der glücklichste Mann auf der ganzen Welt sein. Ich dachte, wir sind Glückskinder, wir beide.«

»So ging es mir auch, Max. Und wir *sind* Glückskinder. Die erste Zeit mit einem Baby ist immer schwer. Das sagt doch jeder, oder nicht?« Sie wartete darauf, dass Max ihr antwortete, ihr zustimmte, aber er blieb stumm.

»Pass auf, du gehst jetzt wieder rein und redest mit deinen Eltern«, schlug Alice vor. »Ich will mich nicht mehr streiten. Ich bin zu müde zum Streiten. Wenn ich zurückkomme, bade ich Bunty und bringe sie ins Bett.«

Sie drehte sich um und hatte dabei das sehr bestimmte Gefühl, dass ein weiterer Stein aus dem Fundament ihrer Ehe geschlagen worden war.

Alice setzte sich auf eine Bank auf dem verlassenen Spielplatz. Mit dem Fuß schob sie Buntys Bugaboo vor und zurück, damit sie einschlief. Sie konnte zusehen, wie die Augenlider ihrer Tochter schwer und schwerer wurden, während sie zahnlos auf ihrem Fäustchen herumkaute und ihren entzückenden Rentier-Strampler (@minimes) vollsabberte.

Ohne Handy fühlte Alice sich irgendwie nackt. Ständig griff sie in die Tasche, bis ihr wieder einfiel, dass sie es im Wohnzimmer liegen gelassen hatte. Nach Hause zurück wollte sie nicht, aber sie wurde ganz hibbelig, wenn sie nicht irgendwas liken, posten oder kommentieren konnte. Sie musste sich irgendwie ablenken, damit sie nicht ständig an diesen dummen Streit mit Max denken musste. Das war einfach zu deprimierend. Was hatte sie eigentlich früher gemacht, vor Instagram und so? Sie wusste es nicht mehr.

Alice guckte in ihre Handtasche, nur für den Fall, dass sie eine alte *Grazia* darin vergessen hatte. Fehlanzeige. Dann fiel ihr Blick auf das kleine grüne Schreibheft, das sie vor ein paar Tagen auf dem Spielplatz gefunden und seitdem vollkommen vergessen hatte. Da sie sonst nichts zu tun hatte, zog sie es heraus und fing an zu lesen.

Ein jeder von uns erzählt Lügen über sein Leben. Na, wenn das mal nicht die traurige Wahrheit war! @aliceinwonderland hunderttausend Follower bekamen jedenfalls nie die unschönen Seiten von Alice' wahrem Leben zu sehen. Sie musste an die unzähligen Posts auf ihrem Instagram-Account denken, in denen Max und sie einander oder ihrem Baby liebevoll in die Augen schauten. Was *war* das für ein Buch? Hatte jemand es eigens für sie dort liegen gelassen?

Was würde passieren, wenn man stattdessen die Wahrheit sagte? Wollte überhaupt jemand die Wahrheit wissen? Wirklich? Die Wahrheit war nicht immer schön. Sie war bestimmt kein Wunschkonzert. Sie passte nicht hübsch ordentlich in ein kleines Instagram-Kästchen. Alice zeigte eine Seite der Wahrheit. Eine schöne Wahrheit, die die Menschen in ihrem Feed sehen wollten. Zu viel hässliche Wahrheit, und sie würde scharenweise Follower verlieren. Niemand wollte etwas über ihre Alles-andere-als-perfekte-Ehe wissen, über Dehnungsstreifen, Buntys Bindehautentzündung und Milchschorf.

Alice las Julians Geschichte. Er klang entzückend, aber so traurig. Sie fragte sich, was er wohl inzwischen machte. Ob er jemanden hatte, mit dem er Weihnachten feierte? Oder saß er ganz allein in seinem Häuschen in Chelsea Studios? Ob er am Tisch noch einen Platz für seine verstorbene Frau deckte?

Dann fing sie an, Monicas Geschichte zu lesen. Sie kannte das kleine Café gut. Sie war sich sicher, es erst kürzlich in mehreren ihrer Posts getaggt zu haben. Das Übliche – hier, seht euch meinen Kaffee an, mit einem Herzchen im Milchschaum, und meine gesunde Frühstücksbowl mit Obst, Joghurt und Granola. Ja, sie hatte Monica sofort lebhaft vor Augen, wie sie durch das Café wirbelte, geschäftig und patent, zehn Jahre älter als Alice, aber noch immer sehr hübsch, wenn auch auf eine ernste, etwas verkniffene Art.

Und dann ging ihr plötzlich erschütternd auf, dass die Frau, die sie bis in ihre Träume verfolgt hatte, die Frau, die neulich Abend so unbeschwert und ausgelassen durch das Café getanzt war, *Monica* gewesen war. Alice hatte sie damals nicht gleich erkannt, weil sie so ganz anders ausgeschaut hatte als die Frau, die sie bei Tageslicht sah.

Sie las alles über Monicas Kinderwunsch. *Bedenke wohl, worum du bittest*, dachte Alice düster, als Bunty kurz maunzte und es fast schien, als könne sie sich womöglich wieder in eine ihrer Schreiorgien hineinsteigern. Hatte sie selbst sich je so verzweifelt ein Kind gewünscht? Sie konnte sich nicht daran erinnern, aber es musste wohl so gewesen sein.

Wie eigenartig, dass sie Monica derart um ihr Leben beneidet hatte, während Monica nichts lieber täte, als mit ihr zu tauschen. Sie spürte eine unsichtbare, unverbrüchliche Verbindung mit dieser starken Frau, die sie doch kaum kannte. Ihr Blick ging zu Bunty mit den entzückenden pummeligen Bäckchen und den grundlosen blauen Augen, und wie eine Flutwelle überkam sie die Liebe zu diesem kleinen Wesen. Sie schwor sich, das nie im Leben zu vergessen.

Hazard. Also, wenn das mal nicht der Name für einen romantischen Helden war. Sie hoffte inständig, er sähe umwerfend aus. Was für eine Verschwendung es doch wäre, Hazard zu heißen und dann ein spindeldürrer Lulatsch zu sein, mit hüpfendem Adamsapfel und Akne. Sie stellte sich vor, wie er mit nacktem Oberkörper auf einem ungesattelten Pferd einen schmalen Klippenpfad in Cornwall entlangritt. Himmel, das mussten die Hormone sein.

Alice war vehement gegen Drogen, aber als sie Hazards Geschichte las, beschlich sie der Verdacht, dass ihr Verhältnis zu Alkohol nicht so viel anders war als seins zu Kokain. Sie trank nicht mehr, um auf Partys Spaß zu haben, sie trank, um den Tag irgendwie durchzustehen. Rasch schob sie diesen beunruhigenden Gedanken beiseite. Sie hatte sich ein Glas Wein am Abend (oder drei) redlich verdient. Und außerdem machten das doch alle. Ihre Feeds waren voller lustiger Memes über Alkohol als Mamis bestem Freund. Er gab ihr das Gefühl, erwachsen zu sein. Als hätte sie noch ein Leben. Das war ihre »Ich-Zeit«, und die hatte sie – offen gestanden – mehr als verdient und bitter nötig.

Alice las Hazards Geschichte bis zu Ende, bis ihr aufging, was er getan hatte. OMG! Sie war mitten in einem Danielle-Steel-Roman gelandet! Hazard hatte Monicas Traummann gefunden, Riley, und hatte ihn nach London geschickt, um ihr ein Schicksal als unglückliche alte Jungfer zu ersparen. Wie romantisch! Und es hatte geklappt! Der junge Mann, den sie in Monicas Café gesehen hatte, der ihr so hingerissen in die Augen geschaut hatte, das musste doch Riley gewesen sein, oder?

Alice konnte es kaum erwarten, die nächste Geschichte zu lesen, die dann wohl Rileys sein musste. Sie sah an der Handschrift, dass die nächsten drei Seiten von einem Mann beschrieben worden waren, aber sie musste nach Hause. Zeit, Bunty zu baden und ins Bett zu bringen. Vielleicht konnte sie ja einen klitzekleinen Umweg machen und eben an Monica's Café vorbeigehen und rasch verstohlen ins Schaufenster linsen. Dann brauchte sie noch nicht gleich wieder an den schrecklichen Streit mit Max zu denken. Sie war sich ziemlich sicher, dass das Café heute am Weihnachtstag geschlossen hatte, aber es konnte nicht schaden, kurz vorbeizuschauen. Bunty würde es gefallen, noch ein bisschen herumgeschoben zu werden.

Alice marschierte aus dem Park und bog links in die Fulham Road ein. Sie kam gleich neben dem chinesischen Restaurant raus. Das gab es da schon, solange sie sich erinnern konnte, aber drin gewesen war sie noch nie. Sie war mehr Avocado und Krabben-Maki als Hühnchen Chow Mein. Die Bürgersteige waren verlassen, und Fulham schien über die Feiertage mehr oder minder menschenleer. Nur zwei Männer, die vor dem Restaurant standen, fielen ihr auf. Ein ziemlich ungleiches Paar. Der eine war offensichtlich chinesischer Abstammung. Klein und stinksauer war er, und er wirkte ein bisschen wie Rumpelstilzchen, wie er so dastand und böse guckte. Der andere Mann war groß, hatte rote Haare und feine Gesichtszüge und kam ihr irgendwie bekannt vor. Es sah fast aus, als *weinte* er. Was zum Kuckuck war denn da los? Vielleicht war sie doch nicht die Einzige, die heute keinen guten Tag erwischt hatte. Sofort zwickte sie das schlechte Gewissen, weil dieser Gedanke sie mehr aufmunterte, als sie sich eingestehen wollte.

Alice steuerte auf das Café zu und merkte, dass sie zum ersten Mal seit einer Ewigkeit ganz kribbelig war vor Aufregung, statt nur zu tun, was zu tun war. Die vergangenen Monate waren eine endlose Aneinanderreihung häuslicher und mütterlicher Pflichten gewesen – Stillen, Wischen, Putzen, Windeln wechseln, Kochen, Bügeln, Waschen, und dann wieder von vorne, ad infinitum. Es war ungewohnt, nicht genau zu wissen, was als Nächstes passieren würde. Das Leben mit Kleinkind war so unerträglich vorhersehbar. Dann schalt sie sich streng für diesen Gedanken und sagte sich wieder, wie glücklich sie sich schätzen sollte.

Im Näherkommen reckte sie neugierig den Hals. Es sah fast aus, als brannte im Café Licht. Das musste nichts zu bedeuten haben. Manche Läden ließen rund um die Uhr das Licht an. Was sie ziemlich daneben fand – @aliceinwonderland legte großen Wert auf Nachhaltigkeit und Umweltbewusstsein. Alice hatte schon lange, bevor es Trend geworden war, keine Wegwerfbecher oder Plastiktüten mehr benutzt. Sie hatte es sogar eine Weile mit Stoffwindeln versucht, aber das hatte sich als Schnapsidee erwiesen.

Alice spähte durch das Schaufenster. Da, allein an einem Tisch, der für mehrere Personen gedeckt war, saß Monica. Und sie weinte. Haltlos. Heulte Rotz und Wasser. Nicht schön, aber aus tiefstem Herzen. Monica gehörte eindeutig zu den Frauen, die es besser vermeiden sollten, in der Öffentlichkeit zu weinen. Vielleicht würde sie ihr das, wenn sie sich erst einmal angefreundet hatten, ganz im Vertrauen sagen. *Das* wäre ein echter Freundschaftsdienst.

Alice' gute Laune fiel in sich zusammen wie ein missratenes Soufflé. So gerne hatte sie an das Märchen glauben wollen. Was um alles in der Welt musste da passiert sein? Wie konnte die romantische Szene von neulich so unvermittelt in diese abgrundtief traurige Einsamkeit umschlagen?

Sie glaubte fest an weibliche Solidarität. Frauen mussten zusammenhalten. Sie selbst lebte getreu dem Motto: »In einer Welt, in der du alles sein kannst, sei gütig.« Sie hatte sich den Spruch sogar auf ein T-Shirt drucken lassen. Sie konnte nicht einfach weitergehen, während diese Frau alleine dasaß und sich die Augen aus dem Kopf weinte. Mal davon abgesehen, dass Monica keine Fremde für sie war. Alice hatte das sehr bestimmte Gefühl, sie zu kennen, ein bisschen wenigstens. Besser als die meisten ihrer sogenannten Freundinnen jedenfalls, wenn sie ganz ehrlich war.

Alice zog die Kladde aus der Tasche, um nicht allzu viel erklären zu müssen, stellte sich gerade hin, setzte ein freundliches, mitfühlendes Lächeln auf und öffnete die Tür. Beim Hineingehen wäre sie beinahe in eine eklige Pfütze aus fieser brauner Matschepampe getreten. Was um Himmels willen war das?

Monica schaute auf. Die Wimperntusche lief ihr in Strömen über das Gesicht.

»Hi, ich bin Alice«, sagte Alice. »Ich habe *Projekt Aufrichtigkeit* gefunden. Ist alles okay? Kann ich irgendwas für dich tun?«

»Ich wünschte, ich hätte dieses Drecksbuch nie in die Hände bekommen, und ich will es ganz bestimmt nie wiedersehen«, zischte Monica. Jedes Wort klang wie eine Maschinengewehrsalve. Alice zuckte erschrocken zusammen. »Ich will wirklich nicht unhöflich sein, und ich bin mir sicher, dass Sie – genau wie alle anderen – glauben, mich zu kennen, nur weil Sie meine kleine Geschichte gelesen haben, die ich nie hätte aufschreiben sollen. Aber das stimmt nicht. Und ich kenne *Sie* ganz bestimmt nicht.

Und ich will Sie auch nicht kennenlernen. Also bitte, tun Sie mir den Gefallen und verschwinden Sie. Ziehen Sie Leine. Und lassen Sie mich in Ruhe.«

Und das tat Alice dann auch.

Monica

Erst am Abend des zweiten Weihnachtstages verließ Monica ihre Wohnung wieder. Das Café sah aus wie eine Theaterkulisse, die mitten im Stück von den Schauspielern verlassen worden war. Da der Tisch, fürs Dessert gedeckt, die Gläser halb voll. Da der Weihnachtsbaum mit den Geschenken darunter, ungeöffnet. Und da, auf dem Boden, wie ein gigantischer, fruchtiger Kuhfladen, in der Mitte ein festlicher Stechpalmenzweig, der Weihnachtspudding.

Monica füllte einen Putzeimer mit heißer Seifenlauge, streifte ein Paar gelbe Gummihandschuhe über und machte sich an die Arbeit. Putzen war für sie immer schon Therapie gewesen, vielleicht sogar mehr als gut war, wenn sie ehrlich war. Ihre Fünf-Sterne-Hygiene-Bewertung, für jeden sichtbar im Schaufenster des Cafés ausgestellt, war ihr ganzer Stolz. Und es gab sogar die passenden Redewendungen dazu. Reinen Tisch machen. Vor der eigenen Haustür kehren. Jemandem den Kopf waschen.

Jetzt, wo ein bisschen Zeit vergangen war und sie in Ruhe über alles hatte nachdenken können, erschien es ihr eher unwahrscheinlich, dass Hazard und Riley sie absichtlich hereingelegt hatten. Sie glaubte Riley, dass er sie wirklich mochte (seine Küsse hatten sich verdammt echt angefühlt), aber trotzdem, es war unsäglich. Eine *Demütigung*. Allein der Gedanke, dass Riley sie die ganze Zeit angelogen hatte. Abscheulich. Genauso abscheulich wie die Vorstellung, sie könne Hazard und Riley leidtun. Wenn sie sich nur ausmalte, wie die beiden über sie geredet und sich überlegt hatten, wie sie Monicas trauriges kleines Leben ein bisschen aufpeppen könnten … Sie kam sich so dumm vor. Monica war es nicht gewohnt, sich dumm vorzukommen. Sie hatte den Keynes Prize für Wirtschaftswissenschaften gewonnen, Herrgott noch mal!

Und das, gerade als sie angefangen hatte zu glauben, gute Dinge könnten wirklich geschehen, einfach so, aus heiterem Himmel, und sie sei liebenswert und würdig, von jemandem wie Riley geliebt zu werden. Und jetzt stellte sich heraus, dass das alles inszeniert gewesen war. Dabei hatte ihre Mutter ihr eingeschärft: Wenn etwas zu gut war, um wahr zu sein, dann war es das meist auch. Riley war ganz zweifellos zu gut, um wahr zu sein.

Im Laufe der letzten Wochen war sie immer gelöster geworden. Zögerlich hatte sie angefangen, sich treiben zu lassen und ihre obsessive Zukunftsplanung ein wenig zurückzuschrauben. Sie war glücklicher gewesen und unbeschwerter. Da hatte sie nun den Salat.

Monica wusste gar nicht mehr, was sie noch denken sollte.

Aber eins, das wusste sie ganz genau, und zwar, dass sie diese Menschen nicht mehr sehen wollte. Zumindest nicht in absehbarer Zeit. Sie wollte einfach nur, dass alles wieder so wurde wie vorher, ehe sie dieses bescheuerte Notizheft in ihrem Café gefunden hatte, ehe sie ihre Geschichte aufgeschrieben hatte und ehe sie unversehens zu einer Schachfigur im Masterplan eines irren Strippenziehers geworden war. Diese Welt war zwar trist und grau gewesen, aber immerhin sicher und vorhersehbar.

Unvermittelt fiel ihr ein, dass sie vergessen hatte, den Kunstkurs abzusagen. Rasch nahm sie ihr Handy und ging in die WhatsApp-Gruppe des Kunstkurses, die sie kürzlich erstellt hatte. *Der Kunstkurs fällt bis auf Weiteres ersatzlos aus*, tippte sie.

Sich zu entschuldigen oder zu erklären, nein, sie sah sich nicht in der Pflicht. Warum sollte sie?

Monica ging hinüber in die Bibliothek. Das wunderschöne Porträt, das Julian von ihr gemalt hatte, lag auf dem Couchtisch. Eine andere Monica schaute ihr daraus entgegen – eine, die nicht wusste, dass sie ihr Glück auf eine Lüge gebaut hatte.

Sie griff unter den Baum und zog ein Geschenk heraus, auf dem stand: *Für Monica, alles Liebe, Riley xxx* Kurz überlegte sie, es in die Tonne zu werfen. Zumindest wollte es ihr Stolz so, aber das ließ ihre Neugier nicht zu.

Behutsam faltete sie das Geschenkpapier auseinander. Darin lag ein wunderschönes türkisblaues Notizbüchlein, das sie gleich als Smythson erkannte. Hatte sie Riley gesagt, dass das ihre Lieblingsmarke war? Das Büchlein musste ihn ein Vermögen gekostet haben. Vorne drauf standen, in Gold geprägt, die Worte HOPES AND DREAMS. Hoffnungen und Träume. Sie hielt es sich vor die Nase und schnupperte den Lederduft. Dann schlug sie es auf und las die Widmung: *Frohe Weihnachten, Monica! Ich weiß, wie sehr du gute Schreibwaren liebst und wie sehr du Listen liebst, und ich weiß, wie sehr du es verdienst, dass all deine Hoffnungen und Träume in Erfüllung gehen. Alles Liebe, Riley xxx*

Es war das perfekte Geschenk. Erst als die Worte, die Riley geschrieben hatte, langsam vor ihren Augen verschwammen, merkte sie, dass sie weinte und das wunderschöne neue Büchlein mit salzigen Tropfen verunzierte. Als sie das sah, musste sie noch mehr weinen.

Sie weinte um das, was hätte sein können, um die Hoffnung auf eine perfekte Zukunft, die eine Weile in der Ferne geschimmert hatte wie eine verheißungsvolle Fata Morgana, so echt, dass sie fast angefangen hätte zu glauben, sie könne wahr werden. Sie weinte um den verlorenen Glauben an sich selbst: Immer hatte sie angenommen, stark und klug zu sein, doch nun stellte sich heraus, dass sie leichtgläubig war und dumm. Aber am allermeisten weinte sie um die Frau, die sie geglaubt hatte, werden zu können: impulsiv und spontan und fröhlich, eine zum Pferdestehlen, die, ohne lange nachzudenken, machte, wonach ihr gerade der Sinn stand. Eine Frau, die Geheimnisse in ein Büchlein schrieb und die Seiten vom Wind davontragen ließ. Eine Frau, die sich rückhaltlos in einen schönen fremden Mann verliebte.

Diese Frau war fort.

Alice

Es war elf Uhr abends. Alice saß im Kinderzimmer auf dem Schaukelstuhl und stillte Bunty im gedämpften Licht eines Beatrix-Potter-Nachtlichts. Nach dem gestrigen Streit mit Max, den seither niemand mehr angesprochen hatte, war sie immer noch niedergeschlagen. Und von Monica angeschrien zu werden hatte es auch nicht besser gemacht. So viel zu schwesterlichem Zusammenhalt. Sie griff in ihre Tasche, zog das Heft heraus und drehte ein bisschen an der Lampe, bis sie gerade genug Licht zum Lesen hatte, aber Bunty nicht aufwachte. Leise blätterte sie bis zu der Seite, auf der die Schrift von Hazards zu Rileys wechselte. Sie war ganz nervös vor Aufregung. Welche Geheimnisse könnte so ein umwerfender Mann wohl haben?

Ich heiße Riley Stevenson. Ich bin dreißig Jahre alt, ich bin Gärtner und komme aus Perth – dem Perth in Australien. Anscheinend gibt es auch noch eins in Schottland. Um Julians Frage zu beantworten, ich kenne meine Nachbarn zu Hause alle mit Namen, und sie kennen mich. Schon seit ich ein kleiner Junge war. Das kann manchmal ganz schön anstrengend sein, wenn ich ehrlich bin. Und es ist einer der Gründe, warum ich gegangen bin.

Himmel, wie um alles in der Welt hielt der arme Kerl es bloß in London aus? Da war er ja nun wirklich von einem Extrem ins andere gefallen. Alice rückte Bunty ein klein wenig zurecht und blätterte um.

Meine schlichte Wahrheit ist wohl, dass ich stinksauer bin. Bloß weil ich nicht so verkorkst bin wie die meisten Briten, denken alle, ich wäre ein unterbelichteter Grinseheini. Und nein, das bilde ich mir nicht ein. Das ist wirklich so.

Ein fröhlicher, offener Mensch zu sein sollte doch etwas Gutes sein, oder? Keine Charakterschwäche? Unkompliziert heißt doch nicht automatisch seicht?

Ach, dachte Alice, was für ein Herzchen.

Manchmal sehe ich, wie Monica oder Julian mich anschauen wie ein kleines Kind und denken: Ach, ist er nicht ein Herzchen?

Huch. Konnte das Buch etwa Gedanken lesen?

Ehrlich gesagt mag ich dieses Heft überhaupt nicht. Es hat mir zwar geholfen, tolle neue Freunde zu finden, aber seitdem ist mein Leben nicht aufrichtiger geworden, sondern verlogener. Meine Beziehung zu Monica ist auf eine Lüge gebaut. Ich habe ihr verschwiegen, dass dieses Notizbuch uns zusammengebracht hat, und ich weiß nicht mal, warum.

Das Leben in dieser Stadt ohne Sonne, ohne Pflanzen, ohne Erde verändert mich. Ich habe das Gefühl, ich muss zurück zu meinen Wurzeln. Nicht mal das, was ich hier geschrieben habe, fühlt sich echt an. Eigentlich habe ich mit diesem Selbstbespiegelungsquatsch überhaupt nichts am Hut. Ich bin mehr der »Gekauft wie gesehen«-Typ. Zumindest war ich das immer.

Und soll ich dir was sagen? Auch über all die anderen sagt das Heft nicht die Wahrheit.

Wenn man Julians Geschichte liest, stellt man sich einen traurigen, unscheinbaren alten Opa vor. Aber Julian ist der coolste Typ überhaupt. Er macht das Leben bunter, lauter, knalliger. Er bringt einen dazu, neue Orte sehen und neue Dinge erleben zu wollen.

Was Hazard angeht – wer ihn nicht kennt, muss ihn für ein arrogantes, selbstverliebtes Arschloch halten. Aber der Mann, mit dem ich in Thailand lange Gespräche geführt habe, war still und sanft und stets ein bisschen traurig.

Und dann Monica, die glaubt, sie wäre nicht liebenswert. Dabei ist sie so warmherzig und großzügig und freundlich. Sie bringt Menschen zusammen und nimmt alle mit offenen Armen auf, und sie wird einmal eine famose Mutter sein. Wenn sie bloß nicht so verbissen wäre und ein wenig loslassen könnte, dann bin ich mir sicher, sie würde finden, was sie sucht.

Ich werde Monica die Wahrheit sagen. Was dann passiert, wer weiß. Aber wenigstens wurzeln wir dann in der Erde, nicht im Sand, und haben eine echte Chance.

Was wirst du jetzt tun? Ich hoffe, das Heft bringt dir mehr Glück als mir.

Alice war unbeschreiblich melancholisch zumute. Ihrer Begegnung mit Monica vorhin nach zu urteilen, war es nicht so gut gelaufen, wie Riley sich erhofft hatte. Monica hatte weder warmherzig noch großzügig oder freundlich gewirkt, noch hatte Alice sich bei ihr willkommen gefühlt. Nein, ehrlich gesagt, war sie ziemlich gemein gewesen.

Der süße Riley. Ein Gärtner ohne Garten.

Und in dem Moment kam ihr eine Idee.

Julian

Julian hatte sich in seinen Kokon zurückgezogen. Irgendwo in der Ferne hörte er ein leises Summen, aber er hätte nichts dagegen tun können, selbst wenn er es gewollt hätte. Er war weit weg von allem.

»Julian! Zeit zum Aufstehen. Du kannst nicht den ganzen Tag im Bett liegen«, rief Mary.

»Lass mich«, protestierte er. »Ich habe die halbe Nacht gemalt. Geh ins Atelier, wenn du mir nicht glaubst. Es ist fast fertig.«

»Ich habe es schon gesehen, es ist genial wie immer. *Du* bist genial. Aber es ist beinahe Zeit fürs Mittagessen.« Und weil sie um seine kleine Schwäche wusste, fügte sie hinzu: »Ich mache dir Eggs Benedict.«

Julian streckte ein Bein aus, ob Keith am Fußende des Bettes lag. Der Hund war nicht da.

Er klappte ein Auge auf. Mary war auch nicht da. Sie war schon lange nicht mehr da. Er klappte das Auge wieder zu.

Es gab nur eins, das ihn daran hinderte, vollends abzudriften, das ihn wie einen dünnen Faden am Boden hielt. Er hatte *irgendwas* zu tun. Irgendwo gab es Menschen, die sich auf ihn verließen. Er hatte Verpflichtungen.

Er hörte ein leises *Ping*. Diesmal gleich neben seinem Ohr. Er griff hin und ertastete das Handy, dessen Existenz er beinahe vergessen hatte. Auf dem Display eine Nachricht: *Der Kunstkurs fällt bis auf Weiteres ersatzlos aus.* Das war's, der Strohhalm, an den er sich geklammert hatte. Nun konnte er loslassen. Vielleicht konnte er einfach hierbleiben, unter der Decke, bis er irgendwann von Planierraupen weggebaggert und mit einem Entertainment-Komplex überbaut wurde.

AKKU FAST LEER, warnte die Anzeige. Er legte das Handy beiseite, ohne es ins Ladegerät zu stöpseln, zog sich die Bettdecke über den Kopf und atmete den tröstlichen muffigen Geruch ein.

Hazard

Nach vier Tagen bei seinen Eltern in Oxfordshire war Hazard wieder in der Stadt. Unfassbar, aber irgendwie schienen sie ihm überhaupt nicht böse zu sein. Sie wirkten nur über alle Maßen erleichtert, ihn gesund und einigermaßen munter anzutreffen. Wobei Hazards Mum sich jeden Morgen aufs Neue zu wundern schien, ihn am gemeinsamen Frühstückstisch sitzen zu sehen. Fast als erwartete sie, dass er sich nachts heimlich aus dem Haus schlich und um die Häuser zog. Denn genau das hätte er früher gemacht. Er fragte sich, wie lange es wohl dauern würde, bis sie ihm wieder vertraute. Womöglich nie mehr.

Hazard wäre gerne noch länger dortgeblieben, aber seine Eltern schmissen eine große Silvestersause für den Rotary Club, da erschien es ihm sicherer, den Abend ganz allein zu verbringen. Er hatte vor, lange vor Mitternacht ins Bett zu gehen und seinen Glückssternen zu danken, dass er zum ersten Mal, seit er zurückdenken konnte, das neue Jahr in seinem eigenen Bett begrüßen würde, ohne Kater und ohne Kätzchen, an dessen Namen er sich nicht mehr erinnern konnte.

Hazard griff zum Handy und sah auf die Uhr. Es war ein Billigmodell. Es hatte noch nie geklingelt, weil niemand seine Nummer hatte (bis auf seine Mutter, und das auch erst seit heute Morgen). Er wusste nicht einmal, wie der Klingelton sich anhörte. Hazard war immer sehr gesellig, kontaktfreudig und arbeitsam gewesen, weshalb es ihm schwerfiel, sich in einem Leben ohne Freunde und ohne Arbeit zurechtzufinden. Ewig konnte er sich vor der Welt da draußen nicht verstecken.

Es war halb fünf Uhr nachmittags. Er zog den Mantel an, schloss die Tür hinter sich ab und machte sich auf den Weg zum Friedhof. Bestimmt hatte der Wirbel, für den er am ersten Weihnachtstag unfreiwillig gesorgt hatte, sich längst gelegt, und Monica, Julian und Riley hatten sich wieder vertragen. Und weil seine alten Freunde derzeit nicht der richtige Umgang für ihn waren, hoffte er, in ihnen vielleicht ein paar neue zu finden.

Er spazierte an Monica's Café vorbei. Alles dunkel. Auf dem Schild an der Tür stand: GESCHLOSSEN BIS ZUM 2. JANUAR.

Auf dem Grabstein des Admirals sitzend verrenkte Hazard sich fast den Hals, während er nach Julian und Monica Ausschau hielt, die aus südlicher Richtung kommen müssten. Weshalb er Riley, der von Norden auftauchte, auch erst bemerkte, als der beinahe vor ihm stand. Ob Riley seine Telefonnummer haben wollte? Wie ihn darauf ansprechen, ohne verzweifelt oder bemitleidenswert zu klingen?

»Keiner da, hm?«, fragte Riley. »Ich warte schon die ganze Woche auf Freitag um fünf. Ich hatte gehofft, sie würden da sein.«

»Leider nein. Ich bin seit einer Viertelstunde hier. Nur ich und die Raben. Wie steht's mit dir und Monica?«, fragte Hazard, dem Rileys hängende Schultern Antwort genug waren.

»Sie geht nicht ran, wenn ich sie anrufe, und das Café ist geschlossen. Und um Julian mache ich mir auch Sorgen. Sein Handy ist aus, und ich habe seit Weihnachten jeden Tag versucht, ihn anzurufen, aber keine Antwort. Julian geht sonst nur zwischen zehn und elf Uhr morgens aus dem Haus, und er hat nichts davon erwähnt, wegfahren zu wollen. Meinst du, wir sollen die Polizei rufen?«

»Lass uns doch mal hingehen und nachsehen«, schlug Hazard vor. »Wenn ich noch lange hier sitze, friert mir der Arsch am Grabstein fest.«

Auf dem Namensschild neben Julians Klingel stand J&M JESSOP, auch wenn M schon seit beinahe fünfzehn Jahren nicht mehr hier wohnte. Hazard fand das unbeschreiblich traurig. Der neue Hazard war, wie ihm mehrfach aufgefallen war, ziemlich nah am Wasser gebaut. Auch auf fünfminütiges, wiederholtes und sehr penetrantes Klingeln passierte rein gar nichts.

»Okay, fragen wir erst noch bei Monica nach, ob sie weiß, wo er steckt, und wenn nicht, rufen wir die Polizei«, entschied Hazard.

»Sie redet nicht mit mir«, wendete Riley ein, »also müsstest du es versuchen. Wobei sie auf dich sicher auch nicht gerade gut zu sprechen ist.« Riley schien geradezu erleichtert, nicht mutterseelenallein in der Schusslinie zu stehen.

»Wohnt sie in der Nähe?«, fragte Hazard.

»Ja, über dem Café«, entgegnete Riley.

»Prima, nichts wie hin.«

Geeint wie Soldaten eines Sondereinsatzkommandos auf gemeinsamer Mission marschierten sie in entschlossenem Schweigen zum Café. Riley wies auf die butterblumengelb gestrichene Tür, die hinauf zu Monicas Wohnung führte, und sie klingelten. Nichts. Sie hämmerten an die Tür des Cafés. Noch immer nichts. Hazard machte einen Schritt zurück und trat vom Bürgersteig auf die Straße. Ein schwarzes Taxi musste ihm schlingernd und hupend ausweichen, während er den Hals nach Monicas Fenster reckte.

»Alter, du hast zu lange auf einer Insel mit nur einer Straße gelebt!«, rief Riley.

»Man nimmt nicht über zehn Jahre lang harte Drogen, ohne

eine gesunde Geringschätzung für den Sensenmann«, erwiderte Hazard. »Wobei es schon paradox wäre, nach allem, was ich durchgemacht habe, auf der Fulham Road von einem Taxi überfahren zu werden.« Dann sagte er: »Guck mal, oben brennt Licht. MONICA! WIR MÜSSEN MIT DIR REDEN! MONICA! MONICA, HAST DU WAS VON JULIAN GEHÖRT? WIR BRAUCHEN DEINE HILFE!«

Gerade als er schon aufgeben wollte, wurde das Fenster nach oben geschoben, und Monicas Kopf erschien.

»Herrgott noch mal, was sollen denn die Nachbarn denken?«, zischte sie aufgebracht und klang dabei erschreckend nach Hazards Mutter. »Moment. Ich komme runter.«

Ein paar Minuten später ging die Tür auf. Monica hatte die Haare mit einem Bleistift zu einem unordentlichen Dutt hochgesteckt und trug ein übergroßes, ausgebeultes T-Shirt und eine Jogginghose. Kleidungsstücke, von denen Hazard nie erwartet hatte, sie könnten sich in Monicas Kleiderschrank finden. Umstandslos winkte, ja scheuchte Monica sie ins Café.

»Monica, ich muss unbedingt mit dir reden«, sagte Riley.

»Riley, können wir bitte kurz bei der Sache bleiben, ja?«, fiel Hazard ihm ins Wort, ehe Riley die Situation kapern und für seine Zwecke nutzen konnte. »Das hat Zeit bis nachher. Die wirklich wichtige Frage ist: Hast du in letzter Zeit was von Julian gehört? Seit Weihnachten?«

Monica runzelte nachdenklich die Stirn. »Nein. O Gott, ich fühle mich furchtbar. Ich war so mit mir selbst beschäftigt, dass ich gar nicht mehr an ihn gedacht habe. Was bin ich bloß für eine Freundin? Ich nehme an, ihr wart schon bei ihm zu Hause und habt es auf dem Handy versucht?«

»Ein Dutzend Mal«, erwiderte Riley. »Ich wünschte, ich wüsste seine Festnetznummer. Leider steht er nicht im Telefonbuch.«

»Fulham 3276«, sagte Monica wie aus der Pistole geschossen.

»Wow«, brummte Riley, »wie hast du dir das denn gemerkt?«

»Fotografisches Gedächtnis. Was meinst du, wie ich Anwältin in der City geworden bin?«, gab Monica zurück, nicht im Geringsten von Rileys Schmeichelei beeindruckt. »Ich glaube, die Ecke von Fulham müsste die Vorwahl 385 haben. Dann würde die Nummer 0207 385 3276 lauten.« Sie tippte die Telefonnummer in ihr Handy und stellte es auf Lautsprecher. Es klingelte und klingelte, bis schließlich wieder der Wählton tutete.

Sie waren so auf Monicas Handy konzentriert, dass sie zunächst gar nichts vom Gehämmer an der Tür des Cafés mitbekamen. Es war Baz, mit John-Lennon-Brille auf der Nase, schwarzer Lederjacke und gequälter Miene. Monica schloss die Tür auf und ließ ihn herein.

»Hey, Leute, ich muss ganz dringend mit Benji reden. Wisst ihr vielleicht, wo er steckt?«, fragte er ein wenig atemlos. »Ich will mich bei ihm entschuldigen. Ich glaube, ich habe ein bisschen überreagiert.«

»Dafür ist es jetzt ein bisschen zu spät«, entgegnete Monica spitz. »Er ist über Hogmanay in Schottland. Tagelang hat er versucht, dich zu erreichen. Baz, das ist Hazard«, stellte sie ihn beiläufig vor, ohne ihn anzusehen. Sein Name klang aus ihrem Mund wie ein Schimpfwort.

»Hi«, sagte Baz mit einem flüchtigen Blick auf Hazard. »Habt ihr vielleicht die Festnetznummer dort? Er hat das Handy ausgemacht oder keinen Empfang.«

»Nein, tut mir leid. Scheint irgendwie das Thema des Tages zu sein«, meinte Monica. »Wir versuchen gerade verzweifelt, Julian zu erreichen. Seit Weihnachten hat niemand mehr von ihm gehört.« Nach dem Wort *Weihnachten* setzte betretenes Schweigen ein. Alle schienen an die unschönen Vorkommnisse am Weihnachtstag zu denken.

»Das klingt nicht gut. Holen wir schnell meine Granny. Sie

trifft sich morgens immer mit ihm zum Tai-Chi. Sie weiß bestimmt, was da los ist.«

Und damit machten die vier sich auf den Weg in Richtung Broadway Station und schoben bis auf Weiteres sämtliche Animositäten für die gemeinsame gute Sache beiseite.

Betty schüttelte nachdrücklich den Kopf. »Ich bin zur gewohnten Zeit gekommen für Tai-Chi, aber hat nicht aufgemacht. Montag, Dienstag, Mittwoch, Donnerstag, Freitag nicht«, sagte sie und zählte die Tage an den Fingern ab. »Ich denke, er bei seiner Familie.«

»Er hat keine Familie mehr in Großbritannien«, erklärte Monica. »Wir sollten rübergehen und versuchen, ob wir irgendwie in die Wohnung gelangen.«

Und damit marschierten sie zu fünft den Broadway hinunter zu Chelsea Studios. Niemand schien mehr zu glauben, dass auf ihr Klingeln das Tor aufgehen würde. Und tatsächlich, es tat sich nichts.

»Wir suchen Nachbarn«, erklärte Mrs Wu und drückte mit aggressiv erhobenem Zeigefinger entschlossen sämtliche Türklingeln über und unter Julians Namen, wahllos, als dirigierte sie ein experimentelles Musikstück mit großem Orchester.

»Ihr dürft nicht vergessen, meine Großmutter ist in den Siebzigerjahren aus dem kommunistischen China geflohen«, wisperte Baz Riley und Hazard zu. »Sie und mein Dad sind durch die Bucht bis nach Hongkong geschwommen, ihren wertvollsten Besitz auf den Rücken geschnallt wie Schildkröten. Mit Betty Wu ist nicht zu scherzen.«

Irgendwann meldete sich eine blecherne Stimme über die Gegensprechanlage, die mehr als nur ein wenig verstimmt klang.

»Wenn Sie mir Spüllappen verkaufen oder über die ewige Erlösung reden wollen, kein Interesse«, sagte sie.

»Lassen Sie uns herein, bitte. Wir haben Sorgen um unseren Freund. Wir haben seit Tagen nichts gehört«, erklärte Mrs Wu.

Man hörte ein unmissverständlich entnervtes Stöhnen, und ein paar Minuten später machte ihnen eine frisch frisierte platinblonde Dame eines gewissen Alters das Tor auf. Ihr Gesicht war glatt wie ein Babypopo und wirkte irgendwie wächsern, und um den schlaffen Truthahnhals hatte sie ein Hermès-Tuch geschlungen. Sie sah aus wie eine dieser Frauen, die, wenn ihr Mann am Steuer saß, auf dem Rücksitz Platz nahmen.

»Wen suchen Sie denn?«, fragte sie ohne weitere Vorrede.

»Julian Jessop«, erwiderte Monica, die sich von niemandem einschüchtern ließ.

»Na dann, viel Glück. Wir wohnen jetzt seit sechs Jahren hier, und ich kann die Male, die ich ihn gesehen habe, an zehn Fingern abzählen.« Sie wedelte mit den manikürten Klauen. »Vielleicht sogar an einer Hand, wenn ich es mir genau überlege. Zu den Eigentümerversammlungen kommt er jedenfalls nie.« Mit zusammengekniffenen Augen schaute sie die kleine Truppe an, als sei die persönlich mitverantwortlich für Julians unentschuldigtes Fehlen. »Ich bin die Beirätin«, erklärte sie, eine Information, die ebenso unnötig wie wenig überraschend war. »Na, Sie kommen wohl besser herein. Grundgütiger, wie viele sind Sie denn?«

Im Gänsemarsch liefen alle fünf an ihr vorbei und nickten ihr zum Dank zu, um dann schnurstracks auf Julians Cottage zuzuhalten.

»Wenn Sie ihn finden, sagen Sie ihm, Patricia Arbuckle muss dringend mit ihm reden!«, rief sie ihnen nach. »Wenn er sich nicht bald meldet, schalte ich meine Anwälte ein!«

Riley klopfte laut an die Tür. Hazard bekam ganz feuchte Hände, während sie beunruhigt auf eine Antwort warteten. Zwar kannte er Julian gar nicht, aber irgendwie war er ihm doch sehr nahe.

»JULIAN!«, brüllte Mrs Wu mit einer für so einen kleinen Menschen erstaunlich lauten Stimme. Monica und Riley spähten durch die Fenster, die, Monica sei Dank, keine Milchglasscheiben mehr waren.

»Ich sehe nichts Ungewöhnliches, wobei das ein bisschen schwer zu sagen ist«, meinte Monica. »Er hat alles wieder in Unordnung geraten lassen.« Mit aller Kraft stemmte sie ein Fenster nach oben und konnte es vielleicht vierzig Zentimeter öffnen. Was sie jetzt bräuchten, dachte Hazard, wäre ein kleines Kind.

»Ich gehe durch Fenster!«, erklärte Mrs Wu, die, wie er nun bemerkte, nicht größer war als ein kleines Kind. »Biming! Meine Füße! Du, großer Mann, mich halten!« Hazard brauchte einen Augenblick, bis er verstand, dass damit er gemeint war.

Mrs Wu hob die Hände über den Kopf, und Hazard fasste sie um die Taille, während Baz und Riley ihre Beine nahmen. Mit dem Gesicht nach unten hing sie kopfüber in der Luft. »Gut so! Vorwärts! Durchs Fenster!«, kommandierte sie wie ein Feldwebel, und die drei schoben sie durch das Fenster wie ein Päckchen durch den Briefschlitz. Dann geschah erst mal nichts, während Mrs Wu behutsam Bodenkontakt aufnahm und schließlich aufstand.

»Mach die Tür auf, Granny!«, rief Baz. Ein paar Minuten später waren sie drin.

Julians Häuschen roch ungeliebt und vernachlässigt. Die Vorhänge waren zugezogen, es war eiskalt, und alles war voller Spinnweben. Riley, der sich hier besser auskannte als alle anderen, schaute sich im Erdgeschoss um.

»Keine Spur von ihm, sehen wir mal im Schlafzimmer nach. Das ist da oben«, sagte er und wies auf die schmiedeeiserne Wendeltreppe, die zum Zwischengeschoss führte. Monica ging voraus, gefolgt von Riley und Mrs Wu.

Plötzlich hörte Hazard Monica schreien: »Julian!« Offensichtlich hatten sie ihn gefunden. Hazard hielt den Atem an und machte sich auf das Schlimmste gefasst. Endlich erschien Monica oben an der Treppe.

»Alles okay, er ist nur völlig unterkühlt und ein wenig desorientiert«, sagte sie. Hazard sah seinen Atem in der Luft zu kleinen Wölkchen kondensieren. »Weiß der Himmel, wann er zuletzt etwas gegessen hat. Baz, würdest du die Heizung anmachen? Mrs Wu, könnten Sie etwas von Ihrer magischen Zaubersuppe holen? Julian weigert sich strikt, sich ins Krankenhaus bringen zu lassen, also versuche ich, einen Arzt aufzutreiben, der herkommt und ihn gründlich untersucht. Riley, meinst du, irgendwo in der Nähe hat ein Supermarkt geöffnet, in dem es Angel Delight gibt? Am liebsten natürlich Butterkaramell.«

Wieso natürlich?, fragte Hazard sich verwundert. Am liebsten hätte er die Hand gehoben und sie gefragt, ob sie für ihn auch eine Aufgabe hatte, aber dann überlegte er es sich anders aus Angst, sie könne ihn wieder mit irgendwas bewerfen. Er ging in die Küche und schaute sich nach dem Wasserkocher um. Bei Krisen jedweder Art schwor seine Mutter auf eine gute Tasse Tee.

Monica

Er sah nicht wie der Julian aus, den Monica kannte. Zusammengeringelt wie ein Tausendfüßler hatte er im Bett gelegen, so dünn und schrumpelig, dass sein Körper sich unter den Laken kaum abzeichnete. Am Fußende des Bettes standen drei leere Dosen Baked Beans. In einer steckte noch die Gabel, und daneben entdeckte sie sein Handy. Der Kilt und das Tartan-Jackett, die er angehabt hatte, als sie ihn das letzte Mal gesehen hatte, lagen zusammengeknüllt neben der Tür, als hätte der Mensch, der sie getragen hatte, sich unversehens in Luft aufgelöst oder sei geschmolzen wie die böse Hexe im *Zauberer von Oz.*

Einen schrecklichen Moment lang, der ihr wie Stunden vorgekommen war, hatte sie geglaubt, er sei tot. So reglos hatte er dagelegen, und als Monica seine Hand genommen hatte, war seine Haut kalt und klamm. Aber dann hatte sie seinen Namen geschrien, und seine Augenlider hatten geflattert, und er hatte gequält aufgestöhnt.

Nun saß er im Sessel vor dem Kamin, in dem ein wildes Feuer prasselte. Baz hatte erst eine ganze Weile nach dem Boiler gesucht, bis ihm aufgegangen war, dass Julian gar keine Zentralheizung hatte, sondern nur einige frei herumstehende elektrische Heizöfen, von denen keiner lief. Nun war Julian in mehrere Lagen warmer Decken gehüllt und nippte an einem Becher mit Bettys magischer Hühner-Mais-Suppe.

Der Hausarzt aus der Praxis gleich um die Ecke war sofort

erschienen und hatte Warmhalten, kräftigendes Essen und ausreichende Flüssigkeitszufuhr verordnet, neben Antibiotika gegen die wund gelegenen Stellen. Dann hatte er düster gemurmelt, jede dieser Episoden würde Julians ohnehin schon schwaches Herz zusätzlich belasten, weshalb Monica vermutete, dass es nicht das erste Mal war. Aber nun war immerhin ein wenig Farbe in seine blassen Wangen zurückgekehrt, und er wirkte nicht mehr ganz so leichenhaft.

Monica hatte keinen Zweifel, dass der Streit am Weihnachtstag etwas mit Julians galoppierendem Verfall zu tun gehabt haben musste, weshalb sie sich allergrößte Mühe gab, in seiner Nähe ausnehmend freundlich zu Riley zu sein. Riley seinerseits tat, was er konnte, um sich bei ihr wieder lieb Kind zu machen. Nur um zu sehen, wie weit sie gehen konnte, strapazierte sie seine Gutmütigkeit bis zum Äußersten und erklärte, Julians Toilette unten müsse ganz dringend gründlich geputzt werden. Mit Eimer und Lappen bewaffnet trottete er folgsam wie ein Hündchen davon. Unter keinen Umständen würde sie sich noch einmal auf ihn einlassen, aber vielleicht könnten sie Freunde bleiben, und wenn auch nur wegen Julian.

Was Hazard anging, so konnte sie sich beim besten Willen nicht vorstellen, jemals jemanden zu mögen, der so leichtfertig mit dem Leben anderer Menschen spielte. Was hatte der überhaupt hier zu suchen? Wer hatte ihn eingeladen, dass er sich hier so aufdringlich breitmachte? Sie kannte diesen Typ Mann, selbstverliebt bis zum Gehtnichtmehr und so daran gewöhnt, immer im Mittelpunkt zu stehen, dass er gar nicht auf die Idee kam, womöglich unerwünscht zu sein.

Alles an ihm missfiel ihr, von seinem viel zu perfekten Hollywood-Lächeln und dem dämlichen Hipster-Bart bis hin zu den Etepetete-Slippern. Mit sechzehn, nicht allzu lange nach dem Tod ihrer Mutter, hatte ihr Vater sie überredet, doch zum Schulabschlussball zu gehen. Sie hätte es besser wissen sollen. Ein Junge, der ausgesehen hatte wie Hazard in jungen Jahren, hatte sie geküsst. Und sie hatte leise gehofft, nun werde endlich alles besser. Doch dann hatte sie herausgefunden, dass das alles nur eine dumme Wette gewesen war. *Wetten, dass du es nicht schaffst, die Klassenstreberin klarzumachen?* Danach war sie monatelang nicht mehr zur Schule gegangen.

Und was war das überhaupt für ein Name, Hazard? Wobei er irgendwie zu ihm passte. Er gehörte zu den Typen, die mit einem Gefahrenhinweis versehen sein sollten. Als könne er ihre Gedanken lesen, drehte Hazard sich zu ihr um.

»Hey, Monica. Hast du es geschafft, Julian zu bequatschen, dass er den Kunstkurs bei dir im Café leitet?«, fragte er.

»Ja«, antwortete sie und nahm sich vor, den Kunstkurs so bald wie irgend möglich wiederaufzunehmen, und sei es nur Julian zuliebe. Trotz Monicas brüsker Antwort redete Hazard unverdrossen weiter.

»Darf ich dazukommen? Ich habe zwar seit der Uni nichts mehr mit Kunst am Hut gehabt, aber ich würde es gerne mal wieder versuchen.«

Monica versuchte, sich Hazard an der Uni vorzustellen, wie er schicke Dinnerpartys schmiss und Gelato vom gertenschlanken Körper einer Schönheit namens Davina leckte.

»Ich glaube, dafür reicht der Platz nicht mehr«, bemerkte sie knapp. Und fügte dann halbherzig hinzu: »Sorry.«

Nur hatte Julian, seinem fortgeschrittenen Alter zum Trotz, Ohren wie ein Luchs.

»Natürlich reicht der Platz, mein Lieber. Wir stellen einfach noch einen Stuhl dazu!«

»Soll ich dir meine neue Mobilnummer geben?«, fragte Hazard sie hoffnungsvoll und wedelte mit einem erstaunlich altmodischen Telefon vor ihrer Nase herum.

»Warum um alles in der Welt sollte ich die haben wollen?«, fuhr sie ihn an. Meinte der, keine Frau könne ihm widerstehen?

»Ähm, damit du mich wegen des Kunstkurses erreichen kannst?«, erklärte Hazard etwas verdattert.

»Ach so, verstehe. Nein, komm einfach dazu. Montags um sieben.« Um nicht allzu feindselig zu klingen, entschloss Monica sich, ihm einen winzig kleinen Olivenzweig zu reichen. »Was hast du eigentlich in Thailand gemacht, Hazard?«, fragte sie und zwang sich zu einem freundlichen Tonfall.

»Ähm. So eine Art Detox«, nuschelte Hazard ausweichend. Monica musste sich beherrschen, nicht entnervt die Augen zu verdrehen. Sie wusste Bescheid. Unter Promis war Detox gerade der heiße Scheiß, wie sie aus den Klatschblättchen wusste, die ihre Gäste ständig im Café liegen ließen und die Monica vorgab nicht zu lesen. Bestimmt war er in einem Luxus-Spa gewesen, hatte Bio-Smoothies genippt und sich mehrfach täglich massieren lassen, um vor Beginn der Partysaison noch rasch ein paar Pfund abzunehmen. Sicher hatten Mummy und Daddy ihm einen hübschen kleinen Treuhandfonds angelegt, damit ihr Augenstern gut versorgt war.

»Du Glückspilz, dir so lange freinehmen zu können«, sagte sie, um ihre Theorie zu verifizieren.

»Ach, ich fange demnächst was Neues an«, erklärte er ausweichend. Mit anderen Worten, er hatte es nicht nötig zu arbeiten. Hazard hatte sich kaum jemals abrackern müssen, um gute Noten mit nach Hause zu bringen oder genug Haushaltsgeräte zu verkaufen, um seine Miete zu bezahlen. Er konnte sich auf sein Netzwerk aus Patenonkeln, Nenntanten und alten Schulfreunden verlassen, das dafür sorgte, dass der Junge eine angemessene Beschäftigung hatte, die ihn nicht allzu sehr in seinen diversen Freizeitaktivitäten wie Partys, Urlauben oder »Detox-Kuren« einschränkte.

Baz hatte wieder ins Restaurant zurückmüssen, um seinen Eltern zu helfen, weil am Neujahrsabend alles besetzt war, bis auf den letzten Platz. Die anderen wollten Julian nicht allein lassen. Monica befürchtete, sobald sie gingen, würde er sich wieder wie ein Bär zum Winterschlaf in seine Höhle zurückziehen. Betty war gegangen und mit dampfenden Teigtaschen und Frühlingsrollen zurückgekehrt, und auf Julians Drängen hin hatte Riley eine Flasche Champagner aus dem Keller geholt, damit sie auf das neue Jahr anstoßen konnten. Als er wiederkam, war er kreidebleich und zittrig. Monica fand keine Gelegenheit, um ihn zu fragen, was da unten gewesen war.

»Mrs Wu«, sagte Julian, die Stimme noch immer krächzig wie ein Rabe.

»Betty!«, schimpfte sie.

»Es tut mir leid, wenn ich Sie aufgeregt habe, weil ich das mit Baz und Benji versehentlich ausgeplaudert habe.«

»Biming!«, schimpfte sie.

»Benji ist wirklich ein sehr netter Kerl, und er macht Biming glücklich. Und ist das nicht letztendlich das Einzige, was zählt?«, fragte er leise. Monica schaute Betty an, die die Stirn in so tiefe Falten gelegt hatte, dass ihre Augenbrauen sich über der Nase trafen wie eine riesengroße haarige Raupe, und musste sich fragen, ob Julian womöglich tatsächlich eine unerfüllte Todessehnsucht hatte.

Betty seufzte. »Natürlich wünsche ich, dass er glücklich ist. Ich liebe den Jungen. Biming ist mein einziges Enkelkind. Und Benji ist bestimmt guter Mann. Aber er ist keine Frau für Biming! Er kann keine Baby-Wus machen. Er kann kein chinesisches Essen kochen in Restaurant.«

»Das stimmt nicht ganz. Sie könnten Kinder adoptieren. Viele schwule Männer machen das heutzutage«, wendete Julian ein.

»Wirklich? Sie könnten ein kleines chinesisches Baby adoptieren?«, fragte Betty nachdenklich und sogar eine Spur hoffnungsvoll.

»Und Benji ist ein begnadeter Koch«, warf Monica ein. »Er bereitet fast das ganze Essen im Café zu. Er kann das viel besser als ich.«

»Hmpf«, schnaubte Betty und verschränkte die Arme. Aber Monica glaubte, einen kleinen Zipfel ihres Herzens schmelzen zu sehen.

»Biming hat gesagt, er hat Sie angeschrien«, sagte Betty zu Julian. »Ich habe gesagt, er soll sich schämen. Er soll Älteren Respekt zeigen.«

»Keine Sorge, Mrs Wu. Er hat sich eben entschuldigt, auch wenn das gar nicht nötig gewesen wäre«, entgegnete Julian.

Monica musste lächeln. Sie hatte Baz' Entschuldigung mitgehört, und er hatte keineswegs unterwürfig um Verzeihung gebeten. Er hatte nur gesagt, es täte ihm leid, dass er Julians Haus als Müllkippe bezeichnet hatte und dass es nach Monicas Frühjahrsputz schon viel besser aussehe. Was sie auf eine Idee brachte.

»Julian, wie wäre es, wenn wir das neue Jahr mit einem neuen Frühjahrsputz einläuten? Ich könnte gleich nächste Woche herkommen, wenn du magst?«

»Hey, könntest du danach bei mir weitermachen, wenn du schon dabei bist?«, rief Hazard.

Das war der letzte Tropfen.

»Wieso? Weil du zu verdammt faul bist, um dich selbst darum zu kümmern, Hazard? Oder weil du glaubst, putzen sei *Frauensache*, und du bist zu *männlich* dafür?«

»Ganz ruhig, Monica! Das war bloß ein Witz!«, wehrte Hazard ab und guckte sie wie vom Donner gerührt an. »Manchmal solltest du dich wirklich mal ein bisschen locker machen, weißt du. Spaß haben. Schließlich ist heute Silvester.«

Finster funkelte Monica ihn an. Er funkelte zurück. Sie verachtete ihn weiterhin aus tiefster Seele, aber immerhin kuschte er nicht vor ihr. Als Anwältin war es ihr zuwider, wenn die Gegenseite zu schnell klein beigab.

»Fünf vor zwölf!«, rief Riley. »Hat jeder ein Glas Champagner?«

»Ich habe einen Pfefferminztee«, antwortete Hazard. »Tee ist der neue Champagner. Den trinken jetzt alle.«

»Willst du einen Vorsprung für deine guten Vorsätze rausschinden, Hazard?«, fragte Monica spöttisch, die gute Vorsätze so grandios fand, dass sie sie nicht nur zum Jahreswechsel fasste, sondern das ganze Jahr hindurch.

»Könnte man wohl so sagen«, brummte er.

Monica überlegte kurz, Hazard darauf hinzuweisen, dass er lieber einen Blick auf das Mindesthaltbarkeitsdatum des Tees werfen sollte, ließ es dann aber doch bleiben. Es würde ihn schon nicht umbringen. Leider.

Und dann leuchtete der Himmel über Fulham und Chelsea plötzlich taghell auf, und das Geböller der Raketen hallte von den Häusern ringsum wider. Monica drehte sich zu den bodentiefen Fenstern in Julians Atelier um, die einen wahren Farbenregen rahmten.

Es war ein nigelnagelneues Jahr.

Riley

Riley fiel ein Stein vom Herzen, als er am nächsten Freitag sah, wie Julian zwar noch etwas wackelig, aber auf das Grab des Admirals zusteuerte. Auf Monicas Anweisung hin war er seit Silvester jeden Tag bei Julian zu Hause gewesen – angeblich, um weiter zu entrümpeln, tatsächlich jedoch, um ein Auge auf ihn zu haben und sich zu vergewissern, dass er aufstand, sich warm hielt und genug aß. Er schien, wenn auch noch nicht ganz der Alte, doch auf dem besten Wege dorthin. An diesem Abend war er jedenfalls bestens aufgelegt.

»Riley! Schön dich zu sehen! Weißt du schon das Neueste?«

»Was?«, fragte Riley.

»Monica hat für den gesamten Kunstkurs Tickets für den Eurostar gebucht! Ich habe den Nachmittag damit zugebracht, unseren kleinen eintägigen Betriebsausflug zu planen!«

»Cool!«, rief Riley begeistert, der, seit er als Teenager Nicole Kidman in *Moulin Rouge* gesehen hatte, unbedingt einmal im Leben nach Paris gewollt hatte. Und nach London wäre das seine nächste Station gewesen. Er wartete ab, ob Julian merkte, dass er jemanden mitgebracht hatte.

»Wer ist denn dein vierbeiniger Freund, Riley?«, fragte Julian neugierig und wies auf den wedelnden Schwanz.

»Ich hoffe, er ist bald deiner. Die Bauarbeiter haben ihn gefunden. Er hat in dem verlassenen Haus nebenan gehaust. Wir glauben, er muss der alten Dame gehört haben, die kürzlich gestorben ist. Sie haben ihn mit Sandwiches und Gregg's Würstchen im Schlafrock gefüttert, aber er braucht ein richtiges Zuhause«, erklärte Riley. Wobei vielmehr Julian jemanden zum Betüddeln brauchte. Einen guten Grund, sein Leben nicht einfach wegzuwerfen.

»Was ist das?«, fragte Julian.

»Ein Hund«, entgegnete Riley.

»Nein, ich meine, was für eine *Rasse*?«

»Weiß der Himmel. Ich glaube, da muss viel freie Liebe im Spiel gewesen sein. Er ist ein Senfhund. Jeder hat seinen Senf dazugegeben. Hauptsächlich Terrier, vermute ich«, erwiderte Riley.

»Da hat eindeutig mal ein Jack Russell Terrier mitgemischt«, stellte Julian fest. Er und der Hund schauten einander an und begutachteten die trüben Augen, die grauen Barthaare, die arthritischen Gelenke und die Weltmüdigkeit ihres jeweiligen Gegenübers.

»Wie heißt er?«, fragte Julian.

»Keine Ahnung. Die Bauarbeiter haben ihn Woyzeck gerufen.«

»Grundgütiger«, seufzte Julian.

»Es sind Polen.«

»Ich nenne ihn Keith«, erklärte Julian. »Keith ist der perfekte Hundename.«

»Heißt das, er darf bei dir einziehen?«, fragte Riley.

»Von mir aus. Dann können wir zwei missmutigen alten Stinker zusammen herumbrummeln, was, Keith?«

»Kleine Warnung – er kann bisweilen ein bisschen *ausdünsten*«, gestand Riley.

»Tja, dann passt es ja. Noch eine Gemeinsamkeit zwischen uns beiden«, grinste Julian. »Dann kann ich es auf den Hund schieben, wenn Gäste da sind. Meinst du, Paris wird ihm gefallen?«, fragte er mit einem Blick auf seinen neuen Mitbewohner. Und dann, ohne eine Antwort abzuwarten, plapperte er munter weiter. »Hältst du es für zu ehrgeizig, an einem Tag moderne Kunst und Renaissance abdecken zu wollen? Aber wie soll man sich da auch entscheiden, Riley? Ich war noch nie gut darin, mich für das eine und gegen das andere zu entscheiden. Das hat Mary mir immer vorgehalten.«

Riley zuckte mit den Achseln. Auf dem Gebiet war er kein Experte. »Wir müssen auf jeden Fall Zeit für den Eiffelturm einplanen!«, gab er zu bedenken.

»Mein lieber Junge, wir widmen diesen Tag der Kultur, da werden wir ganz gewiss nicht sämtliche Touristenfallen abklappern. Wobei, ein Klischee muss wohl sein, also kann es genauso gut der *Tour Eiffel* sein.«

Rileys Blick wurde abgelenkt von einer jungen Frau, die stramm auf sie zumarschierte und einen Kinderwagen so energisch vor sich herschob wie ein mobiles Fitnessgerät. Sie war das Abziehbild einer »Yummy Mummy«. Schick, schlank, schön und bestimmt mit einem Silberlöffel im Mund auf die Welt gekommen. Schätzungsweise Mitte zwanzig und mit dezenten Highlights in den perfekt frisierten Haaren, für die man in London ein Vermögen bezahlte, während die australische Sonne sie einem ganz umsonst zauberte. Sie sah aus wie ein gestriegeltes Palomino-Pony auf dem Weg zu einem Dressurturnier. Die Hand, in der sie eine (wiederverwendbare) Wasserflasche hielt, war makellos manikürt. In Perth gab es so was nicht. Da hatten Mamas zerzauste Haare und trugen zerknitterte Kleidchen zu Flip-Flops. Riley wartete darauf, dass sie vorbeigehen würde. Aber sie blieb stehen.

»Hallo«, sagte sie. »Sie müssen Julian sein, und du bist sicher Riley, stimmt's?«

»Ja«, entgegnete er verdattert.

»Wusste ich es doch. Dein australischer Akzent ist unverkennbar! Ich bin Alice!« Schwungvoll streckte sie ihnen die Hand hin, und beide nahmen und schüttelten sie. »Und das ist Bunty!« Sie wedelte in Richtung Kinderwagen. »Und wer ist das?«, fragte sie mit Blick auf den Hund, der nun neben Julian auf dem Admiral saß.

»Keith«, entgegneten Julian und Riley im Chor.

»Woher wissen Sie, wer wir sind?«, fragte Riley. War sie eine Stalkerin oder so was?

»Ich habe *Projekt Aufrichtigkeit* gefunden. Auf einem Kinderspielplatz«, erklärte sie.

Riley hatte so viel über all das Unheil nachgegrübelt, das dieses dämliche kleine Büchlein angerichtet hatte, dass er keinen einzigen Gedanken daran verschwendet hatte, was wohl daraus geworden war, nachdem er es auf dem Spielplatz zwischen seiner Wohnung und dem Café ausgesetzt hatte. Der Spielplatz war seine kleine grüne Oase. Wenn Riley ein bisschen Ruhe brauchte, ging er gerne dorthin.

»Ach du liebe Güte!«, rief Julian. »Mein kleines Büchlein ist immer noch auf Reisen! Wie schön! Entzückt, Ihre Bekanntschaft zu machen.« Riley verdrehte ein klein wenig die Augen. Julian hatte einfach eine Schwäche für hübsche Frauen.

»OMG! Julian, dieses Sakko ist unglaublich! Das muss Versace sein. Stimmt's, oder habe ich recht? Achtzigerjahre?«

Riley hatte sich inzwischen so sehr an Julians ausgefallenen Kleidungsstil gewöhnt, dass er kaum noch die Augenbrauen hochgezogen hatte beim Anblick des wild gemusterten Seidensakkos, das er unter dem Mantel trug. Aber Alice war ganz außer sich vor Verzückung.

»Ach, endlich!«, rief Julian. »Eine Schwester im Geiste, eine Fashionista! Ich hatte es schon fast nicht mehr zu hoffen gewagt, allein unter all diesen Vogelscheuchen. Du hast natürlich recht. Der wunderbare Gianni. Welch tragischer Verlust für die Welt. Ich habe es bis heute nicht verwunden.«

Vogelscheuchen?, dachte Riley empört. Hatte Julian überhaupt nicht mitbekommen, dass er eine seltene Limited Edition von Nike an den Füßen trug, die er bei eBay entdeckt hatte? Sprachlos sah er zu, wie Julian sich die Augenwinkel mit einem Seidentaschentuch tupfte. Er trug wirklich ganz schön dick auf. Das musste Alice doch durchschauen?

»Könnten Sie bitte kurz den Mantel ausziehen? Ich würde gerne ein Foto von Ihnen machen, wenn ich darf«, sagte Alice. Im Ernst? Julian schien nur zu gerne aus dem Mantel zu schlüpfen, und das am kältesten Tag des Jahres, kurz nachdem er beinahe an Unterkühlung gestorben wäre. Er warf sich sogar gleich gekonnt in Pose.

»Die Cowboystiefel?«, sagte er auf eine ihrer weiteren bescheuerten Modefragen. »Die sind von R.Soles in der King's Road. ›Unsere Sohlen/Seelen‹ – großartiger Name, was? Gibt's inzwischen sicher längst nicht mehr. Stattdessen hat da vermutlich ein Pret a Manger oder sonst ein grauslicher Fast-Food-Laden eröffnet.« Sein Blick ging nachdenklich in die Ferne. »Ist das nicht ein Spaß? Erinnert mich an die gute alte Zeit mit meinem großartigen Freund David Bailey.«

»Soll ich euch beide lieber allein lassen?«, fragte Riley und merkte im selben Augenblick, dass er wie ein aufsässiges Kleinkind klang. Alice drehte sich zu ihm um.

»Offen gestanden wollte ich eigentlich *dich* sehen, Riley, sosehr ich auch in deinen Freund Julian *vernarrt* bin.« Julian lächelte sie dümmlich an. Monica, dachte Riley, würde sich nie zu so etwas hinreißen lassen. »Ich habe ein Angebot für dich.« Sie reichte ihm ein Blatt Papier. »Kannst du morgen früh um zehn bei dieser Adresse sein? Julian, du bist natürlich auch herzlich willkommen! Es wird euch gefallen, versprochen! Da steht auch meine Nummer, für den Fall, dass etwas dazwischenkommt und du absagen musst, aber das tust du bestimmt nicht! Tust du doch nicht, oder? Also, ich muss los, Bunty muss zur musikalischen Früherziehung bei Monkey Music. Tschüssi!«

Tschüssi???

»Donnerwetter! Ist sie nicht *umwerfend*?«, schwärmte Julian hingerissen. »Ich bin so gespannt, was sie ausgeheckt hat. Du nicht? Wir müssen sie unbedingt Monica vorstellen, die wird *hin und weg* sein.«

Monica, dachte Riley, war mehr wert als hundert Alices. Eigentlich hatte er nicht die geringste Lust, zu dieser mysteriösen Verabredung zu gehen, aber ihm schwante schon, dass Julian ihn nicht vom Haken lassen würde.

Alice

Alice freute sich wie ein kleines Kind auf ihre Verabredung mit Julian und Riley. Seit Bunty da war, war ein Tag wie der andere, und alles drehte sich nur um Babykram – Babyschwimmen, Babymassage, Babyyoga und endlose Gespräche mit anderen Müttern über Babys Entwicklungsstand, Schlafrhythmus, Zähne und Entwöhnung. Alice kam es fast vor, als entgleite sie sich dabei irgendwie selbst, bis sie nur noch ein willenloses Anhängsel war – Buntys Mutter oder Max' Frau. Nur online nicht. Online war sie immer noch @aliceinwonderland.

Sie sah Julian und Riley auf sich zukommen. Riley wirkte eher, als schlendere er lässig über einen tropischen Strand, als über einen Bürgersteig mitten in London zu gehen. Er hatte ein viel zu fröhliches, sonniges Gemüt, um lange in einer Großstadt wie London eingesperrt zu sein. Es war irgendwie eigenartig, so viel mehr über einen Menschen zu wissen, als man eigentlich sollte. Julian indes war nichts weniger als *spektakulär*. Wie ein Paradiesvogel ließ er sich in keinen Käfig sperren.

»Julian! Du siehst ja heute noch fescher aus als gestern!«, stellte sie fest.

»Du übertreibst, mein liebes Kind«, entgegnete er, und dann nahm er doch tatsächlich ihre Hand und küsste sie. Sie hatte gedacht, so etwas gäbe es nur im Film. »Genau die gleiche Nehru-Seidenjacke hat Sean Connery 1962 in *Dr. No* getragen. Sie passt ausnehmend gut zu den Krokodillederschuhen, finden Sie nicht?«

»War Sean Connery auch *ein guter Freund* von dir?«, fragte Riley, ein bisschen spitz, wie Alice fand.

»Nein, nein. Bloß ein flüchtiger Bekannter. Die Jacke habe ich mal bei einer Wohltätigkeitsgala ersteigert«, entgegnete Julian.

»Bitte, bitte, darf ich schnell ein paar Fotos schießen?«, fragte Alice. Julian schien geschmeichelt. Mit weltgewandtem Lächeln lehnte er sich in Model-Pose lässig gegen einen Laternenpfahl. Dann zog er eine Ray-Ban-Pilotenbrille aus der Innentasche seiner Jacke und setzte sie auf. Keith, mit einer kleinen Fliege um den Hals wie ein Dandy, brachte sich neben ihn in Positur.

»So ungern ich diese kleine Modenschau auch unterbreche«, brummte Riley, der überhaupt keine Lust auf so einen Quatsch hatte, »aber würdest du uns jetzt bitte erklären, was wir hier sollen?«

»Na ja«, meinte sie. »Vermutlich habt ihr noch nie was davon gehört, aber ich bin Influencerin.«

»Was?«, fragten Julian und Riley unisono.

»Ich habe über hunderttausend Follower. Also Leute, die mir folgen.« Julian schaute sich um, als erwartete er, eine Menschenmenge um die Ecke kommen zu sehen, die ihr nachlief. »Auf Instagram«, erklärte sie. Herrje, das würde ja Schwerstarbeit werden. Musste sie etwa allen Ernstes bei der Erfindung des World Wide Web anfangen? »Du kennst doch sicher Instagram, Riley?«

»Nee. Auf Instagram posten bloß dürre Yoga-Mädchen sinnbefreite Bildchen vor Sonnenuntergangskulisse, oder?«

»Na ja, auch, das stimmt schon. Aber es ist noch *viel* mehr«, entgegnete Alice, bemüht, diesen Seitenhieb nicht persönlich zu nehmen. »Nehmen wir zum Beispiel dieses Haus« – sie wies auf das imposante viktorianische Reihenhaus, vor dem sie standen –, »sein ehemaliger Besitzer hat es nach seinem Tod einem gemeinnützigen Verein vermacht. Der betreibt darin eine kostenlose

Kinderbetreuung für abhängige Frauen auf Alkohol- oder Drogenentzug. Aus Angst, dass man ihnen die Kinder wegnimmt, scheuen Frauen sich oft, Hilfsangebote anzunehmen. Hier finden sie die Unterstützung, die sie brauchen, um das Sorgerecht für ihre Kinder zu behalten und gleichzeitig ihr Leben wieder in den Griff zu bekommen. Ehrenamtliche Helferinnen kümmern sich darum, dass die Kinder gut versorgt sind – dass sie was Anständiges zu essen kriegen, gewaschen und ordentlich angezogen sind und, am allerwichtigsten, spielen und einfach nur Kind sein dürfen. Der Verein nennt sich Mummy's Little Helper – Mamas kleine Helfer.«

»Wie cool«, sagte Riley beeindruckt. »Und du arbeitest hier?«

»Na ja, so würde ich das nicht sagen«, erwiderte Alice. »Wir organisieren regelmäßig Spendenaktionen, die ich auf @aliceinwonderland bewerbe.« Als sie in die ausdruckslosen Gesichter sah, fügte sie rasch hinzu: »Mein Instagram-Account. Es ist so, ein Post von mir kann Tausende Pfund an Spenden generieren. Du siehst also, Instagram ist ein bisschen mehr als nur ein herabschauender Hund vor hellblauem Himmel.« Bildete sie sich das nur ein, oder klang sie ein bisschen zickig?

»Und was sollen wir hier?«, fragte Riley nun schon zum zweiten Mal. »Brauchst du Hilfe beim Kuchenverkauf?«

»Ha! Nein. Dafür haben wir engagierte Mamis aus der Nachbarschaft. Die kümmern sich um so was. Und Julian brauche ich eigentlich auch nicht – er ist quasi nur zur Zierde da. Aber dich, Riley, dich brauche ich. Komm mit, ich zeig's dir.« Riley gefiel der Gedanke, gebraucht zu werden. Julian gefiel der Gedanke, dekorativ zu sein. Alice klingelte, und eine korpulente Dame mit einem Busen wie eine Cadillac-Stoßstange machte auf. »Lizzie, das sind Riley und Julian«, stellte Alice sie vor.

»Ach ja, nur herein mit euch! Ich habe euch schon erwartet. Bitte entschuldigt das Durcheinander. Und den Lärm. Und den

Mief! Ich war gerade beim Windelnwechseln.« Für Julian war das eindeutig etwas zu viel an Informationen. Er wurde unvermittelt ganz blass um die Nase und vermied es tunlichst, ihr die Hand zu geben. »Oh, tut mir leid«, sagte Lizzie. »Aber Hunde sind bei uns leider nicht erlaubt.«

»Keith ist kein Hund«, erwiderte Julian. Lizzie bedachte ihn mit einem Blick, der eine Horde aufgedrehter Kleinkinder zum Schweigen gebracht hätte. »Er ist mein Betreuer«, fuhr er unbeeindruckt fort. »Wissen Sie was, ich nehme ihn auf den Arm, seine Pfoten berühren nicht mal den Boden.« Und ohne eine Antwort abzuwarten, klemmte Julian sich Keith kurzerhand unter den Arm und spazierte hinein. Alice fragte sich, ob der Furz, den Keith just in dem Moment losließ, als er an Lizzie vorbeigetragen wurde, wohl Absicht gewesen sein konnte. Es würde sie nicht wundern. Dieser Hund war fieser, als er aussah.

Im Flur hingen Kinderzeichnungen an den Wänden, und aus einem Raum schallte »Old MacDonald« und eine ohrenbetäubende Kakophonie aus Gesang, Geklapper und Geheule. In der Luft hing der Geruch nach Knete, Plakatfarben, Reinigern und der Windel des Anstoßes.

»Kommt am besten gleich mit«, sagte Alice und führte sie in die Küche am anderen Ende des Gangs. »Darum bist du hier.« Sie wies auf die Terrassentüren, die hinaus in den Garten führten. Wobei der Garten eher ein Dschungel war. Das Gras stand fast einen halben Meter hoch, und die Blumenbeete waren derart mit Unkraut überwuchert, dass kaum zu erkennen war, ob darunter überhaupt noch irgendwelche Stauden oder Blumen überlebt hatten. Eine Amok laufende Kletterrose hatte eine undurchdringliche Dornenwand gebildet, die Dornröschens Schloss alle Ehre gemacht hätte.

»Wow«, keuchte Riley. Genau diese Reaktion hatte Alice sich erhofft. »Ich bin Gärtner, wusstest du das?«

»Dummie. Ich habe doch *das Buch* gelesen, schon vergessen? Ich *weiß*, dass du Gärtner bist. Und genau darum bist du hier«, gab Alice zurück. »Momentan können wir die Kinder überhaupt nicht mehr rauslassen – es ist einfach zu gefährlich. Der Garten ist ein einziges Gesundheits- und Sicherheitsrisiko.«

»Darüber solltest du mal mit Monica reden«, meinte Riley grinsend. »Gesundheits- und Sicherheitsbestimmungen sind genau ihr *Ding*.«

»Riley hat recht«, warf Julian ein, als wetteiferten sie darum, wer Monica Motzbacke am besten kannte. »Würde Monica in einem Fernsehquiz auftreten, das wäre ihr Spezialgebiet.«

Großer Gott. Wie um alles in der Welt konnten Gesundheits- und Sicherheitsbestimmungen irgendjemandes *Ding* sein? Alice verkniff sich jeglichen Kommentar. Die beiden mochten Monica offenbar sehr.

»Die meisten unserer Kinder haben bei sich zu Hause keine Möglichkeit, draußen zu spielen, und es wäre so toll, wenn wir aus dieser Wildnis wieder einen Garten machen könnten, der diesen Namen verdient. Vielleicht sogar mit Spielhaus und Sandkasten. Was meinst du?«

»Ich kann es kaum erwarten anzufangen«, rief Riley begeistert und rieb sich die Hände, als wolle er am liebsten sofort die Ärmel hochkrempeln und ein paar Beete umgraben.

»Ich kann dich bloß leider nicht bezahlen«, erklärte Alice kleinlaut, »und es wird sicher eine Weile dauern, weil wir kaum Geld für Gartengeräte und Pflanzen haben. Mit etwas Glück und Geschick können wir vielleicht das Gartencenter in der Nähe überzeugen, uns ein bisschen was umsonst zu überlassen.«

»Und genau da komme ich ins Spiel!«, rief Julian, der sich offenkundig ein wenig ausgeschlossen fühlte. »Riley, ich würde nur zu gerne den gesamten Erlös unseres eBay-Projekts spenden, um das Gartenbudget etwas aufzustocken!« Er guckte sich um und schien hochzufrieden mit sich, wie ein leutseliger Onkel, der bei einem Kindergeburtstag Bonbons verteilt.

»Das geht doch nicht!«, protestierte Riley. »Du bist Rentner! Du brauchst das Geld.«

»Sei nicht albern, mein Lieber. Ich bin weiß Gott nicht auf meine staatliche Rente angewiesen. Ich habe damals Geld wie Heu verdient. Und es in weiser Voraussicht gut angelegt. Ich habe mehr, als ich in diesem Leben noch brauche. Es wäre mir ein Vergnügen.« Freudestrahlend sah er sie an. Und alle strahlten zurück.

»Old MacDonald hat 'ne Farm!«, hörte man es aus einem der Räume krähen.

»I-ei-i-ei-oooh«, sang Riley.

Julian

Julian schaute zum siebten Mal in allen Taschen nach. Dabei brauchte er sein Zugticket gar nicht, weil Monica sich um alles kümmerte. Vermutlich, so sein Verdacht, weil sie ihnen nicht so recht traute. Euros – da. Pass – da. Reiseplan – da. Stadtführer – da. Vor gerade einmal zwei Wochen hatte Riley ihn gefragt, ob er einen gültigen Pass habe, und ihm war aufgegangen, dass er seit fünfzehn Jahren nicht mehr außer Landes gewesen (Himmel, er war ja kaum außerhalb Fulhams gewesen) und sein Pass abgelaufen war. Monica hatte ihm geholfen, per Eilverfahren einen neuen zu bekommen.

Fast hatte er gedacht, sie würde die Beherrschung verlieren, als er darauf bestanden hatte, auch noch einen Heimtierpass für Keith zu organisieren. Er hatte sozusagen ein Ultimatum stellen müssen. Entweder sie fuhren beide oder keiner. Julian wusste, wie melodramatisch das klang, aber Keith war nun mal nicht mehr der Jüngste, und jeder sollte vor seinem Tod einmal in Paris gewesen sein.

Wie dem auch sei, irgendwie hatte Monica, der tüchtigste Mensch, der ihm je begegnet war, selbst das möglich gemacht. Hätte er sie doch bloß schon damals in den Sechzigern gekannt, als er oft nicht einmal wusste, welcher Wochentag es war, geschweige denn, wo er gerade sein sollte. Was Mary wohl von Monica gehalten hätte?

Treffpunkt für alle war das Café, und Riley hatte den Fahrer des kleinen Busses von Mummy's Little Helper bequatscht, sie zum Eurostar zu bringen. So aufgeregt war Julian nicht mehr gewesen, seit man ihn gebeten hatte, Prinzessin Diana zu porträtieren. Wobei, wenn er es sich recht überlegte, wusste er nicht einmal mehr ganz genau, ob er *wirklich* gebeten worden war, Diana zu porträtieren. Gemalt hatte er sie nie, also konnte es durchaus sein, dass man ihn auch nie darum gebeten hatte. Manchmal gerieten Wahrheit und Erfindung in seinem Kopf ein bisschen durcheinander. Wenn man eine erfundene Geschichte oft genug erzählte, wurde sie irgendwann wahr – zumindest so gut wie.

Ein paar Meter vor dem Café blieb Julian stehen und wartete ab, bis das kleine Grüppchen ihn bemerkte. Erst dann setzten er und Keith ihren Weg fort. Wie erhofft wurden sie mit lauten Begeisterungsrufen empfangen.

»Julian! Keith! Ihr haltet die englische Fahne hoch, wie ich sehe!«, rief Riley.

»Ich frage mich, warum mich das wundert«, brummte Monica und musterte beide von Kopf bis Fuß beziehungsweise Pfote. Julian trug ein Sex-Pistols-T-Shirt mit dem Aufdruck *GOD SAVE THE QUEEN*, Doc Martens und eine Bomberjacke mit Union Jack von Vivienne Westwood. Dazu passend war Keith mit einer Jacke in den Farben der englischen Flagge angetan, die er so selbstbewusst und nonchalant präsentierte wie ein Laufstegmodel. Wenn auch eins mit arthritischer Hüfte.

Monica hatte zwei ihrer Aushilfen verpflichtet, die Schicht im Café zu übernehmen, damit sie und Benji mitfahren konnten. Sophie und Caroline, die beiden berufstätigen Mütter, hatten sich leider nicht freinehmen können, weshalb Julian an ihrer Stelle Hazard und Alice eingeladen hatte mitzukommen. Baz hatte wegen akuter Personalknappheit im Restaurant absagen müssen, hatte aber darauf bestanden, dass seine Großmutter mitfuhr. Mrs Wu war noch nie in Paris gewesen.

Monica, die, wie Julian (nicht zum ersten Mal) dachte, auch eine famose Grundschullehrerin abgegeben hätte, zählte die Anwesenden rasch durch, während sich alle in den Minibus drängten.

»Fünf plus ich macht sechs plus Hund. Wer fehlt denn noch? Deine neue Freundin, oder, Julian?«

»Ja. Und da kommt sie auch schon!«, entgegnete er, als er sah, wie Alice mit Bunty in der Babytrage auf sie zusteuerte. Über der Schulter trug sie eine riesengroße Tasche, die er gleich als eine Anya Hindmarch erkannte. »Monica, das ist Alice. Du wirst *hin und weg* sein.«

Monicas und Alice' Begegnung war, als träfen zwei gleichpolige Magnete aufeinander. Man spürte förmlich, wie sich die *Haare* sträubten. Julian konnte das gar nicht begreifen.

»Ach ja. Wir kennen uns bereits«, bemerkte Monica.

»Und wie. Du hast mir gesagt, ich soll *Leine ziehen* und aus deinem Café verschwinden, wenn ich mich recht entsinne. Nett, dich kennenzulernen. Ich bin Alice, und das ist Bunty«, sagte Alice und reichte Monica die Hand. Die nahm und schüttelte sie.

»Entschuldigung«, sagte Monica. »Das war wirklich kein guter Tag. Wollen wir vielleicht noch mal ganz von vorne anfangen?«

»Klar«, entgegnete Alice, und Julian sah, wie ihr Gesichtsausdruck von Erstaunen über kurzes Zögern zu einem herzlichen Lächeln wechselte, bei dem sie das Ergebnis mehrerer Jahre kostspieliger Zahnbehandlungen entblößte.

»Also gut, alle Mann an Bord! Stoßt euch nicht den Kopf!«, rief Monica, allerdings ein bisschen zu spät für Hazard, der über eins achtzig groß war und es geschafft hatte, sich beim Einsteigen in den Bus die Stirn anzuschlagen. Fast hätte Julian geglaubt, Monica schadenfroh grinsen zu sehen. »Anschnallen nicht vergessen! Sicherheit geht vor!«

»Wie beim A-Team! Nur haben die sich bestimmt nie angeschnallt«, grinste Julian. »Ich bin Mr T.« Ein Blick in die fragenden Gesichter ringsum genügte. Sie hatten keinen Schimmer, wovon er redete. Julian war fassungslos. »Sagt bloß, ihr seid alle zu jung für *Das A-Team*!«

»Nicht jeder wurde wie du noch in der Bronzezeit geboren, Julian«, gab Riley zurück. »Ich komme mir vor, als ginge ich wieder zur Schule. Wisst ihr noch, wie alle sich immer um die hintersten Plätze im Bus gestritten haben?«

»Ich habe gerne ganz vorne gesessen«, widersprach Monica, die neben dem Fahrer saß und ihre Reisetasche, die sie sich auf die Knie gestellt hatte, mit beiden Händen fest umklammert hielt.

»Ich habe Glückskekse aus Restaurant für Reise!«, rief Mrs Wu, verschwand fast in ihrer gewaltigen Tasche und reichte dann einzeln in Plastik abgepackte Kekse herum. Hazard, der offensichtlich über keinerlei Impulskontrolle verfügte, riss die Verpackung gleich auf, brach den Keks entzwei und zog den kleinen Zettel heraus.

»Und? Was steht drauf?«, fragte Julian, der neben ihm saß.

»Ach du liebe Güte! Da steht: *Hilfe, ich werde in einer Glückskeksfabrik gefangen gehalten!*«, rief Hazard. »Nein, ehrlich, hier steht: *Du wirst allein und schlecht gekleidet sterben.* Das sind ja tolle Aussichten, was?«

»Zumindest könnte man das von mir nie behaupten«, merkte Julian an. »Ich werde vielleicht allein sterben, aber schlecht gekleidet ganz bestimmt nicht.«

»Schlecht gekleidet vielleicht nicht, aber etwas *überkandidelt* schon«, stichelte Riley vom Sitz hinter ihm. Julian wollte ihm einen Klaps auf den Kopf versetzen, aber Riley duckte sich, sodass Julian versehentlich Alice im Nebensitz erwischte.

»Ach, entschuldige, mein liebes Mädchen!«, rief er entsetzt, während Bunty in ihrem Babysitz losheulte wie eine Sirene.

»Die Räder vom Bus drehen sich rundherum, rundherum, rundherum!«, sang Alice Bunty vor, um sie wieder zu beruhigen.

»Der Rentner im Bus dreht auch am Rad, auch am Rad, auch am Rad«, brummte Benji Monica zu.

»Das habe ich gehört!«, schimpfte Julian, der viel besser hörte, als Benji gedacht hätte.

»Ratet mal, was in meinem Keks steht«, rief Benji, um schnell vom Thema abzulenken. »*Sie werden eine Reise machen!* Wow. Das ist ja echt unheimlich!«

Julian sah, wie Mrs Wu den Freund ihres Enkels so durchdringend anstarrte wie Paddington Bär, aber heute konnte ihnen nichts und niemand die gute Laune verhageln. Es würde einfach *fabelhaft* werden.

Hazard

Julian war gerade auf dem Weg vom Bordbistro zurück zu seinem Platz und schlängelte sich, Keith unter den Arm geklemmt, gefährlich schlingernd und wiederholt die Sitze anrempelnd, durch den Gang. Hazard konnte es kaum mit ansehen. Im Geiste sah er schon, wie Julian mit gebrochener Hüfte auf einer Krankentrage aus dem Zug geschafft wurde.

»Wie erwartet ist die Weinauswahl ein Desaster. Wie gut, dass ich auf alles vorbereitet bin«, brummte Julian und zog eine Flasche Champagner aus der Tasche. Hazard fragte sich, wie lange es wohl dauern würde, bis Monica Einspruch erhob.

»Julian, es ist gerade erst *Frühstückszeit*«, protestierte sie. Nicht lange, wie gedacht.

»Aber mein liebes Mädchen, wir sind im Urlaub! Außerdem reicht es ohnehin nur für ein winziges Gläschen für jeden. Möchten Sie auch einen Schluck, Mrs Wu? Und du, Alice?«

Hazard fragte sich, ob Julian sich auch nur im Geringsten eine Vorstellung davon machen konnte, wie gerne er ihm die Flasche aus der Hand reißen und ohne abzusetzen leer trinken würde. Die Gläser konnte er sich sparen. Hazard merkte, wie etliche Mitreisende ihr kleines Grüppchen schief von der Seite musterten. Sie mussten einen recht kuriosen Anblick bieten, allein schon wegen der fünfzig Jahre Altersunterschied zwischen Julian und Benji und Alice – genau genommen sogar neunundsiebzig Jahre, wenn man Klein Bunty mitzählte. Ob Mrs Wu älter oder jünger war als Julian? Bisher hatte es niemand gewagt, sie zu fragen.

Julian saß vergnügt mit Champagnerglas und Skizzenbuch auf seinem Platz. Er zeichnete Keith, der auf dem Sitz gegenüber Platz genommen hatte und durch die Scheibe die Schafe auf den Wiesen von Kent anstarrte. Bestimmt hatte er noch nie Schafe gesehen. Ein Schaffner kam zu ihnen und guckte sich mit strengem Blick missbilligend um.

»Entschuldigen Sie. Hunde gehören nicht auf den Sitz. Er muss auf dem Boden sitzen«, sagte er streng zu Julian.

»Das ist kein Hund«, entgegnete Julian.

»Was ist es denn dann?«, fragte der Schaffner.

»Meine Muse.«

»Musen gehören auch nicht auf den Sitz«, entgegnete der Schaffner ungerührt.

»Ich möchte ja nicht unhöflich erscheinen, werter Herr«, sagte Julian, obwohl offensichtlich das Gegenteil der Fall war, »aber wo genau steht in Ihrem Regelwerk geschrieben, dass *Musen nicht auf den Sitz* gehören?«

»Julian!«, rief Monica. »Tu, was man dir sagt. Keith! Runter da!« Keith hopste augenblicklich vom Sitz. Er wusste, dass man sich mit Monica lieber nicht anlegen sollte, auch wenn sein Herrchen offenbar noch nicht dahintergekommen war.

Monica widmete sich wieder ihrem Sudoku-Heft, das sie mit akribischer Sorgfalt von vorne bis hinten durcharbeitete. Wann immer sie nicht weiterkam (was nicht oft passierte), klopfte sie sich mit dem Bleistiftende seitlich an den Kopf wie ein Zauberer, der ein Kaninchen aus dem Hut zieht. Bunty hatte ihr kleines Gesicht gegen die Fensterscheibe gedrückt und trommelte mit den Fäustchen dagegen, während Alice mit dem iPhone Fotos von ihr machte. Riley guckte auf YouTube Surf-Videos und reichte eine Riesentüte M&M's herum. Auf dem Tisch vor Betty türmten sich verhedderte Wollknäuel, aus denen sie irgendetwas Undefinierbares strickte.

Hazard hatte sich schrecklich gefreut, als Julian ihn gefragt hatte, ob er mit ihnen nach Paris fahren wolle. Insgeheim hoffte er, diese kleine Chaostruppe könne ihn womöglich auch aufnehmen und ihm irgendwann die alten Freunde ersetzen.

Nur eins versetzte seiner guten Laune einen deutlichen Dämpfer, und das war Monica, die ihm beharrlich die kalte Schulter zeigte. Er war es nicht gewohnt, dass Frauen ihn ignorierten. Er fand es ziemlich ungerecht, wenn man bedachte, dass er sich auf Koh Panam *wochenlang* den Kopf zerbrochen hatte, nur um ihr zu helfen. Er hatte ihr sogar eine Postkarte geschickt! Nicht mal seinen Eltern hatte er eine Postkarte geschickt, wie seine Mutter mehrmals etwas pikiert angemerkt hatte. Undank war der Welt Lohn. Er versuchte es noch einmal.

»Monica?«

Misstrauisch guckte sie ihn über den Rand ihres Sudoku-Büchleins an.

»Danke, dass ich heute mitfahren darf. Ich habe mich wirklich sehr über die Einladung gefreut.«

»Danke lieber Julian, nicht mir. Das war seine Idee«, sagte sie. Ziemlich unverschämt, wie er fand. An Monica herankommen zu wollen glich dem Kunststück, einen Kaktus zu umarmen.

Hazard hatte sich noch nie viel um die Meinung anderer Leute geschert, aber seit er Alkohol und Drogen abgeschworen hatte, ertappte er sich des Öfteren dabei, wie er sich im Stillen wünschte, wenigstens hin und wieder würde ihm jemand sagen, dass er das gut machte und dass er kein durch und durch verkommener, furchtbarer Mensch war. Dabei wusste er, wie unwahrscheinlich es war, dass dieser Jemand ausgerechnet Monica war.

Er nahm all seinen Mut zusammen und stellte sich Tom Cruise in *Top Gun* vor. *Goose, wir gehen wieder rein.*

»Ich bewundere dich sehr, weißt du das?«, sagte er und musste sich eingestehen, dass es wirklich so war. Er kannte das so nicht. Sonst *begehrte* er Frauen vielleicht, aber sie zu *bewundern* war ein gänzlich neues, ungewohntes Gefühl für ihn. Monica schaute auf. Ha! Jetzt zappelte sie am Haken. *Sichern und laden.*

»Ach, echt?«, fragte sie ein wenig argwöhnisch. *Auf Kurs bleiben!*

»Na ja, du brauchst dir doch nur mal anzugucken, wie du diese kunterbunte, ziemlich coole Truppe zusammengebracht hast!«, sagte er.

»Das war nicht ich, das war Julians Buch«, wendete Monica ein, wenn auch nicht mehr so stachelig wie eben.

»Ja, schon, das Buch war die Initialzündung«, stimmte Hazard ihr zu, »aber du und dein Café, ihr haltet alles zusammen.«

Nun lächelte Monica doch tatsächlich. Nicht unbedingt *ihn an*, aber zumindest grob in seine Richtung. *Treffer! Zurück zum Stützpunkt. Morgen ist auch noch ein Tag. Der Kampf geht weiter.*

Hazard drehte sich zu Alice um. Ein ganz schön flotter Käfer. Wobei der Vergleich eigentlich auf sämtlichen sechs Beinen hinkte, denn nichts an Alice erinnerte an einen Käfer. An einen Schmetterling vielleicht oder eine sehr fotogene Libelle. Sie war viel offener und umgänglicher als Monica, und sie war, wie Hazard erfahren hatte, @aliceinwonderland! Eine seiner Exfreundinnen war ein echtes Fangirl gewesen und war immer völlig ausgeflippt, wenn Alice einen ihrer Posts geliked hatte. Sie hatte Hazard damit fast in den Wahnsinn getrieben, aber insgeheim hatte er Alice dafür bewundert, sich eine derart eingeschworene Fangemeinde geschaffen zu haben. Er zog das Handy aus der Tasche, heilfroh, sein altertümliches Nokia endlich gegen ein neueres Modell ausgetauscht zu haben, und ging heimlich auf Alice' Instagram-Account.

Wie Hazard sich schon gedacht hatte, erwarteten ihn dort

Aberdutzende Fotos von Alice, immer in den richtigen Klamotten, immer an den richtigen Orten, immer mit den richtigen Leuten. Aber, und damit hatte er so gar nicht gerechnet, dazwischen waren auch zwei Fotos von Julian! Eines offensichtlich auf dem Friedhof aufgenommen, ganz in der Nähe des Admirals, und das andere gegen eine Straßenlaterne gelehnt, irgendwo auf einer Londoner Straße, Keith zu seinen Füßen. Wenn das überhaupt menschenmöglich war, so wirkte Julian auf Instagram noch exzentrischer und unglaublicher als im wahren Leben.

»Alice!«, rief er und vergaß dabei die gespielte Coolness. »Du hast Julian auf Instagram gepostet!«

»Sieht er nicht unbeschreiblich aus?«, antwortete sie. »Wie viele Likes hat er mittlerweile?«

»Das letzte Foto hat schon über *zehntausend*«, entgegnete Hazard beeindruckt.

»Das liegt auch an seinem Hund«, meinte Alice. »Auf Instagram kann es gar nicht genug Hund sein.«

»Und es stehen Dutzende Kommentare drunter. Alle wollen ihm folgen. Wir müssen ihm einen eigenen Account einrichten«, sagte Hazard. »Julian, dürfte ich mir mal eben kurz dein Handy ausleihen?«

Hazard setzte sich neben Alice, und gemeinsam steckten sie über Julians Handy die Köpfe zusammen.

»Wie sollen wir ihn nennen?«, fragte Hazard sie.

»Wie wäre es mit @fabulousat80?«

»Ich bin erst neunundsiebzig! Ich wurde an dem Tag geboren, als Großbritannien Deutschland den Krieg erklärt hat, weshalb sich kein Schwein um mich geschert hat. Seitdem kämpfe ich um Aufmerksamkeit!«, brüllte Julian zwei Reihen vor ihnen, woraufhin mehrere Mitreisende die Zeitung sinken ließen und sich verstimmt zu ihnen umdrehten.

»Du kannst nicht *erst* neunundsiebzig sein, das ist ein Widerspruch in sich«, erklärte Alice. »Außerdem, neunundsiebzig ist fast achtzig. Also gut, laden wir die beiden Fotos hoch, die ich gemacht habe, und dann taggen wir sämtliche Designer, die er trägt, und hängen die üblichen Mode-Hashtags an. Dann sage ich meinen Followern Bescheid. Haltet euch fest. Das wird eine Sensation.«

Alice zuzusehen, wie sie sich wie ein Fisch im Wasser geschickt und mühelos durch die sozialen Netzwerke bewegte, war beeindruckend. Nach zehn Minuten angestrengtem Stirnrunzeln und bienenfleißigem Getippe legte sie Julians Telefon schließlich zufrieden beiseite. »Das dürfte reichen«, meinte sie.

»Ich weiß ja nicht, was ihr beiden da ausbaldowert, aber ich hoffe sehr, es ist nichts *Illegales*«, meinte Julian. »Ich bin nicht mehr verhaftet worden seit der Nacht mit Joan Collins 1987.«

Niemand wollte Julian den Gefallen tun, genauer nachzufragen.

Monica

Der Ausblick vom Eiffelturm war all das lange Schlangestehen wert, aber Monica war einfach hundemüde. Nicht nur vom vielen Herumlaufen und Metrofahren quer durch Paris und von den Museumsbesuchen, nein, auch weil sie ständig durchzählen und dafür sorgen musste, dass niemand versehentlich verloren ging. Sie hatte es mit einem Regenschirm versucht, den sie hoch über ihren Kopf gehalten hatte, damit alle sie selbst im dichten Gedränge gut sehen und ihr folgen konnten, aber Hazard hatte sie dermaßen damit aufgezogen, dass sie den Schirm schließlich entnervt wieder zusammengefaltet und in ihrer Tasche verstaut hatte. Sollte ihnen jemand abhandenkommen, wäre das also allein Hazards Schuld. Man stelle sich vor, Baz gestehen zu müssen, dass seine Großmutter, die zuletzt dabei gesehen wurde, wie sie in der Nähe der Pyramide des Louvre einen Glückskeks aß, auf unerklärliche Weise verschwunden war.

Und Keith machte die Sache auch nicht unbedingt leichter. In sämtlichen Museen war das Mitführen von Hunden strengstens untersagt. Im Centre Pompidou hatte Julian versucht, die zuständigen Sicherheitsleute davon zu überzeugen, Keith sei sein Blindenhund. Woraufhin man ihn, nicht ganz zu Unrecht, darauf hingewiesen hatte, dass er sich, wäre er wirklich blind, auch die Ausstellung nicht anzusehen bräuchte. Aus schierer Verzweiflung kaufte Julian schließlich im Museumsladen eine riesengroße Leinentasche mit der Aufschrift MEINE ELTERN WAREN

IN PARIS, UND ICH HABE BLOSS EINE OLLE TASCHE BEKOMMEN. In der schmuggelte er Keith heimlich am Wachpersonal vorbei, während Monica fast einen Herzkasper bekam. Auch drinnen spielte Julian immer wieder mit dem Feuer. Vor seinen Lieblingsbildern blieb er stehen und zischte in die Tasche: »Keith! Das hier musst du dir ansehen. Ein Klassiker seines Œuvres.«

Julians Kommentare zu den vielen Kunstwerken waren spannend und unterhaltsam, wenn auch nicht, wie ihr mehrfach auffiel, ganz korrekt. Es schien ihm unmöglich zuzugeben, wenn er die Antwort auf eine Frage einmal nicht wusste, weshalb er dann (wie Monica aufging, nachdem sie einige seiner Geschichten in ihren Reiseführern nachgeschlagen hatte) einfach irgendwas erfand. Sie wusste nicht, ob es außer ihr noch irgendwem aufgefallen war, aber früher oder später musste diese schamlose Schwindelei auffliegen: Julian wurde immer tollkühner, und jede seiner Räuberpistolen war noch abenteuerlicher und weiter von der Wahrheit entfernt als die letzte.

Paris schimmerte im blassen Wintersonnenlicht und erinnerte Monica an ihre versponnenen Tagträume von romantischen Spaziergängen am Fluss, damals, als sie die Reise zuerst geplant hatte. Wieder schalt sie sich dafür, so dumm gewesen zu sein. So etwas gab es einfach nicht im wahren Leben.

Monica sah zu, wie Hazard und Alice ein Foto von Julian schossen, der sich in Pose geworfen hatte wie eine verknöcherte, in Ehren ergraute Kate Moss, sich lasziv gegen ein Geländer lehnte und versonnen über Paris schaute. Eine kleine Menschenmenge hatte sich um sie geschart und reckte die Hälse, um zu sehen, ob er vielleicht ein Promi war. Und Betty trug ihren Teil zu dem Spektakel bei, indem sie mit einer Taube auf der Hand ein paar Tai-Chi-Übungen machte (eins der vielen Dinge, die sie in ihre geräumige Reisetasche gepackt hatte, war anscheinend Vogelfutter). Hatte sie denn keine Angst, dass die ihr auf den Kopf *schiss*? Allein beim Gedanken daran wurde ihr speiübel.

Monica gab sich wirklich große Mühe, Alice zu mögen, mit ihrem perfekten Gesicht und dem perfekten Körper und dem entzückenden Baby. Hazard und Alice erinnerten sie an die coolen Kids in der Schule, die überall dazugehörten, immer das Richtige taten und sagten und stets die richtigen Klamotten trugen – selbst wenn sie in einer vollkommen lächerlichen Aufmachung auftauchten, lachte niemand, und am nächsten Tag trugen alle genau dasselbe. Monica hatte jedes Mal ganz unbeteiligt getan und betont, das Getue sei ihr viel zu blöd. Sie wollte nach Cambridge und etwas Sinnvolles aus ihrem Leben machen. Insgeheim hatte sie aber jedes Mal innerlich gejubelt, wenn sie in der Schulmensa ausnahmsweise mit am Tisch der coolen Clique hatte sitzen dürfen.

Wenn sie sich früher irgendwie unterlegen gefühlt hatte, hatte sie ein fröhliches Gesicht aufgesetzt und versucht, so heiter und gelassen wie möglich zu wirken. Aber das konnte sie jetzt nicht mehr, dem blöden Notizbuch sei Dank. Hazard und Alice wussten genau, wie unzufrieden sie mit ihrem Leben war. Na ja, wenigstens bin ich nicht so furchtbar oberflächlich und besessen davon, dass wildfremde Menschen mir im Internet Beifall klatschen, dachte sie, als sie sah, wie die beiden sich über Julians Handy beugten und das Foto hochluden.

Ihre Mutter hätte nichts von Alice gehalten. Monica erinnerte sich noch gut daran, wie oft sie ihre Mutter ins Frauenhaus begleitet hatte, wo sie sich um Opfer häuslicher Gewalt kümmerte. *Sorg dafür, dass du finanziell unabhängig bleibst, Monica. Mach dich und deine Kinder nicht abhängig von einem Mann, der für euren Lebensunterhalt sorgt. Man weiß nie, was passiert. Du musst selbst für deinen Unterhalt aufkommen können.* Dieses Instagram-

Ding konnte doch unmöglich eine ordentliche Beschäftigung sein, oder? Das war bloß Selbstbeweihräucherung.

»Dein Kleid gefällt mir, Alice«, rief sie rüber, um ein bisschen nett zu sein. Und sagte man so was nicht zu Leuten wie ihr?

»Ach, danke, Monica«, entgegnete Alice, und ein breites Lächeln zauberte ihr entzückende Grübchen auf die Wangen. »War runtergesetzt, aber sag's nicht weiter!« Wem um alles in der Welt sollte sie das denn weitersagen?

Jemand nahm ihre Hand. Es war Riley. Monica riss sie weg und schimpfte sich dann selbst eine Mimose.

»Danke, dass du das alles organisiert hast, Monica. Es war ein Wahnsinnstag«, sagte er, was sie bloß traurig stimmte beim Gedanken daran, was hätte sein können. Wie sie sich wünschte, sie könnten ihre fröhliche, unkomplizierte Gute-Laune-Beziehung wiederaufleben lassen, aber das ging nicht. Es war wie der Versuch, einen Fleck aus dem Teppich zu reiben. Man konnte schrubben und bürsten und tupfen, so viel man wollte, es blieb ein blasser Rand, der einen an das Malheur erinnerte. Und außerdem, selbst wenn sie die Zeit zurückdrehen könnte, was hätte sie davon? Riley würde schon bald weiter durch Europa reisen und anschließend wieder nach Australien zurückfliegen. Nicht gerade eine Pendlerstrecke. Nein, viel klüger war es, die Mauer, die sie um ihre Gefühle gebaut hatte, an Ort und Stelle zu belassen.

»Herrje, guck dir mal die drei mit ihrer dämlichen Instagram-Fixierung an«, brummte Riley. »Da stehen sie auf einem der wahnsinnigsten Bauwerke der Welt mit Blick über eine der Wahnsinnsstädte überhaupt, und sie haben nur Augen für Julians *Klamotten.*«

Und in diesem Augenblick verzieh Monica ihm fast alles. Bis auf den inflationären Gebrauch des Wörtchens *Wahnsinn*. Das machte sie wahnsinnig.

Es dauerte eine halbe Ewigkeit, bis Monica die Gruppe geschlossen auf festen Boden zurückgebracht hatte, denn außer ihr schien sich niemand auch nur im Geringsten darum zu scheren, sie könnten ihren sehr bald abfahrenden Zug verpassen. Sie versuchte, die Gruppe zusammenzuhalten und durch das Drehkreuz am Ausgang zu treiben wie ein Schäfer seine Schafherde durchs Desinfektionsbad. Betty war die Erste und hatte Probleme, ihre riesengroße Tasche durch den schmalen Ausgang zu bekommen. Monica sah, wie ein charmanter junger Mann ihr winkte, sie solle ihm die Tasche reichen, damit er ihr durch die Absperrung helfen konnte. Sekunden später sprintete der freundliche junge Mann in Rekordgeschwindigkeit die Straße hinunter, Bettys sämtliche Habseligkeiten unter dem Arm. Wohl doch nicht so charmant.

Aufgebracht schrie Betty ihm auf Mandarin hinterher. Monica verstand zwar kein Wort, wusste aber genau, was sie sagen wollte. Schimpfwörter fielen. Und dann war da plötzlich Benji, der wie ein Superheld aus einem Actionfilm die wartende Menge beiseiteschob, einhändig über das Drehkreuz hechtete und dem Dieb nachjagte.

Die versammelten Touristen feuerten ihn in einem wüsten Durcheinander unterschiedlichster Sprachen lautstark an, als säßen sie auf der Zuschauertribüne eines Europameisterschaftsfinales. Mit langen Schritten holte Benji den Räuber ein und packte ihn am Arm. Die Menschenmenge jubelte frenetisch. Mrs Wu reckte sogar die geballte Faust gen Himmel. Aber dann schlüpfte der Mann, Bettys Tasche noch immer fest umklammernd, einfach aus der Jacke und rannte weiter. Benji stand da, die Jacke in der Hand, und guckte ihm verdattert nach. Die Menge stöhnte und fluchte – überwiegend unverständlich. Benji nahm die Verfolgung wieder auf, und diesmal brachte er seine Zielperson mit einem beherzten Tackling zu Fall.

»TOR!«, schrie Riley. Die Menge flippte völlig aus. Benji kniete auf dem Dieb und hatte ihm die Arme auf den Rücken gedreht. Bettys Tasche lag auf dem Boden und verspuckte Glückskekse, Vogelfutter und Wollknäuel. Monica rief die Polizei.

Betty trat dem Mann mit einem gezielten Tritt vors Schienbein.

»Leg dich nicht mit mir an, Mister«, knurrte sie.

Er würde noch den Tag verfluchen, an dem er Betty Wu in die Quere gekommen war, dachte Monica. Sie hoffte bloß, dass Betty nicht gesehen hatte, wie Keith das Bein an ihrem Strickzeug gehoben hatte.

Riley

Auf der Heimfahrt im Zug war die Stimmung gedämpfter als bei der Hinfahrt. Alle waren nach einem Tag voller Spannung, Spiel und Abenteuer (samt dramatischer Verfolgungsjagd) hundemüde.

Riley sah interessiert zu, wie Betty aufstand und hinüberging, um sich auf den freien Platz neben Benji zu setzen. Benji guckte erstaunt, ja fast ein bisschen verängstigt. Sie schien ihm jedenfalls wesentlich mehr Furcht einzujagen als der Dieb vorhin. Riley tat, als sei er in seinen Reiseführer vertieft, während er in Wahrheit die Ohren spitzte, um nur ja nicht zu verpassen, was Betty Benji zu sagen hatte.

»Also. Monica sagt, du bist guter Koch«, bellte sie.

»Na ja, ich koche sehr gerne, aber ich bin nicht annähernd so gut wie Sie, Mrs Wu«, entgegnete Benji mit, wie Riley fand, genau dem richtigen Maß an ehrfürchtig-unterwürfiger Schmeichelei. Ihm entging nicht, dass Betty ihn nicht mit *Nenn mich Betty!* anschnauzte.

»Nächste Woche, du kommst ins Restaurant. Ich zeige dir, wie man kocht Wan-Tan-Suppe.« Das war eindeutig ein Befehl, keine Einladung. »Das Rezept habe ich von meiner Mutter, sie von ihrer Mutter. Nicht aufgeschrieben. Alles hier drin.« Und damit tippte sie sich mit dem Finger an den Schädel, als sei es ein Spechtschnabel, der unter der Rinde eines Baumstamms nach versteckten Käfern hackte. Ohne eine Antwort abzuwarten, stand sie auf und setzte sich wieder auf ihren Platz, während Benji ihr verdattert hinterherguckte. Riley wurde ganz warm ums Herz. Vielleicht hatte die Stadt der Liebe ja schon ihren Zauber gewirkt. Riley liebte Happy Ends.

Alice setzte sich neben Julian und ging auf seine neue Instagram-Seite.

»OMG, Julian! Du hast über dreitausend Follower!«, rief sie. Julian guckte sie verständnislos an.

»Ist das gut?«, fragte er. »Wie haben die mich denn gefunden?«

»Das ist nicht bloß gut, das ist SPEKTAKULÄR in gerade mal zwölf Stunden. Du wirst eine virale SENSATION. Ich habe ein paar Fotos von dir auf meiner Seite gepostet und meinen Followern gesagt, dass sie dir folgen sollen, und jetzt schwärmen sie in Scharen rüber zu deiner Seite. Schau dir nur die vielen Kommentare an! Die Leute FEIERN dich! Warte, du hast sogar ein paar PMs, siehst du?« Und dann hackte Alice ein paarmal auf Julians Handy ein und stierte mit zusammengekniffenen Augen auf die Anzeige.

»Ich FASSE es nicht!«, quiekte sie so laut, dass Bunty erschrocken aufheulte und sie einige missbilligende Blicke von ihren Mitreisenden erntete. »Du hast eine Nachricht von VIVIENNE WESTWOOD! Der *echten.*« Wer ist Vivienne Westwood?, fragte Riley sich. Warum der ganze Wirbel, was hieß *echt*, und gab es auch eine *falsche*? Er wünschte, Alice würde aufhören, in Großbuchstaben zu reden. Davon bekam er Kopfschmerzen. Riley hätte nie gedacht, er könne mal so kaputt und weltmüde sein, aber Alice machte ihn einfach fertig.

»Sie sagt, sie freut sich, dass du immer noch ihre Sachen trägst – ich habe sie getaggt, weißt du –, und wenn du zu ihr kommst, kannst du gerne die neueste Kollektion anprobieren.«

»Ach, die süße kleine Vivi. Ich habe sie sehr gemocht«, meinte Julian. »Aber ich kann mir ihre Sachen längst nicht mehr leisten.

Leider. Das letzte Gemälde habe ich vor über zehn Jahren verkauft.«

»Aber das ist ja das FANTASTISCHE an Insta, Julian. Wenn du erst mal genügend Follower hast, bekommst du die Sachen GESCHENKT. Du glaubst doch nicht, ich hätte irgendwas von dem ganzen Zeug hier GEKAUFT, oder?«, fragte sie und wies auf ihre Kleider und die Tasche.

»Donnerwetter!«, rief Julian. »Dann solltest du mir wohl besser mal zeigen, wie das funktioniert. Mit diesem Telefondings komme ich noch nicht so gut zurecht. Meine Finger sind zu dick und ungeschickt. Das ist, als wollte man mit einem Büschel Bananen tippen.«

»Keine Sorge. Ich kaufe dir so ein kleines Eingabeding, dann geht es«, sagte Alice. »Insta wird dir gefallen. Es ist so hübsch. Wie KUNST, nur viel moderner. Genau dein Fall. Würde Picasso noch leben, er wäre total verrückt nach Instagram.« Julian fielen fast die Augen aus dem Kopf, als er das hörte.

Julian hatte es geschafft, am Gare du Nord noch eine Flasche Champagner zu ergattern, damit sie – wie er sagte – Benjis Heldentat auf der Heimfahrt gebührend begießen konnten. Nun stellte er etliche Pappbecher vor sich auf und schenkte vorsichtig ein. Riley musste daran denken, dass nur er und Alice Hazards Geschichte gelesen hatten. Sein Blick ging zu Hazard, der allein dasaß und den Kopf gegen das Zugfenster gelehnt hatte. Es schien fast, als sei er eingenickt, bis man seine Hände sah, die er so fest zu Fäusten geballt hatte, dass die Knöchel ganz weiß waren. Riley ging zu ihm und setzte sich neben ihn.

»Hazard, du hältst dich wirklich großartig, weißt du das? *Du* bist hier der wahre Superheld«, sagte er leise.

Hazard drehte sich zu ihm um und schaute ihn an. »Nett von dir«, brummte er. Er klang dankbar und todmüde.

»Suchst du immer noch einen Job? Alice hat mich zum Gärtnern eingespannt, und ich könnte ein bisschen Hilfe brauchen, falls du Zeit hast?«

»Klar. Das wäre schön. Ich laufe gerade herum wie Falschgeld, wenn ich ehrlich bin. Ich will nicht wieder zurück in meinen alten Job, aber sonst habe ich nichts gelernt. Und zu viel Zeit zu haben ist nicht gut für mich«, entgegnete Hazard. »Ich bin schon total angefixt von *Neighbours* und *Countdown*. Einmal Junkie, immer Junkie. Und sei es nur ein Serienjunkie. Und ein bisschen Geld könnte auch nicht schaden. Mein letzter Bonus ist fast aufgebraucht, und wenn ich nicht bald einen Job finde, muss ich meine Wohnung verkaufen.«

»Da kann ich dir leider nicht helfen. Die Arbeit ist für einen kleinen gemeinnützigen Verein. Willst du es trotzdem versuchen?«, fragte Riley.

»Auf jeden Fall«, erklärte Hazard nachdrücklich. »Um meine Finanzen kümmere ich mich ein andermal. Bestimmt ergibt sich irgendwas. Und mach dir wegen Monica keine Sorgen. Bestimmt kriegt sie sich irgendwann wieder ein.«

Wenn sie beide Frauen wären, überlegte Riley, würden sie sich jetzt vielleicht umarmen. Aber sie waren Männer, also boxte er Hazard nur ganz leicht gegen den Arm und ging wieder zurück zu seinem Platz.

Bunty hatte die Nase gestrichen voll. Sie war fertig mit dem Tag. Mit hochrotem Gesicht und aus Leibeskräften brüllend war sie kaum noch als die niedliche @babybunty zu erkennen. Alice lief mit ihr auf dem Arm den Gang auf und ab. Die leicht wiegende Bewegung war das Einzige, was sie wieder beruhigen konnte. Riley fragte sich, ob das Monica möglicherweise die Lust aufs Kinderkriegen verderben könnte. Er jedenfalls würde sich das in Zukunft dreimal überlegen, obwohl er die Vorstellung einer großen Familie eigentlich grandios fand.

Ein paar Minuten später ging Riley durch das Abteil zur Toilette und drückte auf den Türöffner. Die Tür glitt geräuschlos beiseite, und dahinter erschien Bunty, auf dem Rücken im Waschbecken liegend, splitternackt, die Beinchen in der Luft, und überall war *Kacke*. Im Waschbecken, auf dem Spiegel, sogar an den *Wänden*. Mit Feuchttüchern in beiden Händen glotzte Alice ihn an und rief: »Entschuldige, ich dachte, ich hätte abgeschlossen.« Worauf Riley mit einem erstickten »AARRRGGHH« antwortete, um dann hastig auf den Türknopf zu drücken, damit das alles wieder verschwand. Aber das Bild hatte sich für alle Zeiten in sein Gedächtnis eingebrannt und seine Netzhaut versengt. Er murmelte Unverständliches, während die Tür sich schloss. Dahinter hörte er Alice' gedämpfte Stimme.

»Also, Riley, eigentlich könnte ich ein bisschen Hilfe brauchen!«

»Sofort!«, rief er. »Ich hole Monica!« Denn das musste sie doch damit gemeint haben, oder?

Monica

Als Riley von der Toilette zurückkam, war er ganz grün im Gesicht.

»Alles okay, Riley?«, fragte Monica besorgt.

»Ja, bestens. Aber ich glaube, Alice könnte ein bisschen Hilfe brauchen«, keuchte er und schlüpfte rasch auf seinen Sitz. Etwas beunruhigt marschierte Monica dorthin, wo Riley gerade hergekommen war. Sie hoffte bloß, der Tag würde ihnen nicht noch so kurz vor knapp verdorben, wo sie doch schon beinahe wieder zu Hause waren. Die Toilettentür war verriegelt. Monica klopfte an.

»Bist du da drin, Alice? Ich bin's, Monica. Kann ich dir irgendwie helfen?«, fragte sie.

»Kleinen Moment, Monica!«, kam von drinnen die Antwort. Ein, zwei Minuten später ging die Tür auf, und Alice drückte ihr Bunty in den Arm.

»Könntest du Bunty halten, während ich hier drinnen sauber mache? Ich hatte sie auf die Wickelmatte gelegt, aber wenn der Zug sich in die Kurve legt, habe ich Angst, dass sie im hohen Bogen auf den Boden kullert. Ich bin in einer Minute da. Tausend Dank!«

Geräuschlos glitt die Tür wieder zu. Da keiner sie sah, beugte Monica sich nach vorne und schnupperte an Buntys daunenzartem Babyflaum. Sie roch nach Babypuder von Johnson & Johnson, frisch gewaschener Baumwolle und dem unbeschreibbaren

Duft neugeborener Menschlein, der Monica immer wieder daran erinnerte, was sie am meisten vermisste. Die Tür glitt zurück, und Alice trat heraus.

»Sie ist entzückend, Alice«, seufzte Monica auf dem Weg zurück zu ihren Plätzen. Sie erwartete eine der üblichen Antworten von Alice, ein *Ich weiß* oder *Ja, oder?*, vielleicht auch ein gespielt bescheidenes *Aber nicht morgens früh um drei*. Stattdessen blieb Alice wie angewurzelt stehen und musterte sie durchdringend.

»Weißt du, Monica, ein Baby ist nicht der Schlüssel zum Glück. Und manchmal ist man in einer Ehe einsamer als sonst wo auf der Welt. Ich weiß, wovon ich rede.«

»Vermutlich hast du recht, Alice«, entgegnete Monica und fragte sich, was sie wohl für eine Geschichte hatte. »Single zu sein hat auch seine Vorteile.« Und zum ersten Mal meinte Monica es wirklich so, wie sie es sagte.

»Ach ja, ich weiß noch«, seufzte Alice. »Essen, was man will, wann man will. Alleinherrschaft über die Fernbedienung, niemandem Rechenschaft schuldig sein, wo man hingeht und mit wem. In Jogginghose und Schlappen rumschlurfen. Regelmäßig Sex – haha. Die guten alten Zeiten!« Sie hielt inne und sah versonnen in die Ferne.

»Monica, ich habe neulich was auf Instagram gelesen. Da stand, *Nicht nur Mütter können bemuttern*. Ich glaube, das soll heißen, es gibt viele Arten, auch ohne eigene Kinder eine Mutter zu sein. Ich meine, nehmen wir doch nur mal dich und dein Café. Du kümmerst dich um Menschen, Tag für Tag.«

Monica konnte kaum fassen, dass ein derart lebensverändernder, wenn auch etwas gönnerhaft vorgetragener Gedanke von einer Frau kommen sollte, die sie heute Morgen noch als oberflächliches Girlie abgetan hatte. Und das alles vor einer Zugtoilette, mit freundlichen Grüßen von einem abgeschmackten Instagram-Meme.

Danach lief Monica noch ein paarmal mit Bunty auf dem Arm den Gang auf und ab, damit sie sich wieder beruhigte, dann reichte sie die Kleine an Alice weiter und setzte sich neben Riley.

Riley musste sich mit Julians Champagner Mut angetrunken haben, denn er sah sie an, als hätte er etwas Wichtiges zu sagen. Monica machte sich auf das Schlimmste gefasst.

»Monica, es tut mir aufrichtig leid, dass ich dir das mit dem Buch verheimlicht habe. Ich wollte dich ganz bestimmt nicht im Dunkeln lassen, aber an dem Abend, als wir uns kennengelernt haben, konnte ich es dir nicht sagen. Da waren so viele Leute. Und danach hatte ich das Gefühl, den richtigen Augenblick verpasst zu haben. Es war zu spät, und ich wusste nicht, wie ich das wieder hinbiegen sollte. Du wirst mir das bestimmt nicht glauben, aber ich hatte mir fest vorgenommen, es dir nach Weihnachten zu sagen.« Und dabei schaute er sie so treuherzig an, dass sie ihm einfach glauben musste. Und auch wenn damit nicht alles aus der Welt geschafft war, war ihnen doch beiden schon viel leichter ums Herz. Monica nahm Rileys Hand und lehnte den Kopf gegen seine Schulter.

Alice

Alice marschierte schnurstracks zum Kühlschrank und goss sich ein großes Glas Chablis ein. Sie wusste zwar, dass sie auf der Rückfahrt schon mehr als genug Champagner getrunken hatte (hoffentlich hatte es von den anderen keiner gemerkt), aber das reichte nicht mal ansatzweise. Sie setzte sich an den schwarzen Granittresen und schleuderte die Schuhe auf den polierten Betonboden. Ihre minimalistische Küche mit der perfekten Linienführung und den klaren Kanten hatte, wie Max so gerne sagte, einen echten »Wow«-Faktor. Aber gemütlich und einladend war sie nicht. Manchmal wollte man einfach nicht, dass ein Raum ein Statement abgab oder etwas über einen sagte. Manchmal wollte man bloß, dass er die Klappe hielt und verdammt noch mal ein Raum war.

Es war ein traumschöner Tag gewesen. Wäre sie nicht die ganze Zeit damit beschäftigt gewesen, Bunty vom Heulen abzuhalten, sie zu stillen, ohne Julian allzu sehr zu schockieren, indem sie zu viel Brust blitzen ließ, und in einer Sardinenbüchse von Zugtoilette Windeln zu wechseln, wäre er perfekt gewesen.

Nie würde sie Rileys entgeistertes Gesicht vergessen, als er sie versehentlich beim Windelwechseln gestört hatte. So viel zum unerschrockenen Naturburschen. Noch während die Tür sich wieder schloss, hatte er, leichenblass und mit einem Gesicht, als müsse er sich übergeben, gefragt: »Alles okay bei dir, Alice?« Mit erstickter Stimme, während Ekel und gute Kinderstube miteinander rangen. Der Süße. Und wer war eigentlich dieser Benji, den sie zuletzt am Weihnachtstag weinend vor dem chinesischen Restaurant gesehen hatte und der jetzt wie ein Superheld Mrs Wus Tasche zurückgeholt hatte? Das war besser als jedes Netflix-Drama. Sie hörte die Haustür zuschlagen. Max kam von der Arbeit nach Hause, spät wie immer.

»Hallo, Schatz! Warum ist Bunty denn noch nicht im Bett? Es ist doch schon halb zehn. Und, was gibt's zum Abendessen? Ich habe einen Bärenhunger.«

Alice spähte in den Kühlschrank. Dessen einziger nichtalkoholischer Inhalt bestand aus einer halben Zitrone, einem Päckchen Butter, einem ziemlich schlappen Salat und einem Viertel Quiche, von der Max stets behauptete, echte Männer würden so was nicht essen.

»Tut mir leid, Liebling«, sagte sie, um Mitgefühl bemüht. »Ich habe heute nichts gekocht. Ich war in Paris, weißt du nicht mehr? Wir sind gerade erst zurückgekommen.«

»Ach, wie schön für dich, dass du die Zeit dazu hast, zum Lunch nach Paris zu gondeln, und den ganzen Tag in der Stadt herumziehst, während ich mich jede Stunde, die Gott mir gegeben hat, abrackere, damit Bunty immer eine frische Windel am Popo hat. Dann muss ich wohl bei Deliveroo anrufen.«

Alice beäugte die ungeöffnete Butterpackung, die in Größe und Form an einen Backstein erinnerte, und fragte sich, wie fest man die wohl werfen müsste, um sein Gegenüber ernsthaft zu verletzen, ohne dabei bleibende Schäden anzurichten. Sie begnügte sich mit dem festen Vorsatz, seine strahlend weißen Calvin-Klein-Unterhosen demnächst versehentlich mit einem Paar roter Socken zu waschen. Ihr Gespräch mit Monica über die Vorteile des Singledaseins kam ihr wieder in den Sinn.

Wohl weil sie zu lange im kühlen Luftzug des offenen Kühlschranks gelegen hatte, fing Bunty lauthals an zu schreien. Wortlos ging Alice mit ihr auf dem Arm an Max vorbei und trug sie nach oben ins Kinderzimmer.

Während sie Bunty stillte, eine Hand unter dem daunenzarten Köpfchen, scrollte sie mit der anderen durch Instagram. Lucy Yeomans, Herausgeberin der Modezeitschrift *Porter*, sechzigtausend Follower, hatte Julians Paris-Fotos repostet. Inzwischen hatte er selbst über zwanzigtausend Follower. Er ist alles andere als unsichtbar, dachte sie zufrieden. Und musste wieder an das Notizbuch denken. Sie tastete seitlich im Schaukelstuhl danach, legte Bunty, die, dem Himmel sei Dank, endlich aussah, als würden ihr gleich die Augen zufallen, in ihre Wiege, zog einen Stift aus der Handtasche und fing an zu schreiben.

Alice liebte ihre Besuche bei Mummy's Little Helper. In der Siedlung, in der sie aufgewachsen war, hatten viele Mütter Drogen- oder Alkoholprobleme, und Alice' Mutter, die in der Schulmensa arbeitete, hatte dafür gesorgt, dass sämtliche benachteiligten Kinder genug zu essen hatten. Gemeinsam mit anderen Nachbarn hatten sie sich abwechselnd um sie gekümmert. So bekamen die Kinder nicht nur mindestens eine warme Mahlzeit am Tag, sondern wurden auch mit Spielsachen und Kleidern versorgt, die die eigenen Kinder nicht mehr brauchten oder die ihnen nicht mehr passten. Außerdem fanden sie stets ein offenes Ohr und einen Rückzugsort, um in Ruhe ihre Hausaufgaben machen zu können. Solche informellen Betreuungshilfen schienen in der anonymen Großstadt nicht zu funktionieren, weshalb der Verein versuchte, derartige Lücken zu füllen.

Erst jetzt begriff Alice so richtig, was für eine großartige Frau ihre Mutter war, die allein vier Kinder großgezogen, mit ihrem Job die Familie über Wasser gehalten und es trotzdem geschafft hatte, nach der Schule für sie da zu sein, für sie zu kochen und ihnen bei den Hausaufgaben zu helfen. Alice erinnerte sich noch gut, wie sie in der Schulmensa immer getan hatte, als kenne sie ihre Mutter nicht, und sie mit herablassendem Ton Mrs Campbell genannt hatte wie alle anderen auch. Wie musste ihr das wehgetan haben. Alice schüttelte es bei dem Gedanken.

Sonst holten die Mütter ihre Kinder bei Mummy's Little Helper nachmittags nur schnell ab und huschten, so fix es eben ging, hinein und wieder hinaus. Noch nie hatte eine von ihnen sich für den Garten interessiert. Anders heute. Schnatternd wie eine Gänseschar drängten sie sich um das Küchenfenster und guckten interessiert nach draußen, wo Riley, Hazard und Brett, Rileys australischer Mitbewohner, mit gigantischen Riesendisteln und der wild gewordenen Kletterrose kämpften. Es musste harte Arbeit sein, denn die drei schufteten nämlich trotz der Kälte in T-Shirts.

»Die dürften jederzeit meinen Garten umgraben«, merkte eine an, was, dem Gekicher nach zu urteilen, eine anzügliche Bemerkung provoziert haben musste, die Alice nicht mitbekommen hatte.

Alice half den Männern, säckeweise Gartenabfälle in den Minibus zu schleppen, um sie dann auf die Müllkippe zu fahren. Sie beobachtete eine Latte-macchiato-Mami wie aus dem Bilderbuch, die gerade vorbeispazierte und plötzlich wie angewurzelt stehen blieb.

»Entschuldigung, sind Sie Gärtner?«, fragte sie Hazard, den sie offensichtlich für den Chef hielt. Ihre Stimme war halb Privatschule, halb Porno.

»Ähm, ich denke schon«, entgegnete Hazard, der sich selbst augenscheinlich noch nie als Gärtner gesehen hatte.

»Hier ist meine Karte. Rufen Sie mich an, wenn Sie vorbeikommen und mir ein Angebot für meinen Garten machen möchten.«

Hazard nahm die Karte und starrte sie nachdenklich an. Er sah aus, dachte Alice, wie ein Mann mit einem Plan.

Erst spätabends merkte Alice, dass das kleine Büchlein verschwunden war. Sie war sich ganz sicher, es in die Handtasche gesteckt zu haben, weil sie es aus Angst, Max – oder sonst wer – könne lesen, was sie geschrieben hatte, nicht irgendwo hatte liegen lassen wollen. Im Eifer des Gefechts hatte sie darin einige sehr private Dinge ausgeplaudert, die sie nie eingestehen wollte, nicht einmal sich selbst. Unter keinen Umständen wollte sie, dass jemand davon erfuhr, ganz gleich, was Julian über Aufrichtigkeit gesagt hatte. Kurz hatte sie überlegt, das gesamte Ding in Max' Reißwolf zu schreddern, wollte aber die anderen Geschichten nicht einfach zu Konfetti häckseln, weshalb sie das Heft in die Tasche gelegt hatte, um in einem unbeobachteten Moment vorsichtig die Seiten herauszureißen, ohne den Rest zu beschädigen. Danach wollte sie Julian das Büchlein zurückgeben.

Und nun war es weg.

Julian

Julian hatte Alice überredet, am Kunstkurs teilzunehmen. Diese Woche malten sie Keith. Er war nicht unbedingt das ideale Modell, weil er kaum lange genug still sitzen bleiben würde, aber nur so konnte Julian Monicas lächerliches Hundeverbot im Café umgehen. »Er ist kein Hund, Monica«, hatte er gesagt. »Er ist ein *Modell.*«

»Mobiltelefone bitte wie üblich in den Hut«, kommandierte er, während seine Kopfbedeckung die Runde machte. Entsetzt guckte Alice ihn an. Bunty hatte sie, ohne mit der Wimper zu zucken, an Caroline und Sophie weitergereicht, aber an ihr Handy klammerte sie sich wie ein kleines Mädchen an seine Lieblingspuppe.

»Versprochen, ich rühre es ganz bestimmt nicht an. Pfadfinderinnenehrenwort. Hand aufs Herz, und der Blitz soll mich treffen«, flehte sie. »Ich lasse es auf der Tischkante liegen, nur damit ich es sehe, sollte eine wichtige Benachrichtigung reinkommen.«

»Ja, stell dir nur mal vor, du verpasst die absolut lebenswichtige Mitteilung, dass jemand eine neue Statement-Handtasche herausgebracht hat«, spottete Hazard, was ihm einen tödlichen Blick von Alice einbrachte, die Julian daraufhin endlich widerstrebend ihr Handy aushändigte.

»Wusstest du, dass die Modeindustrie *fünfzig Milliarden Pfund* zur britischen Wirtschaftsleistung beiträgt? Das ist kein Larifari-Kinderkram«, bemerkte Alice.

»Ach, tatsächlich? Das sind die genauen Zahlen?«, fragte Hazard mit einem breiten Grinsen.

»Na ja, ehrlich gesagt erinnere ich mich nicht an die genauen Zahlen, aber ich weiß, dass es *verdammt viel* war«, gestand Alice.

Caroline und Sophie (Julian wusste nie so recht, wer von den beiden wer war, aber das war auch nicht so wichtig) hielten Bunty abwechselnd auf dem Schoß, spielten Hoppe, hoppe Reiter und überschlugen sich in überschwänglichen Niedlichkeitsbekundungen.

»Und, schießt dir schon die Milch ein?«, fragte die eine die andere.

»Aber nur weil ich sie nach dem Kurs wieder zurückgeben kann. Das würde ich nicht noch mal durchmachen wollen, die vielen schlaflosen Nächte …«, sagte die andere.

»… und die vollen Windeln. Und die entzündeten Brustwarzen. Nein danke«, prustete die eine, und dann kicherten sie verschwörerisch.

Julian hoffte nur, dass Alice sie nicht hörte, denn die war offensichtlich die geborene Mutter und genoss jeden Augenblick mit der entzückenden kleinen Bunty in vollen Zügen, wie man unschwer ihrem Instagram-Feed entnehmen konnte.

»Also gut, liebe Kursteilnehmer, ich habe eine Ankündigung zu machen«, erklärte Julian mit lauter Ansagerstimme und versuchte, sich nicht anmerken zu lassen, wie aufgeregt er war. Es war cooler, ganz unbeteiligt zu tun. »Heute Abend bekommen wir Besuch von einem Fotografen und einem Reporter des *Evening Standard*, der ein Porträt über mich und meinen Instagram-Feed bringen will. Bitte ignoriert sie einfach. Sie interessieren sich nicht für euch, sondern nur für mich. Ihr seid nur als belebender Hintergrund gedacht, als schmückende Staffage.«

»Lieber Gott, wir haben ein Monster erschaffen!«, raunte Hazard Alice zu, aber nicht so leise, dass Julian es überhören konnte. »Wie konnten wir das bloß tun?« Julian bedachte die beiden mit einem strengen Oberlehrerblick.

Heute machte Julian modisch auf »adretten jungen Mann aus gutem Hause« – eine Hommage an einen der ganz Großen, Ralph Lauren. Ob er ihn irgendwann mal kennengelernt hatte? Musste er wohl. Als dann der Fotograf und der Reporter hereinkamen und anfingen, um sie herumzuscharwenzeln, ging Julian auf, wie sehr sein Leben sich in den vergangenen vier Monaten verändert hatte, seit er *Projekt Aufrichtigkeit* in diesem Raum zurückgelassen hatte. Und in den zwei Wochen, seit er »die Welt auf Instagram rockte« (die Worte des *Standard*, nicht seine eigenen, wohlgemerkt!).

Das alles war nichts Neues für Julian. Er hatte das eigenartige Gefühl, dass ein Kreis sich schloss und er wieder dort war, wo er hingehörte – im Rampenlicht. Die fünfzehn Jahre Einsamkeit und Unsichtbarkeit erschienen ihm beinahe, als hätte ein anderer sie erlebt, nicht er selbst. Und ihm kam der unangenehme Gedanke, dass er eigentlich nur im Auge des Betrachters existierte. Wenn niemand ihn mehr beachtete, dann hörte er auf zu *sein*. Hieß das, er war nur Fassade und nichts dahinter? All die vielen Leute, die ihn interviewten und ihn zu Partys und Premieren und Modenschauen einluden, schienen das nicht so einzuschätzen. Die fanden ihn ganz famos. Und das war er doch, oder nicht?

Was Mary wohl dazu sagen würde, wenn sie ihn jetzt so sähe? Würde sie sich freuen, dass er wieder der Alte war? Wenn er ehrlich war, wohl eher nicht. Er konnte sie vor sich sehen, wie sie dastand und die Augen verdrehte und ihm eine Gardinenpredigt hielt über den Unterschied zwischen Aufrichtigkeit und hohler Aufschneiderei. Die Erinnerung an diese Standpauken hatte ihn zum Titel seines Büchleins inspiriert. Das kleine Büchlein, das alles verändert hatte.

Er setzte sich auf die Tischkante, lässig zurückgelehnt, mit überkreuzten Beinen, wie vom Fotografen gewünscht. Dann sah er in die Ferne, als sei er in Gedanken bei etwas viel Erhabenerem und Künstlerischerem als ein gewöhnlicher Sterblicher. Dieser Blick war eins seiner Markenzeichen. Er hatte schon Sorge gehabt, er könne vergessen haben, wie es ging, aber nun fiel ihm alles wieder ein. Es war wie Fahrradfahren. War er je Fahrrad gefahren? Doch bestimmt, oder? Stilvoll natürlich.

»Julian?«, sagte Riley. »Ich weiß, dass wir nur *Hintergrund und Staffage* sind« – er klang ein wenig angesäuert –, »aber könntest du mir vielleicht beim Blickwinkel ein bisschen helfen?«

»Julian hat leider den Blick für das Wesentliche verloren, Riley«, sagte Hazard. Julian stimmte in das Lachen des Kurses ein. Es war wichtig, dass die Leute sahen, wie man über sich selbst lachte. Seine Freunde hatten nie im Rampenlicht gestanden. Sie wussten nicht, welcher Druck dabei auf einem lastete.

Während die Kursteilnehmer und das Zeitungsteam langsam zusammenpackten, rief Benji aus der Küche:

»Es gibt Wan-Tan-Suppe für alle, falls jemand zum Essen bleiben möchte. Und gefüllte Teigtaschen mit Krabben. Alles mit meinen eigenen zarten Händen gemacht«, sagte der Mann, bei dessen großen, sommersprossigen Händen mit den abgeknabberten Fingernägeln niemand auf die Idee kommen würde, sie als zart zu bezeichnen.

»Keine Sorge. Ist essbar. Hat er gelernt von mir«, versicherte Mrs Wu.

Hazard

Hazard mochte die Arbeit bei Mummy's Little Helper. Je mehr er mit den Müttern über ihre diversen Abhängigkeiten redete – Heroin, Crack, Crystal Meth –, desto mehr musste er sich eingestehen, wie ähnlich sie einander waren. Sie tauschten Tipps gegen die Sucht und wetteiferten darin, sich schockierende Geschichten aus der »ganz schlimmen Zeit« zu erzählen.

»Gute Arbeit, Leute! Fin, Zac, Queenie, wir machen Schluss für heute!«, rief Hazard seinen kleinen »Helfern« zu, alle zwischen vier und acht, die ihm nachliefen wie die Hündchen und nur darauf warteten, dass er ihnen Anweisungen gab. Löcher graben, Samen säen, Laub eintüten. Er reichte Mülltüten herum für das viele Unkraut, das sie aus den Beeten gerupft hatten. Sechs Augen starrten ihn erwartungsvoll an, wie jemanden, zu dem man aufschaut und den man nachahmt. Hazard wurde dabei zwar ganz warm ums Herz, aber es machte ihm auch eine Heidenangst. Er durfte sie nicht enttäuschen. Sie waren schon zu oft enttäuscht worden.

»Fin, Kleiner. Hier drüben!«, rief Hazard und ging in die Hocke, um auf Augenhöhe mit dem kleinen Jungen zu reden, der mit roten Wangen und dreckverschmiertem Gesicht zu ihm gelaufen kam. »Verrate Queenie nicht, dass ich gepetzt habe, aber du solltest deine Jackentaschen nach Schnecken durchsuchen, bevor du nach Hause gehst.«

Hazard hatte sogar seine rasch schwindenden Ersparnisse

geplündert, um ein paar Minischubkarren sowie Rechen und Spaten für kleine Hände zu kaufen. Er hatte nie viel mit Kindern zu tun gehabt. Er war einfach nicht der Typ, dem man ein Baby in die Hände drückte oder den man bat, mal eben auf die Kinder aufzupassen, und er staunte jeden Tag, wie viel Spaß ihm das machte. Er hatte ganz vergessen, die kleinen Freuden des Lebens zu genießen, wie ein Glas Orangensaft nach stundenlangem Umgraben, oder wie viel Spaß man mit einer Wurmfarm oder beim Schneckenrennen haben konnte.

Nach dem Gärtnern war Hazard abends todmüde. Aber es fühlte sich gut an. Es war eine ehrliche, hart erarbeitete Müdigkeit. Nach der Plackerei taten ihm alle Knochen weh, und sein Körper schrie nach langem, erholsamem Tiefschlaf. Ganz anders als die Müdigkeit früher – toxisch, unruhig und zerrissen nach sechsunddreißig Stunden Nonstop-Party auf einem Chemikaliencocktail.

Er fand es schön, wieder in Kontakt mit der Natur zu kommen. Das hier war sein erster *echter* Job. Er schuf etwas mit seinen Händen und konnte dabei zusehen, wie es wuchs und gedieh, er besserte aus, setzte instand und tat Gutes. Nur leider würde er nicht ewig umsonst arbeiten können, sonst würde er bald auf der Straße stehen. Hätte er doch bloß nicht so viel von der Kohle, die er in der City gescheffelt hatte, durch die Nase gezogen. Aber immerhin hatte er aufgehört, solange er noch ein Septum hatte. Einer seiner City-Freunde hatte bei einem Meeting in ein Taschentuch geniest und plötzlich seine halbe Nase in der Hand gehalten. Den Schock in den Gesichtern der Kunden hatte er einfach ignoriert und weitergemacht, als sei nichts gewesen. Hazard hatte ihn dafür zutiefst bewundert.

Er zog die Visitenkarte aus der Tasche, die ihm die Frau letzte Woche auf der Straße zugesteckt hatte. Ihm war natürlich nicht entgangen, für wie viel Wirbel er und seine australischen Kollegen bei der Arbeit für Mummy's Little Helper sorgten. Was nicht nur an ihrem Aussehen lag, sondern vor allem am sonnigen, heiteren Gemüt der australischen Jungs, bei deren Akzent man unweigerlich an Sonne, Strand und Koalabären dachte und die eine erfrischende Abwechslung waren in der eintönigen Londoner Langeweile.

Den ganzen Nachmittag hatte Hazard Riley und Brett über die australische Community in London ausgefragt. Wie sich herausstellte, wimmelte es in London nur so von jungen Australiern, die mit einem Ferienarbeitsvisum nach Großbritannien kamen. Sie durften legal bis zu zwei Jahre im Vereinigten Königreich arbeiten – vorausgesetzt, sie fanden einen Job.

Wie wäre es, dachte Hazard, wenn Riley und er ein paar dieser Jungs im Garten von Mummy's Little Helper einarbeiten würden, um sie dann anschließend rund um Fulham, Putney und Chelsea zum bezahlten Gärtnern ausschwärmen zu lassen? Es gab zwar schon unzählige Gartenbaubetriebe in London, aber sie hätten ein einmaliges Alleinstellungsmerkmal, ein durchschlagendes Verkaufsargument: Er würde sie *The Aussie Gardeners* nennen.

Natürlich müsste man das Ganze bewerben. Was er wirklich brauchte, war eine Möglichkeit, Tausende Frauen zu erreichen. Vorzugsweise in der näheren Umgebung und vorzugsweise mit genügend Geld. Und er hatte diese Möglichkeit, direkt vor seiner Nase – *Alice*. Nur ein oder zwei Instagram-Posts, wie Riley, Brett und er im Garten schufteten, und dazu ihre Kontaktdaten, bestimmt würden sie sich vor Aufträgen kaum noch retten können. Alice wäre sicher begeistert – sie hatten ihr geholfen (und würden das auch weiterhin tun), jetzt konnte sie sich revanchieren. Eine Hand wäscht die andere.

Womöglich könnte Julian einen Flyer für sie entwerfen, den sie hier überall in die Briefkästen werfen könnten. Wobei Julian nicht mehr viel Zeit für sie hatte, seit er in das schwarze Loch der

Modewelt gesaugt worden war. Was hatte Alice bloß geritten, ihm einen Instagram-Account einzurichten?

Je länger er darüber nachdachte, desto besser gefiel ihm die Vorstellung, ein eigenes kleines Unternehmen zu gründen. Genau wie Monica! *Was würde Monica machen?*, war sein neues Mantra geworden, wenn es darum ging, ein rücksichtsvollerer, vernünftigerer, verlässlicherer Mensch zu werden. Der Weg dorthin war noch weit.

Hazard öffnete die Haustür und putzte sich die Schuhe gründlich an der Fußmatte ab, um in der auf Hochglanz polierten Lobby keine Trittspur aus Dreck und Erde zu hinterlassen. Der hochmoderne Apartmentblock mit Glasfassade und Vierundzwanzig-Stunden-Pförtnerservice inmitten einer akkurat gestutzten Gartenanlage schrie nun mal eindeutig »erfolgreicher Aktienmakler« und nicht »Gärtner«. Einmal hatte er abends kurz einen Sack mit Arbeitsgeräten in der Lobby stehen lassen, und als er zurückkam, klebte daran ein Zettel: ARBEITER, OBACHT: GERÄTE ABSTELLEN VERBOTEN! UMGEHEND ENTFERNEN, SONST SEHEN WIR UNS GEZWUNGEN, SIE ZU ENTSORGEN!

Sein Blick ging zu den Briefkästen an der Wand. In seinem steckte, neben den üblichen Werbeblättchen und Rechnungen, ein Brief, den seine Mum als »Steifen« bezeichnen würde (worüber sein Vater und er immer grinsen mussten, während seine Mutter tat, als wisse sie überhaupt nicht, warum): ein teurer Umschlag mit einer dicken Karte. Eine Einladung.

Hazard riss den Umschlag auf, während er noch die Treppe hinaufging. In schöner verschnörkelter Schrift stand da:

Daphne Corsander und Rita Morris
möchten Sie einladen

zur Feier ihrer Hochzeit
am Samstag, dem 23. Februar 2019, um 11 Uhr
All Saint's Church, Hambledore
mit anschließendem Empfang in der alten Pfarrei
UAWG

Oben in der linken Ecke stand mit einem Füller von Hand geschrieben: *Mr Hazard Ford und Begleitung.*

Dann hatten Daphne und Rita sich also geoutet. Mit Pauken und Trompeten. Wie schön für sie. Er fragte sich, wie Roderick die Nachricht wohl aufgefasst hatte. Hoffentlich wurde er nicht von dem Bild heimgesucht, wie sein Vater sich im Grab umdrehte. Die beiden Turteltäubchen wollten anscheinend keine Zeit verlieren. Der 23. Februar. Das war in gerade einmal drei Wochen. Aber in ihrem Alter war es wohl vernünftig, keine Minute zu verplempern.

Hazard war hin- und hergerissen. Einerseits wollte er gerne mit seinen alten neuen Freunden von der Insel feiern, aber andererseits war er noch nie nüchtern auf einer Party gewesen, von einer *Hochzeit* ganz zu schweigen, wo praktisch ununterbrochen getrunken wurde. Aber inzwischen hatte er vier Monate lang durchgehalten. Bestimmt konnte ihm doch jetzt nichts mehr gefährlich werden, oder? Er durfte sich selbst vertrauen. Und bei Daphnes und Ritas Hochzeit würde er wohl kaum einen seiner alten Bekannten wiedersehen.

Erneut ging sein Blick zu der handschriftlichen Notiz in der Ecke. *Und Begleitung.* Wen um alles in der Welt sollte er bitten, ihn zu begleiten? Jede seiner alten Freundinnen würde ihn abfüllen, schneller als er »Cheers!« sagen konnte. Also keine gute Idee. Er brauchte jemanden, der ihm helfen würde, bei der Stange zu bleiben und die Finger vom Alkohol zu lassen.

Hazard setzte sich auf sein cremeweißes Sofa, zog die Stiefel von den Füßen und wackelte mit den Zehen. Dann rümpfte er die Nase, als ihm der unverwechselbare Mief durchgeschwitzter Socken in ebenjene stieg. Auf dem Heimweg hatte er einen *Evening Standard* gekauft, weil er den Artikel über Julian lesen wollte. Mitten auf der Seite prangte ein Foto von ihm, mit nachdenklich in die Ferne gerichtetem Blick, auf dem er so gar nicht aussah wie der Julian, den Hazard kannte. Das Interview war eine einzige schamlose Lobhudelei und umspannte Julians Leben von seinem sechzehnten Geburtstag, als er seine Jungfräulichkeit an eine Prostituierte in Shepherd Market verlor – ein Geburtstagsgeschenk seines Vaters –, bis hin zu seinem rasanten Aufstieg zum Social-Media-Star mit neunundsiebzig. Darunter auch eine weitschweifige Geschichte über Julians enge Freundschaft mit Ralph Lauren, der – wie der Artikel durchscheinen ließ – nach einer ausschweifenden Runde um die zahllosen Dorfwiesen, Pubs und Kricketfelder von Dorset, von Julians exzentrischem englischem Stil inspiriert, eine ganze Kollektion entworfen hatte. Man lernte doch jeden Tag etwas Neues über Julian.

Riley

Als Riley beim Admiral auftauchte, stand nur Monica dort und wartete.

»Wo sind denn alle?«, fragte er. »Ich weiß, dass Hazard noch in der Flood Street zu tun hat, aber ich dachte, wenigstens die anderen würden kommen.«

Monica warf einen Blick auf die Uhr.

»Schon zwanzig nach fünf. Sieht aus, als würde sonst keiner mehr aufkreuzen. Eigenartig. Julian hat noch nie einen Freitag ausfallen lassen, bis auf den Silvesterabend. Selbst als er kaum noch das Haus verlassen hat, ist er jede Woche hergekommen. Hoffentlich ist ihm nichts zugestoßen.«

Riley zog das Handy aus der Tasche und ging auf Julians Instagram-Account. »Keine Sorge. Ihm geht es blendend. Hier.«

»Heiliges Kanonenrohr, ist das Kate Moss neben ihm im Bild? Und ein Haufen selbstverliebter Mode-Fatzken, die im Soho Farmhouse dekadent Mojitos trinken. Er hätte ruhig Bescheid sagen können, dass er wegfährt«, schimpfte Monica und klang dabei wie ein trotziges Kleinkind. Julian war schließlich ein erwachsener Mann. Er brauchte sie nicht um Erlaubnis zu fragen, wenn er übers Wochenende wegfahren und sich mit irgendwelchen Promis eine schöne Zeit machen wollte. »Hey, wo wir gerade bei Julian sind, ich habe gesehen, dass wir am 4. März unseren Kunstkurs haben. Das ist Marys fünfzehnter Todestag. Für Julian sicherlich kein leichter Tag, also dachte ich mir, wir könnten vielleicht eine kleine Überraschungsgedenkfeier auf die Beine stellen. Was meinst du?«

»Ich meine, du bist einer der aufmerksamsten Menschen, die ich kenne«, antwortete Riley, der nie ein Blatt vor den Mund nahm oder irgendwelche Spielchen spielte. »Und einer der klügsten. Wie behältst du das nur alles? Ich habe ja schon Probleme, mir meinen eigenen Geburtstag zu merken.«

Monica errötete zart und sah gleich nicht mehr so Furcht einflößend aus, sogar richtig süß irgendwie. Riley war so erleichtert, dass es keine Geheimnisse zwischen ihnen mehr gab und er wieder ganz er selbst sein konnte. Er beugte sich vor und küsste sie.

Monica erwiderte seinen Kuss. Zögerlich, aber immerhin.

»Irgendwie habe ich ein komisches Gefühl beim Küssen auf dem Friedhof, du nicht?«, fragte sie ihn. Aber sie lächelte.

»Irgendwie habe ich den Verdacht, der Admiral hat im Laufe seiner Jahre schon wesentlich Schlimmeres mit ansehen müssen«, entgegnete Riley, rückte noch ein bisschen näher heran und legte ihr den Arm um die Schultern. »Meinst du nicht, Julian und Mary haben, du weißt schon« – er wackelte vielsagend mit den Augenbrauen – »irgendwann mal? Damals, in den Swinging Sixties vielleicht?«

»Igitt, nein!«, rief Monica. »So was hätte Mary nie getan! Doch nicht auf dem Friedhof!«

»Du hast sie nicht gekannt, Monica. Sie war eine Hebamme, keine Heilige. Wer weiß, vielleicht konnte sie auch ein unanständiges Mädchen sein. Muss sie doch eigentlich, wo sie mit Julian verheiratet war, oder?«

Er schmiegte sich an sie, und wie von selbst fanden sie zueinander. Wieder wollte er sie küssen, doch Monica schob ihn sachte, aber bestimmt beiseite.

»Riley, ich bin dir nicht mehr böse«, sagte sie. »Ich bin wirklich froh, dass wir uns wieder vertragen haben. Aber mal ehrlich, wo soll das hinführen? Bald bist du wieder weg, jetzt also wieder was miteinander anzufangen wäre doch Blödsinn, findest du nicht?«

»Monica, muss denn alles immer irgendwo *hinführen*? Warum muss alles ständig Teil eines großen Plans sein? Manchmal lässt man den Dingen am besten freien Lauf. Das Leben braucht Wildwuchs wie Wildblumen.« Er war recht stolz auf dieses Bild. Es klang richtig poetisch.

Und zur Veranschaulichung wies er auf eine kleine Schneeglöckchenschar, die sich, strahlend weiß und zart, durch die gefrorene Februarerde schob.

»Riley, das ist wunderschön«, seufzte Monica. »Aber ich möchte nicht wieder auf die Nase fallen, weil ich mich auf eine Beziehung mit eingebautem Verfallsdatum eingelassen habe. Das Leben ist nun mal kein *Wildblumengarten*!«

»Findest du nicht?«, fragte Riley. Langsam wurde ihm das zu blöd. Für ihn gab es da nichts zu überlegen. Er mochte sie. Sie mochte ihn. Wo war das Problem? »Warum nicht abwarten, wo das mit uns hinführt? Sich treiben lassen. Und wenn du im Juni nicht endgültig Auf Wiedersehen sagen willst, kannst du ja auch mitkommen.« Kaum ausgesprochen, ging ihm auf, was für eine geniale Idee das war. Sie wäre die perfekte Reisebegleitung (und noch mehr, wie er hoffte). Er wäre für den Spaß zuständig und sie für die Kultur.

»Ich kann hier nicht so einfach weg, Riley«, widersprach sie. »Ich habe Verpflichtungen. Ich habe ein Geschäft. Angestellte, Freunde, Familie. Und was ist mit Julian? Hast du schon vergessen, was das letzte Mal passiert ist, als wir ihn für ein paar Tage aus den Augen gelassen haben? Er wäre beinahe an Unterkühlung gestorben.«

»Es ist ganz *einfach*, Monica«, sagte Riley im Brustton der Überzeugung. Schließlich hatte er sein Leben auf der anderen

Seite der Welt auch ohne einen Blick zurück hinter sich gelassen. »Du kannst dir eine Vertretung suchen, die das Café für ein paar Monate führt, während du auf Reisen bist. Deinen Freunden und deiner Familie wirst du fehlen, aber bestimmt freuen sie sich mit dir, wenn du auf Abenteuerreise gehst. Und was Julian angeht – der scheint neuerdings Hunderttausende neuer ›Freunde‹ zu haben. Ich glaube kaum, dass du dir um den Sorgen machen musst.«

Monica wollte ihm schon widersprechen, aber er kam ihr zuvor. »Wann hast du das letzte Mal irgendwas jenseits von Fulham und Chelsea gesehen? Wann bist du das letzte Mal in einen Zug gestiegen, nur um zu sehen, wo er dich hinbringt? Wann hast du ein eigenartig klingendes Gericht von der Speisekarte bestellt, nur aus Jux, um mal was völlig Unbekanntes zu essen? Hast du je mit einem Mann geschlafen, nur weil du es *wolltest*, und nicht, weil es zu deinem Lebensplan gehörte?«

Monica sagte kein Wort. Womöglich war er doch zu ihr durchgedrungen.

»Denkst du darüber nach, Monica?«, fragte er.

»Ja. Ja, das tue ich. Versprochen.«

Gemeinsam gingen sie zum Ausgang. Auf dem Weg blieb Monica kurz vor einem Grabstein zu ihrer Linken stehen, neigte ganz leicht den Kopf und murmelte leise ein paar Worte. Bestimmt das Grab einer Angehörigen. Riley las die Inschrift.

»Wer ist Emmeline Pankhurst?«, fragte er.

Wieder guckte sie ihn so komisch von der Seite an. Er konnte diesen Blick nicht ausstehen. Aber er sagte nichts.

Doch wieder einmal hatte er das Gefühl, durch eine Prüfung gerasselt zu sein, ohne überhaupt zu wissen, worum es dabei ging.

Monica

Monica hatte darüber nachgedacht. Mehr als gründlich. Ihr gefiel das Bild, das Riley gezeichnet hatte, und sie fragte sich, ob sie vielleicht diese Frau sein könnte. Oder war es längst zu spät, ihr Leben nach neuen Regeln zu leben? Womöglich sogar ganz und gar ohne Regeln?

Nach der Schule war sie nicht, wie so viele andere, ein Jahr lang kreuz und quer durch Europa gereist. Sie hatte alles darangesetzt, möglichst schnell nach Cambridge zu kommen. Es gab noch so viele Städte, die sie gerne sehen wollte. Und dann natürlich Riley – der heißeste Kerl, mit dem sie je zusammen war, ja, dem sie je begegnet war. Und er war so einfühlsam und unbeschwert. Mit Riley an ihrer Seite war es, als trüge sie eine rosarote Brille – die Welt sah gleich viel rosiger aus.

War es da wirklich so schlimm, dass er noch nie was von Emmeline Pankhurst gehört hatte?

Sie hatte dieses Gespräch nicht fortsetzen, ihm nicht erklären wollen, dass Emmeline die berühmteste von allen Suffragetten war, denn was, wenn Riley noch nie von den Suffragetten gehört hatte? Das wäre ein ziemlicher Abtörner.

Aber er war *Australier*, sagte sie sich. Womöglich war die Geschichte des Feminismus in Australien nicht so bekannt. Immerhin wurde das Frauenwahlrecht dort schon 1902 eingeführt.

Sie sah Hazard an einem großen Tisch in der Bibliothek sitzen, der unter losen Blättern fast verschwand.

»Arbeitest du schon wieder hier, Hazard?«, fragte sie ihn.

»Ach, hallo, Monica! Ja, genau. Ich hoffe, es macht dir nichts aus, wenn ich mich hier ausbreite. Zu Hause zu arbeiten ist so einsam. Mir fehlt der Bürotrubel. Und der Kaffee hier schmeckt tausendmal besser.«

»Fühl dich ganz wie zu Hause. Wobei ich gerade Schluss machen wollte. Aber du kannst gerne noch bleiben, während ich aufräume und mich um die Kasse kümmere.«

Monica reckte den Hals, um zu sehen, was Hazard da ausheckte.

»Darf ich dir kurz zeigen, woran ich gerade sitze?«, fragte er. »Ich wüsste gerne deine Meinung dazu.« Monica zog sich einen Stuhl an den Tisch. Sie liebte es, ihre Meinung zu sagen.

»Ich habe einen Flyer entworfen, hier, für die Aussie Gardeners. Die haben wir in Chelsea und Fulham in sämtliche Briefkästen gesteckt. Wir waren tagelang unterwegs.«

»Wow, Hazard«, rief sie ehrlich beeindruckt. »Und, schon irgendwelche Rückmeldungen?«

»Ja. Und Alice hat auf Instagram ein paar Fotos von uns bei der Arbeit gepostet, die wohl auf reges Interesse gestoßen sind.«

Monica fragte sich, ob dieses Interesse womöglich mehr den Arbeitern als ihrer Arbeit galt, verkniff sich aber jede diesbezügliche Bemerkung. Auch Männer konnten zu Sexobjekten degradiert werden.

»Ich habe genug Anfragen, um Riley, mich und die anderen fünf australischen Jungs, die Riley angelernt hat, mindestens zwei Monate lang in Lohn und Brot zu halten. Und wenn wir unseren Job gut machen, sollte sich das herumsprechen. Dann brauchen wir uns bestimmt keine Sorgen mehr zu machen.«

»Und hast du schon eine Einnahmenüberschussrechnung ermittelt?«, fragte Monica interessiert. »Deine Gewinnmarge kalkuliert?«

»Ja, sicher. Willst du mal meinen Geschäftsplan sehen?«, fragte Hazard. Und wie sie das wollte! Es gab kaum etwas, das Monica mehr begeisterte als ein gut geschriebener Geschäftsplan. Und der, den Hazard erstellt hatte, war selbst in Monicas kritischen Augen außerordentlich gut. Wobei sie natürlich trotzdem ein paar Änderungs- und Verbesserungsvorschläge hatte.

»Vergiss nicht, dass du, sobald dein Umsatz fünfundachtzigtausend übersteigt, umsatzsteuerpflichtig bist«, sagte Monica. »Und hast du dich ins Handelsregister eintragen lassen?«

»Nein. Ist das sehr aufwendig?«, fragte er.

»Gar nicht. Ich zeig dir, wie man das macht.« Monica ging plötzlich auf, dass sie anfing, Hazard zu mögen. Konnte sie sich so in ihm geirrt haben? Sonst war doch immer Verlass auf ihre Menschenkenntnis.

»Hey, Monica, ich muss dir was sagen. Ich glaube, ich habe noch *nie* mit einer attraktiven Frau so ein Gespräch geführt. Du weißt schon, über Geschäftliches, ganz ohne zu flirten«, gestand Hazard.

Eine attraktive Frau? Monica überlegte kurz, sich auf ihr hohes feministisches Ross zu setzen, ließ es aber bleiben. War sie jetzt oberflächlich, nur weil sie sich über das Kompliment freute?

»Wo wir gerade bei gesellschaftlichen Großereignissen sind«, sagte Hazard, was eigenartig war, weil das gar nicht stimmte. Eigentlich hatten sie über Excel-Tabellen geredet. Monica hatte ihm die vielen Vorteile der Farbkodierung erklärt. »Ich habe letzte Woche eine Einladung zu einer Hochzeit bekommen. Eine ganz große Liebesgeschichte – Rita und Daphne, die ich in Thailand kennengelernt habe. Beide Mitte sechzig, und beide, soweit ich das beurteilen kann, Novizinnen in lesbischen Beziehungen.«

»Ach, wie süß. Ein Neuanfang, ein neues Leben. Ist Riley auch eingeladen?« Monica überlegte für einen Moment, ob er sie wohl bitten würde, sie zu begleiten.

»Nein. Er war bloß zwei, drei Tage auf Koh Panam, er hat sie gar nicht richtig kennengelernt. Ähm, du hättest nicht zufälligerweise Lust, mich zu begleiten?«, fragte er aus heiterem Himmel. Ihr verschlug es vor Schreck die Sprache. Warum ausgerechnet sie?

»Weißt du«, setzte er wieder an, als könne er Gedanken lesen, »ich habe das Gefühl, ich schulde dir was. Nicht nur für die guten Geschäftstipps, sondern auch, weil du auf Koh Panam eine gute Ablenkung für mich warst.«

Monica spürte schon wieder den altbekannten Ärger in sich aufsteigen. Da hätte sie doch fast vergessen, was für ein hinterhältiges Spiel er mit ihr getrieben hatte, als er sich zwischen Massagen und geführten Meditationen in seinem Wellness-Spa gelangweilt hatte. Jetzt fiel ihr alles wieder ein. Sosehr sie Hochzeiten auch mochte, Monica fürchtete, einen ganzen Tag mit Hazard zu verbringen würde ihre fragile Freundschaft doch arg auf die Probe stellen.

»Vorschlag!«, rief Hazard, noch ehe sie höflich, aber bestimmt ablehnen konnte. »Spielst du Backgammon? Wir könnten darum spielen. Wenn ich gewinne, begleitest du mich zu der Hochzeit, wenn du gewinnst, nicht. Es sei denn natürlich, du möchtest trotzdem.«

»Okay«, entgegnete Monica. »Abgemacht.« Noch nie hatte sie irgendwer beim Backgammon geschlagen, und außerdem würde ihr, so oder so, die Entscheidung vorerst abgenommen. In Monica's Café gab es ein Spieleregal für die Gäste: Schach und Dame, Trivial Pursuit, Scrabble und natürlich Backgammon neben einigen Kinderspieleklassikern.

»Ich habe versucht, es Riley beizubringen«, sagte Monica, während sie die Steine auf das Brett setzte, »aber er spielt lieber Monopoly.«

Monica warf die Würfel. Eine Sechs und eine Eins. Einer ihrer liebsten Eröffnungszüge. Es gab nur einen vernünftigen Spielzug – die Schranke zu blockieren. Und das tat sie dann auch.

»Bin ich froh, dass du das gemacht hast«, seufzte Hazard kaum hörbar.

»Warum?«, fragte sie. »Das ist ein guter Zug. Der einzig richtige bei diesem Wurf, wenn du mich fragst.«

»Wem sagst du das«, entgegnete er. »Ich musste nur gerade an mein letztes Backgammon-Spiel denken. Gegen einen Schweden in Thailand. Kein sonderlich begabter Gegner.«

Schweigend und konzentriert spielten sie weiter, beide gleich gut, beide gleich siegeswillig. Sie waren gerade auf der letzten Bahn, und Monica würfelte eine Kombination, bei der sie auf den ersten Blick sah, dass sie damit einen von Hazards Steinen auf die Schranke zurückschicken konnte. Das war der entscheidende Wurf. Der würde ihm den Todesstoß versetzen.

Noch ehe sie wirklich wusste, was sie da tat, hatte Monica einen anderen Stein gezogen.

»Ha!«, rief Hazard. »Du hast dir die Gelegenheit entgehen lassen, mich rauszuwerfen, Monica!«

»O nein, wie konnte das denn passieren?«, rief Monica entsetzt und schlug sich mit der Hand vor die Stirn. Hazard warf einen Sechser-Pasch.

Sah ganz danach aus, als müsste sie ihn doch zu dieser Hochzeit begleiten …

Alice

Alice hatte Bunty für das heutige Fotoshooting gerade ein entzückendes, handgesmoktes rosa-weißes Kleidchen von @vintagestylebaby angezogen, da erledigte Bunty ihr großes Geschäft, so explosiv, dass die Windel dem Druck nicht mehr standhalten konnte. Die ganze Schweinerei platzte heraus und suppte den Rücken fast bis zum Hals hoch.

Alice wäre beinahe in Tränen ausgebrochen. Kurz überlegte sie, einfach trotzdem ein Foto zu knipsen. Sie könnte die Kamera so halten, dass man die senfgelben Baby-Kacka-Flecken nicht sah. Niemand würde es je erfahren. Aber Bunty schien es alles andere als angenehm zu finden, in einer vollgemachten Windel zu sitzen. Sie fing an zu heulen wie eine Sirene. Schon wieder.

Alice konnte nicht mehr. In der Nacht war sie alle drei Stunden aufgewacht. Jedes Mal, wenn sie wieder eingenickt war, hatte Bunty gerade lange genug gewartet, bis Alice im Tiefschlaf war, um dann lautstark nach dem Service zu schreien wie ein maßlos verwöhnter, miesepetriger Gast im Savoy.

Sie wechselte Buntys Windel, nahm sie auf den Arm und trug sie in die Küche. Vielleicht würde ein bisschen Koffein helfen?

Immer wenn Alice mit ihrer Tochter auf dem Arm die Treppe hinunterging, verfolgte sie dasselbe Bild. Sie stellte sich vor, wie sie stolperte und die mit Seegrasmatten ausgelegten Stufen hinunterstürzte. In einer Schreckensvision hielt sie Bunty fest an sich gedrückt, nur um unten unsanft aufzuschlagen und ihre kleine Tochter unter sich zu zerquetschen. In einer anderen Version ließ sie Bunty im Fallen los und musste dann mit ansehen, wie sie mit dem Kopf gegen die Wand schlug und unten reglos liegen blieb.

Ob andere Mütter sich auch ständig ausmalten, wie sie ihre Kinder versehentlich umbrachten? Wie sie beim Stillen einschliefen und den kleinen Wurm erstickten? Übermüdet Auto fuhren und gegen einen Laternenmast krachten, wobei das Auto mit dem Kindersitz hinten drin zusammengedrückt wurde wie eine Ziehharmonika? Nicht mitbekamen, dass sie ein Zweipennystück verschluckt hatte, das jemand achtlos auf den Boden fallen gelassen hatte, bis sie blau angelaufen war?

Sie war nicht erwachsen und verantwortungsbewusst genug, als dass man ihr ein Menschenleben anvertrauen könnte. Wie hatte man sie nur mit einem echten Baby aus dem Krankenhaus spazieren lassen können, ohne ihr wenigstens ein Handbuch oder eine Bedienungsanleitung mitzugeben? Wie verantwortungslos war das denn bitte schön? Natürlich fand man im Internet Millionen und Abermillionen Ratgeber, aber die widersprachen sich alle.

Alice hatte bis vor Kurzem recht erfolgreich als Account-Managerin bei einer großen PR-Agentur gearbeitet. Im sechsten Monat schwanger beschloss sie dann zu kündigen, um Vollzeitmami und Influencerin zu werden. Sie hatte Meetings geleitet, vor Hunderten Menschen Präsentationen abgehalten und weltweite Kampagnen geplant. Und nun brachte ein Säugling sie an den Rand eines Nervenzusammenbruchs.

Und ihr war *langweilig*. Sie hatte das Gefühl, in einer Endlosschleife gefangen zu sein: Baby stillen, Windeln wechseln, Geschirrspüler einräumen, Wäsche aufhängen, Oberflächen abwischen, Geschichten vorlesen, Schaukel anschieben. Das machte sie fertig. Wie konnte @aliceinwonderland mit ihrem perfekten, beneidenswerten, erstrebenswerten Leben gestehen, dass sie @babybunty zwar mehr liebte als das Leben selbst, aber sie oft nicht ausstehen konnte? Und sich selbst auch nicht, wo sie schon mal dabei war. Und ziemlich sicher mochte Bunty sie ebenfalls nicht besonders. Aber wer konnte ihr das verübeln?

Alice schob einen Zeitschriftenstapel vom Sessel in der Ecke ihrer Küche und setzte Bunty in ihn hinein, während sie den Wasserkocher anstellte und die Milch aus dem Kühlschrank nahm.

Unvermittelt ein markerschütternder Schrei. Bunty hatte es irgendwie geschafft, vornüberzukippen, vom Sessel zu fallen und mit dem Kopf voran auf den kalten, harten Fliesenboden zu plumpsen. Alice rannte zu ihr, hob sie hoch, schaute nach, ob sie sich wehgetan hatte. Zum Glück war Bunty auf einer Ausgabe der Zeitschrift *Eltern* gelandet, die den Aufprall etwas gedämpft hatte. Erziehungsratgeber waren also doch zu etwas gut.

Bunty stierte sie an, als wollte sie sagen: *Was bist du nur für eine Mutter? Wo kann ich das reklamieren? Ich hätte gerne eine andere. Ich habe nicht darum gebeten, von einem Schwachmaten wie dir großgezogen zu werden.*

Es klingelte an der Tür. Alice ging hin wie auf Autopilot, der Avatar der Frau, die einmal Alice geheißen hatte, und ließ Bunty, aus Leibeskräften kreischend, auf dem Küchenfußboden liegen. Stumm starrte sie ihre Besucherin an. Sie verstand nicht, was die Frau hier wollte. Waren sie verabredet gewesen, und Alice hatte es vergessen? Es war Lizzie, eine der Ehrenamtlerinnen von Mummy's Little Helper.

»Komm her, armes Ding. Komm. Lass dich umarmen«, sagte sie. »Ich weiß ganz genau, wie es dir geht. Ich bin hier, um dir mit Bunty zu helfen.« Noch ehe Alice sich fragen konnte, *woher* um alles in der Welt Lizzie wissen konnte, wie es ihr ging, wurde sie schon beherzt an ihren ausladenden, kissenweichen Busen gedrückt.

Und zum ersten Mal, seit sie Bunty mit nach Hause gebracht hatte, weinte Alice, und sie weinte und weinte und weinte, bis Lizzies Blümchenbluse tränennass war.

Lizzie

Lizzie liebte die Arbeit bei Mummy's Little Helper, auch wenn die Bezahlung der Teilzeitstelle kaum der Rede wert war. Sie war letztes Jahr fünfundsechzig geworden und offiziell in Rente, aber vom Herumsitzen zu Hause wurde man nur fett und träge, und Jack, ihr Mann, trieb sie in den Wahnsinn, weshalb ihr die beiden Tage dort die liebsten in der Woche waren.

Lizzie kümmerte sich schon ihr ganzes Leben lang um Kinder – zuerst als Älteste von sechs Geschwistern, dann als Kindermädchen, schließlich als Mutter ihrer eigenen fünfköpfigen Brut und schlussendlich als Säuglingsschwester, die mittels Mundpropaganda von einer frischgebackenen reichen, verwöhnten Chelsea- oder Kensington-Mami zur nächsten weitergereicht wurde. »Lizzie ist ein Schatz! Die hat der Himmel geschickt!«, schwärmten sie. »Ein echter Engel!«, als würde das irgendwas anderes heißen als: *Sie ist zwar keine von uns, aber vertrauenswürdig genug, um sie mit dem Familiensilber allein zu lassen, ohne dass hinterher die Hälfte fehlt.*

Sie hatte gerade erst sämtliche Kinder an ihre jeweiligen Erziehungsberechtigten zurückgegeben, darunter auch die kleine Elsa mit den schmutzigen Fingernägeln, der immer die Nase lief und deren Mutter, wie gewöhnlich, gut eine halbe Stunde zu spät kam. Zur allgemeinen Verwirrung waren inzwischen drei Elsas angemeldet, der *Eisprinzessin* sei Dank.

Lizzie holte ihren Mantel von der Garderobe im Flur und sah

auf dem Boden gleich vor ihren Füßen ein blassgrünes Schreibheft liegen. Es sah aus wie einst die Mathehefte ihrer Kinder. Bestimmt musste es jemandem aus der Hand- oder Manteltasche gefallen sein. Sie hob es auf. *Projekt Arithmetik* stand darauf. Sie steckte es ein. Bestimmt würde morgen jemand danach fragen.

Ein paar Tage vergingen, bis Lizzie das Matheheft wieder einfiel. Sie fragte ein paar Mamas, ob ihre Kinder ein Schulheft vermissten, und trug es die ganze Zeit in der Handtasche spazieren in der Erwartung, der rechtmäßige Besitzer werde sich bei ihr melden. Aber bisher schien niemand es zu vermissen. Als sie schließlich mit einem Tässchen Tee in ihre wohlverdiente Pause ging, zog sie es heraus und schaute es sich etwas genauer an. Da stand gar nichts von »Arithmetik« – sie hatte ihre Lesebrille nicht aufgehabt, deshalb hatte sie die Schrift nicht entziffern können –, da stand *Projekt Aufrichtigkeit*. Was um alles in der Welt sollte das denn heißen? Sie blätterte flüchtig durch die Seiten. Von den Gleichungen, die sie eigentlich erwartet hatte, keine Spur. Stattdessen hatten offenkundig mehrere verschiedene Leute hineingeschrieben.

Lizzie durchfuhr ein köstliches, erwartungsvolles Kribbeln. Sie war immer schon neugierig gewesen. Das war einer der Vorteile als Kindermädchen oder Säuglingsschwester – man erfuhr alles Mögliche, wenn man nur ein bisschen in Unterwäscheschubladen herumschnüffelte. Man müsste doch annehmen, die Leute hätten ein bisschen mehr Fantasie, was Verstecke anging. Und dieses Büchlein sah aus, als berge es *Geheimnisse*. Vielleicht so was wie ein Tagebuch. Nichts von dem, was Lizzie in Erfahrung brachte, hatte sie je gegen irgendwen verwendet. Sie brüstete sich damit, ein ehrlicher, anständiger Mensch zu sein. Sie fand das Leben anderer Menschen nur unwiderstehlich faszinierend, mehr nicht. Genüsslich lehnte sie sich zurück und fing an zu lesen.

Wie gut kennen Sie die Menschen um sich herum? Wie gut kennen die Sie? Wissen Sie auch nur, wie Ihre Nachbarn heißen? Ha! Natürlich wusste Lizzie, wie ihre Nachbarn hießen. Sie wusste auch, wie ihre Kinder hießen und ihre Katzen. Sie wusste, wer den Müll nicht gewissenhaft trennte, in welcher Ehe es am häufigsten kriselte, sie wusste, wer eine Affäre hatte und wer zu oft ins Wettbüro ging. Sie wusste weit mehr über ihre Mitmenschen, als ihnen lieb sein konnte. Man tuschelte, sie stehe immer heimlich hinter der Gardine und stecke ihre Nase überall hinein. Nur bei der Nachbarschaftswache erfreute sie sich großer Beliebtheit.

Julian Jessop.

Manchmal hörte sie einen Namen, und plötzlich wichen wie beim Szenenwechsel im Theater die Wände ringsum zurück, und sie fand sich unvermittelt in einer anderen Zeit wieder. Jetzt gerade waren es die Siebziger, und sie war mit ihrer Freundin Mandy auf der King's Road. Damals waren sie so unzertrennlich gewesen, dass alle sie nur »Lizandmandy« nannten. Sie waren fünfzehn, und sie hatten sich richtig aufgebrezelt, mit Minirock, zurückgekämmten Haaren und kohlschwarz umrandeten Augen.

Gerade standen sie draußen und spähten durch das Fenster ins Atelier der famosen Mary Quant, als ein kleines Grüppchen Leute, allesamt Ende zwanzig, Anfang dreißig, auf sie zukam. Sie waren so *unglaublich* mondän. Die drei Männer trugen angesagte Schlaghosen und das Mädchen ein Minikleid, dessen Saum gut eine Handbreit weiter oben endete als der von Liz und Mandy, und dazu einen Pelzmantel und *bloße Füße*. In der Öffentlichkeit! Die Haare fielen ihr in wilden, unordentlichen Locken bis auf die Hüfte. Sie sah aus, als sei sie eben aus dem Bett gefallen. Lizzie war sich ganz sicher, aus der Nähe würde sie bestimmt nach Sex riechen. Nicht dass sie damals gewusst hätte, wie Sex roch, aber sie nahm an, ein wenig nach *Dosensardinen*. Einer der Männer hatte einen echten Papagei auf der Schulter sitzen.

Lizzie merkte, dass ihr der Mund weit offen stand.

»Herrje, Lizzie, weißt du, wer das war?«, quiekte Mandy. Und dann, ohne Lizzies Antwort abzuwarten: »Das waren David Bailey, der Fotograf, und Julian Jessop, der Maler. Sind die nicht heiß? Hast du gesehen, wie Julian mir zugezwinkert hat? Hat er, ich schwöre es.«

Lizzie hatte noch nie von Julian Jessop gehört (was sie Mandy nicht unter die Nase zu reiben brauchte), aber in den Jahren danach las sie seinen Namen immer wieder in der Zeitung. Genauer gesagt in den Klatschkolumnen. Aber inzwischen hatte sie ewig nichts mehr von ihm gehört. Hätte sie überhaupt einen Gedanken an ihn verschwendet, hätte sie wohl angenommen, er sei längst tot. Einen tragischen und doch irgendwie glamourösen Tod gestorben, wie durch eine Überdosis oder eine sexuell übertragbare Krankheit. Aber nein, da war er, quicklebendig, und er wohnte gleich um die Ecke und schrieb in ein kleines Büchlein, das ihr irgendwie in den Schoß gefallen war.

Monica. Die kannte Lizzie auch – sie war ein- oder zweimal bei ihr im Café gewesen und hatte sich ein Tässchen Tee und ein Stückchen Kuchen gegönnt. Monica war ihr sympathisch gewesen, denn obwohl sie alle Hände voll zu tun gehabt hatte, hatte sie sich doch Zeit für einen kleinen Plausch genommen. Sie hatten über die Stadtbücherei gesprochen, wenn sie sich recht erinnerte, und was für ein Segen sie für ihr Stadtviertel war.

Sie wusste genau, was für ein Problem Monica hatte. Die jungen Frauen heutzutage waren einfach viel zu wählerisch. Damals, zu ihrer Zeit, hatten junge Mädchen nur ein Ziel: heiraten. Man suchte sich einen jungen Mann im richtigen Alter, und dann heiratete man. Vielleicht bohrte er beim Autofahren in der Nase oder versoff zu viel vom Haushaltsgeld im Pub oder hatte nicht den leisesten Schimmer, wo oder was die Klitoris war, aber schließlich wusste man, dass man selbst auch nicht perfekt war. Und ein durchschnittlicher Ehemann war besser als gar keiner. Das Problem mit der ganzen modernen Technik war, dass die Leute so viele verschiedene Möglichkeiten hatten, dass sie sich einfach nicht entscheiden konnten. Sie suchten und suchten und suchten, und dann war es eines Tages zu spät, weil ihre Eierstöcke verschrumpelt waren. Monica sollte lieber aufhören, ihre Zeit zu verplempern, und endlich zur Sache kommen.

Verflixt. Ihre Pause war zu Ende. Wie gerne hätte sie jetzt weitergelesen, aber das musste leider warten.

»Was liest du denn da, Liz?«, fragte Jack. Es klang ein bisschen undeutlich, weil er gerade versuchte, mit dem Zeigefinger ein Stückchen Huhn aus dem hintersten Backenzahn zu popeln. Kein Wunder, dass sie ihn schon seit Jahren nicht mehr auf den Mund geküsst hatte. Meistens bekam er nur im Vorbeigehen einen kleinen Schmatz oben auf den Kopf, auf die große kahle Stelle, die aussah wie ein Hubschrauberlandeplatz.

»Nur ein Buch aus der Arbeit«, antwortete sie ausweichend. Sie las gerade Hazards Geschichte. Den kannte sie auch. Sie ging davon aus, dass es in Fulham keine zwei jungen Männer mit Namen Hazard gab. In dem Fall war er kürzlich aus Thailand zurückgekehrt und arbeitete nun als Gärtner bei Mummy's Little Helper. Er war recht fesch trotz des Barts. Für Männer mit Bart hatte Lizzie noch nie was übriggehabt. Ehrlich, hatten die was zu verbergen? Von ihrem Kinn einmal abgesehen.

Sie verurteilte ihn nicht wegen dieser Drogengeschichte. Sie wusste, wie heimtückisch sich eine Sucht unbemerkt von hinten anschleichen konnte. Sie selbst hatte zeitweise ein etwas zu enges Verhältnis zum Kochwein gehabt, von den Rubbellosen ganz zu schweigen, und Jack rauchte immer noch zwanzig John Player

Specials am Tag, mit horrenden Kosten, die grausigen Fotos teerschwarzer Lungen auf den Packungen geflissentlich ignorierend.

Riley klang wie ein echtes Herzchen, der arme verlorene Kerl. Ihn kannte sie auch. Er war einer der netten jungen Australier, die mit Hazard zusammen im Garten arbeiteten. Sie musste unbedingt wissen, wie es weitergegangen war. Ob Hazard den Drogen wirklich abgeschworen hatte, ob Julian den Kunstkurs gab und ob Riley die Sache mit Monica wieder ins Lot gebracht hatte. Das war ja besser als *EastEnders*.

Eine Geschichte war noch übrig. Wer wohl als Nächstes kam? Die würde sie sich für ihre Pause morgen aufheben.

Lizzie machte es sich gerade im Pausenraum gemütlich: eine schöne Tasse Tee, zwei Jammy-Dodgers-Kekse mit Marmeladenfüllung, *Steve Wright in the Afternoon* auf Radio 2 und ein Büchlein mit anderer Leute Geheimnisse. Sie kuschelte sich in ihren Lieblingssessel und fing an zu lesen.

Ich heiße Alice Campbell. Sie kennen mich vielleicht als @aliceinwonderland.

BINGO! Lizzie hatte ein Full House. Sie kannte jeden einzelnen Schreiber aus dem kleinen Heft. Und sie wusste, wie das Büchlein den Weg zu ihr gefunden hatte. Alice war die hübsche Blonde, die ihnen beim Spendensammeln half. Sie hatte Archie, einen der kleinen Jungs, an der Handtasche herumspielen gesehen, die Alice im Flur unter der Garderobe abgestellt hatte. Er musste das Heft herausgenommen und auf dem Boden liegen gelassen haben.

Es war Lizzie jedes Mal etwas unangenehm, wenn Alice bei Mummy's Little Helper vorbeischaute, weil sie fürchtete, die anderen Mütter könnten sich neben ihr wie völlige Versagerinnen vorkommen. Alice war perfekt. Stets gut gekleidet, immer alles im Griff, so ganz anders als die Mütter, denen sie hier halfen, die meistens chaotisch waren und ausnahmslos zu kämpfen hatten. Wobei Lizzie sich schon häufiger gefragt hatte, wie viel von Alice' Perfektion wohl nur Fassade war. Manchmal verrutschte ihr der sorgsam einstudierte, verkrampfte Akzent ein klein wenig, und dahinter kam ein viel lebendigerer, zugänglicherer Mensch zum Vorschein. Sie las weiter.

Wobei – wenn Sie mir folgen, kennen Sie mich überhaupt nicht, denn mein wahres Leben und mein perfektes Leben in den sozialen Medien driften unaufhaltsam immer weiter auseinander. Je größer das Durcheinander in meinem wahren Leben, desto mehr brauche ich die Likes in den sozialen Medien, um mir selbst einreden zu können, alles sei in bester Ordnung.

Früher war ich Alice, die erfolgreiche PR-Frau. Heute bin ich Max' Frau oder Buntys Mama oder @aliceinwonderland. Alle wollen was von mir, alle ziehen und zerren an mir, bis am Ende nichts mehr übrig bleibt.

Ich bin so müde. Ich bin der schlaflosen Nächte müde, ich bin es müde, zu stillen, Windeln zu wechseln, zu putzen und zu waschen, stundenlang das Leben zu dokumentieren, das ich mir erträume, und Nachrichten wildfremder Menschen zu beantworten, die glauben, mich zu kennen.

Ich liebe mein Baby mehr, als ich es je für möglich gehalten hätte. Aber jeden Tag versage ich. Sie verdient eine Mutter, die jeden Augenblick ihres Lebens dankbar ist für dieses unermessliche Glück, das ihr zuteilgeworden ist, nicht eine, die ständig davonzulaufen versucht in eine virtuelle Welt, die viel hübscher und kontrollierbarer ist als die echte.

Ich wünschte, ich könnte irgendwem erzählen, was ich wirklich empfinde. Dass ich manchmal bei Monkey Music sitze und einfach nur die Faust durch das dämliche rosa Tamburin dreschen möchte. Gestern beim Babyschwimmen musste ich mich zusammenreißen, um mich nicht auf den Boden des Beckens sinken zu lassen und tief einzuatmen. Aber wie könnte ich eingestehen, dass @aliceinwonderland ein einziger riesengroßer Schwindel ist?

Und wenn ich nicht sie bin, wer bin ich dann?

Ach, Alice. Schon lange bevor Wochenbettdepression in aller Munde war, hatten die Frauen in Lizzies Familie und Freundeskreis die Anzeichen dafür gekannt. Damals, als Lizzie ihr erstes Kind bekommen hatte, waren Großeltern, Tanten, Onkel, Patentanten und Freunde für die frischgebackene Mutter da gewesen. Sie halfen, wo sie konnten, mit Babysitten, Kochen, Haushalt und linderten so den körperlichen, emotionalen und hormonellen Schock der Geburt.

Und da stand sie nun, die kleine Alice, und fühlte sich so allein und versuchte doch, den perfekten Anschein zu wahren.

Sobald ihre Schicht zu Ende war, schlug Lizzie Alice' Adresse im Adressverzeichnis nach. Was Alice jetzt brauchte, war ein *Profi*.

Hazard

Hazard hatte sich den Minibus von Mummy's Little Helper ausgeliehen. Monica, die schon ihr ganzes Leben in London lebte, wo man mit öffentlichen Verkehrsmitteln jederzeit überall hinkam, hatte nie Autofahren gelernt, und das beschauliche kleine Dorf, in dem die Hochzeitsfeierlichkeiten stattfinden sollten, lag meilenweit von jedem Bahnhof entfernt. Also spielte Hazard heute den Chauffeur. Eine der Mütter hatte ein großes Schild an der Heckscheibe angebracht mit der Aufschrift DRIVER HAZARD – mal wieder ein Namenswitz, als sei er als Autofahrer eine Gefahr für andere. Es war zum Schießen.

Hazard hielt auf der doppelt durchgezogenen Linie vor Monica's Café und hupte.

»Mach lieber den Warnblinker an, du bist eine Gefahr für den Straßenverkehr, Hazard«, rief Monica. Wie witzig. Er pfiff gelangweilt durch die Zähne.

»Monica, du siehst aus wie eine Butterblume! Eine sehr *sexy* Butterblume!«, rief er, als sie in einem dottergelben Etuikleid mit passendem breitkrempigem Hut auf den Beifahrersitz kletterte. »Ich glaube, ich habe dich noch nie in etwas anderem als Schwarz, Weiß oder Marineblau gesehen.«

»Tja, manchmal mache ich mich ganz gerne ein bisschen zurecht«, entgegnete sie und schien, wie er fand, recht angetan von seinem Kompliment. »Du machst im Anzug aber auch keine schlechte Figur. Und du hast dir sogar den Bart gestutzt, wenn mich nicht alles täuscht.« So, wie sie »Bart« sagte, hätte sie genauso gut ironische Gänsefüßchen in die Luft malen können. »Hier, ich habe uns Kaffee mitgebracht für die Fahrt. Einen großen Latte mit Vollmilch für dich. Richtig?«, fragte sie und wies auf die braune Papiertüte in ihren Händen.

»Goldrichtig, danke«, sagte er, eigenartig erfreut, dass sie sich seine übliche Kaffeebestellung gemerkt hatte. »Und ich habe uns Rowntrees Fruchtgummis mitgebracht. Greif zu. Keine Sorge – ist 'ne Familienpackung, die, die aussehen wie kleine Früchte. Die habe ich schon als Kind gemocht.«

Und dann tuckerten sie den M3 hinunter und plauderten bald angeregt miteinander.

»Freust du dich?«, fragte er.

»Eigentlich nicht. Ich finde Hochzeiten eher deprimierend. Ehe – das ist doch bloß ein Blatt Papier, und die Scheidungszahlen sind erschreckend. Reine Geld- und Zeitverschwendung, wenn du mich fragst.«

»Echt jetzt?«, fragte er verblüfft.

»Nein, natürlich nicht echt jetzt! Du hast doch meine Geschichte gelesen, oder nicht? Nichts geht über ein Happy End und eine schöne altmodische Hochzeit.«

Und dann, ganz unverhofft, meinte Monika plötzlich: »Hazard. Es tut mir leid, dass ich es dir so schwer gemacht habe, als du zurückgekommen bist. Es war mir peinlich. Und ich dachte, du bist nichts weiter als ein stinkfaules Söhnchen aus gutem Hause, das gerne in anderer Leute Leben herumpfuscht und sich dabei mächtig überlegen vorkommt.«

»Autsch. Kein Wunder, dass du mich nicht ausstehen konntest«, sagte Hazard. »Ich habe immer mein eigenes Geld verdient. Meine Eltern sind solide Mittelklasse, aber sie haben jeden Penny ihrer Ersparnisse investiert, damit ich an eine Privatschule gehen konnte, wo ich erbarmungslos niedergemacht wurde, weil ich der einzige Junge an der Schule war, der in einem Haus mit einer Hausnummer wohnte, keinem mit einem Namen, und beim Einsteigen in den Flieger nach rechts ging statt nach links.«

»Und was hast du gemacht, bevor du Gärtner geworden bist?«, fragte Monica.

»Ich habe in der City gearbeitet. Aktienhandel. Ich schätze, ich habe mich dafür entschieden, weil ich die Schnauze gestrichen voll davon hatte, immer der am wenigsten vermögende Mensch im Raum zu sein. Du hast wohl meine Geschichte nicht gelesen? Hat Riley dir nichts davon erzählt?«

»Nein. Riley ist in dieser Hinsicht sehr verschwiegen. Er wollte sicher, dass du mir das selbst erzählst. Was genau hast du denn geschrieben, wenn ich fragen darf? Du hast schließlich auch *meine* Geschichte gelesen.«

»Ähm, ich habe geschrieben, dass ich fertig war mit dem Leben in der City, dass ich mir eine kleine Auszeit nehmen wollte, um wieder einen klaren Kopf zu bekommen, und dass ich mir einen Beruf suchen wollte, der mir sinnvoller und erfüllender erscheint«, sagte er. Das war die reine Wahrheit, nur nicht die *ganze* Wahrheit. Wie ein dicker Elefant saß das Thema Sucht zwischen ihnen im Bus und klemmte fast die Gangschaltung ein. Aber Monica war der letzte Mensch auf der Welt, mit dem er seine Suchtprobleme besprechen wollte. Sie war so hochanständig, so adrett und geleckt, und das war ein schmutziges Thema. Neben Monica fühlte er sich wie ein besserer Mensch, und er wollte nicht daran erinnert werden, dass er das nicht war. Bestimmt hatte sie noch nie auch nur an einem Joint gezogen. Und das war gut so.

»Und das hast du jetzt! Ich schwöre dir, das ist ein Zauberbuch. Sieh dir nur Julian an mit seinen Hunderten neuer Freunde und du mit deinem erfolgreichen neuen Unternehmen. Ich bin tief beeindruckt, wie schnell du dir etwas Eigenes aufgebaut hast. Du machst das großartig.«

Hazard strahlte vor Stolz über das ganze Gesicht. Er war es nicht gewohnt, sich in seiner Haut wohlzufühlen oder Komplimente zu bekommen. »Na ja, ich habe versucht, ausnahmsweise von Anfang an alles richtig zu machen. Genau wie du. Du bist eine wirklich gute Geschäftsfrau – kreativ, fleißig und eine tolle Chefin. Und du hast deine Prinzipien.« Übertrieb er es womöglich ein bisschen? Hazard ertappte sich immer wieder dabei, wie er bei Monica zu dick auftrug. Warum, wusste er selbst nicht so genau. Eigentlich passte das gar nicht zu ihm.

»Wie meinst du das?«, fragte Monica.

»Na ja, wenn dich ein Gast beispielsweise auf die Palme bringt, spuckst du ihm dann ins Essen? Einfach so? Aus Rache?«, fragte Hazard. Entsetzt guckte Monica ihn an.

»Natürlich nicht! Das wäre schrecklich unhygienisch und vermutlich verboten. Wenn es nicht verboten ist, dann gehört es verboten.«

»Und wenn dir in der Küche was vom Teller fällt, aber richtig herum auf dem Boden landet, hebst du es dann auf und legst es wieder auf den Teller – oder wirfst du es weg?«

»Man kann doch Essen vom Boden nicht wieder auf den Teller legen! Denk nur mal an die Bakterien!«, fiepte Monica.

»Siehst du. Du hast gewisse Standards.«

»Du etwa nicht?«, fragte sie.

»O doch, natürlich, die habe ich. Aber die sind niedrig. Kaum über Bodenhöhe.«

»Hazard«, sagte Monica mit einem besorgten Blick zum Armaturenbrett. »Du fährst viel zu schnell.«

»Ups, Entschuldigung«, entgegnete er und trat pro forma kurz auf die Bremse. »Ich habe da leider so ein kleines Problem mit *Regeln.* Zeig mir eine Regel, und sofort will ich sie brechen. Ich fahre immer schneller als erlaubt – wortwörtlich wie sprichwörtlich.«

»Wir beide sind wirklich total konträr, oder nicht?«, meinte Monica. »Ich liebe Regeln über alles.«

»Gelbes Auto!«, rief Hazard, während er einen quietschgelben Peugeot 205 überholte. Monica starrte ihn verdattert an.

»Habt ihr nie ›Gelbes Auto‹ gespielt?«, fragte er.

»Ähm, nein. Wie geht das?«

»Na ja, immer wenn man ein gelbes Auto sieht, ruft man laut ›gelbes Auto‹«, erklärte Hazard.

»Und wer gewinnt?«, fragte Monica.

»Niemand, eigentlich«, erwiderte er. »Ein Ende gibt es nicht. Das Spiel geht einfach ständig weiter.«

»Nicht besonders anspruchsvoll, oder?«, fragte Monica.

»Na ja, wie habt ihr euch denn auf langen Autofahrten mit der ganzen Familie unterhalten?«, fragte Hazard.

»Ich hatte ein kleines Notizbüchlein und habe im Vorbeifahren die Nummernschilder aller Autos aufgeschrieben«, sagte sie.

»Warum?«, fragte Hazard.

»Falls ich eins davon noch mal wiedersehe.«

»Und, hast du?«

»Nein, nie«, gestand sie.

»Tja, ich bleibe lieber bei den gelben Autos, danke. Und, hat *Projekt Aufrichtigkeit* bei dir auch schon gewirkt?«

»Na ja, irgendwie schon«, antwortete sie. »In gewisser Weise hat es meinen Laden gerettet. Der Kunstkurs hat einen Rattenschwanz an anderen Abendveranstaltungen nach sich gezogen, und dann haben Alice und Julian uns ständig auf Instagram beworben, und die Leute sind in Scharen ins Café geschwärmt. Vielleicht muss ich sogar einen weiteren Barista einstellen. Ehe ich das Heft gefunden habe, dachte ich, die Bank müsste längst die Reißleine ziehen, und das Café wäre Vergangenheit genau wie meine gesamten Ersparnisse.«

»Wie schön, dass es nicht so gekommen ist«, sagte er. Und

dann, etwas zögerlich: »Und hat das kleine Buch auch dein Liebesleben auf Vordermann gebracht? Ist wieder alles gut zwischen dir und Riley?« Hoffentlich wirkte er nicht zu neugierig.

»Na ja, wir versuchen es noch mal miteinander. Wir nehmen es, wie es kommt. Lassen uns einfach treiben. Und warten ab, was daraus wird«, erwiderte sie.

»Versteh mich nicht falsch«, wendete Hazard ein, »aber das klingt überhaupt nicht nach dir.«

»Ich weiß!«, rief sie grinsend. »Ich versuche, ein bisschen loszulassen. Ist aber gar nicht so leicht.«

»Aber Riley reist doch in ein paar Monaten weiter, oder?«, fragte Hazard. »Anfang Juni?«

»Ja, aber er hat gesagt, ich soll mitkommen«, antwortete sie.

»Und, gehst du mit?«, wollte Hazard wissen.

»Weißt du was, ich habe noch keine Ahnung, und das ist vollkommen ungewohnt für mich«, sagte sie.

»Riley zu sein ist sicher kinderleicht«, bemerkte Hazard.

»Wie das?«

»Na ja, du weißt schon, wie er durchs Leben geht mit seiner fröhlichen, naiven Art und alles so schwarz-weiß und zweidimensional sieht«, sagte Hazard. »Gelbes Auto!«

»Ich weiß, dass du das nicht so meinst, aber wenn man dir so zuhört, klingt es, als wäre Riley ein Schwachkopf«, entgegnete Monica. Natürlich hatte er das nicht so gemeint. Wirklich nicht.

Monica schlüpfte aus den Pumps und legte die schmalen Füße auf das Armaturenbrett. Eine kleine, beiläufige Bewegung, aber sie zeigte Hazard unmissverständlich, wie sehr sie sich verändert hatte.

»Ich habe mich sehr verändert, seit ich Riley kennengelernt habe«, sagte sie, als könne sie Gedanken lesen.

»Na ja, aber verändere dich nicht zu sehr, versprochen?«, entgegnete Hazard. Monica sagte nichts.

Sie fuhren noch eine Stunde, und die Straßen wurden immer schmaler und weniger befahren, und Beton wich langsam sattem Grün.

»Hey, Google Maps sagt, wir haben unser Ziel erreicht!«, rief Monica schließlich, als sie in ein idyllisches kleines Dörfchen rollten, das jedem Locationscout aus Hollywood wohlige Schauer über den Rücken gejagt hätte. Die Glocken in der honiggelben steingemauerten Kirche fingen gerade an zu läuten. »Ich wusste nicht, dass die Kirche jetzt auch gleichgeschlechtliche Paare traut.«

»Tut sie nicht, die beiden haben gestern schon standesamtlich geheiratet, und das hier ist nur eine Segensfeier. Ich vermute, das wird wie bei einer traditionellen Trauung, nur mit leicht abgewandeltem Wortlaut«, entgegnete er.

Sie parkten das Auto und folgten der illustren Gästeschar zur Kirchentür.

Monica

Auf dem Weg von der Kirche zum Sektempfang verschwand Monica kurz in einem der Dixi-Klos, um sich zu vergewissern, dass ihre Wimperntusche nicht über das ganze Gesicht verschmiert war. In der Kirche hatte sie beim Anblick der beiden Bräute in bodenlangen weißen Kleidern ein paar Tränchen verdrückt. Das passierte ihr bei Hochzeiten immer, selbst bei wildfremden Menschen. Überwiegend natürlich aus Freude über das Glück des frisch getrauten Paares, aber ein Quäntchen Neid und Selbstmitleid waren auch mit dabei.

Hazard wartete auf sie, und gemeinsam gingen sie hinüber ins Festzelt. Der Eingang war mit weißen Rosen geschmückt, und auf beiden Seiten standen Kellner und reichten Champagner auf silbernen Tabletts. Monica und Hazard nahmen sich je ein Glas.

»Hat Riley nicht gesagt, du hättest in Thailand mit dem Trinken aufgehört?«, fragte Monica. Oder war es Alice gewesen? Irgendwer hatte ihr jedenfalls davon erzählt.

»O ja, das habe ich«, erwiderte Hazard. »Früher habe ich *viel* zu viel getrunken. Aber ich bin ja kein *Alkoholiker* oder so was. Zu besonderen Gelegenheiten kann man sich auch mal ein, zwei Gläschen gönnen. So wie jetzt. Alles in Maßen, sage ich immer.«

»Recht hast du«, entgegnete Monica, die Selbstbeherrschung für eine unterschätzte Kunstform hielt. Hazard wurde ihr von Mal zu Mal sympathischer. »Aber vergiss nicht, dass du noch fahren musst, ja?«

»Nein, bestimmt nicht«, versicherte Hazard. »Aber bis wir wieder fahren, vergehen noch Stunden, und es wäre doch ziemlich unhöflich, nicht auf das glückliche Paar anzustoßen, findest du nicht?« Und dann hob er das Glas und trank einen großen Schluck. »Was, meinst du, gibt's zu essen? Hühnchen oder Fisch?«

»Wenn ich mir die Gäste so anschaue, vermutlich Fisch. Pochierter Lachs, wenn du mich fragst«, antwortete sie.

Monica amüsierte sich prächtig. Hazard lieferte laufend urkomische Kommentare zu sämtlichen Gästen, obwohl er – mit Ausnahme von Roderick und den beiden Bräuten – sonst niemanden kannte. Sie erzählten sich Geschichten vergangener Hochzeiten, rührend romantische wie katastrophal misslungene.

Wie viel entspannter es doch war, mit einem Mann zusammen zu sein, an dem sie nicht das geringste Interesse hatte. War sie sonst auf Hochzeiten gewesen, war oft die Fantasie mit ihr durchgegangen, und sie hatte sich in den schillerndsten Farben ausgemalt, wie ihre eigene Hochzeit einmal aussehen sollte. Im Kopf war sie ihre Liste durchgegangen, was sie alles anders machen würde, welche ihrer Verwandten fotogene (aber nicht zu fotogene) Brautjungfern abgeben würden, und wer ihre Trauzeugen sein sollten. Während der Trauung hatte sie ihren Begleiter immer wieder verstohlen von der Seite angeschaut, ob er auch von seinen Gefühlen überwältigt war und genau dasselbe dachte wie sie.

Mit Hazard war es einfach ein Riesenspaß. Gut, dass sie mitgekommen war.

Beim Essen saßen sie am selben Tisch. Der war allerdings riesengroß und rund, und in der Mitte prangte ein gigantisches Blumengesteck, weshalb Monica sich nicht mit Hazard unterhalten und ihn nur sehen konnte, wenn sie den Hals um die Blumen reckte. Mitten auf dem Tisch stand eine Menükarte.

Pochierter Lachs. Hach, wie sie es liebte, recht zu haben. Sie guckte ihn an, deutete auf die Karte und zwinkerte ihm zu.

Das Essen schien überhaupt kein Ende zu nehmen. Zwischen jedem Gang wurden Reden gehalten. Monica gab sich große Mühe, ein nettes Gespräch mit den beiden Männern links und rechts von ihr in Gang zu halten, aber so langsam gingen ihr die Small-Talk-Themen aus. Sie hatten schon darüber geplaudert, woher sie das glückliche Paar kannten, wie reizend der Pfarrer die Feier gestaltet hatte, und waren die Wohnungspreise in London nicht eine Unverschämtheit! Nun fiel ihnen nichts mehr ein.

Außerdem machte sie sich zunehmend Sorgen um Hazard, denn sie war sich ziemlich sicher, gesehen zu haben, dass er sich vom Kellner erst ein Glas Weißwein hatte eingießen lassen und dann ein Glas Rotwein. Und nun schien es, als ließe er sich von beidem in schönster Regelmäßigkeit nachschenken. Monica versuchte, einen Blick von ihm zu erhaschen, ihn vielsagend anzuschauen und ihn daran zu erinnern, dass er sie noch nach Hause bringen musste. Aber er wich ihrem Blick geflissentlich aus. Die Mädels links und rechts von ihm warfen immer wieder den Kopf in den Nacken und lachten schallend. Fast sah es aus, als hätte eine der beiden eine Hand auf sein Bein gelegt. Er war allem Anschein nach *zum Brüllen komisch*. Aber es war nicht komisch. Es war verantwortungslos und egoistisch.

Als dann endlich das Dessert abgeräumt wurde und die Gäste allmählich von den Tischen aufstanden, ging Monica rüber zu Hazard und setzte sich auf einen der freien Plätze, in der Hand ein Glas Mineralwasser, als wolle sie ein Exempel statuieren.

»*Hazard*«, zischte sie ihm zu, »du solltest uns doch nach Hause fahren, nicht dich besinnungslos *betrinken*.«

»Ach, Monica, du olle Spielverderberin. Wir sind auf einer *Hochzeit*. Da muss man sich betrinken. Dazu sind Hochzeiten schließlich *da*. Mach dich mal ein bisschen locker. Genieße das Leben«, lallte er leicht und trank sein Weinglas aus. »Monica, das ist …«, nuschelte er und deutete vage winkend auf die Blondine mit den aufgespritzten Lippen neben ihm. Von dem weisen Rat, immer nur *entweder* Bein *oder* Dekolleté zu zeigen, hatte sie offensichtlich noch nie gehört.

»Annabel«, vollendete sie seinen Satz. »Hi.« Wie konnte man ein einsilbiges Wort nur derart in die Länge ziehen? Sie winkte Monica mit den Fingerspitzen zu, als hätte sie nicht die ganze Hand verdient. »Hazard? Ich habe noch ein bisschen Charlie in der Handtasche, falls du ein Näschen willst?«, säuselte sie und machte sich weder die Mühe, so leise zu reden, dass Monica sie nicht hörte, noch sie in das Gespräch einzubeziehen. Dachte sie etwa, Monica sei zu verklemmt für Drogen? Das stimmte zwar, tat aber nichts zur Sache.

»Das musst du mir nicht zweimal sagen, Schnucki«, schnurrte Hazard, schob den Stuhl zurück und stand auf. Er war etwas wacklig auf den Beinen. »Geh schon mal vor, ich komme gleich nach. Dann kann ich mir noch mal in Ruhe deinen Knackarsch angucken.«

»Hazard!«, schimpfte Monica. »Der Arsch hier bist du. Mach dich doch nicht so zum Affen!«

»Ach, Monica, sei nicht so eine verdammt langweilige Spießerin. Warum gehst du nicht und entstresst in einem Kurzwarenladen? Du bist weder meine Mutter noch meine Frau noch meine Freundin. Und dafür danke ich Gott auf Knien.« Und damit drehte er sich um und schlängelte sich durch die anderen Gäste hinter Annabel her nach draußen, ihr ausladendes Hinterteil immer im Blick wie eine Ratte, die dem Flötenspieler folgt. Annabel schaute kurz über die Schulter zurück, warf Monica einen vielsagenden Blick zu, legte den Kopf in den Nacken und blökte, dass die beiden Reihen übergroßer Zähne nur so blitzten.

Monica war es, als hätte man ihr gerade eine schallende Ohrfeige verpasst. Wer zum Teufel war dieser Mensch? Doch nicht der Hazard, den sie kannte? Aber dann fiel ihr alles wieder ein. Das mochte vielleicht nicht der Hazard sein, den sie kürzlich kennengelernt hatte, aber es war der, den sie schon mal gesehen hatte. Der, der sie auf der Straße angerempelt und sie als *Schlampe* beschimpft hatte. Wie konnte er es *wagen*, ihren Kurzwarenladenfimmel anzusprechen? Sie hatte gar nicht mehr daran gedacht, dass sie das in die kleine Kladde geschrieben hatte. Das war ein Schlag unter die Gürtellinie. Sie wollte nur noch weg. Nach Hause. Sie zog das Handy aus der Tasche, suchte sich ein ruhiges Eckchen und rief Riley an.

Bitte, geh ran, Riley, bitte, bitte, geh ans Telefon.

»Monica! Amüsiert ihr euch gut?«, fragte er fröhlich. Sie war so froh, seine Stimme zu hören.

»Nein. Zumindest ich nicht. Hazard amüsiert sich ein bisschen zu sehr. Er ist sternhagelvoll. Und macht immer noch munter weiter. Ich weiß nicht, wie ich wieder nach Hause kommen soll. Hazard ist viel zu betrunken, und ich kann nicht fahren. Ich kann den Minibus nicht einfach hier stehen lassen. Die brauchen ihn gleich morgen früh für einen Ausflug. Was soll ich jetzt bloß machen?« Monica konnte es nicht ausstehen, andere um Hilfe bitten zu müssen, und das Fräulein in Nöten zu spielen war ihr besonders zuwider. Das ging gegen sämtliche ihrer feministischen Prinzipien. Ihre Mutter würde sich im Grab umdrehen, wenn sie das wüsste. Sollte sie jemals wieder aus diesem Festzelt wegkommen, würde sie sofort anfangen, Fahrstunden zu nehmen.

»Keine Sorge, Monica. Bleib, wo du bist. Ich nehme den nächsten Zug und hole dich ab. Und dann bringe ich dich und den Bus nach Hause. Schick mir einfach die Adresse, ich nehme dann vom Bahnhof ein Taxi. Wird vermutlich ein, zwei Stündchen dauern, aber die Party ist doch bestimmt noch im vollen Gange, oder?«

»Riley, ich weiß nicht, was ich ohne dich machen würde. Danke. Keine Ahnung, was in Hazard gefahren ist. So habe ich ihn noch nie erlebt«, sagte sie.

»Das Problem ist wohl, einmal Junkie, immer Junkie. Maß und Mitte zählen da nicht viel. Dabei hat er sich so wacker geschlagen. Beinahe fünf Monate lang hat er von allem die Finger gelassen«, seufzte Riley. Monicas Magen krampfte sich zusammen. Was war sie bloß für eine Idiotin!

»O Gott, Riley, davon habe ich nichts gewusst. Mir hat er gesagt, das sei für ihn kein Problem. Ich hätte ihn aufhalten müssen«, rief sie aufgebracht.

»Du kannst doch nichts dafür, Monica. Bestimmt hat er dich vorsätzlich getäuscht. Und sich selbst gleich mit. Wenn irgendwer etwas dafürkann, dann ich. Ich hätte dich warnen müssen, dir sagen, dass du ihn im Auge behalten sollst. Na ja, wenigstens kokst er nicht schon wieder wie ein Staubsauger«, brummte Riley. Monica sagte lieber nichts dazu. Warum auch. Es hätte ohnehin nichts genützt. »Hör zu, je eher ich hier wegkomme, desto eher bin ich bei dir. Halte durch.« Und dann legte er auf.

Manchmal gab es keinen einsameren Ort als einen Raum voller Menschen. Monica kam sich vor wie ein kleines Kind, das sich die Nase an der Fensterscheibe platt drückte und von draußen dem bunten Treiben zusah, von dem es selbst ausgeschlossen war. Hazard tanzte, ganz langsam, mitten auf der Tanzfläche, und die Frauen klebten an ihm wie die Fliegen an Julians widerlichen Leimfallen. Jemand tippte ihr von hinten auf die Schulter.

»Darf ich um den nächsten Tanz bitten?« Es war Roderick, Daphnes Sohn. Hazard hatte sie einander in der Kirche vorgestellt.

Monica, die es grundsätzlich schrecklich unhöflich fand,

jemanden abzuweisen, der sich ein Herz gefasst und sie zum Tanzen aufgefordert hatte, nickte stumm und ließ sich von Roderick auf die Tanzfläche führen, wo er sie, sämtliche Konventionen ignorierend, schwungvoll, wenn auch etwas unbeholfen, in einer Art überschwänglichem Fünfzigerjahre-Rock-'n'-Roll herumwirbelte. Was ihm mehr als genug Gelegenheiten bot, seine klamme Hand auf ihrem Rücken, ihrer Schulter oder ihrem Po zu platzieren. Sie kam sich vor wie ein Show-Pony bei der Vorführung.

Hazard, der sich über ihre missliche Lage offensichtlich köstlich amüsierte, zeigte ihr über die Köpfe der anderen Gäste hinweg einen gereckten Daumen. Roderick beugte sich vor und flüsterte ihr mit heißem, klebrigem Atem, der nach Whiskey mit Erdbeer-Pavlova roch, ins Ohr.

»Und, du und Hazard, seid ihr *zusammen*?«, fragte er.

»Himmel, nein«, entgegnete Monica entgeistert. Was Roderick allem Anschein nach als Freifahrtschein auffasste, umso fester ihren Po zu packen.

Vorsichtig bahnte Riley sich seinen Weg durch die rapide schwindende Gästeschar, ein trittsicherer Eindringling inmitten einer unberechenbar taumelnden Masse. Monica saß ganz allein an einem großen runden Tisch wie die einzige Überlebende eines Schiffbruchs, gestrandet auf einer einsamen Insel. Hazard umkreiste die Tische wie ein Haifisch auf der Suche nach herrenlosen Weingläsern und stürzte die Reste gierig hinunter.

»Riley!«, rief Monica, als sie ihn sah, worauf sämtliche umstehenden Gäste aufschauten und sich zu dem Neuankömmling umdrehten. Riley lächelte, und es war, als bräche die Sonne durch die Gewitterwolken.

»Ich kann dir gar nicht sagen, wie froh ich bin, dich zu sehen«, seufzte Monica.

Hazard

Es war ein Gefühl, wie nach Hause zu kommen. Hazard hatte schon ganz vergessen, wie angenehm das war. Gleich nach dem ersten Nippen am Champagner merkte er, wie seine Kiefer sich entspannten, die Schultern sich lockerten und die Welt um ihn herum wie weichgezeichnet war. Monatelang hatte er sich mit seinen Gefühlen in gestochen scharfen, hochauflösenden Bildern herumschlagen müssen, aber der Alkohol war wie ein gnädiger Filter, hinter dem alles verschwamm und der die Welt wärmer, freundlicher und einladender erscheinen ließ. Er war in eine kuschelige Daunendecke der Apathie gehüllt.

Nachdem das erste Glas geleert war, wusste er schon gar nicht mehr, warum er sich so lange gegen dieses angenehme Gefühl gesträubt hatte. Warum nur hatte er je geglaubt, Alkohol sei sein Feind, wo er doch sein bester Freund war?

Im selben Moment, als ihm während der Autofahrt aufging, dass Monica keinen blassen Schimmer vom Ausmaß seiner Suchtprobleme hatte, war die Saat gesät: Vielleicht könnte er sich, nur heute, ausnahmsweise, zur Feier des Tages, einen kleinen Drink genehmigen. Nur einen. Allerhöchstens zwei. Das letzte Mal war schließlich Monate her. Es ging ihm viel besser. Er wusste es viel besser. Er konnte sich beherrschen. Es würde nicht so sein wie vorher. Er war ein anderer Mensch.

Wieder und wieder waren ihm diese Gedanken während der Trauung in der Kirche durch den Kopf gegangen. Als sie dann ins Festzelt kamen, wo ein Kellner Champagner auf einem Silbertablett servierte, hatte Hazard zugegriffen. Genau wie alle anderen auch. Wie er den Gedanken genoss, zu sein wie alle anderen. Monica hatte er versichert, er sei »kein Alkoholiker«, und die Dosis mache das Gift, und fast hätte er es selbst geglaubt. Alkoholiker pennten auf Parkbänken, stanken nach Pisse und soffen billigen Fusel, und das tat er doch nicht, oder?

Am Ende hatte Hazard deutlich mehr getrunken als beabsichtigt, aber das war eigentlich egal. Morgen war auch noch ein Tag. Morgen konnte er wieder ein guter Mensch sein. Wie sagte seine Mutter immer so schön? *Wenn schon, denn schon.* Womit sie allerdings meistens das zweite Stück Torte meinte.

Da war ihm das Koks wie ein Geschenk des Himmels vorgekommen. Ein paar Lines, und ein wohliges Kribbeln überkam ihn. Er fühlte sich wie Superman. Unbesiegbar, unverwundbar. Jetzt konnte die Party richtig losgehen. Und das Flirten hatte er ebenfalls noch nicht verlernt. Er war nicht mehr aufzuhalten. Das hier war die erste Hochzeit, auf der er nicht mit mindestens zwei der Anwesenden geschlafen hatte. Vielleicht ließe sich daran ja etwas ändern.

Hazard sah eine vertraute Gestalt. Er blinzelte ungläubig und rieb sich die Augen. Das musste er sich einbilden. Jedenfalls war das eine wesentlich plausiblere Erklärung für diese Erscheinung, als anzunehmen, Riley sei tatsächlich unversehens hier aufgetaucht. Schließlich hatte er Monica auch schon mit seiner Mutter verwechselt. Hazard kicherte leise in sich hinein. Aber das *war* Riley. Was zum Teufel hatte der hier zu suchen? Wollte er Hazard etwa die Tour vermasseln?

»Hazard, mein Freund, Zeit, nach Hause zu gehen«, sagte Riley.

»Komm mir nicht so, Riley. Was machst du überhaupt hier?«

»Ich bin die Kavallerie. Ich bin hier, um dich mitzunehmen.«

»Tja, dann kannst du gleich wieder auf deinen dämlichen Gaul steigen und zum Teufel reiten. Ich amüsiere mich prächtig mit meinen *neuen Freunden.*« Und damit winkte er rüber zu Dingsbums und der anderen.

»Tja, ich bringe Monica jetzt jedenfalls nach Hause. Und den Minibus auch. Die Party liegt in den letzten Zügen, solltest du also nicht bei deinen *neuen Freunden* übernachten wollen, würde ich vorschlagen, du kommst jetzt mit. Ganz wie du willst, *mein Freund.*« Riley klang ein bisschen angefressen. Riley war sonst nie angefressen. Monica hingegen war *immer* angefressen, und sie stand gleich neben Riley wie eine verdammte Pfarrersfrau und stierte ihn an, als sei er der Chorknabe, der in den Messwein gepinkelt hatte. Er hatte die Schnauze gestrichen voll von dieser dauernden Missbilligung.

Hazard überlegte rasch. Zumindest so rasch, wie es seine verbliebenen geistigen Fähigkeiten nach allem, was er ihnen in den vergangenen Stunden zugemutet hatte, noch zuließen. Wenn er hierblieb, musste er darauf hoffen, dass die Blonde ihn mit nach Hause nahm. Nicht nur, dass er sich partout nicht mehr an ihren Namen erinnern konnte (Amanda? Arabella? Amelia?), nein, die Hauptattraktion des Abends war nicht sie selbst gewesen, sondern bloß der Stoff in ihrer Handtasche, und er war sich ziemlich sicher, dass da inzwischen gähnende Leere herrschte. Sosehr ihn das auch schmerzte, sollte er wohl lieber tun, was man ihm sagte. Also folgte er seinen nervigen Gutmenschenfreunden nach draußen, so kleinlaut ein Superheld auf Koks nur sein konnte.

Eine Stunde im Auto – und die letzte Line, die er vor ein paar Stunden gezogen hatte, hörte langsam auf zu wirken. Hazard war nervös und gereizt. Jetzt, wo er das prekäre Gleichgewicht zwischen aufputschender und beruhigender Wirkung nicht mehr halten konnte, schwindelte ihm vom vielen Alkohol, und er wurde schläfrig. Aber er wusste aus eigener leidvoller Erfahrung, dass es noch Stunden dauern würde, bis er ein Auge zumachen würde.

Ausgestreckt lag er auf den drei hinteren Sitzen des Busses und sah die Dementoren näher kommen. An dieses Gefühl konnte er sich nur zu gut erinnern. Es war wie bei einer Achterbahnfahrt. Auf jedes Hoch folgte unweigerlich ein Tief. Wo Licht war, war auch Schatten. Jede Kraft erzeugte eine Gegenkraft. Zeit, die Rechnung zu bezahlen.

Er merkte, wie jemand, Monica, ihn mit irgendwas zudeckte – eine Decke? Ein Mantel?

»Ich glaube, ich liebe dich, Monica«, murmelte er. Er war sich ziemlich sicher, ganz abscheulich zu ihr gewesen zu sein. Er war ein durch und durch verdorbener Mensch, der keine Freunde verdiente.

»Ja klar, Hazard. Du liebst doch nur dich selbst«, entgegnete sie. Aber das stimmte nicht. Der einzige Mensch, den er nie hatte lieben können, war er selbst. Monatelang hatte er in mühevoller Handarbeit sein Selbstbewusstsein aufgebaut, Stein um Stein, hatte gelernt, sich wieder selbst zu respektieren, und innerhalb von ein paar Stunden hatte er alles zum Einsturz gebracht.

»Es tut mir leid«, jammerte er. »Ich dachte, einen könnte ich trinken.« Und genau da lag das Problem. Er hatte immer schon geglaubt, einen könne er trinken. Andere Leute konnten das doch auch. Aber er nicht. Bei Hazard gab es nur ganz oder gar nicht. Und das war nicht nur bei Alkohol und anderen Drogen so, nein, mit allem. Hatte er etwas gefunden, das ihm gefiel – egal was –, wollte er *mehr*. Darum war er ein so erfolgreicher Aktienhändler, ein so beliebter Freund und ein so rettungsloser Junkie gewesen.

Er hörte Monica und Riley vorne im Bus miteinander reden. Er erinnerte sich vage daran, auch mal so geplaudert zu haben, über das Wetter, den Verkehr, das Neueste von gemeinsamen Bekannten, aber in diesem Augenblick war das für ihn unvorstellbar. *Wo waren seine Schlüssel?* Er kramte in den Taschen, obwohl er wusste, dass sie leer waren.

»Monica«, krächzte er und versuchte, sich zusammenzureißen, um nicht zu lallen. »Ich kann meine Schlüssel nicht finden. Ich muss sie im Pavian verloren haben.«

»Pavillon«, korrigierte Monica.

»Sei nicht so kleinlaut«, murmelte er.

»Kleinlich«, sagte sie.

Er hörte sie seufzen. So ein leises Geräusch, wie seine Mutter es immer gemacht hatte, wenn er als kleiner Junge wieder mal seine Hausaufgaben vergessen oder seine Hose zerrissen hatte.

»Keine Sorge, Hazard. Du kannst auf meinem Sofa schlafen. Dann kann ich dich wenigstens im Auge behalten.« Eine Weile war alles still, bis auf das rhythmische Quietschen des Scheibenwischers und das sanfte Rauschen der Reifen auf dem Asphalt.

»Gelbes Auto«, hörte Hazard Monica von vorne sagen.

»Was?«, fragte Riley.

»Nichts«, antwortete sie.

Hazard hätte gelächelt, aber seine Wange klebte am Plastiksitz fest, auf dem er lag.

Monica

Irgendwas war anders. Monica wusste es, noch bevor sie die Augen aufgeschlagen hatte. Ihre Wohnung, in der es sonst nach Kaffee, Jo-Malone-Körperpflege, Cif-Scheuermilch Zitrone und hin und wieder nach Riley roch, stank durchdringend nach abgestandenem Alkohol. Und Hazard.

Sie stand auf, zog sich ein ausgebeultes Sweatshirt über den Pyjama – er sollte bloß nicht denken, sie hätte sich seinetwegen zurechtgemacht – und band die Haare zu einem unordentlichen Dutt zusammen. Dann ging sie ins Badezimmer, spritzte sich ein bisschen Wasser ins Gesicht und kehrte noch mal zurück, um ein bisschen Wimperntusche und Lipgloss aufzutragen. Natürlich ging es ihr dabei überhaupt nicht darum, ihn irgendwie zu beeindrucken. Das wäre ja geradezu absurd. Sie wollte bloß nicht, dass Hazard wieder einen Grund für sein höhnisches Grinsen hatte.

Vorsichtig öffnete Monica die Wohnzimmertür und schlich auf Zehenspitzen hinein, um ihn nicht zu wecken. Er war verschwunden.

Das Sofa, auf das sie ihn gelegt hatte, war leer, ihre Gästebettdecke lag ordentlich gefaltet darauf. Die Spülschüssel, die sie auf den Boden gestellt hatte, falls ihm (wieder) schlecht wurde, stand in der Küche. Die Vorhänge waren zurückgezogen, und die Fenster waren zum Lüften geöffnet. Einen Zettel sah sie nicht.

Monica hatte nicht das geringste Verlangen, Hazard zu sehen, vor allem nicht so früh am Morgen und nach allem, was gestern vorgefallen war. Aber trotzdem – es war ganz schön unhöflich, sich so heimlich, still und leise aus dem Haus zu stehlen. Aber hatte sie wirklich etwas anderes erwartet?

Im selben Augenblick ging hinter ihr die Wohnungstür auf, und sie fuhr erschrocken herum. Herein kam ein gigantisches Gebinde aus gelben Rosen, dicht gefolgt von Hazard. »Ich hoffe, es war okay, dass ich mir deinen Schlüssel ausgeborgt habe«, sagte er und legte ihn mit zitternder Hand wieder auf den Tisch.

Monica hatte Hazard schon in vielen verschiedenen Verkleidungen erlebt – als dreisten Kerl, der sie eine Schlampe geschimpft hatte, als heimgekehrten tragischen Weihnachtshelden, als hart arbeitenden, fleißigen Gärtner und als verantwortungslosen, rüden Fiesling bei der Hochzeit –, aber in all diesen Erscheinungsformen hatte er jedes Mal selbstsicher und überzeugend gewirkt. Wo er auch hinkam, stets beanspruchte er mehr Raum, als er mit seinen ein Meter achtzig eigentlich brauchte.

Dieser Hazard war anders. Schlimm sah er aus, müde und mitgenommen, matt und grau, noch immer im zerknitterten Anzug von gestern, aber das Verwirrendste war, er wirkte *verunsichert.* All der Bombast und die heillose Selbstüberschätzung von gestern Abend waren verpufft, und zurückgeblieben war nur ein Häufchen Elend. Traurig und armselig, mit leeren, trüben Augen.

»Danke«, murmelte sie, nahm die Rosen und ließ Wasser in die Spüle laufen, damit sie nicht welkten. Das musste man gleich machen. Hazard ließ sich schwer auf das Sofa fallen.

»Monica, ich weiß nicht, was ich sagen soll«, stammelte er. »Ich war gestern unausstehlich, unverzeihlich ekelhaft zu dir. Es tut mir aufrichtig leid. Dieser Kerl, das war ich nicht. Na ja, irgendwie gehört er wohl zu mir, aber ich habe versucht, ihn wegzusperren. Ich hasse den, der ich werde, wenn ich trinke. Und den, der ich in den letzten Monaten war, mochte ich sehr.

Aber jetzt habe ich alles kaputtgemacht.« Er saß da, den Kopf in den Händen, und die Haare fielen ihm verfilzt und verschwitzt ins Gesicht.

»Du warst widerlich«, erwiderte Monica. »Wirklich unbeschreiblich widerlich.« Aber sie verstand, dass sie gerade, zum ersten Mal überhaupt, den wahren Hazard sah. Den unvollkommenen, unsicheren, verletzlichen Jungen, der die ganze Zeit schon da gewesen sein musste, versteckt hinter all der prahlerischen Wichtigtuerei. Und irgendwie war es nicht fair, weiter wütend auf ihn zu sein. Das war er selbst zur Genüge. Seufzend legte Monica die Standpauke, die sie sich gestern Abend auf dem Heimweg heimlich zurechtgelegt hatte, zurück in die Schublade.

»Fangen wir heute einfach noch mal von vorne an, hm? Warte hier. Ich gehe nach unten, hole uns einen Kaffee und sage Benji, er soll sich um das Café kümmern.«

Jeder an einem Ende des Sofas sitzend, kuschelten Monica und Hazard sich gemütlich unter eine Decke, aßen Popcorn und schauten zusammen Netflix. Hazard steckte die Hand in die Popcornschüssel, und Monica fiel auf, wie abgeknabbert seine Fingernägel waren. Heruntergenagt bis aufs Fleisch, die Nagelhaut ringsum rot und wund. Der Anblick erinnerte sie lebhaft daran, wie ihre Hände ausgesehen hatten, als ihre Mutter gestorben war: entzündet, rissig und blutig vom endlosen Schrubben und Waschen. Sie war sich nicht sicher, ob sie Hazard helfen oder sich selbst heilen wollte, aber sie musste ihm die Geschichte erzählen.

»Weißt du, mit Zwangsstörungen kenne ich mich ganz gut aus. Dieser unwiderstehliche Drang, etwas zu tun, obwohl man genau weiß, dass man es lieber sein lassen sollte«, sagte sie und schaute starr geradeaus. Hazard sagte nichts, aber sie spürte, dass er ihr zuhörte, also redete sie weiter.

»Meine Mutter ist gestorben, als ich sechzehn war, kurz vor Weihnachten, in meinem letzten Schuljahr. Sie wollte zu Hause sterben, also haben wir ihr im Wohnzimmer eine Krankenstation eingerichtet. Ihr Immunsystem war von der Chemo völlig am Boden, und die Krankenschwester hat mir eingeschärft, immer alles gründlich zu desinfizieren und das Zimmer peinlich sauber zu halten. Das war das Einzige, was ich tun konnte. Ich konnte nicht verhindern, dass meine Mutter starb, aber ich konnte Bazillen töten. Also habe ich geputzt und geschrubbt und mir stündlich die Hände gewaschen, mehr als einmal. Aber nach ihrem Tod konnte ich nicht mehr damit aufhören. Sogar als meine Klassenkameraden erst hinter vorgehaltener Hand zu tuscheln anfingen und mich irgendwann ganz unverblümt eine Irre nannten, konnte ich nicht damit aufhören. Ich weiß also, wie das ist.«

»Monica, das tut mir so leid. Wie furchtbar, in dem Alter die Mutter zu verlieren«, sagte Hazard.

»Ich habe sie nicht *verloren*, Hazard. Ich hasse diesen dämlichen Ausdruck. Das klingt, als wäre sie mir beim Einkaufsbummel abhandengekommen. Und sie ist auch nicht *entschlafen* oder *von uns gegangen*. So still und friedlich war es nicht. Es war roh und hässlich und abstoßend und *verdammt ungerecht*.« Die Worte kratzten ihr im Hals.

Hazard nahm ihre Hand, öffnete die zur Faust geballten Finger und hielt sie in seiner. »Und dein Dad? Konnte der dir nicht helfen?«

»Der hatte selbst zu kämpfen. Er ist Schriftsteller. Du hast nicht zufällig diese Kinderbücher gelesen, die in einer Fantasiewelt namens Dragonlia spielen?« Aus den Augenwinkeln sah sie Hazard nicken. »Tja, die sind von ihm. Er ging in sein Arbeitszimmer und tauchte ein in eine andere Welt, eine Welt, in der es gerechter zugeht als in dieser, in der das Gute immer siegt und das Böse immer besiegt wird. An unserem ersten Weihnachten ohne sie waren wir wie zwei schiffbrüchige Matrosen, die verzweifelt versuchen, irgendwie den Kopf über Wasser zu halten und dabei ständig weiter auseinanderdriften, weil sie sich an zwei verschiedene Wrackteile klammern.«

»Und wie wurde es dann wieder besser, Monica?«, fragte Hazard behutsam.

»Es ist noch viel schlimmer geworden, bevor es wieder besser wurde. Eine Weile bin ich nicht mehr zur Schule gegangen und eine Zeit lang nicht mal mehr vor die Tür. Ich habe mich in meinen Büchern vergraben. Und habe geputzt. Dad hat einen großen Batzen seiner Tantiemen hingeblättert für endlose Therapiesitzungen. Aber als ich schließlich meinen Abschluss gemacht habe, ging es mir schon wieder viel besser. Was Hygiene angeht, bin ich immer noch ein bisschen übereifrig, aber abgesehen davon bin ich vollkommen zurechnungsfähig!«, erklärte sie mit einem Anflug von Ironie.

»Und ich dachte, du bist der normalste Mensch, den ich kenne. Da kannst du mal sehen, was?«, meinte Hazard.

»Na ja, und ich dachte, du bist der abstinenteste Mensch, den ich kenne. Bis gestern jedenfalls«, erwiderte Monica grinsend.

Dann schauten sie wieder auf den Fernseher, wo gerade eine neue Folge angefangen hatte.

Hazard nahm eine Handvoll Popcorn und schnippte eins der Körner quer durchs Zimmer. Monica hatte nicht die leiseste Ahnung, wo das Maiskorn gelandet war. Und dann machte er es noch mal. *Und ein drittes Mal.*

»Hazard!«, schimpfte Monica streng. »Was zum Teufel *machst* du da?«

»Nennen wir es Konfrontationstherapie«, erklärte Hazard und schnippte ungerührt ein weiteres gepufftes Maiskorn durch den Raum. »Versuch einfach, ruhig sitzen zu bleiben und eine ganze Folge zu gucken, ohne an das Popcorn zu denken.«

Pah. Easy. Das konnte sie. Und *wie* sie das konnte. Wie lang waren diese blöden Folgen noch mal? Eine Viertelstunde, die ihr wie eine halbe Ewigkeit erschien, hielt sie es aus und versuchte krampfhaft, nicht an das verstreute Popcorn zu denken, das sich in Ritzen und Ecken versteckte und unter den Möbeln lauerte.

Dann reichte es ihr. Sie holte den Handstaubsauger.

»Gut gemacht, Monica, wirklich«, lobte Hazard, nachdem sie jedes einzelne Körnchen aufgespürt und weggesaugt und sich wieder hingesetzt hatte.

»Du kannst dir gar nicht vorstellen, wie schwer mir das fällt, Hazard«, gestand sie.

»In diesem Punkt irrst du«, erwiderte er. »Ich weiß genau, wie schwer das ist. So geht es mir jedes Mal, wenn ich an einem Pub vorbeikomme. Weißt du, wir alle suchen irgendwie Fluchten aus dem Leben – ich mit meinen Drogen, Julian mit seiner Einsiedelei, Alice mit Instagram. Aber du nicht. Du bist viel mutiger und tapferer als wir alle. Du stellst dich dem Leben, du packst es bei den Hörnern und versuchst, es zu lenken und zu kontrollieren. Manchmal vielleicht ein bisschen zu sehr.«

»Wir sollten alle ein bisschen mehr wie Riley sein, oder?«, meinte Monica. »Darum ist er auch so gut für mich.«

»Mmmm«, brummte Hazard.

Eine Weile saßen sie schweigend da. Zuerst hatte jeder an einem anderen Ende der Couch gesessen, inzwischen hatten sie sich, Kopf an Kopf, in der Mitte getroffen, während ihre Beine über die Lehne baumelten.

»Die Geschichte hättest du in das Heft schreiben sollen, Monica«, sagte Hazard. »Den Tod der Mutter verkraften und irgendwie wieder aufstehen und weitermachen müssen, *das* ist deine Wahrheit, nicht dieser ganze Heirats- und Babykram.«

Er hatte recht, und sie wusste es.

»Nur so aus Interesse«, meinte Hazard. »Sind die Dosen in

deinem Küchenschrank alle so sortiert, dass die Vorderseite nach vorne zeigt?«

»Natürlich«, antwortete sie. »Wie um Himmels willen soll man denn sonst die Etiketten lesen?«

Er streckte die Hand aus und zog behutsam ein Popcorn aus ihren Haaren und legte es auf den Couchtisch. Kurz dachte sie, er wolle sie küssen. Aber das tat er natürlich nicht.

»Hazard?«, sagte sie. Er drehte sich um und sah sie durchdringend an.

»Könntest du das Popcorn bitte in den Mülleimer werfen?«

Riley

Die Engländer, fand Riley, waren ihrem Wetter nicht ganz unähnlich. Wechselhaft, unstet und unvorhersehbar. Erst schien die Sonne, und dann, aus heiterem Himmel, peitschte eine Sturmbö die Wolken zusammen, und gigantische Hagelkörner prasselten herab und trommelten auf Bürgersteige und Motorhauben. Ganz gleich, wie sehr man auch in den Himmel schaute und die Wolken und die Wettervorhersage beobachtete, nie konnte man sich gewiss sein, was als Nächstes passieren würde.

Seit der Horror-Hochzeit war Hazard kaum wiederzuerkennen. Riley hätte die Hand für ihn ins Feuer gelegt, dass er nicht wieder angefangen hatte zu trinken oder Drogen zu nehmen. Der Arme war schrecklich zerknirscht. Er schien seine Lektion auf die harte Tour gelernt zu haben und wirkte nun matt und antriebslos.

Monica dagegen blühte immer mehr auf. Sie beide verbrachten viel Zeit miteinander, und auf ihrem Sofa ging es gelegentlich heiß her. Doch Monica war wie eine stachelige Rose – schön, verführerisch, verheißungsvoll –, aber kam man ihr zu nahe, kriegte man die Dornen zu spüren.

Zwar hatte Riley schon einige Male bei ihr übernachtet, aber miteinander geschlafen hatten sie bislang nicht. Was Riley verwirrte. Sex war für ihn eine der kleinen Freuden des Lebens – wie Surfen, frisch gebackener Kuchen oder eine zünftige Wanderung bei Sonnenaufgang. Er verstand diese Zurückhaltung nicht, vor allem, wo es zwischen ihnen nun keine Geheimnisse mehr gab. Und doch schien Monica Sex mit so viel Bedeutsamkeit zu überfrachten und mit so viel Bedacht anzugehen. Als sei er eine tickende Zeitbombe.

Und sie hatte ihm noch immer nicht gesagt, ob sie ihn nun auf seiner Reise begleiten wollte. Nicht dass das einen Einfluss auf seine Planung gehabt hätte. Er brauchte keine Pläne. Er würde einfach den Rucksack packen, zum Bahnhof gehen und sehen, wohin der Wind ihn trieb. Aber er hätte es *trotzdem* gerne gewusst. Und wenn auch nur, um sich in Gedanken ausmalen zu können, ob Monica neben ihm auf den Stufen des Kolosseums sitzen würde. Oder eben nicht.

Riley zupfte ein kleines Unkraut aus der Kräutereinfassung der Beete, die, schon bevor er mit der Arbeit angefangen hatte, ziemlich makellos ausgesehen hatten. Mrs Ponsonby war eine dieser Damen, bei denen immer alles perfekt zu sein hatte. Kein sprießendes Unkraut, keine sprießenden Schamhaare, kein störender Ehemann. Und vermutlich auch kein störender Spaß. Sie hatte Brett und ihm eine Tasse Tee gemacht – so einen mit viel Chichi, der nach Blumen schmeckte. Ihm war ein stinknormaler Schwarztee lieber. Da wusste man, was man hatte.

Mrs Ponsonby hatte Riley die Tasse gegeben und dabei wie zufällig seinen Arm gestreift und ihm viel zu lange tief in die Augen geschaut.

»Sagen Sie mir, wenn ich sonst noch etwas für Sie tun kann, Riley«, hatte sie geraunt. »Ganz gleich, was.« Wie in einem schlechten Siebzigerjahre-Porno. Was hatten diese Chelseaer Hausfrauen bloß alle? Langeweile? Suchten sie eine Möglichkeit zur Körperertüchtigung, die mehr Lust machte als ihre Pilates-Stunden, oder war es der Reiz des Verbotenen, der sie unwiderstehlich anzog? Aber vielleicht hatte ihm Mrs Ponsonby auch bloß einen Bio-Chocolate-Chip-Cookie anbieten wollen.

Sobald er hier fertig war, musste Riley rüber zu Mummy's Little Helper, wo er für Monica Osterglocken in Tontöpfen vorzog. Sie hatten sich überlegt, das Café für den Kunstkurs am 4. März, Marys fünfzehntem Todestag, über und über mit Blumen zu schmücken. Monica wollte einen Kuchen backen. Lizzie, Alice' neues Kindermädchen und Freundin, hatte schon zu Marys Zeit hier in der Gegend gewohnt und hatte versprochen, im Internet ein paar hübsche Fotos von ihr herauszusuchen, um sie auszudrucken und auf Tonpapier geklebt aufzustellen.

Seit Lizzie da war, war Alice irgendwie anders. Nicht mehr so müde und erschöpft. Bunty schlief neuerdings durch, seit sie dank Lizzie nun »regelmäßige Zeiten« hatte. Riley hatte keine Ahnung, was genau er sich darunter vorzustellen hatte, aber Alice hatte dabei so stolz geklungen, als hätte Bunty das Genom entschlüsselt. Riley wusste auch nicht so genau, was ein Genom eigentlich war, aber das tat nichts zur Sache. Lizzie kümmerte sich nun häufiger um Bunty, und Alice lief nicht mehr herum wie ein doppelköpfiges Mischwesen mit an der Hüfte festgewachsenem Baby. Und sie starrte auch nicht mehr so viel auf ihr Handy. Anscheinend weil »Lizzie sagt«, sie solle das mit den sozialen Medien etwas einschränken. Dass Alice neuerdings jeden Satz mit »Lizzie sagt« begann, war jedoch schon ein bisschen nervig.

Julian ahnte nichts von der anstehenden Feier. Vermutlich ahnte er nicht einmal, dass Monica sich das Datum gemerkt hatte, das er vor einiger Zeit so beiläufig erwähnt hatte. Selbst Alice hatte es geschafft, nichts auszuplaudern. Es sollte eine große Überraschung werden.

Lizzie

Bisher hatte Lizzie der Versuchung widerstanden, in Alice' Schubladen zu kramen. Es erschien ihr irgendwie illoyal. Max betraf das allerdings nicht, weshalb Lizzie bereits ausgiebig in seinen Sachen herumgeschnüffelt hatte. Sie hatte keinerlei Hinweise auf irgendwelche außerehelichen Aktivitäten finden können – keine dubiosen Quittungen in den Taschen, kein Lippenstift am Hemdkragen, keine versteckten kleinen Souvenirs. Lizzie war Expertin im Untreue-Erschnüffeln – sie wühlte sich durch den Schlamm wie ein altgedientes Trüffelschwein. Und sie war erleichtert. Alice war zwar ein Luftikus, aber sie hatte ein gutes Herz und hätte es nicht verdient, so hintergangen zu werden. Aber so schnell wollte Lizzie Max nicht vom Haken lassen. Wenn es schon keine andere Frau war, die ihn so oft von zu Hause fernhielt, dann waren es Vernachlässigung und Desinteresse an seiner erschöpften Frau und seinem kleinen Kind.

Außerdem hatte Lizzie die Altglastonne im Auge. Alice und Max schienen einen recht hohen Verbrauch an Weinflaschen zu haben. Wobei vermutlich Alice den Löwenanteil vernichtete. Andererseits war Lizzie nicht entgangen, dass die Anzahl der Flaschen allem Anschein nach rückläufig war, seit sie Bunty an feste Zeiten und einen etwas geregelteren Tagesablauf gewöhnt hatte, was sie sehr freute.

Zu guter Letzt nahm sie sich den Mülleimer im Badezimmer vor. Immer einen Blick wert. Und auch diesmal wurde sie nicht enttäuscht. Sie fand eine leere Packung Schlaftabletten (kein Wunder, dass Max nachts zu nichts zu gebrauchen war) und einen benutzten Schwangerschaftstest. Gott sei Dank negativ. Alice brauchte ein weiteres Baby wie ein Loch im Kopf. Aber immerhin schliefen sie und Max anscheinend noch miteinander.

Jetzt gerade vertrieb Lizzie sich die Zeit damit, auf Alice' Laptop nach Fotos von Julians verstorbener Frau zu googeln. Im Internet herumzustöbern war eine weitere Lieblingsbeschäftigung von ihr. Eine gigantische Unterwäscheschublade, die nur darauf wartete, ihre sämtlichen Geheimnisse zu verraten. Rasch warf sie einen Blick in den Browserverlauf. Wie nicht anders zu erwarten, hatte Max Pornos geguckt, allerdings nichts krass Geschmackloses oder gar Illegales.

Die Suche nach Mary und Julian Jessop ergab ein entzückendes Bild der beiden an ihrem Hochzeitstag, wie sie auf den Stufen des Rathauses in Chelsea standen. In der Bildunterschrift wurde auch Marys Mädchenname erwähnt: Sandilands. Lizzie ging wieder auf Google und tippte »Mary Sandilands« ein. Das wurde ja immer spannender.

Lizzie hörte den Schlüssel im Schloss und schloss rasch die Seite, auf der sie gerade war.

»Hi, Lizzie! Alles okay?«, fragte Alice.

»Alles bestens. Ich habe Bunty ein bisschen Babyreis mit Apfelmus gegeben, und danach ist sie tief und fest eingeschlafen, auf die Minute pünktlich. Ich bezweifle, dass du vor morgen früh um sechs noch einen Pieps von ihr hörst.«

»Du bist ein Engel«, seufzte Alice, während sie den Kaschmirmantel auszog und an die Garderobe neben der Tür hängte, die schwindelerregend hohen Hacken abstreifte und sich neben Lizzie an den Küchentisch setzte. Max war ohne Umwege nach oben gegangen. Sie hörte die Tür zu seinem Arbeitszimmer zuschlagen.

»Wie war euer Pärchenabend?«, fragte Lizzie.

»Schön, danke«, entgegnete Alice, nicht gerade überschwänglich, wie Lizzie fand. »Fantastisches neues Restaurant gleich die Straße runter. Supertrendy. Hazard war auch da, mit einer *Frau*. Sah aus wie ein Model. Bist du mit den Fotos schon weitergekommen?«

»Und wie. Ich habe ein paar ganz reizende Bilder gefunden. Mary war ein heißer Feger. Erinnert mich ein bisschen an Audrey Hepburn. Große unschuldige Augen wie ein waidwundes Reh. Hier, schau mal.«

Lizzie saß im Bett und lauschte auf Jacks Schnarchen. Manchmal setzte es für eine gefühlte Ewigkeit aus, und sie fragte sich, ob er wohl tot war, und wenn ja, ob das so schlimm wäre. Bis er dann unvermittelt weiterknatterte wie ein Fahrzeug mit Fehlzündung.

Sie kratzte sich am Kopf. Sie musste sich mal wieder bei einer der kleinen Blagen Läuse eingefangen haben. Ob sie im Gästezimmer schlafen sollte, bis sie ihnen den Garaus gemacht hatte? Ihr Blick ging zu Jacks fast gänzlich kahlem Schädel. Dass eine verirrte Laus dort ein Versteck fand, war äußerst unwahrscheinlich. Außerdem wollte sie sich weitere Parasitendiskussionen mit ihm ersparen. Die Fadenwurmgeschichte hatte ihn noch wochenlang verfolgt.

Sie griff in ihre Unterwäscheschublade – leise glucksend angesichts der augenscheinlichen Ironie des Ganzen – und zog das Büchlein heraus, das sie bei Mummy's Little Helper gefunden hatte. Jetzt war es an ihr hineinzuschreiben, und sie wusste auch schon ganz genau, was sie sagen wollte.

Hazard

Tag sechs *nach der Hochzeit*, und Hazard hatte endlich das Gefühl, wieder auf dem richtigen Weg zu sein. Körperlich hatte er sich von den Exzessen erholt, und er war entschlossener denn je. Sich so spektakulär vor den Bus zu schmeißen hatte ihm drastisch vor Augen geführt, dass es besser war, einen Schritt nach dem anderen zu machen. Und er hatte einsehen müssen, dass »nur ein Drink« eine Wunschvorstellung bleiben würde, für ihn so unerreichbar wie eine Fata Morgana.

Hazards kleines Unternehmen wuchs und gedieh, und er war zum ersten Mal, solange er zurückdenken konnte, glücklich und *zufrieden*. Nur eins machte ihm etwas Sorge. Von seinen neuen Freunden aus dem Kunstkurs einmal abgesehen, hatte Hazard überhaupt kein Privatleben. Seit er nicht mehr trank, war er fast zum Einsiedler geworden. Das konnte nicht ewig so weitergehen. Außerdem war er immer noch erschüttert, dass er Monica beinahe *geküsst* hatte. Sie war nicht nur überhaupt nicht sein Typ, sondern zu allem Übel auch noch Rileys Freundin, und Hazard fing nichts mit den Frauen anderer Männer an. Zumindest nicht mehr.

Das Problem war, er wusste nicht einmal mehr, was genau eigentlich sein Typ *war*.

Gerade versuchte er, die zerzausten Haare zu kämmen, als er, halb versteckt in seiner Kommode, wie eine Flaschenpost, vor langer Zeit in das Meer seiner Geschichte geworfen und nun an den Strand gespült, einen Zettel fand. Darauf stand in krakelig betrunkener Sauklaue: SIE HEISST BLANCHE. Und darunter in mädchenhafter Handschrift: UND IHRE NUMMER IST 07746 385412. RUF SIE AN.

Hazard grinste. Die meisten Frauen wären stinksauer gewesen, wenn sie so einen Zettel gefunden hätten. Vielleicht war Blanche doch cooler als gedacht. Damals war er total zugedröhnt gewesen. Und sie war zweifellos sein Typ – rattenscharf, blond, selbstbewusst und zu allen Schandtaten bereit. Er könnte sie doch mal anrufen. Gleich die Straße runter hatte ein neues Restaurant eröffnet, supertrendy, genau sein Fall. Wenn Blanche noch nichts vorhatte, könnten sie gleich heute Abend hingehen.

Was das Restaurant anging, hatte Hazard goldrichtig gelegen. Der Laden war genau sein Fall – minimalistischer Industrial Style und überall schöne Menschen, die sich in Klatsch und Tratsch und Prahlerei ergingen. Es war grässlich. Die ganze Zeit musste er an seinen Tisch in Monica's Café denken, den alten Ledersessel unter der Stehleuchte mit Büchern ringsum. Er schaute seine Verabredung an, versuchte, hinter die blauen Augen zu sehen, doch er konnte nur sein eigenes Spiegelbild erkennen.

Blanche schob den Endivien-Rote-Beete-Salat, den sie bestellt hatte, halbherzig auf dem Tellerchen herum. Sie konnte unmöglich mehr als ein paar Bissen gegessen haben. Hazard hingegen hatte einen Bärenhunger und hatte seine winzig kleine Portion bereits gierig verschlungen. Ganz ungewohnt für ihn. Es war Jahre her, seit er zuletzt in einem schicken Restaurant etwas *gegessen* hatte. Sonst lief er immer nur zwischen Tisch und Toilette hin und her, zog eine Line nach der anderen und heuchelte Begeisterung für Gerichte, die allesamt nach nasser Pappe schmeckten.

»Findest du den Laden nicht auch *himmlisch*?«, schwärmte

Blanche nun schon zum dritten Mal. Sie musste fast schreien, um sich über den Lärm hinweg verständlich zu machen.

»Japp«, schwindelte Hazard und versuchte, sich zusammenzureißen und ein bisschen Konversation zu machen. »Ich frage mich, was mein Freund Julian wohl zu den Skulpturen sagen würde. Er ist Künstler.« Er deutete auf die unsinnigen, hässlichen Installationen, die von der Decke baumelten wie Babymobiles auf Acid.

»Ooh, ein Künstler? Kenne ich ihn?«, brüllte Blanche.

»Glaube kaum. Er ist neunundsiebzig«, entgegnete Hazard. Blanche wirkte gleich nur noch halb so interessiert.

»Hazard, wie *süß* von dir, dass du dich um einen *alten Mann* kümmerst!«, zirpte sie. »Weißt du, als ich noch in der Schule war, mussten wir einmal die Woche als Gemeinschaftsdienst zu alten Leuten gehen und Tee mit ihnen trinken. Wir haben das immer ›Omas klatschen‹ genannt.« Sie wackelte mit zweimal zwei Fingern in der Luft. »Wobei wir natürlich überhaupt niemanden geklatscht haben. Wir haben bloß dagesessen in einem Zimmer, das nach Pipi roch, und haben uns das endlose Gesabber über die gute alte Zeit angehört. Wir haben die Minuten gezählt, bis wir endlich abhauen und mit unseren Besties noch schnell eine Zigarette rauchen konnten, ehe wir wieder in die Schule mussten.« Sie kicherte, dann wurde ihr Blick nachdenklich. »Hey, meinst du, er hinterlässt dir ein *dickes, fettes* Erbe?«

Sprachlos starrte Hazard sie an. Dauernd musste er an Monica denken und wie viel lustiger dieser Abend wäre, wenn sie dabei wäre. Was irgendwie eigenartig war, denn »lustig« und »Monica« waren zwei Wörter, die man sonst eher selten in einem Atemzug nannte. Und außerdem wären sie dann nicht hier. Niemals würde Monica einen Tisch in diesem Laden reservieren. Er zwang sich, sich wieder auf das belanglose Geplapper über gemeinsame

Bekannte, seelenlose Orte und sinnlose Statussymbole zu konzentrieren.

Hazard wurde zunehmend klar, dass er nicht einfach in sein altes Leben zurückkehren konnte. Er hatte sich verändert, er passte nicht mehr hinein. Und sosehr er sich auch bemühte, diesen Gedanken abzuschütteln, er musste immer wieder daran denken, dass er vielleicht woanders besser hinpasste. Zu Monica. Monica, der stärksten und verletzlichsten Frau, die er kannte.

Sobald es ging, bezahlte Hazard die Rechnung, wobei er sich zusammenreißen musste, angesichts des exorbitanten Preises für den Salat, den sie kaum angerührt hatte, nicht zusammenzuzucken. Dann verabschiedete er sich von Blanche, die an der Bar ein paar Freunde entdeckt hatte. Am anderen Ende des Restaurants sah er Alice und ihren Mann sitzen. Wie wunderbar, wenn man als verheiratetes Paar mit Kind noch romantische Abende miteinander verbrachte und sich so pudelwohl miteinander fühlte, dass es keiner Worte bedurfte.

Hazard trat hinaus auf die Fulham Road und ging vorbei an Monica's Café. Oben in ihrer Wohnung brannte Licht. Bestimmt war Riley bei ihr, und die beiden hatten verrückten australischen Äffchensex.

Allein ging er weiter, in seine leere, stille, sichere Wohnung.

Alice

Alice war nach dem »Pärchenabend« mit Max immer noch ein bisschen *hmpf*. In einem spontanen Anfall größter Entschlossenheit, wieder ein wenig Romantik in ihre eingeschlafene Beziehung zu bringen, hatte sie, nach dem Gespräch mit Monica im Zug, einen Tisch für zwei in dem hippen neuen Restaurant gleich um die Ecke gebucht. Schon als sie sich setzten, hatte sie einen fatalen Fehler gemacht und Max strikt untersagt, auch nur einen Pieps zu sagen, der bloß im Entferntesten mit Bunty zu tun hatte. Das Problem bei der Sache war, dass sie sich anscheinend beide nicht mehr daran erinnern konnten, worüber sie vor Bunty eigentlich geredet hatten. Über weite Strecken hatten sie sich betreten angeschwiegen, und Alice musste zu ihrem Entsetzen einsehen, dass sie eins dieser Paare waren, über die sie sich als Frischverliebte immer lustig gemacht hatten: die im Restaurant zusammen am Tisch saßen und *die ganze Zeit kein einziges Wort miteinander redeten.*

Alice machte ein Foto und lud es auf ihre Instagram-Seite. Es war der erste Post seit drei Tagen. Sie versuchte gerade, ihre Bildschirmzeit ein bisschen einzuschränken, aber dieses Bild musste einfach sein. Monica's Café war ein Traum. Überall brannten Kerzen, und auf den Tischen leuchteten strahlend gelbe Osterglocken. Mitten im Raum standen einige entzückende Bilder von Julian und Mary, nebst einem Zitronenkuchen mit Zuckerguss (Julians Lieblingskuchen) und ein paar Flaschen Baileys.

»Langsam mache ich mir Sorgen«, meinte Monica. »Meinst du nicht, es ist ein bisschen *morbide*, eine Party für *eine Tote* zu geben? Wollen wir nicht lieber schnell alles abräumen, ehe Julian kommt?«

»Nein, es ist ganz reizend«, versicherte Hazard. »Es ist wichtig, die Menschen zu feiern, die wir lieben. Auch wenn sie nicht mehr bei uns sind. Und außerdem, macht Julian nicht im Grunde genommen jeden Freitag um fünf genau dasselbe? Und das seit fünfzehn Jahren schon? Nur hat er jetzt Freunde, die mitfeiern.«

Alice staunte nicht schlecht über Hazard. Sie hätte gar nicht gedacht, dass er ein so weiches Herz hatte. Der Kerl war wirklich ein Widerspruch in sich. Wenn Max nicht wäre, hätte sie sich womöglich ein klitzekleines bisschen in ihn verguckt. Sie sah ihn an und merkte, wie er die Stirn runzelte. Sie folgte seinem Blick hinüber zu Riley, der gerade Monica umarmte. Interessant. Was man nicht alles mitbekam, wenn man nicht ständig auf sein iPhone starrte. Wer hätte das gedacht?

Alles war fertig, und es war schon nach sieben. Der Kurs war vollständig versammelt und wartete ungeduldig. Doch von Julian keine Spur.

»Julian kommt sonst nie zu spät zum Kurs«, meinte Monica, der gegenwärtigen Beweislage zum Trotz. »Wenn er eins ernst nimmt, dann seinen Kurs. Ach ja, und Mode natürlich. Und seinen struppigen Hund.«

»Das ist kein Hund, Liebes«, flötete Riley und klang dabei so sehr wie Julian, dass es fast unheimlich war. »Er ist ein *Meisterwerk*. Meinst du, wir können schon mal mit dem Baileys anfangen? Er kann ja dann aufholen, wenn er kommt.«

»Aber sicher«, entgegnete Monica und guckte wieder zur Tür.

Um halb acht ging der guten Stimmung langsam die Luft aus. Immer wieder versuchten ihre Gäste, Monica irgendwie abzulenken. Umsonst. Schließlich nahm Alice ihr Handy und klickte auf Julians Instagram-Seite.

»Monica, ich habe unseren Stargast gerade aufgespürt«, erklärte sie. »Er hat eben ein Foto von sich mit der gesamten Besetzung einer Realityshow im Sloan Square hochgeladen.«

»Verdammter Mist. So ein *Scheißkerl*«, brummte Monica. So sauer hatte Alice Monica nicht mehr erlebt, seit sie am Weihnachtstag von ihr aus dem Café geworfen worden war. »Und er geht nicht ans Telefon.«

»Ich schreibe ihm auf Insta eine Nachricht«, sagte Alice. »Wetten, dass er da reinguckt?«

JULIAN. BEWEG DEINEN KNOCHIGEN HINTERN AUF DER STELLE INS CAFÉ, SONST PLATZT MONICA GLEICH DER KRAGEN. LG, ALICE, tippte sie, während sie zusah, wie Monica auf und ab lief und sich dabei immer mehr in ihre rechtschaffene Wut hineinsteigerte.

Es wurde acht, bis Julian schließlich hereingeschneit kam, nicht halb so zerknirscht, wie Monica es eigentlich erwartet hatte. Er sollte lieber ein wenig zu Kreuze kriechen, und zwar schnell. Alice wusste aus eigener Erfahrung, wie es einem erging, wenn Monica nicht gut auf einen zu sprechen war. Das war kein Zuckerschlecken.

»Bitte vielmals um Vergebung allerseits! Ich hoffe, ihr habt schon ohne mich angefangen! Ihr ratet nie, was passiert ist … Meine Güte, was ist denn hier los?«

»Nun ja, es sollte eine Überraschungsparty für dich werden. Wir haben uns gedacht, du könntest heute womöglich ein wenig *niedergeschlagen* sein, wo es doch Marys fünfzehnter Todestag ist. Also dachten wir, wir denken gemeinsam an sie«, erklärte Monica mit einer Stimme wie Stahl. »Du hast ihren Todestag vergessen, stimmt's?«

»Nein, natürlich nicht!«, rief Julian. Natürlich hatte er. »Und danke euch allen *vielmals* für eure Mühe. Ich kann euch gar nicht sagen, wie mich das rührt.« Alice musterte Monica, ob es Julian gelungen war, sie zu erweichen. Kein Fitzelchen.

»Was ist aus der vielgepriesenen *Aufrichtigkeit* geworden, Julian? Was aus *die Wahrheit sagen*? Weißt du überhaupt noch, was wirklich wahr ist?«, zischte sie. Alle anderen waren verstummt und guckten zwischen Julian und Monica hin und her, als verfolgten sie ein Wimbledon-Finale.

»Okay, okay, Monica. Ich bin ein alter Narr, und es tut mir leid«, brummte er, noch immer nicht sehr überzeugend. Er hob die Hände, wie um einen Angriff abzuwehren. Aber Monica war noch längst nicht fertig mit ihm.

»Warum verplemperst du deine Zeit mit deinen Instagram-›Freunden‹« – sie malte aggressive Anführungszeichen um das Wort *Freunde* in die Luft – »mit oberflächlichen B-Promis, verdammt noch mal, anstatt sie mit den Menschen zu verbringen, denen du wirklich etwas bedeutest? Du hast nicht die geringste Ahnung, was Freundschaft eigentlich bedeutet.«

Alice war regelrecht erleichtert, als unvermittelt die Tür aufging. Sie hoffte, ein neuer Gast könne die unerträgliche Spannung im Raum vielleicht vertreiben. Und tatsächlich blieb Monica wie angewurzelt stehen.

Sie drehte sich um, weg von Julian und hin zur Tür, wo eine gut gekleidete, weißhaarige Unbekannte stand. Irgendwo hatte sie dieses Gesicht schon mal gesehen.

»Entschuldigung, heute Abend ist geschlossene Gesellschaft«, sagte sie. »Kann ich Ihnen irgendwie helfen?«

»Sie müssen Monica sein«, erwiderte die Dame vollkommen gelassen, obwohl die Spannung im Raum beinahe greifbar war. »Ich bin Mary. Julians Frau.«

Mary

Mary war erst abends dazu gekommen, die Post aufzumachen. Gus und William, Anthonys Söhne, waren mittags mit ihren Familien zum Essen da gewesen. Zusammen hatten sie fünf Kinder, die Mary liebte wie ihre eigenen Enkel. Immer wenn ihre Mütter gerade nicht hinschauten, steckte sie ihnen heimlich Kleingeld, Schokoriegel und Käseflips zu.

Wie sie es genossen hatte, heute die Matriarchin zu spielen. Zufrieden hatte sie vom Kopfende des Tisches zugesehen, wie alle sich den Sonntagsbraten schmecken ließen. Anthony, ihr Lebensgefährte, hatte ihr vom anderen Ende zugezwinkert. Aber mit fünfundsiebzig konnten solche Tage auch ganz schön anstrengend sein.

Der Poststapel war nur mäßig interessant, wie meistens eigentlich. Überraschungen waren was für junge Leute. Eine Stromrechnung, der neue Boden-Katalog und ein Danke-Kärtchen von der Dame, die sie letzte Woche zu sich zum Essen eingeladen hatten. Doch dann war da ein schmales Päckchen gewesen, handbeschriftet, in einer ihr unbekannten Schrift. Adressiert war es an Mary Jessop. Den Namen benutzte sie schon seit fünfzehn Jahren nicht mehr. Sobald sie aus Chelsea weggegangen war, hatte sie ihren Mädchennamen wieder angenommen, und es war ein bisschen, als hätte sie auch das Mädchen, das sie einst gewesen war, neu entdeckt.

Damals, vor fünfzehn Jahren, hatte sie nicht nur ihren Ehenamen zurückgelassen. Sie hatte alles zurückgelassen. Ihr gesamtes Leben. Sie hatte ihm einen Brief geschrieben, um ihm zu erklären, dass sie, nach all den vielen Jahren, in denen sie klaglos sämtliche Demütigungen und Kränkungen seiner zahllosen Affären ertragen hatte, endgültig die Nase gestrichen voll hatte. Und sie hatte ihm seitenlange Anleitungen, wie man die Waschmaschine bediente beispielsweise, auf kleine Zettel notiert und überall im Haus verteilt. So lange hatte sie Julian umsorgt, bemuttert, verwöhnt, dass sie sich lebhaft vorstellen konnte, wie aufgeschmissen er ohne sie sein musste. Vielleicht würde er jedes Mal, wenn er einen ihrer Zettel fand, daran denken, wie viel sie für ihn getan hatte. Der Gedanke tröstete sie ein wenig, bis ihr aufging, dass vermutlich bei erstbester Gelegenheit eines seiner Modelle einziehen würde, kaum dass er ihre Sachen aus dem Schrank geräumt hatte.

Irgendetwas sagte ihr, sie sollte sich lieber hinsetzen, bevor sie das Päckchen öffnete. Also machte sie es sich im Sessel in der Küche bequem, setzte die Lesebrille auf und schlitzte den sorgfältig zugeklebten Umschlag behutsam mit der Küchenschere auf. Darin war ein Schreibheft, eingeschweißt in transparente Plastikfolie, und vorne drauf die Worte: *Projekt Aufrichtigkeit*. Eigenartig. Warum um alles in der Welt sollte ihr jemand so etwas schicken? Sie schlug das Heft ganz vorne auf.

Die Schrift erkannte sie auf den ersten Blick. Nie würde sie den Tag vergessen, als sie die das erste Mal gesehen hatte. Damals formte sie die Worte: *Liebe Mary, es wäre mir eine Ehre, wenn Sie am Samstag um 21 Uhr mit mir im Ivy zu Abend essen würden. Herzlichst, Julian Jessop*

Alles an dieser Schrift war ihr glamourös und aufregend erschienen. Das Ivy, von dem sie schon so viel gehört hatte, wo sie aber noch nie gewesen war, ein spätes Abendessen um neun, und vor allem, der Urheber dieser Worte – Julian Jessop, der Künstler. Sie hatte den Zettel mit den daraufgeschriebenen Worten umgedreht, und auf der anderen Seite war eine Skizze gewesen – nur ein paar kühne Bleistiftstriche, eigentlich, aber trotzdem ganz unverkennbar ihr Gesicht.

Warum ausgerechnet sie? Sie hatte keine Ahnung, aber sie war unbeschreiblich dankbar. Und dankbar war sie auch in den folgenden vierzig Jahren, bis sie, eines schönen Tages, feststellen musste, dass ihre Dankbarkeit verpufft war. Nicht viel später war sie gegangen.

Sie fing an zu lesen.

ICH BIN EINSAM.

Julian? Die Sonne, um die sich alle gedreht hatten, von seiner Anziehungskraft in ihrer Umlaufbahn gehalten? Wie konnte Julian *einsam* sein? *Unsichtbar?*

Dann las sie weiter. *Mary … die verhältnismäßig jung mit gerade einmal sechzig Jahren gestorben ist.* Der Dreckskerl. Er hatte sie abgemurkst. Wie konnte er es wagen?

Wobei sie das nicht allzu sehr verwundern sollte. Julian hatte immer schon ein eher lockeres, kreatives Verhältnis zur Wahrheit gehabt. Seine Fähigkeit, die Dinge im Kopf so zu verkehren, wie sie ihm gerade in den Kram passten, hatten es ihm überhaupt erst ermöglicht, Mary so viele Jahre lang anzulügen. All die unzähligen Modelle, die er *nur gemalt* hatte, *weiter nichts, niemals, wie konnte sie ihm nur so etwas unterstellen*? Sie war *nicht richtig im Kopf, paranoid, krankhaft eifersüchtig*. Dabei hatte der Geruch nach Sex, mit Farbe vermischt, wie Staubkörner in der Luft gehangen. Nie wieder hatte sie Ölfarbe riechen können, ohne an seine ständigen Treuebrüche zu denken.

Jahre, ja, jahrzehntelang hatte sie es geflissentlich vermieden, die Klatschkolumnen zu lesen, und versucht zu ignorieren, wie es immer ganz still wurde, sobald sie den Raum betrat. Worauf dann alle Anwesenden rasch das Thema wechselten. Sie hatte sich bemüht, die mitleidigen Blicke der anderen Frauen zu übersehen – und die feindseligen Blicke mancher.

Und dann, kurz nach Julians letzter großer Lüge, eine schlichte Wahrheit: *Ich war wohl derjenige, der mehr geliebt wurde … Ich habe Mary nicht zu schätzen gewusst.*

Und das, ging ihr auf, war genau der Grund, weshalb sie so lange geblieben war: Er hatte ihr das Gefühl gegeben, als wäre sie weniger wert als er, als wäre er so viel besser als sie, in jeder nur erdenklichen Hinsicht, und sie müsse sich froh und glücklich schätzen, dass er sein Leben mit ihr teilte, dass sie an seinem Firmament stehen durfte.

Es war eigentlich eine Nichtigkeit. Der Tropfen, der das Fass zum Überlaufen brachte.

Sie war ein bisschen früher nach Hause gekommen, noch in ihrer Hebammentracht, weil sich eine erwartete Geburt als harmlose Vorwehen entpuppt hatte. Julian lag lang ausgestreckt auf dem Sofa, nur mit einem Malerkittel bekleidet, und rauchte eine Gauloises. Delphine, sein neuestes Model, stand neben dem Kamin, nackt bis auf die hochhackigen Stilettos, und fiedelte mehr schlecht als recht auf Marys Violine.

Seit Jahren schon spielten andere Frauen mit ihrem Mann, aber niemand spielte auf ihrer Violine. Sie warf Delphine aus dem Haus und überhörte Julians üblichen Protest, das Gerede von *Kunst* und *Muse* und ihre *blühende Fantasie* und dass es ja *nur eine blöde Geige* sei, *verdammt noch mal.*

Jahrelang hatte Mary felsenfest daran geglaubt, Julian würde irgendwann des ganzen Weiberzirkus *müde* sein oder eines schönen Tages nicht mehr das Verlangen danach oder die Energie dazu haben, oder er würde seinen unwiderstehlichen Charme einbüßen. Aber das Einzige, was sich im Laufe der Jahre veränderte, war der Altersunterschied zwischen ihr und Julians Gespielinnen. Die letzte, so schätzte sie, musste gut und gerne dreißig Jahre jünger gewesen sein als sie. Am nächsten Tag, als Julian in Warwickshire war, um die Gräfin von Denbigh zu malen, verteilte sie ihre Zettelchen im Haus und verließ ihn.

Sie hatte es nie bereut.

Ein Jahr später hatte sie Anthony kennengelernt. Er verehrte sie. Bis heute. Er sagte ihr immer wieder, was für ein Glückspilz er sei, dass er sie gefunden hatte. Er gab ihr das Gefühl, etwas Besonderes zu sein. Bei ihm fühlte sie sich geliebt und beschützt. Nie hatte sie das Gefühl, ihm dankbar sein zu müssen, und doch war sie es – jeden einzelnen Tag.

Sie hatte versucht, Julian zu erreichen, um mit ihm über die Scheidung zu sprechen. Mehrfach hatte sie ihm geschrieben, ohne je eine Antwort zu erhalten, bis sie es irgendwann aufgegeben hatte. Sie brauchte kein amtliches Papier, um sich bei Anthony sicher zu fühlen, und was die Heiraterei anging, war sie ohnehin ein gebranntes Kind.

Manchmal hatte sie sich gefragt, ob Julian wohl noch lebte. Seit Ewigkeiten hatte sie nichts mehr von ihm gehört. Aber ihr Stolz ließ nicht zu, dass sie ihn googelte oder sich bei irgendwem nach ihm erkundigte, der vielleicht gewusst hätte, wo er steckte und was er machte. Aber hätte man sie als seine nächste Angehörige nicht informiert, wenn ihm etwas zugestoßen wäre?

Die anderen Geschichten in dem Büchlein, die auf Julians folgten, überflog sie nur rasch und konnte sich kaum darauf konzentrieren. Sie wollte nicht vorschnell urteilen, aber trotzdem hatte sie zu jedem rasch eine Meinung:

Monica – ein bisschen unverkrampfter lebt es sich leichter.

Hazard – mutiger Mann, sich seinen Dämonen zu stellen.

Riley – süßer Junge, hoffentlich kriegst du dein Mädchen.

Alice – du hast ja keine Ahnung, was für ein Glück du hast mit deinem Baby.

Danach kam nur noch eine Geschichte. Eine kurze. Vermutlich hatte deren Autorin ihr auch das Büchlein geschickt. Die Schrift war ausholend und verschnörkelt, und das i in Liebe hatte ein Herzchen als Punkt.

Liebe Mary,

ich heiße Lizzie Green. Dies ist meine Wahrheit: Ich bin furchtbar neugierig. Manche würden sagen, ich stecke meine Nase in Dinge, die mich nichts angehen. Aber ich mag einfach Menschen – ihre Macken, ihre Stärken, ihre Geheimnisse. Und so habe ich dich gefunden. So gar nicht tot, sondern quicklebendig in Lewes.

Und noch etwas solltest du über mich wissen: Ich verabscheue Lug und Trug. Ich verteidige jeden mit Klauen und Zähnen, wenn er nur ehrlich ist, zu mir und zu sich selbst. Und Julian ist, wie du selbst am besten weißt, nicht ehrlich gewesen.

Wenn Projekt Aufrichtigkeit *eins erreichen sollte, dann doch eigentlich, dass sein Initiator es mit der Aufrichtigkeit ein bisschen genauer nimmt.*

Darum sende ich dir dieses Büchlein, und darum sage ich dir auch, dass Julian jeden Montagabend um sieben in Monica's Café einen Kunstkurs abhält.

Alles Liebe
Lizzie

Julian

Wie konnte er nur gleichzeitig so erschrocken sein, sie hier zu sehen, und so überglücklich? Unvereinbar wie die Farben einer Lavalampe brodelte beides in ihm – Schock und Freude. Sie hatte sich verändert, natürlich, wie auch nicht – es war fünfzehn Jahre her. Ihr Gesicht war ein bisschen … erschlafft. Aber sie stand kerzengerade, aufrecht und unbeugsam, stark wie eine Weißbirke, fast als leuchtete sie von innen.

War sie immer schon eine solch imposante Erscheinung gewesen, und er hatte es nicht bemerkt, oder war sie erst so geworden, nachdem sie ihn verlassen hatte? Und dann traf ihn die Erkenntnis wie ein Schlag: Vielleicht hatte er es zerstört – dieses innere Leuchten. Dabei hatte ihn genau das damals so angezogen, als er Mary das erste Mal gesehen hatte. Und dann hatte er es kaputtgemacht.

Er erinnerte sich noch genau, wie er sie das erste Mal gesehen hatte, in der Cafeteria des St. Stephen's Hospital. Er hatte sich den Zeh gebrochen beim Versuch, die Mauer um die Studios hinaufzuklettern, nachdem er den Schlüssel verloren hatte. Er hatte gehört, wie eine der Hebammen sie rief – *Mary*. Er hatte die Augen nicht mehr abwenden können, also hatte er sie porträtiert, auf dem Skizzenblock, den er immer dabeihatte, und auf die andere Seite hatte er eine Einladung zum Abendessen gekritzelt. Dann hatte er das Blatt herausgerissen und im Vorbeihumpeln auf ihr Tablett fallen lassen.

»Hallo, Mary«, sagte er nun, »du hast mir gefehlt.« Diese vier kleinen Worte beschrieben nicht einmal ansatzweise die vergangenen fünfzehn Jahre voller Scham, Selbstvorwürfe und Einsamkeit.

»Du hast mich umgebracht«, entgegnete sie.

»Du hast *mich* umgebracht, als du gegangen bist«, sagte er und klammerte sich an den nächstbesten Stuhl, um nicht zu straucheln.

»Warum hast du uns angelogen, Julian?«, fragte Monica. Ganz sanft diesmal. Mary antwortete, ehe er etwas sagen konnte.

»Er will bloß gemocht werden. Mehr will er gar nicht, nur dass die Menschen ihn mögen. Weißt du …« Sie unterbrach sich, suchte die richtigen Worte. Man hörte im Café nur noch das Rumpeln und Rauschen des Verkehrs auf der Fulham Road. »Wenn die Wahrheit nicht seinen Wünschen entsprach, hat er sie ein bisschen abgeändert. Als würde man bei einem Gemälde noch etwas mehr Farbe auftragen, um kleine Unvollkommenheiten zu überdecken. Stimmt's, Julian?«

»Ja, auch wenn das nicht alles war, Mary«, erwiderte er, dann brach er ab und sah aus wie ein Fisch auf dem Trockenen, der verzweifelt nach Luft schnappte.

»Nur weiter, Julian«, sagte Monica.

»Der Gedanke, du wärst tot, war für mich wohl leichter zu ertragen, als mich ständig mit dem Vorwurf zu quälen, dass ich dich vergrault hatte. All die anderen Frauen, all die Lügen. Es tut mir leid. Es tut mir so schrecklich leid«, stammelte er.

»Weißt du, es waren nicht nur die anderen Frauen, Julian. Das kannte ich ja nicht anders. Es war mehr das hässliche Gefühl, das du mir gegeben hast. Als sei ich ein *Nichts*. Du hast so viel Kraft und Energie. Du bist wie die Sonne. Wenn du dich für jemanden interessierst, richten sich deine Strahlen auf diese Person, und sie sonnt sich in deiner Wärme. Doch meist dauert es nicht lange, bis du dich jemand anderem zuwendest, und dann steht der arme Mensch wieder im Schatten und kann an nichts anderes mehr denken als an die Erinnerung an dieses warme helle Licht.«

Julian wagte kaum, Monica anzusehen. Seine neue Freundin, die er enttäuscht hatte, wie er schon so viele andere enttäuscht hatte.

»Ich wollte dir nicht wehtun, Mary. Ich habe dich geliebt. Liebe dich immer noch«, flüsterte er. »Als du gegangen bist, ist meine ganze Welt zusammengebrochen.«

»Darum bin ich hier. Ich habe deine Geschichte gelesen, in der kleinen Kladde.« Erst da fiel ihm auf, dass sie *Projekt Aufrichtigkeit* in der Hand hielt. Wie um alles in der Welt war sie denn darangekommen? »Ich dachte, du hättest kaum gemerkt, dass ich nicht mehr da war, dass eins der vielen jungen Mädchen bald meinen Platz eingenommen hätte. Nie wäre ich auf die Idee gekommen, es könnte dich so hart treffen. Ich war schrecklich wütend auf dich, aber ich wollte nicht, dass du leidest.«

Sie ging zu ihm, legte das Heft auf einen Tisch und nahm seine Hände in ihre. »Setz dich, du alter Esel«, brummte sie. Und dann ließen sie sich an einem der Tische nieder. Monica brachte ihnen eine Flasche Baileys und zwei Gläser.

»Weißt du, das Zeug trinke ich schon lange nicht mehr«, sagte Mary. »Zu viele Erinnerungen. Außerdem schmeckt es scheußlich. Du hättest nicht vielleicht einen Rotwein, Liebes?«

»Keine Sorge, Monica, ich habe den Baileys auf Kommission gekauft«, hörte Julian Riley sagen, als wäre das jetzt wichtig.

»Julian, wir gehen dann jetzt, damit ihr beiden in Ruhe miteinander reden könnt«, erklärte Hazard. Julian nickte und winkte seinen Kursteilnehmern geistesabwesend zu, während Hazard sie zur Tür brachte. Nur Monica und Riley blieben und machten sich daran, die Spuren der Feier zu beseitigen.

»Bist du glücklich, Mary?«, fragte Julian und hoffte inständig, dass sie es sei.

»Sehr«, antwortete sie. »Nachdem ich dich verlassen habe, bin ich meiner eigenen Sonne gefolgt. Ich habe einen wunderbaren Mann kennengelernt, einen Witwer, Anthony. Wir leben in Sussex.« Gut, er hatte gehofft, dass sie glücklich war, aber gleich *so* glücklich?

»Du siehst auch glücklich aus«, stellte sie fest, »mit all deinen neuen Freunden. Denk nur immer daran, nett zu ihnen zu sein und dich nicht wieder von diesem ganzen *Unfug* ablenken zu lassen.«

Monica trat mit einer Flasche Rotwein und zwei Gläsern an ihren Tisch.

»Vielleicht bin ich zu alt, um mich zu ändern«, meinte Julian und tat sich dabei furchtbar leid. »Vielleicht ist es zu spät.«

»Es ist nie zu spät, Julian«, widersprach Monica. »Du bist schließlich erst neunundsiebzig. Du hast noch mehr als genug Zeit, endlich die Kurve zu kriegen.«

»Neunundsiebzig?«, schnaubte Mary. »Monica, er ist vierundachtzig!«

Monica

Projekt Aufrichtigkeit war auf Lügen gebaut. Monicas Freundschaft zu Julian, die in der letzten Zeit so viel Raum in ihrem Leben eingenommen hatte, war nichts als Schwindel. Wo hatte Julian noch gelogen? Und sie Esel hatte gerade Stunden auf die Planung und Vorbereitung einer Gedenkfeier verschwendet für jemanden, der gar nicht tot war.

Es war beinahe Mitternacht, als Julian und Mary das Café verließen.

Mary hatte Monica zum Abschied umarmt. »Danke, dass du dich um meinen Julian kümmerst«, hatte sie ihr ins Ohr geflüstert. Ihr Atem war wie die Erinnerung an eine sanfte Sommerbrise. Sie hatte Monica die Hand gedrückt, die Haut weich und dünn von all den gelebten Jahren. Dann war die Tür hinter Mary und Julian zugefallen, und die Klingel hatte geläutet wie eine Totenglocke. Mit ihnen ging ein halbes Jahrhundert Liebe, Leidenschaft, Zorn, Zweifel, Schuld und Traurigkeit, und als sie fort waren, schien die Luft dünner.

Monica schämte sich furchtbar für ihr vorschnelles Urteil über Mary. Dass sie fade und langweilig sei, ein williges Opfer und nicht halb so interessant wie ihr Mann. Die Mary, die sie heute Abend kennengelernt hatte, war ein wunderbarer Mensch – warmherzig und mit einer unfassbaren Kraft, die sie gebraucht hatte, um nach beinahe vierzig Jahren Ehe alles hinter sich zu lassen und noch einmal von vorne anzufangen.

Riley ging mit Monica nach oben in ihre Wohnung.

»Herrje, war das ein Abend. Ganz schön heftige Geschichte, findest du nicht?«, sagte er. Monica sträubten sich die Nackenhaare, die hochkochenden Gefühle dieses emotionalen Abends so beiläufig abzutun. »Was meinst du, wer Mary das Heft geschickt hat?«

»Bestimmt Lizzie«, vermutete Monica. »Alice hat mir erzählt, dass sie das Büchlein bei Mummy's Little Helper gefunden hat. Darum hilft sie ihr jetzt auch mit Bunty.«

»Findest du es nicht ein bisschen *fies*, Julian derart auflaufen zu lassen?«, fragte Riley.

»Wenn du mich fragst, hat sie ihm damit einen großen Gefallen getan, ihn mit der Nase auf seine eigenen Lügen zu stoßen. Er wirkte ganz verändert, als sie eben gegangen sind, findest du nicht? Nicht mehr so aufgeblasen und wichtigtuerisch, ein bisschen geerdeter. Ich glaube, von jetzt an wird er ein viel netterer, glücklicherer Mensch sein. Und vielleicht können er und Mary Freunde werden.«

»Wenn du meinst. Wobei ich ihn eigentlich mochte, wie er war. Hast du irgendwas zu essen im Haus? Ich sterbe vor Hunger.«

Monica machte ihren Vorratsschrank auf, der beschämend leer war.

»Ich habe noch ein bisschen Blockschokolade, wenn du willst«, sagte sie, brach sich eine Ecke ab und steckte sie in den Mund. Mit der zart schmelzenden Süße kehrten auch ihre Kräfte wieder zurück. Jetzt, wo die Spannung nachgelassen hatte, merkte sie erst, wie hungrig und erschöpft sie war.

»Monica, *nein!*«, rief Riley entsetzt. »Die kannst du doch nicht essen. Die ist *giftig!*«

»Was zum Teufel redest du da?«, fragte Monica, den Mund voller Schokolade.

»Blockschokolade. Die ist giftig, bis man sie erhitzt.«

»Riley, hat dir deine Mutter das gesagt, als du noch ein kleiner Junge warst?«

»Ja!«, entgegnete er. Sie konnte zusehen, wie der Penny fiel. »Sie hat mich angelogen, stimmt's? Damit ich keine Schokolade klaue.«

»Das ist einer der Gründe, weshalb ich dich so mag. Du glaubst an das Gute im Menschen und gehst immer davon aus, dass alle die Wahrheit sagen, weil du selbst so bist. Du glaubst fest daran, dass alles gut wird, und deswegen wird es das auch meistens. Übrigens, hat sie dir auch erzählt, wenn die Musik vom Eiswagen dudelt, gibt es kein Eis mehr?«

»Ja, hat sie«, antwortete er. »Weißt du, ich habe auch eine dunkle Seite. Alle denken, ich wäre so ein Sonnenschein, dabei habe ich genauso böse Gedanken wie jeder andere. Ehrlich.«

»Nein, hast du nicht, Riley«, widersprach sie und setzte sich zu ihm aufs Sofa. »Ich mag so vieles an dir«, sagte sie und gab ihm eine Rippe Schokolade, »aber ich liebe dich nicht.«

Monica musste daran denken, was sie Mary hatte sagen hören, wie sie erst lernen musste, ihrer eigenen Sonne zu folgen. Sie erinnerte sich an die Unterhaltung mit Alice im Zug. *Single zu sein hat auch seine Vorteile.* Sie brauchte niemanden zum Umkreisen. Und sie brauchte auch kein Baby. *Ein Baby ist nicht der Schlüssel zum Glück.* Sie wusste, was sie zu sagen hatte.

»Ich kann nicht mitkommen, Riley. Es tut mir leid. Ich gehöre hierher, zu meinen Freunden und meinem Café.«

»Ich hatte mir schon gedacht, dass du das sagst«, murmelte Riley und wirkte dabei ungewohnt niedergeschlagen. Er legte die Schokolade auf den Couchtisch wie einen unerwünschten Trostpreis. »Ich verstehe das, Monica. Ich wollte ja eigentlich sowieso alleine weiterreisen. Ich komme schon zurecht.« Und sie wusste, das würde er. Riley würde immer und überall zurechtkommen.

»Und falls du doch noch zu dem Schluss kommst, dass das ein schrecklicher Fehler war, kannst du mich in Perth besuchen.«

»Wir können doch trotzdem noch Freunde sein, bis du fährst, oder?«, fragte sie ihn und fragte sich, ob sie womöglich wirklich einen schrecklichen Fehler gemacht hatte. Das hatte sie sich doch immer gewünscht, und nun warf sie es einfach fort.

»Logo«, entgegnete er, stand auf und ging zur Tür.

Sie küsste ihn. Es war ein Kuss, der viel mehr sagte als Lebewohl. Er sagte: *Tut mir leid* und *Beinahe hätte ich dich geliebt. Aber es hat nicht gereicht. Nicht ganz.*

Und mit *nicht ganz* wollte sie nicht leben.

Riley ging und nahm all ihre Tagträume mit. Wie sie in Venedig auf der Seufzerbrücke standen, in einer versteckten Bucht in Griechenland badeten, sich in einer Bar in Berlin küssten, während im Hintergrund eine hippe Band spielte. Riley, wie er ihren Kindern Surfen beibrachte. Wie sie mit ihnen nach Fulham fuhr, um ihnen das Café zu zeigen, wo alles angefangen hatte.

Monica setzte sich auf das Sofa und war mit einem Mal sehr, sehr müde. Ihr Blick ging zu dem Foto ihrer Mutter auf dem Kaminsims, auf dem sie fröhlich in die Kamera lachte. Sie wusste noch, wann diese Aufnahme gemacht worden war – bei einem Familienurlaub in Cornwall, nur ein paar Wochen vor ihrer Diagnose.

Ich brauche keinen Mann, Mum. Ich weiß, ich sollte keine Kompromisse machen. Ich kann auch gut für mich selber sorgen, sicher kann ich das.

Ich wünschte nur manchmal, ich bräuchte es nicht.

Hazard

Eine Woche war Hazards desaströses Date mit Blanche und seine erschreckende Erkenntnis hinsichtlich Monica inzwischen her.

Nur um sich abzulenken, hatte er sich kopfüber in die Arbeit gestürzt und selbst die ganze Knochenarbeit übernommen. Und er ging nicht mehr ins Café und war schockiert, wie sehr ihm die Arbeitssitzungen und das Backgammonspielen mit Monica fehlten.

Ironie der Geschichte, dass er sich nun, nachdem er wochenlang versucht hatte, sie zu verkuppeln, nichts sehnlicher wünschte, als selbst mit ihr zusammen zu sein.

Aber er hatte es vermasselt.

Seine Erinnerung an die Hochzeit war bestenfalls bruchstückhaft, aber eine Szene war ihm in deutlicher Erinnerung geblieben und ging ihm wieder und wieder durch den Kopf: *Verdammt, Monica, hast du kein Leben? Sei nicht so eine verdammte Langweilerin. Du bist weder meine Mutter noch meine Frau noch meine Freundin, und ich bin verdammt froh darüber.* Oder irgendwas ähnlich Unsägliches.

Am Tag danach war sie reizend zu ihm gewesen und seitdem immer sehr freundlich. Sie schien es ihm nicht nachzutragen, aber nach dieser Geschichte, nachdem sie ihn von seiner schlechtesten Seite gesehen hatte, würde sie bestimmt unter keinen Umständen mit ihm ausgehen wollen.

Und außerdem würde sie nun ohnehin bald mit Riley auf

große Abenteuerreise gehen. Der gute alte Riley, der das genaue Gegenteil von ihm war – vertrauenswürdig, ehrlich, unkompliziert, nett und großzügig.

Wenn ihm wirklich was an Monica lag, dann sollte er sich für die beiden freuen. Riley war ganz offensichtlich die bessere Wahl. Aber dazu war Hazard leider nicht selbstlos genug. Das war das Problem. Er hatte einen Schaden. Er war egoistisch. Und er wollte Monica für sich. Und wie er sie wollte.

Alles an Riley ging ihm auf den Keks, angefangen von dem bescheuerten australischen Akzent bis hin zu dem nervigen Gepfeife bei der Arbeit. *Komm wieder runter, Hazard. Er kann nichts dafür. Riley hat überhaupt nichts gemacht.*

Er sah Riley an, der fröhlich pfeifend neben ihm stand. »Und wo wollt ihr beiden Turteltäubchen als Erstes hin?«, fragte er, wohl wissend, dass dieses Gespräch ihm in der Seele wehtun würde.

»Also, ehrlich gesagt, kommt sie jetzt doch nicht mit«, antwortete Riley kleinlaut. »Sie meinte, sie hat hier zu viele Verpflichtungen, also fahre ich allein, es sei denn, ich kann Brett noch überreden.«

Hazard musste sich am Riemen reißen, um Riley nicht fassungslos anzustarren oder sonst auf irgendeine Weise preiszugeben, was dieser beiläufige Satz ihm bedeutete. Er wusste, dass er was sagen sollte, weil Riley sonst denken musste, er sei ein unsensibler Klotz. Aber er wusste, sobald er den Mund aufmachte, würde er sich verraten.

Konnte es sein, dass Monica seinetwegen in London bleiben wollte? Er bezweifelte es sehr, aber womöglich war es *ein Zeichen*. Auf jeden Fall war es *eine Gelegenheit*, und die durfte er sich nicht entgehen lassen. Er musste wenigstens mit ihr reden, ehe er sich selbst in den Wahnsinn trieb.

Während Hazard gigantische Disteln aus einem überwucherten Blumenbeet zog, überlegte er, was er sagen könnte.

Ich weiß, ich bin ein unhöflicher, egoistischer Mistkerl mit einem nicht unerheblichen Suchtproblem, der erst neulich unentschuldbar widerlich zu dir war und dich wie Dreck behandelt hat. Aber ich finde dich wunderbar, und wir beide zusammen wären unschlagbar, wenn du mir bloß eine Chance geben würdest. Kein gutes Verkaufsargument.

Monica, ich liebe alles an dir, deine Stärke, deinen Ehrgeiz und deine Prinzipien. Genauso wie deine Sorge um deine Freunde und deine Besessenheit mit Hygienestandards. Wenn du mir nur eine Chance gibst, beweise ich dir, dass ich deines Vertrauens würdig bin. Etwas zu verzweifelt vielleicht.

Monica, alles, worüber du geschrieben hast – dass du dir eine Familie wünschst und Kinder und ein Märchen-Happy-End –, na ja, vielleicht könnte ich das auch wollen. Mmmm. Um ehrlich zu sein, konnte er sich das noch immer nicht so recht vorstellen, und er war wild entschlossen, nichts als die Wahrheit zu sagen. Würde er je erwachsen und verantwortungsvoll genug sein, um Vater zu werden? Außerdem war er sich nicht sicher, ob es wirklich so eine gute Idee wäre, das anzusprechen, was sie in das Heft geschrieben hatte. Schien ein heikles Thema zu sein, wie Riley und er hatten einsehen müssen.

Vielleicht sollte er einfach zu ihr nach Hause gehen und improvisieren. Abwarten, was passiert. Was hatte er schon zu verlieren?

Wie ferngesteuert fuhr Hazard zu Mummy's Little Helper. Er musste noch die benutzten Gartengeräte zurückbringen. Allerdings war es vollkommen unmöglich, nur rein- und schnell wieder rauszugehen, weil seine kleinen Gartenfreunde sich jedes Mal mit Gebrüll auf ihn stürzten.

»Hey, Fin«, sagte er zu dem kleinen, mageren Kerlchen, das ihm half, die Werkzeuge im Schuppen zu verstauen. »Kennst du dich ein bisschen mit Mädchen aus?«

»Ich? Ich bin Experte!«, tönte Fin mit stolzgeschwellter Brust. »Ich habe FÜNF Freundinnen. Sogar mehr als Leo. Und der hat eine PlayStation 4.«

»Wow. Verrätst du mir dein Geheimnis? Wie zeigst du ihnen, dass du sie wirklich magst?«

»Ganz einfach. Ich gebe ihnen eins von meinen Haribos ab. Und weißt du, was ich mache, wenn ich sie richtig gernhab?«

»Was denn?«, fragte Hazard und beugte sich vertraulich zu Fin hinunter.

Fin flüsterte Hazard mit seinem heißen Atem ins Ohr: »Ich gebe ihnen eins von den roten Herzchen.«

Alice

»Ich war mir nicht sicher, ob du da sein würdest, wo Mary doch gar nicht tot ist und alles«, meinte Alice, am Grabmal des Admirals angekommen. »Hi, Keith«, sagte sie und bückte sich, um dem Hund den Kopf zu tätscheln. Keith wirkte etwas pikiert, als sei diese Tätschelei ein Affront gegen seine Würde.

»Wie sich herausgestellt hat, war Mary die letzten fünfzehn Jahre tatsächlich nicht tot, liebes Kind«, murmelte Julian, als sei ihm das neu, »aber ich bin trotzdem hergekommen. Nicht nur, um ihrer zu gedenken. Ich will die Verbindung zur Vergangenheit nicht abreißen lassen – die ich versucht habe zu vergessen. Aber ich habe das hier statt des Baileys mitgebracht«, verkündete er und zog eine Flasche Rotwein, ein paar Plastikgläser und einen Korkenzieher heraus. »Baileys habe ich eigentlich nie gemocht, und jetzt, wo nicht einmal Mary ihn mehr trinkt, brauchen wir das nicht mehr.«

Alice, die ihr Glas Baileys in den vergangenen Monaten immer klammheimlich ins Unterholz gekippt hatte, war insgeheim erleichtert. Sie setzte sich neben Julian auf die Marmorplatte und nahm das Glas, das er ihr anbot. Überall auf dem Friedhof blühten blaue Hasenglöckchen, und von den Bäumen rieselten Blüten wie Schneeflocken. Frühling. Zeit für einen Neuanfang. Sie nahm Bunty aus dem Buggy und setzte sie sich auf die Knie. Bunty griff nach einer der Blumen und hielt sie ganz fest im pummeligen kleinen Fäustchen.

»Alice, Liebes, darf ich dir von meiner neuen Idee erzählen?«, fragte er. Sie nickte ein wenig nervös. Bei Julian wusste man nie, was als Nächstes passieren würde. »Ich habe viel über *Projekt Aufrichtigkeit* nachgedacht. Darüber, wie ich überhaupt auf die Idee gekommen bin. Wie einsam ich war. Und ich weiß, es gibt so viele Menschen da draußen, denen es ähnlich ergeht, die niemanden zum Reden haben, die immer mutterseelenallein am Tisch sitzen.« Alice nickte. »Dann musste ich daran denken, was Hazard über seine Zeit in Thailand erzählt hat und dass es dort einen Gemeinschaftstisch gab, an dem abends alle zusammengesessen und gegessen haben.«

»Ja, daran erinnere ich mich«, entgegnete Alice. »Schöne Idee. Denk nur mal, wie viele verschiedene Menschen man kennenlernen und was für interessante Gespräche man führen könnte.«

»Genau«, entgegnete Julian. »Also habe ich mir gedacht, warum nicht einmal die Woche etwas Ähnliches bei Monica veranstalten? Wir könnten alle, die niemanden haben, zum Essen an einen großen gemeinsamen Tisch einladen. Zehn Pfund pro Kopf, Getränke muss man selbst mitbringen. Und ich dachte, wir könnten alle, die es sich leisten können, bitten, zwanzig Pfund zu bezahlen, damit die, die es sich *nicht* leisten können, umsonst mitessen können. Wie findest du das?«

»Ich finde das genial!«, rief Alice begeistert und klatschte in die Hände. Bunty lachte und klatschte mit. »Was sagt denn Monica dazu?«

»Ich habe sie noch nicht gefragt«, entgegnete Julian. »Meinst du, sie wäre dabei?«

»Aber sicher doch! Wie willst du es denn nennen?«

»Ich dachte an *Julian's Supper Club*.«

»Aber natürlich. Schau mal, da kommt Riley.«

»Riley, mein Junge, setz dich«, rief Julian und reichte ihm ein Glas Wein. »Mit dir wollte ich auch noch reden. Ich habe am

31. Mai Geburtstag, nur ein paar Tage, bevor du abreist. Ich dachte, ich veranstalte eine kleine Sause, als Abschiedsparty für dich und als kleines Dankeschön, dass du es so lange mit mir ausgehalten hast. Was meinst du?«

»Das wäre Wahnsinn!«, rief Riley. »Du wirst *achtzig*. Wow.«

»Aber, Julian«, wendete Alice ein, »sagtest du nicht, du seist an dem Tag geboren worden, an dem Großbritannien Deutschland den Krieg erklärt hat? Und ich weiß ganz sicher, dass das im September war, nicht im Mai.« Alice hatte mal einen Geschichtspreis an ihrer Schule gewonnen. Ihre größte (und einzige) schulische Glanzleistung.

Julian hüstelte etwas betreten. »Du kennst dich in Geschichte aus, was, Liebes? Ja, womöglich habe ich mich ein wenig im Monat vertan. Und im Jahr auch, wenn man es genau nimmt. Ich werde nicht achtzig, sondern fünfundachtzig. Tatsächlich wurde ich am Tag der Kriegserklärung eingeschult. Ich war stinksauer, weil niemand mich gefragt hat, wie mein erster Schultag war. Wie dem auch sei«, säuselte er und wechselte rasch das Thema, »ich dachte mir, die Party könnte in Kensington Gardens steigen, zwischen dem Musikpavillon und dem Round Pond, dem großen Teich. Da haben wir früher immer meinen Geburtstag gefeiert. Wir haben sämtliche verfügbaren Liegestühle zusammengetragen und große Eimer mit Pimm's, Limonade, Obst und Eis gefüllt, und jeder, der ein Instrument hatte, hat gespielt, und wir sind geblieben, bis es dunkel wurde und die Parkwärter uns hinauskomplimentiert haben.«

»Klingt nach der perfekten Art und Weise, sich von London zu verabschieden«, meinte Riley. »Danke.«

»Mit dem allergrößten Vergnügen«, entgegnete Julian strahlend. »Ich sage Monica, sie soll sich um alles kümmern.«

Julian

Julian konnte es nicht fassen. Mary saß ihm gegenüber *in seinem Häuschen* vor dem Kamin und trank Tee. Er kniff die Augen zu schmalen Schlitzen zusammen, bis alles verschwamm und er wieder in den Neunzigern war, damals, bevor alles in die Binsen gegangen war. Keith seinerseits war nicht ganz so angetan: Mary saß in seinem Sessel.

Mary war hergekommen, um ein paar ihrer Sachen abzuholen. Als sie damals gegangen war, hatte sie kaum etwas mitgenommen. Sie fand, man solle nicht an der Vergangenheit hängen. Für Julian ein ungewohnter Gedanke. Er wappnete sich für das, wie er wusste, unvermeidliche Gespräch. Wenn er jetzt nicht all seinen Mut zusammennahm, würde er womöglich nie mehr die Gelegenheit dazu bekommen.

»Das mit der ganzen *Meine-Frau-ist-tot-Geschichte* tut mir aufrichtig leid, Mary«, stammelte er und wusste nicht, ob das die richtigen Worte waren. »Für mich war das keine Lüge. So viele Jahre habe ich mir eingeredet, du wärst tot, dass ich schon selbst daran geglaubt habe.«

»Ich nehme dir das ab, Julian. Aber warum? Warum hast du mich damals sterben lassen?«

»Es war wohl einfacher, als der bitteren Wahrheit ins Gesicht zu sehen. Eigentlich hätte ich dich jeden wachen Moment meines armseligen Lebens suchen und dich auf Knien um Verzeihung bitten müssen. Aber dazu hätte ich mir erst eingestehen müssen, wie abscheulich ich zu dir war. Und ich hätte riskiert, abgewiesen zu werden, also … habe ich den Schwanz eingezogen«, murmelte er kleinlaut und starrte in seine Teetasse.

»Nur so aus Interesse«, meinte Mary mit einem leichten Lächeln um die Mundwinkel, »wie bin ich eigentlich gestorben?«

»Ach, weißt du, ich habe jahrelang mit verschiedenen Versionen herumexperimentiert. Eine Weile wurdest du auf dem Heimweg vom Einkaufen auf dem Markt an der North End Road von einem 14er Bus überfahren. Die ganze Straße vor den Studios war übersät mit Aprikosen und Kirschen.«

»Dramatisch!«, meinte Mary. »Aber der arme Busfahrer. Und dann?«

»Eine äußerst seltene, hoch aggressive Krebsart. Ich habe dich in deinen letzten Lebensmonaten unerschrocken gepflegt, aber konnte nichts tun, um das Unabänderliche abzuwenden«, sagte er.

»Mmm. Unglaubwürdig. Du würdest eine miserable Krankenschwester abgeben. Gebrechen haben dich immer schon abgestoßen.«

»Da muss ich dir leider recht geben. Auf meine letzte Geschichte bin ich besonders stolz. Du bist bei einer Schießerei zwischen verfeindeten Drogengangs ins Kreuzfeuer geraten. Du wolltest einem jungen Mann helfen, der blutend auf dem Gehweg lag, und hast deine Hilfsbereitschaft mit dem Leben bezahlt.«

»Oh, das gefällt mir. Klingt so heldenhaft. Aber sorge bitte dafür, dass es ein glatter Herzdurchschuss ist. Ich möchte nicht lange leiden«, sagte sie. »Übrigens, Julian.« Julian gefiel es nicht, wenn Mary einen Satz mit *übrigens* begann. Was immer danach kam, beiläufig war es nie. »Auf dem Weg hierher bin ich zufällig deiner Nachbarin begegnet. Patricia heißt sie, glaube ich. Sie hat mir von dem Kaufangebot erzählt, und dass alle anderen es annehmen möchten.«

Julian seufzte. Es war wie früher, wenn Mary ihn wieder einmal dabei ertappte, wie er etwas Liederliches anstellte.

»Ach herrje, Mary, damit belästigen sie mich schon seit Monaten. Aber wie soll ich dieses Haus verkaufen? Wo soll ich denn hin? Was wird dann aus alledem?« Mit einer ausholenden Geste wies er auf all seine vielen Habseligkeiten, mit denen das Wohnzimmer vollgestopft war.

»Das sind doch bloß *Dinge*, Julian. Vielleicht würdest du dich ohne den ganzen Plunder wie befreit fühlen! Es wäre ein Neuanfang, ein neues Leben. So hat es sich damals für mich angefühlt, als ich all das hier hinter mir ließ.« Julian versuchte, es nicht persönlich zu nehmen, dass Mary »wie befreit« war, als sie ihn verlassen hatte.

»Aber das Haus steckt voller Erinnerungen, Mary. All meine alten Freunde sind hier. *Du bist hier*«, wendete er ein.

»Aber das bin ich nicht, Julian. Ich bin in Lewes. Und ich bin sehr glücklich dort. Und du bist jederzeit herzlich eingeladen, uns zu besuchen. Und diese *Dinge*, all diese Erinnerungen, die ersticken dich, die fesseln dich an die Vergangenheit. Du hast jetzt neue Freunde, und dein Zuhause ist da, wo sie sind. Du könntest dir eine neue Wohnung suchen und noch einmal ganz von vorne anfangen. Stell dir das doch nur mal vor«, sagte sie und sah ihn durchdringend an.

Julian versuchte, sich vorzustellen, wie er in einer Wohnung wie der von Hazard wohnte, wo er vorige Woche zum Tee gewesen war. Überall bodentiefe Fenster, klare Linien und offene Räume. *Fußbodenheizung.* Töpfe voller weißer Orchideen. Dimmer für das Licht. Die Vorstellung erschien ihm durch und durch absurd und eigenartig aufregend zugleich. Hatte er mit seinen neunundsiebzig – oder vierundachtzig, wie auch immer – Jahren noch den Mumm, aus seinem eingefahrenen, ständig gleichen Trott auszubrechen?

»Egal«, fuhr Mary fort, »du solltest verkaufen. Deine Nachbarn noch weiter hinzuhalten wäre nicht fair. Du verpfuschst damit mehr als nur ein Leben. Wäre es nicht langsam an der Zeit, dass du auch mal an andere denkst, Julian, und dich wie ein Ehrenmann verhältst?«

Julian wusste nur zu gut, wie recht sie damit hatte. Mary hatte immer recht.

»Hör zu, ich muss noch jemand anderen besuchen, darum gehe ich jetzt. Versprich mir, dass du es machst«, sagte Mary, beugte sich vor und drückte ihm einen Kuss auf die Wange.

»Okay, Mary«, murmelte er. Und er meinte es auch so.

Julian klopfte an die Tür von Haus Nummer 4. Die Tür flog auf, und dahinter erschien eine imposante Frau, die Hände in die Hüften gestemmt, mit einem fragenden, aber so gar nicht freundlichen Gesicht.

Beide warteten darauf, dass der andere zuerst das Wort ergriff. Irgendwann hielt Julian es nicht mehr aus. Er hasste ungefüllte Gesprächspausen.

»Mrs Arbuckle«, sagte er. »Sie wollen mich sprechen.«

»Ähm, ja«, entgegnete sie. »*Seit acht Monaten.* Wieso also ausgerechnet jetzt?« Das *jetzt* zog sie wie Kaugummi.

»Ich habe mich entschlossen zu verkaufen«, antwortete er.

Patricia Arbuckle nahm die inzwischen vor der Brust verschränkten Arme herunter und atmete tief aus. Es klang wie ein Airbag, dem die Luft ausging.

»Also, was sagt man dazu«, seufzte sie. »Kommen Sie herein. Woher der plötzliche Sinneswandel?«

»Nun ja, man muss das Richtige tun«, entgegnete Julian und überlegte, sein neues Mantra laut aufzusagen könne ihm vielleicht helfen, seine guten Vorsätze auch wirklich einzuhalten. »Und der Verkauf ist das Richtige. Sie alle haben noch ein ganzes

Leben vor sich, und ich kann es nicht verantworten, Sie um die Früchte Ihrer Arbeit zu bringen. Es tut mir leid, dass ich mich so lange nicht damit abfinden konnte.«

»Es ist nie zu spät, Mr Jessop. Julian«, erwiderte Patricia versöhnlich und strahlte dabei übers ganze Gesicht.

»Sie sind nicht die Erste, die mir das in letzter Zeit gesagt hat«, entgegnete Julian.

Monica

Monica hängte Julians Plakat ins Schaufenster, genau dorthin, wo vor gerade einmal sechs Monaten ihre Suchanzeige für einen Kunstlehrer geklebt hatte. Sorgfältig befestigte sie es über den Resten der letzten Klebestreifen, die sie nicht ganz wegbekommen hatte.

HAST DU ES SATT, ALLEIN ZU ESSEN?

Nimm Platz am großen Gemeinschaftstisch

von JULIAN'S SUPPER CLUB
in MONICA'S CAFÉ.
Immer donnerstags um 19 Uhr.
Getränke sind selbst mitzubringen
£10 pro Person, wer kann, zahlt £20.

Wer es sich nicht leisten kann, isst umsonst.

Sie musste daran denken, wie Hazard ihren Aushang geklaut und ungefragt vervielfältigt hatte. Diesmal hatte sie ihn darum gebeten, das Plakat zu kopieren und als Wiedergutmachung überall in Fulham aufzuhängen. Sie wollte gerade das »Geschlossen«-Schild an der Tür umdrehen, als ein Gast eintrat. Monica schickte sich an zu erklären, dass er leider zu spät kam, bis sie merkte, dass es Mary war.

»Hallo, Monica«, sagte sie. »Ich war eben bei Julian, und da dachte ich mir, ich schaue noch rasch bei dir vorbei und gebe dir das hier.« Sie griff in ihre Handtasche und zog das Büchlein hervor, das Julian ein halbes Jahr zuvor in Monica's Café liegen gelassen hatte. »Ich wollte es Julian geben, aber er meinte, das würde ihn nur daran erinnern, wie *unaufrichtig* er gewesen ist, und ich solle es lieber dir überreichen.«

»Danke, Mary«, sagte Monica und nahm das Büchlein an sich. »Möchten Sie einen Tee? Kuchen? Ich glaube, das schreit nach Kuchen.«

Mary setzte sich in eine Ecke, während Monica eine Kanne Tee aufgoss. »Es tut mir leid, euch allen einen derartigen Schrecken eingejagt zu haben, als ich so unerwartet hier hereingeschneit bin«, sagte sie. »Ich dachte eigentlich, ich schleiche mich heimlich, still und leise in die Kunststunde und spreche nachher unter vier Augen mit Julian. Nie hätte ich damit gerechnet, uneingeladen in eine Gedenkveranstaltung zu platzen. Ganz zu schweigen von meiner eigenen.«

»Sie müssen sich wirklich nicht entschuldigen!«, rief Monica und goss ihnen Tee ein. »Wie um alles in der Welt hätten Sie das ahnen sollen? Aber ich freue mich, dass ich Sie bei dieser Gelegenheit kennenlernen durfte.«

»Die Freude ist ganz meinerseits. Außerdem muss ich gestehen, dass *Projekt Aufrichtigkeit* mir im Grunde genommen einen großen Gefallen getan hat. Weißt du, ich bin damals ohne irgendwelche Erklärungen und ohne Abschied gegangen. Ich habe einen Teil von mir zurückgelassen. So viel gelebte Geschichte. Und Julian, der zwar ein schwieriger Mensch ist, aber auch, wie du selbst weißt, etwas sehr Besonderes. Ihn wiederzusehen hat mir geholfen, mit gewissen Dingen endgültig abzuschließen.«

»Das freut mich«, erwiderte Monica.

»Übrigens, ich hoffe, es macht dir nichts aus, wenn ich dich das frage, aber hat sich das mit dem Mann, der so rettungslos in dich verliebt ist, geklärt?«, fragte Mary.

»Riley?«, fragte Monica und dachte bei sich, »rettungslos verliebt« sei nun doch etwas übertrieben. »Leider nein. Wohl eher das Gegenteil.«

»Nein, nein«, rief Mary. »Nicht der reizende kleine Australier, der andere. Der, der hier gesessen hat« – sie wies in eine Ecke – »wie ein missmutiger Mr Darcy und dabei aus der Wäsche guckte, als habe Riley ihm etwas weggenommen, das er um jeden Preis wiederhaben wollte.«

»*Hazard?*«, fragte Monica erstaunt.

»Ach, dann war das also Hazard«, entgegnete Mary. »Hätte ich mir ja denken können. Ich habe seine Geschichte in dem Heft gelesen.«

»Ich glaube, da irren Sie sich, Mary. Er ist nicht in mich verliebt. Wir könnten gegensätzlicher gar nicht sein.«

»Monica, ich war mein Leben lang immer stille Beobachterin. Mir entgeht nichts. Und ich weiß, was ich gesehen habe. Er sah aus wie ein Mann, der sein Päckchen zu tragen hat und nicht ganz unkompliziert ist. Und mit denen kenne ich mich aus.«

»Selbst wenn Sie recht hätten, Mary«, meinte Monica, »wäre das dann nicht ein guter Grund, einen großen Bogen um ihn zu machen?«

»Ach, aber du bist viel stärker, als ich es damals war, Monica. Nie würdest du dich von irgendwem so behandeln lassen, wie Julian mich behandelt hat. Und soll ich dir was sagen? Trotz allem, was passiert ist, bereue ich keinen einzigen Tag mit diesem Mann. Nicht einen. So, und nun muss ich los.«

Mary beugte sich über die Theke und gab Monica links und rechts einen Kuss auf die Wange. Und dann war sie fort, und Monica war eigenartig *leicht ums Herz.*

Hazard? Warum musste sie allein beim Gedanken daran nicht

spöttisch schnauben? Das war reine Eitelkeit. Sie suhlte sich bloß in der Vorstellung, eine Frau zu sein, die Männer um den Verstand brachte. Reiß dich zusammen, Monica.

Monica nahm das Schreibheft, das nun wieder an den Beginn seiner Reise zurückgekehrt war, vom Tresen. Von Julian einmal abgesehen hatten alle anderen ihre Geschichte gelesen. Sie aber nicht die der anderen. Irgendwie unfair, wie sie fand. Sie schenkte sich noch eine Tasse Tee ein und fing an zu lesen.

Hazard

Hazard läutete an Monicas Tür. Es war beinahe zehn Uhr abends, eigentlich zu spät, um unangemeldet hereinzuschneien. Aber er hatte es sich zweimal anders überlegt, ob er nun herkommen sollte oder nicht. Er war sich noch immer nicht ganz sicher, ob es wirklich die richtige Entscheidung war. Doch wenn er eins nicht war, dann ein Feigling. Eine blecherne Stimme schepperte durch die Gegensprechanlage.

»Ja, bitte?« Zu spät, um jetzt noch einen Rückzieher zu machen.

»Ähm, hier ist Hazard«, stammelte er und kam sich vor wie ein neuzeitlicher Romeo, der Julia seine Liebe gestehen wollte. Hätte sie doch bloß einen Balkon statt einer Gegensprechanlage gehabt.

»Ach. Du bist's. Was zum Teufel willst du?« Nicht gerade Shakespeare. Und auch nicht die Begrüßung, die er sich erhofft hatte.

»Ich muss dringend mit dir reden, Monica. Darf ich kurz hochkommen?«, fragte er.

»Ich wüsste nicht, warum, aber wenn's sein muss.« Der Summer an der Haustür brummte, und Hazard drückte sie auf. Dann ging er die Treppe hinauf zu ihrer Wohnung.

Vom Tag nach der Katastrophenhochzeit, den er hier verbracht hatte, erinnerte er sich noch vage an Monicas Wohnung. Neugierig sah er sich um, diesmal mit klarem Kopf. Die Wohnung war genau so, wie man es erwarten würde, wenn man Monica kannte – wie aus dem Ei gepellt und recht gewöhnlich, mit hellgrau gestrichenen Wänden, minimalistischer Einrichtung und polierten Eichenholzdielen. Manches fiel allerdings völlig aus dem Rahmen und zeugte von einem eher außergewöhnlichen Geschmack, einem gewissen Flair, das auch Monica selbst hatte – eine Lampe in Flamingo-Form, eine altertümliche Schneiderpuppe, die als Garderobe herhalten musste, und eine Wand, die von einem überlebensgroßen David-Bowie-Gemälde eingenommen wurde. Durch die Ritzen im Dielenboden drang angenehmer Kaffeeduft herauf.

Monica schien alles andere als erfreut, ihn zu sehen. Das war wohl gerade keine gute Zeit für seine Liebeserklärung. Rückzug! Welche andere mögliche Erklärung könnte es für sein unangemeldetes Auftauchen geben? *Denk nach*, Hazard.

Es nützte alles nichts, er musste da jetzt durch.

»Also?«, fragte sie.

»Ähm, Monica, ich wollte dir sagen, was ich für dich empfinde«, setzte er an und lief dabei nervös auf und ab. Zum Hinsetzen war er viel zu aufgewühlt, und sie hatte ihm auch keinen Platz angeboten.

»Ich weiß genau, was du über mich denkst, Hazard«, entgegnete sie eisig.

»Ach so?«, fragte er verdattert. Womöglich würde es doch einfacher als gedacht.

»Mhm. *Aber sie hat so was an sich, so was Stocksteifes, Humorloses, das einen total abtörnt, ja, einem fast schon Angst macht.* Klingelt da was bei dir?« Erst da sah er, was sie in den Händen hielt. Das Büchlein. Sie hatte seine Geschichte gelesen.

»Oder wie wäre es damit? *Sie gibt mir ständig das Gefühl, irgendwas falsch zu machen (tue ich vermutlich auch, aber was soll's). Sie ist so eine, die die Konservendosen mit der Aufschrift nach vorne in den Küchenschrank räumt und die Bücher im Regal alphabetisch sortiert.* Und ich habe mich noch gewundert, wieso du mich neulich nach den blöden *Dosen* gefragt hast!«

»Monica, warte. Hör mir zu«, stotterte Hazard, während er hilflos mit ansehen musste, wie seine Träume zerschellten – wie ein Frontalzusammenprall in Zeitlupe.

»Oh, aber das Beste kommt doch erst noch! *Sie hat so was Verzweifeltes. Kann sein, dass ich es in meiner Fantasie übertreibe, aber da will man nur noch die Beine in die Hand nehmen und zusehen, dass man Land gewinnt.*« Und dann warf sie das Heft nach ihm.

»Das ist jetzt schon das zweite Mal, dass du mir was an den Kopf wirfst. Letztes Mal war es der Weihnachtspudding«, protestierte er noch im Wegducken. Es lief nicht gerade gut, aber Himmel, sah sie gut aus, wenn sie wütend war. Ein Feuerball aus Energie und rechtschaffener Empörung. Er musste sie nur irgendwie dazu bringen, ihm zuzuhören.

»Nur zu, Hazard. Nimm die Beine in die Hand und sieh zu, dass du verschwindest, hm? Ich halte dich bestimmt nicht auf!«

»Das habe ich geschrieben, bevor ich dich kennengelernt habe.«

»Ich weiß, dass du mich damals noch nicht kanntest. Warum also hast du geglaubt, dir ein Urteil über meine Küchenschränke erlauben zu können, verflixt und zugenäht?«

»Es war falsch. Vollkommen und durch und durch verkehrt. Zwar nicht die Küchenschränke betreffend, aber in allem anderen schon.« Wütend funkelte sie ihn an. Mit Humor würde er wohl nicht weiterkommen. »Du bist einer der unglaublichsten Menschen, die ich kenne. Hör zu, eigentlich hätte ich schreiben *sollen …*«

Er atmete tief durch und fuhr dann fort: »Ich bin hierher in Monica's Café gekommen, um Julians Heft zurückzubringen.

Ich wollte dieses blöde Spiel nicht mitspielen. Aber dann ist mir aufgegangen, dass du das warst – die Frau, mit der ich ein paar Abende zuvor zusammengerasselt war, und da habe ich die Nerven verloren. Ich habe das Büchlein behalten und den weiten Weg bis nach Thailand mitgenommen. Die Geschichte dieser Frau aus dem Café ging mir nicht mehr aus dem Kopf, also habe ich mir in den Kopf gesetzt, den perfekten Mann für sie zu finden und ihr per Luftpost zuzuschicken. Bloß ist mir dann irgendwann aufgegangen, dass ich selbst der perfekte Mann für sie wäre. Wobei ich nicht behaupten will, ich sei perfekt, ganz im Gegenteil.« Er lachte. Es klang hohl. Monica stimmte nicht mit ein. »Ich weiß genau, dass ich sie nicht verdient habe, aber ich liebe sie. Mit Haut und Haaren.«

»Ich habe dir *vertraut*, Hazard! Ich habe dir Dinge aus meinem Leben erzählt, über die ich sonst mit keiner Menschenseele je gesprochen habe – nicht einmal mit Riley. Ich dachte, wenn einer das versteht, dann du. Stattdessen hast du dich lustig über mich gemacht«, spie Monica aus, als hätte sie kein Wort von dem gehört, was er gesagt hatte.

»Monica, aber ich *verstehe* dich doch. Und mehr noch, ich liebe dich nur *umso mehr* wegen all dem, was du durchgemacht hast. Schließlich sind es die Risse, durch die das Licht fällt.«

»Wage es ja nicht, Leonard-Cohen-Zitate gegen mich zu verwenden, Hazard. Verschwinde einfach. Und komm nie mehr wieder«, zischte sie.

Hazard musste einsehen, dass er für heute einpacken konnte. Womöglich auch für alle Zeiten.

»Okay, ich gehe«, seufzte er und schob sich rückwärts zur Tür. »Aber nächsten Donnerstag um sieben bin ich wieder beim Admiral. Bitte, bitte, denk in Ruhe über alles nach, was ich gesagt habe, und wenn du es dir anders überlegst, treffen wir uns dort.«

Hazard hatte den Umweg genommen, über die Wiesen von Eel Brook Common. Er konnte den Gedanken an seine leere Wohnung kaum ertragen und wollte das Nachhausekommen so lange wie möglich hinauszögern. Auf einer der Bänke saß ein Mann, von einer Straßenlaterne angeleuchtet, und guckte genauso bedröppelt aus der Wäsche, wie Hazard zumute war. Irgendwie kam er Hazard bekannt vor. Vermutlich aus seinem vorigen Leben in der City. Der Mann trug den obligatorischen Maßanzug, Budapester von Church's und eine schwere Rolex am Handgelenk.

»Hi«, sagte Hazard und kam sich dann sehr blöd vor. Bestimmt kannte er den Mann gar nicht.

»Hi«, entgegnete der Mann und rutschte ein Stückchen beiseite, damit Hazard sich setzen konnte. »Alles okay?«

Hazard seufzte. »Eigentlich nicht«, entgegnete er. »Frauenprobleme. Sie wissen schon.« Was zum Teufel machte er da? Diese ganze gefühlsduselige *Rederei*. Zuerst Fin und jetzt ein dahergelaufener Kerl auf einer Parkbank.

»Wem sagen Sie das«, seufzte der Mann. »Ich drücke mich gerade vorm Nachhausegehen. Sind Sie verheiratet?«

»Nein«, sagte Hazard. »Momentan bin ich Single.«

»Tja, wenn ich Ihnen einen Rat geben darf, belassen Sie es lieber dabei. Kaum hat man geheiratet, krempeln sie alles auf links. Eben dachte man noch, man ist wunschlos glücklich und hat alles, was man braucht – Sex so viel man will, eine hübsche Frau, die das Haus in Ordnung hält und die Freunde bewirtet, und dann auf einmal ist nichts mehr, wie es war. Ehe man sichs versieht, haben sie Dehnungsstreifen, ihre Brüste *tropfen*, im Haus kann man nirgendwo mehr hintreten vor quietschbuntem Plastikspielzeug, und sie haben nur noch Augen für das Baby. Und du bist bloß der Depp, der für den ganzen Mumpitz bezahlen soll.«

»Kann ich mir lebhaft vorstellen«, brummte Hazard, dem

seine neue Bekanntschaft nicht sonderlich sympathisch war. »Und eine Ehe ist bestimmt kein Kindergeburtstag, das Problem ist bloß, wenn mir jemand sagt, was ich machen soll, neige ich dazu, genau das Gegenteil zu tun.«

Linkisch verabschiedete Hazard sich. Ihm tat die Frau von diesem Kerl leid. Als ob er selbst perfekt wäre! Und was war eigentlich mit »in guten wie in schlechten Zeiten, in Gesundheit und Krankheit«? Was für ein *Arsch*, also mal ehrlich.

Und dann fiel ihm plötzlich wieder ein, woher er den Typen kannte. Er hatte ihn vor gar nicht allzu langer Zeit gesehen, als er mit Blanche in diesem schrecklichen Restaurant gewesen war. Er hatte mit Alice am Tisch gesessen.

Riley

Eigentlich hatte Riley angenommen, sein Leben würde wieder so werden wie früher: einfach, ehrlich und ereignislos. Aber so war es nicht. Monica wollte ihm nicht aus dem Kopf. Es war, als hätte ihn ein Tornado für ein paar Monate in ein kunterbuntes Märchenland gewirbelt, wo alles ein bisschen eigenartig und *verquer* war und man nie wusste, was einen um die nächste Ecke des gelben Steinwegs erwartete. Und plötzlich war er wieder zu Hause, so wie Dorothy plötzlich wieder aus dem Land des Zauberers von Oz zurück in Kansas war. Und er fühlte sich … wie ein luftloser Ballon.

Warum nur hatte er so schnell aufgegeben? Warum hatte er nicht versucht, Monica zum Mitkommen zu überreden? Warum wollte er nicht noch ein Weilchen bleiben? Er könnte doch wie geplant ein bisschen durch Europa reisen und anschließend wieder nach London zurückkehren, um dort weiterzumachen, wo sie aufgehört hatten. Auf einmal fiel es ihm wie Schuppen von den Augen.

Riley schüttelte die bleischwere Lethargie ab, die sich in den vergangenen Tagen über ihn gelegt hatte, und marschierte mit neuer Entschlossenheit zur Wohnungstür hinaus geradewegs zur Fulham Road. Es war schon spät, und die Friedhofstore waren abgeschlossen, aber der kleine Umweg machte ihm nichts aus, so beseelt war er von seiner Mission. Riley war es, als sei er unvermittelt zu einem romantischen Märchenhelden mutiert, der auszog, das schöne Fräulein für sich zu gewinnen. Er war Mr Darcy, er war Rhett Butler, er war Shrek. Na ja, vielleicht nicht unbedingt Shrek.

Im Näherkommen sah Riley, dass Monica noch wach war. Die Vorhänge waren offen, und das Licht aus ihrem Wohnzimmer fiel auf die Straße wie das Leitfeuer eines Leuchtturms. Riley überquerte die Straße und reckte den Hals, ob er sie sehen konnte.

Konnte er nicht. Aber er konnte Hazard sehen. Was zum Kuckuck machte Hazard denn so spätabends noch bei Monica?

Auf einmal kam er sich vor wie ein Vollidiot. All die Ausflüchte, die sie vorgebracht hatte, ihre vielen Verpflichtungen und ihr Laden, dabei hatte Monica bloß mit einem anderen angebandelt. Er musste daran denken, wie oft er und Hazard, sein *Freund*, gemeinsam im Garten gearbeitet hatten und wie Hazard das Gespräch immer wieder auf Monica gebracht hatte. Jetzt kapierte er es endlich.

Hatte Hazard Monica deshalb zu dieser Hochzeit eingeladen? Riley hatte das damals schon ein wenig eigenartig gefunden, aber er hatte ihm vertraut. Hatte ihnen beiden vertraut. Aber es sollte ihn eigentlich nicht wundern. Hazard, der abgekämpfte Held mit dem markanten, gefährlich gut aussehenden Gesicht, der Schlagfertigkeit und dem genialen Geschäftssinn war eine ziemlich naheliegende Wahl.

Wie hatte er bloß so blöd sein können? Kein Wunder, dass Monica ihn nicht lieben konnte.

Wie eine Welle überkam Riley die Müdigkeit. Als er das erste Mal hier aufgekreuzt war, in diesem Café, hatte er das Gefühl gehabt, als hätte London nur auf ihn gewartet: Er hatte eine Lücke gefüllt, die wie für ihn gemacht gewesen schien, in dieser wunderbaren Stadt, bei diesen unglaublichen Menschen. Doch nun hatte die Lücke sich geschlossen, und die Stadt hatte ihn ausgespuckt. Ein unerwünschter Eindringling, ein Fremdkörper. Zeit weiterzuziehen.

Riley drehte sich um und ging in Richtung Earl's Court. Er war nicht mehr der Mann, der dort vor gerade einmal einer halben Stunde aufgebrochen war. Die Leute dachten oft, bloß weil er immer fröhlich und gut gelaunt war, perle alles an ihm ab. Aber da irrten sie sich. Sie irrten sich ganz gewaltig.

Monica

Es war Donnerstagabend, und Monica musterte zufrieden die lange Warteschlange vor dem Café. Lizzie hatte sich selbst übertroffen und die meisten der heutigen Gäste höchstpersönlich eingeladen. Sie hatte Monica im Vertrauen gesagt, einer der großen Vorteile ihrer Arbeit sei es, genau zu wissen, wer alleine lebte und nicht viel Besuch bekam. Also hatte sie einfach an die Türen geklopft und die Leute eingeladen. Dann war sie zu ihrer Hausärztin gegangen und hatte ihr ein paar Handzettel zum Verteilen gegeben und auch der Bibliothekarin der örtlichen Bücherei und ihrer Freundin Sue, die Sozialarbeiterin war.

Monica öffnete die Tür und hieß alle herzlich willkommen. Die Cafétische waren zu einem großen Quadrat zusammengeschoben, mit Platz für gut vierzig Gäste. Mrs Wu und Benji übernahmen das Kochen, Monica und Lizzie kellnerten, und Julian gab zusammen mit Keith, dem einzigen Hund, der im Café geduldet wurde, den Gastgeber. Keith saß brav zu Julians Füßen unter dem Tisch und furzte sein Kampfgas.

Es dauerte nicht lange, da summte und brummte das Café vor munteren Gesprächen und lautem Lachen. Das Durchschnittsalter der Gäste musste um die sechzig liegen, und von Julian ermuntert erzählten sie Geschichten aus der Nachbarschaft, in der sie fast alle seit vielen Jahren lebten.

»Wer erinnert sich noch an die öffentlichen Badeanstalten und Waschhäuser in Fulham?«, fragte Julian.

»Oh, ich, als wär's gestern gewesen!«, rief Mrs Brooks, die vermutlich noch älter war als Julian. Mrs Brooks wohnte nur ein paar Häuser von Lizzie entfernt in der Hausnummer 67. Ihr Mann hatte sie nach »dem bedauerlichen Zwischenfall mit dem Gasmann« verlassen, und seither lebte sie allein. »Wir haben immer die Kinder- und Bollerwagen vollgeladen mit Laken, Handtüchern und Bettwäsche und alles runter zur North End Road gekarrt. So ein Waschtag war *die* Gelegenheit, den neuesten Klatsch und Tratsch zu erfahren. Stundenlang haben wir geplappert und geschrubbt, bis unsere Hände aussahen wie Dörrpflaumen. Das hat mir sehr gefehlt, als wir schließlich unsere eigene Waschmaschine bekommen haben. Inzwischen ist da ein Tanzstudio. Ich bin jede Woche da und übe fleißig Pliés.«

»Wirklich?«, fragte Monica erstaunt.

»Nein, natürlich nicht!«, gluckste Mrs Brooks. »Ich kann kaum laufen. Würde ich ein Plié versuchen, ich würde im Leben nicht mehr hochkommen!«

»Wer hat Johnny Hayes noch im Craven-Cottage-Stadion spielen gesehen?«, fragte Bert aus Hausnummer 43 nicht ganz unerwartet. Bert war Stammgast im Café, und jede Unterhaltung mit ihm hatte sich ausnahmslos um Fußball gedreht. »Pelé hat ihn mal den besten Passgeber genannt, den er je gesehen hat, wusstet ihr das? Unseren Johnny Haynes.« Er hatte Tränen der Rührung in den Augen und musste einen großen Schluck Bier trinken, um nicht die Fassung zu verlieren.

»Ich habe früher oft mit George Best getrunken, kann ich dir sagen«, erzählte Julian.

»Darauf brauchst du dir nichts einzubilden, George hat mit jedem gesoffen!«, entgegnete Bert trocken.

Mrs Wu strahlte über das ganze Gesicht, weil alle ihr Essen in den höchsten Tönen lobten, und sie kommandierte Benji herum wie ein altersmilder Diktator. Monica fragte sich, ob er den Tag schon verfluchte, an dem er in den Schoß der Familie Wu aufgenommen worden war.

Einer der Männer, die sich gerade begeistert auf das süßsaure Hühnchen stürzten, war ein Obdachloser aus der Gegend. Immer wenn im Café Essen übrig blieb, brachte Monica es zum alten Treidelpfad unten an der Putney Bridge, wo er meistens anzutreffen war. Bei ihrer letzten Lieferung hatte sie Julians Handzettel dazugelegt.

»Das ist das Beste, was ich seit Jahren gegessen habe«, schwärmte er.

»Geht mir genauso«, pflichtete Julian ihm bei. »Wie heißen Sie?«

»Jim«, erwiderte er. »Schön, Sie kennenzulernen. Und danke für das Essen. Ich wünschte, ich könnte dafür bezahlen.«

»Nicht nötig, mein Lieber«, versicherte Julian und wedelte abwehrend mit der Hand. »Eines Tages, wenn Sie sich wie ein König fühlen, können Sie Ihr Essen und das eines anderen Gastes bezahlen. Aber mal was ganz anderes … Sie sehen aus wie jemand, der einen feinen Zwirn zu schätzen weiß. Sonst lasse ich eigentlich niemanden an meinen Schrank, aber wenn Sie morgen vorbeikommen, können Sie sich aussuchen, was immer Sie wollen. Solange es nichts von Westwood ist. Meine Großzügigkeit hat ihre Grenzen.«

Monica setzte sich zu Julian und klatschte in die Hände, damit alle aufmerkten. Niemand nahm von ihr Notiz.

»Ruhe jetzt!«, bellte Mrs Wu, und sofort verfiel die gesamte Dinnergesellschaft in schockiertes Schweigen.

»Ich möchte euch allen danken, dass ihr heute Abend hierhergekommen seid«, setzte Monica an. »Und ganz besonders möchte ich Betty und Benji danken für das köstliche Essen und natürlich unserem wunderbaren Gastgeber, dem Erfinder des Supper Club, Julian.«

Monica schaute Julian an, wie er da auf seinem Stuhl saß, zufrieden zurückgelehnt, mit einem breiten Grinsen im Gesicht, und den Applaus genoss, das Johlen und Pfeifen. Als sich schließlich alle wieder ihren Gesprächen zugewandt hatten, sah er Monica an.

»Wo ist Hazard?«, fragte er.

»Keine Ahnung«, entgegnete sie. Aber das war geschwindelt. Immer wieder schaute sie verstohlen auf die Uhr. Viertel vor acht. Ob er noch auf dem Friedhof stand und wartete?

»Monica, Mary hat mir von ihrer Theorie erzählt. Ich bin so ein alter Esel, dass ich es nicht gleich selbst gesehen habe. Ich kreise wohl zu sehr um mich selbst. Riley ist wirklich ein reizender junger Mann, aber mehr auch nicht. Ein junger Mann, für den das ganze Leben ein Ponyhof ist. Er hat sich nie mit irgendwelchen Widrigkeiten herumschlagen müssen. Hazard ist viel komplizierter. Er hat am Abgrund gestanden und ins Nichts gestarrt. Ich weiß das, ich stand auch schon dort. Aber er hat überlebt, und es hat ihn nur umso stärker gemacht. Er wäre gut für dich. Ihr beide wärt gut füreinander.« Er nahm ihre Hand in seine. Sie starrte auf seine Haut, gezeichnet vom Alter und dem Leben.

»Aber wir sind so grundverschieden, Hazard und ich«, wandte Monica ein.

»Und das ist gut so. Ihr könnt voneinander lernen. Du willst doch nicht für den Rest deiner Tage in einen Spiegel schauen. Glaub mir, ich weiß auch, wovon ich rede!«, rief Julian.

Gedankenverloren zerbröselte Monica den Glückskeks vor ihr auf dem Tisch zu kleinen Krümeln. Schließlich bemerkte sie ihr Tun und fegte die Reste rasch auf einen kleinen Teller.

»Julian«, sagte sie, »würde es dir was ausmachen, wenn ich dir den Club allein überlasse? Ich habe noch was zu erledigen.«

»Aber natürlich«, erwiderte er. »Wir kommen schon zurecht. Nicht wahr, Mrs Wu?«

»Ja! Du, geh!«, kommandierte Mrs Wu und wedelte mit beiden Händen, wie um ein aufsässiges Huhn von seinem Nest zu verscheuchen.

Monica lief hinaus auf die Straße, just als der Bus der Linie 14 von der Haltestelle losfuhr. Sie rannte hinterher und hämmerte gegen die Tür und formte mit den Lippen ein stummes *Bitte*, während sie den Fahrer flehentlich ansah, wohl wissend, dass das noch nie funktioniert hatte.

Es funktionierte. Der Fahrer hielt an, öffnete die Tür und ließ sie einsteigen.

»Danke«, keuchte sie und sank auf den nächstbesten Sitz. Sie schaute auf die Uhr. Acht. Bestimmt hatte Hazard keine Stunde gewartet, oder doch? Und schloss der Friedhof nicht auch um acht? Die Mühe konnte sie sich eigentlich sparen.

Warum hatte Hazard ihr nicht einfach seine Telefonnummer gegeben und ihr gesagt, sie solle ihn anrufen? Es wäre ein Leichtes, seine Nummer herauszufinden oder wo er wohnte, aber nun war es fast, als habe das Schicksal seine Hand im Spiel. Wenn sie sich heute Abend verpassten, dann hatte es nicht sein sollen. Monica wusste, dass das vollkommen unlogisch und so gar nicht ihre Art war, aber irgendwie hatte sie sich in letzter Zeit verändert. Die alte Monica wäre beispielsweise nicht mal im Traum auf die Idee gekommen, sich auf einen *Junkie* einzulassen. Davon stand nichts auf ihrer Checkliste.

Kaum am Friedhof aus dem Bus gesprungen, sah Monica, dass die schmiedeeisernen Tore mit einer schweren Kette und einem dicken Vorhängeschloss abgesperrt waren. Im Grunde sollte sie erleichtert sein, dass sie zu spät kam. War sie aber nicht.

Eben musste ein Fußballspiel im Stadion zu Ende gegangen sein, denn es wimmelte nur so von Chelsea-Fans, die in einer kleinen Seitenstraße Burger von einem Streetfood-Truck futterten. Ein großer, korpulenter und ziemlich betrunkener Kerl, von Kopf bis Fuß in Chelsea-Fankluft, blieb stehen und starrte Monica mit offenem Mund an. Der hatte ihr gerade noch gefehlt.

»Lach doch mal!«, sagte er wie fast zu erwarten. »So schlimm wird's schon nicht werden!«

»Es wird sogar verdammt schlimm werden, wenn ich nicht irgendwie auf den Friedhof komme«, blaffte Monica ihn an.

»Wieso, was gibt's denn da? Also, außer … du weißt schon? Ich wette Liebe. Es ist Liebe, oder, Liebelein?«, fragte er und verschluckte sich fast vor Lachen. Dann haute er seinem Kumpel auf den Rücken, der vor Schreck einen Schwall Bier quer über den Bürgersteig spuckte.

»Wissen Sie was, das könnte sehr gut sein«, meinte Monica und fragte sich, warum sie einem wildfremden Kerl erzählte, was sie sich bisher nicht einmal selbst eingestanden hatte.

»Wir kriegen dich über die Mauer, was, Kevin?«, grölte ihr neuer Freund. »Halt mal.« Und damit drückte er Monica einen angebissenen Burger in die Hand, der vor Ketchup und Senf nur so triefte. Sie versuchte, nicht an das Fett an ihren Fingern zu denken. Bei ihrem hastigen Abgang aus dem Café hatte sie ihr antibakterielles Handgel vergessen. Der Fußballfan hob Monica hoch, als wöge sie nicht mehr als eine Feder, und setzte sie sich auf die Schultern. »Kommst du von da auf die Mauer?«, fragte er.

»Ja!«, rief Monica und wuchtete sich hoch, bis sie rittlings auf der Mauer saß.

»Kommst du auf der anderen Seite runter?«

Monica schaute nach unten. Auf dieser Seite war die Mauer nicht so hoch, und ein Mulchhaufen würde ihren Sturz bremsen.

»Ja, das geht! Hier, das ist Ihrer.« Sie reichte ihm den angebissenen Burger.

»Wenn ihr euch kriegt, kannst du ja euer erstes Kind nach mir benennen«, schlug der Fußballfan vor.

»Wie heißen Sie denn?«, fragte Monica rein interessehalber.

»Alan!«, entgegnete er.

Monica fragte sich, was Hazard wohl zu einem Sohn oder einer Tochter namens Alan sagen würde.

Dann atmete sie tief durch und sprang.

Hazard und Monica

Hazard schaute auf die Uhr. Zum wiederholten Mal. Es war acht Uhr, und allmählich wurde es dunkel. Er hörte einen Wagen mit tiefem Motorbrummen langsam den Hauptweg entlangrollen. Nur die Fahrzeuge der Parkpolizei durften das Friedhofsgelände befahren. Die waren sicher unterwegs, um die Tore zu schließen und Nachzügler vor die Tür zu setzen. Die Zeit war um.

Hazard musste wohl oder übel gehen. Und er musste sich damit abfinden, dass Monica nicht mehr kommen würde. Dass sie wohl nie kommen würde. Dass das alles nichts als ein lächerliches Hirngespinst war. Wer hatte ihn bloß auf diese Schnapsidee gebracht? Er hätte ihr doch wie jeder normale Mensch einfach seine Mobilnummer geben und sagen können: *Ruf mich an, wenn du es dir anders überlegst.* Warum nur war er mit dieser absurden Verabredung herausgeplatzt, und das ausgerechnet auf einem *Friedhof*? Anscheinend hatte er zu viele Hollywoodfilme gesehen.

Das hatte er nun davon. Da stand er und versteckte sich hinter einem Grabstein vor der Polizei, was ziemlich bescheuert war, weil gleich alle Tore abgeschlossen sein würden. Monica würde nicht mehr hereinkommen, selbst wenn sie es wollte, und er würde die ganze Nacht hier festsitzen und sich zwischen Gräbern und Geistern den Allerwertesten abfrieren.

Hazard zog den Mantel enger um sich und setzte sich, gegen den Grabstein des Admirals gelehnt und vor neugierigen Blicken geschützt, auf den kalten Boden. Er hatte keinen Schimmer, was er jetzt machen sollte. Plötzlich hörte er eine Stimme.

»Ach, verdammt und zugenäht. Natürlich ist er nicht mehr da. Dummes Ding.«

Hazard spähte hinter dem Grabstein hervor, und da stand sie, stinksauer und bildschön und unverwechselbar. Monica.

»Monica!«, rief er.

»Ach, du bist ja doch da.«

»Ja. Ich hatte gehofft, dass du noch kommst.« O Gott, Hazard, der Herzensbrecher, der Don Juan, der Casanova, der Womanizer vor dem Herrn wusste nicht, was er sagen sollte. »Du möchtest nicht zufällig ein Haribo?« Das war der womöglich wichtigste Augenblick seines Lebens, und er hörte auf den Rat eines Achtjährigen. Er war ein Vollidiot.

»Hazard, bist du noch ganz dicht? Meinst du, ich bin hier eingebrochen und habe zum allerersten Mal in meinem Leben gegen ein Gesetz verstoßen, weil mir nach einem *Haribo* ist? Verdammt.«

Und dann ging sie geradewegs auf ihn zu und küsste ihn. Hart. Als meinte sie es wirklich ernst.

Sie küssten sich, bis es stockdunkel geworden war, bis ihre Lippen geschwollen waren, bis sie nicht mehr wussten, warum sie das nicht schon viel früher gemacht hatten, bis sie nicht mehr wussten, wo der eine anfing und der andere aufhörte. Fast zwanzig Jahre lang war Hazard dem perfekten Kick nachgejagt, der sein Hirn zum Bitzeln und sein Herz zum Klopfen bringen sollte. Und da war sie. Monica.

»Hazard?«, fragte Monica.

»Monica?«, entgegnete er, nur um des Kribbelns wegen, wenn er ihren Namen sagte.

»Wie kommen wir hier wieder raus?«

»Wir müssen wohl die Parkpolizei anrufen und uns eine Ausrede einfallen lassen, warum wir auf einem Friedhof festsitzen«, entgegnete er.

»Hazard, wir sind gerade mal eine Stunde zusammen, und schon willst du mich anstiften, die Polizei zu belügen. Wo soll das alles enden?«, fragte sie.

»Keine Ahnung«, antwortete Hazard. »Das können wir später herausfinden.« Und dann küsste er sie wieder, bis es ihr egal war, wen sie anlügen musste, solange er nur nie wieder damit aufhörte.

Monica wusste, dass sie nicht zu Hause war. Sie merkte es sogar mit geschlossenen Augen, dass es in diesem Zimmer heller war als bei ihr, sonnendurchflutet. Und es war leiser – kein Verkehrslärm von der Fulham Road, kein Klappern und Rauschen der uralten Heizung. Und es roch anders – nach Sandelholz, Pfefferminz und Moschus. Und Sex.

Und dann fiel ihr langsam alles wieder ein. Szenen von gestern Abend schossen ihr durch den Kopf. Wie sie hinten in einem Polizeiauto gesessen hatte, Hazards Hand auf ihrem Bein. Wie Hazard hektisch nach dem Schlüssel gekramt hatte, den er dann in seiner Hast, die Wohnungstür aufzuschließen, fallen gelassen hatte. Ihre Kleider, achtlos auf einem Haufen auf den Boden geworfen. Hatte sie daran gedacht, sie ordentlich zu falten, ehe sie eingeschlafen war? Sie erinnerte sich an verzweifelten, atemlosen, rasenden Sex, gefolgt von etwas langsamerem Sex bis zur Morgendämmerung.

Hazard. Sie streckte den Fuß aus und tastete das riesengroße Bett nach ihm ab. Nichts. War er verschwunden? Abgehauen, ohne ihr auch nur eine Nachricht zu hinterlassen? Sie konnte das alles doch nicht so schrecklich missverstanden haben?

Monica schlug die Augen auf. Und da war er. Nackt bis auf die Boxershorts hockte er auf dem Boden und räumte Sachen aus einer Schublade, die sich neben ihm auf dem Boden türmten.

»Hazard«, sagte sie. »Was machst du da?«

»Ach, guten Morgen, Schlafmütze«, antwortete er. »Ich schaffe nur ein bisschen Platz. Für dich. Nur für den Fall, dass du irgendwas hierlassen möchtest. In deiner eigenen Schublade.«

»Oh, wow«, erwiderte sie lachend. »Ist das nicht ein bisschen zu verbindlich?«

»Lach du nur«, sagte Hazard, krabbelte wieder ins Bett und küsste sie sanft auf den Mund. »Aber ich habe noch nie für jemanden eine Schublade freigeräumt. Ich glaube, ich bin endlich bereit für diesen Schritt.« Er schlang die Arme um sie, und sie legte den Kopf auf seine Brust und atmete seinen Duft ein.

»Also, ich muss schon sagen, ich fühle mich sehr geschmeichelt«, murmelte sie. Und das tat sie auch. »Und ich glaube, ich bin im Gegenzug bereit, mich treiben zu lassen. Du weißt schon, mal sehen, was das Leben so bringt.«

»Echt?«, fragte Hazard und sah sie mit skeptisch hochgezogener Augenbraue an.

»Also, ich bin bereit, es zu *versuchen*«, erklärte Monica und grinste zurück. Und machte sich zum ersten Mal, seit sie zurückdenken konnte, keine Gedanken darum, was als Nächstes passieren würde, weil sie mit jeder Faser ihres Körpers *spürte*, dass sie genau da war, wo sie hingehörte.

»Okay, gehen wir es einfach eine Schublade nach der anderen an«, meinte Hazard.

Alice

Geduldig hatte Alice auf den richtigen Augenblick gewartet, um mit Max ruhig und vernünftig über den Zustand ihrer Ehe zu sprechen. Und hatte dann natürlich den schlimmstmöglichen gewählt.

Max war wie gewöhnlich spät nach Hause gekommen. Alice hatte es ausnahmsweise geschafft, Abendessen zu kochen, *richtig zu kochen*, aber nun war alles zerkocht und eingetrocknet. Bunty zahnte gerade und hatte sich ewig nicht beruhigen wollen, und Alice war mit den Nerven am Ende.

Sie hatten sich an den Küchentisch gesetzt und sich gegenseitig von ihrem Tag erzählt – Dinge, die man auch einem Wildfremden erzählen würde. Max nahm seinen (nicht leer gegessenen) Teller, trug ihn zum Geschirrspüler und stellte ihn oben auf die Arbeitsplatte.

»MAX!«, kreischte Alice. »IN der Spülmaschine ist mehr als genug Platz. Warum räumst du die Sachen NIE in die Spülmaschine?«

»Alice, du brauchst hier nicht herumzuschreien wie ein gottverdammtes Fischweib. Du hast schon wieder mehr als genug getrunken, oder?«, entgegnete Max.

»Nein, ich habe verdammt noch mal NICHT MEHR ALS GENUG GETRUNKEN«, konterte Alice, die vermutlich mehr als genug getrunken hatte. »Ich habe MEHR ALS GENUG VON DIR! Ich habe die Nase voll davon, dass ich in diesem Haushalt die Einzige bin, die den verfluchten Geschirrspüler einräumt, die Einzige, die nasse Handtücher vom Boden aufhebt, die Einzige, die nachts aufsteht, wenn Bunty schreit, die Einzige, die aufräumt und putzt und …« Die Liste war so lang, dass sie am Ende nur mit beiden Armen fuchtelte und laut »AAARRGGGHHHH!« brüllen konnte wie ein vernünftiger, erwachsener Mensch.

»Weißt du überhaupt, wie man die Spülmaschine bedient?«, fragte Alice und funkelte ihren Mann finster an.

»Nein, aber das kann ja so schwer nicht sein«, erwiderte Max.

»Es ist nicht SCHWER, Max!«, schrie Alice. »Es ist bloß hirntötend LANGWEILIG. Und ich mache es ZWEIMAL AM TAG!«

»Aber, Alice, ich habe einen *Job*«, wandte Max ein und sah sie an, als hätte er keinen Schimmer, wer sie eigentlich war.

»UND WAS GLAUBST DU, WAS DAS HIER IST, MAX?«, kreischte Alice außer sich. »ICH SITZE AUCH NICHT DEN GANZEN LIEBEN LANGEN TAG FAUL AUF DEM HINTERN HERUM UND LASSE MIR DIE NÄGEL LACKIEREN!« Im selben Augenblick fiel ihr ein, dass sie erst gestern tatsächlich bei der Maniküre gewesen war, während Lizzie sich um Bunty gekümmert hatte. Aber es war das erste Mal seit *Monaten* gewesen. Sie ballte die Hände zu Fäusten, damit man die Nägel nicht sah. Und dann musste sie, sehr zu ihrem eigenen Entsetzen, plötzlich heulen. Sie sank auf einen der Stühle am Esstisch und vergrub das Gesicht in den Händen, und jeder Gedanke an die frisch manikürten Nägel war vergessen.

»Es tut mir leid, Max«, schluchzte sie. »Ich weiß einfach nicht, ob ich das noch kann.«

»Ob du was noch kannst, Alice?«, fragte er und setzte sich ihr gegenüber. »Mutter sein?«

»Nein«, entgegnete sie. »Das mit uns. Ich weiß nicht, ob ich das mit uns noch kann.«

»Warum? Weil ich die Teller nicht in die Spülmaschine räume?«

»Nein, das hat mit der verfluchten Spülmaschine nichts zu tun. Zumindest nicht nur. Ich fühle mich bloß so allein. Wir sind beide Buntys Eltern, und wir leben zusammen in einem Haus, aber es kommt mir vor, als seien wir Wildfremde. Ich bin einsam, Max«, schluchzte sie.

Max seufzte. »Ach, Alice. Das tut mir leid. Aber du bist nicht die Einzige, die damit zu kämpfen hat, wie sich alles verändert hat, weißt du. Ganz offen, so habe ich mir mein Leben nicht vorgestellt. Ich liebe Bunty, und wie! Aber mir fehlt unsere perfekte heile kleine Welt. Die langen Wochenenden in schicken Hotels, das makellos saubere, aufgeräumte Haus und meine umwerfend schöne, fröhliche Frau.«

»Aber ich bin doch hier, Max«, jammerte Alice.

»Ja, aber du bist immer schlecht gelaunt und müde. Und, wenn ich ehrlich bin« – er unterbrach sich kurz, als überlegte er, ob er es wirklich sagen sollte oder nicht, um sich dann zielsicher für die falsche Möglichkeit zu entscheiden –, »du hast dich in letzter Zeit ganz schön gehen lassen.«

»MICH GEHEN LASSEN?«, schrie Alice außer sich. Es war, als hätte er ihr einen Schwinger in den Magen versetzt. »Wir leben doch nicht in den Fünfzigern, verdammt noch mal, Max! Du kannst doch nicht allen Ernstes erwarten, dass ich nur ein paar Monate nach der Geburt *unserer* Tochter wieder aussehe wie früher. Willkommen im wahren Leben.«

»Und ich fühle mich ausgeschlossen«, legte Max nach, dem aufgegangen war, dass er lieber rasch das Thema wechseln sollte. »Du weißt, was Bunty braucht und was zu tun ist und wann und wie. Daneben komme ich mir nutzlos vor. Überflüssig. Also bleibe ich länger und länger im Büro, weil ich dort wenigstens genau weiß, was von mir erwartet wird. Die Leute tun, was ich ihnen sage. Ich werde *respektiert.* Alles läuft nach Plan. Ich habe alles unter Kontrolle.«

»Ich gebe mein Bestes, Max, aber ich habe die Nase voll davon, ständig das Gefühl zu haben, nicht den Erwartungen zu genügen. Deinen nicht, denen deiner Mutter nicht, Buntys nicht, ja, nicht mal meinen eigenen. Ehe und Familie leben von Kompromissen, oder nicht? Es ist verdammt harte Arbeit. Es ist nicht immer alles perfekt und schön und easypeasy, es kann auch chaotisch und zermürbend und verdammt anstrengend sein«, sagte Alice und erwartete, dass Max ihr zu verstehen gab, dass er sie liebte, dass er sie mehr unterstützen wolle, dass sie das zusammen schon irgendwie hinkriegen würden.

»Vielleicht könnten wir ja eine Nanny einstellen, Alice, die ein paar Tage die Woche herkommt. Was meinst du?«, schlug Max vor.

»Das können wir uns nicht leisten, Max, und selbst wenn – ich will keine fremde Frau dafür bezahlen, dass sie sich um mein Kind kümmert, nur damit ich mehr Zeit habe, die ideale Frau in deinem idealen Leben zu spielen«, antwortete Alice, bemüht, nicht gleich wieder loszuheulen.

»Tja, dann weiß ich auch nicht, was wir machen sollen, Alice. Ich weiß nur, dass du unglücklich bist und ich auch.« Und damit ging er die Treppe hinauf in sein Arbeitszimmer und schloss die Tür hinter sich, genau wie jedes Mal.

Alice war unsäglich traurig. Sie nahm ihr Handy und scrollte durch ihren Instagram-Account und schaute sich all die vielen Hochglanzfotos ihres beneidenswerten Lebens an, mit dem hinreißenden Mann und dem zuckersüßen Baby. Würde sie diese Scheinwelt aufgeben können? Würden sie und Bunty auch allein zurechtkommen?

Sie musste an Mary denken, die nach vierzig Jahren Julian verlassen hatte und die so strahlend glücklich wirkte. Sie musste an Monica denken, die, wie Alice gestern erst erfahren hatte, mit Riley Schluss gemacht hatte, obwohl sie *beinahe vierzig* war. Sie dachte an all ihre neuen Freunde, deren Leben nicht so hübsch und adrett aussah wie ein Instagram-Post, aber die so viel tiefgründiger, stärker und interessanter waren als irgendwelche schönen Bildchen.

So könnte sie auch sein. Oder nicht?

Bestimmt wäre es besser, ein chaotisches, unperfektes, manchmal nicht unbedingt fotogenes Leben zu leben, das aber echt und ehrlich war, als ständig zu versuchen, einer Idealvorstellung hinterherzuhecheln, die nichts weiter war als ein einziger riesengroßer Schwindel.

Wieder schaute Alice auf ihre Seite: @aliceinwonderland. *Authentische Mode für authentische Mütter und ihre Kinder. (Smiley)* Vielleicht könnte sie der Welt ja zeigen, wie authentische Mütter *wirklich* waren. Sie könnte das ganze Chaos dokumentieren, die bleierne Müdigkeit, die Dehnungsstreifen, den schwabbeligen Bauch und ihre in Auflösung begriffene Ehe. Und das nervige Grinse-Emoji könnte sie auch weglassen. Was hatte sie sich bloß dabei gedacht? Sie konnte unmöglich die einzige Mutter auf der Welt sein, die die Schnauze gestrichen voll davon hatte, ständig perfekt sein zu sollen.

Die Vorstellung, mit der Verstellung endlich aufzuhören, war eine unbeschreibliche Erleichterung. Als würde man nach einem langen Tag die mörderischen hochhackigen Schuhe von den Füßen schleudern.

Ich mache das super. Oder zumindest, so gut ich kann, sagte sie sich, wenn es schon kein anderer machte. *Und wenn das Max nicht reicht oder meinen Instagram-Followern, sollen sie sich jemand anders suchen, den sie auf ihr verfluchtes Podest stellen können. Mir reicht's nämlich.*

Alice wuchtete Bunty mit einer Hand auf die andere Hüfte und läutete dann an der Türklingel. Lizzie machte auf und gab den

Blick frei auf ein warmes, fröhliches, unordentliches und unaufgeräumtes Zuhause, genau wie das, in dem Alice selbst aufgewachsen war. Max würde verächtlich grinsen, dachte Alice, was sie daran erinnerte, warum sie hier war.

»Lizzie, entschuldige bitte die späte Störung«, sagte sie. »Aber könnten Bunty und ich vielleicht ein paar Tage hierbleiben? Nur bis ich weiß, wie es weitergeht?«

Alice hoffte inständig, Lizzie würde ihr keine Fragen stellen, denn sie hatte noch keine Antworten parat. Sie wusste nur, dass sie ein bisschen Zeit brauchte, um in Ruhe über alles nachzudenken. Weit weg von Max. Und von all den Erwartungen und Vorwürfen. Lizzie musste das geahnt haben, denn ausnahmsweise hielt sie sich zurück. Alice war sich sicher, dass das nicht lange so bleiben würde.

»Aber natürlich, Schätzchen«, sagte sie, winkte Alice herein und schloss hinter ihr mit Nachdruck die Haustür.

Monica

Mit einem Glas Pimm's in der Hand, den Rücken gegen einen Baum gelehnt, saß Monica in Kensington Gardens. Sie sah ein Pärchen am Rand der kleinen Gesellschaft stehen. Die beiden hielten Händchen und schienen nur Augen füreinander zu haben.

»Julian! Wie schön, dass du Mary eingeladen hast!«, rief sie.

»Ja. Und ihren Loverboy. Wobei, kann man jemanden noch so nennen, der beinahe achtzig ist?«

»Er ist eindeutig ein Silberfuchs«, sagte Monica. »Genau wie du!«, fügte sie rasch hinzu, wissend, dass Julians Stolz sonst empfindlich verletzt wäre.

»Er wirkt ganz nett, wenn man so was mag«, meinte Julian. »Ein bisschen dröge, aber heyho! Ich sollte ihn allen vorstellen.«

Von Keith gefolgt ging er hinüber zu Mary und Anthony. Beide wirkten ein wenig steif und arthritisch beim Gehen. »Keith ist kein Hund«, hörte sie Julian zu Anthony sagen. »Er ist mein Fitnesstrainer.« Benji kam herüber und setzte sich zu Monica.

»Monica, ich muss dir was sagen«, gestand er. »Ich will Julian und Riley nicht die Show stehlen, aber ich kann es einfach nicht mehr für mich behalten.« Sie ahnte, was jetzt kommen würde.

»Baz und ich wollen heiraten.« Wow! Genau wie sie es gehofft hatte. Mit dem nächsten Satz hatte sie allerdings nicht gerechnet. »Und wir möchten, dass du unser Brautführer wirst. Oder Bräutigamführer. Oder Führerin. Wie auch immer. Machst du es? Bitte, bitte, sag Ja!«

»Ach, Benji, ich freue mich so für euch«, rief sie und fiel ihm um den Hals. »Es wäre mir eine große Ehre.«

»Hurra! Ich kann es kaum erwarten, es Baz zu sagen! Betty glaubt, die Hochzeit sei ganz allein ihre Idee gewesen. Sie plant schon das Menü für die Feier. Wir lassen uns im Rathaus von Chelsea trauen – genau wie Julian und Mary damals, nur mit Happy End, hoffe ich. Die Party steigt dann in Bettys Restaurant.«

»Dann hat Betty also keinerlei Einwände mehr?«, fragte Monica.

»Wie's scheint, nicht«, antwortete Benji. »Wobei sie sich jetzt ständig über die Missachtung der Schwulenrechte in China aufregt. Wusstest du, dass Homosexualität dort erst 1997 legalisiert wurde? Aber was sie am allermeisten ärgert, ist, dass China homosexuellen Paaren, ganz gleich ob zu Hause oder im Ausland, nicht erlaubt, chinesische Kinder zu adoptieren.«

»Na ja, wenn irgendwer es schafft, dass die Volksrepublik China ihre diesbezügliche Meinung ändert, dann bestimmt Mrs Wu. Ach, das ist ja alles so wunderbar«, schwärmte Monica. Und im selben Moment ging ihr auf, dass sie sich zum ersten Mal einfach nur am Glück der beiden frisch Verlobten freute. Sie wartete auf das altbekannte nagende Neidgefühl, das sich sonst zuverlässig einstellte, wenn sie hörte, dass jemand heiraten wollte, aber es tat sich rein gar nichts. Hazard kam und setzte sich zu ihr.

»Du siehst glücklich aus«, stellte er fest.

»Bin ich auch«, entgegnete sie und wünschte, sie könnte ihm die große Neuigkeit verraten. Aber wenn Monica auf eins stolz war, dann darauf, ein Geheimnis für sich behalten zu können. »Es ist, als fügte sich plötzlich eins zum anderen.«

»Weißt du was? Das hier ist die erste Party seit meinem letzten Kindergeburtstag, auf der ich mich nicht sofort abschießen will.

Und sogar damals habe ich mir schon gerne mal eine Überdosis Smarties und Cola reingepfiffen. Ist das nicht fabelhaft?«

»Ist es, Hazard. *Du* bist fabelhaft. Ach, da fällt mir ein, ich habe noch was für Riley. Ich bin gleich wieder da.«

Sie ging zu Riley, der inmitten seiner australischen Freunde stand. In ein paar Tagen würde er mit Brett nach Amsterdam aufbrechen.

»Riley, kann ich kurz mit dir reden?«, fragte sie. Sofort entschuldigte Riley sich bei seinen Gästen und ging mit ihr ein wenig abseits an den Rand der Party.

»Ich wollte dir nur danken. Dafür, was du über mich in das Heft geschrieben hast. Dass ich sicher eine tolle Mutter wäre. Ich kann dir gar nicht sagen, wie sehr mich das berührt, selbst wenn ich nie die Gelegenheit bekommen sollte herauszufinden, ob du wirklich recht hast.«

»Ich hatte schon ganz vergessen, dass ich das geschrieben habe, aber es stimmt absolut«, meinte er lächelnd.

»Ich habe noch was für dich«, sagte sie, griff in die Tasche und zog ein eigenartiges Päckchen hervor, in Stechpalmen-und-Efeu-Geschenkpapier gewickelt. »Ich wollte es dir zu Weihnachten schenken, aber bei der ganzen Aufregung wegen Hazard und dem fliegenden Pudding bin ich nicht dazu gekommen, es dir zu geben. Heute ist vielleicht ein guter Tag, um das nachzuholen.«

Riley nahm das Geschenk und riss es auf, erwartungsvoll und aufgeregt wie ein kleiner Junge.

»Monica, das ist wunderschön!«, rief er und drehte es in den Händen. Es war eine Pflanzschaufel, und der Griff war mit seinem Namen graviert.

»Damit du gärtnern kannst, egal wo du gerade bist«, sagte sie.

»Danke. Die ist der Wahnsinn. Sie wird mich immer an dich

erinnern, dich und alle anderen hier«, korrigierte er rasch. »Bitte, versprich mir, dass wir in Kontakt bleiben! Und wenn auch nur, damit ich weiß, was aus dir und Hazard wird«, schmunzelte er.

»Ist das so unübersehbar?«, fragte Monica und freute sich insgeheim, dass es das war. »Es macht dir doch nichts aus?«

»Ehrlich gesagt, anfangs schon. Zumindest ein bisschen«, antwortete Riley. »Aber ich mag euch beide sehr, und mittlerweile habe ich mich an den Gedanken gewöhnt. Ich freue mich für euch.« Monica konnte über Rileys Großherzigkeit nur staunen. Sie an seiner Stelle hätte geschäumt vor Wut und heimlich Stecknadeln in Wachspüppchen gesteckt. Hinter dem überschwänglichen Lächeln sah er tatsächlich ein bisschen traurig aus. Aber vielleicht bildete sie sich das auch bloß ein.

»Riley, du bist einer der nettesten Menschen, die ich kenne«, sagte sie und nahm ihn fest in die Arme. Er hielt sie einen Herzschlag zu lange fest. »Du wirst mir fehlen. Uns allen.«

»Hazard wird einen tollen Papa abgeben, nur damit du das weißt«, sagte Riley.

»Meinst du? Er ist sich da nicht so sicher. Er traut sich selbst nicht so recht über den Weg«, erwiderte Monica und merkte, noch während sie das sagte, wie unwichtig ihr das geworden war.

»Tja, dann soll er mal die Kiddies bei Mummy's Little Helper fragen, ob er ein guter Vater wäre. Die werden ihn schon überzeugen«, meinte Riley.

»Weißt du was, vielleicht mache ich das«, lachte Monica.

»Ihr Lieben, ich habe noch etwas zu verkünden«, rief Julian und klopfte mit einem großen Löffel gegen die Wanne mit dem Pimm's. »Als Mary gegangen ist, hat sie etwas ganz Besonderes zurückgelassen. Nein, mich meine ich nicht.« Er machte eine Kunstpause und wartete auf die Lacher, die zuverlässig kamen. »Sie hat ihre Violine nicht mitgenommen. Ich hoffe sehr, dass sie heute für uns spielen wird. Mary?« Und dann reichte er ihr das

Instrument, das er wohl in einer seiner vielen Taschen versteckt hatte.

»Herrje, ich habe seit Jahren nicht mehr gespielt. Hallo, alte Freundin. Ich kann's ja mal versuchen«, sagte Mary, nahm die Violine und drehte und wendete sie, als müsse sie sich erst wieder an das Gefühl und das Gewicht gewöhnen. Behutsam stimmte sie die Saiten, und dann spielte sie, zaghaft und leise zunächst, aber dann immer leidenschaftlicher einen irischen Tanz. Rasch scharten sich alle um sie. Familien, die nach dem Schwänefüttern schon auf dem Heimweg waren, blieben stehen und guckten neugierig, wer da so schwungvoll und fröhlich aufspielte.

Monica ging zu Julian und setzte sich neben seinen Liegestuhl ins Gras. Sie kraulte Keith, seinen allgegenwärtigen Schatten, hinter den Ohren.

»Ich wollte dir noch sagen, Monica, wir sehr ich mich für dich und Hazard freue«, bemerkte Julian. »Ich möchte mir einbilden, dass ich ein klein wenig Anteil daran hatte, wenn ich darf?«

»Aber natürlich, Julian. Denn wäre dein Büchlein nicht gewesen, hätte ich nie wieder ein Wort mit ihm gewechselt, nachdem wir uns beim ersten Mal unsanft in die Arme gelaufen sind. Im wahrsten Sinne des Wortes«, meinte Monica.

»Lass ihn nicht wieder los, ja, Monica? Mach nicht dieselben Fehler, die ich gemacht habe.« Sein Blick ging zu Mary und Anthony, und er wirkte glücklich und traurig zugleich.

»Meinst du nicht, dass Hazard ein bisschen zu sehr ist wie du, Julian?«, fragte sie zögerlich und hoffte, ihm damit nicht zu nahe zu treten. Julian lachte.

»O nein, keine Sorge. Hazard ist viel umgänglicher und nicht halb so dumm wie ich. Und du bist viel stärker, als Mary es damals war. Ihr werdet eine ganz andere Liebesgeschichte schreiben, mit einem ganz anderen Ende. Und außerdem, mach dir keine Sorgen, wir beide hatten eine kleine Unterredung. Ein kleines väterliches *Gespräch unter vier Augen.*« Monica war bei der Vorstellung entsetzt und fasziniert zugleich. Oh, wie sie wünschte, sie hätte diese Unterhaltung als Mäuschen belauschen können.

»Ich habe etwas für dich, Julian«, sagte sie.

»Mein liebes Mädchen, du hast mich schon so reich beschenkt«, entgegnete er und wies auf das seidene Tuch mit Paisley-Muster, das er sich fesch um den Hals geschlungen hatte.

»Kein Geschenk, nur etwas, das zu seinem rechtmäßigen Besitzer zurückkehren möchte«, sagte sie und reichte ihm das hellgrüne Heftchen mit den beiden Worten auf dem Umschlag: *Projekt Aufrichtigkeit.* Es war ein bisschen ramponiert von seinen vielen Reisen und allem, was es mitgemacht hatte. »Ich weiß, dass du Mary gesagt hast, du könntest es nicht behalten, weil du nicht *aufrichtig* warst, aber jetzt bist du es, und du solltest es haben. Mit dir hat es angefangen, mit dir soll es auch enden.«

»Ach, mein Büchlein. Willkommen zu Hause. Was für Abenteuer du erlebt hast«, raunte er, legte sich das Heft behutsam in den Schoß und streichelte es wie eine Katze. »Wer hat dir denn diesen schicken Einband verpasst?«, fragte er. Dann, mit Blick auf Monicas zufriedenes Grinsen, lachte er: »Ach, wie dumm von mir. Was frage ich auch so blöd.«

Mary spielte einen Song von Simon & Garfunkel, und alle sangen mit. Bunty, die zwischen Alice und Lizzie saß, stand auf und klatschte in die Händchen. Dann merkte sie, dass sie sich an nichts festhielt, und fiel erschrocken um. Wo Max wohl war?, fragte Monica sich.

Es wurde langsam dunkel. Die Sonnenhungrigen und Hundegassigänger waren längst fort, nur noch hungrige Schnaken leisteten ihnen Gesellschaft. Monica hatte ein paar Taxis angehalten, um die vielen Kisten, Gläser und Decken zum Café zurückzubringen. Julian sah zu, wie die anderen alles einpackten und langsam zur Straße gingen.

»Komm schon, Julian!«, rief Monica.

»Geht ihr schon mal vor«, sagte Julian. »Ich wäre gerne fünf Minuten allein. Ich komme gleich nach.«

»Ganz sicher?«, fragte Monica. Sie wollte ihn nur ungern allein lassen. Julian war sein wahres Alter plötzlich mehr als deutlich anzusehen. Vielleicht lag das an der einsetzenden Dämmerung, der Dunkelheit, die in alle Falten kroch.

»Ja, ganz sicher. Ich brauche ein bisschen Zeit zum Nachdenken«, erklärte er.

Hazard streckte die Hand aus dem Taxi und half Monica hinein. Und diese kleine Geste, so ging ihr in diesem Moment auf, war alles, was sie sich vom Leben wünschte. Sie schaute Julian an, der in seinem Liegestuhl saß, mit Keiths Kopf in seinem Schoß. Er winkte ihr zu, das Heft noch in der Hand. Trotz aller Eigenheiten und Unzulänglichkeiten war er doch der außergewöhnlichste Mensch, den Monica je kennengelernt hatte.

Und sie war unendlich dankbar, dass er sich von allen Cafés der Welt ausgerechnet ihres ausgesucht hatte.

Julian

Julian sah den Taxis mit einem Gefühl tiefer Zufriedenheit nach. Und ihm ging auf, dass er sich zum ersten Mal, solange er zurückdenken konnte, selbst mochte. Ein gutes Gefühl. Er streckte die Hand nach Keith aus und tätschelte ihm den Kopf.

»Nur wir beide, Keith, alter Junge, nur du und ich«, sagte er.

Aber sie waren nicht allein. Er sah, wie mehrere Menschen auf ihn zukamen, aus allen Richtungen, mit Liegestühlen, Picknickdecken, Musikinstrumenten. Wussten die denn nicht, dass die Party längst vorbei war?

Julian überlegte aufzustehen und hinzugehen, ihnen zu sagen, dass es Zeit war, sich auf den Heimweg zu machen, aber seine Beine wollten ihm nicht gehorchen. Er war so müde.

Es war inzwischen so dämmerig geworden, dass es eine Weile dauerte, bis er die Gesichter der Neuankömmlinge erkennen konnte. Aber im Näherkommen sah Julian, dass es keine Fremden waren, sondern liebe alte Freunde. Sein Kunstlehrer vom Slade. Der Besitzer der Galerie in der Conduit Street. Sogar ein alter Schulfreund, den er seit Teenagertagen nicht mehr gesehen hatte, nun im mittleren Alter, aber mit denselben unverwechselbaren roten Haaren und dem verschmitzten Grinsen.

Julian lächelte ihnen allen freundlich zu. Und dann bemerkte er, wie jemand den großen Weiher umrundete. Sein Bruder. Ohne Krücken, ohne Rollstuhl, gerade und aufrecht. Er winkte Julian zu, eine flüssige, kontrollierte Bewegung, wie er sie bei ihm nicht mehr gesehen hatte, seit er vielleicht zwanzig gewesen war.

Je deutlicher er Freunde und Familie erkannte, desto mehr verblasste die Umgebung – Bäume, Gras, Weiher und Pavillon, alles schien zurückzuweichen.

Julian überkam ein Gefühl von Wehmut, das sich wie ein Dolch in seine Brust bohrte.

Er wartete ab, dass der Schmerz wieder verging, doch das Gegenteil war der Fall. Der Schmerz breitete sich aus, immer weiter, bis in die Fingerspitzen und die Fußsohlen, bis Julian seinen Körper nicht mehr spürte, sondern nur noch Schmerz. Und dann wurde der Schmerz zu einem hellen Licht – grell und gleißend, und dann zum Geschmack von Eisen und dann zu einem Geräusch. Ein gellender Schrei, der langsam zu einem Summen verklang. Und dann war da nichts mehr. Überhaupt nichts.

Dave

Dave war ein bisschen enttäuscht, dass der Arbeitstag schon fast vorüber war. Sonst konnte es ihm eigentlich gar nicht schnell genug gehen, endlich die Parktore abzuschließen und so rasch wie möglich in den Pub zu kommen. Aber heute war er mit Salima unterwegs, eine der Neuen, und die Zeit war nur so verflogen. Den ganzen Tag hatte er versucht, all seinen Mut zusammenzunehmen und sie ins Kino einzuladen. Inzwischen war es fast dunkel. Jetzt oder nie.

»Dave, stopp!«, rief Salima. Er zuckte erschrocken zusammen. »Sitzt da drüben noch jemand im Liegestuhl?« Sein Blick folgte ihrem ausgestreckten Arm hinüber zum Pavillon.

»Sieht fast so aus. Du wirst noch sehen, einen gibt es immer! Warte hier, ich schmeiße ihn raus. Wir wollen ja niemanden über Nacht einsperren. Da kannst du dir gleich abgucken, wie ich das mache – freundlich, aber bestimmt, das funktioniert jedes Mal.« Er stellte den Wagen in einer Parkbucht ab und schaltete den Motor aus. »Bin gleich wieder da.«

Dann lief er zu dem Mann im Liegestuhl und versuchte, möglichst große, männliche Schritte zu machen. Bestimmt beobachtete Salima ihn ganz genau. Im Näherkommen sah er, dass sein Störenfried älteren Datums war. Ein uralter, struppiger Terrier saß, ohne zu blinzeln, mit trüben Augen neben ihm; ein stummer Wächter. Vielleicht sollte er anbieten, ihn und seinen Hund nach Hause zu bringen, vorausgesetzt, er wohnte nicht allzu weit weg. Dann bliebe ihm noch ein bisschen mehr Zeit mit Salima, und außerdem würde das bestimmt einen guten Eindruck hinterlassen. Sie würde merken, was für ein netter Kerl er war.

Der Mann lächelte im Schlaf. Dave fragte sich, was er wohl gerade träumte. Etwas Schönes, wie es schien.

»Hallo!«, rief er. »Entschuldigen Sie die Störung, aber es wird Zeit, nach Hause zu gehen.« Er legte dem Mann die Hand auf den Arm und rüttelte ihn ein wenig, um ihn zu wecken. Irgendwas stimmte da nicht. Der Kopf des Mannes kippte zur Seite. Er sah … leblos aus.

Dave nahm die kalte Hand und tastete nach dem Puls. Nichts. Und er schien auch nicht zu atmen. Dave hatte noch nie eine Leiche gesehen, geschweige denn angefasst. Mit zitternden Händen zog er das Handy aus der Tasche und wählte den Notruf.

Dann sah er, dass der Mann etwas in der anderen Hand hielt. Ein Schreibheft. Behutsam zog er es ihm aus den starren Fingern. Womöglich war es wichtig. Darauf standen zwei Worte, in geschwungener Schönschrift geschrieben: *Projekt Aufrichtigkeit*. Dave steckte es vorsichtig in die Innentasche seiner Jacke.

Danksagung

Montags bei Monica ist eine sehr persönliche Geschichte. Gerade einmal fünf Jahre ist es her, da lebte ich – wie Alice – ein scheinbar perfektes Leben, doch die Wahrheit sah ganz anders aus. Genau wie Hazard war ich abhängig. Mein Suchtmittel waren teure, erlesene Weine (denn wenn die Flasche nur genug kostet, ist man ein Kenner, kein Säufer, stimmt's?). Nach unzähligen gescheiterten Versuchen aufzuhören, beschloss ich – genau wie Julian –, der Welt meine Wahrheit zu erzählen. Ich bin ein bisschen weniger altmodisch als Julian, also habe ich die Geschichte meines Kampfs gegen den Alkohol in einem Blog niedergeschrieben statt in einem Notizbuch, und aus dem Blog wurde schließlich ein Buch – *Chianti zum Frühstück*.

Dabei durfte ich erfahren, wie befreiend es sein kann, der Welt die Wahrheit über das eigene Leben zu erzählen, und wie viel Gutes man damit im Leben anderer Menschen bewirken kann. Mein erster Dank gilt darum den Menschen, die meinen Blog und mein autobiografisches Buch gelesen und sich die Zeit genommen haben, mir zu schreiben, wie sehr sie diese Ehrlichkeit berührt und bewegt hat. Ihr habt mir die Idee zu diesem Roman gegeben.

Ich hatte eine Heidenangst davor, vom Sachbuch zur Belletristik zu wechseln, und war mir nicht sicher, ob ich das überhaupt hinbekommen würde. Also habe ich mich für den dreimonatigen Curtis-Brown-Creative-Schreibkurs angemeldet. Erst kürzlich habe ich mir mein damaliges Bewerbungsschreiben und den dreitausend Wörter langen Auszug aus *Das Buch, das Leben veränderte* (so hieß es damals noch) noch einmal angeschaut. Es war wirklich schaurig, und ich habe meiner Kursleiterin Charlotte Mendelson, genau wie Anna Davis und Norah Perkins, so viel zu verdanken.

Mit das Beste an meinem CBC-Kurs waren die großartigen Menschen, die ich dort kennenlernen durfte. Nach Kursende haben wir uns zu einem »Schreibclub« zusammengeschlossen, und wir treffen uns immer noch regelmäßig, um unsere Arbeit bei ein paar Bierchen (für die anderen) und Wasser (für mich) zu besprechen und gemeinsam über die wilde Achterbahnfahrt, die das Leben als Autor oder Autorin beizeiten sein kann, zu lachen und zu weinen. Danke euch allen – Alex, Clive, Emilie, Emily, Jenny, Jenni, Geoffrey, Natasha, Kate, Kiare, Maggie und Richard. Ein ganz besonderes Dankeschön gilt Max Dunne und Zoe Miller, den ersten Lesern meines grässlichen ersten Entwurfs.

Mein Dank geht auch an meine anderen Erstleserinnen – Lucy Schoonhoven für die Ratschläge in puncto Australier und Gärtnern und ihre Argusaugen, denen kein Tippfehler und keine Wiederholung entgeht; Rosie Copeland für ihren unbezahlbaren Rat, Kunst und Künstler betreffend; Louise Keller für ihr unerschöpfliches Wissen, was psychische Gesundheit angeht, und Diane Gardner-Brown für ihre genialen Geistesblitze und Eingebungen.

Meine beiden Hunderundenfreundinnen Caroline Firth und Annabel Abbs haben dafür gesorgt, dass ich nicht den Boden unter den Füßen und den Verstand verliere, und waren mir in der endlos langen Zeit des Schreibens, Abgebens und Überarbeitens stets verlässliche, wohlwollende Kritikerinnen. Ich weiß noch, wie ich Annabel kennengelernt habe und ihr reichlich nervös gestand, ich wolle ein Buch schreiben, worauf sie entgegnete, sie schreibe gerade selbst an einem Roman mit dem Titel *Die Tänzerin von Paris*. Ich kann es noch immer nicht fassen, dass unsere Romane inzwischen beide veröffentlicht sind. Es ist wunderbar, diesen Weg gemeinsam mit dir zu gehen, liebste Freundin.

Ich kann es nicht ausstehen, mich fotografieren zu lassen, aber Caroline hat bei einem unserer Hundespaziergänge spontan einen Schnappschuss von mir geknipst, mit windzerzausten Haaren und komplett ohne Make-up, und es mir großzügigerweise als offizielles Autorinnenfoto zur Verfügung gestellt.

Des Weiteren gilt mein Dank meiner wunderbaren Agentin Hayley Steed, die mein Buch vom ersten Augenblick an geliebt hat. Sie war mir eine unschätzbare Hilfe, meinen Roman ungleich besser zu machen, und hat mir während des ganzen Veröffentlichungsprozesses als wundervolle Freundin und Mentorin zur Seite gestanden. Ihr hat Monica ihre Besessenheit mit farbkodierten Excel-Tabellen zu verdanken. Ein riesengroßes Dankeschön dem unbeschreiblichen Phänomen namens Madeleine Milburn für ihren weisen Rat und die leitende Hand sowie der famosen Alice Sutherland-Hawes, die gleichzeitig mehrere Auktionen in verschiedenen Ländern jongliert und *Montags bei Monica* in den zwei Wochen vor der Frankfurter Buchmesse an unglaubliche achtundzwanzig Verlage verkauft hat. Die Madeleine Milburn Agency ist eine wahre Naturgewalt und für mich so etwas wie eine Familie geworden, die mich mit offenen Armen aufgenommen und mir dabei geholfen hat, das Beste aus meinem Buch herauszuholen. Danke euch allen.

Dank gebührt auch Pamela Dorman, meiner grandiosen Verlegerin. Nie werde ich den Tag vergessen, als Pam mich anrief, um mir zu sagen, sie könne sich vorstellen, mein Buch zu veröffentlichen. Ihr Ruf eilt ihr voraus wie Donnerhall, bis weit über den Atlantik, und ich hatte einen Mordsrespekt vor unserer ersten Begegnung. Und Pam ist *wirklich* unvergleichlich. Ihre Auffassungsgabe, ihre Leidenschaftlichkeit und ihr Talent suchen ihresgleichen. Pam hinter sich zu haben verleiht einem Superkräfte, und mit ihr an einem Text zu arbeiten, ist, wie in einer Meisterklasse zu sitzen.

Pam könnte das alles nicht ohne die unermüdliche Jeramie Orton. Danke, Jeramie, für deine phänomenale Arbeit beim Lektorieren, fürs beruhigende Händchenhalten, für deine Geduld und deinen Humor und fürs geduldige Beantworten meiner endlosen, dämlichen Fragen.

Das Beste kommt zum Schluss – meine Familie. Danke meinem Mann John, der an mich geglaubt hat, auch dann, als ich es selbst nicht konnte, und für seine Offenheit und Ehrlichkeit bezüglich meiner Arbeit, auch wenn ich ihm zum Dank dafür ein Manuskript an den Kopf geworfen habe; und meinen wunderbaren Eltern, die stolzer nicht sein könnten und mich stets unterstützen. Dieses Buch möchte ich Dad widmen, dem großartigsten Schriftsteller, den ich kenne, dessen Kolumne in der Gemeindezeitung Legende ist. Dad hat nicht nur meinen ersten Entwurf gelesen, sondern auch alle weiteren neun und hat mir immer ehrliche Rückmeldung gegeben. Aber seien Sie gewarnt, sollten Sie auf Amazon eine weniger als wohlwollende Rezension hinterlassen, wird er Ihnen darauf antworten! Ich danke auch meinen drei Kindern Eliza, Charlie und Matilda, meine größten Fans und meine Inspiration, jeden Tag aufs Neue.

Was mich bei der Veröffentlichung meines Romans am meisten beeindruckt hat, ist, wie viele Menschen es braucht, um ein einziges Buch herauszubringen. Nicht nur die, die ich bereits erwähnt habe, sondern viele weitere bei Pamela Dorman Books und der ganzen großen Random-House-Familie, die ihr Talent, ihr Herzblut, ihr Können, ihre Zeit und ihre Energie in dieses

Buch gesteckt haben, das Sie jetzt in Händen halten. Die Titelgestalter, die Lektoren, die Korrektoren, die Vertriebler und viele andere mehr.

Sie hätten gerne noch mehr herzerwärmendes Lesevergnügen
von Clare Pooley?

Dann tauchen Sie ein in die bezaubernde Welt
des Romans »Das Wunder von Bahnsteig 5«

Eine kurze Leseprobe
finden Sie auf den folgenden Seiten.

Niemand spricht auf dem Weg zur Arbeit seine Mitreisenden an. Was würde passieren, wenn man es täte?

Jeden Morgen nehmen sie denselben Zug nach London, die Passagiere in Wagen 3. Iona, eine Ratgeberkolumnistin und extravagante Erscheinung, hat sich sogar Namen für ihre Mitreisenden ausgedacht: Der-einsame-Teenager, Die-hübsche-Leseratte oder Der-arrogante-Breitbeinige. Als routinierte Pendler wechseln sie kein Wort miteinander. Bis sich der Breitbeinige eines Tages an einer Weintraube verschluckt und womöglich erstickt wäre, hätte ein junger Mann ihn nicht gerettet. Dieser Einsatz des Krankenpflegers Sanjay bewirkt ein Wunder: Die Menschen im Zug beginnen miteinander zu reden. Aus sechs Fremden, die nichts gemeinsam haben als ihren Arbeitsweg, wird eine Gemeinschaft, in der alle füreinander da sind. Denn Hilfe braucht jeder von ihnen …

Der Morgenzug nach London – die perfekte Verbindung für sechs Fremde, die zu Freunden werden.

Iona

08:05 Hampton Court nach Waterloo

Bis zu dem Moment, als sich ein Mann gleich vor ihren Augen im 8:05-Uhr-Zug zu sterben anschickte, war es für Iona eigentlich ein Tag wie jeder andere gewesen.

Wie immer hatte sie um halb acht das Haus verlassen. Auf hohen Absätzen brauchte sie ungefähr zwanzig Minuten zum Bahnhof, meistens war sie also eine Viertelstunde vor Abfahrt ihres Zuges nach Waterloo da. Mit den Louboutins zwei Minuten später.

Frühzeitig da zu sein, war unerlässlich, wollte sie ihren Lieblingsplatz ergattern, und das wollte sie. Was Mode, Filme oder auch Patisserie anging, war Abwechslung etwas Herrliches, aber nicht auf dem alltäglichen Arbeitsweg.

Vor einer ganzen Weile schon hatte Ionas Chefredakteur versucht, ihr die Arbeit im Homeoffice schmackhaft zu machen. Das sei, wie er ihr versicherte, gerade der allerletzte Schrei, und alles, was sie im Büro zu tun hätte, ließe sich schließlich genauso gut von woanders erledigen. Zuerst hatte er sie mit der Aussicht auf eine Stunde länger ausschlafen und freie Arbeitszeiteinteilung zu ködern versucht, und als das alles nichts nützte, wollte er sie mittels einer grässlichen Methode namens *Hot Desking* vergraulen, was – wie sie dann erfahren musste – Managersprech dafür war, sich den Schreibtisch mit anderen Kollegen *teilen* zu müssen. Teilen hatte Iona schon als Kind nicht gut gekonnt. Der kleine Zwischenfall mit der Barbiepuppe war ihr lebhaft im Gedächtnis geblieben, und ihren Klassenkameraden vermutlich auch. Nein, es gab doch gewisse Grenzen. Zum Glück lernten Ionas Kollegen erstaunlich schnell, welchen Schreibtisch sie bevorzugte, und aus heiß wurde unversehens ziemlich frostig.

Iona ging gerne ins Büro. Sie mochte den Kontakt zu den Jungspunden, bei denen sie sich den neuesten Jugendslang abhörte, von denen sie die angesagtesten Songs vorgespielt bekam und sie sich sagen ließ, was sie sich unbedingt als Nächstes auf Netflix anschauen musste. Bea, das Herzchen, war ihr in dieser Hinsicht leider keine große Hilfe.

Und trotzdem wäre sie heute lieber zu Hause geblieben. Sie hatte nämlich einen Termin zu einer *Rundum*-Beurteilung bei ihrem neuesten Chefredakteur, was entschieden zu vertraulich klang. In ihrem Alter (siebenundfünfzig) ließ man sich lieber nicht allzu genau unter die Lupe nehmen, schon gar nicht aus jedem nur erdenklichen Winkel. Manches blieb besser der Fantasie überlassen. Oder gänzlich unbetrachtet, wenn man ganz ehrlich war.

Und außerdem, was wusste der schon? Ähnlich wie Polizisten und Ärzte schienen Chefredakteure neuerdings jünger und jünger zu werden. Ihr derzeitiger war – man glaubte es kaum – nach der Erfindung des Internets gezeugt worden. Nie hatte er in einer Welt gelebt, in der Telefone unverrückbar an der Wand hingen und man Fakten in der Encyclopædia Britannica nachschlug.

Ein bisschen wehmütig dachte Iona an die jährlichen Personalgespräche damals ganz am Anfang ihrer journalistischen Laufbahn vor beinahe dreißig Jahren. Damals hießen die natürlich noch nicht »Personalgespräche«, sondern »Lunch-Treffen« und fanden im Savoy Grill statt. Der einzige Wermutstropfen bestand darin, sich regelmäßig die schwitzigen, speckigen Wurstfinger ihres Chefredakteurs möglichst taktvoll vom Bein zu pflücken, aber das war sie gewohnt, und das war die Sole Meunière beinahe wert, die erst von einem dienstbaren Kellner mit französischem Akzent gekonnt von den Gräten gelöst und dann mit einer gut gekühlten Flasche Chablis hinuntergespült wurde. Sie überlegte, wann sie das letzte Mal von irgendwem – außer Bea – unter dem Tisch begrapscht worden war, und konnte sich beim besten Willen nicht daran erinnern. Seit den Neunzigern jedenfalls nicht mehr.

Iona schaute prüfend in den Flurspiegel. Sie hatte sich heute für ihr rotes Lieblingskostüm entschieden – das, das unüberhörbar *Taffe Karrierefrau* und *Denk nicht mal im Traum dran, Freundchen* schrie.

»Lulu!«, rief sie, nur um feststellen zu müssen, dass die Französische Bulldogge bereits zu ihren Füßen saß und wartete. Auch so ein Gewohnheitstier. Sie bückte sich und hakte die Leine in Lulus knallpinkem Halsband ein, auf dem in großen Strassbuchstaben ihr Name prangte. Bea fand Lulus Accessoires eher peinlich. *Sie ist ein Hund, Schätzchen, kein Kind*, hatte sie immer wieder eingewendet. Als ob Iona das nicht wüsste. Die Kinder heutzutage waren egoistisch, faul und verzogen, so ganz anders als ihre bezaubernde kleine Lulu.

Iona machte die Haustür auf und rief wie jeden Tag die Treppe hinauf: »Bye bye, Bea! Ich muss zur Arbeit! Du fehlst mir jetzt schon!«

Am Hampton Court in die Bahn zu steigen, hatte einen entscheidenden Vorteil: Es war die Endstation. Oder die Anfangsstation, je nachdem, von wo man es betrachtete. Wenn das mal keine Lektion fürs Leben ist, dachte Iona. Ihrer Erfahrung nach entpuppten sich die meisten Enden letztlich als verkappte Anfänge. Das sollte sie sich für ihre Kolumne notieren. Die Züge waren also – wenn man nur früh genug da war – eigentlich immer recht leer. Was hieß, dass Iona ihren Lieblingsplatz (siebte Reihe rechts, Blick in Fahrtrichtung, an einem Tisch) in ihrem Lieblingswagen, Wagen Nummer drei, besetzen konnte. Iona mochte ungerade Zahlen lieber als gerade. Sie konnte es nicht leiden, wenn etwas zu rund oder glatt und geleckt war.

Iona nahm Platz, setzte Lulu auf den Sitz neben sich und fing an, ihre Utensilien vor sich auszubreiten. Die Thermoskanne mit grünem Tee, der nur so wimmelte vor den den Alterungsprozess hinauszögernden Antioxidantien; eine Porzellantasse mit passender Untertasse, weil Tee aus Plastikbechern zu trinken schlicht undenkbar war; ihre neueste Post und ihr iPad. Bis Waterloo waren es gerade mal zehn Haltestellen, eine sechsunddreißigminütige Fahrt, perfekt zur Vorbereitung auf den bevorstehenden Tag.

Während der Zug sich im Laufe der Fahrt zusehends füllte, arbeitete Iona unbeeindruckt in ihrer kleinen Seifenblase selig vor sich hin, in angenehmer Anonymität und gänzlich unbemerkt. Eine unter Tausenden unscheinbaren Pendlern, von denen keiner auch nur im Geringsten auf sie achtete. Niemand sprach sie an oder redete überhaupt mit irgendwem. Alle kannten die zweite der ehernen Pendlerregeln: Jemandem zuzunicken, dem man häufiger begegnet, oder ihm oder ihr – *in extremis* – kurz zuzulächeln oder angesichts einer Lautsprecherdurchsage des Zugführers entnervt die Augen zu verdrehen, ist statthaft, aber ansprechen tut man ihn oder sie unter gar keinen Umständen. Es sei denn, man ist bekloppt. Und das war sie nicht, ganz gleich, was die Leute auch dachten.

Ein eigenartiges Geräusch riss Iona aus ihren Gedanken. Sie schaute auf und sah einen Mann, den sie schon öfter bemerkt hatte. Sonst nahm er morgens eine andere Bahn, aber auf dem Heimweg sah sie ihn häufig im 18:17-Uhr-Zug ab Waterloo. Er war ihr wegen seiner exquisiten Maßanzüge aufgefallen, derentwegen sie ihn unter anderen Umständen sicher glühend beneidet hätte. Nur wurde der perfekte erste Eindruck leider vollkommen ruiniert von seiner unangenehmen, unübersehbar vor sich hergetragenen Hoppla-hier-komm-ich-Manier, wie man es nur bei heterosexuellen, weißen, ausnehmend gut situierten Männern fand. Leicht erkennbar an den unvermeidlich breit gespreizten Beinen und den übertrieben lauten Telefonaten über *Märkte* und *Positionen*. Einmal hatte sie mit angehört, wie er seine Frau als *Hausdrachen* bezeichnete. In Surbiton stieg er immer aus, was so gar nicht zu ihm passen wollte. Iona hatte all ihren Mitreisenden Spitznamen verpasst, und er war der Smarte Sexist aus Surbiton.

Momentan machte er allerdings einen nicht ganz so selbstgefälligen Eindruck wie üblich. Vielmehr schien er in höchster Not. Vornübergebeugt saß er da, die Hände um den Hals gekrallt, und gab eigenartig beunruhigende Geräusche von sich, ein Röcheln irgendwo zwischen Husten und Erbrechen. Das Mädchen neben ihm – ein hübsches junges Ding, roter Zopf und Pfirsichteint, den sie heute noch als selbstverständlich hinnahm und der irgendwann zu einer sehnsüchtigen Erinnerung verblassen würde – fragte sichtlich beunruhigt: »Alles in Ordnung?« Es war ganz offensichtlich nicht alles in Ordnung. Er schaute auf und schien etwas mitteilen zu wollen, aber die Worte blieben ihm wortwörtlich im Halse stecken. Hilflos deutete er auf den halb gegessenen Obstsalat vor sich auf dem Tisch.

»Ich glaube, er hat eine Erdbeere im Hals stecken. Oder eine Traube«, mutmaßte das Mädchen. Augenscheinlich handelte es sich um einen Notfall. Da war es wohl eher nebensächlich, um welche Obstsorte es im Genauen ging. Das Mädchen legte das Buch, in dem es bis eben gelesen hatte, beiseite und klopfte ihm auf den Rücken, mittig zwischen den Schulterblättern. Ein sachtes Tätscheln, sonst oft von Worten wie *So ein Feiner* und *Ein ganz ein braver Hund* begleitet und so gar nicht das, was die gegenwärtige Situation erforderte.

»Moment, so geht das nicht«, rief Iona, beugte sich kurzerhand über den Tisch und haute ihm mit der geballten Faust auf den Rücken, was ihr angesichts der Umstände wesentlich mehr Freude bereitete, als sie zuzugeben bereit gewesen wäre. Im ersten Moment blieb er still, und sie dachte schon, nun sei alles gut, aber dann fing er wieder an zu japsen. Dazu wurde er fleckig lila im Gesicht, und alle Farbe wich aus seinen Lippen.

War das das Ende, würde er hier sterben, im 8:05-Uhr-Zug? Noch vor Waterloo?

Piers

08:13 Surbiton nach Waterloo

Piers' Tag verlief überhaupt nicht nach Plan. Zum einen war das nicht sein Zug. Er war sonst immer gerne in der City, noch bevor die Märkte öffneten, aber sein ganzer Tagesablauf war schon frühmorgens auf den Kopf gestellt worden, weil Candida ihr Au-pair am Vortag vor die Tür gesetzt hatte.

Magda war bereits das dritte Au-pair in diesem Jahr, und Piers hatte die leise Hoffnung gehegt, sie würde zumindest bis zum Ende des Schuljahrs durchhalten. Dann allerdings waren sie früher als geplant von einem katastrophalen Wochenende *en famille* nach Hause gekommen, nur um Magda mit dem Gärtner im Bett zu erwischen, auf dem Nachttischchen neben ihnen, auf einer gebundenen Ausgabe des *Grüffelo*, Kokainspuren und ein aufgerollter Geldschein. Piers hätte Candida vielleicht noch beschwatzen können, es bei einigen gewählten Worten zu belassen, zumal Magda ja nicht im Dienst gewesen war, aber dass das Lieblingsvorlesebuch der Kinder derart entweiht worden war, konnte sie dem Mädchen einfach nicht verzeihen. *Wie soll ich den Kindern je wieder daraus vorlesen, ohne die Bilder im Kopf, wie Tomaso Magdas tiefen, dunklen Wald ergründet?*, hatte Candida außer sich vor Wut gebrüllt.

Und als Piers dann schließlich in den Zug nach Surbiton gestiegen war, war alles vollends den Bach runtergegangen. Der einzige freie Platz weit und breit war nämlich, wie er schließlich feststellen musste, an einem Vierertisch gegenüber dieser komischen Eule und ihrem schnaufenden Köter mit dem Pfannkuchengesicht. Die beiden sah Piers sonst morgens eigentlich nie, aber auf der Heimfahrt war ihr Anblick ein allzu vertrautes Ärgernis. Er war augenscheinlich nicht der einzige Fahrgast, der dieser Schabracke geflissentlich aus dem Weg ging, saß sie doch oft genug ganz allein inmitten der einzigen freien Plätze.

Und heute wirkte die kauzige Hundetante noch lächerlicher als sonst, in ihrem knallroten Tweed-Kostüm mit Schulterpolstern, das sich sicher auch gut als Bezugsstoff für Grundschulmöbel geeignet hätte.

Rasch überschlug Piers im Kopf die diversen Vor- und Nachteile, bis Waterloo mit einem Stehplatz vorliebzunehmen, statt sich dem trutschigen Sofa auf Stöckelschuhen gegenüberzusetzen. Bis er unvermittelt bemerkte, dass das Mädchen neben dem fraglichen freien Platz einfach unverschämt gut aussah. Er war sich ziemlich sicher, sie auch schon mal im Zug gesehen zu haben. Piers fiel wieder die kleine Lücke zwischen den Schneidezähnen auf – eine winzige Unvollkommenheit, durch die aus einem hübschen, aber nichtssagenden Gesicht ein unwiderstehlicher Hingucker wurde. Vielleicht hatte er ihr sogar zugezwinkert – einer dieser wortlosen Augenblicke spontaner Verbundenheit, wenn man sich, wie sie, zwei gut aussehende, erfolgreiche Berufspendler, unversehens in einem Meer der Mittelmäßigkeit wiederfand, wie ein Formel-Eins-Rennwagen auf einem Lidl-Parkplatz.

Sie musste schätzungsweise Ende zwanzig sein und trug einen engen knallpinken Rock, unter dem bestimmt atemberaubende Beine zu sehen wären, wenn nur der leidige Tisch nicht wäre, und dazu ein weißes T-Shirt und einen schwarzen Blazer. Bestimmt arbeitete sie in einem dieser angesagten Media-Jobs, wo die ganze Woche Smart Casual angesagt war, nicht bloß freitags. Dieser entzückende Anblick nahm ihm die Entscheidung ab, und er setzte sich.

Piers zog das Handy heraus, um einen Blick auf seine Börsenpositionen zu werfen. Letzte Woche hatte er so viel Geld verloren, dass diese Woche einfach spektakulär werden musste. Er schickte ein stummes Stoßgebet an die Götter des Marktes, während er eine Traube aus dem kleinen Obstsalat pulte, den er eben im Supermarkt neben dem Bahnhof gekauft hatte, und sie mit der Gabel aufspießte. Heute Morgen hatte er eine halbe Ewigkeit gebraucht, die Kinder zum Frühstücken zu bewegen, immer wieder unterbrochen von *Wo ist Magda! Ich will meine Magda*-Geheul, weswegen er ganz vergessen hatte, selbst zu frühstücken. In der Backwarenabteilung war er unschlüssig vor einem Pain au Chocolat stehen geblieben, aber Candida hatte ihm kürzlich sämtliches Gebäck strengstens verboten, weil sie meinte, er würde fett werden. *Fett?!?* Für sein Alter war er noch erstaunlich gut in Form. Trotzdem zog er mit Blick auf das hübsche Mädchen neben ihm vorsichtshalber den Bauch ein.

Ungläubig starrte Piers die Zahlen vor sich auf dem Display an. Da stimmte doch was nicht? Dartington Digital war ein todsicherer Tipp gewesen. Erschrocken schnappte er nach Luft und merkte, wie sich etwas hinten in seinem Hals festsetzte. Er versuchte durchzuatmen, doch das Ding flutschte nur noch weiter nach unten. Er probierte es mit husten, aber das schien überhaupt nichts auszurichten. *Ganz ruhig*, sagte er sich. *Denk nach. Es ist bloß eine Traube.* Aber im selben Augenblick rissen ihn Angst und Hilflosigkeit mit wie ein Tsunami.

Verzweifelt haute Piers mit den Händen auf den Tisch und stierte die Frauen ringsum mit weit aufgerissenen Augen flehend an, ein stummer Hilfeschrei. Jemand klopfte ihm auf den Rücken, aber so sanft, dass es mehr ein Streicheln war als das beherzte Draufhauen, das in dieser Situation eigentlich gefordert war. Dann, Gott sei Dank, ein energisches, festes Klopfen, das doch ganz bestimmt die Traube des Anstoßes entfernen müsste? Mit einem Gefühl unbeschreiblicher Erleichterung merkte er, wie sie sich löste, nur um gleich darauf wieder an Ort und Stelle zurückzurutschen.

Ich kann nicht einfach so sterben, nicht jetzt, nicht hier, dachte er. *Nicht in diesem potthässlichen Pendlerzug, umgeben von Nobodys und Spinnern.* Und dann kam ihm ein noch schlimmerer Gedanke: *Wenn ich heute sterbe, wird Candida alles erfahren. Sie wird herausfinden, was ich hinter ihrem Rücken getrieben habe, und unsere Kinder werden in dem Wissen aufwachsen, was für ein Loser ihr Vater war.*

Hilflos über den Tisch gebeugt, konnte Piers so eben aus den Augenwinkeln sehen, wie das rote Kostüm aufstand, ein Anblick wie ein Vulkanausbruch, und laut durch den ganzen Wagen tönte: »Ist ein Arzt an Bord?« *Bitte, bitte*, flehte er, *lass einen Arzt an Bord sein.* Er würde alles darum geben, um nur endlich wieder frei durchatmen zu können. *Hörst du, Universum? Du kannst alles haben. Alles, was du willst.*

Piers kniff die Augen zusammen, aber er sah immer noch rot – entweder der Nachglanz des blutroten Tweeds oder die zerplatzenden Äderchen hinter den Augäpfeln.

»Ich bin Krankenpfleger!«, hörte er es irgendwo aus der Menge rufen. Dann, Sekunden später, die ihm wie eine Ewigkeit vorkamen, legten sich von hinten zwei starke Arme um ihn, und er wurde von seinem Sitz gerissen, während zwei Hände sich unerbittlich in seinen Bauch bohrten – einmal, zweimal, dreimal.

Sanjay

08:19 New Malden nach Waterloo

Heute ist *der* Tag, dachte Sanjay. Er war auf dem Weg zum Bahnhof New Malden, um dort wie gewohnt in den Zug zu steigen. Der Tag, an dem er endlich all seinen Mut zusammennehmen und das Mädchen im Zug ansprechen würde. Er hatte sich sogar schon überlegt, was er zu ihr sagen wollte. Fast immer hatte sie ein Buch dabei. Ein richtiges echtes Buch aus Papier, kein Kindle oder Hörbuch. Einer der vielen Gründe, warum Sanjay der Überzeugung war, sie müssten füreinander geschaffen sein. Letzte Woche hatte sie einen Roman namens *Rebecca* gelesen, also hatte Sanjay sich im Buchladen um die Ecke ein eigenes Exemplar besorgt und am Wochenende die ersten beiden Kapitel gelesen. Und darum würde er sie heute, sofern sie das Buch noch las, auch fragen können, was sie von Mrs Danvers hielt. Der perfekte Gesprächseinstieg. Originell, unaufdringlich und geistreich.

Sanjay hielt Ausschau nach seinen beiden Mitbewohnern. Sie arbeiteten im selben Krankenhaus wie er, hatten aber gerade Nachtdienst, sodass sie sich morgens oft begegneten – Sanjay auf dem Weg zur Arbeit, frisch und munter und recht gut ausgeruht, James und Ethan auf dem Heimweg, blass, erschöpft und umweht vom einem strengen Desinfektionsmittelgeruch. Wie ein Fenster in Sanjays unmittelbare Zukunft.

Sanjay stand auf dem Bahnsteig unweit der Snack-Theke, wo

Wagen drei normalerweise hielt, in dem sie, wie er nach wochenlangem Versuch und Irrtum herausgefunden hatte, am häufigsten saß. *Tolles Buch*, ging er seinen Text noch mal im Kopf durch. *Wie findest du Mrs Danvers? Ich bin übrigens Sanjay. Bist du oft hier im Zug?* Wobei, nein, lieber nicht. Das klang doch eher gruselig.

Kaum in den Zug gestiegen, glaubte Sanjay wirklich, heute müsse sein Glückstag sein. Denn da saß sie, am Tisch mit der Regenbogen-Lady, ihrem Hund und einem etwas moppeligen Anzugträger mittleren Alters. Den sah Sanjay auch nicht zum ersten Mal. Einer dieser arroganten Schnösel, wie Sanjay sie nur zu gut aus der Notaufnahme kannte, wenn mal wieder einer von ihnen mit geplatztem stressbedingtem Magengeschwür eingeliefert wurde oder mit Verdacht auf Herzinfarkt von der langjährigen Hobby-Kokserei, und schrie: *Ich bin privatversichert!* Augenscheinlich hielt er sich für etwas Besseres als der gemeine Pöbel, und Privatsphäre schien ihm ein Fremdwort zu sein.

Die Regenbogen-Lady hingegen mochte Sanjay sehr. Wie oft hatte er sie schon auf dem Weg zur Arbeit gesehen, aber noch nie hatte er ein Wort mit ihr gewechselt. Natürlich nicht. In einer Welt, in der alle Schwarz trugen, Dunkelblau oder gedecktes Grau, leuchtete sie in Smaragdgrün, Türkisblau und Veilchenlila. Und auch heute enttäuschte sie ihn nicht. Sie trug ein Kostüm aus knallrotem Tweed, in dem sie aussah wie eins der Erdbeerbonbons, die in den großen Quality-Street-Dosen immer ganz unten liegen blieben.

Ob er sie bitten sollte, den Hund auf den Schoß zu nehmen, damit er sich zu ihnen setzen konnte? Der Hund hatte schließlich vermutlich keine Jahreskarte, und ein Haustier auf dem Sitz ging bestimmt gegen sämtliche Sicherheits- und Hygienevorschriften. Das Problem dabei war nur, dass Sanjay die Regenbogen-Lady gleichermaßen bewunderte und fürchtete. Und da war er nicht der Einzige. Ganz gleich, wie voll der Zug auch war, kaum jemand wagte es, sie zu bitten, den Hund vom Sitz zu nehmen. Und wer es doch einmal wagte, machte denselben Fehler bestimmt kein zweites Mal. Nicht mal der Schaffner.

Und so stand er dann da und klammerte sich an eine Metallstange, um nicht das Gleichgewicht zu verlieren, und überlegte krampfhaft, wie er unauffällig nahe genug an das Mädchen heranrücken könnte, um sie in ein Gespräch zu verwickeln. So was hatte er noch nie gemacht. Bisher hatte er sich nur mit Frauen verabredet, die er vom College kannte, von der Arbeit oder von einer Dating-App, wo man sich erst mal ein paar Tage lang belangloses Zeug schrieb und sich gründlich auf den Zahn fühlte, ehe man sich im wahren Leben verabredete. Das hier war Old School, und es war ein Albtraum. Es gab gute Gründe, warum das heutzutage niemand mehr machte.

Dafür, dass sich da gut und gerne achtzig Menschen auf engstem Raum in eine Sardinenbüchse gequetscht auf den Füßen standen, war es, wie immer, erstaunlich still. Man hörte nur das Rattern der Räder auf den Schienen, ein blechernes Scheppern aus irgendwelchen Kopfhörern und gelegentliches Hüsteln. Doch dann durchbrach unvermittelt eine Stimme die Stille wie ein Donnerschlag:

»Ist ein Arzt an Bord?«

Seine Gebete waren erhört worden, wenn auch auf eher unerwartete, ungewöhnliche Weise. Er räusperte sich und sagte so selbstsicher und souverän, wie er nur konnte: »Ich bin Krankenpfleger!«

Die Menge teilte sich ehrerbietig, Menschen verbogen sich, um ihm den Weg freizumachen, und er wurde durch eine Wolke unterschiedlichster Gerüche – Kaffee, Parfum, Schweiß – direkt vor die Füße der Regenbogen-Lady gespült und zu dem Mädchen und dem Mann, der offensichtlich gerade dabei war zu ersticken. Dieses Szenario hatten sie gleich im ersten Jahr der Ausbildung behandelt. Notfallmedizin, Modul eins: Der Heimlich-Griff.

Sanjays Ausbildung kam ihm nun zugute. Ohne weiter nachzudenken und mit weitaus mehr Kraft, als er sich selbst zugetraut hätte, hob er den Mann von hinten aus dem Sitz, schlang ihm die Arme um den Bauch und zog dann zu, so fest er konnte, mitten ins Zwerchfell. Dreimal. Es war, als hielte der ganze Zug gespannt den Atem an. Und dann, mit einem heftigen Huster, spuckte der Mann die Traube aus, die im hohen Bogen über den Tisch flog und mit einem satten Klatscher in der Teetasse der Regenbogen-Lady landete.

Klirrend tanzte die Tasse auf der Untertasse, um sich dann wieder zu beruhigen, während der ganze Wagen spontan zu applaudieren begann. Sanjay merkte, wie er rot wurde.

»Aha, eine Traube also«, stellte die Regenbogen-Lady mit Blick in ihre Teetasse fest, als wäre das alles ein Kinderspiel, bei dem es darum ging, das verborgene Ding im Sack zu erraten.

»Danke vielmals. Ich glaube, Sie haben mir gerade das Leben gerettet«, röchelte der Mann, dem das Sprechen sichtlich schwerfiel. Es war, als müssten sich die Worte erst den Weg um den Geist der ausgespuckten Traube suchen. »Wie heißen Sie?«

»Sanjay«, sagte Sanjay. »Gern geschehen. Ist schließlich mein Job.«

»Ich bin Piers. Ich kann Ihnen gar nicht genug danken«, keuchte er, während er langsam wieder ein bisschen Farbe ins Gesicht bekam.

NÄCHSTER HALT, WATERLOO, verkündete die Lautsprecherstimme. Sanjay wurde panisch. Da klopften ihm wildfremde Menschen auf den Rücken, drängten sich um ihn und beglückwünschten ihn, dabei gab es in diesem Zug nur einen Menschen, mit dem er gerne reden wollte. Und er ließ sich diese einmalige

Gelegenheit entgehen. Alle sprangen auf und drängten zur Tür, schoben und rissen ihn mit wie einen widerstrebenden Lemming, der unaufhaltsam auf eine Klippe zugetrieben wird. Verzweifelt drehte er sich zu ihr um.

»Wie findest du Mrs Danvers?«, platzte es auf ihm heraus. Verdattert guckte sie ihn an. Sie hatte das Buch heute gar nicht dabei. Stattdessen hatte sie ein Exemplar von Michelle Obamas Autobiografie in der Hand. Bestimmt hielt sie ihn jetzt für einen irren Stalker. Vielleicht *war* er ein irrer Stalker.

Er hatte es vergeigt. Das war's dann wohl.

Emmie

Emmie war viel zu aufgewühlt, um einfach ins Büro zu gehen, also huschte sie rasch in ihr gemütliches kleines Lieblingscafé und kramte ihre eigens mitgebrachte Thermostasse aus der Tasche.

»Hey Emmie!«, begrüßte sie der Barista. »Wie geht's, wie steht's?«

»Nicht so gut, ehrlich gesagt«, antwortete Emmie, noch ehe sie sich auf die Lippen beißen und stattdessen mit der gesellschaftlich geforderten Standardfloskel auf diese Frage antworten konnte, *Gut, danke!* nämlich. Schon aus Prinzip hasste sie die Vorstellung, zu den Leuten zu gehören, die ständig über ihre unerheblichen Erste-Welt-Probleme jammerten, während draußen Menschen unter Brücken schliefen oder sich abstrampelten, Essen für ihre Kinder auf den Tisch zu bringen.

Der Barista unterbrach seine Arbeit und runzelte die Stirn, als wartete er darauf, dass sie das weiter ausführte.

»Eben im Zug wäre beinahe jemand gestorben. An einer Traube erstickt«, erklärte Emmie.

»Aber er lebt noch, ja?«, fragte der Barista. Emmie nickte. »Keine bleibenden Schäden?« Sie schüttelte den Kopf. »Na also, dann ist das doch ein Grund zum Feiern! Mit einer Zimtschnecke vielleicht?«

Emmie konnte nicht einmal ansatzweise erklären, warum ihr gerade nicht nach feiern zumute war. Der Tag hatte ganz gewöhnlich angefangen, mit ihren Dehn- und Dankbarkeitsübungen, und dann – ZACK*!* – war sie, noch vor der Einfahrt in Waterloo, mit ihrer eigenen Sterblichkeit konfrontiert worden. Die beklemmende Erkenntnis, dass man selbst als quietschfideler, quicklebendiger Mensch so aus heiterem Himmel von jetzt auf gleich … nicht mehr sein konnte.

Und was hatte sie gemacht, während der Mann auf dem Platz neben ihr um sein Leben rang? Emmie, die sich immer als pfiffige, patente, anpackende Person gesehen hatte, hatte bloß dagesessen und hilf- und tatenlos mit angesehen, wie zwei wildfremde Menschen ihm das Leben retteten. Als es darauf ankam, hatte ihr Fluchtinstinkt eingesetzt. Von Kampfbereitschaft keine Spur. Sie hatte nur einen Gedanken gehabt: *Was, wenn ich das wäre? Was, wenn ich heute vor einen Bus laufe, von Terroristen in die Luft gejagt oder von einem Kurzschluss im Computerkabel einen tödlichen Stromschlag verpasst bekommen würde? Was würde bleiben? Was habe ich erreicht im Leben?*

Emmie musste an das Projekt denken, an dem sie seit einigen Wochen arbeitete – eine vollintegrierte digitale Anzeigenkampagne für eine Toilettenpapiermarke, die ganz neu auf den Markt drängte. In ihrer Trauerrede würde es heißen: *Dank Emmies strategischem und kreativem Genie durften nicht wenige Menschen in den Genuss weich wattierten, zart duftenden Luxus-Toilettenpapiers kommen.*

Als Teenager hatte sie mal einen ganzen Monat lang in einem Baum campiert, um einen heimischen Wald vor der Abholzung zu bewahren, und in den Schulferien hatte sie in einer Suppenküche ausgeholfen. Ihr Spitzname damals war Hermine gewesen, weil ihre Freunde immer behaupteten, hätte es Hauselfen an ihrer Schule gegeben, Emmie hätte sich für ihre Freilassung eingesetzt. Und nun stand sie da, mit neunundzwanzig, und tat nichts, was ihre kleine Ecke von Thames Ditton auch nur im

Geringsten verändert hätte, geschweige denn die ganze Welt. Nein, stattdessen sah sie untätig zu, wie andere beinahe erstickten.

Emmie musste an den Krankenpfleger im Zug heute Morgen denken. Er hatte so ruhig gewirkt. So fähig. So – sie verzieh sich diesen kleinen Augenblick der Oberflächlichkeit – *gut aussehend. Der* bewegte wirklich etwas. Schon auf dem Weg zur Arbeit hatte er ein Menschenleben gerettet.

Vielleicht sollte sie sich zur Krankenschwester umschulen lassen? Oder war es dafür längst zu spät? Das womöglich nicht, aber dass sie geradezu berüchtigt dafür war, schon beim Anblick von Nasenbluten oder einem eingewachsenen Zehennagel spontan in Ohnmacht zu fallen, sollte sie eventuell als Zeichen deuten, lieber keine medizinische Laufbahn einzuschlagen.

Was hatte der schnuckelige Lebensretter und Held aus dem wahren Leben ihr noch nachgerufen, als sie aus der Bahn gestiegen war? Es hatte sich fast angehört wie *Wie findest du Mrs Danvers*? Aber das konnte nicht sein, das ergab doch überhaupt keinen Sinn. Dieses ganze Drama am Morgen machte sie schon völlig konfus.

Emmie setzte sich an ihren Schreibtisch und stöpselte den Laptop ein, aufgekratzt von einer Mischung aus Koffein, Adrenalin und wilder Entschlossenheit. Von jetzt an wollte sie ihre Erfahrung und ihr Talent für etwas *Gutes* einsetzen. Vielleicht konnte sie sich um den Auftrag für ein Charity-Projekt bemühen? Und könnte Joey bequatschen, es umsonst zu machen? Wenn sich damit ein paar Preise für die Kreativarbeit abräumen ließen, würde er bestimmt nicht nein sagen.

Sie öffnete ihre E-Mails und wollte nur rasch nachschauen, ob etwas Wichtiges dabei war, um dann eine Prioritätenliste zu schreiben und sich um ihr neues Projekt zu kümmern.

Fix überflog Emmie die ungelesenen Nachrichten. Eine ganz oben in der Liste fiel ihr ins Auge, und sie musste lächeln, als sie den Absender las: ein.freund@gmail.com. In der Betreffzeile stand: *Du.* War die womöglich von einem Headhunter? Sie öffnete die Mail und überflog den Text.

> IN DEM PINKEN ROCK SIEHST DU AUS WIE EIN FLITTCHEN. WIE SOLL DICH DA IRGENDWER ERNST NEHMEN? EIN FREUND.

Emmie fuhr mit ihrem Stuhl herum, als könnte der Schreiber dieser Zeilen unmittelbar hinter ihr stehen und ihr beim Lesen über die Schulter schauen. Aber da war natürlich niemand.

Emmie las die Mail noch mal, und plötzlich war all der fröhliche Tatendrang von vorhin verpufft, und Wut, Scham und Verlegenheit überrollten sie wie eine Welle. Ihr Blick ging zu dem Rock, den sie morgens eigens ausgesucht hatte. Kess hatte sie sich gefühlt in ihrem knallpinken Bleistiftrock, erfolgreich und sexy. Jetzt wollte sie ihn sich am liebsten vom Leib reißen und in den Büromülleimer pfeffern.

Im offenen Großraumbüro wimmelte es schon vor Menschen. Ihre Kollegen. Ihre Freunde. Menschen, die sie schätzte und von denen sie eigentlich immer gedacht hatte, dass die sie auch schätzten. Sie schaute in ihre Gesichter, beobachtete ihre Körpersprache auf der Suche nach einem Hinweis, wer ihr diese Mail vor – sie schaute auf den Zeitstempel – ziemlich genau zehn Minuten geschickt haben könnte. Aber es war alles wie immer.

Nur dass Emmie plötzlich das Gefühl hatte, sie werde sich in diesem Büro nie wieder so fühlen wie immer.

Iona

18:17 Waterloo nach Hampton Court

Iona war das Herz in die Hose gerutscht, und ihr hatte gleich Böses geschwant, als sie sah, dass beim Termin mit ihrem Chef auch eine Dame aus der Personalabteilung dabei war. Brenda – die Chefin des »Personalmanagements«, das bei Iona immer noch schnöde »Personalabteilung« hieß, aber irgendwann in den Neunzigern umbenannt worden war – saß neben ihrem Chefredakteur im Konferenzraum am Tisch und guckte dienstlich. Das hatte allerdings erst einmal nichts zu bedeuten, dienstlich guckte Brenda nämlich immer. Aber es verstärkte nur Ionas unheilvolles Gefühl drohenden Ungemachs.

»Hallo allerseits«, sagte Iona munter und verfluchte sich für das leichte Zittern in der Stimme. »Wobei, sagt man das bei zweien überhaupt? Vielleicht hätte ich besser *Hallo, ihr beiden* gesagt oder *Hi, ihr zwei.*« Sie plapperte wirres Zeug. Iona riss sich zusammen und schaute ihren Chefredakteur an, vergeblich hoffend, wenn sie den Blickkontakt mit Brenda vermied, könnte die sich vielleicht einfach in Luft auflösen. Ihr Chefredakteur hieß Ed. Sehr passend irgendwie, wie die Abkürzung vom englischen »editor« für Redakteur. Ob er seinen Namen geändert hatte, damit er besser zu seinem Beruf passte? Zuzutrauen wäre es ihm.

»Ähm, lässt du den Hund bitte draußen, Iona?«, sagte Ed und

zeigte mit dem Finger auf ihre liebste Lulu wie einer aus einem Erschießungskommando. War er ja vielleicht auch.

Iona verdrückte sich rückwärts durch die geöffnete Tür, damit ihr niemand in den Rücken schießen konnte.

»Könntest du ein paar Minuten auf sie aufpassen?«, fragte sie Eds »Assistentin der Geschäftsführung«, das neuzeitliche Pendant zur Sekretärin, nur ohne Steno. Sie wirkte erfreulich erfreut. Ganz bestimmt eine nette Abwechslung von ihrem sonstigen Job als Eds unterbezahlte und unterschätzte Handlangerin. »Am liebsten mag sie es, hinter den Ohren gekrault zu werden, da, wo das Fell so seidig ist.« Und dann, weil sie immer zu viel redete, wenn sie nervös war, setzte sie noch hinterher: »Aber mögen wir das nicht alle?«, und anschließend lachte sie hoch und schrill. Eds Assistentin zuckte zusammen und zog erschrocken den Kopf ein.

»*Noch einmal stürmt, noch einmal, liebe Freunde!*«, murmelte Iona leise vor sich hin, während sie wieder hineinging, kerzengerade, mit hoch erhobenem Kopf, genau so, wie sie seinerzeit auf die Bühne gegangen war.

»Setz dich, setz dich«, sagte Ed leutselig und wies auf eine Reihe knallbunter leerer Stühle, die um den Konferenztisch herumstanden. Iona entschied sich für den zu seiner Rechten, in der Hoffnung, die Kombination aus mandarinenorangem Stuhl und purpurrotem Kostüm könnte Brendas Netzhaut irreversiblen Schaden zufügen. Dann nahm sie Notizblock und Bleistift aus der Handtasche. Sie hatte nicht vor, sich Notizen zu machen, aber der Bleistift könnte vielleicht noch gelegen kommen, um ihn Ed in den Handrücken zu rammen, wenn es denn sein musste. Ein aufheiternder Gedanke.

»Also, bevor es an die detaillierte Beurteilung geht, möchte ich mit dir kurz über *die Gesamtsituation* sprechen«, sagte Ed, legte die Fingerspitzen aneinander und schaute ganz ernst, wie ein

Schuljunge, der Bankdirektor spielt. Und dann rasselte er die sinkende Auflagenhöhe, den zurückgehenden Umsatz, die gestiegenen Produktionskosten herunter, und die Zahlen trudelten um Iona durch die Luft wie radioaktive Pollen im Wind, während sie sich bemühte, intelligent und interessiert zu gucken.

»Die Sache ist die«, sagte er schließlich, »wir müssen uns mehr auf unser digitales Angebot konzentrieren und eine jüngere Zielgruppe ansprechen, was heißt, wir müssen dafür sorgen, dass sämtliche unserer Inhalte modern und relevant sind. Und offen gestanden fragen wir uns, ob ›Frag Iona‹ nicht vielleicht ein bisschen …« Er unterbrach sich und schien einen Moment nach dem richtigen Adjektiv zu suchen, und entschied sich dann für: »… zu altmodisch sein könnte.« Offenkundig war Ed nicht einmal bei seinen Beleidigungen in der Lage, ein kleines bisschen kreatives Flair an den Tag zu legen.

Iona wurde übel. *Schluss damit*, sagte sie sich streng. *Steh auf und kämpfe wie eine Frau. Denk an Boudicca, Königin der Kelten. Und so sammelte sie ihre abgerissenen Truppen um sich und erklomm ihren Streitwagen.*

»Willst du damit sagen, ich sei *zu alt*, Ed?«, fragte sie und unterbrach sich dann kurz, um den Anblick der Personaltante zu genießen, aus deren Gesicht alle Farbe wich, sodass man sehr schön den Ansatz ihres Mehrfachkinns sehen konnte und die Grenze, wo das Make-up aufhörte. »Als Zeitschriftentherapeutin ist Lebenserfahrung nämlich unerlässlich. Und ich habe alles schon erlebt. Sexismus, Altersdiskriminierung, Homophobie.« Sie ließ die Wörter fallen wie Landminen, und das waren sie natürlich auch. Käme noch eine Behinderung dazu, was in ihrem Alter ja durchaus möglich wäre, hätte sie praktisch ein Full House möglicher Diskriminierungsgründe. *Dann mal viel Spaß beim Umschiffen, Brenda vom Personalmanagement.*

»Natürlich nicht«, sagte Ed. »Ich gebe dir bloß eine Challenge.« Iona wusste augenblicklich, dass »Challenge« nichts anderes bedeutete als »Ultimatum«. »Vielleicht wäre es ja auch eine Option für dich, ein bisschen kürzerzutreten. Mehr Zeit mit den Enkelkindern zu verbringen.« Sie starrte ihn durchdringend an und ließ die Knöchel knacken, was Ed nicht ausstehen konnte.

Brenda räusperte sich und fummelte an ihrem Schlüsselband herum. »Ach. Keine Enkel. Natürlich nicht«, stammelte Ed. Sagte er »natürlich nicht«, weil sie eindeutig zu jung war für Enkelkinder? Oder zu lesbisch?

»Wir wollen ja nichts überstürzen. Warten wir doch noch einen Monat ab und schauen, ob du deine Seiten neu erfinden kannst. Modernisieren, ins 21. Jahrhundert bringen. Es muss knistern, es muss sprühen. Denk *Millennial.* Das ist die Zukunft.« Er zwang sein Gesicht, das dabei beinahe zu zerspringen drohte, zu einem Lächeln.

»Klar«, meinte Iona und notierte KNISTERN auf ihrem Notizblock, gefolgt von WICHSER. »Aber ich möchte noch mal daran erinnern, Ed, wie wichtig Problemseiten für Zeitschriften sind. Die Menschen brauchen so was. Und ich übertreibe nicht, wenn ich sage, dass *Menschenleben* daran hängen. Und unsere Leser lieben sie. Nicht wenige sagen sogar, dass sie die Zeitschrift nur meinetwegen kaufen.« *Nimm das, erbärmlicher römischer Zenturio.*

»Bestimmt war das mal so, Iona«, sagte Ed, nahm sein Schwert und stieß es ihr mitten ins Herz. »Aber wann hat jemand das letzte Mal so was gesagt? Hm?«

Iona kehrte nicht gleich wieder zurück an ihren Schreibtisch. Stattdessen marschierte sie schnurstracks zur Toilette, die Augen fest auf den quadratisch-praktisch-hässlichen Teppich geheftet, der unter den Füßen noch ein bisschen klebte von der verschütteten Fruchtbowle der letzten Firmenfeier. Sie schloss sich in eine der Kabinen ein und setzte sich auf den heruntergeklappten Sitz, Lulu auf dem Schoß, und atmete die Mischung aus kiefernfrischen Chemikalien, diversen Körperausscheidungen und Hund ein. Unvermittelt fing sie an zu weinen. Kein hübsches, adrettes Weinen, nein, explosive Schluchzer, begleitet von reichlich Schnodderfluss und zerlaufender Wimperntusche. Dieser Job war ihr Leben. Ihr Grund, morgens aufzustehen. Er gab ihrem Leben einen Sinn. Er machte sie aus. *Das* war sie. Was war sie ohne ihn? Und wer sollte sonst eine Zeitschriftentherapeutin einstellen, die mit Riesenschritten auf die sechzig zuging und seit dreißig Jahren im selben Job war? Wie hatte es trotz überschwänglicher Lobhudeleien, Fan-Gefolge und Preisverleihungen nur so weit kommen können?

Iona versuchte, ein bisschen gerechten Zorn heraufzubeschwören, aber sie war einfach zu müde. Die guten alten Zeiten, als sie fieberhaft eine Gesellschaftskolumne und eine Beratungsseite sowie gelegentliche Restaurantkritiken und Reiseartikel hatte jonglieren müssen, waren anstrengend genug gewesen, aber *nicht genug* zu tun zu haben, war tausendmal schlimmer. Sie war es leid, ständig ein Selbstbewusstsein versprühen zu müssen, das sie schon seit Jahren nicht mehr hatte. Sie war es leid, immer beschäftigt tun zu müssen, obwohl man ihr – bis auf die Fragenseite – sämtliche Zuständigkeiten nach und nach gestrichen hatte.

Sie hatte sich angewöhnt, jede noch so popelige Aufgabe endlos in die Länge zu ziehen, und hatte ihren Computermonitor so gedreht, dass niemand mitbekam, wie sie, statt zu arbeiten, Fantasie-Trips mit Bea zu traumhaften tropischen Korallenatollen plante oder auf Facebook alte Schulfreundinnen stalkte.

Natürlich war das Leben kein Wettbewerb. Wäre es aber doch einer, hatte Iona geglaubt, eigentlich ganz gut dazustehen. In der Vergangenheit hatte sie insgeheim oft die Lebensentscheidungen ihrer Altersgenossinnen belächelt, die – eine nach der anderen –

auf dem Standstreifen der Karriereautobahn zum Stehen gekommen waren, um Kinder in die Welt zu setzen und undankbare, ichbezogene Ehemänner zu betüddeln, die früher irgendwann vielleicht mal ganz passabel ausgesehen hatten, aber inzwischen Bierbäuche, Nasenhaare und Nagelpilz angesetzt hatten.

Aber wenn sie sich jetzt die Schulabschlussfotos der Kinder anschaute, die Mehrgenerationenfeste an blank geschrubbten Holztischen und, ja, sogar die verschrumpelten neugeborenen Enkelkinder, die blicklos in die Kamera blinzelten, musste sie sich fragen, ob am Ende nicht womöglich doch die anderen die Gewinner waren. Zumindest saßen die nicht auf dem Klo und heulten ihrem Schoßhund den Pelz nass.

Iona hörte die Tür zur Damentoilette aufgehen und dann zwei Paar hohe Absätze auf den Fliesen klackern. Sie zog die Füße auf den Sitz und die Knie an die Brust und vergrub das Gesicht noch tiefer in Lulus Fell, damit man sie nicht schluchzen hörte.

»Himmel, wie ich Montage hasse«, hörte sie eine der Frauen sagen.

Und merkte, sehr zu ihrer Erleichterung, dass es bloß Marina war, eine der Kulturredakteurinnen. Sie und Marina waren recht gut miteinander befreundet, obschon Marina beinahe dreißig Jahre jünger war als sie. Sie trafen sich gerne zum Plaudern am Wasserspender und waren schon ein paarmal zusammen zum Mittagessen gewesen. Marina erzählte Iona den neuesten Büroklatsch, und Iona gab Marina kostenlose Ratschläge für ihr verzwicktes Liebesleben. Sie und Marina schätzten einander auch als Kolleginnen, als Karrierefrauen im Zenit ihrer Macht. Vielleicht sollte sie aus ihrem stillen Versteck schlüpfen und ihrer Freundin das Herz ausschütten. Geteiltes Leid und so. Vielleicht könnte sie ein gemeinsames Mittagessen vorschlagen. Mit alkoholischer Stärkung.

»Ich auch«, erwiderte Brenda-vom-Personalmanagement.

»Wobei, Mittwoche mag ich noch weniger. Nicht Fisch, nicht Fleisch.«

»Hey, worüber haben du und Ed eigentlich mit dem alten Dinosaurier geredet?«, fragte Marina. »Wollt ihr sie endlich aussterben lassen? Was soll's denn sein? Eine kleine Eiszeit oder lieber ein Meteoriteneinschlag?«

So viel zu schwesterlicher Solidarität.

Iona war heilfroh, dass ihr Zug nach Hause schon auf Gleis 5 in Waterloo Station auf sie wartete. Wenigstens dieser Teil des Tages war angenehm vorhersehbar. Wie gewohnt stieg sie in ihren Wagen, um dann unvermittelt laut loszufluchen und versehentlich die arme Lulu – die empört aufquiekte – viel zu fest an sich zu drücken. Da war Traube-im-Hals – wie hieß er noch gleich? – Piers. Das war's. Er saß auf der anderen Seite des Gangs, genau gegenüber vom einzigen freien Platz. Bestimmt würde er ihr ein Gespräch aufzwingen, und so sehr sie sich sonst an überschwänglicher Dankbarkeit berauschen konnte, wollte sie doch gerade bloß still und ungestört dasitzen und sich eine heile Welt erträumen, in der sie noch gebraucht wurde.

Seufzend setzt Iona sich. Dann öffnete sie die Handtasche und nahm das Glas heraus und die Flasche mit dem fertig gemixten Gin Tonic und das wiederverschließbare Plastiktütchen mit den Zitronenscheiben. Und wartete unterdessen auf die unvermeidliche Unterbrechung. Aber nichts geschah. Verstohlen schaute sie rüber zu Piers, der sich in seinem Sitz zurücklehnte, als könnte er ihn mit schierer Willenskraft verbiegen, und die Beine derart ausgebreitet hatte, dass die alte Dame neben ihm gegen das Fenster gedrückt wurde wie ein Raffrollo. Sein Blick traf Ionas, und sie dachte erst, er wolle etwas sagen, aber dann wandte er sich ab und guckte auf sein Handy, auf das er dann mit diktatorischem Eifer und ausgestrecktem Zeigefinger einhackte.

Iona kam sich komisch vor. Und ärgerte sich dann, dass sie sich über einen solchen … *Lackel* aufregte. Dabei wäre es doch sicher angebracht – ja, geradezu gefordert – beim Wiedersehen mit einem Menschen, der nur ein paar Stunden zuvor mitgeholfen hatte, *einem das Leben zu retten*, danke zu sagen. Oder wenigstens zu grüßen? Ein kurzes Nicken womöglich? Oder hatte er sie nicht erkannt? Eher unwahrscheinlich, oder? Eins hatte man Iona nie vorwerfen können, und das war, keinen bleibenden Eindruck zu hinterlassen.

»Schatz«, plärrte er ins Telefon, in einem Ton und einer Lautstärke, die keinerlei Rücksichtnahme auf die ungestörte Ruhe seiner Mitreisenden zeigten. »Könntest du eben kurz in den Keller gehen und eine Flasche Pouilly-Fumé raufholen und kühlstellen? Nein, nicht den. Den *Grand Cru*. Einen von denen, die wir aus diesem grässlichen Landhausurlaub mit den Pinkertons an der Loire mitgebracht haben.«

Lulu, die auf Ionas Schoß saß, fing an zu knurren. Iona spürte, wie sich der kleine Hundebrustkorb weitete wie ein Dudelsack, der sich mit Luft füllte, und dann drehte sie sich schwungvoll zu Piers um und stieß eine Salve hoher, spitzer Beller aus.

Piers hackte unbeeindruckt auf sein Handy ein, beendete das Gespräch, ohne sich zu verabschieden, und funkelte dann Iona finster an.

»Was zum Teufel hat die blöde Töle?«

Iona war es ja gewohnt, dass die Leute unhöflich zu ihr waren, und sie könnte – vielleicht – auch Piers Undankbarkeit und sein ungehobeltes Benehmen ignorieren, aber Lulu musste sich nicht von ihm beleidigen lassen.

»Lulu«, sagte sie, »ist nicht blöde. Sie ist ganz im Gegenteil äußerst intelligent. Außerdem ist sie Feministin, und als solche denunziert sie toxische Männlichkeit, wo immer sie sie sieht.«

Piers klappte die Kinnlade herunter, und er griff nach seinem

Evening Standard, den er sich dann wie einen Schleier vors Gesicht hielt. Iona war sich ziemlich sicher, dass sie einander nie wieder eines Blickes würdigen, geschweige denn ein Wort miteinander wechseln würden. Dem Herrn sei Dank dafür.